相山学术丛书

李永建 著

文学与人

WENXUE YU REN

中国社会科学出版社

图书在版编目(CIP)数据

文学与人/李永建著. —北京：中国社会科学出版社，2016.5
（相山学术丛书）
ISBN 978-7-5161-8079-2

Ⅰ.①文… Ⅱ.①李… Ⅲ.①文学理论—文集②文学评论—文集 Ⅳ.①I0-53

中国版本图书馆 CIP 数据核字（2016）第 084275 号

出 版 人	赵剑英
责任编辑	郭晓鸿
特约编辑	席建海
责任校对	李　莉
责任印制	戴　宽

出　　版	中国社会科学出版社
社　　址	北京鼓楼西大街甲 158 号
邮　　编	100720
网　　址	http://www.csspw.cn
发 行 部	010-84083685
门 市 部	010-84029450
经　　销	新华书店及其他书店
印　　刷	北京君升印刷有限公司
装　　订	廊坊市广阳区广增装订厂
版　　次	2016 年 5 月第 1 版
印　　次	2016 年 5 月第 1 次印刷
开　　本	710×1000　1/16
印　　张	27.75
插　　页	2
字　　数	456 千字
定　　价	99.00 元

凡购买中国社会科学出版社图书，如有质量问题请与本社营销中心联系调换
电话：010-84083683
版权所有　侵权必究

目　录

在天地、人心和诗意之间的求索（序言）……………………………（1）

第一辑　经典细读

论《红楼梦》对爱情独具个性的深刻阐释 ……………………………（3）
从《红楼梦》的几个题名透视其内在意蕴 ………………………（18）
《平凡的世界》的艺术缺憾和路遥的巨著情结 …………………（35）
解读《铁木前传》的深层意蕴 ……………………………………（48）
论王蒙的"季节"系列对《红楼梦》中爱情体悟和阐释的借鉴 …（57）
论王蒙的"季节"系列对《红楼梦》技法上的继承 ………………（72）
论王蒙的"季节"系列对《红楼梦》艺术上的兼收并蓄 …………（87）
论"季节"系列中王蒙的自我批判 …………………………………（99）
"井"之重和"天"之轻
　　——从题名的两个意象看《井口那片天》的内蕴特征 ……（113）
在阅读和写作中建构自己的心灵家园
　　——读蔡效淳先生《从心集》有感 …………………………（121）
从《钢轨》看季栋梁的人文情怀和现实批判精神 ………………（126）
从《泥鳅》的隐喻透视尤凤伟的现实主义精神 …………………（137）

第二辑　名家评析

杂色——王蒙小说美学特征管窥 …………………………………（149）

目录

寻找走近张炜的路径
　　——从《柏慧》看张炜的内心世界 …………………………（162）
"杨朔模式"新探 ……………………………………………………（170）
受难与救赎
　　——论史铁生通由宗教自救和度人的心路历程 ……………（180）
赵树理早期小说文化内蕴解读 ……………………………………（189）
论赵树理及其创作的当代意义 ……………………………………（200）
从《夜颂》看鲁迅的幽暗意识 ………………………………………（212）
鲁迅元素及其当代意义 ……………………………………………（231）
个体心灵之花结出的人类智慧之果
　　——从鲁迅的心结透视其文学内蕴的深度取向 ……………（244）
论鲁迅笔下的希望、光明和理想 …………………………………（261）
存在主义视镜中陶渊明的人与文 …………………………………（271）
陶渊明启示录 ………………………………………………………（283）
论陶渊明家园意识的内蕴 …………………………………………（293）
告别王蒙
　　——从王蒙的近作《悬疑的荒芜》说起 ……………………（302）

第三辑　现象透视

"乌托邦"的魅力
　　——对新时期青年作家"白日梦"的考察 …………………（321）
英雄的沉浮
　　——论当代文坛中英雄意识的流变和走向 …………………（329）
从辉煌到困窘
　　——论新时期纯文学的命运 …………………………………（339）
新时期文学中的四类女性形象与男权意识 ………………………（348）
论新时期文学对人的探索的迷误 …………………………………（357）
20世纪90年代文学的态势和走向 ………………………………（367）
谎言为何拥有魅力 …………………………………………………（370）
论小说的意义 ………………………………………………………（372）
大地与星空

——对新世纪小说的人间关怀和终极拷问交融一体态势的

  考察 …………………………………………………………（377）

论新时期小说中女性主义视镜里的女性形象 ………………（384）

从新时期小说看现实主义精神的回归、发展和深化 …………（399）

从隐喻、象征这一密码来透视宗教经典的深层意蕴 …………（409）

参考文献 …………………………………………………………（424）

文学教学与人文精神的化育（代后记）……………………（428）

在天地、人心和诗意之间的求索
（序言）

　　本书是笔者从学、执教三十来年撰写的论文和评论的结集，虽然不敢妄言是呕心沥血之作，但可以问心无愧的是，篇篇皆为凝心聚力而成，是从生命深处流淌出来的。在笔者步入知天命之年时将它们结集出版，也恰是对自己为学作文、心路历程、精神轨迹的一个回望、反思和总结。

　　文集都是对文学的研究和评论，共计三十八篇。笔者一直秉持和践行"掐尖儿式"研究的理念，即选择顶尖级的名家、最优秀的经典和具有重要意义的文学现象作为研究和阐释的对象，以实现研读经典、走近大师、与大心相遇为目标。因而本书在经典细读中，赏析的是《红楼梦》《平凡的世界》《铁木前传》《柏慧》等大家名作；在名家评析中关注的是陶渊明、鲁迅、赵树理、张炜、王蒙、杨朔、史铁生等，都是古今大家；在现象透视中，论析的皆为"乌托邦"追求、英雄意识、纯文学的命运、现实主义嬗变、女性主义写作等重要的文学思潮。部分篇章所论虽不在名家经典之列，但都是内蕴丰富的力作，而笔者的评论也是深思熟虑的结果，因而也在书中收录，以作生命的见证。收入其中最早的论文写于20世纪80年代末，今天看来虽显稚嫩青涩，但跃动于其中的心是纯的、情是真的、血是热的，因而不悔少作，敝帚自珍，也收录其中，以此致业已逝去的青春。

　　文章虽类分三种（经典细读、名家评析、现象透视），时跨三代（古代、现代、当代），但却有一根红线使其彼此密切相连、融为一体。这条红线就是人，即人心、人性、人生、人道和人学。细言之，即为：探究人心的玄奥幽深，体察人性的多维百变，关注人生的处境出路，礼赞人道的平等、宽容、仁爱和自由。而人学则是我们要着重说明的，它是观照、研读和阐释文学的一种观念、角度和理论：将人作为考察的对象和目的，用

— 1 —

在天地、人心和诗意之间的求索（序言）

人的情感、心灵和价值立场赏析、阐释文学的深度内蕴；而这里的人，涵盖了作为对象主体的世界上、日常生活中的芸芸众生，文学作品中千姿百态的人物形象，创作主体的作家和接受主体的读者，而这四个层面的人又是一个互动互融，你中有我、我中有你的动态，复杂的有机整体和系统。通由人学的观念、理论而进入这样一个系统，我们就得以抵达文学那丰富多彩、多维多棱、立体交叉的艺术世界。

在研究理论或方法上，恪守溶盐于水、无法为法的理念。不故步自封、妄自尊大，而是博采各家之长，如精神分析、社会学、原型批评、女性主义、美学、文化学等，皆兼收并蓄，为我所用；同时又不盲目地赶浪弄潮、生搬硬套，而是西体中用，扬精弃糟，随形就势，移步换景，化用创新。而其中尤为重要的是，用诗眼、诗心对文学进行观照、解读，从而将诗情画意融入宇宙人生之中，构建一个诗意盎然的另类空间，以作为大家共享的心灵的栖息之所。

各辑末尾几篇，多是刚发表或待发表的晚近之作，代表了近几年笔者公民意识觉醒后的价值观念和人文立场，也是传统文人家国情怀复活的文字见证，折射出了一个当代人文知识分子在新的历史转型期的心灵的蜕变和更新：不再满足、自得于"躲进小楼成一统""两耳不闻窗外事"的安静、封闭、逍遥自在的纯粹知识分子的生活，而是要将自己的思想转化为推动社会变革、历史进步的动力，用纸与笔关注民生、介入现实、干预生活、针砭时弊、批判社会，主动承担起一个当代人文学者应该担当的神圣使命。文末那篇谈宗教的文章，是我对宗教信仰苦思冥想多年的一个总结，也表明了自己对世俗的超越和对终极价值的关怀，是我从文学向宗教哲学、从此岸向彼岸、从今生向来世、从大地向苍天、从短暂向永恒的升华。

如果说一个人的阅读史就是一个人的心灵成长史，那么，一个人的研究、写作的过程也正好是一个人认识判断、精神情感从幼稚到成熟、从单一到丰富、从片面到全面、从错误到正确、从零碎到系统的自我不断修复、矫正、深化、发展、健全的轨迹的全息投影。这一点在本书第二辑中两篇关于王蒙的人与文的前后截然不同评价的论文中得到了印证：辑首的写于早年的那篇论述王蒙的小说美学风格的论文，对其文其人表达了全面的认同甚至礼赞、敬佩；而辑末的那篇写于近年的《告别王蒙》，则对其文品人格进行了重新的认识、评判，并做出了"告别"的结论。一辑首一辑末，一早年一近年，一个作家一样作品，但评价、结论完全相反，这就像是一个隐喻一样，折射出了笔者对世道人心曲折的认识历程和心智由迷转悟的印痕，这也可以看作本书恰是我的个人精神流变史的忠实记录的一个象征。

　　五十而知天命。知天命就是知晓了上苍为自己设置的人生的边界，就是明白了自己今生今世能够做什么和不能做什么。孔子曰："朝闻道，夕死可矣。"道是宇宙人生的真谛，进入知天命之年的自己，不仅应闻道，还要得道、践道，抵达有意义、有灵魂的人生境界，诗意地栖居在并营造着我们共同的精神家园。命中注定要当一辈子大学文科教师的自己，在阅读、写作和教学的过程中，一步步地悟道、体道传道，自愿担负起自度度人的神圣使命。而文集最后的跋，则展示了自己作为一个师者在课堂的平台上通过文学的赏析、感悟和讲授来化育、塑造以大学生为主体的国民的文化心理、道德情感、思维方式的现实努力和理想追求。借用《诗经》之语以自励：高山仰止，景行行止，虽不能至，然心向往之。

第一辑

经典细读

论《红楼梦》对爱情独具个性的深刻阐释

《红楼梦》并不是一部单纯的爱情小说,它的内涵要丰富复杂得多。不过,爱情显然是它的一条主要线索,是作者透视社会人生的一个重要视角和层面。如果抽掉了它,这部奇书就会黯然失色。不仅如此,在这部书里,作者还将爱情作为一个独立的内容进行了创造性的开掘和阐释,从而赋予这一人类至情独特的文化意义。

爱情一直是古今中外文学作品所表现的永恒主题,在曹雪芹、高鹗的笔下,这一异性间的美好情感,有些什么新的发现和拓展呢?

作者在开篇就借石头和空空道人之口将自己所写的爱情与以往的"野史""风月笔墨""才子佳人等书"中所写的男女私情区别开来:"历来野史,或讪谤君相,或贬人妻女,奸淫凶恶,不可胜数。更有一种风月笔墨,其淫秽污臭,荼毒笔墨,坏人子弟,又不可胜数。至若佳人才子等书,则又千部共出一套,且其中终不能不涉于淫滥,以致满纸潘安、子建、西子、文君。"而自己所作"令世人换新眼目,不比那些胡牵乱扯,忽离忽遇,满纸才子淑女、子建文君红娘小玉等通共熟套之旧稿"。"虽其中大旨谈情,亦不过实录其事,又非假拟妄称,一味淫邀艳约、私订偷盟可比。"又借僧人之口说:"大半风月故事,不过偷香窃玉、暗约私奔而已,并不曾将儿女之真情发泄一二。想这一干人入世,其情痴色鬼、贤愚不肖者,悉与前人传述不同矣。"由此可以看出,曹雪芹一开始就立志写出"儿女之真情"。通观全书也可发现,作者确实开掘和表现了不同凡俗的爱情绝唱。那么,这种儿女真情的内涵又是什么呢?窃以为主要表现在三个方面:爱情的非人间性、爱的不可替代性和对女性的诗意观照。在物欲横流、人情浮泛、精神价值消解的今天,反观和探讨《红楼梦》对爱情的充满个性和创造精神的阐释和建构,我觉得是有极其深广的现实意义的。

一　木石前盟、生死之恋——爱情的非人间性

《红楼梦》第三回写到宝、黛初见时，作者着意描写了二人神奇的体验和感受："黛玉一见，便吃一大惊，心中想到：'好生奇怪，倒像在哪里见过的，何等眼熟到如此！'"而宝玉见了黛玉，也说道："这个妹妹我曾见过的。"接着又补充说："虽然未曾见过他，然我看着面善，心里就算是旧相识，今日只作远别重逢，亦未为不可。"二人为何初次见面就有这种似曾相识之感呢？这里曹雪芹有一个神话般的铺垫和交代，借僧人之口道出了"千古未闻的罕事"，即所谓宝、黛二人有前世的木石之盟：宝玉前生为石，警幻仙子让他做赤瑕宫神瑛侍者时，他常以甘露浇灌一株绛珠仙草。这绛珠仙草就是林黛玉的前身，因受甘露的滋润而脱草木之胎，幻化成人形。故而因承甘露之惠，决定以一生的眼泪还给宝玉。宝、黛在人世间经历了一番爱恨缠绵，于黛玉焚稿魂断之后，作者安排宝玉在梦中重游太虚幻境，亲睹了那"降凡历劫，还报了灌溉之恩，今返真境"的绛珠仙草，从而构建了宝、黛之恋的一个完整的神话结构。

现代科学、生物学告诉我们，所谓前世之缘、木石之盟都是没有任何依据的，这不过是小说家言即作者的想象和虚构罢了。但透过这貌似荒诞不经的神话外衣，我们却可以看出作者对那种非人间性的、理想美好的爱情的神往、体悟和构画。

第一，作者通过这一神话模式描画了一种超凡脱俗的神圣情感，是对世俗恋情的超越和否定。与木石之盟相对的是金玉良缘。第五回宝玉梦游太虚幻境时，就从《红楼梦·终身误》的曲子里听到："都道是金玉良姻，俺只念木石前盟。"第三十六回宝玉在梦中说道："和尚道士的话如何信得？什么是金玉姻缘，我偏说是木石姻缘！"金玉良姻是指宝玉、宝钗之间的姻缘，它是一种世俗的婚姻关系，追求的是门当户对，郎才女貌，满足着吃、穿、住、行等的日常需要，实现着传宗接代、光宗耀祖的功能。而木石之盟即宝、黛之恋，则是一种得之天意、难假人力的神奇遇合，二人刻骨铭心的爱情不仅建立在美丽的容貌和俊雅的风度的相互吸引上，更源于彼此内在心灵、情感的相互呼应、撞击之中，是一种超越了俗世的琐屑凡庸的至真至纯的美好情感。作者否定了前者，而对后者的赞美之情则溢于言表。

第二，作者在这一神话构建中寄托了渴求美好爱情持久不变、永世长存的愿望。作者为什么把宝、黛之间人和人的感情转化对应为木石之情呢？这是因为：首先，木石具有人所不具备的持久性。人是一种有死的存在，死了就无法复生，当然相互间的感情也就不存在了。而木石则超越了人的有限性。石头坚硬，不易磨损，男女常以"海枯石烂不变心"的誓言来表白自己的诚意；而草木则有着更新生命的特性：花谢了来年还可再开，叶落了明春尚能复生。何况二者又是灵石仙草呢？这使他们既具备了人的生命和灵性，又拥有了物的永恒不变的特性。其次，人充满着欲望，是不知满足而又多变的，故而喜新厌旧、见异思迁乃其天性。而物无情无欲，自自然然，显然就专一可靠得多。这一点作品中的紫鹃有着独到的见解，黛玉死后宝玉痛悲时，紫鹃曾发了这样的感慨：宝玉"常时哭想，并非忘情负义之徒。今日这种柔情，一发叫人难受，只可怜我们林姑娘真真是无福消受他。如此看来，人生缘分都有一定，在那未到头时，大家都是痴心妄想。乃至无可奈何，那糊涂的也就不理会了，那情深义重的也不过临风对月，洒泪悲啼。可怜那死的倒未必知道，这活的真真是苦恼伤心，无休无了。算来竟不如草木石头，无知无觉，倒也心中干净！"紫鹃的草木之论颇有见地，蕴含着对人性人情的深刻体悟。

宝、黛爱情的非人间性还表现在与木石之盟有着内在呼应的二人的生死之恋上。凤姐、贾母巧设调包计，使处于痴迷状态的贾宝玉错娶了薛宝钗，黛玉也误认为宝玉负情而焚稿泪尽而死。后来清醒而知晓实情的宝玉虽未像罗密欧、祝英台那样为恋人而殉情，但却以出家为僧来回应了黛玉的深情。前世的仙界的木石之盟并未在今生的俗间化为美满的姻缘，而是以一场凄惨的悲剧告终，一反传统小说"有情人终成眷属"的大团圆结局。这既是当时的社会原因促成的，从而使这一爱情悲剧具有社会文化的深厚意蕴；从心理学角度看，这又体现了作者别具匠心的美学追求和对爱情的独特体悟。

黛死宝入空门的安排阻断了二人的世俗结合，从而彼此拉开了距离，也产生了情感上的升华。从这个意义上来说，是死亡带来了诗意。因为世俗的日常生活往往是对诗意最大的破坏和消解，如若走得太近了，看得太清了，彼此没有任何秘密了，那么美也就不存在了。诚如赫尔岑所言："在同一个屋顶下共同生活，本身就是一件可怕的事情，婚姻的一半由于它而遭到毁灭。人们在一起生活太密切，彼此之间太亲近，看得太仔细、太露骨，就会不知不觉地、一瓣一瓣地摘去那些用诗歌和娇媚簇拥着个性所组成的花环上的所有花朵。"[①] 假如宝、黛二人美梦成真，结为夫妇，生儿育女，那么还会有后来宝玉对黛玉的深切悲悼和铭心刻骨的思念吗？牛郎织女为什么以天河分隔而只能在每年七夕一会，我想也是出于同样的心理机制和美学原理吧。正像梁祝化蝶一样，黛玉的死和宝玉的另一种形式上的死又演化为一种独特的生，肉体死亡了，却换来了精神上的长生不死，从而使宝黛之恋成了爱情绝响。这是其一。其二还在于：黛玉正值青春美丽、绚烂未凋之时而溘然长逝，是死得其时，恰到好处。因为宝玉喜爱的是诗意亮丽的少女，假如林黛玉一直活到八十岁，满脸皱纹，齿残背驼，整天唠唠叨叨说些家长里短，那么宝玉心仪的对像不是就被破坏了吗？作品中的黛玉死了，但却将十五六岁少女的美丽永远留在了宝玉的心中，以至于后来给贾母守灵时看到宝钗穿孝服的雅致还联想到黛玉的美："所以千红万紫终让梅花为魁，殊不知并非为梅花开的早，竟是'洁白清香'四字是不可及的了。但只这时候若有林妹妹也是这样打扮，又不知怎样的丰韵了！"

《红楼梦》从木石前盟和生死之恋两个层面构建了宝、黛的非人间的爱情蓝本，它突出了爱情的理想性和神性。虽然与俗世的爱情形态拉开了距离，但却是我们心灵深处一直渴望、向往、追求而在现实中又无法拥有的爱情样式，它是我们现实的爱情生活平淡、乏味、灰暗的一种弥补和超越。人不仅是一种现实的存在，还是一种精神、情感的存在，人们渴望得到现实生活中并不存在的美丽童话的慰藉，希望在虚幻中获得一种心理补偿和审美愉悦。而《红楼梦》所表现的宝、黛之间的如诗如画、如仙如幻、死去活来被王蒙概括为"天情体验"的美好恋情，正好满足了世俗中的人们使自己的心灵得到洗礼、灵魂得以超度的愿望。

二 只取一瓢饮——爱的唯一、不可替代性

宝、黛虽然未能在人世间长相厮守、白头偕老，但在有限的相处中，却体验到了丰富深刻的爱情内涵。他们彼此都认为对方是最完美、最理想的，是生命中的唯一，别人无法替代，从而在心灵情感深层产生了契合与

[①] [苏]尤·留里科夫:《爱的三种魅力——爱情，它的昨天、今天和明天》，徐泾元、徐桃林译，工人出版社1988年版，第325页。

碰撞。

在大观园这个女儿国中，走进宝玉视野和生命的美丽多情的少女很多，但宝玉最终却只选定了黛玉。在第九十一回黛玉以说禅的方式进一步对宝玉试情，宝玉做出了这样的回应："任凭弱水三千，我只取一瓢饮。"这是二人非常独特的海誓山盟，也是二人正面的以心相许。宝玉爱情上的由泛而专，是经历了一个过程的。这首先源于他对人生的独特感悟。最初，他与女子的交往是很孩子气的，带有游戏的色彩：泛泛地爱着每一个女子，也自以为每一个女子都爱他，因而他就陶醉在这自造的幻梦中。最早惊醒他这梦的是龄官。第三十回宝玉对龄官冒雨痴心划"蔷"而惊奇疑虑，至第三十六回，目击了龄官不理自己而对贾蔷撒娇、缠绵，宝玉领悟了其上次划"蔷"的深意，不觉怅然若失，终于"识分定情悟梨香院"。归来对袭人叹息道："……昨夜说你们的眼泪单葬我，这就错了。我竟不能全得了。从此后只是各人自得眼泪罢了。""自此深悟人生情缘，各有分定，只是每每暗伤'不知将来葬我洒泪者为谁？'"这次经历和感悟是其由泛爱而专一于黛玉的转折。

此外，也是主要的，宝、黛之所以将对方作为生命的唯一，除去前生之盟的神秘外衣，乃在于二人外在容貌的相互吸引和内在心灵情感的彼此呼应。作品写他们初次相见时，彼此就被对方容貌的秀丽、神态的飘逸深深打动了。在黛玉眼中，宝玉"面若中秋之月，色如春晓之花，鬓若刀裁，眉如墨画，面如桃瓣，目若秋波"，以至于"黛玉一见，便吃一大惊"。而呈现在宝玉视野中的黛玉则是"细看形容，与众各别：两弯似蹙非蹙罥烟眉，一双似喜非喜含情目。态生两靥之愁，娇袭一身之病。泪光点点，娇喘微微。……"两情相悦，首先总是导源于感性的相互吸引，二人初见就产生了非同凡响的感应，激起了情感上的阵阵涟漪。这是一种无功利的纯粹审美意义上的相互欣赏和爱慕。

大观园中，美貌的女子很多，而宝玉也曾不止一次地留情于宝钗、湘云、晴雯、妙玉，而之所以最终选定黛玉，深层动因还是心灵、情感上的共鸣与契合。在宝玉爱情的天平上，与黛玉相抗衡的主要是宝钗，宝钗的美丽大方、雍容华贵曾多次打动宝玉。但这架天平之所以倾斜于黛玉，是因为宝钗的守拙藏锋、世故圆滑、逢迎长辈的人生态度引起了宝玉的反感："好好的一个清净洁白女儿，也学的钓名沽誉，入了国贼禄鬼之流。这总是前人无故生事，立言竖辞，原为导后世的须眉浊物。不想我生不

第一辑 经典细读

幸，亦且琼闺绣阁中亦染此风，真真有负天地钟灵毓秀之德！"而黛玉则与宝玉志趣相投，同是当时违背人性的主流文化的叛逆者，"独有林黛玉自幼不曾劝他去立身扬名等语，所以深敬黛玉"。当湘云、宝钗劝他应该"常常的会会这些为官做宰的人们，谈谈讲讲些仕途经济的学问"时，宝玉说道："林姑娘从来不曾说过这些混帐话？若她也说过这些混帐话，我早和她生分了。"林黛玉的我行我素、任性自然使其具有迥异于宝钗的诗情魅力，从而深深地吸引和打动了宝玉。

爱情是生命的最高体验，是人性丰富深刻程度的重要尺度，正如勃洛克所言："只有恋人才有权叫作人。"[①] 而拥有了真正意义上的爱情，也就得到了最大的幸福。《红楼梦》的深刻和独特之处就在于它不是一般地书写宝、黛二人的皆大欢喜，而是根据他们的性格与所处环境的冲突写出了他们的如恩格斯所言的得不到爱的最大的痛苦。他们在爱中体验更多的是负面的人生感受，并在其中拥有了非常个性化的生命体悟。

> 原来那宝玉自幼生成有一种下流痴病，况从幼时和黛玉耳鬓厮磨，心情相对；及如今稍明时事，又看了那些邪书僻传，凡远亲近友之家所见的那些闺英闱秀，皆未有稍及林黛玉者，所以早存了一段心事，只不好说出来，故每每或喜或怒，变尽法子暗中试探。那林黛玉偏生也是个有些痴病的，也每用假情试探。因你也将真心真意瞒了起来，只用假意，我也将真心真意瞒了起来，只用假意。如此两假相逢，终有一真。其间琐琐碎碎，难保不有口角之争。
>
> 即如此刻，宝玉的心内想的是："别人不知我的心，还有可恕，难道你就不想我的心里眼里只有你！你不能为我烦恼，反来以这话奚落堵我。可见我心里一时一刻自有你，你竟心里没我。"心里这意思，只是口里说不出来。那林黛玉心里想着："你心里自然有我，虽有'金玉相对'之说，你岂是重这邪说不重我的。我便时常提这'金玉'，你只管了然自若无闻的，方见得是待我重，而毫无此心了。如何我只一提'金玉'的事，你就着急，可知你心里时时有'金玉'，见我一提，你又怕我多心，故意着急，安心哄我。"

---

① ［苏］尤·留里科夫：《爱的三种魅力——爱情，它的昨天、今天和明天》，徐泾元、徐桃林译，工人出版社1988年版，第5页。

看来两个人原本是一个心，但都多生了枝叶，反弄成两个心了。那宝玉心中又想着："我不管怎么样都好，只要你随意，我便立刻因你死了也情愿。你知也罢，不知也罢，只由我的心，可见你方和我近，不和我远。"那林黛玉心里又想着："你只管你，你好我自好，你何必为我而自失。殊不知你失我自失。可见是你不叫我近你，有意叫我远你了。"如此看来，却都是求近之心，反弄成疏远之意。

我不厌其烦地大段抄录原文，是因为这段文字详尽地展示了二人爱恋中的隐秘心迹、个性化的心理体验和爱情的真谛。这主要体现在三个方面。

其一，情真至极而变假。宝、黛二人都是真心实意地爱对方，但又不愿轻易表露自我，而以假意试探对方是否真心。这是人性的通理使然。社会学的交换理论认为：人际间的交往互动实际上不过是一种资源的交换。而爱恋中的人彼此交换的是一种特殊的资源，即自己的整个人，包括身体、人格和自尊。人们恐惧着将自己交出来之后得不到期望中应有的回应，因而对心上人表露心迹时总是谨小慎微，甚至隐藏真情而代以假意。这是人性的常态，也是人性的弱点。而对于宝、黛二人又有着特殊的境遇和心态：他们所处的那个时代，是不允许私订终身的，否则就是大逆不道。特别是林黛玉，作为一个生长于深闺的贵族女子，在那样礼节森严的大家庭里，如果主动对宝玉示爱，那是有违闺道的。贾母见黛玉误听宝玉订婚而生生死死的表现说道："孩子们从小儿在一处儿顽，好些是有的。如今大了懂的人事，就该要分别些，才是做女孩儿的本分，我才心里疼他。若是他心里有别的想头，成了什么人了呢！我可是白疼了他了……咱们这种人家，别的事自然没有的，这心病也是断断有不得的。林丫头若不是这个病呢，我凭着花多少钱都使得。若是这个病，不但治不好，我也没心肠了。"由此可见，她面对爱的选择时承受着多么巨大的伦理上的压力。所以，在爱得不到印证而陷入痛苦时，她只能以扭曲、逆反的方式来表露自己的心迹，即故意疏远宝玉、挖苦宝玉，对走进宝玉而威胁到自身位置的女子采取刻薄、敌视的态度。比如宝玉让黛玉挑一样元春送来的礼物时，黛玉不仅不领情，反而反唇相讥："我没这么大福禁受，比不得宝姑娘，什么金什么玉的，我们不过是草木之人！"同样因为麒麟的风波，林黛玉对史湘云也大加猜忌，出言不逊。二人真极而假，爱极而恨，发展至

第一辑 经典细读

相互猜疑争吵，甚至闹到一个砸玉、一个剪信物的地步，正所谓"不是冤家不聚头"。这都充分表现了二人相爱之切但却又无法实现的苦闷、忧郁和焦虑的非常个性化的生命体验。

其二，真爱的对等性。二人都是真心地、整个地爱着对方，同时也希望对方整个地、毫无保留地爱自己。二人要求彼此不是一般地相切、相交，而是心灵、生命的完全契合，甚至不假言辞而做到心心相印、情情相通。因而要求彼此都要至真至纯，通体透明，不存任何杂念和暗影。彼此都渴望相互间成为生命中的唯一，而不是唯二、唯三，追求的是不可替代的那种爱情的至高境界。

其三，爱中的无私和奉献。二人渴望的是心灵的回应，并不要求功利性的回报，因而总是用心和生命无私地奉献自我。宝玉的心思是："我不管怎么样都好，只要你随意，我便立刻因你死了也情愿。"黛玉也有同样的想法："你只管你，你好我自好，你何必为我而自失。"二人都是无功利地慰藉对方，甚至甘愿牺牲自我来换取对方的欢乐和满足。这又是与木石前盟的一种遥相呼应：灵石在绛珠仙草还未回应时，就以甘露润泽对方，而仙草又以来生之泪来回报灵石的恩泽之惠。世俗中的宝玉，也是首先主动向黛玉表明心意。当黛玉误会他用情不专时，宝玉真诚而大胆地说："我心里的事也难对你说，日后自然明白。除了老太太、老爷、太太这三个人，第四个就是妹妹了。要是有第五个人，我也说个誓。"这就把黛玉作为自己的唯一的选择的态度表露出来了。后来更进一步大胆地向黛玉倾诉衷肠："好妹妹，我的这心事，从来也不敢说，今儿我大胆说出来，死也甘心！我为你也弄了一身的病在这里，又不敢告诉人，只好掩着。只等你的病好了，只怕我的病才得好呢。睡里梦里也忘不了你！"而当听到宝玉将自己引为知己时，黛玉也打破了封建伦理对人性的束缚，大胆地回应了宝玉的关爱："……我为的是我的心。"从而对宝玉少了猜忌和挖苦，转化为日常的体贴和痛爱。

宝、黛二人的不可替代的恋情更突出地体现在意识到将失去对方、永远得不到对方时他们的刻骨铭心之痛、无法承受的精神崩溃，甚至以理智、生命为代价而抗争的极端行为：一个是生生死死、死死生生，另一个是疯疯傻傻、傻傻疯疯。从而使彼此间生死相依、无法分离的生死至情得以淋漓尽致的展示。

紫娟试情一章突出地表现了林黛玉在宝玉生命中的不可或缺。当听紫娟说林家的人将接黛玉回老家时，宝玉的心灵受到了难以承受的冲击，以至于发呆变傻，昏死过去，继而又变得失去理智，如疯似狂。而后来知道是紫娟试情时，宝玉便吐出了自己的真心话："我只告诉你一句诓话：活着，咱们一处活着；不活着，咱们一处化灰化烟，如何？"而当受骗误娶宝钗，黛玉泪尽而死，真正失去至爱时，宝玉更是痛不欲生，多次去潇湘馆凭吊、痛悼。虽未以死相殉，但是最后离家出走也是对因失去黛玉而变得没有意义的人生的一种否定和抗争，是以心死来殉情。

林黛玉为了爱则经历了生生死死、死死生生的痛苦磨难。她痴情于宝玉，但却无力将之现实化，因为无人替她做主，自己也无法主宰自己的命运。她只能被动地听从命运的安排，陷入了自怨自怜的痛苦之中，以至于在抑郁苦闷的相思之中变成了一个多病之身。但这时她仍怀着一线希望：贾母会给自己安排宝玉这样一个可心的归宿。而当无意中听说宝玉订婚也就是自己将永远失去宝玉时，黛玉便以自戕的方式只求速死，以至于病情加重，奄奄一息。而让人深感惊奇的是，当听到宝玉订婚是误传时，她竟又神奇地死而复生。直到从傻大姐那里得到宝玉将娶宝钗的确切消息，才焚稿断情，含恨而死。由此可见，黛玉是将宝玉当作自己的精神乃至生命的支柱来对待的。

寻找唯一的、不可替代的爱似乎是只能发生在男女交际受限制的封建时代，因为在异性交往日益频繁随意的今天，这似乎已成了天方夜谭般的童话。不过男女之间渴望心灵、情感完全契合的追求仍是人类的爱情理想，有着超越时代、民族的普遍意义。柏拉图在《会饮篇》将之称为"这一半对那一半的寻找"，而刘小枫认为"纯粹的爱情只能是同一个苹果的两半重新再合"[①]。宝、黛越过时空、仙人之隔，实现了精神情感的合二为一，这使他们成了最幸福的人，从而构成了人类情爱史中一道美丽的风景；但在特定的空间二人又失之交臂，带来了永恒的情爱悲剧。亦悲亦喜的设置，既蕴含了艺术的张力，又给受众以深刻的人生哲理的启迪。

三　意淫——爱的诗意观照

贾宝玉将林黛玉作为自己唯一的选择，从而将爱情的专一、忠贞推向

---

① 刘小枫：《沉重的肉身——现代性伦理的叙事纬语》，上海人民出版社1999年版，第237页。

了极致。但同时他并未因此封闭阻断对其他少女的爱慕之情，即使在与黛玉定情之后，他仍然对宝钗、湘云、妙玉，乃至平儿、玉钏、香菱、傅秋芳、晴雯、五儿、莺儿等缠绵多情。由此可以看出作者并未满足于一种美丽的爱情童话的编织，而是写出了人性的真实、复杂和丰富。宝玉的泛爱并不是一般纨绔子弟的那种对女性的亵玩和纵欲，而是对女性的一种审美的观照和爱怜。这突出地表现在他的"意淫"。

"意淫"是警幻仙子对宝玉的评价，但其内涵是什么，并没有说出来，只是说："'意淫'二字，唯心会而不可口传，可神通而不可语达。"但从上下文看，"意淫"是和"皮肤之淫"相对的："淫虽一理，意则有别。如世之好淫者，不过悦容貌，喜歌舞，调笑无厌，云雨无时，恨不能尽天下之美女供我片时之趣兴，此皆皮肤淫滥之蠢物耳。"从作品的具体叙述可以看出，宝玉泛爱女子的行为与薛蟠、贾琏、贾珍一流的寻花问柳、淫奢无度、违背人伦相反，而是"天分中生成一段痴情"，也就是说，他注重的是内在心灵、情感的相悦而不是肉体上的贪恋、占有。这一点在作品中两个身份极端不同的人物对宝玉的评价上就从不同的角度展示出来了。一个是贾府的绝对权威贾母，她这样评价宝玉："……我也解不过来，也从未见过这样的孩子。别的淘气都是应该的，只他这种和丫头们好却是难懂。我为此也耽心，每每的冷眼查看他。只和丫头们闹，必是人大心大，知道男女的事了，所以爱亲近他们。既细细查试，究竟不是为此。岂不奇怪。想必是个丫头错投了胎不成。"评价宝玉的另一个人是个放荡的女人，即晴雯的嫂子灯姑娘。宝玉探望病危的晴雯，灯姑娘见了便引逗宝玉，但发现宝玉害羞发窘，便这样说道："……可知人的嘴一概听不得的。就比如方才我们姑娘下来，我也料定你们素日偷鸡盗狗的。我进来一会窗下细听，屋内只你二人，若有偷鸡盗狗的事，岂有不谈及于此，谁知你两个竟还是两不相扰。可知天下委屈事也不少。如今我反后悔错怪了你们。"

之所以如此，源于宝玉天性中对女孩子的一种诗意化的钟爱和虔诚。抓周时抓的是脂粉钗环等物，稍大后又常出怪言，以为"女儿是水作的骨肉，男人是泥作的骨肉。我见了女儿，我便清爽；见了男子，便觉浊臭逼人"。又说"……天生人为万物之灵，凡山川日月之精秀，只钟于女儿，须眉男子不过是些渣滓浊沫而已"。故而，他将女孩子当作纯粹的审美对象，对应实现着自己的审美情感和理想。换言之，宝玉的"意淫"就是对少女的一种无功利的、充满诗情画意的审美观照，其内涵体现在以下几点。

首先是审美欣赏。对进入他视野的美丽少女，宝玉都是以纯粹审美的眼光进行打量和欣赏的。这种欣赏是不涉功利，而是纯形式、感性层面的，也就是说关注的是外在的形、色、容、貌，而淡化了对方的思想、观念、情趣等内在质素。比如与宝钗志趣各异、话不投机，但却挡不住宝钗外貌上的诱惑，当看到宝钗"生的肌肤丰泽""雪白一段酥臂"时，"不觉动了羡慕之心"，"再看看宝钗形容，只见脸若银盆，眼似水杏，唇不点而红，眉不画而翠，比林黛玉另具一种妩媚风流，不觉就呆了"。这种对外形容貌的恋慕甚至可以超越社会地位的间隔，宝玉对那些女仆如莺儿也常常是"不胜其情"，"见了红玉，也就留了心"，即使在给秦可卿送葬时遇上的村姑二丫头，宝玉也是依依不舍，"以目相送"，"恨不得下车跟了他去"。当然，这种对美丽少女的欣赏更集中的还是体现在地位相当、心灵契合的林黛玉身上。"潇湘馆春困发幽情"一章写宝玉见黛玉"星眼微饧，香腮带赤，不觉神魂早荡，一歪身坐在椅子上"，传神地描述了宝玉情动而难以自禁的神态。作者借秦可卿之口这样论男女之"真情"："……不知'情'之一字，喜怒哀乐未发之时便是个性，喜怒哀乐已发便是情了。至于你我这个情，正是未发之情，就如那花的含苞一样，欲待发泄出来，这情就不为真情了。"宝玉对少女的欣赏就是这种远观而不亵玩、情动于内而不形显于外的真情、纯情。

其次是对美丽少女的无私奉献和倾心呵护。脂砚斋曾以"体贴"来解释宝玉的"意淫"："按宝玉一生心性，只不过是体贴二字，故曰意淫。"[①]这一阐释极准确地道出了宝玉善待女性的特点，宝玉走近那些美丽的少女，不是为了贪其姿色，更不是占有她们的身体，而是不求回报地关爱她们，润泽她们，在付出中得到一种审美享受。平儿被凤姐、贾琏打骂，受了委屈时，宝玉便领她到怡红院中，命丫鬟给其换衣、洗脸，又亲自递送脂粉让平儿妆饰，"竟得在平儿前稍尽片心，亦今生意中不想之乐也。因歪在床上，心内怡然自得"。宝玉"色色想得周到"的细心与贾琏"惟知以淫乐悦己，并不知作养脂粉"的粗陋，形成了鲜明的对比。而宝玉之所以如此，深源于天性中怜香惜玉的同情之心："又思平儿并无父母兄弟姊妹，独自一人，供应贾琏夫妇二人。贾琏之俗，凤姐之威，他竟能周全妥

[①] 《脂砚斋甲戌抄阅再评〈石头记〉》，上海古籍出版社 1985 年版，第 79 页。

贴，今儿还遭荼毒，想来此人薄命，比黛玉尤甚。想到此间，便又伤感起来，不觉洒然泪下。"当然，这种怜爱是含有性的成分的，不过性仅仅是内在的动因，显现的仍然是那种含蓄、纯洁、诗化的美。这突出地表现在"呆香菱情解石榴裙"中他对香菱的呵护、怜爱上。香菱以夫妻蕙斗草，宝玉用并蒂菱来凑趣，而一见香菱裙子被泥水弄脏，宝玉赶忙喊袭人来将其裙子给香菱换上，然后又挖坑将夫妻蕙、并蒂菱和着落花埋在一起。这里的夫妻蕙、并蒂菱、裙子等物象以及宝玉对香菱的态度和行为，都有着浓浓的性的色彩甚至暗示，但宝玉绝对不是出于调情占人家的小便宜，而是一种充满童心和爱意的帮助："宝玉听了，喜欢非常，答应了忙忙的回来。一壁里低头心下暗算：'可惜这么一个人，没父母，连自己的本姓都忘了，被人拐出来，偏又卖与了这个霸王。'因又想起上日平儿也是意外想不到的，今日更是意外之意外的事了。"宝玉帮助香菱不仅是物质上的，而且主要还是在情感上给其慰藉，心灵上给其体贴，让这个可怜而又可爱的少女得到在呆霸王那里无法得到的人间温情。而宝玉也在呵护、关爱她的过程中，体验到了心理上的满足和审美的愉悦。有时，为了让那些挣扎在社会底层的少女得到安全和快乐，宝玉甚至不惜以自己的名誉、痛苦为代价来袒护她们、讨好她们。自己淋了雨，还心疼划"蔷"的龄官，劝她快走别让雨淋病了；自己编了谎来承担责任，以庇护弱小无助的五儿；司棋被逐出大观园时，他又以保护人的身份仗义执言；把心爱的扇子送给晴雯，看着她一把把地撕掉而不痛惜，只为以此可以换来她的开心。

　　这种多情和体贴更突出地体现在对黛玉的精心关爱上。宝、黛定情之后，不再相互猜忌斗嘴，而是化作了日常生活中的牵挂体贴："宝玉也觉心里有许多话，只是口里不知要说什么，想了一想，也笑道：'明日再说罢。'一面下了阶矶，低头正欲迈步，复又忙回身问道：'如今的夜越发长了，你一夜咳嗽几遍？醒几次？'"这句问候看似平常，实蕴贴心贴骨的关爱，只有至情才会这样。脂砚斋就此也评道："此皆好笑之极，无味扯淡之极，回思则皆沥血滴髓之至情至神也，岂别部偷寒送暖私奔暗约，一味淫情浪态之小说可比哉。"[①] 即使对并不可心的宝钗，一旦成了自己的妻子，也是细心周到，恩爱有加。一次让童仆这样传话给宝钗："若是去呢，快些来罢；若不去呢，别在风地里站着。"怜惜之情，溢于言表。对心上

---

① 俞平伯：《脂砚斋红楼梦辑评》，香港太平书局1975年版，第462页。

人的真感情，往往表现在日常琐事上的呵护、关照。这让我想起了契诃夫的《春夜》，那一对新婚的小夫妻，晚上从花园里散步回来，新郎对新娘说："你的裙子都让露水给打湿了。"一句普通的问候，让旁边的那位独身的老处女姑姑受到了很大的震动，以致不久就死了。

再次，还表现在宝玉对美丽少女的痴情上。冷子兴认为宝玉属正气邪气杂赋之人，即所谓"情痴情种"；作者又借僧人之口说其为"情痴色鬼"。"情"指的是注重与女子感情、精神上的联系而不仅仅是容貌美色，更不是皮肉体肤；"痴"是情之深，思之切，以至于达到痴迷忘我的程度。而痴情就是对那些少女不止于当下的欣赏、帮助和体贴，还进而产生了超越时空的思念和牵挂。这又有两种不同的表现形态：其一是移情，就是爱屋及乌，由于环境、伦理等的制约而无法当面直接表达的情感，转而在与那对象有关的人或物上得以对应或寄托。宝玉对待傅秋芳及其嬷嬷的态度就是这样。宝玉本来对那些上了年纪的女人很厌烦，但对傅秋芳家的嬷嬷却一反常态的热情礼待。这是因为傅秋芳"是个琼闺秀玉，常闻人传说才貌俱全，虽自未亲睹，然遐思遥爱之心十分诚敬，不命他们进来，恐薄了傅秋芳……"宝玉作为世家公子在那个时代是无法与一个陌生的深闺秀女会面传情的，但他通过对其家人的热情曲表了自己的爱慕之心。这种移情更突出地表现在宝玉将对黛玉的深情移诸晴雯、五儿、芳官等丫鬟的行为上。宝玉用情最多最专的人是黛玉，虽然二人青梅竹马、耳鬓厮磨、两小无猜，但随着年岁的增长，大家庭的规矩却限制了他们的体肤之亲和情感的表达。而晴雯作为侍候宝玉的丫鬟，就随便多了，宝玉可以更直接、坦率地倾诉自己的情感，在黛玉那里因礼法而被压抑的感情在晴雯那里畅快淋漓地宣泄出来了。而晴雯则是黛玉的影子——她的形象容貌、性格、为人处世以及命运结局都与黛玉有着惊人的相似之处，故而宝玉对晴雯的感情虽然有独立自存的一面，但也是对黛玉情感的一种延伸和转移。而后来对长相与黛玉、晴雯相似的芳官、五儿表现出的不同寻常的亲近和喜爱，在心理深层也可追溯到宝玉对黛玉的遥思和重温。其二是感应和悼念。刘姥姥信口胡诌了一个雪下抽柴的美丽姑娘，宝玉就信以为真，念念不忘，还刨根问底。当听刘姥姥说这个茗玉小姐死后塑了像，宝玉还认为她"虽死不死"的，派茗烟四处打探找寻，希望尽自己的思慕之情。在受自己连累而含冤死去的金钏的忌日，宝玉撮土为香，以示祭奠；晴雯病死，宝玉撰写《芙蓉女儿诔》，以寄深情悼念；黛玉泪尽而死，宝玉则多次凭吊、痛悼。美丽的少女肉体虽然不在了，但宝玉却认为她们的灵魂还在，她们化作了仙，化作了神，而自己以诚敬之心追怀，就是希望她们在另一个世界得到感应。

值得一提，也值得玩味的是，宝玉"意淫"，诗意而非肉欲地对待那些走近他的美丽少女，并非说他不具有性行为的能力以至于让人误会为性无能者。作者对此有个独具匠心的安排：宝玉出场之初，警幻仙子就对他"秘授以云雨之事"于梦中，而醒后又与袭人"初试云雨情"，这说明他在性生理、性心理上都已成熟；婚后与宝钗也曾"如鱼得水，恩爱缠绵，所谓二五之精妙合而凝的了。"这表明他一直都拥有性行为的能力。宝玉之所以"意淫"而不"皮肤之淫"，非不能也，是不为也。他是在通过扼制自己的生物冲动、占有欲望而转化为文明、审美的心灵观照和日常体贴，是一种含蕴着丰富人性内涵的爱的升华。

宝玉"意淫"的动因在于他把美丽的少女当作了美好理想的化身。在他心目中，那些走入他视野和生命的青春少女是诗是梦，那么虚幻缥缈又那么美丽动人。而他的梦想就是在大观园中营造一个女儿国，并希望这些女人青春常驻，永不衰老，而他守护着她们，彼此终生相伴，永不分离。当袭人说就要赎身离开荣国府时，宝玉急切地说："只求你们同看着我，守着我，等我有一日化成了飞灰，——飞灰还不好，灰还有形有迹，还有知识。——等我化成一股轻烟，风一吹便散了的时候，你们也管不得我，我也顾不得你们了。那时凭我去，我也凭你们爱那里去就去了。"以后又对袭人说："……比如我此时若果有造化，该死于此时的，趁你们在，我就死了，再能够你们哭我的眼泪流成大河，把我的尸首漂起来，送到那鸦雀不到的幽僻之处，随风化了，自此再不要托生为人，就是我死的得时了。"这个现实中大观园里的女儿国与想象中太虚幻境里的女儿国交映在一起，汇入了宝玉的生命中和梦幻里，显得如此美丽动人，如诗如画。

美丽的东西虽然动人，但却是脆弱的。宝玉的"意淫"、对女子的诗意观照、女儿国的营建，都只不过是个梦，而梦总是要醒的，美丽的童话在严峻的历史面前总是像肥皂沫那样被碰得粉碎。《红楼梦》作者的深刻处就在于既能入于梦又能出于梦，既追求审美价值又兼顾了历史意蕴。宝玉以护花使者的身份出现，但却难以自保，又如何去保护那些处于可怜地位的女子呢？因为他厌恶仕途经济，无法融入主流文化，在社会上难以找到自己的位置从而无法把握自己的命运，所以当晴雯、司棋、芳官等被逐时，他虽为贵公子，但却无可奈何，只能暗暗掬一把同情之泪而已。更主要的是还有一些超自然力的东西是自己的力量根本无法左右的。比如宝玉希望女子年轻美丽、永不结婚，但时光却会将人带入衰老，社会伦理要求"女大当嫁"，这不是宝玉可以主宰的。当宝玉说"我能够和姊妹们过一日是一日，死了就完了。什么后事不后事"时，李纨对他的一番教训是很有道理的："这可又是胡说。就算你是个没出息的，终老在这里，难道其他姊妹们都不出门的？"所以最后的结局是，元春抑郁病死，迎春、探春、湘云出嫁，晴雯、芳官等被逐，妙玉被劫，惜春出家，黛玉含恨而死，女儿国分崩离析，而宝玉也只能以"悬崖撒手"为自己画上了一个句号。

　　《红楼梦》的作者虽然距我们已经两百多年了，但他对爱情的体悟和建构并没有成为历史。在新旧交替的文化转型期，在人们有的以满足肉欲为乐，有的因自我压抑而人格扭曲时，在文学或者宣扬性暴力，或者消解爱情的神圣性，或者相反建构虚幻苍白的爱情"乌托邦"时，我们重温宝玉对待爱情的态度，感受作者对爱情的神圣性、诗性的独特体悟和阐释，这对我们寻找心灵、情感的归宿，重塑我们的人文精神，完善和丰富我们的人性，是有着非常重要的建设性意义的。

从《红楼梦》的几个题名透视其内在意蕴

在古今中外文学史上,能够被不同时代、观念各异的研究者们归纳、阐释出如此众多的主题、内蕴的作品,恐怕当推《红楼梦》了。它以独具的丰富内涵、巨大张力、特异魅力使自己真正成了一个传奇,以至于有了众说纷纭、莫衷一是的解说和演绎,正如鲁迅所概括的那样:"《红楼梦》……单是命意,就因读者的眼光而有种种:经学家看见《易》,道学家看见淫,才子看见缠绵,革命家看见排满,流言家看见宫闱秘事……"[①] 鲁迅之后的"红学"走向,笔者不妨补上:胡适看见曹雪芹的自叙传,毛泽东支持下的"小人物"看见了阶级压迫和封建制度走向覆灭的命运,而江青则看见了男权和女权之争。

以上诸说,见仁见智,各有千秋。虽然根据接受美学的原理,读者可以而且有必要以自己的体验来理解和阐释作品,甚至作品价值的实现最终要依仗接受主体的缘情造境,但就《红楼梦》而言,对它的研究似乎出现了以偏概全、六经注我、游离原旨的倾向。这就使本来颇具神秘色彩的作品变得更加深奥莫测了。窃以为不妨用以经解经之法,即从作品本身透露出的信息来重新解读这部奇书,并还其庐山本面。

在这里我想从其题名入手,因为作品的名称就是作者对作品的主题、旨意的暗示或显露,犹如路标和灯塔,引导人们走向正道而不至于误入歧途。关于《红楼梦》的题名,"脂砚斋甲戌本"这样记述道:空空道人"遂易名情僧,改《石头记》为《情僧录》。至吴玉峰题曰《红楼梦》。东鲁孔梅溪则题曰《风月宝鉴》。后因曹雪芹于悼红轩中披阅十载,增删五

---

① 鲁迅:《〈绛洞花主〉小引》,《鲁迅全集》第八卷,人民文学出版社1982年版,第145页。

次，纂成目录，分出章回，则题曰《金陵十二钗》，……至脂砚斋甲戌抄阅再评仍用《石头记》"①。俞平伯在充分论证的基础上认为：最初曹雪芹就题为《红楼梦》，后脂砚斋评点时改为《石头记》，最后程伟元、高鹗刻版印刷时复改为《红楼梦》。②而曹雪芹在这里所列书名及其出处，我们不必一一细究，此乃其自言的"假语村言、真事隐去"、脂砚斋所评的"画家烟云模糊处"的小说家惯用的障眼法，不过是用这众多的题名来表达其内蕴的不同层面而已。俞平伯也认为"这些"是"假想中的名字"，"不是书名"，"只用来表示本书中某种的含义因素"。③我们平时作诗为文，不也常常为名称而反复斟酌，甚或几易其名吗？不过一般情况下，我们会将未用之名隐去，而曹雪芹却示而未隐，将内幕披露于前台。此乃对读者阅读的提醒，也是自我心迹的外显。

在这众多书名中，就内容而言又有交叉重复处。将之合并归拢，《金陵十二钗》似应并入《红楼梦》，而《情僧录》则可合于《风月宝鉴》（依据详于后）。在此基础上，我们就可以从《红楼梦》《石头记》《风月宝鉴》这三个书名来透视此书的内蕴了。以上的构想确立之后，惊奇地发现"脂砚斋甲戌本"的"凡例"也是通过书名来切入其主旨的：它在标题"《红楼梦》旨意"下紧接着一句就是"是书题名极多"；而且它主要也是从上述三个题名入手的："此三名皆书中曾已点睛矣。"这使我油然顿生一种"所见略同"的欣喜。

一 怀金悼玉的《红楼梦》——对女子和青春的颂诗与挽歌

《红楼梦》是这部书的总名，曹雪芹以及后来的程、高都是以它命名此书的。脂砚斋认为："《红楼梦》是总其全部之名也。"④俞平伯则认为《红楼梦》是"大名"，"假如'石头记'是大名，则'红楼梦'便是更大的名。""'红楼梦'才是包括一切的大名，是人世间、社会上流传的称呼。"⑤《红楼梦》书名的"点睛"之处，是第五回宝玉梦游太虚幻境听到的《红楼梦》曲子，而这十二支仙曲对书中主要人物的命运进行了预设和

---

① 《脂砚斋甲戌抄阅再评石头记》，上海古籍出版社1985年版，第8页。
② 俞平伯：《红楼梦正名》，《红楼梦研究》，人民文学出版社1988年版，第167—171页。
③ 同上书，第169页。
④ 《脂砚斋甲戌抄阅再评石头记》，上海古籍出版社1985年版，第2页。
⑤ 俞平伯：《红楼梦正名》，《红楼梦研究》，人民文学出版社1988年版，第169—171页。

第一辑　经典细读

构画，是作品的大纲，因而将它作为全书总名是在情理之中的。由此可见，《红楼梦》这个名称最大限度地涵盖了这部书的主要意蕴。

那么，"红楼梦"这三个字的含义是什么呢？它怎样对应或隐含着作品的意蕴呢？首先说说"红楼"。在作品中并没有实存一座红色的楼，只是在《红楼梦》曲子《世难容》里"红粉朱楼春色阑"一句有"朱楼"一词，"朱楼"从字面讲就是红色的楼，就像"朱门酒肉臭"中的"朱门"就是红色的门一样。不过人民文学出版社1982年版的《红楼梦》是这样来注解"朱楼"的："指富贵人家女子住的绣楼。"由此解之，"红楼"似指大观园、荣、宁二府以及太虚幻境，总之它与女子有关。

其次，我们再看看"红"的意思。"红"有两层含义：①女人的代称，因为女人喜欢穿红衣、涂红脂，更主要的是女人的脸蛋呈红色，如说"红颜薄命"。②青春美丽的象征。红多指代花，因花红色较多，比如"乱红飞过秋千去""绿肥红瘦"等。而花是植物生命力和美丽的集中体现，又多开放在富有生机的春天里，所以人们总将之与春天、青春联系在一起，把少男少女十五六岁的时候比作花季。于是人们进而将"红"比喻女子的青春和美丽，如"人面桃花相映红""红杏出墙"。而作者对作品中几个主要人物元、迎、探、惜也是以"春"来命名的。由此可见，这里的"红"也好，"红楼"也好，暗示的都是女子，或者说作者是给女子作传。这在作品开头的自述中可以得到进一步的印证："但书中所记何事何人？自又云：'今风尘碌碌，一事无成，忽念及当日所有之女子，一一细考较去，觉其行止见识，皆出于我之上。何我堂堂须眉，诚不若彼裙钗哉？……我之罪固不免，然闺阁中本自历历有人，万不可因我之不肖，自护已短，一并使其泯灭也。……又何妨用假语村言，敷演出一段故事来，亦可使闺阁昭传，复可阅世之目，破人愁闷，不亦宜乎？'"

再次，还有一个关键词就是"梦"。第一回开篇作者就特意交代："此回中凡用'梦'用'幻'等字，是提醒阅者眼目，亦是此书立意本旨。"可见梦幻之感是贯穿整个作品的重要线索和内容。脂砚斋也多次以梦来切入和解释作品，在第五回原文"新填《红楼梦》仙曲十二支"之旁这样评道："点题。盖作者自云所历不过红楼一梦耳。"[①] 在第四十八回原文"宝钗正告诉他们，说他（香菱）梦中作诗说梦话"下批道："一部大书起是

---

① 《脂砚斋甲戌抄阅再评石头记》，上海古籍出版社1985年版，第67页。

梦，宝玉情是梦，贾瑞淫又是梦，秦之家计长策又是梦，今作诗也是梦，一并风月宝鉴亦从梦中所有，故红楼梦也。"① 从作者和脂砚斋的态度看，"梦"主要是一种非实在性的存在，是一种虚幻的、不真实的负面体验。其实"梦"还有另一层含义，它是在现实中被压抑的、无法实现的愿望，是对理想、完善、诗意的一种渴求和向往，我们常说的美梦成真、做个好梦等即然。在《红楼梦》这部书里，梦作为贯穿全书的一种意识和体验，这两种相关联又相反的意蕴都存在：梦是虚幻的，同时又是美好的。而《红楼梦》就是曹雪芹的关于年轻美丽女子的一个美好而虚幻的梦，是对青春少女的一首颂诗和挽歌。

作者倾心赞美的青春美貌的女子又是哪些人呢？她们就是大观园、荣、宁二府中的"金陵十二钗"。第五回写宝玉看到的"金陵十二钗"册子与听到的《红楼梦》十二支曲子相互对应补充，预示了主要人物的命运，故而我认为《金陵十二钗》与《红楼梦》作为书名在内容上有重合处，应隶属、合并于后者。那么金陵十二钗又包括哪些人呢？第五回交代金陵十二钗有正、副、又副三册，载入正册的有黛玉、宝钗、元春、迎春、探春、惜春、史湘云、妙玉、李纨、凤姐、秦可卿、巧姐十二人。副册宝玉没有看，我们无从知道。又副册只记了晴雯、袭人和香菱三人。十八回脂批曰："雪芹题目'金陵十二钗'，盖本宗《红楼梦十二曲》之意。后宝琴、岫烟、李纹、李绮皆陪客也，《红楼梦》中所谓副十二钗是也。又有又副册三断词，乃晴雯、袭人、香菱三人而已，余未多及，想为金钏、玉钏、鸳鸯、苗云（茜雪）、平儿等人无疑矣。"而在此处畸笏叟又眉批曰："树处引十二钗总未的确，皆系漫拟也。至末回警幻《情榜》，方知正、副、再副及三、四副芳讳。"② 也就是说，按曹雪芹的计划，《红楼梦》结尾处安排了一个警幻情榜，类似《水浒传》的石碣，《儒林外史》的幽榜，《封神演义》的封神榜。俞平伯也考证出"末回情榜备载""十二钗底'副''再''三''四'，共计六十人"③。其实，十二钗不必落到实处，一一都有所指，正如脂砚斋评及十二钗时所论："真镜中花、水中月、云中

---

① 《乾隆庚辰脂砚斋评本》，俞平伯：《脂砚斋红楼梦辑评》，香港太平书局1975年版，第454页。

② 同上书，第228页。

③ 俞平伯：《后三十回的红楼梦》，《红楼梦研究》，人民文学出版社1988年版，第150—151页。

豹、林中鸟、穴中之鼠，无数可考，无人可指，有迹可追，有形可据，九曲八折，远呼近影，迷离烟灼，纵横隐现，千奇百怪，眩目移神，现千手千眼大游戏法也。"① 比如尤二姐、尤三姐、司棋、芳官、五儿、红玉等，似都可列入其中，这里可以泛指那些走进宝玉视野和生命中的所有年轻女子。

　　作者对这些美丽女子的赞美是通过宝玉对待她们的态度来实现的。宝玉是作者审美意象的外化，作者的心灵情感触角是叠印在宝玉身上的。宝玉天性中就有对女孩子的一种诗意化的钟爱，认为"女儿是水作的骨肉，男人是泥作的骨肉。我见了女儿，我便清爽；见了男子，便觉浊臭逼人"。宝玉最钟情的是黛玉，她的妩媚风流、纯洁无瑕、情真意切，都让宝玉恋慕不已。与宝钗虽然志趣不同，但当看到宝钗"生得肌肤丰泽""雪白一段酥臂"时，"不觉动了羡慕之心"。对湘云、妙玉，宝玉也是用心留情，多次被她们的美丽、青春气息吸引和打动。对美丽少女的欣赏和关爱常常会超越社会地位的间隔，宝玉对那些仆女如莺儿会"不胜其情"，"见了红玉，也就留了心"，即使见了村姑二丫头，也"以目相送"，"恨不得下车跟了他去"。不仅如此，宝玉还常常以怜香惜玉之心对那些可爱又可怜的美丽少女无私奉献和倾心呵护。平儿被凤姐、贾琏打骂时，宝玉便把她领到怡红院，命丫鬟给其换衣洗脸，自己又亲手递送脂粉；香菱的裙子被泥水弄脏了，他赶忙喊来袭人给其换上干净的裙子，给这个无助的小姑娘以情感上的慰藉；把心爱的扇子送给晴雯，看着她一把把地撕掉而不痛惜，只为以此可以换来她的开心。宝玉之所以这样，在于他把美丽的少女当作了美好理想的化身，他的梦想就是在大观园中营造一个女儿国，并希望这些女人青春常驻，永不衰老，而自己守护着她们，彼此终生相伴，永不分离。他这样对袭人说："只求你们同看着我，守着我，等我有一日化成了飞灰，——飞灰还不好，灰还有形有迹，还有知识。——等我化成一股轻烟，风一吹便散了的时候，你们也管不得我，我也顾不得你们了。那时凭我去，我也凭你们爱那里去就去了。"大观园中这些美丽的少女，用她们的美貌、青春、痴情编织成一道美丽的风景，汇入了宝玉的心灵和生命之中，成为作者诗意的对象和审美理想的寄托，对应着现实中失落的

---

① 《乾隆庚辰脂砚斋评本》，俞平伯：《脂砚斋红楼梦辑评》，香港太平书局1975年版，第448页。

心灵情感。

　　作者并没有自足和陶醉于自造的乌托邦，而是在构建梦的同时，又消解着梦，在筑造美丽动人的女儿国时又解构了它，写了梦的虚幻和破灭，从而使作品始终贯穿着悲剧的情调。而这种悲剧的氛围，作品展开之初就奠定了。宝玉在梦中太虚幻境所看"金陵十二钗"册子、所听《红楼梦》曲子以浓缩的形态将众多女性悲剧的命运预演，以诗、画、歌、曲的感性样式来警醒宝玉，以"万艳同悲""千红一哭""原应叹息"等暗示的方式来提示宝玉，以后这些就化作了酸涩的苦酒，在冷峻的现实中让其丝丝缕缕、点点滴滴地去感悟和体味。女性的悲剧与女性的美丽同步展开，作品对此层层铺陈、处处渲染，而且总是将女性的命运与春之将残、花之将谢交映着来写，因为女人与花、春在形态、命运上有着惊人的相似之处。十三回秦可卿临死时托梦给凤姐，最后赠言两句："三春去后诸芳尽，各自须寻各自门。"这里的"诸芳"显然喻指荣、宁二府、大观园中的女子是会随着贾府的衰败而消亡的，这是对她们以后命运的一个预测。脂砚斋就此夹批曰："此句令批书人哭死。"①《葬花吟》是林黛玉面对落花残春而产生的感伤和忧郁，而在"侬今葬花人笑痴，他年葬侬知是谁？试看春残花渐落，便是红颜老死时。一朝春尽红颜老，花落人亡两不知"里对青春、生命、归宿的拷问中，也流露出对整个女性的悲剧性人生际遇的感触：美丽、青春难以持久，一切都会随着时光的流逝而魂消香断、变老变丑。脂砚斋对此回总批曰："《葬花吟》是大观园诸艳之归源小引，故用在钱花日诸艳毕集之期。"②它是以诗的样式兆示了诸多女性日后的悲剧结局。

　　女儿国美梦的破灭和解构，更主要的是从宝玉的人生处境来展示的。宝玉把大观园中美丽的女子当作审美的对象，自己以一个护花使者的身份来欣赏、慰藉和呵护她们，但他自己却是一个失败者，处于一个可怜无助的地位。他厌恶仕途经济，无法进入主流社会，无法实现自己的社会价值，难以主宰自身的命运，因而晴雯、司棋等被赶出大观园时，自己只能眼睁睁地看着却无力相助，与林黛玉真心相爱但却不能与她终生相伴。更

---

① 《脂砚斋甲戌抄阅再评石头记》，上海古籍出版社1985年版，第129页。
② 《乾隆庚辰脂砚斋评本》，俞平伯：《脂砚斋红楼梦辑评》，香港太平书局1975年版，第375页。

主要的是，有些导致悲剧产生的超自然的力量是宝玉无法左右的。他希望大观园中的女子青春美丽、诗意永驻，但一方面时光会把她们从小女儿带向大姑娘，从而使她们对他有了忌讳、疏远和躲避，同时还会将她们由年轻逼向衰老乃至死亡；另一方面，伦理也不允许那些姑娘们永远陪伴他，因为随着年龄的增长，她们不得不嫁人，为人妻人母。所以最后的结局是，元春抑郁病死，迎春被夫家虐待而亡，探春远嫁，湘云丧夫而守寡，惜春遁入空门，妙玉被劫，黛玉泪尽而死，那些可爱的丫鬟们或被逐，或嫁人，或夭亡，各作鸟兽散，女儿国分崩离析，而宝玉也只能以"悬崖撒手"为自己画上一个句号。这样，女儿国的审美构建中，又融入了历史、文化的深厚和凝重。

女儿国是一个梦，作者进而又认为人生也是一个梦："悲喜千般同幻渺，古今一梦尽荒唐。"① 不过，这种人生虚无如梦的负面体验并不是没有意义的，它作为一种强大的内驱力和形而上的哲学意蕴而构成了一种独具魅力的审美创造。大观园没有了，但太虚幻境还在，曹雪芹死了，但《红楼梦》却留下了永恒的美丽。

二　无材补天、幻形入世的《石头记》——作者惭愧、悔恨和超越的象征

石头作为贯穿作品始终的一个意象，一头连着瑰丽奇诡的神话，另一头连着坚实厚重的现实，从而构成了作品的支点，起着举足轻重的作用，故而《石头记》的题名准确而又诗意地揭示了作品的内涵。从字面上看，这个题名有两层含义：一是石头所记之事，二是记述石头之事。前者联结着作者曹雪芹，后者对应着主人公贾宝玉。其实，作者、石头、主人公是三位一体的，第五回正文"若非个中人"之旁，脂砚斋评道："三字要紧。不（知）谁是个中人。宝玉即个中人乎？然则石头亦个中人乎？作者亦系个中人乎？"② 从作品自身的内在关系、形象体系来看，三者也是一种同构关系。优秀的艺术作品往往是作者心血凝成，因而都可当作作者的自叙传，这里的石头、宝玉既是作者人生际遇的写照，又是作者心灵、情感的外化。其中石头是充满神话色彩的物化形态，是一个象征，而宝玉则为植

---

① 《脂砚斋甲戌抄阅再评石头记》，上海古籍出版社1985年版，第3页。
② 同上书，第73页。

根于现实大地的世俗人生的具体展示,二者从不同的角度艺术地展现了作者心灵深处的内在情结。

首先,说一说石头与作者的关系——作者和石头是叠印在一起、彼此互映的。我们知道一个不争的事实是,这部书是作者曹雪芹写的,一切都是他在叙述。这在一开始就交代清楚了:"作者自云:因曾经历过一番梦幻之后,故将真事隐去,而借'通灵'之说,撰此《石头记》一书也。"但紧接着作者就玩了一个"障眼法",讲了一个荒诞不经的故事:此书本是石头经历了人间的一番阴晴冷暖之后而留下的一段文字,由空空道人抄来而流布于世。而在作品的叙述中,石头又常出人言,作为叙事者对世事议论评说。第六回叙述刘姥姥进大观园时忽然插入这样一段文字:"诸公若嫌琐碎粗鄙呢,则快掷下此书;若谓聊可破闷时,待蠢物细细言来。"就此脂砚斋评道:"妙谦,是石头口角。"[1] 第十八回于贾妃省亲的喧闹中也切入了石头的自述:"此时自己回想当初在大荒山中,青埂峰下,那等凄凉寂寞;若不亏癞僧、跛道二人携来到此,又安能得见这般世面。"对此脂砚斋也眉批曰:"如此繁华盛极花团锦簇之文,忽用石兄自语截住,是何笔力,令人安得不拍案叫绝。"[2] 在这些地方作者用的是分身术,石头不过是作者的一个影像,其实二者是一体的。作者这样处理,实现了两个功能。

第一是表露了作者生命深层的一个情结,即作者内心深处的愧与悔。石头的命运恰是作者人生境遇的自况,二者有着惊人的相似之处。脂砚斋在正文"无材补天,幻形入世"之旁评道:"八字便是作者一生惭恨,本书之旨。"[3] 这就简要地点出了石头的矛盾、作者的情结和作品的张力的对应关系及内在联系。石头的矛盾是"补天"和"幻形"之间的错位和冲突:补天是石头的用武之处,也是最高理想,但却被女娲弃在荒山野岭,"因见众石俱得补天,独自己无材不堪入选,遂自怨自叹,日夜悲号惭愧"。而作者的最高理想当然也是"补天",像历代文人那样"齐家治国平天下",但现状却是"风尘碌碌,一事无成",也是处于无材被抛的状态,因而自然也产生了惭愧之感:"实愧则有馀。"石头求上之不得,故下而求

---

[1] 《脂砚斋甲戌抄阅再评石头记》,上海古籍出版社 1985 年版,第 84 页。
[2] 《乾隆庚辰脂砚斋评本》,俞平伯:《脂砚斋红楼梦辑评》,香港太平书局 1975 年版,第 231 页。
[3] 《脂砚斋甲戌抄阅再评石头记》,上海古籍出版社 1985 年版,第 7 页。

其次，幻形成玉，让僧、道携入红尘，在"富贵场""温柔乡"享乐历练。而雪芹自己少年时也享受过同样的温柔富贵："……以往所赖天恩祖德，锦衣纨绔之时，饫甘餍脂之日。"但作者愧悔之情也由之而生，挥之不去：少年没有苦学上进，成年未能承家兴业，而如今已失去补救的机会，悔之晚矣。

第二是作者以此摆脱愧悔之窘，努力超越自我。石头虽无力补天，但在尘世经历了一番温柔富贵、爱恨缠绵之后，就由原先的自然之物演化为一种文化存在，经空空道人的抄录传播，从而使自己的心灵、情感和追求得以外化、流布。而这恰好是作者人生轨迹的写照：作者从富贵跌入困顿，不要说济世补天，就连生计都已无望，过着"茅椽蓬牖，瓦灶绳床""举家食粥"的窘迫凄惨生活，此时愧悔都无济于事。为了摆脱上述情感的折磨，作者由现实的抗争转为一种非直接的努力来进行审美超越："……自欲将已往……背父兄教育之恩，负师友规训之德，以至今日一技无成、半生潦倒之罪，编述一集，以告天下人。"也就是说，自我的人生失落、人性的压抑、理想追求的落空，成了作者创作《红楼梦》的内在驱动力。脂砚斋在正文"只剩下一块石头未用"之下评道："剩了一块便生出这许多故事，使当日虽不以此补天，就该去补地坑陷，使地平坦，而不得有此一部鬼话。"① 此语形象而幽默地道出了作者创作的心理机制和动因。这正如厨川百村所认为的那样："寻其根本来，也就是生命的自由飞跃因为受了阻止和压抑而生苦闷，即精神的伤害，这无非就是从那伤害发生出来的象征的梦，是不得满足的欲求，不能照样地移到实行的世界去的生的要求，变了形态而表现的东西。诗是个人的梦，神话是民族的梦。"②《红楼梦》就是曹雪芹苦闷、压抑之中所产生的象征的梦。作者把一生的辛酸、愧疚、血泪都诉诸笔端，转化为文字："字字看来皆是血，十年辛苦不寻常。"③"满纸荒唐言，一把辛酸泪。"脂砚斋也认为："此书系自愧而成。"④ 作者"遂淌泪为墨，研血成字"⑤。曹雪芹用语符构建了一

---

① 《脂砚斋甲戌抄阅再评石头记》，上海古籍出版社1985年版，第2页。
② [日]厨川百村：《苦闷的象征》，《鲁迅译文集》第三卷，人民文学出版社1958年版，第89页。
③ 《脂砚斋甲戌抄阅再评石头记》，上海古籍出版社1985年版，第4页。
④ 《乾隆庚辰脂砚斋评本》，俞平伯：《脂砚斋红楼梦辑评》，香港太平书局1975年版，第151页。
⑤ 《有正书局石印戚蓼生序本》，俞平伯：《脂砚斋红楼梦辑评》，香港太平书局1975年版，第471页。

个虚幻的精神世界,来对抗背离了自己的社会现实,以使自己的心灵得到平衡和慰藉。以石头自比,是作者想使作为具有短暂性的生命个体的自我能够拥有石头的坚固、不朽而得以持久永恒。作者从立德、立功的无望转而致力于立言,以一部大书面世,实现了不朽,进入了一种审美的境界,摆脱和超越了尘世中的愧和悔,也给同代后人留下了一道绚丽夺目的文化景观。

其次,再看看石头与主人公贾宝玉——作者心灵化身的关系。二者的对应同构处处都体现出来:顽石被僧、道点化为玉携往"诗礼簪缨之族,花柳繁华地",在此两句之后,脂砚斋分别批曰:"伏荣国府。""伏大观园。"[①] 隐含着宝玉的出生地。第二回写宝玉衔玉而生时,脂砚斋又评道:"青埂峰顽石已得下落。"[②] 作者交代宝玉前生为赤瑕宫神瑛侍者,即暗示着"玉"字在其中,脂砚斋认为:"单点玉字。"[③] 第二十五回写玉失灵后宝玉也随之中邪变得昏傻。这些都隐示着主人公贾宝玉与顽石及其幻化形态灵玉是一体的,不可分的。贾宝玉是顽石的展开,顽石是一个写意的物象,而宝玉则是支撑着这一物象的实事形象。顽石的补天和记传的矛盾在宝玉身上转化为石、玉之间情和理的冲突,并一起对应着作者在立功和立言之间徘徊不定的情结。

顽石幻化为玉,又与宝玉连为一体,从而使宝玉拥有了石和玉的两种特性,或者换句话说,石和玉分别代表着贾宝玉人生中的两个相反相成的层面。石头是一种自然形态的东西,粗糙而本真,充满着个性;灵玉经过了点化雕琢,精美玲珑,但也少了棱角,成了被人观赏把玩之物。石和玉的特性及相互对立表现在宝玉人生的各个方面。在爱情上,一头连着与黛玉的木石之盟,另一头则又联结着与宝钗的金玉良缘。前者是充满诗情画意、发自生命深层的心灵之约,后者则是被家族、长者认可而又饱含脉脉温情的世俗婚姻,而宝玉在两者之间左右徘徊。在人生态度上,宝玉一头连着甄士隐、秦钟,另一头连着甄宝玉和贾雨村。前者任性自然、随遇而安,是一种出世的超然的人生态度;后者则为了仕途经济而烦忙和扭曲,是入世的务实。宝玉面临的是诗意人生与严峻沉重的现实人生的冲突,他

[①] 《脂砚斋甲戌抄阅再评石头记》,上海古籍出版社1985年版,第7页。
[②] 同上书,第28页。
[③] 同上书,第10页。

第一辑 经典细读

就在这两者之间游移着、困惑着、痛苦着、挣扎着。王蒙把宝玉身上石和玉的矛盾概括为"情和理的冲突"①，这是一种颇有见地的发现和总结。情是个性、天性的自然流露，而理则是社会、伦理对他的期望、要求和制约。宝玉的情理之对立，在秦钟的人生矛盾中得到充分的体现。秦钟是宝玉的影子和化身，因为秦钟是"情种"的谐音，而情种又是特指贾宝玉的。第七回写宝玉、秦钟初见时，脂砚斋批道："实写秦钟，双映宝玉。"②秦钟是因情而死的，但死前却给宝玉留下了这样的悔恨交加的遗言："……以前你我见识自为高过世人，我今日才知自误了。以后还该立志功名，以荣耀显达为是。"而甄（真）、贾（假）宝玉的设置则直接而艺术地展示了主人公情理之冲突。二宝玉不仅名字相同，外貌相似，而且连性情、癖好比如喜爱女子等都惊人的一致。但后来他们相遇时却话不投机，原来甄宝玉已否定了自己以前的人生态度，转而热衷功名。其实，二宝玉不过是作者虚设的主人公的两种人生样式罢了，是其在人生道路选择上两难处境的艺术折射。贾宝玉最后不也是承受不住世俗的压力而参加科举考试以光宗耀祖么？不过，贾宝玉还是保留了真性情，在情理冲突中最终选择了情，在玉失灵时就返归石的本性。虽然在长者的安排和欺蒙下与宝钗做了夫妻，但心灵深处仍然思念和追忆着黛玉，乃至最后以出家昭示了自己的忠贞和诚敬。虽然他不得不上学读书，但读书主要是为怡性，非为沽名。第七十三回这样写宝玉读书："虽闲时也曾遍阅，不过一时之兴，……究竟何曾成篇潜心玩索。"脂砚斋就此评道："妙，写宝玉读书，非为功名也。"③更主要的是他将无功利地吟诗作词、体贴呵护大观园中美丽的女孩儿作为自己的最高追求，进入了一种用心灵、情感构建的诗情画意的人生境界。但另外，宝玉面对艰难世事时却软弱无力、无可奈何，因为他没有进入主流文化之中，无力承业，更无法补天。

玉石二分所表现出的情理冲突，恰好对应着作者内心深处的情结。作者的身世，我们知之甚少，只能通过作品本身传递出的信息和对他较熟悉的脂砚斋等的评述中来了解和把握。作品是作者整个生命的全息投影，从《红楼梦》对世事人情、天文地理、心灵情感的体察入微可以看出，作者

---

① 王蒙：《红楼启示录》，生活·读书·新知三联书店1991年版，第251页。
② 《脂砚斋甲戌抄阅再评石头记》，上海古籍出版社1985年版，第108页。
③ 《乾隆庚辰脂砚斋评本》，俞平伯：《脂砚斋红楼梦辑评》，香港太平书局1975年版，第496页。

是一个情感丰富、心胸博大的人，是一个性情中人。脂砚斋在"谁为情种？"之旁批曰："非作者为谁？"① 作者晚年的困顿凄凉，一方面在于时运不济、家道衰落；另一方面，与个人少年时只钟迷于情感、放任自然天性而不致力于功名，从而未进入主流社会有很大关系。壮年时的"愧"，源于作者未能继承祖业，甚至无法左右自己的命运，是一个无用之才。在"我有一孽根祸胎"之后，脂砚斋评道："四字是作者血泪盈面，不得已无奈何而下四字，是作者痛哭。"② 在"子孙虽多，竟无一个可以继业者"后脂砚斋又评道："这是作者真正一把眼泪。"③ 非常熟悉作者的脂砚斋是以现实经历尤其是将作者当作宝玉的原型来解读作品、还原生活的，他认为作者在此书中是"自写其照"④，"实写幼时往事可伤"⑤。作者之"悔"，就是自认为幼年的玩物丧志造成了现实中的生存困窘和人生尴尬。但作者并没有深陷于愧和悔，因为正如作者所言："实愧则有余，悔又无益。"于是他就将在红尘中"历尽离合悲欢淡凉世态的一段故事"昭示于世间、流传于后人，将愧悔之情转化为审美创造和人生超越的内驱力。这与主公宝玉虽处于社会边缘但转而将美丽的少女作为生命支柱和心灵归宿的人生取向是一致和对应的。

石头是作者和主人公的象征物，是作者心灵、情感的物化存在，是一个如神如幻、魅力独具的审美意象。石的存在和设置，使作品与现实拉开了距离，从而使实事系统变成了审美系统，变成了诗；使个别的生活现象、人生经历具备了普遍的哲学意蕴，最终使作者、作品中的人物超越了个体存在的有限性而实现了永恒。

三 正照美人反照骷髅的《风月宝鉴》——对世事人生的哲学观照

《风月宝鉴》这一题名出自第十二回：贾瑞受了凤姐的戏辱而染重病，一个跛足道人送一面錾着"风月宝鉴"的镜子来为他医治。这镜子"两面

---

① 《脂砚斋甲戌抄阅再评石头记》，上海古籍出版社1985年版，第74页。
② 同上书，第43页。
③ 同上书，第72页。
④ 《乾隆庚辰脂砚斋评本》，俞平伯：《脂砚斋红楼梦辑评》，香港太平书局1975年版，第209页。
⑤ 同上书，第281页。

第一辑　经典细读

皆可照人"，反面照出的是森然可怖的骷髅，正面照出的是妩媚可人的凤姐。贾瑞未听道人只照反面的劝诫，执意照了正面，与在里边向他招手的凤姐纵情无度，以至于最终命丧黄泉。

这里的风月宝鉴显然不只是一个富有神话色彩的小摆设，而且潜含了一定的寓意。脂砚斋在"两面皆可照人"之旁批曰："此书表里皆有喻也。"[1] 将镜子与此书联系起来。那么它的寓意是什么呢？脂砚斋认为："《风月宝鉴》，是戒妄动风月之情。"[2] 也就是说作者是以贾瑞为例劝诫人们不要放纵情欲。这点也可以从道人的话中得到印证，镜子"专治邪思妄动之症，有济世保生之功"。窃以为其寓意远不止于此，还有更深刻的内涵。它不仅是照风月的镜子，还是观照世事人生的镜子，它实际上是作品深层的一个隐喻，隐含着作者对世事的形而上把握和人生的最高体验。一个"风月宝鉴"有正、反两面，正面的美女隐喻着青春、美丽、生命、花花世界以及由此而生的情和欲；反面的骷髅则象征着死亡、沉寂和虚空，是对正面的否定。而两面又是同一物所有，暗示着同一事物的肯定和否定、存在和虚无的正反两面、对立两极。而这面"风月宝鉴"又"出自太虚幻境空灵殿上，警幻仙子所制"，故脂砚斋就此眉批曰："与《红楼梦》呼应。"[3] 由此可见，它联结和承载着作品的深层内蕴。从这面独特的镜子及其喻义，我们自然会联想到贯穿作品始终的两对重要概念，即真和假、色与空。换句话说，"风月宝鉴"以一个传奇而神秘的感性物象承载了上述两对抽象的概念，同时也对应着现实中的世事人生，是具象化的抽象，涵盖着作品的最高指向和哲学底蕴。

真和假之说源于贾宝玉和甄士隐梦中在太虚幻境看到的一副对联："假作真时真亦假，无为有处有还无。"这里的真假观不是玄虚的概念，而是与具体人物及其人生轨迹相关联的。作品中的两个主要人物贾雨村、甄士隐都是以"真""假"的谐音而命名的。作者自云："将真事隐去，……故曰'甄士隐'云云。""用假语村言，……故曰'贾雨村'云云。"不仅如此，这两个人物还起着支撑全局、呼应首尾的作用。本书起始第一回为"甄士隐梦幻识通灵，贾雨村风尘怀闺秀"，而结尾第一二〇回是"甄士隐

---

[1]《脂砚斋重评石头记》（己卯本），上海古籍出版社1981年版，第234页。
[2]《脂砚斋甲戌抄阅再评石头记》，上海古籍出版社1985年版，第2页。
[3]《乾隆庚辰脂砚斋评本》，俞平伯：《脂砚斋红楼梦辑评》，香港太平书局1975年版，第156页。

详说太虚情,贾雨村归结红楼梦",即全书以二人始,又以二人终。续书虽非出自曹雪芹之手,但这样安排使首尾遥相呼应,还是颇具匠心的。这两个人的设置和处理,不只是一种叙事策略,他们还是一对隐喻和象征的符号,对应着作者对世事人生的哲学思考。甄士隐和贾雨村分别代表着两种截然对立的人生形态:前者消极出世,恬淡无为,任情自然;后者则急功近利,热衷仕途,追逐情欲。而这两个人与甄、贾二宝玉又是一组同构关系:作品介绍甄士隐时,脂砚斋注曰:"真假之意,宝玉亦借此音。"[①] 俞平伯也认为:"书中甄士隐、智通寺老僧皆是宝玉的影子。"[②] 而甄宝玉的为人处世则与贾雨村酷似,二者相互映衬。其实,甄、贾二宝玉又是一体的,甄宝玉是贾宝玉入世、热衷仕途经济、补苍天的生存样式,二宝玉不过是一个人的两种活法,是作者虚拟、假定的两种人生形态。二贾二甄同构相应又互相补充:二宝玉是士隐、雨村的青年时代,是过去和开始,而士隐、雨村又隐喻着二宝玉的晚景,是他们的未来和结局。四人交织混染,共同勾画出两种涵盖性极广的人生图景。

这两种水火不容的人生态度和生命轨迹,从局部看作者似乎更倾向于同自己性情相近的贾宝玉和甄士隐,但实际上作者站在更高的位置对这两种人生样式都做了否定性处理。甄士隐在爱女丢失、亲友离弃之后出家做了和尚,最后在一场大火中神秘失踪;贾宝玉也是一个失败者,最后也是遁入空门,选择了与甄士隐同样的归宿。贾雨村虽然借助贾府势力而官运亨通,但"因嫌纱帽小,致使锁枷扛",在续书中虽被大赦,但也成了平民,回到了原来的起跑线上。换句话说,出世与入世,善与恶,正与反,真与假,都是等值的;风月宝鉴的两面既是相反的,又是一体的、相等同的,就如当贾雨村在急流津小庙中问"君家莫非甄老先生么?"时甄士隐所言:"什么真,什么假!要知道真即是假,假即是真。"作者是以"齐物""一是非"甚至否定、虚无的态度来观照世事人生的,由此就引出了作品的色空思想。

"风月宝鉴"正反两面的美人和骷髅,既承载对应着真和假的观念,同时也包容涵盖着色和空的思想。色、空的点题出于开篇的交代:"从此

[①] 《乾隆甲辰梦觉主人序本》,俞平伯:《脂砚斋红楼梦辑评》,香港太平书局1975年版,第9页。

[②] 俞平伯:《作者底态度》,《红楼梦研究》,人民文学出版社1988年版,第71页。

■ 第一辑　经典细读

空空道人因空见色，由色生情，传情入色，自色悟空，遂易名为情僧，改《石头记》为《情僧录》。"这里的色、情、空等观念均源于佛学，在佛学思想中，空既是事物发展过程（成、坏、住、空）的一个阶段，同时也是天地万物的本体，世间万事最终皆归于虚空；色乃万物本体空的瞬息生灭的假象；情则是对此等假象所产生的情感、欲念。"风月宝鉴"正面的美人及其美丽、风情万种的品性对应着色和情，而反面的骷髅及其隐含的死亡意蕴则对应着空。僧人是戒情尚空的，而有情之僧则是一个矛盾体，是正反的两面，故而如前所述，《情僧录》的题名可合并于《风月宝鉴》，二者有异曲同工之妙。真和假不过是色的不同表现形态，也是空的对立因素，从这个意义上说，真假观念从属于色空思想，是色空的一个层面。太虚幻境中那副对联的下联"无为有处有还无"的有和无对应着这里的色和空，有即色，无即空，道家的"有生于无"和佛家的色归于空有着惊人的相通相似之处。脂砚斋也是将二者联系起来理解的，他在那副对联之旁注道："无极太极之轮转，色空之相生，四季之随行，皆不过如此。"①

作者由于自己途命的沉浮多舛，产生了人生如梦的虚幻感。开篇首句即称："曾历过一番梦幻。"在自题诗中又云："悲喜千般同幻渺，古今一梦尽荒唐。"高鹗在续书结尾处也言："由来同一梦，休笑世人痴！"作者将这种个人化的生命体验即梦幻意识在佛教的色空思想中找到了一种文化上的印证和支撑，从而使之成了统摄全书的最高指向。在"况又有美中不足，好事多磨……瞬息间则又乐极生悲，人非物换，究竟是到头一梦，万境归空"之下，脂砚斋评曰："四句乃一部之总纲。"②

色空思想统领全篇，又在具体的世事人情、人物命运、人生轨迹之中展开和贯穿。未写贾府、宝玉之初，作品先描写了作为宝玉影子的甄士隐的梦幻般沉浮不定的人生遭际：士隐作为姑苏城中望族，妻贤女慧，自己过着"观花修竹，酌酒吟诗"的神仙般的生活，但偶然降临的灾祸一下子就把他推入人生的谷底，女儿英莲被人拐走，房舍被一场大火烧尽，投靠亲戚后又屡遭冷遇和奚落，最后在贫病交加时随僧、道遁入了空门。这里"士隐家一段小小荣枯"其实就是宝玉及贾府后来命运的预演和缩影，为

---

① 《有正书局石印戚蓼生序本》，俞平伯：《脂砚斋红楼梦辑评》，香港太平书局1975年版，第13页。
② 《脂砚斋甲戌抄阅再评石头记》，上海古籍出版社1985年版，第6页。

整部作品的人生虚幻意识打下了深深的底色。接下来宝玉刚一出场就在梦游太虚幻境时以《红楼梦》曲和"金陵十二钗"册中的诗、画暗示了美丽女子可悲的命运结局，以及青春、美丽、诗意难以持久的人生尴尬。随后就记述秦可卿、秦钟、贾瑞均因情和欲的放纵而命丧黄泉，又消解了情的存在价值。而在《好了歌》里则将人生的各个方面的虚妄性作了淋漓尽致的揭示，尘世中的人念念不忘"功名""娇妻""金银""儿孙"以及想做"神仙"，但最后都难逃一死，所有的妄念贪欲都落了空，犹如道人总结的那样："世上万般，好便是了，了便是好。若不了，便不好；若要好，须是了。"就人生而言，整部书里每个人物的结局都与愿望相反，一切都成了虚空，化作泡影：贾政希望儿子承家继业的企盼落空，宝玉、黛玉的至真爱情难以实现，妙玉洁身自好，却以被劫被辱画上了句号，贾敬想长生不老，但以中毒身亡而告终。最后是死的死，如元春、迎春、林黛玉、凤姐、尤二姐、尤三姐、司棋、晴雯、金钏、贾母等；活的又大多遁入空门，过着不死不活、生不如死的日子，如甄士隐、贾宝玉、柳湘莲、妙玉、惜春。正所谓"看破的，遁入空门；痴迷的，枉送了性命"。就世事而言，贾、史、王、薛四大家族有的被抄家，有的被贬谪，最后都走向了衰落，如《红楼梦曲·飞鸟各投林》所言："好一似食尽鸟投林，落了片白茫茫大地真干净！"全书以士隐、宝玉、一僧一道为线索，在扑朔迷离的氛围中联结着大荒山无稽崖的青埂峰和太虚幻境——一个与繁华、温柔、富贵的现实尘世相对立的虚幻世界，从而由对一人一事的具体实事的否定，上升为一种对整体的世事人生的弃绝。

　　《金刚经》云："一切有为法，如梦幻泡影，如露亦如电，应作如是观。"[1] 作者的梦幻意识及相应的色空思想，是人生的负面体验，是对尘世生活的否定背弃，但同时也是对浮华短暂的世俗人生的一种超越。窃以为佛学中"空"的观念既表现了事物发展过程中的一个阶段和世界万物本体的情状，同时它也是人们在历尽世事沧桑，走过色相情欲之后主体的一种清澈澄明的人生境界和心理状态。诚如《金刚经》又云："凡所有相，皆是虚妄。若见诸相非相，即见如来。"[2] "空"就是看出世间一切色相都是虚妄假象但又直面这种虚幻人生的佛的境界，是一种人生的大彻大悟。作者

---

[1] 颜洽茂：《金刚经坛经直解》，浙江文艺出版社1998年版，第70页。
[2] 同上书，第12页。

多次写到作为自己心灵、情感投影的贾宝玉的这种悟空的状态。"听曲文宝玉悟禅机"一回写宝玉由与黛玉不和而想到人生的无意义,最后体悟到自己"是赤条条来去无牵挂",并"不禁大哭起来"。脂砚斋就此评曰:"当此一发,西方诸佛亦来听此棒喝,参此语录。""此是忘机大悟,世人所谓疯癫是也。"① "空"并不是消极地出世或斩断情缘、六根皆净。宝玉虽然最后出了家,但还是牵挂着亲情,是个"情僧";而作者让宝玉"悬崖撒手",但自己并未做和尚,而且还"披阅十载",以血泪凝成不朽的《红楼梦》,就像主张"无为""不言"的老子最后还是留下五千言的《道德经》一样。"空"是以出世的心灵、眼光、态度来重新观照和处理俗世的人和事,这是一种觉悟后的大胸怀、对世间万物的大悲悯。贾宝玉对美丽女子的体贴,对长者的惦念,对朋友的真诚,以至于对树、草、花这些植物的倾心呵护,都体现了这种悲世悯人的胸襟。而作者发奋著书,除了前述的对应自我的情结之外,也是对苦难众生的超度和救赎,诚如脂砚斋在第五十七回总批曰:"作者发无量愿,欲演出真情种,性地圆光,遍示三千,遂滴泪为墨,研血成字,画一幅《大慈大悲图》。"② 作者以自己的辛酸血泪示于同代后人,大概确实是出于这种普度众生、舍我其谁的精神吧。《红楼梦》之所以"乐而不淫,哀而不伤",让后人敬慕眷恋,大约也是源于它出自这样的大心胸、这样的大关怀——人类的终极关怀吧!

---

① 《乾隆庚辰脂砚斋评本》,俞平伯:《脂砚斋红楼梦辑评》,香港太平书局 1975 年版,第 314 页。
② 《有正书局石印戚蓼生序本》,俞平伯:《脂砚斋红楼梦辑评》,香港太平书局 1975 年版,第 471 页。

《平凡的世界》的艺术缺憾和路遥的巨著情结

　　《平凡的世界》是路遥的心血之作，作者为之耗尽了青春和生命。它以表现"城乡交叉地带"青年形象的人生图景引起了相同人生境遇中的年轻读者的深深共鸣和热烈欢迎，同时又以全景式展示新时期前十年我国城乡社会巨变的历史画卷而被知名评论家赞誉有加并为官方充分肯定。毋庸置疑，在浮躁和喧哗的当代文坛，《平凡的世界》确是一部厚重的力作。不过，最近当我仔细研读时，却发现它存在着许多并非仅仅是枝节上的缺憾，尤其是将曾荣获茅盾文学奖的它与中外名著放在一起比对时，这些缺憾甚至可以说是让人无法原谅的。现在我将它在人情人性开掘上、人物关系设置处理上、社会历史的态势观照上的粗疏浅陋之处一一指出并加以评析，这并非无病呻吟、鸡蛋里挑骨头，因为一部颇具影响的作品的缺点存在以及读者对之视而不见的表现都应该引起我们的警觉和反思。这虽然对英年早逝、让人敬重的作家有些不恭，但对提高文学创作的品位和欣赏水平，我想还是有益和必要的。

一　人性的提纯，人物的扁平

　　文学是人学，人物塑造的成功与否，人性向度开掘的深厚与否，是一部作品优劣、成败的重要标志。在《平凡的世界》里众多的人物中，作者着力塑造而又引人注目的人物是孙少平、孙少安、田润叶、田晓霞等，在这里着重谈一谈孙少平和田润叶塑造上的不足之处。

　　孙少平是作品的中心人物，是作者心灵情感、审美理想、人生体悟的凝聚和升华。孙少平不向苦难低头、敢于向命运挑战、不断拓展自我的精神，独立自强、勇于进取、侠义善良的品格，丰富的情感和浪漫的爱情都焕发着迷人的魅力，在当代小说的人物画廊，无疑应占据重要的一席之地。不过，这一形象的欠缺也是非常明显的。孙少平洗去了高加林身上的邪恶，同时也失去了人性的复杂和丰富，完全成了一个纯净透明的真善美的化身：为了解救一个小女孩而打了工头，为此砸了饭碗也不后悔；被众多美丽女性爱恋但却从不轻易拜倒在其石榴裙下；受尽磨难但在生生死死的奋争和升华中全靠自身的智慧、力量和意志而从不施一丝奸恶。孙少平与其说是对现实生活的概括和发现，倒不如说是作者对现实中并不存在的美好品格的渴望和呼唤，他是一个被高度提纯、过滤和净化了的人物。纯净透明、玲珑剔透固然可爱，但却失去了现实人生的那种原生态的美。王蒙的论述对我们有很大的启发："我喜欢小说反映生活的时候像是用手捧出了一掬海水，水还从指缝里往外滴答呢。从这一掬水里，你可以闻见海的腥味，你会看到海水的一切杂质，会想到这水本来是广大的、形状不固定的。"[①] "让人看到一种非常真切、非常丰富多彩的毛茸茸的那样的生活。"[②] 不是说文学作品不可以对生活进行提炼、加工和再创造，而是说人性是复杂的，每个人都有两面性甚至多面性：美丑、善恶、高尚卑劣共处一身，只是比例、主次不同而已。正如黑人领袖曼德拉所言："无论我们对谁产生多大敬意，也不要把他描述成天使，因为每个人都是血肉之躯。"[③] 笔者在拙作《流浪和归家》中也曾这样写道："每个人都由相反的两部分组成：一半是天使，一半是魔鬼，人性中灰暗消极的那一半又恰恰是人们超度自我、完善自我的一个必要前提和重要动力，是不可或缺的一个组成部分。"[④] 人格理想化的升华，人生苦难诗化的观照，是以人性的简化，人物的血肉丰满、真实可信的丧失为代价的。从这个意义上来说，孙少平相对于高加林是某种程度上的退化。

田润叶这个人物前半部分写得很成功，尤其是对她在孙少安和李向前之间选择时表现出的矛盾、困惑、无奈、失落、痛苦和挣扎的描写上，展示了人物的人性深度和心灵情感的真实、丰富状态。而后半部分这个人物就相形见绌了。在李向前身体健全而且对她个人及其全家都一往情深时，田润叶冷冷地躲避着、坚决地抗拒着，但当李向前因车祸致残时，她却反而自愿地来

[①] 王蒙：《漫话小说创作》，上海文艺出版社1988年版，第14页。
[②] 同上书，第77页。
[③] 吴楠、路客：《比尔·盖茨全传》，中国戏剧出版社2000年版，封面语。
[④] 李永建：《流浪和归家——文化视野中人的困境和出路》，中国文联出版社1999年版，第250页。

到他的身边，用整个身心守护和慰藉他，而且在以后的平静而烦琐的家庭生活中，还一直保持着这种献身的崇高和心灵的圣洁。因为她的这种选择和表现有着负疚、忏悔的心理动因，所以有一定的合理性，不过，这一人物也因此失去了个性的独特和血肉的丰满。这主要表现在两个方面：（一）作者将她仅仅作为一个道德的存在和载体，而忽略了一个人作为血肉之躯的生动、丰富和复杂性。道德是人性的一个重要层面，但不是唯一层面。人首先是一个生命个体，每个人都有自己的独特、隐秘、本真的生命欲望和审美追求，特别是在情爱方面。我们试想：当田润叶以一个心性高洁、感情丰富的女子身份，作为一个赤裸的生命个体，面对一个没有腿的男人与之合二为一时，她除了献身的崇高之外，心灵深处会不会产生痛苦、悲伤甚至厌恶的一闪念？而当她看到别的身心健全、和谐完美的恩爱情侣，会不会产生失落、惆怅之感？见到那些风度翩翩、英俊优雅的男子，难道不会心猿意马、怦然心动？让人值得玩味的是杜丽丽这个人物的设置。杜丽丽并非那种水性杨花的放荡女人，相反她品性高雅，生活严肃认真，而且有着美好的爱情婚姻。但她却经受不住青年诗人古风铃的诱惑，稀里糊涂与他上了床，轻易地背叛了自己的丈夫。不过，这种面对性诱惑的心性迷乱和跃跃欲试，倒反映了一个人的潜在欲望和生命真实，作为同样是血肉之躯的田润叶也在所难免。但作者显然是把作为田润叶同学的杜丽丽当成反面的陪衬来赞美田润叶"修女"般的纯贞，从而滤去她生命深层的欲望和杂念，这就使她成为福斯特所概括的那种"按照一个简单的意念或特性而被创造出来"的"扁平人物"[①]。（二）路遥笔下的田润叶是单维的、封闭的性格系统，而非多维、开放流动的，作者忽略了人物的"心灵辩证法"。路遥在自己的创作中多次提到托尔斯泰和《安娜·卡列尼娜》，并声称受到了其较深的影响，[②] 但当我们将田润叶和安娜·卡列尼娜这两个人生道路同样十分坎坷的女人放在一起对比时，就会发现在心灵情感的丰富性和人性的深广度上，前者比后者要逊色许多。安娜·卡列尼娜的塑造是托尔斯泰"心灵辩证法"的范本。所谓"心灵辩证法"，车尔尼雪夫斯基是这样概括的："最关心的是心理过程本身。""研究极隐秘的心理生活规律。"[③] 翻译家智量总

---

① [英] 爱·摩·福斯特：《小说面面观》，苏炳文译，花城出版社1984年版，第59页。
② 路遥：《早晨从中午开始》《答中央广播大学问》，《路遥文集》，陕西人民出版社1993年版，第262、463页。
③ 钱理群：《心灵的探寻》，北京大学出版社2000年版，第17页。

结为:"多层面、多角度、全过程地描写人物心灵深处的矛盾、变化、发展和探索。"① 伏伦斯基的出现给安娜的心灵世界带来了震荡,使她产生了从禁锢压抑的情感生活和扭曲的婚姻中挣脱出来的强烈冲动,但她追求个性解放和爱情幸福的心路历程却是复杂曲折的。她体验过偷偷当一个情人的甜美和紧张,品尝过生私生子的痛苦和与死神相见的恐怖,经受过忏悔、认罪、再反悔、再决心私奔的矛盾和挣扎,享受过与伏伦斯基相伴出国旅行的幸福欢畅,而最后在多疑多变、喜怒无常、恐惧茫然、歇斯底里的绝望无奈和心理混乱中而葬身轮下。在安娜的塑造中,托尔斯泰多层次、多侧面地透视了人物的内心世界,构建了一座心灵的立体交叉桥,给人带来一种触目惊心、铭心刻骨的真实感。而田润叶这一形象在后半部分性格被固定下来,向着既定的模式运行和展开。她变得心如止水,心理上的任何矛盾、冲突、迷狂都不复存在。这虽然单纯明快,是道德教育的好蓝本,但同时却失去了生命的鲜活和人性的真实,经不起读者的推敲和揣摩,无法让人发自内心地信服和赞赏。

之所以在人物尤其是主要人物的塑造上出现明显的不足,窃以为主要有两个原因:(一)未处理好情节和人物的关系。我们知道,在现代小说中,人物应处于主体地位,而情节的设置和安排是服从于人物性格的内在逻辑和人物的主体性的,人物性格的发展有时甚至会改变和打破预设的情节构架和走向,比如《安娜·卡列尼娜》《阿Q正传》。而路遥的"构思的习惯常常是先以终点开始而不管起点"②,也就是说,《平凡的世界》是先拟定了结尾,设置了人物的结局,而后才填充人物运行轨迹的。这样人物无形中就沦为了承载预设的先验理念的道具,而失去了自己的个性独具和生气贯注。(二)路遥对嬗变和更新的文学观念不是积极地扬弃吸收,而是采取消极抗拒的态度。虽然他也表明自己"并不排斥现代派作品","十分留心阅读和思考现实主义以外的各种流派"。但对新的、外来的文学思潮还是充满着戒备甚至敌意:"我们需要借鉴一切优秀的域外文学以更好地发展我们民族的新文学,但不必把'洋东西'变成吓唬我们自己的武器。事实上,我们已经看到,当代西方许多新的文化思潮,都不同程度地

---

① 智量:《译序》,[俄]托尔斯泰:《安娜·卡列尼娜》,智量译,译林出版社1996年版,第9页。

② 路遥:《早晨从中午开始》,《路遥文集》,陕西人民出版社1993年版,第268页。

受到中国传统文化的启发和影响,甚至已经渗透到他们社会生活的许多方面,而我们何以要数典忘祖轻薄自己呢?"① 因而经过痛苦的思考,最后"决定要用现实主义手法结构这部规模庞大的作品",并且自信"现实主义照样有广阔的革新前景"②。选择现实主义并不就意味着落伍或保守,只是说现实主义并不仅仅是一种创作方法或原则,而主要是对人的理解和观照上的一种态度。现实主义注重写人的社会内涵,把人当作"社会关系的总和"来表现,不仅开掘人的社会心理,还要"真实地再现典型环境中的典型人物"③。而现代主义则将人还原为生命个体,着重书写人的在世方式和生命形态,直逼心灵的隐秘甚至潜意识下的心理暗箱。路遥构思创作《平凡的世界》的过程中,恰好是现实主义和现代主义相互影响与渗透的时候,而同时或稍后出现的先锋小说、新写实小说就是文学观念更新变革中的成果。而路遥固执传统现实主义的后果则是放弃了人的作为生命个体的存在状态的开掘,滞留在社会层面的构建,甚至沉迷于人性"乌托邦"而自得自欺。孙少平从而失去了余华、苏童等笔下人物的真实深刻,田润叶也滤去了林白、陈染、徐坤等作品中女性的独特而隐秘的身体感受和生命体验。

二 人物关系设置的失真,价值观念的陈旧

作为"社会关系总和"的人,不是独立自存而是与他人共在的,而人与人之间的关系则是人物展开的重要途径和样式。路遥在把人物放在人际关系中去表现和挖掘是很自觉和注重的,他写道:"这部作品的结构先是从人物开始的,从一个人到一个家庭到一个群体。然后是人与人,家庭与家庭,群体与群体纵横交叉,以最终织成一张人物的大网。"④ 人与人的关系并不等于人与人的简单相加,它的展开轨迹、组合、流变往往会形成巨大的艺术张力,承载和传递着作者的价值观念、审美取向和心灵情感。《平凡的世界》作为一部全景式地反映社会人生的小说,涉及的人际关系错综复杂,这里无法一一评述,现在主要挑出孙氏兄妹的婚恋即爱情关系

---

① 路遥:《早晨从中午开始》,《路遥文集》,陕西人民出版社1993年版,第262—263页。
② 同上书,第264页。
③ [德]恩格斯:《致玛·哈克奈斯》,《马克思恩格斯选集》第四卷(下),人民出版社1972年版,第462页。
④ 路遥:《早晨从中午开始》,《路遥文集》,陕西人民出版社1993年版,第267页。

及其流变轨迹来做一简要分析。

对孙氏三兄妹的婚恋，我们可以看出作者进行了绝非随意而是用心良苦的设计排列，这精心的布设及潜蕴于背后的用意，是颇值得玩味的。哥哥孙少安的初恋情人田润叶是教师，又是大队支书的女儿；他情场上的竞争对手李向前虽是汽车司机，但比作为农民的他在职业上要优越得多，何况李向前的父亲李登云起初是县革委会副主任，后又晋升为市卫生局局长。二人虽因田父的干预、孙少安的退缩而未发展为婚姻，但孙少安一直处于主动和优胜的位置，而他的强大的对手倒成了竞争的失败者。弟弟孙少平的恋人田晓霞是大学生、省报记者，她父亲是地委书记，情敌是田晓霞的同事高朗，而高朗的父亲则是省城的副市长。他们的妹妹兰香的男友是大学同学吴仲平，社会地位就更高了，他父亲是省委副书记；而更为巧合的是，兰香的爱情竞争者竟与二哥出自同一个家庭，是高副市长的女儿、高朗的妹妹高敏。

这种婚恋关系的安排在全书占据着举足轻重的位置，而绝非可有可无的。我们不妨想一想，路遥为什么苦心孤诣地安排从贫穷落后的乡村走出来的农家兄妹都拥有如此浪漫、不同寻常的爱情奇遇而且面对强大的对手而所向披靡呢？可以显露的蛛丝马迹是：作者将年龄阶段不同的三兄妹的婚恋对应着三个历史发展时期，而三个人的格局相似、走向各异的爱情命运则映射着历史的嬗变、时代的进步：新旧交替时的孙少安矛盾、徘徊，未敢冲破地位悬殊造成的障碍，在美好的爱情面前望而却步；孙少平在社会变革的冲击下摆脱旧有观念，打破学历、地位的间隔而勇敢地接受田晓霞的爱，但却因田晓霞的遇难而好梦未能成真；而兰香则走出乡村成了省城的大学生，美好的爱情也变成了现实，而这正好对应着改革开放的辉煌成就。但有一点还是让人无法理解：孙氏兄妹的婚恋为什么一定要与高官显贵牵扯在一起呢？高官显贵既成为孙氏兄妹吸引和走近的对象，同时又是竞争对手和手下败将。这样的设置首先是不真实的，不符合生活逻辑。这并不是说农家子女没有与高干子女结合的可能性或者爱情无法超越社会地位的差异，只是将兄妹三人都做这样的安排，让他们都有这样的奇遇，似乎就无法让人信服了。因为人与人之间尤其是恋人之间，因社会地位、家庭环境不同而造成的行为方式、思维方式、价值观念上的冲突和差异不是一下子就可以改变的。其次，成功的、美好的婚恋为什么一定要与显贵联系在一起呢？作者要以此显示农家子女的人格高贵和精神魅力吗？要以对世俗的超越来展示爱情的诗意和浪漫吗？孙氏兄妹将同是权贵的婚恋竞争者击败取得了胜利，表面上似乎作者要让他们与权贵较量抗衡、一比高下，但这是否恰恰隐藏着作者心理深层的官本位的情结呢？这又显示了作家价值观念的陈旧。一个人的价值不一定要通过婚恋以对象化的方式来实现，更不必以对方家庭的门第显赫来装点自我，如果让孙氏兄妹都选择平平凡凡的人作为爱情对象不是更真实可信吗？再次，这样的设置，我觉得是作者在现实失落后为得到一种虚幻的心理补偿而做的努力。作品在结尾处有一段让人值得玩味的描写：

> 孙少平不由想起十年前他的初恋。他想起了他爱上的第一个女人郝红梅。富有戏剧性的是，十年前的那场感情纠葛发生在他和顾养民之间；没想到十年后，他又和顾养民纠缠在一起。不同的是，十年前，郝红梅离他而去爱顾养民；而今天，金秀却要离开顾养民而爱他了！
>
> 生活似乎走了一个令人难以置信的圆。
>
> 但生活又不会以圆的形式结束。生活会一直走下去！瞧，十年过去了，所有人的生活都发生了多么大的变化。就拿他们几个说吧，养民已到上海去读研究生；而前不久他震惊地获悉，郝红梅带着前夫留下的孩子，竟然和他同村的另一个同学田润生结了婚，现在就生活在双水村。而他，当了一名干粗活的煤矿工人，现在受了伤，住了院，却被养民爱着的金秀爱上了……

当初顾养民以家庭条件、班长身份上的优势而对孙少平横刀夺爱，十年后二人成为情敌时，虽然顾养民学历高、条件好，而孙少平不过是个煤矿工人，而且还受伤破了相，但在情场上却成了一个优胜者：顾养民的女友金秀转而爱上了他，而他却以小妹相待离之而去。就是当初背弃他的初恋情人郝红梅，作者也做了否定性的艺术处理：因偷手绢败露，先被顾养民抛弃，后远嫁他乡而丈夫却意外伤亡，最终嫁给孙少平所看不起的田润生。叙述中流露出孙少平作为情场上胜利者的自豪和骄傲、一个复仇者的满足和畅快。而这恰好正是作者心迹的显现，因为孙氏兄妹尤其是孙少平是作者审美理想和心灵情感的化身，路遥曾说过孙少平的原型是自己的弟弟王天乐:"孙少平等于是直接取材于他本人的经历。"① 故而前述孙氏兄妹婚恋样式的独特构建,与其说是现实生活的反映,倒不如说恰恰是对现实中空缺、遗憾进行弥补的一种渴求和向往。作者在以往创作中一直有让作为自我心灵投影的人物在困窘时得到美丽、温柔而地位优越的女性帮助和爱慕的惯例,如《人生》中巧珍、黄亚萍之于高加林,《在困难的日子里》吴亚玲之于"我"(马建强)。而作者也曾经提到《在困难的日子里》这样设置的虚构性:"我就考虑:在那样困难的环境里,什么最珍贵呢?我想,那就是在困难的时候,别人对我的帮助。我想起了在那个时候,同学(当然不是女同学,写成女同学是想使作品更有色彩些——着重号为笔者所加)把粮食省下来给我吃,以及别的许多。"② 文学作品可以而且必须虚构,也可以表现作者的愿望和梦幻,但是过多而系统地违背现实逻辑的面壁虚构,就会削弱作品的客观真实性和历史厚重感,无形中沦为作者自我满足、自我消费的道具。

三 史实对人的淹没,社会走向的表面化观照

路遥不仅注重了人、人和人的关系的描述,而且还将视野投向更加广阔的领域:时代、历史、社会的形态和变迁。他写道:"在读者的视野中,人物运动的河流将主要有三条,即分别以孙少安、孙少平为中心的两条'近景'上的主流和以田福军为中心的一条'远景'上的主流。这三条河流都有各自的河床,但不时分别混合在一起流动。而孙少平的这条河流在三条河流中将处于最中心的位置……"③ 从作品的具体描写看,作者在处理这三条河流的关系的时候,作为"远景"的田福军这条线并不仅仅是作为中心人物的孙氏兄弟的衬托而存在的,而且有着独立的意义,也同样是作者着力表现的对象。而田福军等人所负载的就是作者对变革中的当代社会、历史乃至政治的把握和思考。作者创作前就"确定"了"作品的框架":"作品的时间跨度从一九七五年年初到一九八五年年初,力求全景式反映中国近十年间城乡社会生活的巨大历史性变迁。"④ 纵观全书,也确实

---

① 路遥:《早晨从中午开始》,《路遥文集》,陕西人民出版社1993年版,第271页。
② 路遥:《答中央广播电视大学问》,《路遥文集》,陕西人民出版社1993年版,第465页。
③ 路遥:《早晨从中午开始》,《路遥文集》,陕西人民出版社1993年版,第267页。
④ 同上书,第261页。

达到了既定的反映城乡巨大变化和广阔社会图景的目标,"体现了巴尔扎克所说的'书记官'的职能"①。这些无疑都是应该肯定的,但窃以为作者在处理社会与人、史和诗的关系上,也留下了一些并非细枝末节的缺憾。

首先,看一看对人和社会关系的处理。一个生命个体,在社会历史的洪流中是微不足道的,但在文学作品中,则应处于中心位置,而不应把人沦为时代的传声筒、理念的载体。《平凡的世界》在时间上以自然时序为线索,漫漫十年,纵向铺陈;在空间上,选取了家、村、社(乡)、县、地、省、原先还设置中央一级②,横向排列,编织了一个时空交叉的社会、时代的巨网。场面确实宏大,历史堪称纵深,不愧为"全景式"云云。不过,全书上百个人物,除孙氏兄弟、田氏姐妹,真正给人留下深刻印象、个性鲜明的却寥寥无几。之所以如此,窃以为作者未处理好特殊和一般的关系。歌德认为:"诗人应该抓住特殊,如果其中有些健康的因素,他就会从这特殊中表现出一般。"③优秀的作品应该将焦点投向具体的、活生生的人物,以人物特殊的命运、心灵来折射时代风云,因为每个人都是时代、社会的全息投影。而路遥对社会历史观照时更多的是为了一般而寻找特殊,而在社会历史这个"一般"的裁割下,人物个性的光芒变得黯淡了。

其次,与上述相关的另一面就是史与诗的关系。在文学作品尤其是长篇小说中,怎样处理好诗和史这两个既相互对立、相互制约又相互联系、相互映衬的因素,十分重要。路遥在构思时也充分注意到这一点:"我的基本想法是,要用历史和艺术的眼光观察在这种社会大背景下人们的生存与生活状态——着重号为引者所加。"④但从实际效果看,我觉得作品陷入了史料的堆砌而缺少诗意的提炼和升华。作者自述写作前曾"找来了这十年间的《人民日报》《光明日报》、一种省报、一种地区报和《参考消息》的全部合订本",而且"逐日逐月逐年地查"⑤。这种认真、敬业的态度着实可敬,但也产生了负效应:那些描写各级领导人之间政见的分歧、斗争及其生活、情感的纠葛的内容,失之烦琐冗长,让人难以卒读。作品没有

---

① 路遥:《早晨从中午开始》,《路遥文集》,陕西人民出版社1993年版,第266页。
② 同上。
③ [德]爱克曼辑:《歌德谈话录》,朱光潜译,人民文学出版社1985年版,第90页。
④ 路遥:《早晨从中午开始》,《路遥文集》,陕西人民出版社1993年版,第265页。
⑤ 同上书,第266页。

拉开与现实生活的距离,没有空灵的、意象化的超越,找不到如《红楼梦》中的太虚幻境、大荒山、无稽崖一类的那种如诗如幻的审美意象。"历史家描述已发生的事,而诗人却描述可能发生的事,因此,诗比历史是更哲学的,更严肃的:因为诗所说的多半带有普遍性,而历史所说的则是个别的事。"[①] 亚里士多德关于诗和史的论述,也许对我们今天评价《平凡的世界》仍有很大的启迪。

孙少安作为一个新型农民形象在作品中自有独立的审美价值,但同时作者也在这一人物的人生轨迹中融入了历史、社会乃至政治的内涵。作者显然是将孙少安与田福堂作为一组矛盾、对立关系来设置的。在这组矛盾中,排除个人的恩怨(如孙少安与田福堂之女的爱情风波),二人都扮演着作者所设定的社会、政治角色:孙少安代表着先进的生产力,而田福堂则是旧有的经济体制、政治制度的化身。二人在不同历史时期彼此力量的消长、地位的更迁、命途的变异("文革"后期,孙少安因进行生产、分配方式上的变革而遭批斗,贫困潦倒,而田福堂则掌握着双水村的生杀大权,高高在上,富足自得。改革开放以来,孙少安则焕发了创造活力,成了双水村的首富、实际上的领袖人物,而田福堂则处于权衰、家败、人离的凄凉、失落状态)映射出社会的变革、历史的进步,这在某种程度上反映了社会的大致走向,无疑是真实而准确的。但真实、准确并不等于深刻,因为现实生活比这要复杂得多,也微妙得多。在对社会变革中新与旧、权力和人性冲突的把握上,《平凡的世界》要比张炜、于德才等同时期同类题材的小说要逊色得多。张炜对农村变革中的先进与落后、善与恶这两种势力的较量、对比有着独特而惊人的发现:那些旧体制中拥有权力而阻挠改革的人,在新形势下摇身一变又以改革者的面目出现了,打着改革的旗号却冠冕堂皇地追逐着个人或小集团的私利,满足着个人的私欲,如赵炳、赵多多(《古船》),肖万昌(《秋天的愤怒》);而那些代表着先进的生产力、社会发展方向而又心地善良的人,却仍然处于无权地位,被穷困包围着,在底层挣扎、探索着,如隋抱朴、隋见素(《古船》),李芒(《秋天的愤怒》)。这种越过历史表层而对社会潜流的透视,表现出了更深刻的真实,揭示了一直困惑人类的历史发展进程中道德和文明的悖反现

---

① [古希腊]亚里士多德:《诗学》,转自朱光潜《西方美学史》上卷,人民文学出版社1979年版,第73页。

象:为仁不富、为富不仁的矛盾在当代社会仍然普遍存在着。改革开放以来,虽然广大群众整体的物质生活水平提高了,但那些冒尖的暴发户,大多是靠不规范的手段富起来的,中国的社会财富近二十年实际上是以一种无序的方式进行了一次不公平的再分配;那些讲规则和良知的人,虽然有实际能力,但富起来的寥寥无几,正如张炜所言:"善良的人,总是朴素,绝无半点侵犯性,在竞争的时世上,从根本上讲,追求真实的努力会造成贫困,因朴素和无侵犯会导致贫穷"①。孙少安致富后修建小学,满足村民打工愿望的行为,田富堂自愿退出历史舞台的举动,虽然不乏生活基础,但显得简单、平面化了,缺少社会、历史的深度。

四 巨著情结之累,大家阴影之弊

作为曾经写出《人生》的作者,路遥在其虽然荣获茅盾文学奖的《平凡的世界》中存在上述不足,窃以为除了前面已经述及的人和文的观念上的保守、落伍之外,还有以下两个原因。

第一,路遥深受当代作家写诗史式巨著的情结之累。"史诗性,是当代不少写作长篇小说的作家的追求,也是批评家用来评价一些长篇所达到的思想艺术高度的重要标尺。这种创作追求,来源于当代小说作家那种充当'社会历史家',再现社会事变的整体过程,把握'时代精神'的欲望。"② 在创作《平凡的世界》之前,路遥就设想:"我决定要写一部规模很大的书。"而且"这个断然的决定,起因却是缘于少年时期一个偶然的梦想","在一种几乎是纯粹的渺茫之中,我倏忽间想起已被时间的尘土埋盖得很深很远的一个早往年月的梦。也许是二十岁左右,……我曾经有过一个念头:这一生如果要写一本自己感到规模最大的书,或者干一生中最重要的一件事,那一定是在四十岁之前。"③ 路遥是怀着庄严而沉重的使命感想以此类作品的创造来超越自我、实现二度辉煌的。这样做未尝不可,只是史诗情结却成了作家的精神负担,而史诗类作品的固有模式也无形中成了艺术创新的障碍。"'史诗性'在当代的长篇小说中,主要表现为揭示'历史本质'的目标,在结构上的宏阔时空跨度与规模,重大的历史事实对艺术虚构的加入,以及英雄形象的创造和英雄主义的

---

① 张炜:《柏慧》,北京十月文艺出版社 1994 年版,第 182 页。
② 洪子诚:《中国当代文学史》,北京大学出版社 2000 年版,第 108 页。
③ 路遥:《早晨从中午开始》,《路遥文集》,陕西人民出版社 1993 年版,第 259 页。

基调。"①"史诗性""大规模"作品所需求和必备的众多人物及其关系的交代叙写、各种场景的铺设、繁杂线索的勾连呼应，往往会使个人独特的生命体验、审美理想外化时被稀释、淡化，失去了焦聚，也影响了人性向度的纵深开掘。

　　第二，与上述紧密联系的是，路遥过多地受到柳青的影响，《平凡的世界》模仿《创业史》的痕迹很重。路遥写道："在中国当代老一辈作家中，我最敬爱的是两位。一位是已故的柳青，另一位是健在的秦兆阳，我曾在一篇文章中称他们为我的文学'教父'。柳青生前我接触过多次。……我细心地研究过他的著作、他的言论和他本人的一举一动。他帮助我提升了一个作家所必备的精神素质。"② 他还说："在现当代中国的长篇小说中"，他"比较重视柳青的《创业史》"，而在写作《平凡的世界》之前，又"第七次阅读《创业史》"③。将《创业史》与《平凡的世界》加以比较，我们会发现二者存在着惊人的相似：反映的都是陕西的农村生活，一个是蛤蟆滩，另一个是双水村；主题都是简单明了、一言以蔽之，一个"向读者回答的是：中国农村为什么会发生社会主义革命和这次革命是怎样进行的"④，另一个是"反映中国近十年城乡社会生活的巨大历史性变迁"⑤；在结构上，采用按照自然时序展开叙述的线式结构，以社会历史的不同发展阶段而分为相对独立的多卷本；矛盾、冲突和线索的设置上，都有贯穿在家、村、区（社、乡）、县、地、省乃至中央的改革与保守的两种势力之间的认识、路线上的斗争。就是人物的塑造、人物关系的安排处理也是这样：从孙少安的身上，不难看到梁生宝的影子；柳青由劳模王家斌到梁生宝的提纯，则呼应着路遥从弟弟王天乐到孙氏兄弟的净化；而孙少安疏润叶与秀莲结合、孙少平远金秀就惠英嫂的设计，自然会使人联想到梁生宝与美貌并当工人的改霞分手却与务实、朴素的刘淑良联姻的构画。虽然即使以今天的眼光看，《创业史》仍不失为一部巨著，但它毕竟不可避免地留下那个时代的印痕。"作家对农民的历史境遇和心理情感的熟悉，弥补了这种观念'论证式'的构思和展开方式可

---

① 洪子诚：《中国当代文学史》，北京大学出版社 2000 年版，第 108 页。
② 路遥：《早晨从中午开始》，《路遥文集》，陕西人民出版社 1993 年版，第 278 页。
③ 同上书，第 265 页。
④ 洪子诚：《中国当代文学史》，北京大学出版社 2000 年版，第 101 页。
⑤ 路遥：《早晨从中午开始》，《路遥文集》，陕西人民出版社 1993 年版，第 261 页。

能出现的弊端，但反过来，这种写作方式还是极大地限制了作者生活体验敞开的程度。"[1] 虽然路遥也承认《创业史》"有某些方面的局限性"，但仍认为它"在我国当代文学中具有独特的位置"[2]，这样在师承借鉴上就显得不够清醒，从而在《平凡的世界》的创作中也出现了注重社会进程、历史走向的把握而缺少人物心灵立体交叉式的透视和人情人性精雕细凿式的展示的倾向。

我们以审视甚至挑剔的目光来重新评判《平凡的世界》，并非认为它一无是处或全盘否定；上述的缺点，是在认为它是一部优秀作品的前提下提出的。我不避求全责备之嫌，就是为了指出它作为荣获茅盾文学奖而享有盛誉的大作与世界级巨著的差距，渴望我们的创作拥有更高的品位和标准，而且也希望读者在阅读中能摆脱沉迷于人性乌托邦或从众的状态，在鉴赏水平上有所提高。

---

[1] 洪子诚：《中国当代文学史》，北京大学出版社2000年版，第101页。
[2] 路遥：《早晨从中午开始》，《路遥文集》，陕西人民出版社1993年版，第265页。

解读《铁木前传》的深层意蕴

在当代尤其是"十七年"文学中,《铁木前传》是一部非常独异的作品。与它的产生背景及题材大致相同的《三里湾》《创业史》《山乡巨变》等,虽然当初轰响文坛,而后又在文学史上地位显赫,但随着时间的推移,接受已经更新的今天的审美眼光评判时,却一减当年风采而显露出许多不足甚至破绽。而《铁木前传》却与之相反,当初受人冷落甚至非议,而今却经久弥香,风情益增。"十七年"文学中,长、短篇小说均获得长足发展,而中篇却很不景气;而《铁木前传》一枝独秀,填补了这一缺憾。即使就孙犁自身创作而言,比他的名作《荷花淀》和《风云初记》等,其也有很大的不同和超越。正如孙犁所言:"这本书对我来说,似乎是不祥之物。"[①] 在现当代文学中,曾有"两传一城"(即萧红《呼兰河传》、孙犁《铁木前传》、沈从文《边城》)之说,这种美誉,《铁木前传》是当之无愧的;独具慧眼的著名评论家阎纲将它选入《中外著名中篇小说选》,也正可说明它是具有世界水准的,在当代文学中是不可多得的一部。

但是,大概喧哗的新时期文学过多地吸引了人们的注意,很少有人问津并力图进一步解释和开掘《铁木前传》及其现象。这不能不说是一大憾事。虽然新时期出现的评论已经突破了20世纪五六十年代仅仅从它是否反映了合作化运动和两条道路的斗争作为最高标准对之进行是非优劣的评判,但在为数不多的"新评"中,仍然在这两个方面兜圈子:①"通过对农民的心理、感情、性格、命运的变化的描绘来反映时代的发展、社会的

[①] 孙犁:《关于〈铁木前传〉的通信》,《孙犁文集》第四卷,百花文艺出版社2002年版,第615页。

变革";②展示了辗转于新生和旧途之间的生命图景(主要表现于小满儿这一形象塑造上)。① 这两点分析并没有错,而且从某个方面来说还是一种突破,但是显然我们不能满足于仅仅停留在这个层面。这是因为,我们有足够的理由提出这样的质疑:首先,为什么当同样具备以上两个层次内容的小说如《创业史》《三里湾》等受到人们的"重评"和挑剔时,而独《铁木前传》仍风采依然,魅力永存?其次,小说以合作化运动为背景,为什么字里行间却充溢着忧郁的情调?这显然与那段火热奋进的历史颇不合拍,以至于当时还受到一些评论的指责。再次,最有说服力的,就是孙犁的自白了,他说:"这本书,从表面看,是我 1953 年下乡的产物,其实不然,它是我有关童年的回忆,也正是当时思想感情的体现。"② 如果说,前两点质疑是促使我们进一步探求的诱因,那后一点则是我们开掘的目标和依据了。

一 对童年的迷恋和眷顾

在仔细品评的过程中,我们发现,在《铁木前传》的深层,尚弥漫着另外一种情调,即忧郁、悲凉的色彩。这种情调发之于作者个体的生命深层,同时又寄之于政治题材,它是特定时代的产物,同时这也正是我们难以迫近它的一个重要原因。这种情调即作品的深层意蕴,其包含两个内容,即对童年的迷恋和人生失落感。这两点既各自独立、相互对抗,又相互联系。

对童年的迷恋是这部作品的深层情结之一。对它的把握,可从作品的整个基调和人物形象体系的分析方面着手。

首先,从人物形象体系的安排上说,可以从以下几点走进孙犁隐秘的世界。

(一)对审美型系列人物的同情和赞赏。这部作品名为《铁木前传》,实际上却存在着一个远远超越于铁木两家之外的形象系列。这个形象系列大致可分为两大类:一类是黎老东、杨卯儿、小满儿、六儿等,另一类是傅老刚、九儿、四儿、锅灶等。从政治标准比如对待合作化的态度来看,无疑前者是落后而消极的,后者则是进步而积极的。让人难以理解也给读

---

① 滕云:《〈铁木前传〉新评》,《新港》1979 年第 9 期。
② 孙犁:《关于〈铁木前传〉的通信》,《孙犁文集》第四卷,百花文艺出版社 2002 年版,第 616 页。

者带来阅读障碍的是：孙犁对前者并没有过多地批判，而是投入了相当多的同情和赞赏；对后者虽然持肯定态度，但却没有讴歌他们的力量，而是流露了许多的惋惜。更没有像一些同类作品那样在结束前使前者接受教育而幡然悔悟，或受挫折而痛改前非；也没有按照惯例使后者前途光明从而节节走向胜利。越过政治社会层面，我们会发现，后者属于道德型，他们只知道对他人、集体奉献自我，但却不能从中得到人生快乐；虽然他们敦厚、勤劳、正直、朴实、成熟，但也显得心里沉重和艰难。而前者则属于审美型，他们虽然缺少对他人和社会的义务责任感，显得轻浮放纵，但其心灵却表现得自由、洒脱，知道更轻松地享受生活。或者可以这么说，这一类人物尽管身份、性别、年龄各异，但在天性上却是十分相似的，即他们身上都程度不同地保留了童心和童趣。如果说，另一类人物因为自身的成熟而将人生看成一个严肃庄重的课题而陷入沉思的话，而这一类人物则将人生当作一场游戏而尽情地玩耍。比如杨卯儿那种为迷恋心上人而不计生意折本以至挨打的痴趣，六儿玩鸽子的快乐，做生意但却重情忘利地讨好姑娘的风范，对小满儿一往情深的喜爱等，都与对游手好闲者的批判无缘，而显然是作者对特定的生活方式的一种不自觉的欣赏。更典型的是颇有争议的小满儿，我觉得在她身上，寄托了作者深层次的审美理想。如果我们仅仅用伦理、道德乃至政治的眼光来看这个人物，确实会感到无处着手，无从把握。仔细品味我们会发现，她身上滞留了更多的孩子气，她的稚气未脱的顽皮、任性地冲淡了那种属于成年人的浪荡无形。她在草垛里、在黎大傻家的炕上和六儿过夜，她在深夜与干部会面，似乎都没有给我们留下挑逗、轻佻、不正经等带性意味的印象，而完全是童心未泯、天真无邪的情调。在她身上，作者寄寓了过多的热情和爱恋。我觉着，她是孙犁生命深层中所渴望的理想和梦幻的外化，即那种纯洁、美好、单纯、无忧无虑的童年一样的生活形态和人际关系。

　　（二）在九儿和六儿的人生发展阶段即童年和青年的叙写中，作者的价值取向偏向了童年生活。童年时期的他们，虽然个性有一定差异，但他们都是无忧无虑，十分自在快乐的，而且两人之间结下了纯真而坚实的友谊。即使二人由于性格不同（九儿懂得生活困苦，知道以自己的勤劳和努力为大人分忧；六儿聪明伶俐，却耐不住劳苦，只求轻快自在）而产生一些冲突，如六儿偷懒捡一筐柴，九儿坚持捡两筐；六儿用盐水灌洞捉老鼠，而九儿却对之很"心疼"。但这并没有影响二人关系的和谐，以至于几乎发展为爱情关系。而后来,当进入青年期,他们本来应该进一步发展他们的关系,而实际上两人情感上却自觉不自觉地疏远了。这从表层上可以理解为政治上的分歧所致,但从更深一个层次,我认为是他们的性格或生活情趣上的差异,或者可以这么理解:九儿随着生理年龄的成熟,心理也已经相应进入成年,六儿的心理却仍滞留在童年期。他们心理上的巨大反差导致了他们的分离。在这里作者自觉不自觉地否定了主人公的青年期而美化了童年生活。从这种取向也可以见出孙犁某种潜在情感的流露。

(三)作品中的主人公尤其是九儿,频频地回顾和向往自己的童年生活。进入青年期的九儿,看到少年的亲密伙伴投入了别人的怀抱,心中便弥漫了失落和惆怅,因而在相当长的一段精神生活中,大多以对童年的美好生活的回忆来加以补救。对此小说后部分有许多描写,其中如:"九儿坐在那里,望着空漠的沙岗出神。她继续回忆着幼年时的家乡的影子。在母亲去世以后,她常常一个人坐在小窗的前面。窗前有一棵枣树,因为避风向阳常常有些小鸟儿在枝头来聚会。鸟儿们玩起来,显得非常亲密。那站在一起,唧唧喳喳的也许就是最亲密的吧,不久,有一只跳到了别的枝头。遇到一阵风,它们竟各自飞散了。门前还有一片小小的苇塘,河水小的时候,那些小鱼儿们聚在一起,环绕着一枝水草,到了夏天河水涨满,谁也不知道它们各自的前程如何!"[①]这里关于鸟、鱼的回忆,显然就是她自己和六儿的关系的一种触景生情的联想。从中也可见九儿对现实景况的否定和对美好童年的眷恋。

其次,可以从开头、结尾的处理和作品中某些议论上,通过作品的整个格调来透视孙犁的情感走向。在这部作品中,孙犁大体上采用的是全知视角,但在第一节即小说的开头部分,采用的显然是童年视角,即以儿童的眼光切入故事。开头第一句"在人们的童年里,什么事物,留下的印象最深刻"[②]里的童年,指的是孙犁的童年、小说中主人公的童年,还是一种抽象意义上的童年呢?在下边的叙述中,我们可以看出,这三种意义似乎都包含了。这或者是孙犁没有意识到将三者分清,或者是有意识将三种意义混合在一起。这里童年视角的介入,显然不全是为了作为引出铁木的一个媒介,因为在作品中,一旦提到童年,作者就情不自禁地抒

---

① 孙犁:《铁木前传》,《孙犁文集》第一卷,百花文艺出版社2002年版,第442页。
② 同上书,第389页。

情议论，如："童年啊！在默默的注视里，你们想念的，究竟是一种什么境界？"① "孩子们在风雨里、炮火里、饥饿和寒冷煎熬里、战斗和胜利的兴奋里，完成了他们的童年，可珍贵的童年的历程。"② "在她的童年里，在战争的岁月里，在平原纵横的道路上……"③ 这似乎与作者以往的通过场面和人物的展示自然而然地流露情感的风格是相悖的。更有甚者，在小说结尾处，作者于故事结束之后的形象体系之外，充满激情地就童年抒情议论达两段之多。作者写道："童年啊，你的整个经历毫无疑问像航行在春水涨满的河流里的一只小船……"④ 而这又和作者以往对小说的处理方式极不相同。由此再看作者对形象体系的非常规处理，那种流溢其中的对童年、童心的一往情深也就可以理解了。

二 人生失落感的流露

人生失落感的流露也是作者所着力表现的一个主题层次。所谓失落感，是对应拥有而未拥有或已拥有却又失去的现实的一种情绪反映。这种感触同样是通过人物形象体系表现出来的。

（一）表现在以九儿为代表的爱情上的失落感。童年时质朴而快乐的九儿，进入她的豆蔻年华，心头却笼罩上了忧郁困惑的阴影。这一方面源于对六儿的游手好闲的不解和失望；另一方面也主要是来自自身爱情地位的受威胁，这就是小满儿的出现。令人感兴趣的是，这里异于同类小说而将人物关系做了这样的安排：没有让小满儿在九儿面前自惭形秽并弃暗投明，而恰恰是小满儿的那种天生丽质、火热的生命活力和独异的生活方式深深地吸引了九儿，从某种程度上说，九儿的心中还产生了隐隐的嫉妒。尤其是在小满儿有意无意占有了本来属于自己的爱情位置时，她以频频回顾童年的友情的方式所表现出的忧伤和痛苦是在情理之中的。她后来的以人生道路相同为由而暗自选中四儿作为失落后的弥补，并以此换回了某种心理的安宁，显然是以自欺的方式来使自己摆脱某种尴尬的地位。因为在爱情的天平上，思想虽然先进但智商及情趣都颇差的四儿，是难以和六儿相提并论的，因而这种暂时的宁静和充实，只能是更大的失落的遮掩而已。

---

① 孙犁：《铁木前传》，《孙犁文集》第一卷，百花文艺出版社 2002 年版，第 391 页。
② 同上书，第 397 页。
③ 同上书，第 439 页。
④ 同上书，第 452 页。

（二）表现在以铁、木老一代为代表的在友情上的失落感。在贫苦岁月和战乱年代，由于身份、地位、遭际的相同，二人在工作和生活上互相帮助，在情感上互相体贴；但进入了和平时代，由于黎老东的地位及相应的态度的变化，他们平等互助的友谊出现了倾斜和裂痕。虽然最后的分道扬镳使他们摆脱了处于友谊和雇佣关系之间的窘迫，但接踵而来的反思、自责却使他们被沉重的氛围所笼罩。

（三）表现在以锅灶为代表的人生价值的失落感。锅灶在作品里显然不能算什么主要人物，但他实际上却充当了孙犁这部小夜曲里的一个重要音符，作品通过他表现了孙犁对人生中一些敏感而重大问题的思考。锅灶曾向代表先进的政治力量的四儿问道："我们在这里受累受冷地工作，你的老弟在那里带着女人玩耍。在人生这条道路上，是我们对了哩，还是他们走对了？"并表示对六儿、小满儿的生活方式"有时候，也有点羡慕"[①]。这里流露出的，是面对那种游戏人生、享受生活的生存方式，那种奉献、殉道者对自己的生活方式的一种动摇和怀疑。

（四）还表现在以六儿、小满儿为代表的处于审美的人生要求和历史条件局限冲突之中的焦灼悲凉感。出于天性，小满儿和六儿都按照快乐原则来对待生活，他们对上帝赋予人的饱饮人生琼浆的权力极力享受，因而少去了责任和伦理的羁绊，处于自由洒脱的生命状态之中。然而，虽然审美的、游戏的生活是一种美好而合理的人生境界，但它只有在特定的历史条件下得以实现。显然，小满儿、六儿所处的时代还没有提供这种人生要求的外在条件，因而他们的所为显得有点矫情且为时尚所不容。尤其是小满儿，在这种历史、社会、伦理条件的局限下，感受到了更多的孤独、压抑和苦闷，以至于她的许多人生的美好愿望和生命要求，只能以扭曲变态的方式表现出来。这种美好的残缺，无论是对人物本身还是留给读者的印象，都具有某种感伤和悲情的味道。

三 作者创作动因和小说魅力长存的启示

孙犁为何在新中国成立初期写了这部起码在政治上与时代格格不入的作品，而且这部作品所流露出的整个格调上的对童年的向往和人生的失落感，又"是当时思想感情的体现"？这有必要对孙犁当时的生态和心态进

[①] 孙犁：《铁木前传》，《孙犁文集》第一卷，百花文艺出版社 2002 年版，第 443 页。

第一辑 经典细读

行考察。当时的孙犁,与作品中的铁、木一样,从战乱和动荡的生活进入了安定和平环境,从贫穷落后的乡村来到了繁华文明的都市。但是,这对孙犁来说,却并不是一件幸运的事。作为来自农村的他,喝惯了白洋淀的水,吃惯了阜平山地的小米,对于城市的自然环境和人际关系都难以适应和接受。城市与乡村、战争与和平两种状态的巨大反差,使这位崇尚宁静、性格内向的作家的心理失去了平衡。这正如他自己所言:"《铁木前传》的起因,好像是由于一种思想。这种思想,是我进城以后产生的,过去是从来没有的。这就是,进城以后,人和人的关系,因为地位或因为别的,发生了在艰难环境中意想不到的变化。我很为这种变化所苦恼。……因为这种思想,使我想到了朋友,因为朋友,使我想到了铁匠和木匠,因为二匠使我回忆了童年,这就是《铁木前传》的开始。"[①] 从孙犁的自白我们会发现,由于生态的变化和心灵的倾斜,孙犁企图寻求一种心理的补救和安慰,以使自己能从生存危机的困境中得以解脱。这种心理状态和努力便自然成了这部作品产生的原动力。在孙犁的理想里,似乎只有童年的纯真、平等、无功利、无忧无虑才是一种能对抗现实窘境的有力武器。这同大多数城籍乡裔的作家都有的取向是一致的(如沈从文、莫言、贾平凹),只是在当时特定的政治、文学背景中,孙犁不能直接地写自己的童年生活,只能以"真事隐"的方式转寄于政治主题之内。这样,对于孙犁新时期重新操笔之后写了大量的有关童年的回忆的现象,就可以理解了。

在这个分析的基础上,我们就可以回答《铁木前传》魅力长存的原因了。首先,如上分析,在这部作品中,孙犁投入了强烈的个人情感及灼热的生命体验。作品虽然使用了较婉转的方式,但却是异常真切地、大胆地表现了自我。孙犁自言:"《铁木前传》里,也有我自己。"[②] 在当时自我被膨胀了的时代群体意识挤扁了的背景下,这确实是大胆而清醒的。从此可以看出孙犁对艺术的执着和虔诚,以及对流俗的不屑一顾。这也是这部作品几十年后生命力依然旺盛如故的重要原因之一。孙犁后来自己也说:"作家表现自己,这是不足为奇的,贤者也不免的。真诚的作者,并不讳言这一点。而作品之能具有一些生命力,恐怕还离不开这一点。"[③]

[①] 孙犁:《关于〈铁木前传〉的通信》,《孙犁文集》第四卷,百花文艺出版社2002年版,第617页。

[②] 同上书,第615页。

[③] 同上。

不过，并不是所有的自我都可以进入作品，更不是所有表现了自我的作品都一定具有永恒的生命力。大作品中的自我必须是一种高品格的、体现了某种能超时空的引起人们共鸣的情感和体验。在《铁木前传》中，孙犁表现的是一种忧郁和失落的情绪，而这恰恰是艺术所热衷的话题。因为，艺术和文学从某种意义上来说，是为了弥补由于欲望的无限及其实现的有限所带来的人们精神上的失落和不满足。在生活中，人们的获得和乐观都是暂时的，而失去、悲怆是永远而持久的。这里孙犁所表现的自我，某种程度上具备了人类的共性和永恒性的特点。

其次，作者还触及了一个具有广泛性和现代意识的课题，即文明与道德的二律悖反。在作品中，孙犁建构起两个艺术世界，一个是由童心和童年经历所营造的童年世界，另一个是世故而隔膜的成人世界。其中前者是作者的理想世界，而后者则为作者的现实处境的写照。孙犁是以理想世界为盾牌以对抗现实困境的。但是，我们仔细考察会发现，从政治历史角度看，作者的理想世界恰恰构造在过去的战乱、苦难岁月中，而作者所失望、抱怨的现实处境又恰恰处于和平而安乐的新社会。这样孙犁就自觉不自觉地触及了这个带有人类性的问题：历史的进步，与人的全面发展并非同步，有时甚至是悖反的。同时，从作品中的形象体系来说，那些在政治上落后的一类人物，却在人性上处于一定优势，如黎老东拥有一定的资产，显出了暴发户所特有的财大气粗的那种力量感；小满儿、六儿甚至杨卯儿，在生活方式、情趣上都是从容自在、游刃有余的。而政治上较先进的那一类人却在人性上处于某种劣势，如傅老刚，他的倾向合作社，给人这样一种印象：为了摆脱失去朋友又要顾全面子的窘境而采取一种退却姿态，虽然他在人格上正直、厚道，但在社会地位上却仅仅只能引起人们的同情。再如四儿的笨拙、迟钝、僵硬，体现了他智力、情趣上的欠缺；九儿在形象、气质、性情上自愧不如小满儿。这种整体上的安排便给读者造成了这样的感觉：在政治上进步的那一类人，却是软弱、窘迫而又艰难的；而美好、强健的人，却又是政治上落后的那一类。这实际上触及了人类所共同关注的思想和困惑，从而给这部作品的悲剧意味增添了历史深度，尽管孙犁本人也许并没有意识到并追求这一点。

我不想也无法以上面分析的这个主题来怀疑和推翻另外两个主题，因为无论从作者的主观意图还是作品的客观实际上看，另外两个主题或主题的两个层次都是无法抹去的存在。孙犁说："我不在作品里交代政策，不写一时一地的东西。但并不是说我的作品里没有政治，《铁木前传》里没有政治吗？"① 如果没有前两个主题项，尤其是在当时的历史背景下，那孙犁就不成其为孙犁了。因为孙犁属于这样的一位作家：他具备诗人气质，善于在作品中对应自己的情绪，注重艺术地把握社会生活，但他缺少思想家那种反思历史和现实政治的深邃性和穿透力，尽管他十分崇尚鲁迅；再者，他远离政治的同时又对现实极为关注，他不像赵树理、柳青、李准等那样紧跟政治风潮，"在生活中，在一种运动和工作中，我也看到错误的倾向，虽然不能揭露出来，求得纠正，但从来没有违背良心，制造虚伪的作品，对这种错误，推波助澜"②。但他的作品与特定的时代（抗日战争、解放战争和土地改革时期）和特定地域（河北冀中平原和阜平山地军民生活）密切联系，不像沈从文那样超越时空（湘西仅仅是一种虚拟和凭借）而直指人类性的课题。这种风格就使其作品具备了集多种功能于一身的格局。这在《铁木前传》中得到了更充分的体现，即：合作化运动背景下的人们的生态和心态的变化对应了认识功能，对徘徊于新生和旧途中的一类人的展示实现了教育功能，而在历史进程中人的失落和迷茫则照应了审美功能。而这种集多功能于一身的特点，也正是古今中外大作品所必具的，如《红楼梦》《安娜·卡列尼娜》《古船》等。同时，这也是《铁木前传》风格独具的原因所在。

---

① 王愚：《语重心长话创作——访孙犁同志》，《延河》1980年第3期。
② 孙犁：《铁木前传》，《孙犁文集》第一卷，百花文艺出版社2002年版，第4页。

论王蒙的"季节"①系列对《红楼梦》中爱情体悟和阐释的借鉴

将表现封建社会世态人情的《红楼梦》与时隔二百余年、展示当代中国政治风云、人生沉浮的"季节"系列相提并论似乎是一件不伦不类、风马牛不相及的事,不过,仔细考察一下王蒙的阅读、创作、学术经历,认真比对一下两个文本,就会发现王蒙在"季节"系列的创作中确实受到了《红楼梦》很大的影响。

王蒙自述,《红楼梦》是他少年时代就开始阅读、对他影响最大的一部小说。他这样写道:"我是《红楼梦》的热心读者。从小至今,我读《红楼梦》,至今没有读完,没有'释手',准备继续读下去。《红楼梦》对于我这个读者,是唯一的一部永远读不完,永远可以读,从哪里翻开书页读都可以的书。同样,当然是一部读后想不完回味不完评不完的书。"② 20世纪80年代末90年代初退离政坛之后,王蒙出版了《红楼启示录》并发表了研究《红楼梦》的系列论文,系统梳理并阐释了对《红楼梦》的感悟和审美体验。而这期间正好是他构思、创作"季节"系列的时候。我们知道,对一本书少年时代产生而又持续一生的阅读体验,对一个人的创作会产生潜移默化的深刻影响,而创作前或创作时的阅读、研究体验更会在创作中留下鲜明的印痕。而在"季节"系列的文本中,确实存在着《红楼梦》的许多蛛丝马迹。当然,这种借鉴、继承不是生搬硬套,而是创造性的吸收和扬弃,笔者将从内蕴、结构、技法诸方面将二者进行系统的梳

---

① 指王蒙以"季节"题名的四部系列长篇小说,即《恋爱的季节》《失态的季节》《踌躇的季节》和《狂欢的季节》,由人民文学出版社出版。
② 王蒙:《红楼启示录》,生活·读书·新知三联书店1991年版,第1页。

理、比对和研究。本文限于篇幅，仅就"季节"系列对《红楼梦》中爱情独特的体悟和阐释的借鉴作一些分析。

一 木石前盟与天情体验

"天情"这个概念是王蒙在他的一篇红学论文《天情的体验——宝黛爱情散论》中独创的，他这样写道："根据'天才''天良''天赋'一类词的组成，我谨杜撰了'天情'一词。"接着他又解释了这个概念的内涵："那么天情是什么呢？天然的、性格类型和素质上的感情禀赋，即天生的情种，自来的感情化、情绪化人物；超常的，天一样大的即弥漫于宇宙之间的强烈情感。""并不是每一个人都有这样强烈、这样深挚、这样蚀骨的感情体验，并不是每一个人都有过、都可能有这样的与生俱来、与生俱存的感情的痛苦，或者也未尝不可以说是这样的幸福。"王蒙发明"天情"这个概念，就是专门用来概括、言说宝黛的爱情状态和体验的："这就是贾宝玉和林黛玉，这就是令世世代代读者嗟叹不已的宝黛爱情。"[①] 进而王蒙又将宝黛二人的天情细化为宿命、至上性和悲剧性等几个特点。

作为《红楼梦》爱情主线的主要承担者的宝黛体验了天情，而王蒙在"季节"系列中也在主人公钱文和叶东菊这对情侣身上表现了天情体验。下面笔者试图就这两对活动在不同时代和文本中的恋人的大致相似的情感样式作一比对分析。

王蒙谈到宝黛爱情"宿命性质"时，首先提到的是他们初次相遇的一见如故，并由此引出了二人爱情的非人间性：《红楼梦》第三回写宝黛二人初见之所以有似曾相识之感，乃源于二人有前世的木石之盟：宝玉前生为石，警幻仙子让他做赤瑕宫神瑛侍者时，他常以甘露浇灌一株绛珠仙草。这仙草就是林黛玉的前身，因受甘露滋润而脱草木之胎，幻化成人形，决定以一生的眼泪报答宝玉。宝黛在人世间经历了一番爱恨缠绵，于黛玉焚稿断魂之后，作者安排宝玉在梦中重游太虚幻境，亲睹了"降凡历劫，还报了灌溉之恩，今还真境"的绛珠仙草，从而构建了宝黛之恋的一个完整的神话结构。就此王蒙感叹道："果然是天情！来自彼岸——西方灵河岸上三生石畔！"[②]

[①] 王蒙：《天情的体验——宝黛爱情散论》，《百花洲》1990年第2期。
[②] 同上。

论王蒙的"季节"系列对《红楼梦》中爱情体悟和阐释的借鉴

"季节"系列中钱文与叶东菊的遇合、定情充满着诗意和神奇性，与宝黛木石前盟的设置有着内在的相似性。王蒙把他们相遇的场所放置在远离尘嚣、初春傍晚的北海公园，钱文"站在石栏杆前为春天春水更是为青春而赞美怀念，心潮激荡"之时，忽然听到了一个声音的呼唤，"灯光水光星光，暮色天色景色之中，他看到了来人：叶东菊"。此时此景此情中浮现了此人，已经有了几分神奇色彩，然而更为神奇的是她来这里的动机和结果：在决定报考志愿当然也是以后的人生道路和命运时，"我算了一个卦……卦上说，今天晚上，向南向东行走一千步，我会遇到高人解难释疑……我就来到了这里"。而叶东菊最后告诉钱文她已经找到了高人，这位高人就是钱文，并且央求钱文替她决定做主。作品这样写道：

你能相信这是真的吗？
然后他说了，然后她听了，然后他们握手和道再见。
钱文只觉得自己跟喝醉了一样。
直到叶东菊走了很久了，钱文仍然呆立在石栏杆边，他无法断定这一切是怎么回事，他无法断定究竟什么发生了，什么是以为发生了，什么是事实，什么是幻觉。
是叶东菊吗？是他完全谈不上了解也谈不上熟悉的美丽的叶东菊吗？飘然而来，杳然而去，却又那么信赖，那么交流，那么一见如故，那么牵心挂肚。

这两个文本从表面上看似乎并没有相同性。显然，作为受过现代科学浸润，有着少年入党投身革命、中年成为政府要员经历的王蒙，面对世纪之交的读者写作时，不会再构建一个前生之盟、来世之缘的爱情神话。不过，越过文本表层的不同，我们可以感触到内在的相似，不同时代、不同文本中的爱情遇合有着血脉、神韵的相通、相融。这主要表现在钱文与叶东菊的相遇及定情具有以下特点。

①神秘性。他们都不是有目的地来这里约会，或者一方有意等待寻找对方，而都是无意地来到这里，并且恰好碰上，完全是在巧合中相遇，这就有了很大的不确定性和神秘性。由此就引出了②命定性。他们的遇合非人力所为，乃一种超自然力造成的。北京那么大，北海公园也不小，而在时间、空间上他们排除了无数个偶然，正好在这里相遇了。而叶东菊受卦

词指引来这里寻找高人，似乎更说明了他们的遇合是神意、天意的支配。王蒙这样写钱文当时的感受："这是什么呢？他在想什么呢？怎么会是腐朽透顶而又荒谬绝伦的算卦呢？"紧接着又这样写："这是与众不同的敲击。这是稀罕的命定。"王蒙在文本中多次书写强调二人遇合的神秘和命定："然而上苍是如何地护佑了我们！苏联制造的带着铁掌的小皮鞋在你的房门前响起，在你的心上响起。她找不着你。她找向了你。你谛听着这皮鞋的咯咯若有所动，这就是她，这就是我呀！由于那神奇的暗示，那自己也不明白的鬼使神差，那使我们再走到一起来的冥冥中的指引，那召唤着幸福召唤着人生的咯咯咯，咯咯咯……"③神奇性。二人神秘、命定的遇合给他们尤其是钱文带来了强烈的非同凡俗的心灵震撼和全新的神奇的生命体验："这是旋风。这是突然而起的旋风。这是酝酿已久的旋风。……这样的旋风直吹得天旋地转。""是的旋风。你好旋风。旋风正在把以往连根拔起。所有的过去将不再被眷恋。所有的感想都可以不想。旋风将创造一个光耀得他睁不开眼的崭新的世界。""这是神奇。"

　　从以上分析比对可以看出，王蒙在描写钱文、叶东菊的爱情时，显然吸收了宝黛之恋的那种难假人力而又超凡脱俗的神圣情感，那种个人无法选择只有听从神意安排的宿命色彩。这一点，从他对宝黛爱情的神话设置的认同和赞美也可进一步证实。他这样写道："曹雪芹明明知道，还泪的故事不是真的，然而只有这个故事才能概括宝黛爱情的最超常最动人最有特色的性质。……只有在这里被学问压得丧失了起码的艺术想象力与情感共鸣机制的胡适博士才指责曹雪芹的这种'神瑛侍者投胎'的故事。"①

　　王蒙认为，宝黛爱情的另一个特点是"至上性"和"唯一性"。"这里，'恋爱至上'，与其说是一种未必可取的或事出有因的人生观、一种论点，毋宁说是陷入精神的黑洞中的两个极聪明灵秀的年轻人抓住的唯一可以寄托自己、排遣自己、安慰自己的稻草，这根稻草实际上成了他们年轻生命的诺亚方舟。"②宝黛都是看轻甚至看破了俗世的浮华和人生的悲凉与虚无，"贾宝玉对此生此身的最后归宿的设想和追求是零，可以说他具有一种'零点观念'或得出了'零点结论'"③。而他们将对俗世的无望和空

---

① 王蒙：《天情的体验——宝黛爱情散论》，《百花洲》1990年第2期。
② 同上。
③ 同上。

落转向了对对方情感的渴求,在彼此的体贴爱怜中获得生命的意义和救赎。他们把彼此的爱看得高于一切:既高于世俗的现实功利,也高于与其他人的关系、情感。"宝玉对感情的要求是天一样高、天一样大、天一样无边无际的。"① 走近贾宝玉的女性很多,但只有林黛玉是他情感和心灵深处的唯一相托,而林黛玉更是把贾宝玉当成自己别无选择的唯一知音和归宿。"她已达到了为宝玉而生,为宝玉而死的情境。"② 二人互相将对方当作了无可替代的唯一的精神、情感的知音和伴侣,为爱而生而死,为情而疯而痴,从而实现和体验了生命的如狂似癫的最高境界。

  钱、叶与宝、黛之情在这一点的相似之处表现在:在被政治运动打入另册、无法被主流社会认可的沉重的人生压力下,钱、叶也是将彼此之间的爱情当作了生命的唯一支柱,而更为有意思的是,钱、叶在政治风雨即将到来的前夜忙里偷闲去香山度周末时,他们竟无意中说起了《黛玉悲秋》,"钱文没有再说什么,他想不起他最爱听的《黛玉悲秋》是京韵大鼓还是梅花大鼓来了。……他忽然羡慕起林黛玉来了"。从这里的呼应也可看出二者的相互联系,但主要还是表现在内在的相似:

  钱文被打成右派、发配京郊权家店劳动改造而意志消沉之时,他这样体认叶东菊对他的意义:"东菊只是一只小纸船。然而东菊承载着他,承载着他的狼狈和愁苦,也承载着他的丝毫并不脱俗的肉体和灵魂。有了这只纸船,他的身体和头脑才没有无边无际地沉落,沉落,沉落下去。……从万丈高楼上他被抛掷出来了,他在大虚空中坠落着,然而东菊抱起了他,他抱起了东菊,她是他的船,他是她的船,她是他的地面,他是她的地面。其实这个时候他只有对于她才真正有一些意义,也许是很大的意义;她对于他便成了生活的全部,愿望的全部;此外他是死是活又有什么关系呢?"王蒙把叶东菊描绘成承载和救赎钱文的船,与前述他在论述宝黛之情时比喻的诺亚方舟惊人相似。而作为一度热衷和投身革命的钱文,也把叶东菊及其感情当作了自己生活、生命的全部和唯一。而钱文之所以能在权家店忍苦受累接受改造,并不是为了政治上的洗心革面,而主要也是为了叶东菊:"改造好了就是说他可以和东菊踏踏实实过日子了,等改造好了他们就抱在一起永远不分离了。……说实话,与其说是为这为那,

---

① 王蒙:《天情的体验——宝黛爱情散论》,《百花洲》1990年第2期。
② 同上。

第一辑　经典细读

不如说是为了东菊他才毫不犹豫地走改造之路的呀！"

而叶东菊在被开除团籍、公职又被自己的母亲冷落驱赶之后，她也是把生活的希望托付给了爱情和钱文："我现在只相信爱情，到现在为止，只有爱情还没有骗我。……我需要的只有你！此外的这个那个，净是废话！瞎掰！只要有你就行。你要是死了或者不再理我了，我也就一下子结束了一切，平平净净，痛痛快快……"从这一段话里我们可以看出，叶东菊是把爱情看得高于一切的，为了爱情她可以抛弃公职、身份、名誉乃至母亲的亲情，甚至为了爱情，她可以放弃自己的生命。

他们相互间也把彼此当作了生命和情感上的唯一选择和皈依。当然，作为一个曾经身处革命旋涡、热心青年团工作的他们，在工作和交际中与许多异性都有交往甚至有很密切的关系，比如走近甚至追求叶东菊的有她的同事体育教师、舞伴李大林和不乏非分之想的鲁若；而对钱文产生好感并在钱文心中掀起感情波澜的女性也有如吕琳琳、陆月兰、李云白等。然而他们都没有移情别恋，而是将对方当作最大的知音和唯一的选择，而且，他们互相认为得到了一般人渴求却无法得到的爱情。钱文曾这样感叹："也许，一千对里才有一对我们这样的，也许获得自己的爱情的比率不过如海中捞针。"而曾经激情澎湃的团干部赵林在爱情受挫后把男女之情说成"反正最后还不是公母俩一块儿过日子？熄了电灯，还不是一个样子"时，也不得不承认钱叶的感情不同一般："我说的不包括你们，你们不一样啊……你们不容易呀，你们一定要好好过一辈子！"钱、叶二人也觉得他们由此而得到了人世间最大的幸福，并以此抵消了人生的坎坷磨难。新婚之初政治上遭厄难时，"在这间破屋里他们享受了青春，他们享受了爱情，他们享受了人生，他们并没有白白地走了阳间一遭"。他们一起走到了人生的中年时，还保持着这样的幸福感、优越感："有情人皆成眷属，没有那么容易！到了共产主义也未必能够消除所有的失恋、离婚、误解、迷失和与真正的心上人失之交臂。所以钱文和东菊就应该算是世界上最幸福的人啦。"

王蒙把宝黛爱情另一个特点概括为悲剧性，虽然钱叶爱情也有类似的特征，但我在这里不想一一比对论述了。因为王蒙在写钱、叶爱情时并不是简单地模仿宝黛之情，而是有自己的发展和创造。比如宝黛爱情其一是生死之恋：黛玉因为宝玉情误错娶宝钗焚稿断情泪尽而死，而宝玉最后以出家为僧即实际上的心死回应和殉了黛玉的深情。这样的设置阻断了二人的世俗结合，使二人的情感保持在超凡脱俗、诗情画意的境界，不至于被世俗的琐屑繁杂所污染、所磨蚀。宝黛爱情其二是二人仅仅保持在心灵、情感层面，而没有肉体的交融，以此来突出其精神的纯净和圣洁。而钱叶之情就不同了，他们没有被隔断，而是走进了世俗。他们不仅有了肉体的交合，还结婚生儿育女，还被吃、穿、住、行这些日常琐事所纠缠困扰着。从表面上看，钱叶之情的人间性、世俗色彩似乎是消解、冲淡了天情内蕴，但我觉着这恰是王蒙对天情的独特发现和新的阐释。这不仅表现在前述的钱叶在世俗中得到了他人没有得到的持久、圣洁、充满诗意和激情的爱情，从而实现了对世俗的超越，更表现在钱叶在性爱中所达到的合二为一的宗教般神圣的情感体验和生命形态。我们知道，王蒙不擅长或有意回避性关系、性行为的描写。但在写钱叶之情时，却多次浓墨重彩地写了他们的交欢。"而今天，今夜只属于他们，山只属于他们，针叶树的幽香只属于他们，从未享用过的柔软的席梦思床只属于他们，世界只为他们而温馨沉静小心翼翼要活要死要刚要强哭哭笑笑云云雾雾火烧火燎融化流淌。"这里的交欢，朦胧、缱绻而充满诗意，是一种淡去肉欲的审美体验。"没有旁人。没有任务。没有请示汇报。没有组织。没有集体。没有思想分析。只有赤裸裸的本来的两个人。两个人交织在一起，成为真正的人了。"这里的性是对异化政治的反抗，是社会身份的消解，同时也是对生命本欲的还原、体认和礼颂。"'我想，如果我和你一起被雷击中，如果我们燃烧在一起，变成一个人，我也愿意呢。'东菊喃喃地说，她是认真的。"这里则融入生与死、今生与来世等关涉永恒的宗教情感。以上钱叶的世俗情和性爱，并未淡化天情，而是对天情的丰富和发展。王蒙让钱叶在宝黛的终点出发，向爱情的新的领域进发和寻找。

二 意淫情痴和诗意关怀

钱文将叶东菊当作唯一的知音和最终的选择，从而体验到强烈而超凡的天情。不过，钱文并未因此就将自己对异性的情感封闭起来，他对其他女性如吕琳琳、李云白、陆月兰、廖琼琼甚至周碧云、林娜娜都有过超出友谊的爱慕恋念之情。这自然让人想起贾宝玉对待女性的态度，除专情于黛玉之外，他对宝钗、湘云、妙玉、乃至平儿、玉钏、香菱、傅秋芳、晴雯、五儿、琪官等都缠绵多情。钱文和贾宝玉都是泛爱的，对走进自己视野和生命的美丽女性都不由起意动情。但泛爱不是乱爱，在贾宝玉那里，

第一辑 经典细读

是"意淫"是"情痴",在钱文那里则是诗意关怀。"意淫"是警幻仙子对宝玉的评价,它是与"皮肤之淫"相对的:"淫虽一理,意则有别。如世之好淫者,不过悦容貌,喜歌舞,调笑无厌,云雨无时,恨不能尽天下之美女供我片时之趣兴,此皆皮肤淫滥之物耳。"宝玉与薛蟠、贾珍、贾琏一流寻花问柳、淫奢无度的"皮肤之淫"者不同,而是"天分中生成一段痴情",注重的是与女性内在心灵、情感上的相悦。"诗意关怀"是与"肉欲占有"相对的。赵林把爱情贬低为"公母俩一块儿过日子",杜冲将爱情言说成"赤裸裸的肉体的技术性操练",鲁若利用自己的职业占女学生的便宜,徐大进、章婉婉之类则以革命的幌子进行见不得人的肉体交易。而钱文与这些人不同,他对待异性则是不涉肉欲的纯粹审美意义上的欣赏、关心、体贴和呵护,而不存有任何贪恋、占有的非分之念,因为"非礼勿视非礼勿言非礼勿行非礼勿问非礼勿闻的古训早已溶化到了他血液中"。

钱文、宝玉之所以如此,乃出于他们的天性,即他们对女性都充满着诗意化的钟爱和虔诚,将女性当作崇拜的对象和审美理想的化身。钱文把女性当作了女神一样的存在;她无处不在而又包容承载了他的美好爱欲:"到处到处,一切一切,都有爱的影子,都有女性的温馨,都有宇宙的大女性的精灵。他似乎常常听到女性的笑语,感到女性的活泼,看到女性的长发和脸孔,闻到女性的芳香。像是一群女性的簇拥,又像是一个女性的无所不包。"他认为女性不仅是美丽、青春、理想、纯洁、美好的化身,而且给世界带来了美,因而他对女性充满感激之情:"他不能不赞美世界上有这样美这样好的女性。他相信世界是因有了这样的女性才变得美好的。他感到这简直是一种奇妙的享受,一首浸泡着他的唱不完的歌曲,一种欣欣的生气,一场还等待开演的戏剧。……他生发了这样强烈的一种感激的心情……感谢地球,感谢太阳,感谢天空,感谢所有的妙龄少女……谢谢你,谢谢你,谢谢你啊。"这里钱文将女性与天、地、太阳放在同一个位置,足以表明他对女性虔敬到怎样的程度。而钱文对女性的态度与宝玉的"女儿是水作的骨肉,……我见了女儿,我便清爽","凡山川日月之精秀,只钟于女儿"等的女性观念有异曲同工之妙。

"意淫""情痴"也好,"诗意关怀"也好,共同的表现都是对女性的一种无功利、充满诗情画意的审美观照,具体又体现在以下几点。

第一,对心仪的女性充满着仰慕之情,只是在远远地欣赏、遐思和品味中体验到怡情愉心的审美快感，而不愿走近和拥有。这一点在钱文集中体现在他对吕琳琳的态度上。吕琳琳是钱文的爱情的启蒙老师，她唤醒了钱文对女性的珍爱和对爱情的渴求。在钱文心目中，吕琳琳的身份是矛盾不确定的，既是思慕的恋人，又是老师、大姐姐，更是纯洁、美好和神圣的象征："吕琳琳又大，又白，又细，像一只需要保护的鸽子。一只白羊。一片净土。一个女神。"虽然"他喜欢吕琳琳，想起一下吕琳琳也使他觉得愉快善良而且实在。如果他年龄大一些，他不是不可能娶吕琳琳"，但年龄的差别、身份的不同拉开了彼此的距离，因而他无法也不愿现实地走近而"只能说是崇拜"对方，"更愿意把吕琳琳隐藏在自己的心的深处"。正因如此，他对吕琳琳滤去了欲望和杂念，只剩下了痴迷、纯情和神圣的崇敬。他不忍心退出补习小组，是"怕吕琳琳如果失去他这个'高才生'，只是面对那位又笨又蠢外表又粗鲁又肮脏的男生的话，她的女性的矜持和温柔将会受到威胁，受到侵凌"。因为看到吕琳琳上唇两端嘴角处有几根黑色的短髭而伤心落泪，因为"他实在不愿意一个好姑娘，一个白白净净的姑娘，一个至少是革命的同盟者的女大学生的白璧无瑕受到些微的损害"。他骑车走了很远的路去探望吕琳琳，但到门口却又莫名其妙地退缩回去了。直到吕琳琳结婚后，他还帮吕琳琳买书，还不断思念吕琳琳，还有"浪漫的回忆和设想"。而这与贾宝玉对待史湘云、妙玉、傅秋芳等的态度又有着惊人的相似。

第二，对那些美丽、娇嫩而脆弱的女子，他们都以保护人、护花使者的身份加以倾心的体贴和呵护。在这里，我想将描写贾宝玉和钱文对待受了委屈的女性的行为的文本加以对比：平儿被凤姐、贾琏打骂，受了委屈时，宝玉便领她到怡红院中，命丫鬟给其换衣、洗脸，又亲自递送脂粉让平儿妆饰。"竟在平儿前稍尽片心，亦今生意中不想之乐也。因歪在床上，心中怡然自得。""又思平儿并无父母兄弟姊妹，独自一人，供应贾琏夫妇二人。贾琏之俗，凤姐之威，他竟能周全妥贴，今儿还遭荼毒，想来此人薄命，比黛玉犹甚。想到此间，便又伤感起来，不觉洒然泪下。"当钱文与叶东菊还是一般关系的时候，有一次他发现叶东菊因"洪嘉的猜忌"、鲁若的非分之想而受到伤害时，作品这样写他的所思所为："叶东菊这样的女孩子，与他们在一起，毫不设防，这怎么行呢？但是，这又是无法向叶东菊说出口的，叶东菊就不应该多天真几年，多美好几年吗？为什么要让她那么早就'复杂'起来呢？为什么这个世界不应该给天真纯洁的女孩

■ 第一辑 经典细读

子多一些爱护、少一些伤害呢？而且，她是这样美。人们不应该一起来爱护这样的美吗？他那天相当激动地安慰了她。他陪她走了两条街，他给她讲了新出版的《译文》上刊登的几篇苏联小说。他问她会不会唱电影《小海军》的插曲。他还请她到一家甜食店喝了一碗赤豆粥。直到她脸上的阴影全部驱散了，他才放下心来，在十字路口的一侧，挥着手目送她走远。""那天，他非常快活。"两段描写如出一辙：两位不同时代的少女都是遭受妒妇粗男欺凌；而不同文本中的两个男主人公都与给少女带来伤痛的丑鄙男人形成鲜明对比：宝玉"色色想得周到"的细心与贾琏"惟知以淫乐悦己，并不知作养脂粉"的粗陋泾渭分明，钱文的纯净、体贴与鲁若的内心"不是纯洁和高尚"南辕北辙；二人都是不涉情欲，超越功利地帮助、安慰受伤的少女，并在情感的付出中得到了审美的愉悦。

　　脂砚斋曾以"体贴"来解释宝玉的"意淫"："按宝玉一生心性，只不过体贴二字，故曰意淫。"[①] 这极准确地道出了宝玉善待女性的特点，也可以移过来概括钱文对女性的多情和关爱。尚未涉足爱情的钱文，甚至对那些已经名花有主、坠入爱河的少女也爱惜有加，唯恐爱着她们的男子欺骗、坑害了她们。比如，对准备与满莎结婚的周碧云，他忽然"产生了一种异样的感觉"，"觉察到了她温柔了而且忧郁了"，"感觉到，她唱得相当忧伤，……恍惚看到了她眼里的泪水"。从而为她的爱情、婚姻前景而深深担忧。对被他的同事和领导赵林爱上的林娜娜，"他觉得她特别值得怜惜。她还是个洋娃娃就被精明热烈健谈脱颖而出高高在上的赵林爱住了，这使他有那么点不放心。他不知道他为什么要这样想。他非常想与林娜娜接触一次，说点什么"。这些与宝玉的心思行为十分接近：他帮助和慰藉香菱，让这个可怜而可爱的少女得到在呆霸王那里得不到的人间温情；自己淋了雨，还心疼划"蔷"的龄官，劝她快走以免被雨淋病了；自己编了谎来承担责任，以庇护弱小无助的五儿；司棋被逐出大观园时，他又以保护人的身份仗义执言；等等。

　　第三，表现在他们面对女性都有一种原罪感以及对女性世界的悲悯和悲剧性观照。原罪感在宝玉那里首先表现在对自我性别角色的厌恶。他认为"须眉男子不过是些渣滓浊沫而已""是泥作的骨肉""见了男子，便觉浊臭逼人"。因而他作为一个无可选择的男儿身，面对那些纯洁清爽的女

[①] 《脂砚斋甲戌抄阅再评石头记》，上海古籍出版社1985年版，第79页。

性自然生出一种自惭形秽之感，觉出自身的污浊粗俗来。宝玉原罪感的另一层面是自己的富家公子哥的身份给许多少女带来了许多连累甚至灾难，比如琪官、五儿等的被逐，晴雯、黛玉、金钏等的死，均与他有直接或间接的关系，因而不断以自责、祭奠、凭吊等方式以示忏悔，乃至最后以出家来自戒自惩。钱文的原罪则有这么几个层面：①对异性的生理欲望和发自生命深层的心理冲动偏离或玷辱了对女性精神、情感上的纯洁期盼、守望，从而产生了羞愧之感。作品写道：他因在梦中与一个女性有了性色彩的行为而得到快感，"醒后，他后悔莫名，惭愧无地，他为自己的梦境的丑恶而不知道怎样自处了"。也就是说，潜隐在生命深处的无法自抑的本欲的涌动，使钱文看到了自身的丑恶以及对女性纯情的破坏，这使他陷入深深的愧疚之中。故而作品又这样总结道："罪恶的人类呀！即使是最绅士最道学的男子心里，是不是也期待过一个潘金莲、一个荡妇和娼妓呢？"②由于自己成为右派、被当作政治改造对象的身份给女性带来牵累或灾难而怀着负罪感。年轻女作家廖琼琼在政治运动中遭受厄运，钱文认为这与自己的一次带自我开脱性质的向组织的交代有一定关系："她兹后的厄运与他的这次无事生非的名为交代实为叛卖难道是没有关系的吗？"并为此而深深负疚和忏悔："……他这一生，能够不为廖琼琼而接受报应吗？他还抬得起头来吗？再过许多年等到他快要离开这个世界的时候，弥留之际，想起廖琼琼来，他能不恐惧吗？他能找谁去忏悔呢？"乃至事隔多年之后，他还为此事对自己不依不饶："钱文想起了自己吃午饭后的交代问题，他也有责任。他也'迫害'至少是连累了她。他们这一代人活着并不平安，活得不平安的人不要妄想死得清爽宁静。在最后的时刻到来的时候，谁也甭想无事。"与他的政治上坎坷遭际相应，还有他对婚姻的忠诚、对伦理的恪守与他泛爱女性心理、行为的冲突，使他陷入了情与理的矛盾之中，他欣赏和关爱着婚姻外的女性，同时又为可能会到来的冲击着婚姻、伦理的情爱而恐惧、逃避甚至拒绝着。因为那样既伤害了自己的妻子，同时也玷辱了那些纯真而多情的少女。这样的女性主要是两个：陆月兰和李云白。陆月兰是一个性感、充满生命激情、敢恨敢爱的女性，在"文革"中还赶往边疆专程探望钱文。她对钱文的感情，连钱文的儿子都看出来了："您注意过么，她是用什么样的目光看着您啊。"作为一个热爱诗歌的女大学生李云白，则是钱文的虔诚崇拜者。而这两个女人，都让他"产生了一种不祥的感觉"和"令人不安的印象"。这种"不安""不祥"

之感显然源于这两个少女的诗意和激情对他产生的吸引力以及对可能产生后果的惧怕。作品这样写钱文的心态："他毕竟不是学生娃娃，他要对自己对东菊也对李云白负责。"而且钱文也发现了东菊对陆月兰、李云白的冷漠和戒备。因而钱文只好选择了逃避和拒绝。作品这样描写他对陆月兰向他示爱后的息事宁人的态度："月兰给钱文写过一封信，除了感谢的话，她说她是愈来愈喜欢钱文了。她说她唯一爱过的人是连甲，而在钱文身上，他发现了连甲的影子。钱文看了这封信皱了一会儿眉，就把它给销毁了。"但钱文并未因此解脱，而是被沉重的负罪感所困扰：他曾梦见李云白的死，无意中听说一个女中学生自杀，他也"想起了李云白"，"对于寄来她保存的他钱文早期的儿童诗的李云白，他的官腔足以把一个女孩子杀死，如果那个女孩子当真相信过诗，相信过文学的话"。"一种疯狂地认定自己杀了一个爱好诗歌的女中学生的想法已经绕住了他。""人是会在无意中杀人的，他坚信这一点。她相信了他的诗里的美丽，她从精神上希望依靠他。然而，他躲开了，她跌入了深渊。"

对少女世界的悲悯和悲剧性观照是他们在看到女性身上的诗意、清纯、美丽在不可违背的自然力面前和世俗生活中被销蚀而无奈伤感的情绪表现。贾宝玉把自己的审美理想和心灵归宿建构在现实中的大观园和想象中的太虚幻境交织成的女儿国中，他的梦想就是希望那些他喜爱的美丽的少女青春长驻，清纯永远，而他守护着她们又被她们喜爱，彼此相伴终生，永不分离。钱文的女儿国则由以区团委为主的革命阵营和诗的队伍中的女子构成，前者有吕琳琳、洪嘉、周碧云、刘丽芳、林娜娜、袁素华、叶东菊等，后者则有廖琼琼、李云白、陆月兰等。他对她们都充满纯情、真情和激情的喜爱，同时也渴望和享受着她们对自己的关爱。贾宝玉和钱文崇拜女性，是因为在他们看来，女性是纯洁、美丽、青春的化身。但是青春短暂难久，美丽容易破碎变质，纯洁往往会被弄得污浊不堪。大观园中的女儿有的因长大出嫁而受污变俗，失去了清纯和诗意，有的在时光催逼下变老而失去美丽与青春，有的被劫、被逐、死亡而成了虚与空，最后女儿国分崩离析，宝玉也只能以"悬崖撒手"的大悲悯为自己和女儿国画上一个无奈的句号。如鲁迅所论："悲凉之雾，遍被华林，然呼吸而领会之者，独宝玉而已。"[1]

---

[1] 鲁迅：《中国小说史略》，人民文学出版社1973年版，第201页。

"季节"系列曾将犁原与贾宝玉进行类比:"他希望所有的鸟都爱他都围绕着他飞,因为他真心地爱它们。长大以后他发觉他对于鸟的幻想与贾宝玉对于女孩子的幻想差不多。……然而没有几天鸟就死了……犁原哭了个死去活来。"犁原在经历、身份、处境、性情上都与钱文相近,犹如钱文的影子,就像甄士隐是宝玉的影子一样,因而犁原对鸟的态度完全可以移来言说钱文对女性世界的态度。正因为钱文对女性爱得至真至纯至深,他对女性的美的破坏、青春的丧失才悲得至切至大至广。多情善感的钱文敏锐地感受并忧伤着女性世界的脆弱,质疑女性和由之而产生的"爱情这最最美丽的花朵不能够百日长鲜,百年芳菲"。"最美好的东西是最容易失去的。最鲜艳的东西是最容易褪色的。最纯洁的东西是最容易玷污的。最神圣的东西是最容易令人失望的。最高贵最细致最完美的东西是最容易落在地上打碎的。"首先,他为女性在时光的逼蚀中一天天长大、衰老而伤感。洪嘉、周碧云、林娜娜的恋爱乃至订婚给他带来了很大的触动,使他产生了莫名的失落和惆怅,而他又亲历了曾经非常性感、光鲜的闵秀梅,一度激情澎湃如女神般的陆月兰最后都变得又老又丑、不敢正视:"……看到了阔别四分之一世纪以上的闵秀梅。闵秀梅已经是白发,秃顶,把门的门牙四个掉了三个,又胖又笨,老态虽不龙钟却也歪歪斜斜。"而多年后的陆月兰则成了这副模样:"她已经发胖,肚皮悄悄地挺起来了。她的头发稀疏得不成样子。她脸上的皮肤显得极为松弛,特别是眼睛下面竟显出了那么明显应该说是非常突出的眼袋。……老,老了。"其次,他感到对女性的诗意产生威胁消磨的是世俗的琐碎庸俗和人性的野蛮丑恶。在得知吕琳琳已结婚的消息之后,钱文产生了"一种逼迫感"之余,对"庸俗"也更害怕起来,其实他不愿看到的是那些美丽纯洁的少女会随着婚姻的到来在日常生活的凡俗琐屑中一点点地变得黯淡和乏味,而许多女子也确确实实这样渐渐消失了自己圣洁亮丽的光环而日益丑恶起来。被他们称绰号为刘巴的刘丽芳,本来是"青春的象征,自由的象征,热情的象征",但在与高来喜相爱不成而转为相互"仇恨、报复、殴打"中变得"丑恶"起来,而且使"钱文难过了很久很久"。人性深处的恶意、人无法摆脱的本欲也把女性的美撕扯得支离破碎。在杜冲的性话语中,将"永远天真烂漫的洪嘉说成一个野蛮的性白痴","美好、诗意、神秘的爱情""变成赤裸裸的肉体的技术性操练",从而"青春的美梦一个又一个地完全打碎"了。纯洁、热情的周碧云也在别人的闲言碎语中成了面目全非的见异思迁的，甚至背叛家庭的荡妇；而清丽、柔弱的章婉婉为了摆脱政治厄运，不惜将自己当成肉弹，与她的顶头上司曲风明、徐大进乱交，甚至"一会儿与这派的一号勤务员睡，一会儿跟另一派的一号勤务员睡"，以至于"她被一些人目为魔鬼、娼妓、野心家、危险人物直到真正的阶级敌人，她的丑事隐私贴得满街满巷"。这样，钱文的女儿国也破灭了。

从以上对比分析可以看出，这两个文本在对爱情的理解、阐释和表现上都存在着许多相同性，由此而得出王蒙在"季节"系列的爱情描写上借鉴了《红楼梦》是非常自然的事情。在这篇论文快要结束的时候，我想进一步谈谈这两部作品爱情主体的一致性。

这两部作品中爱情的主要承载者都是男主人公，一个是贾宝玉，另一个是钱文，也就是说，曹雪芹、王蒙的爱情观念、爱情理想分别是通过贾宝玉、钱文的行为、心灵得以阐释和展示的。而这两个主人公又都有着作家的影子，几乎可以看作作家的自叙传。持自传说的红学家认为："书中的贾府与甄府都只是曹雪芹家的影子。""这部书是曹雪芹的自叙传"，并进而得出了"贾宝玉即曹雪芹"[1]的结论。一个王蒙的研究者这样写道："了解一点王蒙的生活道路和创作道路的人，都不难从钱文身上看出作家的影子，这包括经历、气质、生存方式和想事方式等，……无论如何可以断言，这个系列比王蒙过去的任何一部小说都包含了更多的自传性因素。"[2] 不过，不能因此就认为贾宝玉就是曹雪芹、钱文就是王蒙，作家与主人公之间只是相似而并不等同。袁世硕认为："贾宝玉的形象，半是现实，半是意象。""贾宝玉的心灵，其实就是小说化、诗化了的作者曹雪芹的心迹。"[3] 而王蒙则以元小说的方式拉开了钱文与自己的距离："钱文与叶东菊的结合，纯粹是小说的神来之笔，是意外，是偶然，是陡发的奇想。"由此可以看出，贾宝玉、钱文各有各自作者现实的影子，但更是作者艺术想象、审美创造的结果，也就是说，在贾宝玉、钱文身上，作者赋予了主人公作者本人现实中缺失而心灵中呼唤渴求的愿望、理想。而出现在两个文本中发生在两个主人公身上的爱情，也并不完全是作者现实中爱情状况的实录，而更多是向往、追求的爱情样式和境界。两位作家都是

---

[1] 袁世硕：《贾宝玉心解》，《文史哲》1986年第4期。
[2] 何西来：《智慧的痛苦——评王蒙〈失态的季节〉》，《光明日报》1995年12月6日。
[3] 袁世硕：《贾宝玉心解》，《文史哲》1986年第4期。

突出爱情的神圣性、理想性、诗意性，并与现实凡俗的爱情拉开了距离。它一方面对应了作者自己对爱情的审美渴望，在理想爱情的构建中传递、展示了自我丰富的内心世界、强烈独特的情感、深刻整合的生命体验，从而抵达了审美创造中怡神娱情的境界，同时，他们也以他们创造的审美世界使读者超越了世俗情爱的乏味单调，而在虚幻中获得了心理补偿和审美愉悦。

论王蒙的"季节"系列对《红楼梦》技法上的继承

"《红楼梦》确是一部奇书，奇就奇在它的'话题价值'。它是永远的，历久不衰的话题。它是各色人等从贩夫走卒到胡适到俞平伯，从毛泽东到江青……的话题。它是各种学科及视角的话题。你讨论不完它，研究不完它，它是不可穷尽的话题。"[①] 这是王蒙对《红楼梦》及其现象的一段论述，对《红楼梦》的崇尚之情溢于言表。王蒙是《红楼梦》热情不减的读者，独特而深刻的研究者、阐释者，同时也是一个实实在在的受益者，在王蒙的许多作品尤其是晚近的带有人生总结性质的"季节"系列中，都若隐若现地浮动着《红楼梦》的影子。在王蒙提到关于《红楼梦》的许多说不尽的话题之后，我还要增加一个新的话题：谈谈《红楼梦》对"季节"系列在技法上的影响，或者说"季节"系列对《红楼梦》技法上的继承吸取。这两个文本在技法上相似、同构之处很多，本文限于篇幅只谈三个方面，即题名的遍地开花、真真假假捉对的人物设置和元小说的技术操作。

一 遍地开花的题名——多元不确定的文眼

一部小说的名字很重要，它是作品内涵的外在显现和提示，也是作品形象的包装。一般小说都只有一个名字，即使更换、修改过名字，也只是采用最后确定的名字，而曾拟用的名字不会在文本中出现，只可能在作者手记或创作谈一类的文字中作为背景材料提及。而"季节"系列和《红楼梦》却迥异常规，都拟题了多个书名，而且在文本中将其一一交代展示。

关于《红楼梦》的题名，"脂砚斋甲戌本"这样记述：空空道人"遂易名情僧，改《石头记》为《情僧录》。至吴玉峰题曰《红楼梦》。东鲁孔

---

① 王蒙：《红楼启示录》，生活·读书·新知三联书店1991年版，第258页。

梅溪则题曰《风月宝鉴》。后因曹雪芹于悼红轩中披阅十载,增删五次,纂成目录,分出章回,则题曰《金陵十二钗》,……至脂砚斋甲戌抄阅再评仍用《石头记》"①。俞平伯在充分论证的基础上得出结论:最初曹雪芹就题为《红楼梦》,后脂砚斋评点时改为《石头记》,最后程伟元、高鹗刻板印刷时复改为《红楼梦》。②

"季节"系列与《红楼梦》在题名上大体相类,都是遍地开花而且又呈现于文本之中。"季节"系列现已发表出版的有四部——据说还要写下去,它们分别名为《恋爱的季节》《失态的季节》《踌躇的季节》和《狂欢的季节》。系列长篇在一个总名字下又在每一部分别题以别名,这在现当代小说中屡见不鲜,如欧阳山的《一代风流》系列长篇的五卷分别名为:《三家巷》《苦斗》《柳暗花明》《圣地》《浩浩神州》;梁斌的系列长篇《红旗谱》,由名为《红旗谱》《播火记》《烽烟图》的三部小说构成。这里我说的"季节"系列题名上对《红楼梦》的继承不是指这些,而是指它的其中某一部除了已确定的书名外,还有许多名字出现在文本中。比如第四部叫《狂欢的季节》,但在本部小说一开头他就名字的斟酌洋洋洒洒写了一大篇:"那么,本一个季节将是什么呢?我曾经多么样的满意于'失态'与'踌躇'的命名!这样的词儿创造出来不就是为了我的长篇小说系列吗?……那么本一个季节应该是恐惧的季节?是奔突,是疯狂,是死亡的季节或者时节么?是横冲直撞大火熊熊痛快淋漓由真正的历史大手笔写就的浓艳的或浓烈的季节么?抑或是闲散的、恬淡的、无聊的、空白的、等待的、静悄悄的、比如说是养猫养鸡养黄鼠狼腌咸蛋种花种草打毛衣读菜谱打木器家具和常常醉酒的叫作畅饮的季节么?也许我应该叫它意外的或混乱的、困惑的、迷失的、梦魇的至少是奇异至极的神妙至极的百思不得其解的,你只好叹为观止的季节吗?"接着又写道:"这是一个'跳妖'的季节"和"发情的季节",甚至不无调侃地说:"写者甚至曾经计划将本书命名为《养猫的季节》。养猫才是纲,养猫才有终极关怀、普遍深度、人文主题和道德激情,其余全是目。"又写道:"这也是一个读书的季节呢。"全书已行文至篇末,还插上了一句:"脸皮薄的人已经死得差不多了。这是一个厚颜的季节。"第一部叫《恋爱的季节》,但在文本中也插入了这样

---

① 《脂砚斋甲戌抄阅再评石头记》,上海古籍出版社1985年版,第8页。
② 俞平伯:《红楼梦研究》,人民文学出版社1988年版,第167—171页。

的题名:"这真是一个恋爱的季节,浪漫的季节,唱歌的季节吗?""是胜利的季节,是青春的季节也是恋爱的季节。"

两个文本之所以都采用了这种确定和未确定的名字同时出现于文本的题名方式,除了王蒙在创作中有意借鉴《红楼梦》之外,还在于两部作品有内在的相似,在于两个作者有相同的审美追求。具体表现在以下两个方面。

①它们的内涵异常丰富,呈现出多元、多层面的态势,用一个书名无法将它们概括表现出来。对于《红楼梦》内蕴的丰富,鲁迅有过经典地概括:"红楼梦……单是命意,就因读者的眼光而有种种:经学家看见《易》,道学家看见淫,才子看见缠绵,革命家看见排满,流言家看见宫闱秘事……"① 王蒙自己也这样说:"《红楼梦》对于我这个读者,是唯一的一部永远读不完,永远可以读,从哪里翻开书页读都可以的书,同样,当然是一部读后想不完回味不完评不完的书。"② 王蒙的"季节"系列尤其是《狂欢的季节》主旨也是丰富多元、情感也是复杂多味的,既有对"极左"路线、封建意识的审视批判,又有对政治缝隙中滋生张扬的自由生命、理想主义的欣赏向往;既有对自我的无奈消极、随波逐流、丑恶堕落一面的解剖反省,也有对曾经拥有的温馨自如、逍遥无羁生活的眷恋品味。总之,"红楼"也好,"季节"也好,都无法一"名"以蔽之,它们的丰富将它们的包装给胀破了。

②那些看似信笔书写的多种书名,并非随意的游戏调侃,不是可有可无的摆设,而是名与实、题与旨都有着明确的对应关系。一方面,每个书名都传递着主旨的某一个层次或棱面,合为一体共同构成了复调的主题,从而还原和呈示了生活、情感、思想的丰富复杂和多色多味。另一方面,这种主题副题相辅同在、题名遍地开花的方式,打破了传统的一元化、线性、逻辑性、意念性的主题的创作、欣赏模式,从而赋予作品更大的艺术张力和容含空间。俞平伯虽然认为除了《红楼梦》《石头记》其余这些是"假想中的名字","不是书名",但他同时承认它们是"用来表示本书中某种的含义因素"③。我认为:《金陵十二钗》和《红楼梦》的题名相近,共

---

① 鲁迅:《〈绛洞花主〉小引》,《鲁迅全集》第八卷,人民文学出版社1982年版,第145页。
② 王蒙:《红楼启示录》,生活·读书·新知三联书店1991年版,第1页。
③ 俞平伯:《红楼梦研究》,人民文学出版社1988年版,第169页。

同用来表达"怀金悼玉"即礼颂和哀挽女子和青春的主题；《情僧录》和《风月宝鉴》类同，一起承载了真假、有无、色空这些哲理层面观照世事人生的内蕴；而《石头记》则独自对应了作者无材补天、幻形入世的惭愧、悔恨和超越的心灵轨迹。王蒙在用《狂欢的季节》作主名之后，又在文本中拟用了恐惧、奔突、疯狂、死亡、横冲直撞、大火熊熊、浓艳、浓烈、闲散、恬淡、无聊、空白、等待、静悄悄、畅饮、意外、混乱、迷失、梦魇、奇异至极、神妙至极、百思不得其解、叹为观止、养猫、厚颜等二十多个副名题之，这既是对《红楼梦》的刻意继承吸取，又是创造性的发挥、革新。这些题名虽然都凝聚、呈示着作者对生活的观照、对人生的开掘，但我们不必、王蒙也不期望我们将其一一与作品内涵进行逻辑性的对应、返照。显然，王蒙的这种题名方式是他以其独有特创的"狂欢体"即"天马行空、无所顾忌、随心所欲"①的样式，来打破以往创作对内蕴进行先验、意念性、封闭式的框定、切割，以还社会、人生、世态人情以本色原味、立体多棱的形态，"让人看到一种非常真切的、非常丰富多彩的毛茸茸的那样的生活"②。并以此阻断读者线性、单维、逻辑性的审美思维，从而馈赠给受众一副全新的审美眼光和宽阔的艺术世界。

二 真真假假捉对的人物设置——亦实亦幻的障眼法

真假是《红楼梦》中至为重要的一对概念，它源于贾宝玉和甄士隐在太虚幻境看到的一副对联："假作真时真亦假，无为有处有还无。"不过它不是玄虚的概念，而是与具体的人物相关联的；它正好两两相对呼应着四个在全书中举足轻重的人物。一对是贾村雨和甄士隐，二人都是以"真""假"谐音命名的。作者自述："将真事隐去，……故曰'甄士隐'云云。""用假语村言，……故曰'贾雨村'云云。"这两个人物起着支撑全局、呼应首尾的作用。作品开头第一回为"甄士隐梦幻识通灵，贾雨村风尘怀闺秀"，而结尾第一二〇回是"甄士隐详说太虚情，贾雨村归结红楼梦"，即全书以二人始，又以二人终。另一对人物是贾宝玉和甄宝玉，脂砚斋曾这样注曰："真假之意，宝玉亦借此音。"③ 二宝玉是作品的主人公，其重要

---

① 陶东风：《论王蒙的"狂欢体"写作》，《文学报》2000年8月3日。
② 王蒙：《漫话小说创作》，上海文艺出版社1983年版，第17页。
③ 《乾隆甲辰梦觉主人序本》，俞平伯：《脂砚斋红楼梦辑评》，香港太平书局1975年版，第9页。

第一辑 经典细读

性自不待说。《红楼梦》中这种两两相对、互为映衬的人物还很多，比如袭人与薛宝钗、晴雯与林黛玉等，他们你中有我，我中有你，相互对比，互为影子，共同构成了真假莫辨、实幻相映、给人一种扑朔迷离之感的人物形象系列。

对这样的真真假假配对的人物设置之法，王蒙有着清醒的认识，并在文章中多有论述。他这样写道："……也许这又表现了曹雪芹喜欢捉对、喜欢把一个人与他人拉扯在一块，通过联系对比来更深刻地展示人物的命运与性格的创作路数？于是有贾宝玉还有甄宝玉，有金锁还有金麒麟。"[1] 随后他又写下大致类似的话："书中展现了这么多人物的血缘、感情、利害与事务关系，但除了这些可见可知的关系外，这些人物还有一些特殊的，作为书中人物的相对比相衬托相照应相补充的关系，后面的这一类关系是书中没有明讲出来的，全靠读者体察品味。过去有'影子'说，什么晴雯是黛玉的影子，袭人是宝钗的影子云云。用新的说法不如说是《红楼梦》的人物特别适合于进行比较研究。众所周知，《红楼梦》是最喜欢'捉对'写人物的。有和尚就有道士，有贾雨村就有甄士隐。有玉就有金锁金麒麟。有黛玉掣出的芙蓉签就有晴雯死后掌管芙蓉。有贾母这个老太太就有刘姥姥这个老太太。有尤二姐就有尤三姐。"[2] 而且王蒙也是将"捉对"写人物与真假观念联系在一起来分析的，在说到甄、贾宝玉时，他这样写道："贾宝玉之所以假——贾，因为按作者于书首中所讲的观点，人生本身就是一种虚幻。而对于人生之'真实'而言，文学之'真实'，文学之人物不过是真人生真人物之虚即假的'像'。贾宝玉的锦衣沃食，贾宝玉的多情多感，贾宝玉的没落衰微，其实都是一种幻化了的假象。……而与他又相同又相异的另一个自我，另一个自我的参照物，便是甄——'真宝玉'了。"[3] 王蒙对《红楼梦》写人物的这一技法既然有这样深入而独到的体察，而在自己的创作中有意识地借鉴采纳是十分自然而然、顺理成章的事了，而且在"季节"系列的文本中，我们确实发现了王蒙对这一人物塑造方法的大量使用。

我们可以从"季节"系列里找出许多这种用"捉对"的方法写出来的

---

[1] 王蒙：《红楼启示录》，生活·读书·新知三联书店 1991 年版，第 179 页。
[2] 同上书，第 264 页。
[3] 同上书，第 156—157 页。

人物：比如曲明风和萧连甲，他们有着同样的革命经历、深厚的理论修养和能言善辩的口才，但却走完了各异的人生历程；比如犁原和白部长，他们同样都具有文艺界领导和作家的双重身份，地位也大致相当，但在性格、作用、处世方式乃至给人留下的印象上却又截然不同："比较着犁原和白部长两人，同是老同志，为什么白部长说起话来就那样斩钉截铁，掷地有声，而犁原就那么没用？莫非这里也有嫡亲与'表亲'乃至出了'五服'的亲焉匪亲的区别？"还有廖琼琼和李云白，她们都迷恋文学，但她们又都是那样脆弱，那样不堪一击，都是以悲剧给命运画上了句号。不过，这里我想着重谈的是钱文和王模楷这一对互为影子、真假相映的人物，我觉得他们可以说就是《红楼梦》中甄、贾宝玉的现代版。

钱文与作者王蒙的经历、身份、人生轨迹大致相似，比如钱文十三岁就参加革命，十八九岁在北京某区任团干部，1957年被打成"右派"，并在北京郊区劳动，60年代初在北京一所师范学校任教，后来举家往新疆伊犁，80年代中期一度成为文化界上层领导等这些经历，完全与王蒙一样。从这个意义上说，钱文身上有王蒙的影子，是王蒙人生和心灵的写照。不过钱文与王蒙也有不同之处，那就是王蒙虽然也写过诗，但主要写小说，是个作家，而钱文却是诗人；王蒙是因为写《组织部新来的年轻人》被打成"右派"的，而钱文却因为写了一首诗而被划为"右派"。如此看来，钱文又不是王蒙，他只是小说中的王蒙，是王蒙在小说这面镜子中的幻象，所以他只是王蒙的影子，是个假王蒙。与钱文相应，作者还设置了一个名叫王模楷的作家，他与王蒙同姓，而且名字的第一个字即"模"也与王蒙的"蒙"读音相近，而且他的身份、经历更与王蒙吻合，而且作者是将他与钱文同构展开描写的。二人在作品中初次见面时，作者这样写他们俩的关系：

有一位显得文弱、谦卑，然而目光炯炯的青年人略带羞涩地坐在门边，一介绍原来他是大名鼎鼎的王模楷。王模楷与钱文的经历十分相似，他也是早在地下时期就参加了革命，后来在市政府机关做团的工作。他在一九五六年发表过一篇以干预生活而红极一时的小说，引起了热烈的争论，一时批评意见十分尖锐。后来一位高级首长说了话，王模楷化险为夷，而且一下子成了青年作家的代表人物，……谁想到运动一开始，多大的领导说过的话也就不那么算数了，今天晚宴

第一辑　经典细读

　　能够把王模楷请来，钱文大为快乐。
　　　当着众人他不好与王模楷多说什么，但是他们俩互相握手的时候彼此捏了一下，两个人脸上同时出现了灿烂的笑容，两个人的心里同时涌出了滚烫的热流。

　　这里的钱文和王模楷，不仅"经历十分相似"，而且心灵也是相通的，因为他们相见后不仅"脸上同时出现了灿烂的笑容"，而且"心里同时涌出了滚烫的热流""大为快乐"。追根溯源，在于钱文从对方看到了另一个自我，也就是说，王模楷是映照钱文的一面镜子，他们互为影子，彼此映照而又相互弥补，共同合成了一个王蒙。王模楷作为钱文的否定和王蒙的否定之否定，又是一个真王蒙了，犹如贾宝玉梦中看到的甄宝玉一样。这一点，可以从作品的描写中得到进一步的印证，具体表现在：①钱文和王模楷总是同时浮现在赵青山的脑海和记忆中："忧的是：一下子钱文呀米其南呀王模楷呀全从报刊上冒出来了，发表作品的时候与他赵青山的署名一样，赫然在目……""一九五八年他走红文坛的时候王模楷正好被逐出文坛——他直觉地判定，正是由于王模楷钱文之流被废黜，才给他扫清了道路，轮到了他叱咤风云。"也就是说，在赵青山的印象中，钱文和王模楷是同类，是形影不离的一对儿。②王模楷的许多描写都一一对应着现实中的王蒙："……王模楷有个长篇小说早在运动前已经在青少年出版社排印好了，清样早已经出来了，后来运动一搞，作品压在了那里，但最近出版社又说要付印出版了。"这正好与王蒙出版《青春万岁》的情况相同；而前边引的关于钱、王初见情景中描写关于王模楷"一九五六年发表过一篇以干预生活而红极一时的小说，……后来一位高级首长说了话"等情况与王蒙发表《组织部新来的年轻人》受到批评而后又得到毛泽东的袒护相同。这都可以看出王蒙与王模楷的同构关系。③钱文、王模楷有着奇特的心灵感应。"只是在说到王模楷的时候，他心里突然'咯噔'一声，好像半睡不醒的时候腿动弹了一下，只觉得人一下子掉落在深坑里。"这是钱文在他的校领导赵奔腾威胁利诱下而汇报别人以自保时的心理活动，为什么他在提到王模楷时会产生"心里'咯噔'一声"而且"掉落在深坑里"的感觉呢？这是因为王模楷就是他钱文的另一个自我，汇报王模楷也就等于是出卖了自我，所以才有超乎寻常的心理反应。"然后他转身离去，不再纠缠，也不理会钱文的送别，噔噔噔噔，他飞快地踏楼梯盘旋而下，身形愈来愈小，转眼消失了，使你甚至怀疑他是否真的来过。钱文仍然不能相信这一切都是真的，今天的一切都十分蹊跷，从十一层的民族饭店房间到搭错了车到筛沙子与白灰的土堆，到并不熟悉却又是他心仪已久的王模楷的来访，以及王模楷离开北京离开文学的自白，所有的这一切都使他且信且疑。"这又是一次异常，本来是实际呈示在钱文眼前的事，他为什么会产生"且信且疑""十分蹊跷""怀疑他是否真的来过""不能相信这一切都是真的"等这一系列的迷惑不解的感觉？这只能从艺术角度来解释，即王模楷真的没来过，他只是钱文的一种联想或幻觉，而根本的是王蒙的一种艺术设置，他让自己的两个影子在这里打了一个照面，作了一个比对。这里的钱文和王模楷已经背道而驰，选择了不同的人生道路，呈现出不同的生存方式。钱文随波逐流，患得患失，为了名与利已经是失态复踌躇，甚至为自保不惜供出熟人好友，良知操守也放弃了。而王模楷则仍保持着作家的正气和本色：他离开北京去边疆，放弃文学做实事，他更不会"向某个领导汇报"朋友。实际上，王蒙是将自己的两面性赋予了自己的两个影子：钱文是现实中苟活的样子，而王模楷是理想中应有的形态，二者共同构成了王蒙现实与理想、真实与想象、肉体与心灵、世俗与审美相互交织的形象。

　　匪夷所思的事情并未就此结束，奇中之奇的是王模楷之外又冒出了真假王模楷。被打成"右派"的王模楷在"文革"期间在外省被斗得死去活来，突然奉调回京，在一个写作班子里写批判文稿，而且享受高干待遇，颇得江青赏识。王模楷对此不仅不觉幸运，还深感不安和疑虑："我觉得这里可能有点什么阴差阳错的事情，也许是把别人的成果安到了我的头上。一九五七年四月，发生过一起冒我的名发表文章的事件。接下来不久我就揪出来了，这个事儿当然也就糊里糊涂过去了。我老是不安，会不会是因为首长喜欢那个假王模楷的作品，结果我沾了光呢，那我反而成了冒名顶替的假王模楷啦。"王模楷不愿沾假王模楷的光，主动要求回边远地区继续接受改造了。王模楷本来无所谓真假，但有了后来有人冒名写文章，就有了真假之分。而当上边实际上欣赏的是假王模楷而起用的却是真王模楷时，真王模楷却成了冒名顶替，成了假王模楷。真即是假，假即是真，看来王蒙真是深得《红楼梦》"假作真时真亦假"的神韵。

　　在了解上述材料的基础上，我们再回过头来整理一下：作者王蒙是现实的存在，而钱文是他的影像。王模楷则是钱文的影子，是王蒙影像的影像。而假王模楷又是真王模楷的影子，是王蒙的影像的影像的影像。王蒙、钱文、王模楷、假王模楷共同组成了一个互相映照、实幻结合、真假

第一辑 经典细读

莫辨的存在。这种独特的人物设置，很自然地让我们想到了王蒙在《红楼梦》研究中所提到的"长廊效应"。贾宝玉对镜而眠，梦见了在另一个大观园中的甄宝玉，而那个浮现在贾宝玉梦中的甄宝玉却也说他梦见了另一个大观园中的贾宝玉。王蒙在复述了《红楼梦》中的这一情节之后写下了这样的感悟："人为万物之灵，但是人不借助反射是看不到自己的形象的，人只能借助镜子或其他对于光的反射能力较强的物体来观看自己的虚像。人的自我观察的前提在于把自我的形象分离出去，独立出去或半独立出去，使自我的形象能成为自我主体的客观的对象，使自己能成为自己的客体，这是一个飞跃，这个飞跃实现于照镜子这一行动中。照镜子这一日常举动包含了巨大的意义，包含了深刻的触发与启迪，包含了惊心动魄的意义。"① "在照镜子的同时，最激动人心之处恰在于人们发现了另一个自我，一个是照镜子的实我真我，一个是镜中映射出来的虚我假我，这不就是自我分离吗？如此说来，宝玉照镜而眠，梦到另一个宝玉，不就以'小儿科'的手段，表达了这样一个相当深邃动人的感悟吗？""……文学是一面镜子，在这面镜子中映射着社会与人生。在这样的意义上，我们可以说曹雪芹才是第一个真宝玉，大宝玉。在《红楼梦》的所有人物中，宝玉最富于作者的自传色彩。当曹雪芹写这部书的时候，当他怀想起少年时代的一切的时候，少年时代的曹雪芹——在很大程度上是贾宝玉的原型——便是作家曹雪芹脑海这面大镜子中回射出的第一个虚像，我们可以称为'宝玉'，当把'宝玉'置之文学这面镜子的映照之下，予以发挥发展提炼引申之后，便成就了书中衔玉而生的贾宝玉，即'宝玉'了，这位'宝玉'仍在寻求对自我的审视，于是出现了甄宝玉，出现了'宝玉'。而甄宝玉在宝玉的梦中宣称在自我的梦中见到的那个宝玉，便是'宝玉'了。他们互为映象，互相观照，一个连着一个，一个派生一个，就像两面镜子对照，会照出无穷长远的无穷镜子来，就像放一件物品在两面对照的镜子之中，会映出无穷系列的无穷物体来。这种光学反射上的'长廊效应'，正是由曹雪芹而石，由石而玉，由玉而贾宝玉，由贾宝玉而甄宝玉的根源，也可以说，这是一种自我观照上的'长廊效应'，自我意识中的'长廊效应'。"② 我之所以洋洋洒洒、不厌其烦地大量转引原文，就想说明：王蒙对真假观念和自

---

① 王蒙：《红楼启示录》，生活·读书·新知三联书店1991年版，第151页。
② 同上书，第155—156页。

我观照上的"长廊效应"已了然于心，而在他的"季节"系列中对钱文、真假王模楷这些人物真真假假捉对的设置方法，就是建立在这一基础上的艺术实践。钱文是写实的，被推向了前台；王模楷是虚写的，在背景中浮动。对钱文是以虚写实，既与王蒙拉开了距离，又逼近王蒙人生的坎坷遭际，摹写了他的现实之真；对王模楷则是以实写虚，映射了王蒙的理想、心灵之真，展示了他渴望本真、自由、独立、高尚、纯正的人格追求。而二者的虚实结合、真假互映从不同的棱面共同构筑了一个复杂丰富、立体多面的王蒙。

不同的两个文本采用了大致相同的方法来写人，除了王蒙有意识地继承了《红楼梦》的写法之外，还在于两位不同时代的作者在创作境遇和审美追求上的大致相近：①他们的笔触涉及自己身处其中的当代的政事和人事，如果写得太实，就会给自己的现实生活带来许多麻烦甚至危险。因为"稀粥事件"而几乎与人对簿公堂的王蒙对此有切身的体会，在这一点上他与曹雪芹可以说是隔世知音。他这样写道："完全地写实，写作本身变成了一种介入、投入，乃至变成了一种舆论一种'大众传播'、一种'态度'、一种'站队'，就必然会碰到一系列世俗人生中的问题。涉嫌不敬，涉嫌溢美，涉嫌揭人阴私，涉嫌泄己私愤，涉嫌造舆论，涉嫌呼应直至涉嫌提倡异端与犯上作乱……曹雪芹有几个脑袋敢去以身试文字狱！"①王蒙这里是说曹雪芹，实际上也是在说自己。为了避嫌，就必须与现实拉开距离，就不得不使用真真假假、实实幻幻如脂砚斋所评的"画家烟云模糊处"的障眼法。故而曹雪芹不得不将"真事隐去"，转而用"假语村言"。而王蒙在这方面既深得曹雪芹真传，又有了自己的发挥和独创。他让钱文写诗，把王模楷发配到邯郸，从而使自己的两个影子都与自己拉开了距离，阻断了读者尤其是在生活中与他熟悉、关系密切的读者将这两个人物与王蒙对号的企图。他还在《狂欢的季节》的扉页特别声明："本小说写的一些地点和机构，是实有的；但其中人物故事，纯系虚构，并无任何原型依据。切切乞谅。"这本来是一个此地无银三百两的安全系数，但在具体人物的艺术处理上却做得天衣无缝。当读者以历史常识将陆浩生、张志远、犁原、白部长、阿古、赵青山等这些人物与现实生活中的官员、作家一一对号入座时，但却出乎意料地发现，在文本的另一处又出现

---

① 王蒙：《红楼启示录》，生活·读书·新知三联书店1991年版，第3—4页。

了你所猜测的那些人的真实姓名和他们的事迹，从而随即否定了文学人物就是现实中某人的可能性——即使当事者或其家属想起诉作者都无话可说，无论可据——王蒙真可谓机智、聪敏过人，大有瞒天过海之妙着。②二人都想把小说当作小说来写，而不想写成个人的家史、一己的生活私事。故而钱文之于真假王模楷，犹如贾宝玉之于甄宝玉和石头，一边联结着繁杂琐细的现实生活，一边联结着诗意缥缈的审美意象，共同构成了真与美的存在。

三　元小说叙述——陌生化效果的间离术

曹雪芹和王蒙在各自的小说创作中都使用了元小说技法。关于元小说，美国学者华莱士·马丁是这样解释的："元小说（metafiction）以另一种方式悬置正常意义。像反讽和滑稽模仿一样，前缀'meta-'指的是非文学性的语言运用现象。正常的陈述——认真的，提供信息的，如实的——存在于一个框架之内，而这类陈述并不提及这一框架。……如果我谈论陈述本身或它的框架，我就在语言游戏中升了一级，从而把这个陈述的正常意义悬置起来。同样，当作者在一篇叙事之内谈论这篇叙事时，他（她）就好像是已经将它放入引号之中，从而越出了这篇叙事的边界。于是这位作者立刻就成了一位理论家，正常情况下处于叙事之外的一切在它之内复制出来。"① 说得通俗一点，元小说就是叙事者越出叙事的框架边缘，进而将小说本身、叙事本身的法则、技巧当作叙述和言说对象的技巧，所以它又可译成关于小说的小说。

《红楼梦》中的元小说技巧体现在曹雪芹在叙述大观园中宝玉与众女儿的故事以及荣、宁二府家事之外，又交代了本小说的作者及其写作、传播的过程。这部书是曹雪芹写的，一切都是他在叙述，这在一开始就交代清楚了："作者自云：因经历过一番梦幻之后，故将真事隐去，而借'通灵'之说，撰此《石头记》一书也。"但紧接着作者就玩了一个"障眼法"，讲述了一个荒诞不经的故事：此书乃石头所记之事。即被女娲抛弃不用、自怨自叹的石头，由一僧一道携入红尘，经历了人世间一番阴晴冷暖之后，留下了"此石坠落之乡，投胎之处，亲自经历的一段陈迹故事"，由空空道人即情僧抄来流布于世。以后就有吴玉峰、孔梅溪等进行二度创

---

① ［美］华莱士·马丁：《当代叙事学》，伍晓明译，北京大学出版社1990年版，第228—229页。

作，最后由曹雪芹定稿。而作品的叙述中，石头又常出人言，作为叙事者对世事议论评说。这些内容，当然只是小说家的杜撰和游戏之语，但它确实越出了常态叙述的框架。

王蒙在"季节"系列中使用元小说手法更为丰富多样。有时叙述者转过来对作者进行审视和质问："是什么样的庸俗龌龊的事务缠住了你！电话和采访，仪式和聚会，名誉头衔和上不上镜头，意气之争与阴谋诡计，泼污水的快意与一锤子打不出一个响屁来的木头墩子，打翻了的醋罐与绝望的震怒旋涡中的稻草，迅速的反应与短平快的出手，碍于情面的约稿与半是文场半是官场的公关……王蒙，你就这样地浪费着你的才华和来之不易而又深知老之将至的大好光阴！"有时叙述者与作者叠印在一起，把读者从前台引向幕后："《恋爱的季节》初稿起始于一九九一年，那时候我还不到五十七岁。而现在，年逾花甲，夫复何言？在写作'季节'系列的过程中，在咬文嚼字的书桌前，在稿纸、钢笔、微机、键盘、双拼双音和五笔字型的陪伴下，我们又度过了多少春夏秋冬季节，我们遭遇了又失落了多少长长短短的人物和情节，我们的窗外又有多少载满欲望和奋斗的列车看也不看我们便疾驶而过！"有时作品直呈当下写作时的心态和状况："经验和想象交融在一起。怀念和遗憾难以分析。也许不无夸张。也许不无吝惜。也许已经说得太多。也许终于还是却道天凉好个秋，欲说还休。也许忘记了小说不过是小说，还能有什么呢？也许沉湎在字、词、句的排列游戏里，忘却了郑重的悲喜。也许回顾未免沉重。也许血泪故事已经变为佐餐下酒的谈资。时间的距离使情节变得轻飘和那么易于承受。写作的啰嗦使生活益发过期。结构的要求修理着毛刺的真实。虚幻的美丽引诱着作者的操持。对于历史的认真愈来愈显得傻气。崭新的手段冷落了文学的情绪。时间的河流冲刷掉生命的温热。艺术的才华把活着或活过的男男女女变成了儿童手里的橡皮泥。"有时叙述者干脆将自己的写作技巧、方法也和盘托出："这样，写到这里，打破了一切小说的通例，忘记长篇叙述的从容道来的秩序和托尔斯泰、巴尔扎克的经典风范，也再不问左一个腹稿右一个提纲的并非没有的安排，更不管一个已经写了四十多年从而人五人六起来了的小说作者的身段吧，让我冷锅里冒一次热气，蓦地写一写刘丽芳，你！"

从以上引述可以看出，二人在各自的文本中采取了元小说的技法，以此来体现如布莱希特所说的"间离"作者与人物、读者与情节的关系，也就是说，他们都将谜底和盘托出，以便让读者知道，小说就是小说，纯熟虚构，与现实生活无关。虽然谁都知道这不过是自欺欺人、瞒天过海的鬼话，但通过这种方式，一方面拉开了自我与现实的距离，从而减少许多生活中的人事纠葛以自保避祸，诚如王蒙在书中所写："天地不仁，以万物为刍狗。艺术不仁，以万物为素材。小说家不仁，他细致地有滋有味地描写一切本来不应该描写而应该以生命介入的过程。凡是热衷于描写荆轲刺秦王的故事的作家，没有一个人有荆轲的血性，更没有刺客的记录。写《少年维特之烦恼》的歌德也没有为失恋而自杀。弱者，伪者，你的名字是作家！事件一经写出，就完全变成了小说家言，不经之言。读者切不可刻舟求剑，胶柱鼓瑟，捕风捉影，锔碗的戴眼镜——找碴儿，无事生非，唯恐天下不乱。本小说牵扯到一些实际存在的地名和单位名，但所有的人物与故事，纯属虚构，如有雷同，不是巧合还是咋的？"从而机智地给自己上了保险。另一方面，这样的处理也确实使小说还原为小说，从而有了审美的超越和永恒的价值。王蒙这样写道："事件写在纸上，就有真真假假，有有无无，对对错错，哭哭哀哀，疯疯傻傻……记录、延伸、夸张、变异，加上匠人的技巧与神经质的白日梦，并且有时空的混乱跳跃与幻觉现实的自由流通。于是血腥残酷的故事与一无所有的大虚空变成阅读的刺激，审美的契机，艺术的魅力。"

　　二人虽然都运用了元小说技巧，但并不是同一类型，曹雪芹的单一、完整而奇异，而王蒙的繁杂、厚重而平实。二者是否存在着影响与被影响、继承与被继承的关系呢？元小说的技法，古已有之。华莱士·马丁认为："元小说技法，它们不仅像叙事本身一样古老，而且时常在大作家的小作品中露面。……霍桑，麦尔维尔，马克·吐温都写过诸如《大街》《自信的人》，以及《大黑暗》这样的元小说。"[①] 同时，元小说这一技法在新时期也备受许多富有探索、创新精神作家的青睐，在马原、洪峰、格非、陈村、孙甘露、蒋子丹等作家那里得到了频繁的使用。源头的古老遥远和支流的繁多芜杂，使我们无法确认，王蒙对元小说技法的使用，究竟是只从曹雪芹那里得到真传，还是既植根更古老的叙事传统，又受到后起之秀艺术探索的触发？或者这些都不是，它只是王蒙无师自通、心有灵犀的独创、实验，只是客观上与别人撞了车？虽然王蒙在《红楼启示录》中

---

① ［美］华莱士·马丁：《当代叙事学》，伍晓明译，北京大学出版社1990年版，第229页。

多次提到"陌生化"和"间离"这样的字眼,也对曹雪芹讲述石头的故事所显示的"高度的艺术想象力"①深表激赏,但我们没有发现王蒙对《红楼梦》中元小说技法的梳理和论述。这样,我们在言说王蒙在"季节"系列创作中对《红楼梦》技法继承吸取上说及元小说手法就不像前两种即题名、捉对写人物那样有论据的支撑或文本上的对应,因而缺少了判断和总结的自信。在这里,我只想提供几个背景材料,以作为他的元小说技法来源的注解和这篇论文的结束。

其一,王蒙20世纪80年代初进行的意识流小说实验在随后的"清除精神污染"的政治运动中受到了"左"派评论家的责难时,他不止一次地严正声明,他以前根本没有读过西方"意识流"作品,更谈不上受其影响,他的实验小说更多是受到传统文学比如李商隐诗歌的启发。这虽然可以看作王蒙为了自我保护而采取的政治策略,但也道出了他艺术价值评判和继承取向上的某种真实。在将《红楼梦》与西方小说放置在一起评判时,他这样认为:"在中国传统小说里,回避隐讳,影射暗示,假托借代,谜语占卜,牵强附会,以及种种文字游戏、结构游戏、情节游戏的方法用起来得心应手,与外国文学作品相比,自有一种中国特色的轻灵潇洒。"②"笔者读到一篇文章谈到'后现代主义小说'里的时间,文章作者以《百年孤独》起始的'许多年以后,××回想起这一天来……'为'后现代主义'的开天辟地性的发明创造,因为这种造句联结了过去、现在和未来,窃以为这有点少见多怪,有点过于激动地拜倒在加西亚·马尔克斯与'后现代主义'面前。小说与文学的既是经验的又是虚拟的本性其实已经包含着时间与时间观念的种种内部矛盾。愈是有深度的小说,愈有着对于时间的长河与每一朵浪花的鲜明感受。在我国的古典小说中,尤以《红楼梦》里的时间的多重性最最耐人寻味。"③

其二,王蒙以"《红楼梦》与密码"为题谈到了《红楼梦》有"不可穷尽的话题"价值时,这样写道:"曹雪芹的《红楼梦》在这方面做得真是出色!在它的文本面前,几乎任何一种分析都是可能的,几乎任何一种

---

① 王蒙:《红楼启示录》,生活·读书·新知三联书店1991年版,第6页。
② 同上书,第55页。
③ 同上书,第306页。

分析也都是片面的。在它的面前，任何一种评价都是事出有因的，任何一种评价又都是'自圆其说'的一家之言。……既然此前已有各种索隐家对于红楼梦的相当惊人的解释，那么，出现一些非常离奇的新解释，也就不足为奇，甚至难以完全否定了。"[1]

---

[1] 王蒙：《红楼启示录》，生活·读书·新知三联书店1991年版，第260页。

论王蒙的"季节"系列对《红楼梦》艺术上的兼收并蓄

在已经写了关于王蒙在"季节"系列创作中受到了《红楼梦》的爱情阐释、技法运用的启迪影响的两篇论文之后,兴犹未尽,准备在这篇论文中对王蒙的"季节"系列对《红楼梦》艺术上多方面的借鉴吸收进行一次更为细致和系统的梳理、分析,并以此作为这一系列论文的一个了结。

王蒙对《红楼梦》推崇备至并给予极高的评价:"夸张一点说,前一千年后五百年,中外有什么文化思潮不能在《红楼梦》中找到自己的例证,找到自己的话题?"[①]"《红楼梦》确是中国传统小说的一大突破。它的写作方法与技巧是属于过去的——章回体、推背图式的谜语谶语、诗语歌赋的夹杂等,更是属于未来的。"[②] 因而《红楼梦》对王蒙创作上的影响是深远而多方面的。并不是说王蒙是简单模仿,更非机械照搬了《红楼梦》的艺术技巧,而是说他在《红楼梦》的启示、触发下而进行了创造性的继承和发挥,是整体上的吸收融化和整合。本文拟就"情与政的双线交织""日常生活的注重和艺术直觉的崇尚"和"闲笔与陌生化手法的大量采用"三个方面论述王蒙在"季节"系列创作上对《红楼梦》艺术上的兼收并蓄。

一 情与政的双线交织

像《红楼梦》、"季节"系列这样的鸿篇巨制,最重要的、最让作者棘手的就是结构了。王蒙谈到《红楼梦》时,曾作如是说:"《红楼梦》这样

---

① 王蒙:《红楼启示录》,生活·读书·新知三联书店1991年版,第285页。
② 同上书,第102页。

第一辑 经典细读

一部长篇小说的结构应是写作中的最大难题。……写一部长篇小说的首要课题，从某种意义上说来，在于结构，它千头万绪，千人万物，又是全方位地写生活，写平凡的事情，写人情，这就比以某一个大事件为经纬、以某一个人物为中心要困难得多。"[1]

《红楼梦》的结构主线，就像它的主旨一样，也是众说纷纭、见仁见智，而主要的见解有两种。其一，以毛泽东及其支持下的小人物如蓝翎、李希凡等坚持政治主线说，他们坚持认为第四回是《红楼梦》的大纲，因而《红楼梦》是通过贾、史、王、薛四大家由盛而衰的描写而表现了封建社会的腐败、黑暗及其必然崩溃、灭亡的趋势和结局，因而荣、宁二府及大观园充满了剥削和反剥削、压迫和反压迫的阶级斗争，包括宝、钗、黛的爱情也是从属于这一政治主线的。其二，更多的红学家是将第五回当作《红楼梦》的纲，认为它的主线是爱情，是贾宝玉与林黛玉、薛宝钗、史湘云以及大观园中众多女子的情爱缠绵，因为这一回写了宝玉在太虚幻境看了金陵十二钗的册子，听了《红楼梦》曲子，从而预知了大观园中众多女性的未来命运和结局。

王蒙在自己的论述中，是兼容了这两种见解，认为这两条线索是并存互渗的。他这样写道："总的来说，《红楼梦》所描写的贾府生活有两个聚焦点：一个是'情'，一个是'政'。前者以宝玉为中心，以宝黛爱情为主轴，以宝钗黛三角关系为主要纠葛，辐射开去，涉及各色人物，包括秦可卿姐弟、湘云、袭人、晴雯直至金钏玉钏诸人。……另一个焦点是'政'，核心人物是凤姐。顶端人物是贾母。"[2] 他又这样写道："……以兴衰为经，以情为纬，这才是《红楼梦》。如果以兴衰为经，以兴衰为纬，那就不是'红楼'而是'三国'或别的历史演义了。如果以情为经，以情为纬，那也不是《红楼梦》，不是封建社会的'百科全书'，而成为扩大了的《西厢记》、《牡丹亭》了。在自兴至衰的大趋势中，许多以情为核心的小故事中，衬托着最动人最重要的宝黛爱情故事，不正是这样的么？"[3]

"季节"系列虽然不是《红楼梦》那样的百科全书式的巨著，不过在力求全方位、多角度、多层次地透视世事人生上，二者应属于同一个类

---

[1] 王蒙：《红楼启示录》，生活·读书·新知三联书店1991年版，第107页。
[2] 同上书，第135—136页。
[3] 同上书，第97—98页。

型。因为"季节"系列同《红楼梦》一样既不属于单纯的爱情小说,也不属于一般的政体小说,同时也不能归入纪传体小说;同样也是表现社会人生、人性人情的丰富性和复杂性。这样一来,王蒙在构思、创作"季节"系列时就同曹雪芹一样,面临着怎样处理小说结构这一"写作中的最大难题"。而对《红楼梦》的结构艺术深有研究而又非常激赏的王蒙,在构思和设置"季节"系列的主线和具体谋篇布局时,显然会从《红楼梦》的结构艺术中得到启示并加以借鉴吸收。在文本中我们也发现了二者在结构上的相似之处:"季节"系列的主线同样可以归结为"情"与"政"两条主线的并存和交织。

这两条线都是通过作品的主人公来展开的——这与《红楼梦》的双线平行展开有所不同,从而也看出王蒙在继承基础上的改造和独创——一条是以钱文和叶东菊为主的爱情线,作品写了他们神奇的遇合、诗意的初恋、饱受政治风雨洗礼和考验的婚姻,以及他们在漫长的人生沉浮中相濡以沫、忠贞不渝的美好情爱,这既给作品涂上一层耀眼的色彩,同时也给主人公构建了面对世态冷暖和政治的血雨腥风的避风港湾和心灵家园;同时以钱文的心灵为原点,还辐射出他与李云白、陆月兰、廖琼琼、吕琳琳的诗意的关爱、思念和牵挂,从而在冰冷灰暗的底色上多了温馨和亮丽;另外,从钱文身上、眼中,还延伸出萧连甲与陆月兰、洪嘉与鲁若、周碧云与舒亦冰、赵林与林娜娜、李意与袁素华、犁原与廖琼琼、高来喜与刘丽芳等的或悲壮,或神圣,或世俗,或平淡的爱情纠葛,共同演出了一个五彩斑斓的"恋爱的季节"。另一条线索是由钱文的双重身份即革命家和诗人而延伸出来的。一方面,通过钱文的少年时投身革命,青年时热衷团委工作,1957年因写诗被打成"右派",随后在京郊劳动改造,20世纪60年代初举家迁至新疆边陲,"文革"期间欲做不能欲罢不忍的焦虑、绝望和挣扎等的人生历程和生命体验,从一个侧面表现了中国从20世纪40年代末到70年代中期近三十年的历史变迁的跌宕起伏、政治运动的波谲云诡和社会人生的错综复杂。另一方面,也引出在这一历史长河中与社会大舞台上纷纷登场的各色人物。这里既有与钱文革命家身份相应的在政治舞台上推波助澜或被时代恶浪吞噬者:如钱文的革命引路人、忠厚老练的沈大哥,有着深厚的理论素养但在政治压抑中自杀的萧连甲,以诡辩巧舌利用运动整人但却在运动中被人整而毙命的政治怪胎曲风明,依靠投机取巧甚至背叛揭发别人而青云直上的祝正鸿,既讲政治原则又在运动旋涡中设身

第一辑　经典细读

处地保护干部的市委副书记陆浩生；还有与钱文诗人身份相应的各类文人：气节纯正和人格圆整的王模楷，上了贼船成了御用文人而洋洋自得的洪无穷，坚持以阶级斗争为主题写作迎合时政但又与"文革"小组保持一定距离的赵青山，迷恋文学却又命运悲惨的廖琼琼、李云白等；还有介于这两者之间的文艺界领导：充满人道主义精神、想方设法为作家创造宽松的创作环境但在疾风暴雨式的政治运动中左右为难、无力自保的张银波、犁原，不是靠创作实绩，而是凭借政治风潮跻身领导地位，但反过来又拉帮结派、排除异己的白部长，被时政称为文艺革命的旗手，对作家有生杀予夺权力的江青。各色人物的表演、命运与更迭的政治运动交织在一起，共同承载了作者对社会人生、世态人情的反思和展示。

"季节"系列"情"与"政"两条线索交织展开的结构方式与以往的革命加爱情的写作样式有所不同。革命加爱情的结构模式中爱情是隶属于革命的，有的是将爱情当作验试主人公革命决心的一种因素，往往以凸显主人公宁愿舍弃爱情而献身革命的高风亮节和宽阔胸怀为最高指向，如车尔尼雪夫斯基的《怎么办？》、尼·奥斯特洛斯基的《钢铁是怎样炼成的》、高云览的《小城春秋》、杨沫的《青春之歌》等；有的则是将爱情当作了革命的点缀，使其成了增加作品可读性的调味品，如蒋子龙的《赤橙黄绿青蓝紫》《锅碗瓢盆交响曲》等。而"季节"系列的两条线索是相互交织而又并列平行的。钱文延伸出的爱情的诗意、神圣、美好恰对纠缠着钱文的政治的冷酷、荒谬、丑恶进行着对抗和消解。革命加爱情模式中的革命是单维的，带有浓厚的意识形态性。而"季节"系列的政，则是多维的，它既关涉政事、历史，也联结着世事人生，要广阔丰厚得多。所以我认为王蒙在"季节"系列的创作中的结构方法不是源于现当代小说而更多的是对《红楼梦》结构艺术的继承。

王蒙采用这一结构方式来创作这部内涵丰富、时空跨度大、带有人生总结性质的小说并非生硬照搬《红楼梦》的结构，而是自身的经历、身份使他借鉴这一结构拥有天然的优势。王蒙拥有浪漫的初恋和美满的婚姻，这使他处理爱情这一主线时有了坚实的生活基础、情感体验和强大的内驱力；同时，他早年从事地下斗争、共青团工作的历练，1957年被打成"右派"、农村劳动改造、迁移边疆等的坎坷经历，新时期文坛上的赶浪弄潮、独领风骚的体验，以及后来成为文化精英并身居政界高位的身份等，这些既使他从新中国成立前后至今一直成为历次政治运动、社会变革、文化思潮的承受者、见证者、参与者和推动者,又使他对以底层百姓、各类知识分子和政界、文化界要人有了密切的接触和深入的了解,从而使他在写错综复杂的历史变迁、政事更迭的世事人生这条线时能够得心应手、游刃有余。

二 日常生活的注重和艺术直觉的崇尚

《红楼梦》对小说的固有模式有了重大的突破,无论内容和写法都有了许多独一无二的创新,正如鲁迅所论:"自有《红楼梦》出来以后,传统的思想和写法都打破了。"① 对此王蒙有清醒的认识和详尽的论述:"中国传统小说的几个基本模式——'才子佳人'模式,'清官'模式,'忠臣遭诬终于昭雪'的模式等——根本罩不住它,而这些模式甚至对我国当代作家中的某些人仍然极其有效。中国传统小说的教化主旨——诸如忠孝节义之类,也管不住它,当然不能说《红楼梦》是什么教化小说,虽说它尽力至少在字面上不去违背。事实上此书是对小说教化模式的一大突破。在结构上,它也突破了以情节主体组织全篇、与每段搞点悬念的'欲知后事如何,且听下回分解'的来自评话的结构方法,它比一切其他传统小说都要丰富得多,自由得多,放得开得多。"②

《红楼梦》之所以出现这种模式上前无古人、后无来者的革新,就在于它不是单一表达某种主旨,而是要开掘蕴含在日常生活中的生命体验、人生感悟,因而作者将笔触投向了毛茸茸的、鲜活自然的日常生活,而生活是广阔无边、变幻莫测、丰富复杂的,无法用固有的任何套路、框架来包容它,只有以敏锐的艺术直觉去"随物赋形"。王蒙对此深有体悟,他这样写道:"《红楼梦》当然不是'现代派',但是此书由于对生活的忠实,对作家自我特别是他的艺术感觉的忠实,使它在诸多方面与中国的传统章回小说演义话本小说不同。"③ "中国的传统小说是不大写日常生活的。如果写宴会,或者是鸿门宴,或者是王婆、潘金莲与西门庆一起吃酒,总是作为忠奸、贞淫斗争的一个环节来写。像《红楼梦》这样写日常生活,写琐事、平常事,写细节,实是绝无仅有的。"④ "曹雪芹的一大气魄一大本

---

① 鲁迅:《中国小说的历史变迁》,《鲁迅全集》第9卷,人民文学出版社1982年版,第338页。
② 王蒙:《红楼启示录》,生活·读书·新知三联书店1991年版,第30—31页。
③ 同上书,第30页。
④ 同上书,第78页。

领一大令人羡慕之处在于他敢于善于放开手脚写生活。"① "《红楼梦》相当全面、真实、丰富、准确而又包罗万象地、规模宏大地反映了生活，反映了人。……日月星辰，衣食住行，爱爱怨怨，男女私情，亲友仇敌，兴衰消长，生老病死……所有这些问题，和其他问题，《红楼梦》都写到了，而且写得真实，不受传奇或教化的需要的捏塑与过滤，不被某种僵死的观念（如宣扬忠孝节义）或某个情节的框架所阉割。"②

而曹雪芹在《红楼梦》中的注重日常生活、崇尚艺术直觉的艺术样式与王蒙的审美理想和艺术追求不谋而合。王蒙不止一次地表示过自己注重活生生的、具有原始形态的毛坯子一样的生活。他说："我喜欢小说中反映的那种活泼泼的、鲜亮而又流动的生活。我喜欢小说反映生活的时候像是用手捧出了一掬海水，水还从指缝里往外滴答呢。从这一掬水里，你可以闻见海的腥味，你会看到海水的一切杂质，会想到这水本来是广大的、形状不固定的。"③ "让人看到一种非常真切的、非常丰富多彩的毛茸茸的那样的生活。"④ 为了达到直呈、妙肖生活的原生态的目标，他推崇"艺术的直觉""艺术的感觉"，以至于写作时总是有效地调动各种感觉器官，"求助于自己的皮肤、眼睛、耳朵、鼻子、舌头和每一根末梢神经"⑤。

"季节"系列作为一部百余万字之巨的长篇，促使王蒙必须调动各式各样的艺术手法，同时也为他实践自己的艺术理念提供了一个广阔自由的空间，而他从《红楼梦》的研读中所得到的描写日常生活、崇尚艺术直觉的启示自然会在"季节"系列中体现出来。如前所述，爱情、政事是这部小说的两条主线，但在阅读中我们会发现，有许多描写都偏离了这两条线而呈现出旁枝斜出的态势。比如，在《恋爱的季节》中，除了描写区团委成员投身革命工作和四对恋人的爱情轨迹之外，又插入了回民张雅丽被激而吃猪肉的事件、束玫香与婆婆的矛盾、洪嘉探望弟弟的大连之行、祝正鸿对闵秀梅的情欲和罪感、高来喜在卞迎春和刘丽芳之间的见异思迁、周碧云与凌函栋的暧昧关系等的叙说；《失态的季节》在交代钱文在权家店接受劳动改造的大框架中，还写了钱文在紫李子沟赤身翻白薯秧而遭雨淋

---

① 王蒙：《红楼启示录》，生活·读书·新知三联书店1991年版，第122页。
② 同上书，第259页。
③ 王蒙：《漫话小说创作》，上海文艺出版社1983年版，第14页。
④ 同上书，第17页。
⑤ 同上书，第8页。

的"一生中最幸福的一天",写了他对喝啤酒、睡软床、恋家这些世俗生活的渴望,写了他欲与外地人换全国粮票而遭拒绝的尴尬;《踌躇的季节》里用不少的段落津津有味地大写吃西瓜、烤饼和素什锦的幸福感。更值得一提的是,在《狂欢的季节》里,作者有些地方完全游离了"文革"这条线索,甚至用三个章节,悠闲自如而又汪洋恣肆地大写养猫、养鸡、自制酸奶、喝啤酒、抽烟、打麻将,当然还有读书的逍遥自在,写钱文在水库中游泳、融入大自然的怡然自乐。

　　作者调动自己的艺术直觉描写了如此丰富多彩、方方面面的日常生活,一方面源于作者无法抗拒生活本身弥散出的迷人魅力,力争原汁原味、不加过滤提纯地摹写和传递出生活本身的多姿多彩、鲜活多味和丰富复杂,对应自己对流逝岁月的留恋、回味和遐想。另一方面作者不愿让恋爱和革命、爱情和政事这种单一、理性的线索和框架将生活自身蕴含的人生感悟、生命体验阻断、隔离和束捆,着力从未经雕饰、提炼的原始形态的生活事件中来展开人与社会、人与人、人与自然、人与自我的哲思,从而构筑起由世态人情、心灵情感、社会历史共汇互融的艺术立体交叉桥。

　　不过,应该指出的是,王蒙虽然在"季节"系列的创作中受到了《红楼梦》的"善写日常生活诸事、写得津津有味"艺术旨趣的启发、感染和影响,但王蒙在具体操作中显然融入了自己的独创、个性而与摹本拉开了距离。《红楼梦》中除了梦幻那些虚写之外,似乎全是由日常生活累积编织而成的,看不出任何人为裁割的痕迹,以至于像把生活本身原封不动地搬上书本一样,有时甚至让人感到琐碎、缓慢以至于难以卒读。而"季节"系列则是在主线之中穿插、嵌入了许多生活场景,犹如奔流而下的大河串联着无数星罗棋布的湖泊。我想这主要是两个文本反映对象的不同造成的:《红楼梦》主要写荣、宁二府的兴衰,着重表现的是家政;"季节"系列表现的是国政,用王蒙的话说是"风雨三十年,故国八千里",时空跨度要大得多。两个文本表现对象性质的不同自然会影响到艺术处理上的差异。

三　闲笔与陌生化手法的采用

　　王蒙非常欣赏《红楼梦》中的"闲笔",并专门对茗烟闹书房这一"闲笔"所关涉的过程、人物、意趣和余波作了透彻而详尽的剖析,并进而总结道:"故而也可以说这一回是'闲笔'。即使短的小说中也会有一两处闲笔,闲笔不是废笔,闲笔可以添趣味,可调节奏,可增侧面,可扩空间。有闲笔才说明了作家的胸有成竹,驾驭得当。"① 同样,王蒙对《红楼梦》中的"陌生化"手法也充满了浓厚的兴趣并进行了较为全面的梳理和总结。他这样写道:"为了从总体上给人以气象非凡、令人咋舌的印象,本书特别注意通过陌生的眼睛来写对贾府的总体感受。"王蒙着意提到了三双"陌生的眼睛":第一是林黛玉初到大观园:"先是用林黛玉的眼睛写了一回荣府的街市繁华、人烟阜盛、门庭气象、华冠丽服、仆役排场,然后是一个个人物,言谈中流露着的高贵、自信、得意乃至放肆,调门自与甄士隐、贾雨村、冷子兴更与刘姥姥、狗儿们不同。"第二是刘姥姥两次进大观园:"本书又进一步用更加拉开距离的刘姥姥的眼睛看了一回荣国府,于是出现了更加强烈的用语:所谓'瘦死的骆驼比马大',所谓'拔根寒毛比我们的腰壮',……都是力求通过刘姥姥的陌生的眼睛,通过刘姥姥的主观感受来描绘凸显贾府的不凡气势。……突出了在渲染描绘贾府的隆盛中的陌生化效果。"② 第三是兴儿对荣府各色人物的评说:"贾琏的心腹小厮向尤二姐介绍荣府人物,篇幅不大,但很精彩,堪称'兴儿演说荣国府'。兴儿与冷子兴不同,没有冷子兴的身份,又与刘姥姥不同,他是知情者,不像刘姥姥那样眼花缭乱、目不暇接,他的介绍的特点是通俗、形象、生动、知底细、限于'水平'未必能做出正确的概括与分析判断,有他的'下人'的角度和局限性。"③ 就此作者最后总结道:"在一部小说中,以不同的眼光写同一对象,既写出了对象的不同侧面、写出了对象的立体性,又写出了不同的观察和体验、评论者的不同特点,写出他们之间的异同、和谐或纷争,写出这些不同的人之间的相通或难以相通。这基本是一种'结构现实主义'的写法,也是现代拉美文学的一个重要流派。《红楼梦》对荣国府的整体描写暗合了这种手法,但未普遍强调使用。杰作比流派理论与流派方法更强!"④

王蒙对《红楼梦》的"闲笔"和"陌生化"手法如此推崇并做了较为系统深刻的研究和阐释,而在自己的创作中对此加以吸收采纳就是顺理成

---

① 王蒙:《红楼启示录》,生活·读书·新知三联书店1991年版,第45页。
② 同上书,第25页。
③ 同上书,第195页。
④ 同上书,第197—198页。

章、自然而然的事了。不过，王蒙在借用这种艺术技巧时，在接收融会的基础上，又进行了独具匠心的改造和创新。在"季节"系列里，王蒙运用了许多游离主线之外的闲笔，但这些闲笔往往又起到陌生化的效果，即从一个完全新奇、独特的角度来观照或评价作品主线承载的时代乃至政治的内涵。也就是说，他是将曹雪芹分而用之的"闲笔"和"陌生化"手法在自己的创作中进行了组装配置，将之合二为一使用了。

在《狂欢的季节》第八章中，王蒙以超然、闲散的笔调用一章的篇幅写了钱文养猫的过程：猫的由疑惧戒备而亲近忠顺的改变，猫的思春、热恋、生育以及后来因盗食而惨死，还有这只猫的儿女的因不同的秉性而形成的不同生命形态和最后殊途同归、全家覆没的悲惨结局。而且，一开始，作者就以元小说手法定下了轻松调侃的基调："你这只小猫果真是晦气的'十三点'陆月兰带到钱文这边来的么？也许你只是来自小说家的偶动灵机？也许写者对于小说的太多的政治背景叙述感到歉意，他再也忍受不了他自己的夹叙夹议的宏大文体，他急切地需要你的渺小你的温馨你的软弱你的对于时代的疏离来平衡小说的趣味，来安慰变来变去的教授与副教授们的趋时心理，并装扮小说以或缺的亲切随意。"显然这已点明写小猫是用来调节气氛和叙述节奏的十足的闲笔。但紧接着又这样写道："你是顽强与顽固的，你要求着自己的并承担着本系列长篇小说的某些不可或缺的命运与故事契机。"也就是说，它不是随意和无足轻重的小摆设，而是整个小说的重要组成部分。一方面，表面是悠闲地写猫，实则是庄严地写人，猫的生活中寓含着人类普遍存在的命运。当那只猫经受不住情欲的煎熬而在外与一只儿猫过了初夜之后，作者这样写道："无常。轮回。一只猫也进入——一定进入上苍为它设定的轨道，经受种种痛苦、烦恼、危难、诱惑和折磨。有了生，还能没有死吗？有了情，还能没有燃烧吗？有了欲，还能没有毁灭吗？"另一方面，在小猫的叙述中，以类比的方式插入大量的政治话语，以与政事主线呼应勾连："你绝望地吃力地睁着眼睛，活像是一个六十四岁、出版不了诗集也混不上正处级待遇的老诗人，当然也就是一个牛鬼蛇神即被某杂志认定的不同政见者。""取得一只猫的信任毕竟比取得一个领导的信任容易得多。""钱文常常是早上出发傍晚回来，当然，你不知道他是去下地劳动，是在永无休止地改造思想。""除了你这只不能说话不能和他议论'文革'的形势与毛主席的真实意图的小动物以外，他再没有亲人了。""他们最常说的两个字就是江青，说得多了你也有了印象。他们一说江青你就会侧过耳朵去听,接着你听到了他们的哭哭笑笑的怪声怪气和一声又一声的潮水一样的叹息。"随后的第十一章作者又以整章写钱文养鸡,同样将鸡猫与伟人与政治共论:"鸡也罢猫也罢,都是别一个世界。世上之人多多囿于自己鼻子底下那点经验那点思虑之中,哪里知道世界的辽阔与各有千秋!鸡之不同,各有其貌,何况人乎?想通过一场运动把全中国的人都教育过来统一起来,最后连亲密战友林彪也叛离了。毛主席老人家实在是太辛苦了啊。""钱文并且思索,虎头蛇尾,莫非就是万有的共同规律?鸡如此,猫如此,中苏友好何尝不如此?作家诗人的大作和生平何尝不如此?他钱某人何尝不如此?'文化大革命'会不会也如此?"作者写猫和鸡这些动物,既远离了政治,增加了作品的生活气息和人生趣味,同时又以动物的眼睛、心灵写人类和社会,从新奇的角度来观照和应合叙事主线,起到了一箭双雕的效果。

在《踌躇的季节》的第一章,王蒙用了整章的篇幅写祝正鸿的表舅,这同样是一身而兼"闲笔"与"陌生化"二任的奇妙手法。表舅是一个骆驼客出身的商人,是一个小人物,在波澜壮阔的时代大潮中,他连浪花都不是,只能算作被冲到岸上的渣沫而已。作者也是以元小说的手法安排他的出场:"于是我想起了祝正鸿的表舅,他做买卖,到处讲吃亏是福。无论如何该轮到他老了,冥冥中的小说之神,或者更准确一点说是文学界的鲁班祖师爷这样指挥着我的手指,而我对于表舅的了解又太有限。"作者的信手拈来的随意,人物边缘化的身份地位,都似乎决定了表舅这个人物是可有可无、远离叙述主线的小摆设,仅仅是用来调节气氛、改变叙述节奏的闲笔。其实则不然,他的实际作用让人自然想起《红楼梦》中的刘姥姥,他是新中国成立前后二十年中社会变迁乃至政治运动的见证人和承受者,作者通过他的眼睛、经历和感受,从一个独特的视角透视和浓缩了20世纪40年代至60年代的社会流变的轨迹:当骆驼客时在新疆嫖妓的荒唐和差一点被同伴枪杀的凶险,映衬了新中国成立前的动荡和混乱;以丰富的生活经验和处世的练达赢得了书记的信任以至与之平起平坐的体验,通过自己的知识、机敏和赶浪弄潮的心劲而被补选了工商联副主席的经历,都述说着开国之初执政者的开明与通达;出言不慎、授人以柄,以至于从工商联中开除出去的遭遇,也正说明肃反等政治背景下社会开始变得严峻和紧张;开杂货店的得心应手、生意兴隆,显示了20世纪60年代初政策放宽后社会复苏的新气象;而随后的接受祝正鸿的暗示而关闭杂货店,乃至在抑郁中生病而死的结局,则又折射出山雨欲来风满楼的社会形势。而且作者还通过表舅的眼睛,从一个侧面表现作品中一对重要人物周碧云和凌函栋诡秘而暧昧的关系。

　　这种"闲笔"与"陌生化"手法有机组合的处理还表现在作者常常让现实中的真实人物而且是那些尽人皆知的知名人物直接介入小说,犹如在彩色故事片中突然嵌入黑白纪录片。如作者在《狂欢的季节》中描写祝正鸿陷入批不批旧市委的理与情的矛盾时插入了这样的描写:"旧市委的领导彭真同志五一年给大学教授老一代知识分子动员思想改造,他在客客气气地讲了一通之后,临结束报告的时候,突然加温,正言厉色,说道:'不要成为为旧社会殉葬的金童玉女!'他祝正鸿听之心惊,觉得这话字字千钧,泰山压顶,带有通牒和震慑的意味:我们正在埋葬旧社会,你们如果不改造思想,我们也埋葬你们。想不到讲话的人也迅即成了被铁定埋葬的对象,'文革'一来,他老人家也成了殉葬品了。这正像七届四中全会上就批判高岗、饶漱石问题,少奇同志说过:'帝国主义已经或者正在我们的党内寻找代理人,不这样提问题就不是马克思主义。'他祝正鸿读了这个文件也是心惊肉跳,五体投地,面如土色。过了若干年,毛泽东说他刘少奇就是睡在身边的赫鲁晓夫——这么说他老说的代理人不是别人正是他自己。这世间的事就应验得这么邪!"又如,作者叙述钱文在希望和绝望中困惑不定时,突然将笔触伸向了现实:"你其实不过是选择了苟活,你明明知道一批判三家村身为领导干部的才子邓拓便是自杀身亡,而老舍在'文革'开始时跳进了太平湖,你知道傅雷夫妇双双自杀,你知道一个国际钢琴比赛获奖者傅雷的儿子傅聪早在50年代就跑掉了,而另一个获奖者顾圣婴在'文革'开始后不久自杀。你还知道马思聪的出走和容国团的厄运。"这种将真人实事突然拉进小说的做法,阻断了人们正常的阅读和想象,搅乱了小说的虚构世界。这既给人一种异常严峻的真实感,又给人带来了与艺术世界拉开距离的陌生感,从而产生了一种现实与虚幻犬牙交错的强大的艺术张力和真假莫辨的独特的审美效果。

　　王蒙将曹雪芹使用的两种笔法进行合二为一的改造使用,源于王蒙的艺术家、政治家兼于一身的双重身份。一方面,少年参加革命,中年跻入高层政坛的经历,以及由此而形成的浓厚的布尔什维克情结,都使他无法对政治避而不写,以至于无法写出真正超然物外、为艺术而艺术的闲笔,虽然他对曹雪芹把玩生活的闲笔是那样欣赏。正如他自己所言:"我只能

第一辑 经典细读

写政治生活下的人们，因为我的特点就是革命。……我是随这样的时代走到今天的。我是中国各种政治事件的参与者，是新中国历史的见证人，在没有丧失正常智力的时候，我要把我见到的都写下来！"[1] 另一方面，他的与生俱来的机智、灵气，高雅不俗的审美趣味，博大精深的学识又使他不甘于沦为枯燥乏味的政治、历史的记录者，所以他又见缝插针地融入个人的生活趣味、闲适和情思。既继承包容前人的智慧、技法，又在此基础上融会贯通，自成一家而又别出心裁，这就是王蒙的个性和魅力所在。

---

[1] 张英：《文学的力量——当代著名作家访谈录》，民族出版社2001年版，第179页。

论"季节"系列中王蒙的自我批判

本文在构思的过程中曾打算以"论'季节'系列中王蒙的忏悔意识"来题名,因为罪感和由此而生的赎罪和忏悔意识确实是"季节"系列的重要内容和创作的内驱力。之所以最终采用现在的题目和思路,是因为:忏悔意识属于宗教范畴,而王蒙"是一个人世很深的人"①,主要是受到儒家思想的浸润和影响,他的罪感更多的是源于儒家的良知和内省意识,与宗教无缘,而"自我批判"则较全面、系统、准确地涵盖了王蒙对自我的态度和价值取向。作为一个富有良知、思想深刻、经历坎坷、阅世深厚的作家,在带有人生总结性质的"季节"系列中,王蒙确实是以批判的眼光、精神来观照、审视、反思自己的人格、情感、人生道路、心路历程等诸多方面,并由此对时代、历史、他人乃至人性进行清理和拷问的。用他自己的话说就是:"我要写的是我和如我一类的人的豪情、节操、自尊,也包括我们的'丢人现眼'。……这样的作品带有揭秘性,揭示人性的秘密,很多东西是别人不愿意写和写不好的。""希望给历史提供一份证词,希望这个见证能有一个整体性、立体性、深刻性的表达。……希望作品能对人性做一个整理,为人性提供一个证词。"②

一 镜中我:灰影子从幕后走向前台

"自我批判"是这篇论文的关键词,也是这篇论文不可或缺的支点,故而我想从对它的解析来作为展开论述的逻辑起点。这一关键词可以拆解为二,即"自我"和"批判"。下面将它们分别谈一谈。

---

① 王蒙:《王蒙讲稿》,上海文艺出版社 2001 年版,第 131 页。
② 张英:《文学的力量——当代著名作家访谈录》,民族出版社 2001 年版,第 178—179 页。

第一辑 经典细读

先说"自我"。文学作品的内蕴不是通过理念来演绎而是通过人物、场景、情节、氛围等以具象的形态来呈示的,这里的"自我",从创作主体而言,当然指的是作者王蒙,而从文本中的人物主体而言,就是作品中的主人公钱文。钱文是文学化了的王蒙,王蒙的自我意识包括自我批判都是由钱文这一人物来发生和承载的。

法朗士认为:"文学作品,都是作家的自叙传。"[①] 从创作实践上可以看出,许多作品中的人物尤其是主人公往往最大限度地对应了作者的思想情感、审美理想甚至人生经历,比如贾宝玉之于曹雪芹、列文之于列夫·托尔斯泰、觉慧之于巴金等均然。"季节"系列中的主人公钱文与作者王蒙的对应关系,许多研究者都注意到了。何西来这样认为:"王蒙在季节系列中回首与反思的对象,与其说是出现在他笔下的人物,还不如说主要是他自己。了解一点王蒙的生活道路和创作道路的人,都不难从钱文身上看出作家的影子,这包括经历、气质、生存方式和想事方式等。人们尽管现在还不能径直说'季节'系列就是王蒙的自传体小说或小说体自传,但无论如何可以断言,这个系列比王蒙过去的任何一部小说都包含了更多的自传性因素。"[②] 何西来的认识还只是建立在《失态的季节》上,当时后两部即《踌躇的季节》《狂欢的季节》尚未发表出版。若从整个系列来看,王蒙与钱文的对应关系就更明显了:一方面,钱文因发表文学作品被打成"右派"又在京郊劳动改造,20世纪60年代初在北京一所高校任教,后来举家迁至新疆,20世纪80年代中后期在文化界身居要职等的经历都几乎与王蒙一模一样;另一方面,当王蒙写到钱文时,主观性和情感色彩就变得特别强烈,原本客观的第三人称叙述会突然转换成第一人称的主观抒情,叙事人"我"与被叙事者叠印在了一起。所以说,王蒙是钱文的生活原型,而钱文是心灵化、艺术化的王蒙。故而在我的论述中,"自我"、王蒙、钱文是三位一体的,这是我的论述的前提和支点。

接下来说一下"自我批判"这一关键词的第二个要素即"批判"。"批判"是与"歌颂""赞美"相对立的一个概念,后者关涉的是事物的光明、神圣、美好等正面的性质,它体现了发生主体与对象的认同、亲和与肯

[①] 郁达夫:《过去集·创作生活的回顾》,引自杨义《中国现代小说史》第一卷,人民文学出版社1986年版,第546页。

[②] 何西来:《智慧的痛苦——评王蒙〈失态的季节〉》,《光明日报》1995年12月6日。

定；而前者施加的对象则包括社会人生、人性等的丑陋、邪恶等负面的因素，它展示了主体对对象的审视、否定、排斥和厌弃。王蒙的批判意识在前后期的创作中有着不同的表现和变化。在复出之初的作品如《布礼》中，王蒙的批判锋芒不是指向作为自我化身的主人公钟亦成，而是指向了和钟亦成对立存在的灰影子。在《布礼》中，作者三次写到灰影子，灰影子并不是一个具体的人物形象，它只是一个虚拟而不确定的影像，它的年龄、性别都无法确定。作者一会儿说他"是一个青年"，一会又说他"快五十岁了"，又说"他只有四十多吧"，最后又认为"她只是一个早衰的女性"。也就是说灰影子是特定历史时期社会思潮、观念的化身，它普遍地存在于那个时代许多人的心灵深处。它的特点是世故、世俗而又玩世，对革命、爱情、青春等都持一种虚无的态度："全是胡扯，全是瞎掰，全是一场空。""我什么都不相信。"这个灰影子却与钟亦成无关，它是作为钟亦成的对立面和陪衬出现的。钟亦成不仅如他名字的谐音那样对党、人民、革命事业既忠亦诚，而且还充满着神圣和崇高，即使他遭受了那么多的误解、屈辱，他的心灵仍然是那样纯洁、透明和高尚。作品这样写道："即使他戴着各种丑恶的帽子死去，即使他被十七岁的可爱的革命小将用皮带和链条抽死，即使他死在自己的同志以党的名义射出来的子弹下，他的内心里仍然充满了光明，他不懊悔，不伤感，也毫无个人的怨恨，更不会看破红尘。他将仍然为了自己哪怕是一度成为这个伟大的、任重道远的党的一员而自豪、而光荣。党内的阴暗面，各种人的弱点他看得再多，也无法遮掩他对党、对生活、对人类的信心。"也就是说，这时的王蒙对作为自己影子的主人公钟亦成是一种赞美、歌颂的态度，我们看不到他的自我批判的迹象。而在"季节"系列中的钱文身上，王蒙却直面而不隐饰地写了他的许多灰暗的东西。也就是说，原先与钟亦成针锋相对的灰影子，如今也笼罩在了钱文身上。换句话说，灰影子身上的缺陷、病变是钱文的重要组成部分，当然也成了王蒙批判、针砭的对象。这显示了王蒙把解剖刀由对向别人开始转向了自我，记录了他的自我批判意识的觉醒。

王蒙在"季节"系列中形成的自我批判意识既受到同辈作家的影响，比如张贤亮的《我的菩提树》《习惯死亡》对《灵与肉》中许灵均的消解；也是对后辈作家冲击的一种反应和调整，比如王安忆《叔叔的故事》就除掉了王蒙这一代被打成右派的作家身上的神圣光环，而还原了其灰色、乏味甚至可耻的一面。而兴起于20世纪80年代末90年代初的"新写实"的思潮那种对神圣、理想的消解而对人生、人性、社会历史的本相直呈的态度和追求,显然也被一向敏锐和乐于赶浪弄潮的王蒙所吸收借鉴了。但重要的还是作者自己对历史、人性、自我的态度、观念的革新与转变。他在一次演讲中这样说:"在1995年第三期《当代》杂志上发表了我的长篇小说《失态的季节》,有人看了以后与我'侃',说他看了以后大吃一惊,因为我写了许多在改造当中划错了的'右派'分子种种的情况,写了他们值得同情的东西,也写了他们至少是客观上丑态毕露的表现。在一些人脑子里头'右派'分子就是两种:一种就是胡可的《槐树庄》里的'右派'分子,很丑陋、自私,令人讨厌、很晦气;还有一种就是像《天云山传奇》等作品所描写的,成了悲剧的英雄,成了背着十字架的崇高痛苦的人物。其实,这是非常戏剧化的处理,应该说也是一种简单化的处理,实际情况远远不是这样。"又说:"我越来越不喜欢'背十字架'这样一个提法。刚才讲到一些把错划的'右'派分子描写成背十字架的英雄,我也有过这样的经历,但我觉得这里面水分很大。"①

下面拟从罪感、奴性、病变和沉沦等几个方面来谈谈王蒙对自我的批判。

二 罪感:负罪和赎罪

罪感、忏悔意识是"季节"系列中王蒙自我批判的重要层面和前提,它决定和支配了王蒙自我批判的内容和向度。正是因为有了罪感和忏悔意识,才有了王蒙对自我的审视、解剖、批判和否定。假如抽去了这一理念,他的自我批判支架将轰然坍塌。

王蒙的罪感不同于基督教的原罪,它有很强的民族和时代特征。它是因为自身现实中的思想、行为与理想境界、道德规范、人生准则发生了偏离、冲突而产生的良心、心理上的自愧、自责等的综合主观体验和感受。王蒙在其"季节"系列中的罪感主要有两个层面。

其一,王蒙作为一个命运坎坷、阅历丰富的过来人,作为一个富有理想、非常自律的智者,在人生晚年的当下回忆以往自己曾经无意中给社会、他人造成的伤害,深感欠下了别人的债,从而产生了深深的愧疚和悔意。比如,作品写到在反"右派"运动中钱文为了自我解脱而向上级交代

---

① 王蒙:《王蒙讲稿》,上海文艺出版社2001年版,第625—627页。

了他与廖琼琼一起在欧美同学会吃饭而实际上等于叛卖并进而给她带来了一系列厄运这件事："那么，他交代了，廖琼琼当会怎样自处呢？她兹后的厄运与他的这次无事生非的名为交代实为叛卖难道是没有关系的吗？"就此王蒙写道："他这一生，能够不为廖琼琼而接受报应吗？他还抬得起头来吗？再过许多年等到他快要离开这个世界的时候，弥留之际，想起廖琼琼来，他能不恐惧吗？他能找谁去忏悔呢？"还有对崇拜他的女大学生李云白的伤害，对文学青年米其南的实际上的出卖，他都产生了深深的自责。这一层面的罪感是清醒而客观的，是理性和感性的统一。

其二，作者退隐于幕后，并由当前回溯、还原为过往历史中的情景，让作为自己影子和化身的主人公坦陈自己当时的负罪感。被错划为"右派"而承受苦难的钱文并未感到冤屈和不平，而是认为自己确实犯了罪，做了对不起人民、对不起党的事，因而心甘情愿遭受惩罚。钱文在自己的日记中这样写道："错误，那该死的错误，那该死的软弱和动摇呀！那永远不能原谅永远不能心安的立场问题呀！在阶级的殊死搏斗中，错一下眼珠就是对于同志的背叛与对于敌人的投降！我永远忏悔！我永远服罪！我永远长跪在党和人民之前！"从表层上看，对那段极"左"历史已有清醒认识的王蒙这样来写钱文本来无罪却真切地自认有罪，还虔诚地为无罪之罪忏悔的心态、行为，似乎是用一种反讽的手法书写历史的荒谬和钱文及同代人的愚昧；但从深层而言，王蒙又是严肃而认真地从钱文身上看到自身存在的植根于人类本性的人性之恶，并为此而深深地忏悔。他这样写道："人生有太多的罪孽，没有人能减轻你的罪孽呵。"钱文在权家店劳动改造时，看到农民的贫苦也这样触景生情："他自以为自己是坚定地站在无产阶级一边的。他自以为自己是手执利刃向着资产阶级浴血奋战不怕牺牲万般壮烈的。直到今天挖完鱼鳞坑起完树苗运回来植完树才明白原来自己一直过着衣来伸手、饭来张口的剥削阶级寄生虫的罪恶生活！如果说他小时候看到吃餐馆的戴礼帽的穿大衣的痛恨这些为富不仁的坏蛋的话，那么，那些烧一次菜至多拿铜钱涮一涮油的与整天在泥里土里雨里雪里毒日头里风里吃着猪狗食做着牛马活的农民看来，他钱文也好，萧连甲也好，又与那些戴礼帽穿大衣的人有什么两样。""祖祖辈辈的罪孽，人类历史的罪孽，人类社会阶级社会阶级分化阶级压迫阶级仇恨的罪孽现在由他们这一辈人来偿还了。"也就是说，王蒙将特定历史时期个人的罪上升为社会、历史、人类共同的罪，自我与人类勾连叠印在一起了，从而罪感有了形而

第一辑 经典细读

上的普遍意义。

既然认为自己有罪，那么为自己犯下的罪承担责任就成了自然而然的事，从而忏悔和赎罪就成了王蒙在"季节"系列中罪感的重要内容和自然延伸。王蒙忏悔和赎罪的方式之一就是让钱文在被打成"右派"的时候死心塌地来接受改造，以肉体的痛苦来为自己的心灵"洗澡"："他应该庄严地前来还债。他用他的体力，他用他的咸臭的汗水，他用他的无尽的忏悔、认罪和检讨，他用他的恐惧、低三下四、口服心服，他用他短促的一生的每一天每一小时来还债。""只有劳动才能赎罪。只有劳动才能净化自己的心灵。只有劳动才能不再白白地吃劳动人民种植出来的粮食。"也就是说，他要通过承受苦难、遭受罪责来拯救自我。正是基于这样的认识，钱文不仅在权家店忍受痛苦接受劳动改造，还主动举家从繁华的北京迁到荒凉的新疆边陲，以此来自我惩罚。王蒙还多次写到钱文以阿·托尔斯泰《苦难的历程》中的主公自比："只有在清水里泡三次，再在碱水里泡三次，再在石灰水里泡三次，我们才能变得比纯净更纯净……"

王蒙忏悔和赎罪的另一种方式，就是站在今天的角度来书写出自己的过失，以此来偿还心灵情感上的债。他以元小说的方式这样写道："想着一笔远远没有还清的债，欠债的人是睡不安稳的哟！""人不可能一个劲儿地涂脂抹粉把自己装扮起来。""想想一些事情是怎么发生的，如果他不去回味，再过一些年头，也就更没有人能够说清楚真相了。"也就是说，王蒙作为一个饱经历史沧桑的长者，在进入晚年进行人生总结时，以一种真诚、坦荡的态度来进行倾诉，将自己的所知、所历、所思书写出来，并把自己押上祭坛，以自我解剖来解剖时代和他人，以此还自己欠下的债，弥补曾经的过错和罪孽，以求心理的平衡和情感的安慰。在一个文过饰非、为尊者讳的国度和传统里，曾经身居高位的王蒙，能以这种坦诚的态度来对待自我和历史，显示了可贵的勇气，也具有重大的文化建设意义。

三 奴性：独立人格和主体意识的丧失

展示并针砭自身曾经存在的奴性，是王蒙在"季节"系列中自我批判的又一个重要内容。王蒙笔下作为自己影子的主人公钱文具有双重身份：少年即投身革命的职业革命家和才华横溢、在文坛上已崭露头角的诗人——人文知识分子。作为前者，自然必具坚定的信念、崇高的理想、忠贞的节操、澎湃的激情和牢固的原则；而作为后者，理应拥有独立的思考、浪漫的诗情和自主的人格。然而，当政治风暴袭来时，钱文既没有成为抗击时代浊流的革命英雄，也不再是一个具有独立人格的知识分子，而是为苟活不断放弃原则、违背操守，成为一个奴性十足的人。作品则多层面、多角度地就钱文沉沦、蜕变的轨迹、态势进行了无忌无饰的揭秘、呈示。

当钱文被革命队伍清洗出去而打入另册时，他的革命身份和经历已经不再是自豪和荣耀，而是成了自己挥之不去的罪孽和污点，他成了革命大家庭的弃子。此时的他，对自己的已经步入歧路的革命组织不是保持如一个作家所说的"第二忠诚"：既没有像历史上的张志新、遇罗克那样以鲜血和生命来践履自己的信念，没有像顾准那样在厄境中对社会、政治做出理论的思索，也没有像作品中的萧元甲那样以死来捍卫自己的人格尊严，而是屈从了严酷的生存法则：为了能够活着，不惜违心地匍匐在权势的脚下，连最基本的为人处世的准则都放弃了："钱文让检讨什么就检讨什么。反正他活该检讨，我不必小里小气地再去争什么。要检讨什么就给什么，大家都省心。""要不惜低声下气，不惜表白自己，不惜随俗迎合庸众讨好群氓，总之什么都不惜，降格以求，廉价推销，心甘情愿地为人民为党当牛做马。"钱文对党对上级组织的这种感激涕零的态度让他想到了封建社会臣民对皇帝的态度："他真希望自己也能以叩头流血至少是痛哭流涕的表现来表达自己的感情。当然叩头流血那说的是皇帝，是能杀能生能恩能威天恩浩荡重如泰山的万岁爷。现在不是封建社会了，现在是党的领袖人民的领袖，现在的权威才是实打实的浩荡的如山如海的更加宏伟和有效的权威。如果——他其实不敢这样想，如果是毛主席接见他一次勉励他两句，他能不叩头流血、感激涕零、匍匐觳觫、山呼万岁，只想把自己的心自己的血自己的肝脑来它一个涂地而后快吗？党啊，从此我时时忠于你事事忠于你，比对待爹娘还要爹娘地对待你。"由此可见，钱文对待党的态度，已由原先的平等基础上的发自真情内心的虔敬真诚变为现在的带有功利性的、违心的奴才对主子的顶礼膜拜，一种不讲党性、不顾原则的屈从。而且钱文后来甚至把这种对党的遵从态度实用化，庸俗地转移到那些可以左右他命运的党的领袖甚至个别领导身上，并将其当作自己生存的人生信条。他这样总结道："世上诸种事物中，最最重要的，第一是领导，第二是领导，第三还是领导。""领导就是爹，领导就是娘，领导就是天王老子，党不是抽象的，党就是你的书记委员局长处长科长小组长和他们所

第一辑 经典细读

领导的积极分子。"钱文还经历了由被动为奴到主动为奴、甘愿为奴，以奴而幸福快乐的过程。作品写了他在市文联的读书会上，主动做了"精彩的批修发言"，还"联系自己，把自己摆进去，大讲了修正主义文艺的恶毒与欺骗"。他对这种违背良心的行为不仅不以为耻，反而感到快乐："和一些穿戴齐整、举止优雅、手脸清洁、谈吐高尚、口齿锐利、在社会上很有地位很有威信的同志聚集一堂坐而论革命之道，用同一个节奏同一种语码大讲特讲反修防修世界革命的道理是多么快乐多么幸福！人生能有几次这样的幸福！钱文再也不会重犯过去的错误了。"

作为诗人、知识分子的钱文，在写作方面同样充满奴性，一步步地丧失了自我，对此王蒙有着清醒的认识并进行了冷静严肃的揭示。钱文认为："即使我们被戴上了反党反社会主义的帽子，我们谱写的仍然是对于党对于革命的赤子之歌！"钱文缺少的是独立的思索而具有的是不分是非的愚忠。"文革"时期，他奉命帮助文坛新秀洪无穷改剧本，违心地"跟着一起狗屁"，编造虚假的情节，甚至甘愿放弃自己的人格而自我出卖。他这样想："不就是让我卖吗？不就是让我无颜无格地跟跟跟吗？好！我他妈的嘛也不论了。可是，我卖得出去吗？谁要我？哪怕是利用我一下也行，谁利用我呢？"以至于他完全失去了自我的真情实感，自觉地变成了所谓的无产阶级文艺的工具："除了向着光明向着太阳向着无产阶级司令部他没有别的二心，说怎么写咱们就怎么写，说怎么改咱们就怎么改，你说我听，你打我应，你横我跪下，你胜利我庆贺我流泪我大笑我唱歌我兴奋得满地打滚儿。我的亲爹，我的亲娘，我的祖宗！"连他自己也认为："改造来改造去，我早已就是驯服的工具啦。"为了能够拥有写作的权力，他甚至连做人的底线都不要了，甚至要向江青、中央"文革"效忠："我宁愿去给江青当走狗当奴才，给中央'文革'当孙子。""做一条'文化大革命'的汪汪咬人的狗又有什么难？我就是忠定了，服定了，诚定了，英雄主义和癞皮狗主义精神发扬定了。你的话我是听定了，不配听也得听，不信我真听就更要听，活着是你的人死了是你的鬼摇尾巴是你的狗。你杀了我我谢恩，你鞭打我我感谢最大关怀最大爱护，你割掉我的双卵子用大葱炒了下酒那是我的荣幸，你借我的头祭旗那也是时代的使命事业的需要。你让咱批谁咱就批谁，你让咱捧谁咱就捧谁，你让咱说鲜花臭咱就说鲜花臭，你让咱说大粪香咱就说大粪香。万岁呀万岁，亲爱的江青同志我的好姐姐我的亲大姨，我爱您我爱您我活着爱您死了爱您烧成了灰变成了土也还爱您这辈子爱您下辈子变驴变马结草衔环也还是爱您呀！"在洪无穷的怂恿下，他甚至几乎准备给江青直接写效忠信。

在双重身份都错位的状态下，钱文不仅丧失了自我，还变成了非我而被抽空异化了。这种异化首先表现在钱文多次产生了被阉割的感觉，也就是说自己在政治权势的压抑下已经不再是一个男人，而成了一个安分守己、奴颜婢膝、太监一样的男不男女不女的存在物了。作品这样写他："他说话的声调细细的软软的抑扬顿挫的，一面说一面假笑干咳，活像一个马屁精。或者，干脆说是像一个太监，割去了睾丸的那一种。""每一步，每一句话，他都必须让上边明白，他是如高来喜所说的'骟净'了的大大的良民。""早在五七年就骟过了的，或者是差不多已经骟净了的。60年代初死灰复燃，八届十中全会再加'文化大革命'等于又被骟了一次。"这里的被骟也好，割去睾丸也好，原指动物或人被阉割去势，以使其没有性欲，变得乖顺愚钝。而这里引申为一种政治上的去势，也就是说钱文在历次政治运动中已经变得无情无欲，失去了主体意识，完全像一个奴才、太监了。此外，钱文的异化还表现在自己对物、工具的自我认同。当张银波和犁原商议重新起用钱文时，钱文就产生了自己像一件被人谈论、出售的破皮袄的感觉："……听到自己如同一件劣质产品——例如一件皮袄——一样地被公开地讨论穿上是否合体，是否值得出例如八十块钱购买，尤其是是否会给用户带来麻烦……他真是如坐针毡，恨不得找个地缝钻进去。"后来他又觉着自己"只不过是一粒沙，一块破布，一股酸气，一块臭肉，一个无耻的瘪三，一个下流的跳蚤"。也就是说他已经成了而且乐于成为一个任人摆布、没有羞耻心的工具，他已经彻底地迷失了自己："他不敢扪心自问，他已经找不到自己的心，他的心时而麻木时而流血时而不知去向时而硬如石块。"

让钱文一步步失去自主意识、独立人格，沦为奴才和工具的是畸形的历史和错误的政治，对钱文奴性的批判也是从一个特殊的层面批判了导致钱文为奴的那个时代和历史，然而王蒙没有放过和开脱作为自己影子的钱文的劣根性，这是王蒙的真诚和勇气。

四 病变：受虐、施虐和自虐

王蒙还把批判的锋芒指向了自我的心理、人性的深层，写了在极"左"政治运动的冲击下和日益污染的人际环境中钱文的心理病变和人性扭曲：他由一个身心健康、热爱生活、富有理想、幸福快乐的年轻人变为一个以受虐、自虐为乐，反过来也以施虐、他虐为快的受害狂和迫害狂。

　　面对邪恶和残暴势力的压制摧残，一个心智正常健全的人，都会自然而本能地去反抗或逃避，会产生诸如愤怒、痛苦等的负面情绪。而钱文在被错划为"右派"，被以前的同事、朋友揭发批判即遭政治虐待、人格伤害时，却选择了一反常态、让人匪夷所思的心理、情感取向：他不仅没有愤怒、反抗，而且反过来还感到幸福，还感谢那些迫害他的势力："周碧云率先发难揭发他批判他就是运动的庄严宏伟的标志。党和人民火眼金睛，看出了他的例如在洼地上的与党的二心来了。党洞察一切，党铁面无私，党对于每一个人每一件事负责，愈是揪出了他愈是狠狠地斗他，他愈是感到了党的伟大，党的温暖。""他说服自己，今天其实是一个大好的日子，这么多的思想好水平高的同志拿出这么多宝贵的时间来分析他帮助他，这实在是他的终身难忘不可多得的幸福。他应该庆祝这一天。是这一天同志们操刀动手术割去了他身上的毒瘤，使他重新健康起来。""让你是愈挨批愈热爱党，愈挨斗愈矢志革命。被批得体无完肤了，倒了臭了肃清了流毒了变成了不齿于人类的狗屎堆了，你反而更感到党的伟大党的温暖党的英明了。谁有我这样的心情这样的体会呢？真了不起，真了不起，简直是奇迹中的奇迹，革命中的革命，天上的天，比太阳还要太阳的太阳呀！"

　　之所以产生这种以受虐为乐的变态心理，是有一定的政治文化背景的。首先还是如前所述的奴性意识在作祟。钱文多次把党比作自己的亲爹娘，这是他把自己与党的关系体认为儿子与父母的关系，因而他被党清洗出去并接受检讨和批斗，体验到的是传统文化积淀下来的那种"打是亲、骂是爱"的感受，与封建社会中皇帝将臣民赐死臣民还山呼万岁、谢主隆恩是同样的一种文化心理承续。其次，还源于苏联文化、文学中的受难意识的影响。王蒙多次写到钱文对阿·托尔斯泰《苦难的历程》的欣赏和共鸣，苏联文学、文化中对苦难的体认和诗化为饱受苏联文学、文化浸润的钱文在苦难的承受中自我升华、洗礼和体验神圣崇高提供了坚实的精神资源和心理依托。

　　钱文由被动接受社会、政治、他人的虐待发展到自觉、主动地去自我践踏、自我虐待，是其心理病变的进一步恶化。钱文由甘于被社会改造发展为乐于自我改造："我还要坚定地改造下去，……我要把自己改造成彻头彻尾的无产者共产主义者,只能按照无产者的面貌共产主义者的面貌改造整个世界也改造自己的灵魂。""考验,痛苦,启示,进步;再考验再痛苦,再启示再进步;这就是他的苦难的历程,这就是他的心灵史,这就是他的生活的意义,这就是他的——幸福。当他意识到自己的思想已经愈来愈靠拢着无产阶级靠拢着共产党的时候,当他意识到自己的心也愈来愈坚强愈来愈硬朗愈来愈健康的时候,那种幸福的体验是难以名状的。……所以说是改造自己其乐无穷呀!"作品还写到他和那些右派们一起高唱"反动派被打倒,右派分子想反也反不了"的歌,以此来进行"奇特的发泄",追求"一种自虐的痛快淋漓"。最后,在"文革"中看不到希望和前途时,他"甚至在考虑自杀",因为他"再也找不到活下去的说辞了"。一个人已经到了以作贱自己的人格、伤害自己的灵魂,甚至消灭自己的肉体等否定的方式来确认自己的价值、追求自己的意义的时候,可以看出他的心灵已经扭曲到怎样的程度了。

受虐、自虐体现出了钱文的心理病变,而施虐、他虐则展示了钱文的人性之恶,同时显示了王蒙自我解剖和批判程度的深化。钱文是政治运动的受害者,但为了自保又不惜伤害别人。有时,他把揭发、检举别人当作逃避惩罚、开脱罪责的一种技巧、策略:他本来喜欢胡风分子的作品,但"全国声讨批判胡风反革命集团的时候",他"用更加激烈的调子响应党的号召批判声讨了他们"。当领导找他谈话时,他主动供出了与他一起吃饭的文学青年米其南和李自强,实际上等于出卖了他们。到了"文革"期间,这种通过检举别人以自我开脱的技巧已经更加老道:"他已经拟好了检查交代材料和检举材料,从运动的第一天他就思考一旦被关进牛棚,他到底检举谁。"有时,他检举别人,给他人造成痛苦,是一种以毒攻毒、以恶抗恶、以其人之道还治其人之身的情感宣泄和恶意报复:周碧云曾经揭批过他,反过来当上级要求他写检举周碧云的材料时,"他毫不犹豫地网而罗之地写了。既然他钱文有'问题',那么说和他气味大同小异的周碧云也有问题乃是天经地义的事。帮助组织上审查她也是天经地义的事。据说周碧云一度被批得更是狼狈不堪"。最后,钱文甚至发展到为检举而检举,以写别人材料、批判别人为快乐,成了一个真正的施虐狂:萧连甲并未伤害他,但他"被要求写出他与萧连甲谈话的材料。材料他毫不犹豫地写了"。他由被动检举发展到主动出击:"他把他对于郑仿的腔调的反感在小组会上公之于众了。"他汇报和自己谈心的高来喜,他写材料揭发批判对自己并无恶意甚至还关心自己的杜冲,"他成了批杜冲的毫不落后的一员"。王蒙就是这样逐层地、多方面地展示了钱文当然也是其自我的心理病变和人性的扭曲。

五 沉沦:庸俗和闪避

王蒙还通过表现钱文的沉沦来进行自我批判。这里的沉沦,不是道德评判,也不是价值评判,而是生命个体生存状态、精神状态的一种呈示,它指的是生命个体由本真状态不断放弃自我而认同、遵从常人的态势和趋向。就钱文而言,他的沉沦表现为庸俗和闪避。

王蒙多次说过,他很害怕庸俗,他参加革命、从事文学创作的动因之一就是以其来抗拒庸俗。他这样写道:"特别是在青年时代,我也是怕庸俗怕世俗如怕瘟疫的,……我最怕的是自己湮没在俗众之中,怕自己的独一无二的生活重复着俗众的既定轨迹,怕激情与幻想熄灭,怕自己最后会'因一事无成而悔恨……碌碌无为而羞耻'。没有浪漫,还有什么青春?没有青春,还要什么生命?"[①] "季节"系列中的钱文同样害怕庸俗对自己的侵蚀:"然而他仍然害怕这庸俗。他千真万确地观察到,成长的一面是丰富、充实、老练、安详,另一面却是冷淡、多疑、麻木还有庸俗。他几乎越来越怕用庸俗这个词儿了——学会了这么一个词儿以后,到处便都是庸俗了。无人不庸俗,无事不庸俗。……他有点怕。他只想保持,多保持些时光,多保持一些浪漫的激情,多保持一些革命的理想,多保持一些真诚和执着,多保持一些——哪怕是幼稚的与书生气的幻想。"不过,当作为王蒙影子的钱文被打入另册,失去革命和写作的权力时,他也同时就失去了抗拒庸俗的支撑力和免疫力,很快就变得庸俗不堪了。他的庸俗主要表现在以物质层面的日常生活为满足,而放弃理想、精神的追求,为了活着而活着,为了过日子而过日子。钱文多次这样感叹:"丢掉幻想,准备过日子。日子,这就是幸福这就是真谛这就是通向共产主义的艳阳天金光大道。""活着有多好,吃饭有多香!"而钱文生活、过日子的内容主要就是吃喝拉撒这些低层面的。他认为:"能吃,有吃,让吃;也就行啦。"觉着"一辈子炸炸油条卖卖油条吃吃油条,不是也挺好么?"甚至把喝啤酒当作天堂,以至于感到"能每天或者每隔一天正正常常地拉一次,是多么幸福

---

① 王蒙:《王蒙自述:我的人生哲学》,人民文学出版社2003年版,第274页。

呀！"而且，王蒙是把钱文的醉心于吃和他的革命、文学创作相对展开的，他这样写道："你为什么活着？以前，你会回答是为了革命，为了什么什么主义。而现在返璞归真、繁华落尽是真纯，叫板道：'为了夏日啖瓜，人间且走一遭！'""我不写诗了我不写诗了，我也不再妄想重新入党了……只要不写诗不入党，我就可以和所有普通人过得一样的好，我就可以满足于坐着，满足于带鱼和二锅头。"当然，钱文并非自甘庸俗，而是严酷的生存法则使然。对此王蒙有清醒的认识和明确的表现："钱文想的是'生活比人强'。什么愿望呀脾气呀情感呀尊严呀志趣呀这些属于个人的东西，在形势的发展或者生活的需要面前，其实算不了什么。胳膊是扭不过大腿去的；人是扭不过生活的。"

钱文在物质生活上表现为庸俗，即以吃、穿、住、行这些基本的生存为满足，在精神生活、人生态度上则表现为闪避。所谓闪避，就是对于沉重的现实和严肃的人生，不敢以勇敢认真的态度正视直面，而是采取一种消极、逃避的方式在自我麻醉、自我欺骗中得到心理的平衡、情感上的慰藉。钱文通过两种方式或途径来进行闪避：其一是消极被动逃避式的。作品这样写钱文："你必须躲开你的思想问题。你会感到全面的苦苦支撑使自己不反动不发神经不自杀不跳出去闹腾是太吃力了，你所不敢正视的根本性精神危机使你只能逃避到入睡里去。""睡吧，睡吧，这像是一个咒语，何以解忧？唯有入睡。"也就是说，他只有在梦的虚幻中，在活死人一样的睡眠中，才能逃脱精神上的危机。钱文从作为政治文化中心的首都主动迁居边远荒凉的边疆，实际上也是一种逃避。他还为自己的行为寻找理论、文化上的支撑："大乱避城，小乱避乡，钱文为自己的侥幸而热泪盈眶，为中华五千年文明总结的全身避祸的经验而五体投地。这真是中华文明的精髓，是世界上的其他地方所没有的。"其二是积极主动追求式的，不过这种追求是放弃了生命之重而趋就人生之轻。钱文的生命之重是革命和写作，但他却以生活琐事取而代之：他以养猫养鸡、自制酸奶和做饭为乐，沉醉于饮酒、抽烟、打麻将之中。不仅对此津津乐道："万岁呀麻将，快乐呀文革！"而且还将其与人生之重混杂并陈："养鸡已经成为钱文生活的意义生活的乐趣了。诗人鸡人，似乎天生相通。"从而人生的严肃性、庄重性被稀释、消解、置换了。钱文同样对自己的这种人生追求进行了理论的概括："逍遥"，并与传统文化进行了连接："两地一心，在犁原倾心《庄子》的时候钱文也迷于《庄子》。许多年后，钱文仍然很欣赏'逍遥派'这个'文革'专用名词。逍遥,本来出自《庄子》,这个词首先是好听,其次是美丽,一见到它就觉得受用。……作为一种想象,作为一种风格,作为一种境界,它是钱文的梦。……他对逍遥二字一见钟情,他看着这两个字有一种长大了才说得出来的不饮而醉的感觉。"王蒙自己晚年也著文表示自己很喜欢"逍遥":"我不知道为什么从小就喜欢'逍遥'二字?……对于我个人,它基本上是一种审美的生活态度,把生活、事业、工作、交友、旅行,直到种种沉浮,视为一种丰富、充实、全方位的体验。把大自然、神州大地、各色人等、各色物种、各色事件视为审美的对象,视为人生的大舞台,从而得以获取一种开阔感、自由感、超越感。"[1] "逍遥"作为庄子哲学思想的一个范畴、一种审美的人生态度,本无可厚非,但在特定的历史时期却有一定的消极作用。在"文革"时期,国家处于生死存亡的重要关头,许多仁人志士如张志新、遇罗克、顾准等在逆境中敢于思索、抗争,甚至不惜以生命为代价,而作为从小参加革命的诗人钱文却躲在一角乐"逍遥",就显得轻薄了。而王蒙的可贵之处,就在于对钱文的这种自我麻醉的态度进行了毫不留情的坦露和针砭。

从以上几个方面的梳理我们可以看出,王蒙对自我的批判是认真严肃、不留情面的。他的勇于自剖,敢于自己现丑的行为让我们想起了鲁迅笔下的"不以啮人,自啮其身,终以殒颠"的游魂、"挟心自食,欲知本味"[2] 的死尸。他要将自我人生、人性中阴暗甚至丑恶的一面摊晒在光天化日之下,立此存照,既以自警,也以之警同代后人。他的自审、忏悔、自我批判的坦率、真诚,与那些文过饰非或故作忏悔状而作秀的文人政客形成了鲜明的对比。我们觉得,在当代文坛,他是追循着以"与时代共忏悔"而饮誉新时期的巴金老人的足迹,而将自我押上历史的审判台,供在了历史的祭坛。这既是王蒙自己在暮年对自己的人生总结、人格交代,同时也是其从自身开始来对历史进行剖析、审判。这在当代文学史、当代思想史上都有着非同寻常的意义。

---

[1] 王蒙:《王蒙自述:我的人生哲学》,人民文学出版社2003年版,第252页。
[2] 鲁迅:《墓碣文》,《野草》,人民文学出版社1973年版,第40页。

"井"之重和"天"之轻

——从题名的两个意象看《井口那片天》[①]的内蕴特征

安徽作家沙玉蓉的中篇小说《井口那片天》(《小说选刊》2008年第2期)虽然包含了历史、风俗和人性等多种元素而具备了丰富宏大、浑实厚重的气象,但真正吸引阅读的亮点还是主人公枝子挣脱苦难枷锁、抗争悲剧命运、追求美好幸福的人生历程以及贯穿其中的人性内涵。而题名标出的、在文本中反复出现的两个意象即"井"和"天"则以具象的形态艺术地概括了这一内涵:"井"是枝子惨遭厄运、身陷困境、历经磨难的隐喻,而"天"则象征着她殷殷期盼的希望、苦苦追求的光明。这两个意象的存在,不仅使作品具有了诗性的品格,也为我们解读这篇小说的深层内蕴提供了重要的视角和线索。

一 "井"——悲剧命运书写的厚重和深刻

井是新时期小说中多次出现的有着独特文化内涵的一个意象,它成了围困、吞噬弱者生命和灵魂的存在,是黑暗、恐怖、绝望和死亡的象征:郑义《老井》中那口怎么也打不出水的旱井纠缠着孙旺泉的命运并一度让他身陷绝境,陆文夫《井》中的供小巷居民饮用、洗衣并在其周围说短论长的那口水井成了在流言蜚语的围困下走投无路的徐丽莎最后的归宿,苏童《妻妾成群》中那些年轻貌美姨太太的神秘失踪,在后院的枯井里找到了答案。

沙玉蓉虽然不是井这一意象的首创者,但却是一个独特的使用者。在

[①] 沙玉蓉:《井口那片天》,《小说选刊》2008年第2期。(本文凡未注明出处的引文皆引自此文)

这篇小说中,她赋予井以自我的个性和全新的内涵。作品中反复出现的这一意象,由两个层面构成:首先它是一个几乎夺去枝子性命的实存的物化的井:亲生父亲将她遗弃投进去的枯井和管家老根诱杀她的地窖——后者是井的变形,因为二者具备了共同的特点:阴暗潮湿、不见天日、森然可怖而又暗藏杀机。这连接着枝子童年和中年的命运的两口井不仅前后遥相呼应,而且还一直纠缠在枝子的梦魇中。它们既构成了笼罩在枝子人生和心灵上的挥之不去的阴影,从而奠定了作品独特的悲情、压抑的基调,同时又营造了小说真幻相映、实虚交错的艺术氛围。其次,也是更重要的是,意识、精神层面的井:这是一口深不见底、无所不在而又无影无形的井,是一口给枝子带来屈辱、血泪,不断把她沉入深渊,几乎吞没她的血肉和灵魂的命运之井、罪恶之井。就像地狱有十八层一样,这口井也由许多层组成,而井的每一层都可以将枝子拖入黑暗的地狱。

有着浓厚的重男轻女思想的父亲、奶奶是淹没枝子的井的第一层:狠心的父亲先是准备将她丢弃于枯井,后来又与奶奶合谋将她名为出嫁实为变相卖给富有的汤家,以图换来给儿子娶亲的彩礼。在这里,本来温情脉脉的血缘亲情,因为贫困的逼迫和实用理念的浸蚀而转化为冷冰冰、赤裸裸的金钱交易,从而为枝子的悲惨命运拉开了序幕。就如枝子自己所想的那样:"如果自己不是一个没人痛惜的丫头,如果不是奶奶和父亲贪图钱财,她又怎么能落到这一步!"

吞噬枝子这口井的第二层是枝子的丈夫汤文忠。对此作品有一段与井的意象相对应的精彩描写:"旁边的枝子呆呆看着,心里慢慢裂开一个空洞,空洞越来越深,就像她常做的梦里那口枯井。比那枯井还可怕,井口那儿看不见天,给盖子压着,够不着,掀不开,能把人憋死……枝子知道,文忠就是那个空洞,是他把自己嵌在这样一个尴尬地位,非主非仆,不上不下,甚至看不见改变的希望——像文忠脸上那两个浑浊的玻璃球,不可能再灵动起来了。"汤文忠的痴傻以及相应的性心理、性机能的残缺,一方面使枝子既得不到丈夫的情感抚慰,也无法享受男女之间的体肤之亲,因而一个年轻多情的女人对男人的幻想和渴求全都化作了泡影;另一方面,导致枝子不能生育后代,从而堵死了枝子想通过生养儿子来改变命运的唯一出路。常言说得好:"男怕入错行,女怕嫁错郎。"特别是在那个"嫁鸡随鸡,嫁狗随狗"的旧时代,女人的命运就像赌博一样完全押在她嫁给的那个男人身上了。如果汤文忠像枝子所想象的那样是一个不仅富有而且健全、魁伟的丈夫,那枝子的人生就是另外一番景象了。但事与愿违,丈夫不仅以智障让枝子受尽耻辱,还以他随后的早死给枝子带来寡妇的尴尬身份,使年纪尚轻的她成了一个活死人,以至于在苦命的井中越陷越深了。

围困枝子的井的第三层是由汤文卓、四婶儿和老根等主仆构成的。作为汤家大院的一家之长,汤文卓是枝子这场荒唐的婚姻骗局的设计者。他借助财富的优势,巧设陷阱,铸成枝子日后的人生悲剧;他依凭诗礼之家的名望,以理灭欲,对枝子难得一现的畅怀之笑,也要报以脸色;他平时一本正经、道貌岸然,但当枝子的失节给他的家族丢了面子时,他立刻露出了嗜血的狰狞面目;四婶儿的逼迫打胎、老根实施的谋杀,都是出自他的授意和暗示。也就是说,他是残害枝子的幕后黑手。他不仅要以理杀人,还要以刀杀人。

四婶儿虽身为下人,但在对枝子的伤害上,比她的主子有过之而无不及。如果说汤文卓是幕后的策划者,那四婶儿就是台前的执行者,汤文卓针对枝子所定的阴谋、设的圈套,都是通过四婶儿的具体行动得以实现的。在枝子不幸的人生遭际上,四婶儿起到了推波助澜、落井下石的作用:起初,当枝子发现自己被骗婚的真相并以绝食甚至寻死向强大的黑暗势力抗争时,是四婶儿的晓以利害的花言巧语和软硬兼施制服了枝子:"四婶儿的话从从容容,有板有眼,而且层层递进,黏胶一般严丝合缝地糊住了枝子十七岁的小心眼、小见识、小胆量。"从而使原本倔强的枝子不得不缴械投降,向不公平的命运低了头,这等于是四婶儿将枝子推进了深不见底的井中。随后,是四婶儿把本应是主子的枝子"当丫鬟使唤",并一再强调枝子娘家的贫穷没有陪嫁,使枝子失去了做人的尊严,身陷非主非仆的尴尬处境;最终,同样是四婶儿不仅将枝子意外怀孕的隐情向主子告了密,并受命逼迫枝子打胎,从而一步步将枝子逼上了绝路。不过,特别值得一提的是,四婶儿并不是一个符号化的"扁平人物",除了对主人公的塑造起到陪衬作用之外,还具有独特的审美价值。她是一个多维多元、复杂丰富的艺术形象:在她身上,既有主子帮凶的狡诈残忍,又有底层妇女的坦荡豁达;既有向上爬的野心、向主子邀宠的媚态,也不乏乡野女性的质朴和机智;她既是旧制度的受害者、社会下层的被压迫者,同时也是一个因为性压抑而喜欢偷窥别人隐私并搬弄是非而给别人带来伤害的人。她是作者塑造得非常成功仅次于枝子而达到了福斯特所说的"圆形人物"的高度的艺术形象,而这也显示了作者极为扎实的写实功力。

井的另一层是出自众人之口、传播于街头巷尾的流言,这些关于枝子的不雅的流言将枝子几乎逼疯,使她在命运的深井中又深陷了一层。作品这样写道:"后来听说那小媳妇疯了,而且疯得很不雅,好像与男女之间的事有关,被粮行里的上上下下传得很不堪。"那些作者没有写出名姓的长工、短工们,在拿枝子的丈夫——一个智力残缺的傻子寻开心的过程中,无意中将枝子的作为女人的自然的生理欲求、隐秘而不能为外人道的私情变成了公开的笑料,并将之丑陋化、戏谑化和粗鄙化了,从而使枝子失去了堂堂正正做人的资格以及女人特有的矜持和自尊。这样不堪的处境和遭际,再加上汤文卓媳妇生子的喜庆所带来的刺激,枝子走向精神的崩溃也是情理之中的事了。人言可畏,唾沫杀人,但致人疯狂甚至死命的流言及其散布者却又来无影去无踪。也许作者自己可能都没有意识到,作品的这一独特处理,深得鲁迅思想和艺术的精髓——鲁迅在《示众》《祝福》《孔乙己》和《琐记》等作品中对"流言""看客"等那些无主名、无意识的杀人团反复进行了揭露和针砭。由此可见,小说对枝子之疯及其原因的艺术表现,不仅揭示了主人公悲剧的普遍性,同时也启示我们:一个优秀的作者,完全可以凭借对世态人心、风俗习尚通透体察的睿目慧心而超越知识的屏障并走向思想的高度。

枝子命运之井的最后一层是她自己造成的,也就是说,她自己成了她自己的井。这首先表现在她的性格上:她的好强、外向、"利索"使她做出了代姐出嫁的决定,而这个纯属偶然的抉择使她自跳火坑、饱经磨难,但追根溯源,还是性格决定命运。其次也是重要的,表现在枝子放弃了自我的目的性追求转而使自己不仅安于、甘于而且向往、追求一种工具化的存在:当女人渴求的爱情、尊严、荣耀甚至性欲都无法拥有的时候,她选择了当一个生育的机器——通过生养儿子来摆脱尴尬、洗刷耻辱、唤回尊严、实现自我价值:"只有生子这件事,能给她一个公平的机会,让她彻底改变自己的命运……"不仅如此,她还进而把自己的孩子也工具化了。当发现一直认为是儿子的胎儿出生后却是她不愿接受的女儿时,她转而将女儿当儿子养,以至于让女儿女扮男装多年,以孩子生理的痛苦、心理的扭曲来满足自己的虚荣心、弥补自己生命中的缺憾。她是重男轻女观念的受害者,同时又是响应者、实行者:被欺、自欺而欺人,受虐、自虐又虐人。正如作者告诉我的那样:枝子一生都没有真正醒悟,没有找到属于自己的那片天。

  亲情是井，丈夫是井，流言是井，自己也是井。几股力量纠结在一起，将枝子投入井里，并拖进不见天日的井底。"他人即地狱"在这里可以转换为"他人即井"，存在主义大师萨特的这一著名的哲学命题，在沙玉蓉的笔下得到了中国化、艺术化的阐释。不甘命运的安排而觉醒、挣扎、抗争但终于又难逃厄运的女性形象，在当代文学中可以列出一个长长的名单，但能够像本篇这样多棱面、多层次、多视角地写出人物悲剧的命运轨迹、表现形态和产生原因的却为数不多，而这篇小说所特有的厚重自然会在当代小说留下浓墨重彩的一笔。

二 "天"——救赎之路构画的创新和单薄

  与井的意象相应，枝子当初在被父亲抛入的、几乎置她于死命的枯井中所见到的"白亮亮的""一片圆形的天空"，在她以后的人生道路中多次出现，从而"天"也成了贯穿作品始终的一个重要意象，并成为主人公抗争命运、向往光明、追求幸福的一个象征。就这个意义上说，我不太同意作者认为主人公没有找到光明的看法。我认为，寻找自己的"天"、追求自己的幸福是一个过程而不仅仅是最后的结果，只要永不放弃，永不停息，也就等于获救了。同时我们也承认，与井的意象内蕴的厚重深刻相比，"天"的意象及其承载的内涵，既有独特创新的一面，毋庸讳言，也有其单薄甚至不足之处。

  作品的独创之处在于对主人公的"天"即希望、出路的别具匠心的设置：当身为大家庭的寡妇却失节与别的男人有了身孕在地窖将被诱杀而身陷绝境、命悬一线之时，枝子的人生轨迹发生了从山重水复到柳暗花明的出人意料的陡转：就像小时候被好心的邻居从井底救出而重见天日一样，历史风云的突变及其带来的人们伦理观念的变化，给坐以待毙的枝子送来了一线生机的天光。日寇的屠杀、暴虐和疯狂唤醒了人们的良知，不仅善良、勇敢的栓柱舍身相救，连原先预谋杀害她的老根、四婶儿在血腥面前也转变为她的救护者。同时还有了人们觉醒的生命意识和对枝子的宽容，甚至容忍、原谅了她的失贞："血流成河的大屠杀，惨遭杀戮的两百多条人命，让曲河人的目光宽容起来。"她因此不仅逃过一劫，还顺利生育了孩子，实现了做母亲的夙愿，从而在她原本黯淡的人生中留下了极具光彩的一页。

第一辑　经典细读

在中国现当代文学史中，那些封建时代的违背伦理、不守妇道、放纵情欲的女性形象，大多都是以悲剧性的结局为自己的生命画上句号的：陈忠实《白鹿原》中的田小娥，不甘做有钱男人的"泡枣"工具，先与长工黑娃纵情于男女之欢并双双私奔，后又以身体为武器对男性群体进行报复，但最终死于公爹鹿三的矛枪之下；苏童《妻妾成群》中的梅珊，忍受不住被丈夫冷落的寂寞，与一个医生有了私情，败露后被投入后院枯井；刘恒《伏羲伏羲》中的菊豆，受不了年老变态的丈夫的摧残，转而与丈夫的侄子有染并生了孩子，但一直受到丈夫、儿子的质疑和责难，以至于在永远还不清的孽债中饱受折磨。这几乎成了一个定型的叙述模式，对之有所偏离而产生变数的可谓寥寥无几。较早的可以追溯到沈从文的《萧萧》：童养媳萧萧与别的男子有了身孕，被发现后按族规应该沉潭，但她的伯父和婆家人选择了将她另嫁作为处罚。但在等待别人娶她的过程中，她生了孩子，而婆家人包括年幼的丈夫都原谅了她，甚至连来路不明的孩子都被接纳了——是淳朴的民风使她绝处逢生。往下就可以数到沙玉蓉的这篇小说了——我不敢说它已超过以上提到的那几篇公认的经典，但可以说，历史元素的植入和主人公命运由暗转明的设置，确实有了很大的创新。

枝子在命运的井底看到的第二重"天"——追求光明、自我救赎的另一条路径与一个男子有关：枝子小叔子汤文祥的好友方家诚。是他彻底改变了枝子的命运，使枝子得到了一个女人所渴望得到而她以前一直欠缺的一切：方家诚的温情、关爱使她的精神和情感发生了很大的变化，有了以往从未有过的幸福和快乐："这些日子可能是这辈子最快乐的时光了，她就像旱季里一棵奄奄待毙的小树苗，在如水的温情里慢慢复活。二十六年来，她第一次体验被人关注、尊重、欣赏、疼爱的感觉。"朦胧的情爱不仅使她由一个疯子变成了正常人，还使她变得更加柔和、美丽而多情。方家诚还给了她丈夫无法给予的生命的狂欢，让她体验了一个女人本欲满足的畅快和沉醉。另外，他不仅让枝子有了身孕从而实现了做母亲的愿望，还让她在以后漫长的生命旅途中有了坚实的精神依托。也就是说，方家诚在枝子的生命中，充当了枝子在姑娘时就一直幻想、期盼的理想丈夫的角色："甚至出嫁前对文忠的想象，都在家诚身上得到了契合。"他成了她沦陷中的生命的救赎者，成了支撑她、召唤她活下去的真正的希望、光明和信念，成了她真正的"天"——传统的妇女对死了的丈夫不就是哭"我的天"吗？

方家诚这个人物不仅对枝子至关重要，对这篇小说也同样不可或缺。如果方家诚不出现，那枝子的生命将永远暗无天日，她的人生也就成了另外一种样式。这篇小说没有了方家诚，也就失去了叙述的悬念和艺术的张力。不过，也恰好是这个人物，给小说留下了许多缝隙，我们所说的单薄或不足，也正出在这个人物上。

首先值得商榷的是，虽然用墨不多但对人物命运走向极为关键的事件——枝子与方家诚的一夜情是否可能？当时正是隆冬季节，孟德斯鸠《论法的精神》认为——其实常识也可以告诉我们：人的情欲的强度及其实现的方式都会受到温度、湿度等气候因素的制约和影响：冰冻的严寒会浇灭熊熊燃烧的情欲之火，而御寒的重重衣衫也会将欲望的冲动一点点地拦截、减弱。还有一点就是，虽然二人偷情交欢之时借助了夜幕的掩护，而且作者也特意设置了四婶儿离开的情境，但即使这样，在那样的一个人口众多、到处都是耳目的大家族里，他们如何神不知鬼不觉地顺利达到目的，仍是一个难解之谜。最后一点就是两个人如何冲破心理障碍：一个受名节观念熏染极重，性无知、性压抑甚至有点性变态的寡妇，即使对她钟爱的男子，恐怕也既不会主动示爱，也很难被动迎合；而知书达礼的方家诚对好友的寡嫂，即使有情有欲，也会对行为的后果有所顾虑。至此我们有理由追问：颇具写实功力、善于对人物的心理、动作、神情等精描细绘的作者，为什么对这一重场戏却一笔带过呢？这除了以作者恪守的洁净清雅的写作品格与当前流行的以渲染床上戏来吸引眼球的浅俗之风拉开距离，是否也确实存在着实写的难度而只有留下空白让读者自己去猜测、想象和补充呢？——并非笔者求全责备，只因作者走的是写实的路子，所以在人物刻画、细节处理等方面一定要能经受住生活逻辑、心理依据等各方面的质疑和考究，千万不要落了如《红楼梦》中贾母所嘲讽的公子小姐私订终身后花园的脱离生活的戏剧和当下的帅哥靓妹轻易以身相许的流行影视的旧窠新套。

其次，另一个需要商榷的问题是方家诚这个人物的评价以及相应作者的叙述立场。从作品本身看，主人公枝子一直把方家诚看作自己原本枯萎的生命的再生者、救赎者，是她的希望和理想的寄托。即使独自承担偷情后的苦果时也无怨无悔，内心深处还存有对他的深深的回忆、眷恋和思念，连她的私生女也不仅原谅了他、接纳了他，还对他满怀赞美之情："你很懂她。就凭这一点，我母亲值了！"也就是说，与方家诚息息相关的母女二人都是认同方家诚的。对此作者还专门用了一节的篇幅交代方家诚后来音信杳无的原因，补叙了他的忏悔、主动承担责任以及最后悲壮自杀的结局。因此，可以看出作者的评判取向与作品中的母女是一致的，是重合叠印在一起的：都是对方家诚的认可、谅解甚至赞颂。在这里，人物的态度我们可以理解，因为她们身处其中，自然不识庐山真面目。而作者的态度，却不得不让我们深思细究：对方家诚的态度流露出了作者在女性立场坚守上的犹疑甚至放弃。因为如果站在女性立场上看，方家诚对枝子的行为并不是那么高尚和光明。我们想一想，不要说是那样一个男女不平等、女性不独立的时代，即使是在爱情甚至性都十分自由的今天，一个男人可以用这样的方式去救一个身陷困境的女人吗？方家诚唤醒了枝子但却不能给她以出路，让她得到了女人的生命快乐但却付出了天大的代价：因为怀孕而处境尴尬，受尽百般凌辱、万种折磨又几乎死于非命。也就是说，方家诚得到了一夜欢情然后却不负担任何的社会和道义上的责任飘然而去，完全是一个始乱终弃的行为。而作者没有站在女性的立场对这一人物进行深度的审视和拷问，因而自然就缺少了张爱玲、张洁、王安忆、铁凝等那种戳穿男性面对女性的冷酷、寡情、虚伪的假面和直面女性被凌辱、被欺骗的人生悲剧的冷峻、锐利和深刻，虽然这也少了戾气而多了温馨明媚——这大概是作者深受儒文化的温柔敦厚精神的浸润和黄淮风习的质朴宽厚气韵的熏染所致吧！

  但瑕不掩瑜，即使存在着上述不足，我仍觉得这是一篇难得的上乘之作。当然更希望作者能精益求精，更上一层楼，写出更好的佳作来。而这篇作品在语言运用的老到圆熟、风俗描写的深厚精细、叙述结构的时空切换等方面，都有许多可圈可点之处，但限于篇幅，只能放在以后的评论中再谈了。

在阅读和写作中建构自己的心灵家园

——读蔡效淳先生《从心集》[①]有感

老朋友蔡峋邀我为他父亲的诗文集写篇述评的文字,我一改往常拒绝写此类文章的习惯,十分爽快地应承了下来。这不仅是因为多年的友谊使我无法推辞,也不只是蔡峋对父亲的那份从生命深处自然流淌出来的爱戴、孝敬之心打动了我,而是我看了这些诗文之后,被蔡老前辈至真至纯的心灵世界、魅力独具的高尚人格所深深吸引和感染。因而我愿意倾心尽力写一篇文字,并以此向老前辈致敬!

蔡老将自己的诗文集题名为"从心集",显然是取自孔子的"七十而从心所欲,不逾矩"之语。孔子认为到了七十岁的时候,自己的人生已经达到了极致的状态:为人处世不再受外在因素的制约和影响,而是发自自己的心灵和意愿,自由自在,无拘无束,但同时又不违背约定俗成的规则、伦理、风习。蔡老以"从心"自况,当然是认为自己也达到了"从心所欲"的自由境界。我认为,一个人的生命状态、人生境界与年龄相关,但更依托于他对生命体悟、自我修行的程度。诗言志,言为心声。在蔡老的寄情抒怀的系列诗作中,我们看到了蔡老的心灵世界的全息投影:"平生爱静厌奢华,寻得深山好安家。茅舍竹林听松涛,清泉流水看桃花。远离人间喧嚣市,修身养性全无挂。不与武陵通音讯,怕有渔郎来勘察。"这首名为《深山老道》的诗虽然写的是隐居深山的老道,但完全可以看作蔡老自我审美理想的对应和内在心灵的写照。"夕阳晚照自由天,尘嚣沧桑非吾牵。功名早已成粪土,富贵从来只等闲。常与君子结契友,不和小人共往还。爱读经典名人传,潜心修养学古贤。常游山川名胜景,愉悦心

[①] 蔡效淳:《从心集》,安徽文艺出版社 2015 年版。(本文凡未注明出处的引文皆引自此文)

境乐陶然。"(《八十抒怀》)"功名一场戏,利禄收场锣。看破红尘界,何必苦求索。低头赏百花,昂首看明月。举杯且酩酊,任它日如梭。"(《人生如梦》)"劝君莫求进官衙,甘作平民百姓家。尽职尽责行正道,自勤自勉别自夸。教子教孙教仁义,栽桑栽柳别栽花。心底无私天地宽,阳春常在无冬夏。"(《无题》)以上这些诗句和散文《我在金色夕阳里》《我选择清心寡欲的人生境界》等从不同的角度和方面直抒胸臆地表达了远离世俗、厌弃名利、崇尚自由、寄情山水、仰慕圣贤、清心寡欲的人生观念和理想追求。蔡老在自己的诗文中多次提到孔子"朝闻道,夕死可矣"的慨叹,并这样写道:"步入垂暮之年的我,终于领略了,明白了,大彻大悟了!"由此可见,蔡老已经超越了冯友兰所说的自然境界、功利境界,而进入了道德境界和天地境界。一个人只有闻道、得道和践道,才会进入有价值的人生,才拥有灵魂,才可以称为真正的人。在物欲横流、人心浮躁、世情凉薄的当下,蔡老的淡泊名利、清心寡欲、生活简单、心灵丰富的人生样式和价值观念,不仅使自己闹中取静,心远地偏,同时也矫正着当代人贪图奢华、追名逐物、沦丧真我的异化状态,对同代后人形成健康的生活方式和价值观念有着重要的启发和引导作用。

　　进入超然、圆融之境的蔡老,并未超凡脱俗、远离尘世,而是结庐人境、植根大地,充满人间情怀,关注并参与着现实人生。而这其中最引人注目的就是在日常生活中自然流露出的对他人的真情和大爱。蔡老对以血缘关系为纽带的亲人关爱、惦念之情发自内心,溢于言表。在《缅怀幽冥的母亲》中饱含着对深受苦难而又勤劳慈祥的母亲的感恩、敬重、悲悼、缅怀之情;在《老伴》中,充满深情地追忆了与妻子彼此相识、相爱、相知、相伴的情感历程,赞美了爱妻善良、贤惠,识大体、顾大局,与自己相濡以沫、苦乐与共的美德,字里行间流溢着对老伴的体贴和感激之情;在《满庭芳·咏亲情》等诗文中,则抒发了对子女后代的血浓于水的舐犊深情,与一般老人希望子女光耀门庭的虚荣和养儿防老的急功近利不同,蔡老则为自己后代的健康成长、自尊自爱、家庭和谐、生活幸福而感到骄傲和自豪,显示了父爱如山的真情。在《哀悼二哥病逝于台湾》《挽亡侄蔡峰》《哭三妹淑云》《悼同窗学姐郝静兰》《颂李薇女士》《长相思·怀故友》《鹊桥仙·游园思友》《行香子·秋日怀故友》《小重山·夜梦挚友》《秋波媚·故友久重逢》等诗文中,则书写了对亲人、同学、校友、朋友的或痛悼,或怀念,或牵挂,或赞美等的复杂情感,至真至纯,自然流淌,显示了作者重情重义的情怀。在《唐多令·街头老妪》《踏莎行·颂清道工》《破阵子·收破烂老翁》的词曲中,对清道工、拾荒者、被儿女遗弃的乞讨者等这些社会的底层弱势群体,不仅没有任何的歧视、厌弃,而且充满着同情、关爱甚至是敬佩之情,显示了一个忠厚长者平等待人之心和悲天悯人的慈爱心肠。蔡老在诗文中所表达的爱人如己,爱己及亲、及友、及人的情感和行为,深得儒家"老吾老以及人之老,幼吾幼以及人之幼"的仁爱为本的精髓,并落实和践行在日常生活的时时刻刻、在在处处。爱,是一个人的心胸和境界的试金石,一个人,只有真正有了爱心,萌发了源自内心、生命深层的大爱和真爱,才会成为一个大写的人,一个顶天立地的人。

自然、故乡和童年,既承载对应着人们的美好情感,也是文学作品一直关注、描写的对象和永恒的主题。而蔡老似乎对这些更是情有独钟、一往情深,在《从心集》中用了将近一半的篇幅书写这一内容,并且有着自己独特的、个性化的发现和表现。蔡老酷爱山水名胜,不仅足迹遍布各地,旅游亲近大自然,还写下了自己对自然的喜爱和感悟。这里既有对菊、梅、荷、牡丹、松树等花草树木的吟咏欣赏,又有对西湖、扬州瘦西湖、泰山、岳麓山等名山胜水的流连忘返,还有对春、秋、雨、雪等季节、阴晴、晨夕变幻莫测的神奇景象的沉思喟叹。而在《临江仙·怀念村居岁月》《沉醉东风·思乡》《行香子·童年趣事》《怀念童年玩伴》《故乡观感》等篇什中,则对记忆中的故乡、童年频频回望,浓墨重彩地书写,将尘封在往昔岁月中的美好、温馨一一激活、唤醒,呈现在脑海和眼前。在作者的笔下,自然、故乡和童年是彼此映衬、相互融合的一个整体,它们共同构成了一个立体交叉、五彩缤纷、生机勃勃、诗意盎然的艺术世界。这既使作者重返已逝的似水年华的梦想变成了现实,得以在写作中体验诗意栖居的愉悦、自由,又使读者在赏析中进入审美的空间,忘却世间的烦恼,使躁动不安的心灵得到慰藉和安宁。

《从心集》中还有许多篇幅是怀古、臧否历史人物、关注时事之作,充分体现了蔡老浓厚的历史意识、博大的家国情怀和强烈的现实担当。在对历史人物如包公、诸葛亮、秦始皇、孙中山、杨贵妃、朱元璋、岳飞等的书写中,往往以信史之笔和公允的态度来进行评价,不因位高身贵功成但性恶德丧而褒扬,也不因家贫位卑身贱但志高心清德纯而贬抑,体现了是非分明、惩恶扬善、尚真厌假的价值立场和伦理观念。在《应为魏延说

第一辑 经典细读

句公道话》《闲话梁山宋公明》《一个被扭曲的灵魂——漫谈李斯的负面人生》等随笔中，能够不落俗套，拨开历史迷雾，见常人所未见，言常人所未言，对世道人心有着入木三分而又入情入理的透视和剖析。而在《玉楼春·纪念"五四"抚今追昔》《念奴娇·颂张志新》《水调歌头·斥安倍晋三》《忆十年浩劫》等诗词中，则将关注的目光从遥远的往昔拉向了现实，充满着强烈的义愤之情、浓厚的忧患意识，对民族、国家的命运和国际风云反思并表明自己的立场、态度。深受儒家思想浸润的蔡老，在这里充分展示了一个知识分子"天下兴亡，匹夫有责"的博大胸怀，也向往和追求着修齐治平的人生境界。一个人，只有拥有自觉的公民意识，胸怀祖国，放眼世界，先天下之忧而忧，后天下之乐而乐，以民族、国家乃至世界的一员的身份来看待并介入现实，才是一个健全的人。

生与死、今生与来世、短暂与永生，是人类一直探索、思考和叩问的话题，蔡老在《从心集》中对这些人生的终极拷问也有着自己独到的感悟和思索。他在《关于灵魂和人生的沉思》一文中这样写道："诚然，人生苦短，终有一死，但是正因为有死，所以才使生显得短暂而需要倍加珍惜；正因为有死，才使生的追求和创造显得美丽而值得纪念；正因为有死，才显得生的艺术必须去精心设计和雕琢，从这个角度说，死亡既毁灭了人生的意义，同时又赋予了人生的意义！""人生过程的确是短暂的，短暂过程的精彩，就是人生精彩！"面对短暂而匆迫的人生，蔡老一点也不感伤悲切，因为他参透了人生的价值不在于它的结果和长度，而是它的过程和密度，而有死的人生使生命的弦绷紧了，让平凡的人生焕发出奇异的光彩。蔡老还将自己的感悟付诸实践，以实际行动来超越时空对自己的制约，在有限的生命中让自己的心灵不断拓展、丰富，从而超越人生的短暂性、局限性而让人生实现永恒和圆满。在《我在金色夕阳里》和《我选择清心寡欲的人生境界》这两篇散文中，蔡老不止一次地说到他酷爱阅读："我已养成读书的良好习惯，一日不读书就觉得那一日缺少点什么，从而寝食难安。"也就是说，阅读已经成了他生命中的重要组成部分，不仅给他的心灵带来慰藉，也使他的精神世界在有限的时间内走向丰富和深刻。与阅读相应，蔡老还喜欢写作："我坚持写作，勤耕不辍，先后在全国二十二家报刊上发表过教育论文、短篇小说、文学故事和杂文评论等八十余篇，并出版两个文集：《涓流文集》和《涓流声声》，如今这股细流依然涓涓地流淌着……"而今我们正在阅读的和谈论的《从心集》，则是蔡老的第三本文集。蔡老在耄耋之年仍然笔耕不辍,显然不是为了名利,不只是写给别人看的,而是从自己的内心深处自然而然流淌出来的,是为了自己的心安而写的,是自己人生的总结和生命的升华。一个自然的生命怎样才能超越短暂、死亡而实现永恒和不朽?老子说的"死而不亡者寿",讲的是精神可以独立并超越于肉体而获得永生;《左传》提出的"三不朽"说之一的"立言",则启示我们:那些浸透着真情实感,闪耀着道德光辉的语言文字、文章,可以永世长存。我想,蔡老饱含智慧、美德和心血的诗文,是一笔可贵的精神财富,是很值得我们珍视的。在此,作为晚辈的同样喜欢阅读和写作的我,愿意引用海德格尔那段有名的话与蔡老共勉:"存在在思想中形成语言,语言是存在的家,人栖居在语言所构筑的家中,思想者与诗人是这个家的看护人。"虽不能至,然心向往之。

从《钢轨》看季栋梁的人文情怀和现实批判精神

小说的名字是小说核心内蕴的浓缩，就像眼睛一样映现出其内在的灵魂。季栋梁的中篇小说《钢轨》[①]的题名很值得玩味：全篇只有一处提到钢轨，就是小说结尾处致主人公孟庄然于死命的那条铁轨，而且点到即止，没有丝毫的渲染，因而以它为名是另有寓意的。那就是，把孟庄然逼上绝境的，不只是碾碎他的肉体的、沾满他的鲜血的钢轨，而是像钢轨一样坚硬、冰冷、野蛮的社会势力：贪腐的官员和不法商人等利益集团的合谋，体制的系统性漏洞造成的善恶、是非、正邪的颠倒错位，社会精英群体的道德体系的错乱、沦丧和崩溃。而《钢轨》的深刻和独到之处就在于，对这种种社会人性的乱象、丑态没有回避掩饰，而是进行了深度的社会学、伦理学的双向透视，而在揭露世态人心之丑的同时，还对正义、高尚、仁爱等美德进行了礼赞，从而构成了一曲颂诗、挽歌和怨曲的交响，并从中看到了作者季栋梁浓厚的人文情怀和坚定的现实批判精神。

一 对商人、官员等利益集团的联手、合谋的乱象的揭露

德高望重的校长孟庄然，为了维护学校的尊严、教育的神圣，从而拒绝了那个学生时道德败坏、走向社会又以非法手段成为暴发户的楚启文要以个人的名字来命名其出资重建的母校的企图。这本来是正当合理的诉求和行为，但却遇到了意想不到的重重阻力，乃至最后付出了生命的代价。而阻碍他行使正当权利并导致他走向不归之路的是两股势力：大权在握的官员和实力雄厚的商人。而作者季栋梁从一个独特的视角，揭开了冰山一角，从而让我们看到了在体面光耀、道貌岸然的背后隐藏着的蝇营狗苟、

[①] 季栋梁：《钢轨》，《时代文学》2011年第9期。（本文凡未注明出处的引文皆引自此文）

私欲横流、丑陋不堪和罪大恶极。

孟庄然面对的第一个阻力，或者说碾过他身心的第一个钢轨是财大气粗的企业家楚启文。孟庄然之所以反对楚启文以自己的名字命名母校，是因为楚启文的名声不好，会玷污学校这块圣地：上学时是一个流氓、痞子，偷窥甚至强暴女同学，被开除后又以殴打学生来收取保护费，后来通过盗墓、投机和黑社会性质的组织发家致富，成为富甲一方的企业家。而楚启文之所以要这样做，是为了以此来洗净自己的名声，改变社会对自己的印象，也是向以前一直鄙视自己的校长孟庄然来证明自己的价值，甚至来示威。孟庄然虽然身为名师、校长、省人大代表、全国先进教育工作者，但面对他一直鄙视的坏学生，他却显得那样软弱和无奈。这是因为，楚启文一方面有着强大的经济实力，他投资一千多万元来重建母校，完全可以左右那些重政绩的政府官员的决策，从而保证自己那看似不算什么的愿望轻易得以实现。另一方面，他是一个流氓出身、强盗起家的无赖，为了目的可以不择手段，不按规矩出牌：面对孟庄然的阻挠，他先是撕破脸羞辱对方："你太高看你自己了，你以为你是谁？你把自己当成什么玩意儿？"随后又进行威胁："看看什么叫螳臂当车，什么叫粉身碎骨吧，老家伙，我警告你，别把我惹毛了！"最后采取行动，用制造假现场的方式把老校长给谋杀了。

孟庄然面对的第二个阻力，或者说碾过他身心的第二个钢轨是政府官员：市教委主任李玉桃，副市长王贤令，市长史国。他们作为熟悉甚至主管教育的领导，其中王贤令、史国还是孟庄然精心培养的得意门生，为什么还会支持楚启文的不当要求而阻挠孟庄然的正当建议呢？那就是楚启文捐资建校被列为市十大民心工程，与每个官员的政绩以及相应的升迁密切相关。作品最后揭开了谜底："这是史国亲自抓的一大政绩工程，他怎么会放弃呢？"他想在这一工程中获得政绩，为自己可以升为市委书记铺路架桥。当然其他人也会相继获利，比如王贤令可以由副市长升为市长，李玉桃可以从教委主任升为副市长。对这一官员群体而言，这是一个只赚不赔的好买卖，他们当然会不遗余力地对孟庄然的"无事生非"加以干预。而且他们是以政府的名义来运作，有着光明正大的理由，还有着整个官僚体系的强大的支撑。作品多次强调，这项工程"是市委、市政府决定的"。而且奠基仪式"不仅仅市四套班子都要来人，省四套班子也要来人"，参加的人"有省委副书记、常委、两位省人大副主任、副省长、三位政协副主席、市四套班子一把手和分管教育的副书记、副市长"。面对这样强大的阵容和势力,孟庄然的行为虽然正义在手,但结果却无异于以卵击石,其悲剧性的结果是不言而喻的。

这两种势力的任何一种孟庄然都无法招架,何况他面对的还是这两种力量的联手合谋。作品通过孟庄然的学生——在电视台工作的李春的视角,进一步揭露了官员和商人互利互惠而形成的利益共同体的职场秘密。李春这样对孟庄然说:"同学关系如今是最铁的一种关系,我想这事是他们共同策划的,史国、王贤令和楚启文他们现在都串成一窝了。""他们现在是利益共同体","是一条线上的"。这是因为,他们在一起可以使各自的利益最大化,从而各得其所:官员通过利益输送、权力寻租在商人那里得到政绩和金钱并最后转换为更大的权力,而商人则利用官员手中的权力获得丰厚的资源和优惠的政策最终获得更多的金钱。正如李春认为的:"正是他们走到了一起,史国、王贤令才有了今天。"作品这样总结道:"史国在蛇县、柳县、棋县以及做云水市副市长、市长,政绩工程的背后都有楚启文的身影。政绩工程都是官商共赢的,是官商之间最佳的结合点。"因为利益的驱动,在利益集团成员看来,他们之间的关系要比师生关系更密切、更重要。因而当史国以出国为借口避而不见时,而楚启文一个电话在几分钟内就可以将其召来。而当孟庄然的行为影响到他们的共同利益时,他们联手将孟庄然逼向了绝境:不仅利用职权撤销了孟庄然的校长职务,还利用卑鄙、残忍的手段将其迫害致死。

作品不只是揭示了孟庄然被迫害致死的原因,还由此揭露了更为普遍存在的社会乱象和人性丑态:学校本来是教书育人的圣地,但却沦为官员和企业家的名利场,成了他们可以任意利用的资源。官员将淘汰不用的桌、椅、板凳、电脑、电扇、电视甚至官员公费出版的自己的相当于中学生水平的"大作文集"作价捐给学校,既不要任何成本,又能够名利双收;而那些企业家名为出资资助贫困学生,实际上是利用学校、媒体这样的平台来为自己做广告:既节省了成本,还秀了了慈善,取得了政治、商业利益的双丰收。在如此恶劣的政治生态环境中,在官员、商人的联手、合谋的强大势力面前,虽然孟庄然真理在手、正义在胸,但却是那样的渺小、无奈和无助,乃至一步步走向了绝境和死亡。

二 对制度、机制上的漏洞深层透视和反思

让一个劣迹斑斑、流氓成性的暴发户以自己的名字命名一所学校，并对质疑和反对此事的校长横加阻挠和迫害，这样看似不可思议的荒唐事，为什么史国、王贤令这些官员会以政府甚至党组织的身份和名义堂而皇之地得以实施，并且还获得更高权力阶层的认可、支持和纵容？另外，像楚启文这样的流氓、强盗反而在致富发迹的道路上顺风顺水、畅通无阻？像史国、王贤令这些本来品学兼优的学生进入官场后为何会变坏？而变坏了的官员为什么反而会飞黄腾达、步步高升？这就不只是个别的偶然的社会现象，而且涉及制度和机制的根本性问题。而让我们感到欣喜的是，作者对此进行了社会学的深度透视和反思。

作者首先反思和表现的是官员选拔、任用、提升的标准和机制上所出现的弊端。孔子这样论述传统的用人之道："举直错诸枉，则民服；举枉错诸直，则民不服。"[①] 也即是说，把那些正直而德才兼备的人选拔出来，担任重要的行政职务，放在那些人品有问题的人之上，老百姓才会信服，这才是健康的用人标准和机制。而在现行体制内，往往不是把是否为人民着想、为群众办事（而是把所谓的政绩）作为用人和提拔的条件和标准，并且决定一个官员仕途的权力不是大多数人民的意愿而是个别领导的赏识和提拔。这样，自然就会产生领导干部只迎合自己的上级而忽略人民的诉求的弊端，正如作品借李春之口所说的那样："给领导干一百件好事不如和领导一起干一件坏事，和领导一起干一件坏事就有一百件好事等着你。"因而官员为了自己的仕途只向上级领导负责而对群众的切身利益可以不管不顾。市长史国这样说："推迟几年，我向书记和省上承诺今年到明年完成翻建工作，难道让我向自己的上级部门和领导说谎？"接着又赤裸裸地说出了自己目的："我需要这份政绩，书记从党校回来就要升了，你知道不？机遇千载难逢啊！推迟几年，学校推得起，可我推迟不起！"在作品中，有一段是专门反思人民和官员的关系的：孟庄然要求面见市长反映情况，但却遭到了把门壮汉的拦阻："秃顶壮汉忽然提高声音说你当市长是你们家的市长啊。孟庄然也提高了声音说不是我们家的市长，也是人民选出来的市长。秃顶壮汉说人民选出来的市长也不是你想见就能见的。孟庄

[①] 杨伯峻：《论语译注》，中华书局1980年版，第19页。

然火了,说没有人民,哪里来的市长,人民见不了市长,要他这个市长有啥用?"既然市长是人民选举出来的,他就应该为人民服务,而文中这样高高在上的做官当老爷的市长,却置人民的生死于不顾,连自己的老师都躲着不见。从中我们也看到了作者反思的潜台词:那就是我们的民主选举制度有着很大的缺陷。假如一个市长的任命不是由上级组织而是人民群众选举,市长还会那样漠视百姓的呼声和诉求吗?

其次,作者还反思了对权力的监督机制存在的漏洞,即对权力的失控或者监督的缺失。英国政治哲学家阿克顿说过这样的名言:"权力导致腐败,绝对的权力导致绝对的腐败。"[1] 也就是说,权力与腐败是一对孪生兄弟,是如影随形、相生相伴的,因而一个健全的制度都会对权力充满警觉,并建立一套行之有效的对权力监督、制衡和控制的制度体系。在《钢轨》中,作者透视了现行体制内对那些大权在握的官员或者官员拥有的巨大权力,监督、管控是不力甚至是缺失的,因而出现了官员滥用权力为自己牟私利,以至于可以为所欲为甚至为非作歹。作者揭露了这样一个奇怪的现象:对权力的监督不是自下而上而是自上而下的,并且监督、惩治是有选择的,也就是对有些人的违规甚至犯罪问责、追究、惩治与否,并没有严格的标准和程序,完全听凭当权者个人的好恶、意愿,惩治谁不惩治谁都是有选择性和倾向性的。市电视台的副台长、专题部主任、新闻部主任因为贪腐被双规、法办了,但这并不是监管制度起了作用,而是因为这三个人得罪了市长史国的情人,惩治他们不过是市长对情人的报答和承诺而已。而更让人吃惊的是,对于他们的贪腐史国这些政府官员早就知道,但却不予处理,那是因为他们都是一条船上的人。作品这样写史国与他的情人的一段对话:"史国在李春面前卖好说这事老公给你办得漂亮吧。她对这种口气十分反感,史国说其实要办他早办了,你是我们反腐的动力。她说这就是说他的事你们早就知道了?史国说你也太小看我们了,要不知道我们还如何做官?举报信压了多少封。"在作品中我们可以看到,群众对权力的监督途径是缺失甚至是堵塞的:孟庄然向市里的有关部门反映情况被门警拦阻,到省里信访局给领导当面反映情况,得到的回答是:"他们忙得哪有时间,除非你有特殊关系,领导约见你。"而更为荒唐可悲的

---

[1] [英]阿克顿:《自由与权力》,侯健、范亚峰译,凤凰出版传媒集团、译林出版社 2011 年版,第 294 页。

是，孟庄然通过他的学生——省秘书长送给省领导的举报材料，竟然神秘而诡异地到了被举报人之一的史国手中，反过来成了被举报人报复举报人的依据。

再次，作者还反思了现行社会执政理念的偏差。整个官僚体系对待群众的正当诉求和维权不是采取一种温和、平等、民主、善意的对话、倾听、解决态度，而是采取一种居高临下的防范、拦截、打压的举措，把群众当成了无事生非的洪水猛兽，势不两立的敌人。孟庄然本来是正常地向上级反映问题，但市政府的门卫却认为他是来告状，并且说"反映问题就是告状"；而他的学生——市长史国竟然也这样认为："反映问题不是告状是啥？"而教委主任李玉桃、副市长王贤令、市长史国等官员则不约而同地认为他的合理诉求是"胡闹"。这就反映出了现行体制内的官员对自身的定位的偏差，不明白政府的职能应该是为大家服务的，是为了维护公民的正当权利的，而不是反过来利用公权来维稳、镇压百姓的。而现实却是：只是一个有良知的老人通过正当的程序向有关部门反映问题，就招致了官员、商人、警察甚至黑社会势力进行威胁、拦阻甚至最后的暗杀。

好的制度和体制能够使坏人变好，起码不会让好人变坏，而坏的制度和体制则会使好人变坏，使坏人更坏。史国、王贤令原本都是孟庄然引以为自豪的品学兼优的好学生，但进入官场之后却迅速变坏，成了与楚启文一样的人。对此，孟庄然这样感叹道："人当然会变的，但再变也不会变得这么离谱。"又说道："他们怎么会这样？怎么能这样做？他们确实变了，不是这件事，我还当他们像以前上学的时候一样。他们怎么会变成这样？可悲啊，可悯啊，可怜啊！"

三　对道德沉沦、精神崩坍、人欲横流的时代病态的呈示和诊治

作者对世道人心并没有满足于仅仅从社会学层面进行透视，还对之进行了伦理学的观照和诊治，正视了人性之恶，直面了人心的贪婪、虚伪，忧虑着人伦的丧失，并以此引起疗救的注意。

大权在握的官员、财力雄厚的商人和主持着话语权的媒体人，是主宰着社会命脉的三种强势的存在，他们的精神气质、道德水平、生活方式、价值观念直接影响和塑造着整个社会的风尚习俗、人伦状态和精神风貌。这三类人理应以爱民、诚信、敬业而成为公民的道德楷模、精神领袖和人

格典范，但在当下的现实生活中，我们却看到另外一种景象：官员弄权，商人黑心，媒体人无德；而充斥着他们人生的是权钱交易、权色交易、钱色交易，是道德败坏、人欲横流、贪得无厌、损人利己。而季栋梁在作品中对此进行了无情曝光和深度透析。

为民爱民是官员的宗旨，崇德尚仁是行政的伦理，这是为官者自古以来就遵循的职业准则。孔子曰："政者，正也。子帅以正，孰敢不正?"[①]又曰："为政以德，譬如北辰居其所而众星共之。"[②] 这都是强调为政者正身、立德的重要性。而季栋梁则撕开了当代官员的光鲜而虚伪的面纱，暴露了他们道貌岸然背后的男盗女娼和荒淫无耻。在工作中他们贪污腐败，将公共的资源、权力为自己牟私利，化公为私，假公济私。史国、王贤令、李玉桃们倾心尽力搞的重建学校的民生工程，并不是为了教育的发展，而是为了自己获得更大更多的权力。在生活上他们腐化堕落，以权谋私，大行权物交易、权色交易，用以满足自己无厌的私欲。史国利用公权而拥有豪华的别墅，可以肆无忌惮地用公费周游世界，还可以利用自己的人事权来占有、包养、玩弄包括李春在内的众多的情人——而这并不是偶然的、个别的现象或个人的品德问题，电视台的副台长、新闻部主任，还有没出场的市委书记，都是利用职权而占有许多年轻貌美的女性。由此可见，道德的败坏、生活的糜烂、人性的异化，已经在官场成为系统性、普遍性的顽疾沉疴。在精神上，他们亵神渎圣，对人间道义、神圣之情进行颠覆和亵渎。史国、王贤令们竟然可以置学校、教育的圣洁于不顾，为了一己私利而用一个流氓成性的捐资者的名字来命名自己的母校；他们竟然敢以怨报德，对一直教育、器重自己的恩师破口大骂，羞辱有加：先是说老师"胡闹"，后来竟然说出这样的话来："老家伙真是蹬鼻子上脸哩。""我竟然没看透老东西如此恶劣，真是谁喂的狗咬谁！"以至于最后为了给自己的政绩、仕途扫清障碍，竟然勾结黑社会势力暗杀了自己的恩师。在我们的传统文化中，至高无上的是天、地、君、亲、师，老师是与神、父母具有同等的地位的。而史国们的叛师、骂师乃至最终的灭师，可以看出一些现代官员已经堕落成无法无天、泯灭天良的无赖，一种没有信仰、丧失天伦的空心人。

---

① 杨伯峻：《论语译注》，中华书局1980年版，第129页。
② 同上书，第11页。

作为一个现代的企业家、经济能人，理应恪守商业伦理，那就是在商务活动中诚信守法、公平竞争、互惠共赢，在生产、生活理念上既创造财富、追求利润，同时又内敛自律、节俭廉洁。而楚启文这样的所谓企业家，他的财富的积聚却是与罪恶联系在一起的。因流氓行为被学校开除后，他就纠集社会闲散人员，以暴力加流氓手段向学生强收保护费，甚至向自己的校长写恐吓信进行敲诈；之后是通过当盗墓贼淘到了第一桶金；最后涉足煤炭、石油、房地产等领域发大财又大多凭借黑社会性质的势力和行为。他的发迹史、致富史就是一部罪恶史，是社会的灾难史。他因恶、因坏而富，而富有之后的他借助金钱的力量变得更恶更坏：他放纵淫荡，偷窥女老师，强奸女生，强睡军嫂，发财后养了包括国籍为俄罗斯、日本在内的十几个情人，还花两百万元睡了一个歌星；他心狠手辣，在村子里当了村霸，组织如夜袭队般的黑衣人强行拆迁，巧设陷阱致爱财的电视台副台长遭牢狱之灾；他欺师骂祖，违背人伦，竟然辱骂、恐吓对自己苦口婆心、多次挽救的师长。他是一个五毒俱全、十恶不赦的罪人、恶人，但却飞黄腾达，还成了省市高级官员的合作伙伴和座上宾。

媒体人作为知识分子应该承担起神圣的使命，拥有崇高的精神境界，应该充分发挥拥有主流话语权的优势，挣脱权力和金钱的诱惑、腐蚀，保持人文知识分子的良知和社会批判精神，为民代言，为民请命，就像费希特说的那样，"在一切文化方面都应当比其他阶层走在前面"①，"应当成为他的时代道德最好的人"②。而现实中的媒体人，特别是那些大权在握者，也像那些官员一样贪赃枉法、寡廉鲜耻。他们手中的舆论公器不是服务于社会，而是成了发昧心财的工具：给那些"想升官发财的市县区领导们"提供展示政绩的平台，从而从中收受好处费；利用新闻潜规则，让企业破财免灾或锦上添花，然后坐收渔利。他们也像那些职业官员一样生活糜烂、道德败坏，利用权力来占有、侵害女下属的身体和情感，否则就会打击报复，轻者使其转岗冷藏，重者饭碗不保。这完全背离了一个知识分子的良知和操守，伤风败俗，给社会、他人带来了灾难性的后果。

作为主导社会风尚、引领时代潮流的官员、商人和媒体人，出现了集

---

① ［德］费希特：《论学者的使命、人的使命》，梁志学、沈真译，商务印书馆2005年版，第44页。
② 同上书，第45页。

体的、系统性的道德沦陷、精神崩溃,这不得不引起我们对民族的现状和未来感到深深的焦虑和担忧,从而使我们警醒,起而疗救时代的创痛。这也正是季栋梁忧患意识、良苦用心之所在。

四 人间道义的挽歌和颂诗

作者在揭露社会弊端和世态乱象的同时,还浓墨重彩地讴歌了人间道义,赞美了知识分子的高尚节操、崇高境界、殉道精神,流露出了对英雄悲剧性结局的惋惜和愤怒,从而使作品成为对人间道义的颂诗和挽歌的交响。而这些主要是通过作品的主人公孟庄然这一形象表现出来的。

孟庄然是一个理想的知识分子形象,集中了当代知识分子所有的优点,或者说是作者审美理想的化身,是知识分子应该成为的样子,是作者当然也是民众希望的知识分子的样子。因为他的存在,作品中、生活中的其他知识分子黯然失色,而社会人生中的灰暗、丑陋也在瞬间被照亮了。他是一个名副其实的师长,有着崇高的理想、美好的品德和高尚的灵魂,不仅传道、授业、解惑,教书育人,还对学生充满着博大的仁爱之心。他不仅对史国、王贤令这些出类拔萃、品学兼优的好学生偏爱有加,还对李春这些家庭贫寒的优秀学生伸出援手,在物质和精神上双重支持,甚至对楚启文这种天生顽劣、流氓成性、屡教不改的坏学生,他也是不厌不弃,苦口婆心地劝导、感化,希望其悬崖勒马、弃恶从善。正因为他有着非同寻常的爱心、善心、慧心和耐心,他不仅成为硕果累累的名师,德高望重的校长,还成了人人敬仰的道德楷模、精神导师。

他是道德阵地的守护人、精神家园的捍卫者,他是权贵的抗争者、黑暗势力的克星。为了维护学校的尊严、教育的圣洁,他置自己的地位、荣辱、安危甚至生死于不顾,与大权在握、财力雄厚的权势者进行了持久的、不妥协的斗争:先是对做了市长、副市长的学生动之以情、晓之以理,希望他们迷途知返,不要做违背道义之事。他"愤慨地说,史国、王贤令都和楚启文是同学,王贤令还和楚启文是同班,楚启文是什么人,他们应该一清二楚,怎么能这么做呢?如果楚启文的名字都可以命名一所学校,这个社会岂不完蛋了?"后来甚至放下师道尊严向学生下跪以求他们不要有玷污学校清誉之行为;在遭到官方威胁、黑社会恐吓之际,他仍然不畏不惧,发誓说:"我绝不放弃,我绝不容忍。"坚持通过法律程序向更高部门反映问题、表达诉求;在施工队强行进校施工、干扰教学秩序之时,他敢于组织、领导罢课来维护师生权益；即使被免去校长职务，仍然无怨无悔、锲而不舍地坚守自己的立场，与邪恶势力抗争到底，直至付出生命的代价。

在这个道德沉沦、人欲横流、重利轻义、价值扭曲、人心躁动的时代里，孟庄然的义无反顾、知其不可而为之的对正义的坚守、对邪恶的抗争，一开始就注定要失败，因而作者对美德的颂诗最终化成了一曲悲壮的挽歌。

孟庄然恪守伦理道德，捍卫人间道义，并因此触犯了权贵者的利益，这就注定了他将自己押上了祭坛。他的悲剧是一步步升级的，他的正义的行为和崇高的境界无法被那些利欲熏心的官僚理解，被他们误解为是有别的功利性动机。教委主任李玉桃这样对他说："老孟，你开个价吧，你抹不下脸面，我去找楚启文谈，你放心，保证满足你的条件。"连他的学生王贤令也这样对他说："你要是缺钱有困难，就说一声，没必要采取这种手段嘛。"然后是招致了他的学生的羞辱，市长、副市长说他是"胡闹"，暴发户楚启文更是口出污言秽语，骂他"自以为是""什么玩意儿""三张麻纸糊了个驴头，你好大面子"。最后被自己的学生背叛和谋杀：学生蔡长存以省政府副秘书长的身份答应将孟庄然反映问题的材料转交上级领导，但不久材料却神秘而诡异地转到了史国手中，以致最终招致史国、楚启文联手通过黑社会途径将他谋害致死。

正义、善良、美德被误解、被羞辱、被戕害，这是孟庄然的悲剧，也是时代和民族的悲歌，因而坚硬、冰冷、血腥的钢轨碾压在孟庄然的身上，也碾压在我们每个当代善良的人的身上和心上，使我们的生命、灵魂在重压下呻吟和破碎。好在孟庄然的遇害唤醒了他的一度误入迷途的学生李春，她接过了老师的道义接力棒，继续前行，践行着老师没有完成的使命，对那些邪恶、强暴的势力揭发、抗争，使他们陷入末日的恐惧之中。这让我们看到了一线希望和光明。

知识分子之所以为知识分子，不在于他有强健的肢体筋骨，也不在于他拥有学富五车的专业知识，而是在于他有着深刻、敏锐的思想，具有对社会审视、批判的精神和勇气，拥有敢于同社会黑暗、邪恶抗争的血性和气节。萨义德这样认为："知识分子扮演的应该是质疑，而不是顾问的角色，对于权威与传统应该存疑，甚至以怀疑的眼光看待。"[①] 作家作为知识

---

① 林贤治：《沉思与反抗》，复旦大学出版社 2010 年版，第 110 页。

第一辑 经典细读

分子中的一员,身上担负着神圣而光荣的使命,那就是敢于正视并反映世态人生的真相,勇于直面并揭露社会的黑暗丑恶,抗争包括官方在内的邪恶势力,真正站在人民的立场上,为民代言,为民请命。文如其人,从《钢轨》中,我们看到了作家季栋梁的人文情怀和现实主义的批判精神,看到了一个作家应有的责任、良知、血性、骨气和勇气。

从《泥鳅》的隐喻透视尤凤伟的现实主义精神

尤凤伟的长篇小说《泥鳅》[①]中的泥鳅意象是贯穿全篇的一个隐喻，它的核心寓意体现在书中人物津津乐道的一道菜"雪中送炭"，即泥鳅炖豆腐："将整块豆腐放在锅里，浇上高汤，再把活泥鳅放入，文火加热，随着温度不断升高，泥鳅痛苦，一股脑往还没热起来的豆腐里钻，不久汤里的泥鳅一条也不见了，全进到豆腐里。"这里表面写的是泥鳅，其实指的是那些挣扎在底层的任人摆弄的民众，而"雪中送炭"这道菜的寓意则构成了作品核心的内蕴结构和张力：底层民众像热锅中的泥鳅一样被玩弄、伤害，并在屈辱、压抑中备受折磨、痛苦而扭曲甚至最终走向灭亡；而那些置泥鳅即底层民众于死地的则是由各种邪恶、黑暗势力编织成的一张无形大网：人性的丑恶、社会的不公、官商的合谋、体制性的腐败。而对底层民众的同情、关怀、礼赞和对奸商、贪官、邪恶势力的愤慨、揭露、批判则体现了作家直面惨淡人生、针砭社会病态的勇气、智慧，也彰显了作品可贵的现实主义精神和人道主义情怀。

一 泥鳅的沉沦和救赎——对底层民众挣扎、受辱、扭曲的生命形态的透视和关怀

作者尤凤伟以冷静的笔调和慈悲的情怀对那些在社会的底层苦苦挣扎着一步步丧失自我、扭曲生命的过程和轨迹进行了观照和书写，在作者笔下，那些人微言轻、善良而卑微、可怜复可叹的泥鳅们是从两个方面走向沉沦的不归之路的：一是命运的沦落，二是人性的沉陷；是这两只手联合起来让人生陷入了万劫不复的深渊。

---

① 尤凤伟：《泥鳅》，春风文艺出版社 2002 年版。（本文凡未注明出处的引文皆引自此书）

第一辑 经典细读

书中那些年轻的农村青年，最初都是怀揣美好的梦想从乡村来到城市，希望通过自己的辛勤劳动改变自己的命运，实现自己的理想，但造化弄人，他们不仅没有得到他们想要的爱情、财富、幸福，还把自己最美好的东西赔了进去：青春、贞操乃至生命。"幸福的家庭都是相似的，不幸的家庭各有各的不幸。"列夫托尔斯泰在其《安娜·卡列尼娜》中的开篇名句正好可以移过来概括他们从光明走向黑暗、从正常变得残缺的命运形态和轨迹。年轻貌美、心高气傲的陶凤，先后被老板乃至亲戚性骚扰，又被从乡下赶来的村霸施予性暴力，最后在工作和生活的压抑和围困中不堪重负，心理崩溃，精神失常，从一个健康漂亮的姑娘变成一个神神叨叨、心智不全的疯子。蔡毅江在给主顾搬家时被挤破了睾丸，因为得不到及时的医治而导致残疾，而他的未婚妻寇兰为了给他治病，后来是为了自己的生存，不得不出卖自己的身体和尊严，一步步地沦为了娼妓。主人公国瑞则是跌入了命运为他设计的环环相扣、在劫难逃的陷阱：因给未婚妻报仇而身陷监牢，因为给哥哥治病稀里糊涂给贵妇人当了性服务的"鸭子"，最后是误中了别人巧设的圈套而代人顶包被判了死刑，成了一个冤大头、屈死鬼。

命运的沉沦还只是外显的、可见的，而内隐不见但更为可怕的是人性的沉沦：他们在被伤害、被凌辱的过程中，原本友爱互助的关系变成了互相猜忌、算计和仇恨，起初善良纯洁的灵魂一点点被污染，变得邪恶、残暴，开始用暴力甚至罪恶的手段来反抗和报复社会，以至于走上了犯罪的道路。小解在接二连三地被骗、被巧取豪夺之后，为生存所迫，最后选择铤而走险，采取偷盗、抢劫来获取财富："被火光照耀的小解的脸倏然显出一副狼相，狰狞得很，心想小解杀羊杀出了胆子，又想杀人了？"原本淳朴厚道的王玉成，不仅对昔日的患难伙伴耍心眼儿以自保，还为了改变自己的命运而放弃了道德底线，以至于出卖了工人的利益，最终落了个被打致残的结局。最为典型的是蔡毅江，为了报复那个因为歧视他并延误了治疗而导致他残疾的女医生，他合伙设局将那个黄姓医生强暴了；他竟然以怨报德，对甘愿卖身来给他治病的未婚妻寇兰，不仅又骂又打，而且还把未婚妻当作摇钱树，逼着她当娼妓，甚至变态到要未婚妻同时供两个男人玩弄；最后他堕落为以毒攻毒、以黑吃黑的黑社会老大、盖县帮帮主，用非法的手段、暴力的方式欺压比自己更弱的群体借以谋利，沦为破罐子破摔的亡命徒："你凶我更凶，你黑我更黑。"

从《泥鳅》的隐喻透视尤凤伟的现实主义精神

尤凤伟是充满同情、关怀来观照这些泥鳅们的生存处境和人性畸变的,而不是把玩他们的痛苦,更不是把他们的畸形的人生当成娱乐化的卖点进行展览、炒作。他一方面是用冷眼审视泥鳅们悲惨的命运和艰难的生存状态,另一方面则是热心赞赏和讴歌他们备受摧残而仍然保持良知善心的可贵品格。在这里,作者的现实主义精神和人道主义情怀是交融在一起的,他在表现他们的人生苦难、生命扭曲、心灵挣扎的同时,也在热情地关注并礼赞着他们的美好的人性、纯洁的心灵、高尚的情操。当初,共居一室的四个民工虽然穷困潦倒,但却能够苦乐与共、相濡以沫,彼此相互帮助、体谅,特别是蔡毅江未婚妻来探望的时候,另外三个人都能善解人意地为他们腾出空间,即使牺牲了自己的休息时间也毫无怨言,显示了底层民众的热情、朴实、善良。作品还特意写了他们在无处栖身、流落街头时的广场三结义,发誓"一起打天下一起坐天下","以后同舟共济,有福同享,有罪同遭"。这从中既能够看到他们的相互关爱,也看到了他们勃勃的雄心和远大的理想。更可贵的是,这些泥鳅们即使在自己遭受灭顶之灾时,仍然不忘帮助甚至救赎同伴。寇兰为了让未婚夫得到医治,甘愿出卖自己的肉体;在她已经沦为娼妓之时,为了救曾经帮助过自己的国瑞出狱、活命,她多次含垢忍辱献身于大权在握的公安干部。对此,作者不禁这样写道:"她没由着性子来是因为她想到自己的责任,觉得不能辜负了吴姐,不能辜负了有难的国哥。她逼着自己留下,哪怕真被崩了,也是个壮烈牺牲。她真是这么想的。说来可叹,在这个连作家谈起责任便害羞的年代,一个穷途末路的妓女还一念尚存,真叫无可言说。"而这一意蕴和价值取向最集中地体现在一明一暗、一实一虚的两条线索的设置、两个人物的塑造上:明的、实的是男主人公国瑞,暗的、虚的是女主人公小齐。他们俩有着相似的性情、爱好和命运——都与泥鳅结下了不解之缘:都养泥鳅,都像泥鳅一样质朴、坚韧和生机勃勃,都把泥鳅当作吉祥鱼并希望给自己带来吉祥,但最终都成了他人饭桌上、盘子里的泥鳅——一个是女人的玩物"鸭子",另一个是男人消费品妓女。但虽然他们在命运上都沉沦了,但他们的心灵是纯洁的,人性是美好的,他们都是落难的天使。国瑞不仅有着像电影明星一样的外表,更有着纯洁善良的灵魂:他对爱情热烈而忠贞,对恋人陶凤始终如一;有着远大的理想和抱负,想创大业、挣大钱;他对朋友、亲人富有责任感,能两肋插刀、解囊相助;即使做了为人不齿的"鸭子",他也非常敬业,对自己的主顾玉姐倾心尽力、体贴入

— 139 —

微，以至于赢得了对方的爱情；即使他花钱当嫖客的时候，也对妓女充满尊重，当发现对方是作家笔记中的小齐时，马上终止了自己的行为；即使最后枉送了性命，他也没有怨天尤人，保持着一个人的尊严。而小齐虽然沦为娼妓，但在作家艾阳的心目中，还有着美丽天使般的乡村女孩儿的纯真；在生活中她有着有恩必报、古道热肠的情怀：在国瑞冤死之后，她还特意买了冥币为国瑞及其亲人祭奠。

二 致泥鳅于死地者们的罪恶——对权贵、富豪合织的黑暗之网的揭露

在关注底层民众苦难的人生命运的同时，尤凤伟还以同样的笔墨对造成他们命运悲剧、生活痛苦甚至灭顶之灾的社会根源进行了深刻的揭露和无情的鞭挞：悲剧不是某一个孤立的、偶然的因素造成的，而是由官商的合谋贪腐、丑陋风习、人性之恶、制度的残缺共同形成的合力导致的。作者秉承了以鲁迅为代表的"五四"现实批判精神，对此进行了深度的透视，以期引起疗救、变革的注意，表达了自己的愤慨之情，体现了自己的良苦用心，也显示了作者干预社会、针砭时弊的勇气和决心。

首先，使底层一步步沉沦乃至遭受灭顶之灾的，是由为富不仁的商人和贪赃枉法的官员组成的势力导致的，对此，作者进行了社会学的深度剖析。一方面，官商联手合谋，用作品中的话说叫"强强联合"，他们将权力和金钱有效联姻，化公为私，将公共的资源化为己有，使自己在短时间内快速地获得财富。这样他们的存在和强大就意味着，那些普通群众应该拥有的财富被掠夺，从而成为穷人而沦入底层。比如在作品中，国瑞们的一无所有，就是因为黄市长们和三阿哥们对财富占有和掠夺造成的。另一方面，官商不仅合谋在经济上对他们进行盘剥，还在肉体、心灵上对他们摧残，不仅抢了他们身上的钱，还联手要了他们的命。黄市长和三阿哥巧设金融陷阱，他们从中获利，却让蒙在鼓里的国瑞顶包成了替罪羊和刀下鬼。就此作品写道：玉姐"恍然大悟了，明白黄市长不肯帮她的症结所在：这个案子不仅涉及三阿哥，也涉及黄市长。国隆公司的整个融资过程，事实上都由黄市长暗中运作，如同机场新跑道项目的争标。而且还可以肯定，那个从国隆吸进巨额资金的空壳公司与黄有关。黄与三阿哥一气，这是一定的"。作品还进一步对官商合谋的特点、方式进行了入木三分的透析：他们自己家庭成员是经商、做官合理分工的最佳组合，作品这

样写玉姐的家庭:"其公公是在位的正部级高干,丈夫是大老板,恰是时下上层人物家庭组合的'中国特色'了。"他们拥有着低成本、高收益的优势,正如作品中那副对联所写:"清水捞银子,空手套白狼。"他们采取了相应的规避风险的策略,处处设防,暗藏心机:他们的权钱交易不是直接,而是间接且隐蔽的,所谓"当地做官异地捞钱"。作品中的黄市长的女儿、女婿在省城经商,"大口大口地'吞',都是'老头子'一口一口地'喂'"。黄市长则投桃报李,对"老头子"的儿子给予极大的政策优惠。

其次,底层民众的人生苦难、心灵痛苦和人格扭曲是丑陋的风习和人性之恶联手造成的。其中有一些机构和用人单位合谋巧设陷阱,对穷人巧取豪夺,骗取国瑞、陶凤、寇兰他们的中介费和廉价劳动力;有城市人对来自乡村的民工的歧视和冷漠,比如蔡毅江受了工伤之后,他的经理置之不理,逃避医治的责任,医院的大夫不给积极抢救,竟然说:"见了你们这号人就恶心。"许多人恃强凌弱,违背起码的道德伦理,对弱者特别是女性欺辱、侵犯,以满足自己的私欲,比如陶凤先后遭受了表姨夫的性侵,被她的老板邹队性骚扰,又几乎被文化骗子柴达夫拖进桃色圈套,她从一个文雅漂亮的年轻女性最后成为一个心智不全的疯子,都是这些邪恶的力量一步步逼的。人性如水,本来无善无恶,而人的沉沦、人性的变恶,是环境的丑陋和人性之恶共同导致的。蔡毅江由善良到狠毒、小解由安分守己到铤而走险、王玉成由热心厚道到刻薄自私,大多都是风习之陋和人性之恶所致。正如作品借寇兰之口所言:"依我看人随大流,人善他就善,人恶他就恶,谁不随大流谁寸步难行。"

再次,也最为深刻和独特的是,作者揭露了底层民众苦难人生、悲剧命运的深层根源,那就是社会系统的漏洞和残缺。作品中穷人的厄运、不幸,虽然有着偶然的、个别的、千差万别的起因,但其背后都存在着一张无处无时不在的大网,那就是社会的不公、人和人之间的不平等。或者是另一种形式,那就是那些给弱势群体造成伤害的人都会将责任推给制度,或者凭借着制度的优势而肆无忌惮、为所欲为。作品中这样写国瑞给蔡毅江办住院手续时的遭遇:"住院处那个白衣老妈妈对他提出的'先住院后交押金'的要求给予合情合理的反驳,说这是制度,无法通融。"那个老妈妈并不是一个恶人,她只是在忠于职守地执行制度。假如先急救后交钱,那蔡毅江的病情乃至命运会完全是截然不同的结果。作品借王玉成之口这样写道:"可你想过有谁管过咱们?政府还是雷锋?政府在哪里?雷

第一辑　经典细读

锋在哪里？他们找过你？问你过得怎么样，需要什么帮助？你遇见了？我可没遇见过。这年头就得自己管自己。"作品的深刻之处就在于：它揭示了这样一种奇怪现象，那就是，本来是为每一个公民服务的国家机构如公安、法院、官员、律师等，自觉不自觉地与商人、企业家组成了一个利益共同体，一个共同盘剥和对付那些沦入社会底层的群体，以谋取、维护、巩固和扩大自己的利益。医院、法院、律师、黄老板一起暗中运作，竟然让胜券在握的蔡毅江莫名其妙地输了官司；监狱中的因犯"大块头"竟然能够与狱警联手以为犯人与外界联系来发财致富；警察、法官、黄市长、三阿哥一起将本来无罪的国瑞打入监牢，最后死于非命，而更为荒唐的是，法院给国瑞指定的辩护律师，竟然是三阿哥的委托人。作品这样写道："这些怪事已经呈现出一种事态：各方各面已经组成了一个联合阵线，为了一个共同的'革命目标'——昧心钱走到一起来了。"作品中的国瑞这样拷问："这世界是咋啦？咋连一点天理都没有了。"而身为贵妇人的玉姐也说了类似的话："我听人说过这么一句话，在我们这个国家里什么事都有可能发生。"

那些卑微的生灵，一个个都在劫难逃：有的备受煎熬，有的扭曲变形，有的铤而走险，有的任人宰割，有的死路一条。

三　作家的两难困境和叙述策略：沉默的良知和隐喻的针砭

在《泥鳅》中，尤凤伟不仅对弱势群体即那些泥鳅们的悲剧命运和人性扭曲充满同情，并对他们中的一部分在困顿中仍然持守着道德底线、保持着朴实善良进行礼赞，对那些给底层民众带来深重灾难的权贵、富豪、恶霸进行了无情的揭露和针砭，进而对作为现实主义作家的人生困境、担当的使命及写作策略进行了深刻的反思，虽然这种自我反省如鲁迅所说的"欲知本味，自噬其身"般那样的痛苦和沉重。而尤凤伟的自我反思是通过作品中的人物作家艾阳和记者常容容的描写艺术地呈现出来的，或者说，艾阳和常容容与尤凤伟本人是一种同构的关系，在他们身上，作家呈示并反观了自己，对应了自己的人生和心境，也是在对自我进行解剖。

对一个作家来说，他的良知和使命就是要说实话、写实情，要站在底层民众的立场上，写出他们的生存状态和真实诉求。艾阳同情、关心并极力帮助那些身处底层的人，对弱势的国瑞、小齐都多次伸出援手，因而可以看出他是一个富有良知和责任心的作家。但是在国瑞的感觉中，又对艾阳"无法理解",没有把社会中的尖锐矛盾和人们的生活状态真实地写出来:"读完艾阳这篇小说国瑞是有些失望的,不在于作品内容不是预期的侦破内容,而是他对作家的这种写法有些不理解。他觉得离开家乡多年的艾阳已不够了解今天的农村现实,如作品写到的农村干部与农民的矛盾,不仅是普遍问题,且激烈得有些你死我活的。"之所以如此,那是作家的处境使然:他是一个体制内作家,这就使他在良知和身份之间出现了两难的困惑。正如国瑞对艾阳所说的那样:"你们作家呀,写得不真实不行,真实了也不行,上头和下头不知该照顾谁。"因而当面对必须说真话的拷问时,艾阳显得支支吾吾,顾左右而言他,甚至出现了失语的尴尬。而初生牛犊不怕虎的常容容,虽然写出了为国瑞冤情呼吁的文章,但却被报社拒绝刊登。作品这样写她的心境:"她心里郁郁的,也愤愤的,想那些作家艺术家们满嘴的民间呀民众呀,救世主似的,可到关键时候就见不到他们的身影,狗屁哩。"这里艾阳、常容容的困惑和难处,也正是作家尤凤伟的困惑和难处。不过,就像艾阳和常容容并没有放弃自己的使命而是在自己职业的范围内尽力而为之一样,作家尤凤伟也是最大化地担负起自己作家的使命:为民代言,为民发声,为民请命。不过他在展示自己的勇气和锐气的同时,也发挥了自己的智慧,那就是采用了隐喻、反讽、互文等曲写的笔法。

先说说隐喻。汉娜·阿伦特认为:"隐喻实现了一种真实的和似乎不可能的'转变',从一种存在形态——思维的存在形态,转变到另一种存在形态——成为现象中的一个现象的存在状态,这种转变只有通过类比才能完成。"[1] 汉娜·阿伦特是从把抽象、内隐的意义转化为生动直观的形象这一层面来解释隐喻的。隐喻除了这一修辞作用之外,还有表情达意上的隐蔽、含蓄,是作家的叙事策略。《泥鳅》中最大的隐喻就是作品名字所告诉我们的,那就是泥鳅。泥鳅不仅是作为点睛之用的书名,还是贯穿全书的一条主线,而且与主要人物的命运息息相关。泥鳅作为涵盖全书内蕴的一个隐喻,是社会底层民众生存处境、生命形态的全息投影,表现在三个层面:其一是国瑞作为嫖客的身份与接待他的身为妓女的小齐的不期而遇。这是他们人生中最初也是最后一次人生中的交集,但他们却是一个硬

---

[1] [美]汉娜·阿伦特:《精神生活·思维》,姜志辉译,江苏教育出版社 2006 年版,第113页。

币的两面，彼此相似而互应：他们虽然一男一女，但身份、处境极为相似，都是被逼良为娼的人——一个是妓女，向所有付钱的男人出卖肉体；一个是鸭子，被一个富有而寂寞的贵妇人所包养。正所谓同是天涯沦落人，相逢何必曾相识。他们俩有着共同的喜好和秉性，都喜欢泥鳅，都养泥鳅，都像泥鳅那样朴实、韧性而又生机勃勃地生活在艰难的环境中。他们虽然身份卑贱，但都天性善良，心灵纯洁，在沉沦之中仍能坚守道德底线，彼此之间也能相敬互助：当国瑞知道了小齐是艾阳日记中那个天使般的女子时，马上终止了自己在异性身上买欢的荒唐行为，那是对小齐也是对自己的尊重；而小齐也能以德报德，在国瑞死后还为其烧纸祭奠。其二是两条鱼的相遇和对比。国瑞将侄子送给自己的泥鳅带到玉姐的别墅中，放在了养鱼缸的旁边，从而两种具有天壤之别的鱼近在咫尺、彼此相望。作品这样写道："国瑞还站在鱼缸前，一会儿看看大鱼缸里通体泛着金光的鱼，一会儿看看玻璃瓶里黑不溜秋的泥鳅，倒没想高贵卑微什么的，只觉得把两者放在一块很不协调，就像叫花子和大老板在一起。"表面是写鱼，实际上写的是人与人之间两个阶层穷与富、贵与贱的两极分化和巨大差距。其三是作为作品中心意象的名为"雪中送炭"即泥鳅炖豆腐那道残忍而诡异的菜。而它隐喻的是两个阶层的尖锐矛盾和激烈冲突：富贵阶层不仅占有了贫民阶层的财富，压迫着他们的身体，还伤害着他们的心灵，凌辱着他们的人格，就像对待盘中、口里的一道菜那样。作品中还有一个隐喻，国瑞受审时回答自己的籍贯时这样说："俺们村的村名叫国家。"又这样解释说："就是国家的国，作姓氏时念 gui。"国瑞之国，谐音为贵或鬼，隐喻着主人公国瑞的命运的多种可能性，既可以是国之祥瑞，可以大富大贵，也可能一命呜呼，变成冤鬼。在作品中，都有了一一的对应：一会儿是身无分文的穷光蛋，一会儿成了光鲜体面的大老板，最终还是成了冤死鬼。

再说一下反讽。反讽不仅仅是一种正话反说的修辞技巧，也是作家的写作策略，正如一个论者所说："反讽是一个智者对当下世界矛盾冲突一个本质性的认识。""作者不是偶尔运用嘲讽反话，而是采用一种殊异的篇章结构方式导致双关意义贯通全篇。"[①]《泥鳅》的反讽性叙述策略表现在它独特的结构和叙事上，那就是以主人公国瑞的案子的审判贯穿全文，将

---

① 刘恪：《先锋小说技巧讲堂》，百花文艺出版社 2007 年版，第 226、236 页。

之作为作品的主要事件和线索。作品一开头就是从国瑞的案子说起的："当我们能够以较为平和的心境来叙说农村青年国瑞这一段颇有些光怪陆离的人生阅历时，他的案子已经终结。……然而无论怎么说国瑞的案子都是一桩怪诞而混乱不堪的案子，说它怪诞是指以往国内未曾有过此类案例，国外也不见得会有；说它混乱是说该案从审讯到最后结案，案情一直扑朔迷离，像隔着一层窗户纸，捅不破看不透。公众知情人的说法，国瑞本人的说法以及案件相关人等的说法大相径庭。……唯一可以感到慰藉的是如我们熟知的那句老话：群众的眼睛是雪亮的。民众会明察秋毫，不会把太阳当月亮，也不会把月亮当成星星。"案子是由审判者和被审判者构成的，而作品的反讽性就在于文中与生活中的审判与被审判正好翻了个个儿：一方面，审判者变成了罪人，他们表面上是道貌岸然的法官，实际上则沦落为利益集团的维护者，他们利用社会的公共资源和权力，把黑的变成白的，把美的变成丑的，把正的变成邪的。这一点在另一场审判中的描写可以当作这里的注脚："宣判的那一天他在场，青天白日，肃穆的法庭，正襟危坐的法官以及义正词严的宣判词，这所有显示着威严与公正的直观愣给他这么一种印象：官司赢了。而当法官念到最后一句：原告证据不足，不予支持，他简直不相信自己的耳朵，一时懵了。"另一方面，被审判者恰是无罪的，他是善良、朴实而又胸怀理想的年轻人，是包括审判者在内的利益集团把他强定为罪犯。他的被审判的过程也转换成了审判的过程：那些在生活中被当权者隐藏起来的真相，在作家叙述的审判中，一个个呈现出原本的样子，而那些道貌岸然的审判者也呈现出了他们各自罪犯的本来面目。而这样反讽的结构和叙述方式，使作品增强了内在的张力，也强化了作品的悲剧性内涵。

最后说说互文。互文有着多重的含义，在这里主要取其中的两层含义。其一为空间上即文本内部的互文，即文中具有两个文本，潜文本和显文本，二者之间相互补充和映衬；其二为时间上即现文本与前文本的互文，现在的文本中移植、化用了以往前人文本的元素或表达方式。我们先说第一种，即空间上文本内部的互文。与尤凤伟的《泥鳅》这一显文本相应，作品中还隐含着一个潜文本，那就是作家艾阳写的日记和小说，它构成了小说的重要组成部分，可以成为小说中的小说。两个文本之间是你中有我我中有你，彼此交融，相互映照的，而这两个文本之间的互文，起码起到了这些修辞效果：第一，这种相互补足、交互见义的表现手法，扩大了作品的艺术张力，从而在有限的篇幅中增强了反映世事人生的广度、厚度和力度。艾阳笔记中记录的小齐童年时天使般的美丽和纯真的状态和尤凤伟书写中的小齐成年时沦落为小姐的命运相互对比，更增加了小齐被逼良为娼的悲剧性；而艾阳的小说《凶手》《一个案件的几种说法》等所写的农民的悲剧，可以看作尤凤伟笔下的国瑞的悲剧命运的延伸和另一种表现形式，或者说是国瑞悲剧的农村版，从而带来了悲剧不是个别的、偶然的而是普遍的、必然的这样的艺术效果。第二，这一互文手法是作者知其不可而为之的一种叙述策略，体现了作者的人生智慧。艾阳在这里完全可以看作尤凤伟的替身，犹如武打片中的替身演员一样。因为有艾阳的存在和发声，尤凤伟显得轻松了很多：自己该说、想说而又不便说的话，艾阳替自己说了，自己可能承担的风险也转嫁到了艾阳身上，从而减轻了自己职业和心理的压力，增加了保险系数。这样既担当了作家直面现实、为民代言的使命，又规避了可能招致的麻烦和风险，可谓一举两得。再说第二种，即时间上现文本对前文本的互文。文中艾阳小说《一个案件的几种说法》在叙述格调和叙述方式上，都自然让我们联想到黑泽明的电影《罗生门》：同样一个事件，因为叙事人的立场、处境不同，所得出的结论也大相径庭。不过与《罗生门》对人性的冷静审视不同，《一个案件的几种说法》则透视了社会的不公和严酷——虽然看法、结论人各不同，但效果是一样的，那就是官逼民反，不得不以死相争：农民先刚之所以引爆炸药自杀式地与小公安、司法员、田乡长同归于尽，是官僚联手公安、司法、财政等官方的强大力量而将贫而弱的个体一步步逼到死路所致。而艾阳的小说《为国瑞兄弟善后》中，国瑞的哥哥因为弟弟的死而羞于见人把脸蒙起来的描写，也会让人想起鲁迅《药》中夏瑜牺牲后妈妈祭奠时的慌张、羞愧之情的书写。对前人经典的互文，使文本之间建立了更为丰富的联系，从而给读者留下了更为广阔的联想、想象的历史和艺术的空间。

第二辑

名家评析

第二巻

行人

杂色——王蒙小说美学特征管窥

王蒙小说创作上的成就是颇为引人注目的，在喧嚣骚动、飞速旋转的当代文坛，能够几十年独领风骚、锐气始终不减的，恐怕当首推王蒙了。不过随着花甲之年的到来，随着带有人生总结性质的"季节"系列小说的陆续发表，王蒙似乎也开始从赶浪逐潮、花样翻新的不安分中稳定下来，这倒为我们宏观地把握其小说的美学特征提供了一种可能。不过，真正走近这位被公认的当代大家并非易事，他的机智敏捷、才华横溢，他思想的恢宏驳杂和艺术招式的五花八门，都给我们认识他设置了重重迷障。但这种迷障并非不可逾越的：我们不妨用以经解经的方式即从其作品自身所显露的蛛丝马迹来破译其小说内在之谜。王蒙在其小说《蝴蝶》和文论《再谈锦瑟》等作品中，对"蝴蝶"这一物象流露出了独有的神往并施予浓墨重彩，还屡屡以蝴蝶自比。这个源于《庄子》的"晓梦迷蝴蝶"的神话中的小生灵，在王蒙的笔下的意蕴由"自我迷失"衍化为"变化不定""神秘莫测"等。王蒙还有一篇带有浓厚自传色彩的小说《杂色》，表现了主人公的多重性格、复杂情感及多色调的生活，并相应调动了多种艺术手法。以上这些似乎是王蒙对自己艺术追求的一种自觉或不自觉的暗示和表露，即内容和形式的多色善变正是王蒙小说的美学追求。对此曾镇南也有切中肯綮的概括，他认为：王蒙小说是个"多面多棱多色的艺术旋转柱"，王蒙在小说创作中善于"穷翻极变"[①]。以下我试从其小说内容的多层多元、对艺术直觉的崇尚和开放不居的风格等几方面简析这一美学特征，并对其产生原因进行概要的考察。

---

① 曾镇南：《王蒙论》，中国社会科学出版社1987年版，第4页。

一　恢宏驳杂、多层多元的内蕴

　　20世纪50年代中期，王蒙就以其清新明快的小说创作在文坛上崭露头角。新中国成立初期那种单纯、火热的社会环境，不可避免地铸造和制约了王蒙的人与文，"一心追求的是做一个职业革命家"[①]的他，把社会、人生看得那样美好和光明，对理想和信仰又是那样执着、真挚甚至有几分虔诚。因此，《小豆儿》中的那个女中学生，《雨夜》中的那个农村姑娘，便都很自然地投上了他心灵的光影，显得如此透明纯净。不过，有着独立思想和艺术追求的王蒙，即使在普天同庆的盛大节日里，也不愿将自己沦为一个只会唱赞歌的夜莺，而是用大大的、冷静的眼睛审视着生活。他的《组织部新来的年轻人》就唱出了与当时文坛不和谐的乐调。但即使是这后来被评论誉为"反官僚主义"的干预生活之作，对落后人物的解剖也是极有分寸的。责备了刘世吾得过且过、圆滑世故的人生态度，但也没有掩盖他的魄力、失职的自责和发自内心的自省自叹。这就使作品从这并不太暗的灰色中透出了些许亮色。王蒙回忆起这段创作时说："二十岁的时候，生活和文学对于我像是天真烂漫、美好纯洁的少女，我的作品可说是献给这个少女的初恋的情诗。"[②]

　　新时期重返文坛以后，为了社会现实的需要和自我心理平衡，他也随着当时的文学潮流写了"伤痕"和"问题"小说，揭露了极"左"路线给人们心灵留下的创伤，如《歌神》《最可贵的》；同时还鞭挞和嘲讽了不良的社会风气，如《说客盈门》等。但王蒙并不仅仅以揭露生活中的阴影为快，因为他深知现实不仅需要呻吟和解剖刀，而且更需要补药和赞歌。因为他"真诚地认为我们哭得太多了，我们有笑的必要和笑的权力"[③]，"愿意为我们的时代和人民，编织一点各式各样的好的故事"[④]。于是，他在创作中让腥风血雨和挖苦讽刺退到了幕后，仅仅作为背景和陪衬。一个老党员，自己的肉体和心灵受到了摧残，但在低头认罪的批判大会上仍然用特殊的方式关怀一个知识分子，使他从绝望的边缘感到生活的慰藉并坚强起来（《脚的问候》）；被追捕的"毒草电影"的作者逃到了一个素不相识的家庭，

---

　　① 王蒙：《〈冬雨〉后记》，《冬雨》，人民文学出版社1980年版，第320页。
　　② 王蒙：《我在寻找什么？》，《漫话小说创作》，上海文艺出版社1983年版，第25页。
　　③ 同上书，第27页。
　　④ 王蒙：《我愿意多写点好的故事》，《漫话小说创作》，上海文艺出版社1983年版，第30页。

这一家人却拿出了准备给孙子过满月的板鸭招待她,表现了动乱年月普通人的善良愿望和相互信赖(《南京板鸭》)。尽管这些"好的故事"可以从五六十年代的作品里找到源头,然而与那些单纯透明之作又不尽相同。他说:"即使是浪漫和透明如《风筝飘带》,我的情歌里仍然有一种清醒和冷峻的调子。为了赞美我伟大的、历尽沧桑仍然充满活力的大海一样的母亲,我需要的是运用一切配器及和声的交响曲。我的歌不可能再是少年的小夜曲。"[1]

如果说以上这些作品从黯淡中透出亮色、从颂歌里流露出凝重而初见内容多义多元端倪的话,那么1980年以后的作品如《春之声》《蝴蝶》《相见时难》《活动变人形》《失态的季节》等内蕴上恢宏驳杂的美学特征就显现得更充分了。

首先,作品的主题已不是单一的、线性的,而是多元多层面的,呈现出网络状的交叉和互渗。王蒙曾这样论及他的小说《夜的眼》:"既有负担,又有希望;既有伤痕,又有跨越伤痕向前进的努力;既有思索,又有感受;既有想不清的地方,又有相当清楚的地方。"甚至有个主题当时没有想到,而是七八个月之后才想起它"写了我们生活中的转机"[2]。主题在王蒙的小说中已不再是预设的理念的演绎和图解,而是生活的原色原味和作者的多维感受。不过一篇小说中多义多元的主题不是随意的、杂乱的编织糅合,而是处在不同的层面上,有深浅和主次之分,有一个处于统辖地位的"聚光点"。而且他对主题不满足于浮光掠影式的表达,而是尽力向纵深开掘。王蒙发出"作家学者化""作家应是思想家"的呼吁,他自己也正是以学者和思想家的眼光来发掘主题,使其变得深邃丰厚。从《高原的风》中,我们可以觉察出两代人不同的生活方式、不同的理想追求及相伴而生的隔膜;可以看到现代都市文明对传统的道德规范、价值观念的冲击;体会到老一代的美好、淳朴的心灵在千变万化的生活方式面前的迷茫、失落和趋于保守,年轻一代对物质生活的强烈欲望和物欲满足后的空虚感。同时,作者还向纵深开掘,揭示了物质生活和精神生活之间的微妙关系:人的生存需要相应的物质基础,而一旦物质生活得到满足,就会追求高层次的精神生活。认为文学至少有"三个棱面"[3] 的王蒙,不仅在某

---

[1] 王蒙:《我在寻找什么?》,《漫话小说创作》,上海文艺出版社1983年版,第26页。
[2] 王蒙:《在探索的道路上》,《漫话小说创作》,上海文艺出版社1983年版,第43页。
[3] 王蒙:《文学三元》,《文学评论》1987年第1期。

第二辑　名家评析

一单篇而且在整体的创作上追求主题的多棱多层：既有关注和切入社会现实的《布礼》《坚硬的稀粥》，又有从文化心理层面观照人物命运的《名医梁有志传奇》《活动变人形》，而《球星奇遇记》《深的湖》等都直视生命真面来表现对人的深切关怀。而以上这三个层面又都统一交织在人这个中心上来。

其次，王蒙小说中的人物由扁平趋向圆整，由单薄转向丰满，由单纯透明变为多色多面。缺点和优点、美德与恶行、世故和纯真、怯懦和勇敢扭结交融在一起，使你难以用坏人或好人这样非此即彼的判断来观照他笔下的人物。《惶惑》中的主人公，既厌恶官场中的客套和陈规陋习，然而却又不能不听任甚至欣赏包围着自己的那些恭维和扯皮；他时时回味青年时的梦，有几分五六十年代的纯真，同时心理行为上又显得冷漠、麻木和圆滑世故；他希望与群众打成一片而且在群众中颇有威信，然而当一个忠诚于教育事业的老同学让他给学生讲点什么时，他却再三犹豫、怀疑并拒绝了。他是一个复杂的矛盾体，以至于无法看出作者是赞扬还是批评他。然而也正因如此，他才更接近本色，更显得真实可信。王蒙对"把人分成黑白两色，而且黑得奇黑，白得纯白的作品""觉得不甚满足"[①]。对在中西文化、城乡文明的夹缝中扭曲变形、挣扎呻吟的倪吾诚（《活动变人形》）以及晚近一些作品中的人物，你都很难以美丑、善恶来评价他们，因为作者抽去单纯的价值评判尺度而转换为多维的存在论标准来观照和把握人物。

最后，作品流露出的情感和潜在意蕴，变得多向、复杂、含蓄和多味了，喜怒哀乐、苦辣酸甜交错浸染在一起，给人一种无从把握的怪味之感。《逍遥游》写了痛定之后对荒唐而迷人的梦的眷恋，然而慧眼的何士光看到了"逍遥"背后的"哭泣"，感受到了"一种男子的慷慨的抽噎"。王蒙自己也承认"逍遥的背后有悲凉"，"悲凉的深处却又是一种对于生活、对于人们入迷的不可救药的兴趣和爱"。并且"相信那种最不相同的情感和体验，并不是彼此绝缘的。喜与忧、乐与哀、执着与通达、笃诚与巧智乃至持重与潇洒、切实与幻觉，在达到了一定的对于人生和艺术的体味之后，他们彼此是可以相通、相佐、相转移的"[②]。王蒙的小说尤其是自

---

① 王蒙：《倾听着生活的声息》，《漫话小说创作》，上海文艺出版社1983年版，第18页。
② 王蒙、何士光：《作家书简》，《当代作家评论》1984年第4期。

传色彩较浓的几乎都混杂着多种情调。《杂色》既有自暴自弃的消沉，有对人生不平遭际的抱怨、哀伤和哭泣，同时又流溢着一种追求理想和美好生活的乐观和执着。《恋爱的季节》《失态的季节》《踌躇的季节》等字里行间杂染着对青春的留恋、对火热年代的眷顾、怀旧的感伤和对扭曲的岁月和人生的理性审视。

二　对艺术直觉的崇尚

王蒙小说因内容上的驳杂丰厚，结构也做了相应的调整，这主要体现在情节的淡化上。而情节的淡化和思想容量的增加，不可避免地削弱了小说的可读性，而这恰恰是以形象直观反映生活的文学作品的大忌。因为小说属语言艺术，它不可能像其他艺术形式如音乐、舞蹈、绘画那样直接诉诸人们的视听感官，读者只有通过它的表现工具——语言，运用联想和再创造化语言形象为可感的艺术形象，才能欣赏它。情节的淡化以及相应语言形象性的削弱，就会无形中在作品和读者之间设置一个障碍。

王蒙注意到了情节淡化带来的这个弱点，并设法弥补它。他推崇"艺术的直觉""艺术的感觉"[1]，其用意就在于此。尽管他忽视或者说有意回避小说整体上的曲折性和戏剧性，但却十分注意作品每一个局部描述的具体性、生动性和形象性，常常用一根可有可无的情节线来编织或连缀一个个活鲜鲜的、五颜六色的生活细节，以造成一种身临其境、可感可触的审美感受。因此，他写作时，总是有效地调动各种感觉器官，"求助于自己的皮肤、眼睛、耳朵、鼻子、舌头和每一根末梢神经"[2]，使其作品处处可以触动人们的感官并引起强烈的共鸣。我们不妨看一下《杂色》中的一段描写：

> 黑云已经布满了四分之一的天空。黑云覆盖的那一面的草地，连草的颜色都变了，深重，沉郁，甚至有点阴森了，好像是戴上了墨镜去看那边，而摘下了墨镜看这边似的。相形之下，这边的晴朗的太阳下的草地也不再是绿色的了，它变成金色的了。一边是褐黑色的，另一边是金黄色的，而褐黑色正在扩展，金黄色正在收缩。黑云的云头

---

[1] 王蒙：《倾听着生活的声息》，《漫话小说创作》，上海文艺出版社1983年版，第8页。
[2] 同上。

第二辑 名家评析

飞快地伸长、铺开、推移，曹千里恍恍惚惚听到了来自许多不同的方向的雨声，从远方的已经被灰云吞没了的山头上，时而有电光闪来，然后，过了很久，才传来隆隆的雷吼。

这里描绘的是草原上暴雨将至的情景，写了灰、黑、褐黑、金黄、绿等各种颜色的对比、交叠和变幻，写了雷声和雨声的交响，从而有效地调动和刺激了读者的听觉和视觉，给人一种异常真切的感觉。

王蒙注重活生生的、具有原始形态的、毛坯子一样的生活。他说："我喜欢小说中反映的那种活泼泼的、鲜亮而又流动的生活。我喜欢小说反映生活的时候像是用手捧出了一掬海水，水还从指缝里往外滴答呢。从这一掬水里，你可以闻见海的腥味，你会看到海水的一切杂质，会想到这本来是广大的、形状不固定的。"① "让人看到一种非常真切的、非常丰富多彩毛茸茸的那样的生活。"② 这种妙肖生活原生态、不刻意雕琢、提炼生活的追求，一直贯穿在他的大部分创作之中。

概括叙述是传统小说中不可或缺而又笨重的一种表现手法。王蒙在那些交代人物行为或事件发展过程的叙述中，为了避免这种手段所带来的单调和枯燥，常常从发展过程中抽取几个既典型又形象的事物来叙述。如《春夜》中哲学副教授和妻子抚养独生女儿的过程，作者是这样叙述的："他们为芳芳洗过了尿布，他们为芳芳种过了牛痘，他们为芳芳包过了教科书的封皮。做母亲的婉贞，还小心翼翼地照料女儿度过了最初的青春来潮。"如果用一般的叙述方法，这将会花去许多笔墨，而且吃力不讨好。而这里作者仅选取了芳芳婴儿期、童年、少年、青春期的洗尿布、种牛痘、包书皮和照料青春来潮就交代清楚了，给人以简洁、具体、浓缩、含蓄和清新之感。再如《高原的风》写宋朝义拮据、坎坷而有韧性的半生历程："扛起麻袋走在颤悠悠的跳板上真觉得再多一根稻草就能把脊椎压断。在四下透风的教室里给坐在土坯凳子上的孩子讲人生的真谛在于使别人生活得好。给儿子烤一块红瓤白薯。在煤油灯下一边看书一边揉着眼睛里的水分。"把几个具体而典型的生活的横截面串联起来，概括而生动地写了一个知识分子绵长而坎坷的人生历程。

---

① 王蒙：《倾听着生活的声息》，《漫话小说创作》，上海文艺出版社1983年版，第14页。
② 王蒙：《漫话小说创作》，《漫话小说创作》，上海文艺出版社1983年版，第17页。

杂色——王蒙小说美学特征管窥

在抒情时，王蒙小说能够寓情于景、借景抒情，力避直抒的单调和直露。在《偶然》的首篇《筝波》中写一个中年干部看到他所仰慕的女翻译家向他展现高贵而亲切的微笑时，为了表现他内心的激动，作者调开笔锋写了湖："筝的几条弦同时颤响了，也许还有琵琶。绿光闪烁着。"在这里，作者以筝和琵琶为喻写了湖的音响和色彩，以此来透视主人公心灵深处的兴奋和不平静。有时，作者甚至出人意料地用一个场面或细节来抒发情感。《灰鸽》中的主人公发子辛辛苦苦挣钱以讨好心爱的女人，却只得到冷淡的回报；而他将一只鸽子从汽车下面救出来时，一个女中学生却闪着欣悦的眼光说："你真好！"他弄不清这其中的缘由，茫然中夹杂着几丝惆怅。这时作者没有作主观上的抒发，而是推出了一个看似纯客观的镜头：

> 楼上阳台出现了一个少女，身穿白底V字形天篮条纹无袖连衣裙，口衔着蜡管，正在喝才从冰箱里拿出来的樱桃汽水。她看了看木匠，又看了看大街。
> "怎么了？"一个苍老的声音问。
> "没事，爷爷，没事。"少女悠扬而又轻柔地回答，活像天使。她微笑着吸吮了一下，一股清爽甜香的淡红色的汽水，顺着蜡管进入了她的口腔，流到了胃里。

这段看似闲笔的场景描写，以"冷抒情"（高行健语）的笔调，烘托了主人公的失落、迷茫和凄凉。一边是站在高楼上的漂亮、体面、悠闲的少女喝着樱桃汽水，品味着生活的甘美；另一边却是一个猥琐、愚昧的农民呆呆地伫立街头，承受着人生的重压。这种对比，是通过主人公的感觉写出，并投入了作者的情绪色彩。因而这种看似客观的描写便罩上了主观的抒情氛围。这要比直率的抒发具体、真切、含蓄和耐人寻味。

为了传递生活的原汁原味和多姿多彩，王蒙在其作品中还适当运用了意识流的语言。意识流语言的特点之一就是能够较好地显示人生理上的感受，即味觉、嗅觉、听觉、触觉和视觉带来的印象，从而把精神世界和外在世界很好的联系起来。即使在描写外在世界的时候，写的也是人的五官对外在世界的感受，这样就可以唤起读者去体验人物的心理活动。通过细致的、具体的感受，引导意识与下意识的心理活动，造成一种异乎寻常的

— 155 —

真实感。《春之声》《蝴蝶》《海的梦》《夜的眼》《铃的闪》等作品都使用了这样的语言并达到了相应的效果。

王蒙在小说的描写、叙述、抒情和语言上对艺术直觉的崇尚和追求，不去过分地雕饰和过滤生活，这种看似无技巧的任其自然，实际上是一种浑然天成、不同凡响的艺术境界。在这里，作者几乎完全退出了中间环节的位置，将理解和欣赏的主动权和能动性放心地交给了读者。这样，作品的复杂、丰富和不确定性，与作为欣赏主体的读者的庞杂和多层次协调了起来，使作品产生出了千变万化、多元共生的艺术效果。

三 开放不居的风格

风格的统一和稳定，是一个作家成熟的标志和追求目标。而王蒙的风格，却使读者乃至评论家感到难以捕捉和把握。尽管一些人将其风格概括为"笑"[1]或"幽默"[2]，尽管他们为了自圆其说而给各自的概括注入层层阐释和解说，然而也终难涵盖其风格的全部内涵，充其量不过是"从一个重要而独特的侧面"[3]驾驭它罢了。

经过流放生活洗礼的王蒙，从《春节》《冬雨》的单纯明快和《组织部新来的年轻人》的沉思忧虑中走出来，灌注了凝重严肃的格调，并且在一段时间内稳定了下来。这得到了人们的承认和赞赏，《最可贵的》《悠悠寸草心》的获奖即是明证。然而时隔不久，作者忽然笔锋一转，出人意料地将读者带入以《春之声》为代表的六篇实验小说这个奇妙而陌生、迷人又惑人的境地。这使他失去了一部分读者，同时也得到一部分读者，既遭到了斥责，也受到了赞扬和鼓励。这本不算是坏事，谁知紧接着他又写起诙谐滑稽、亦庄亦谐的《说客盈门》《买买提处长轶事》。此后，他便遍地开花，无处不涉足：既有清新淡雅、如诗如画的《葡萄的精灵》《灰鸽》，又有粗犷豪爽显得有点野味的《好汉子斯麻尔》；既有富于童话寓言色调和典雅味的《木箱深处的紫绸花服》《无言的树》《失恋的乌鸦及其他》，又有极富功利、直奔主题的《扯皮处的解散》《雄辩症》；既有荒诞的《莫须有事件》《风息浪止》《蜘蛛》，又有严肃庄重的《深渊》《轮下》

---

[1] 方位：《简论王蒙的艺术风格》，《昆仑》1984年第3期。
[2] 陈孝英：《论王蒙小说的幽默风格》，《文学评论》1983年第2期。
[3] 同上。

杂色——王蒙小说美学特征管窥

等。王蒙的作品不仅从整体上表现出斑驳的态势，仅就一篇作品而言，也极难把握它的色彩和气韵，如《杂色》《听海》《活动变人形》等。

风格是作家的世界观、经历、审美情趣、艺术修养和气质个性等在作品中的体现，因而风格就和人本身一样处于变化不居的开放状态。王蒙自己也认为："风格本身便是一个探求的过程。就是说，风格是一种追求，追求用最适合自己的、最好的方式、最好的角度，来表现自己感受最深的生活。创造是无止境的，最好的方式与最好的角度是无止境的，因此，风格是无止境的。"[①] 成熟而复杂化了的王蒙，为了寻找和表现自我，不得不寻找并呈现出五彩缤纷的风格。他不拘束自己，不安于现状，而是冲破自己，使风格呈现出千变万化、灵活多样的态势。面对王蒙多彩而喧嚣的艺术世界，我们确实难以一语中的地道出其风格特点。但我们不妨说这无法把握的风格本身也是一种风格，这就是我在开篇中概括的王蒙小说的美学特征：多色善变。下面就王蒙小说这一风格的表现形态和形成原因进行简略的探讨。

这首先表现在作品描写的对象、客体即题材的多样化。我们知道，题材是影响和决定作品风格的一个重要因素，这是因为作品中人物的出身、地位、职业、地域、民族、经历、性格、文化素养等的不同，会不可避免地给作品投上各异的情调和色彩。王蒙最擅长写干部题材，《最可贵的》《光明》《蝴蝶》《布礼》《惶惑》《听海》等作品中的人物都与多灾多难的历史和严峻的现实交融在一起，因而使作品无形中呈现出严肃、凝重、沉思的色调。作者第二个取材天地便是知识分子生活，《夜的眼》《春之声》《海的梦》《深的湖》《杂色》《春夜》这些作品中的人物在气质、经历、性格上都较接近作者本人，带有一定的自传色彩，因而作品呈现出像作者本人那样一种机智、深沉、多色调的风采。作者的笔触还伸向接纳并抚育了他二十多年的第二故乡新疆伊犁，系列小说《在伊犁》描绘了一幅幅维吾尔族人民的风景画和世俗画，阿凡提后代的机智、幽默，独特的思维、生活和斗争方式，使小说流溢出一种边地风情。而《新大陆人》系列、《蜘蛛》《奥地利粥店》等则将关注的目光投向了海外，字里行间浸润着异域的情调。有写农民生活的《灰鸽》《葡萄的精灵》，有写市民生活的《深渊》《爽流》，有的作品如《青龙潭》《风止流息》《莫须有事件》等反映的三教九流各色人物，使

---

① 王蒙：《论风格》，《漫话小说创作》，上海文艺出版社 1983 年版，第 132 页。

第二辑　名家评析

你无法按人物的职业、社会地位和生活区域来划分。甚至有时作者兴之所至，让人退到幕后或陪衬的地位，将物或动物作为表现的主要对象，如《木箱深处的紫绸花服》《无言的树》《失恋的乌鸦及其他》《鱼目混珠》《坐井观天》等。题材的多样和范围的宽广，显然是王蒙风格的开放性和多样化的表现形态之一。

其次还表现在对各种把握方式、艺术形式、技巧和手法的兼收并蓄、大胆实验和驾轻就熟。王蒙在创作方法上主张"二元论，或者多元论"，"多搞几把斧"，"多试验不同的形式，作为一种探索，争取各式各样的读者"。[1] 在把握方式上，王蒙随着社会的变迁、审美意识和文学思潮的流变而不断变换和更新自己的套路和招式：既有以客观反映现实生活、剖析社会问题为指向的写实样式，如《组织部新来的年轻人》《悠悠寸草心》等；也有抒写性灵、超越现实的如《风筝飘带》《听海》等的理想形态；而《冬天的话题》《选择的历程》等，为了在理性的高度审视人性，则采取了"打破和改造生活常态，重新排列和结构生活秩序，以超验的观念世界反映经验的现实世界，从变形切入原形，以反常切入正常，从幻化的特殊世界切入普遍世界"[2] 的假定形态；《恋爱的季节》和《失态的季节》则运用了重主观性、亲历性的"新状态"的表现样式。在结构艺术上，王蒙追求散文化、诗化，在杂乱中求统一，因而从整体上说，或用意识流的手法，以情节为经、以人物的心理感觉为纬来建构作品，以类似蒙太奇的技巧来切割并重组时空；或用传统的但又淡化情节的近似散文的方法来结构小说；还有的作品如《莫须有事件》《球星奇遇记》等则用故事甚至极富传奇色彩的戏剧性情节来编织。在表现手法上，为了增加作品的思想的含蓄、深邃和丰富，作者有时采用了象征的手法，如《风筝飘带》以风筝飘带象征自由自在的生命形态、美好的童年和理想的追求，《海的梦》以大海象征崇高的理想和广阔的人生追求。有时为了表达对社会乃至政治既尖刻讽刺而又谅解期待这种复杂情感，他拿起了幽默的武器，运用了笑的艺术——借鉴了侯宝林和马季的相声艺术[3]，甚至从现代派文学中吸收了黑色幽默的手法。有时作者情之所至，难以自抑，直接站出来议论、抒怀，

---

[1] 王蒙：《在探索的道路上》，《漫话小说创作》，上海文艺出版社1983年版，第45页。
[2] 王绯：《跋：拆碎王蒙》，《坚硬的稀粥》，长江文艺出版社1992年版，第330页。
[3] 王蒙：《我在寻找什么?》，《漫话小说创作》，上海文艺出版社1983年版，第28页。

借用政论、杂文笔法，将哲理熔铸其中，颇具鲁迅杂文的雄辩和机智。王蒙将以上这些手法巧妙地融合在一起，根据题材的特点而在一篇作品中主要使用某一种手法和技巧，但就其创作整体观之则形成了一种缤纷斑驳、变幻多姿的风格特色。

最后，王蒙的追求无论怎样多样灵活，也无论具有多少种可变的形态，都无法冲破主、客观对他的限制和束缚。他的作品都不可避免地烙上他本人的印痕和映现出时代的光彩，在风格上总是潜藏着一种内在的主色调。这主色调就是王蒙式的多色善变。写到这里我们不能不指出，王蒙似乎走进了一个误区：他太相信自己的机敏和智慧，太放纵自己的才情，以至于频频变换招式，花样翻新。这影响了他向生活和心理的纵深开掘；他注重弄潮逐浪式的超越，轻视稳定性的潜心营造，因而在他笔下没有出现理应出现的高品格的作品。这不能不说是个遗憾。

四 知人论世

王蒙小说在艺术上之所以呈现出恢宏驳杂、五彩缤纷和善翻多变的奇异景观，是由作者所处的时代、文化背景以及自身的心态素质造成的。

首先，社会生活一改过去的单纯透明，而变得复杂、丰富和多样了。洗劫后的祖国带着累累创伤和沉重负担艰难行进，随后的思想解放运动的展开和改革开放的逐步深入，商品经济的发展，社会主义市场经济的确立，这些日新月异的变化，促使人们的思想观念、道德规范发生裂变，变得复杂多元了。这些都必然决定着在此基础上生成的文学也相应地复杂、深沉和滞重。同时，随着生活节奏的加快和人们审美要求的改变，那种单色调、慢节奏的文学已不能适应飞旋的生活节奏，也难以满足人们已更新了的审美需求。正如古华所说："人类已经进入了现代化社会，科学文明的突飞猛进，加快了人类生活的速度和节奏，人们越来越讲求效率与色彩。假若我们的文学作品还停留在效仿十七八世纪西方文学的那种缓慢的节奏、细致入微的刻画，今天的读者是会不耐烦的。"[1] 正是现实生活的变化和读者审美观的更新，促进王蒙放弃原来的套路，另辟蹊径，探索新的形式和方法，以适应这飞旋的时代。

---

[1] 古华：《闲话〈芙蓉镇〉》，转引自吴亮《新时期小说观念的审美演变》，《钟山》1984年第4期。

其次,就文化原因而言,近二十年来正是中西文化大碰撞、大交汇的时期。西方近现代数百年累积的、以历时态形式存在的思想、观念和文学,以共时态的形式对当代文坛狂轰滥炸因而出现文学思潮更迭、文学流派辈出、你方唱罢我登场、各领风骚三五年的喧闹和浮躁。在这种背景下,敢于应战,喜欢赶潮的王蒙不甘寂寞、不愿落伍而务实求变的心态和努力,显然也是其小说美学特征形成的一个重要动因。

再次,五六十岁的王蒙与二十多岁的王蒙相比,在经历、气质、思想感情和美学追求上都有了很大变化。"故国八千里,风云三十年。""经风雨、见世面,我得到的是二十年的生聚和教训。"[①] 这些尽管没有使他布尔什维克的心颓废衰老,然而他不再那样天真、单纯了,他变得成熟复杂多了:既讲党性原则,又提倡"费厄泼赖"[②];既保留着年轻布尔什维克的信心和热情,又有对失去的青春的叹息和哭泣。他说:"尖酸刻薄后面我有温情,冷嘲热讽后面我有谅解,痛心疾首后面我仍然满怀热忱地期待着。"[③] 这正是王蒙复杂人格和心态的真实自供。因此,他必须寻找和开拓新的表现方式来倾吐自己复杂化了的思想情感。

广深的阅历,丰富的生活,给他小说的多色善变的美学特征的形成提供了必然性;而他本身所具备的气质、教养和学识,又使他具备了进行这种实验的可能性。冯骥才对他的印象是"头脑十分勤快又机敏,有点像飞碟来去自由"[④];英国女教授史爱理说他"知道的东西很多,思想很新鲜,思路开阔,非常灵活"[⑤];阎纲评论他"聪慧过人,视野开阔,才情洋溢"[⑥]。确实,他所独具的学识、才华和气质,使他对各种题材的涉猎和对各种手法的驾驭成为可能。

为了分析的便利,我们将王蒙小说的美学特征切割成几个部分。其实,作品的思想和艺术形式之间、思想的各因素之间和艺术形式的各因素之间,都是不可分割地交织、渗透在一起的。深沉、含蓄、多味的情感是由多侧面的人物表现出来的,它们同时又表达了多元、多层次的主题。这

---

① 王蒙:《我在寻找什么?》,《漫话小说创作》,上海文艺出版社1983年版,第25页。
② 王蒙:《论"费厄泼赖"应该实行》,《读书》1980年第1期。
③ 王蒙:《我在寻找什么?》,《漫话小说创作》,上海文艺出版社1983年版,第26页。
④ 冯骥才:《王蒙找到了自己》,《文学评论》1983年第3期。
⑤ 同上。
⑥ 阎纲:《文学八年》,《雪莲》1984年第4期。

些情感、人物、主题的交融和互渗，造成了内容的复杂和丰富。这些都决定和促进了风格的多样化、艺术的直觉性，而风格的多样化和艺术的直觉性又含蓄了丰富、复杂的内容。这些因素的有机融合，在整体上就显示了一个千姿百态、异彩纷呈的艺术世界。

最后，还必须指出，这种从作品整体上显现出的多色善变，不是各种思想的杂凑和不分主次的堆砌，也不是各种色彩和笔墨的胡涂乱抹。散乱中贯注着统一，交响乐中总始终回旋着主调。而且，无论王蒙怎样变换笔法，他独特的机智、幽默、轻松、飘逸和空灵，还始终以独特的方式存在于他的小说创作之中。

寻找走近张炜的路径

——从《柏慧》[①]看张炜的内心世界

《柏慧》是一部很独异的作品，完全可以看作张炜的心灵秘史和人格宣言，对了解、研究张炜的思想、情感和艺术世界有着重要的文献价值。不过，解读这部作品的内蕴并非一件容易的事情。《家族》中作为局部的感情倾诉在《柏慧》中转化为整体从而成了主要的表述方式，主观感情的涌动和客观叙事的退隐，公众话语被私密话语的取代，都为走近张炜设置了迷障，使我们如雾中看花，感到扑朔迷离。然而，这种迷障并不是不能越过。仔细研读之后我们会发现，在斑驳繁杂的情感之流的背后，尚有一个可查考的稳定潜隐的河床和骨架，这就是家族观念。换句话说，如果掌握了张炜对家族的独特体认这把钥匙，那么破译《柏慧》，从而透视张炜心灵的内涵、结构和走向，并不是困难的事情。

一 从《古船》到《柏慧》：家族观念的变化

家族和家族观念一直是张炜关注的焦点，尤其是在其代表作《古船》中，家族主题是作为支点而存在的，在整个作品中有着举足轻重的地位。与《古船》相比，《柏慧》的家族观念有了很大的变化和发展。考察两者的不同，对了解张炜关于人生、社会认识的变化有着重大的意义。

这首先表现在家族划分标准的不同。在《古船》中，家族指的是以血缘关系为纽带的社会群体，从而血缘关系、族聚而居是其基本条件和标准。在《柏慧》中，划分家族的标准，虽然张炜用了"血缘""血脉""血液"这样的字眼，但这里的"血"已不是生物遗传学上的意义了，仅是一

[①] 张炜：《柏慧》，北京十月文艺出版 1994 年版。（本文引文未标明出处者，均出自《柏慧》）

个比喻和借用,故而张炜提到"血缘"等概念时,大多都加了引号,它的内涵是生存方式、行为准则和人格操守等。这个意义上的家族,被张炜抽象简化为黑白分明的善和恶:"不同的家族无论以何种方式、因何种机缘走到了一起,最终仍要分手。善和恶是两种血缘,血缘问题从来都是人种学中至为重要的识别,也是最后的一个识别。"

这种不同还表现在张炜对待家族及其观念的态度变化上。在《古船》中,张炜以理性的态度冷静解剖批判了家族及其观念,展示了家族观念的愚昧、狭隘和封闭怎样扭曲了人性,怎样拨转了历史的进程和方向,对两个家族利益的疯狂代表者赵多多和隋见素的结局进行了否定性处理,而对超越了家族利益的隋抱朴则进行了肯定和赞美。在《柏慧》中,张炜通过"我"(这个"我"最大限度地对应外化了张炜的思想感情),认可了家族共存的现象,而且始终坚定地站在自己的家族一边而和恶的家族势不两立,为自己家族的命运鸣不平,为自己家族的操守唱赞歌。

从以上的变化可以看出,张炜对社会人生的把握层面、评判尺度已经做出了很大的调整。在《古船》等作品中,张炜基本上是从社会、政治的角度切入人生的,而《柏慧》则主要是从伦理的层面来观照世界、透视生活的,从而由历史价值评判转向了道德价值评判。

二 家族的特性及作者的斗争方式

尽管家族成员的年龄、性别、职业甚至时代各异,但同一个家族中的成员都有先天的而且几乎难以改变的印记和惊人的相似之处,这是《柏慧》独到的发现和富有个性的体察。

恶的家族的相似之处是:①他们是政治上的既得利益者,是"胜利者"。他们并没有真才实学,仅仅因为组织的安排和有利的历史、政治背景而成了一个部门的领导、学术权威,如地质学院院长柏老、03所所长"瓷眼"。同时,他们往往以剥夺、占有别人的劳动成果来达到自己的目的,因而显得虚伪和残酷。柏老让受专政的口吃教授等专家编写专著,然后署上自己的名字发表出版,据为己有。为了掩人耳目而将知情者隔离、审讯、关押甚至逼向死亡的绝境。而"瓷眼""也以柏老的方式吞噬了另一些人的劳动……他以极为卑劣的手段,简直是乘人之危,攫取了那位老人(老所长)的一切……"②他们都热衷于眼前的物质利益,满足于感官刺激,追求低层次的生物欲望。"'瓷眼'几乎满足了所有的'人',因为

第二辑　名家评析

他发现并发掘了人体内的动物性，集中地代表了它们。"他们追逐的对象主要有两个，即金钱和性。"瓷眼"搞投机赚钱，肆意挥霍，又占有了众多年轻貌美女下属的肉体。杂志女主编柳萌表面上端庄正派，实际上和一些上级和下属都有着暧昧的性关系，放弃刊物的宗旨和原则以迎合世俗，获取经济上的利益。这种心态和行为决定了这类人有着强烈的占有欲和侵略性，如柏老、"瓷眼"对别人的窃取和迫害，还有鹰眼对鼓额的强暴。

对这一家族共同品性关注的同时，张炜进一步剖析了其产生的社会和心理原因。柏老、"瓷眼"等不长于学术而跻身学术界，并非出于自愿，而是战士的身份和准则使他们无可奈何地服从了上级组织的安排，他们是被特定的环境扭曲了。作者进而又展示了这个家族存在的后果：贪欲的滋长使社会道德败坏、世风日下，无止境的物质占有欲导致的野蛮"开发"，使自然环境日益污染恶化，从而人类生存环境出现了前所未有的危机。这种人性之恶和环境之陋同构关系的揭示，显示了张炜对世事人情洞幽观微的理性深度。

作者在善的家族也发现了惊人的"雷同"："我觉得他们简直像一对同胞兄弟，命运和经历都如此相似。于是我又被另一种'雷同'给震惊了。"这个家族最突出的品性是具有知性。关于知性，张炜特意作了如下注释："人天生所具有的认识和判断力。"这种知性主要体现在那些读书人身上，如外祖父、父亲、导师等，他们对自我、自我和环境的关系都有清醒的认识，从而对自身行为做出理性的判断和抉择。这样的品性甚至在没有文化的家族成员身上也具备，比如老爷爷："……老爷爷甚至一天书也没有读，令我感到惊讶的是，这竟然没有从根本上阻断和影响他的知性，他几乎是凭本能就抓住了善和恶的区别，一生都没有失去判断。"

善的家族另一个特点是羞愧："我回忆着这种似曾相识的神情，终于记起了我和我的朋友们，还有我的老师，我所敬仰的知识前辈，他们都常泛起这种神情！我为自己这个不大不小的发现而惊讶……羞愧——为何而羞愧？这羞愧有时简直没有来由，可它死死地缠住了这儿的一大群人……羞愧的神情无法遮掩，它竟成为一类人共同的特征。"张炜认为有知性和良知的人才有羞愧感，并进而指出羞愧感产生的内在原因："我特别重视那些有羞愧感的人。这种感觉往往是觉悟的结果。当一个人走在人生之路上蓦然回首，发现了无法弥补的哀伤时，就会痛苦得弯下腰来。神灵昭示给人的那一点点并不难做，可是一个人却往往做不到。然而机会完结了，失去了，就再也回不来了——留给一个人的时间也就是那么多。一个多少有点自尊心的人，一个还不那么污浊的人，最后又能剩下什么？只剩下了一点点惭愧……"

概而言之，张炜认为善的家族是纯洁的、高贵的，而恶的家族是污浊的、卑劣的。前者充满着人性和理想的光辉，而后者则停滞于动物性的层面。进而指出了这两个家族的敌对状态，势不两立。并将自己归属于善的家族，称自己的家族的成员为"我们"、为"朋友"，而称恶的家族的成员为"他们"、为"敌人"。对待恶的家族的态度，张炜非常坚决和鲜明，就是针锋相对地斗争，不妥协、不退让，更不宽容和饶恕。张炜写道："我要大声说一句：不，我绝不宽容。""我绝不'宽容'。相反我要学习那位伟大的老人，'一个都不饶恕！'"可以看出，深受俄罗斯文学影响的张炜显然没有承接托尔斯泰"不抗恶"的思想，而是师承了鲁迅的战斗精神。

张炜还总结了善的家族的几种斗争方式。在弱小难以和恶抗衡时，以沉默的方式来抗击恶，既不作以卵击石、玉石俱焚的正面交锋，更不违心地迎合敌人以自保，而是用无声的语言、静态的动作来抗争，既不失节，又不授人以柄。另一种斗争方式是拒绝，当两个家族的成员因现实的微妙关系而相遇时，善的一方本能地采取不合作的态度和对手分道扬镳："……我越来越感到自豪的是，我的父亲，我所从属的那个家族，早就开始了那一场长长的拒绝。我应该是一个后来者……"而一旦身处绝境、无路可退的时候，这个家族将会背水一战，采取与恶势力进行面对面的直接交锋的斗争方式。张炜在此书的代后记《夜思》中写道："一场壮丽的、亘古未见的大拼搏开始了。这是一场合成人与有生母的人的最后决斗。……所有热血沸腾的人必须团结一心，迎击一场侵犯。这场侵犯的残酷性极为罕见，它将使我们失去仅有的一片田园。就为了生存，为了一个希望，为了一种报答，让我们奋起向前吧。已经没有什么退路，也不必幻想。"

在《柏慧》中，张炜将驳杂繁芜的社会现象抽象、简化为善恶之间的对立、冲突和搏击，这又与城和乡、现代和传统、文明和道德的矛盾相对应。虽然陷入了以道德的善为皈依甚至不惜以推动历史进步的科学技术的放弃为代价的尴尬，但在这人欲横流、人性沦丧、价值失落的年代，能以这种执着而独特的观念介入现实人生，确实是一种不同凡响的旷古稀音，是阴霾中的一线阳光，是困途中的一条出路和希望。

三 善恶斗争的过程和结局

张炜关注的另一个重要问题是这两个家族斗争的过程和结局。善斗不过恶，这是历史学家、哲学家和社会学家早就得出的结论，在这里张炜又以自己的悟性和敏锐的体验展现了这个悲壮的现象和结局："这场决斗也许要进行很长时候，但结果是可以预见的。""面对着这场侵犯，我们几乎不可能取胜。"这是一场无望的对抗和决斗。

张炜冷静地分析了这种注定失败的原因，这主要源于善者的本性，求善的人总是导致贫穷："我终于明白了又一条简洁的定理：善，就是站在穷人一边。""人们在以不同的方式寻求真实，求救于自己的知性。这样的人总是朴素，绝无半点侵犯性，在竞争的时世上，从根本上讲，追求真实的努力会造成贫困，因朴素和无侵犯会导致贫穷。"从而善恶之争演化为贫富之争，而贫穷的人在力量上当然难以和富人匹敌，这样又转变为强弱之争。失败的另一个原因是，善良家族的人是母亲生的，是有血有肉有感情的。"而有生母的人却要流血。""在现代生活中，在隆隆的竞争和角力之中，一个有感情重负的人注定要失败。"而那些恶的家族的人，则是"用石化材料合成"的，"合成的人就没有亲人，所以也没有情感的重负"。"合成人在战斗中损伤的只是元件，它可以更换。"

在这种力量不均等的抗衡中，注定善的家族斗争的过程是不断"退却"和撤离的过程。作品着重叙写了"我"步步后退的无奈的历程，这是一个不断躲避、不断放弃和逃亡的过程：因为恐惧柏老的严厉和愤怒于柏慧的"背叛"逃离了地质学院。在03所因追随倒运的导师得罪了所长"瓷眼"，从而受到孤立、非法审讯甚至毒打，又不得不撤离到杂志社。杂志社的追逐金钱、迎合世俗的恶行使"我"难以忍受和苟活，最后只好辞职撤退到登州海角的葡萄园。作者还将历史人物徐芾的撤离与"我"的撤离交织互应叙述，这就更显示了这个家族悲剧命运的普遍性和必然性。徐芾为了逃避杀身之祸，以寻找长生不老药为借口骗过秦始皇，驾船远航了；而"我"的最后撤离之地葡萄园又正面临着被污染、侵吞的局面，"我"还往哪里撤呢？"我"也不得不承认："我们已经无处可退了。"这个家族的命运都是相似的，不断撤离、退守，从城市撤到乡村，从现实退归内心，四处奔逃甚至死亡，最终的结果都是失败。

从作者对两个家族之间斗争的过程和结局的描述中，我们可以看出，张炜又从一个独特的角度触及了文明和道德在历史进程中的悖反现象：文明的进步往往要以道德的沦丧为代价。张炜的独到和可贵之处，就在于敢逆历史潮流而动，"知其不可而为之"。明知自己的家族注定失败，但还是义无反顾地选择了失败的一方。在《夜思》里他宣称："我将站在失败者的一边。"这种不顾现实功利的考虑而注重自我人格修炼和道德价值张扬的行为，在新旧交替的历史转型期，不仅有着矫正和重构伦理规范、价值观念的现实社会意义，而且更显示了一种殉道者的悲壮、肃穆和魅力。张炜写道："人要守住内心的某种严整性，始终如一，真是一场苦斗和拼争，能做到的不过寥寥，我把严厉的状态留在身边。"

四 人性、理想和救赎的不足

当我们通过《柏慧》中的家族观念这一路径走近张炜的时候，不能不被张炜对人生、社会、自然的观察、分析、理解的独到和深刻所折服，更会被作者的理想主义精神所感动。但同时，毋庸讳言，张炜在对人性的塑造、理想的追求以及个人和人类的救赎之道的追寻上，都有一定的值得讨论的地方。

人性一直是张炜关心的课题，因而塑造完美的人性也就自然成了张炜作品的重要内容之一。在《柏慧》里，张炜把善作为完美人生的最高乃至唯一标准，就显出了局限和偏颇。①张炜将农业社会的道德规范作为衡量善恶的标准，出现了向后看的态势。在《柏慧》中，张炜将忠诚作为善的重要因素，而具备这一品格的，是鼓额、老爷爷、淑嫂这些人。无论地位和心态，他们都是仆人的角色，即是无自立和独立意识的愚忠。这是人性中的自然状态，是背依乡村文明的落后和美好混杂参半的品质。更有甚者，张炜甚至将狗作为忠诚的典型、美好人性的化身加以礼赞。"从品质而言，我们许多许多人都不如一条狗。它那么憨厚、忠诚，当然也很勇敢。""它的热辣辣的希望和忠诚啊，应该让所有人都羞愧得无地自容……"道德是一个民族在特定时代共同遵守的行为规范的内化形态，每一个时代都有其特定的道德内涵和理想，永恒不变的道德是不存在的。合理的人性不应背离时代，而应面对时代的挑战调整重建道德伦理，如商品经济背景下的敬业、诚信等。以过往时代的落后的美好来对抗或慰藉现实，是一种消极和保守的姿态。②《柏慧》表现了对世俗超越的同时，也流露了对世俗的拒斥和厌弃。善的家族中的代表和理想人物，大都对世俗生活不屑一顾，过着清教

第二辑 名家评析

徒一样的禁欲生活,以个人欲望的压抑来换取灵魂的升华,以肉体的痛苦来使精神超度。他们往往安贫乐道:"我与贫穷的人从来都是一类,这在我心中是无可争议的……"人性中有追求永恒、圣洁的意向,同时也有享受世俗生活的权力和愿望,诸如吃、穿、住、行、性、金钱等的追求,都是自然人性的一个层面,无可厚非。完美的人性是感性和理性、社会性和动物性的有机结合,压抑任何一方而换取另一方的膨胀,都是不健全的。

关于理想和自我救赎的路径的构建,《柏慧》同样存在着一些不足之处。①崇尚自然,投入大自然的怀抱以得到心灵的安宁,这显然是张炜在《柏慧》中自我拯救的重要路径。作者大篇幅描写了登州海角的大地、山、海、各种动植物以及它们在四季中不同的形态和表现,而且作者将之赋予了人性,表现了大自然的宁静和谐。这是一种人化、诗化了的自然,是作者内在情感、理想的对应和外化。由此引出了大自然的对立面:都市的喧嚣浮躁,对人类赖以生存的家园的无止境的开发、索取以及相应的污染。作者感到焦灼忧虑,进而将这种境况和人性之恶联系起来,并表示了深深的愤怒和诅咒。张炜所关注的是人类共同面临的世界性的问题,具有普遍意义,同时也陷入了卢梭式的尴尬。无形中对推动历史进步的科学技术持抱怨、排斥心理,历史已验证是消极无助的。②爱是张炜在《柏慧》中自我超度及救赎人类的另一条途径:"爱是一种记住,是一次走出世俗。爱是诗意的,它牵引了生命之车。爱只要不熄灭,青春也就不熄灭。""只要你是可爱的,你就得被爱。被爱是无法理喻的,像爱一样。爱这个字眼尽管在这个时代里变得有些丑陋,但我仍愿意使用这个概念。它暂时还找不出别的来取代。爱就是爱,是永恒的渴望之中最柔软最有力的元素,是人类向上飞升的动力。"在张炜的笔下,爱成了超越世俗和凡庸,走向理想之境的力量,也是拯救人类的重要方剂。只是在人欲横流的严峻时代,这种一相情愿式的爱的呼唤,就显得软弱无力,很难变为推动历史进步的社会动力。③自我救赎的另一条道路是独白和倾诉。张炜认为,当前"是一个走入内心的时代",而"我"就在这个背景下,"回避了那些'对话者',回避了我极为熟悉又极为生疏的一切,走入了自己的内心",从而开始"静思""自语"和"倾诉",并认为"人的独语和默想、静思都同样重要"。在面对残酷而又无奈的现实时,"我"只有收归内心,一切都交付给倾诉了:"我也许后半生剩下的一个重要事情就是一份倾诉了。没有倾诉,就没有我的明天。我在把自己交给倾诉……""我知道这一来倾诉的时候到了，人活着就是为了倾诉——在这场倾诉之后，人的一生也就圆满了。"这部作品写的就是"我"对昔日恋人柏慧的倾诉，而这部作品又是作者张炜倾诉的结果。"我"当然也是作者从都市退回乡下，退回无路可退的登州海角之后，又从现实中退归了内心。倾诉也好，独语也好，完全成了心理行为、个人行为和出世行为，成了个人善其身的手段和逃避苦难的宗教。由此我们又看出当代人文知识分子的先天不足，不能像文艺复兴、启蒙运动时的知识分子那样，领一代风骚，将自己的思想外化为时代、社会和群众行为，成为推动历史进程的巨大动力；而只能退归内心，以自我完善来对抗外在世界，求得平衡和满足。这不能不再一次引起我们的警醒。

"杨朔模式"新探

不能设想，若是少了杨朔，那对当代散文界乃至整个当代文学界，是多么大的缺憾。今天看来，作为一种历史现象的杨朔和他的散文，显然并没有完全成为历史。杨朔曾把抒情散文推向了高高的峰巅，使人叹为观止。但是，随着个性意识的觉醒和审美心理的变化，人们渐渐发觉：除了杨朔之外，散文竟然还有而且也应该有别的样式，从而开始对杨朔的独尊地位提出了疑问。前些年，有关杨朔的评论，大多是单纯的肯定和赞美，尽管其中一些颇有见地的分析很让人佩服，虽然某些研究者在一些方面提出了独到的、切中肯綮的质疑，但却鲜有整体的、系统的、全面的考察。故而笔者试图从"杨朔模式"的表现形态、社会基础、心理根源及其影响几方面展开论述。

一

杨朔究竟是以怎样独特的方式给散文带来色彩并与其他作家区别开来的呢？也就是说，杨朔在散文方面所形成的有创造性的套路，即被称为"杨朔模式"的东西的核心究竟表现在什么地方呢？这是被以往的评论所关注而又一直没有搞清的问题。

"我在写每篇文章时，总是拿着当诗一样写。""常常在寻求诗的意境。"[①] 诗化散文，这是杨朔对自己散文特点和追求的自述，也是评论家们所津津乐道的。但是，这并非杨朔的专利。他的前辈作家如鲁迅、朱自清、冰心，同时代的如孙犁、菡子等，都不同程度地在散文中追求诗的境界和韵味，且各有特色，只是杨朔在散文诗化上比较执着和一贯，几乎篇

---

① 杨朔：《东风第一枝·小跋》，《杨朔散文选》，人民文学出版社1978年版，第220页。

篇都饱含诗意,将这类散文推向了极致。但这仍难足以确定杨朔散文自身的特性。还有人认为追求意境是杨朔的创造:"杨朔的创造性就在于,他把诗的意境有意识地移用到自己的散文中来,在作品中创造出抒情诗所要求的那种美的艺术境界。"① 这种看法显然不太能成立,因为我们可以在杨朔之外举出许多有意境的散文,如朱自清的《绿》《荷塘月色》,鲁迅的《好的故事》《雪》《秋夜》。看来这是一个很棘手的问题。不过我们还是一步步地向杨朔靠近了。评论进一步为我们指出了:托物言志、借景抒情是杨朔在创造意境时所采用的主要方法。至此,我们才似乎找到了走进"杨朔模式"迷宫的入口。

当然,托物言志、借景抒情并非始于杨朔。他不是这种方法的创造者,却是一个独特的使用者,或者说这种方法在他使用的过程中发生了变形,赋予了杨朔个人意义。

托物言志、借景抒情是人们艺术地把握和反映世界的一种方式,从创造的审美心理而言,它又是人外化自身思想、情感的一种手段。作为一种艺术手法,它有两种基本元素:一是创造者的思想和情感,这是主观的、个人的、抽象的、复杂的和流动变幻的;二是自然界和社会的现象、景观、场所等,这是客观的、固定的、单一的、社会化了的。它的原理是将创作者抽象的思想和无形的情感投注到一种特定的外物上使之具体化、形象化并固定化。细而分之,它又由两种修辞格组成:一种为比喻,另一种为象征。比喻是作者先有某种思想,为了使这种思想形象化和具体化,而寻找与之相应的外物。一般而言,它是主题先行、极富功利的,所表达的思想是单一而且不大介入情感的,如徐迟的《枯蝶》、秦牧的《艺海拾贝》即然。而象征中的"物"或"景"不是单一的载体,已经化为目的,灌注了作者的思想情感,从而"物""景""情""志"混为一体,物我两忘,情景交融。因此象征中的情志是复杂的,不确定的,甚至有些东西作者本人也没有意识到,所以读者可能会有出乎作者意料之外的感触,如王蒙的《雨·船》即属此列。这两种修辞格,后者更容易产生审美效应。但因具体条件各异我们没有必要也无法做出孰优孰劣的判断,我们现在论述的主要是杨朔散文与这两种修辞格的关系。

纵观杨朔成熟期的散文,我们发现:(1)他作品中的"景"或"物",

---

① 吴周文:《杨朔散文的艺术》,上海文艺出版社1984年版,第32页。

单独看都如诗如画，极富魅力，例如巍峨壮丽的泰山，神妙奇异的海市，争奇斗艳的茶花，沁人心脾的荔枝蜜，汹涌起伏的雪浪花等。杨朔以其细腻敏感的诗心捕捉了大自然的美，并用富有才情的笔墨给我们描绘出一幅幅绰约多姿、生机盎然的风景画。在对自然美的感受、把握和表达上，杨朔堪称第一流的。但是，进一步考察我们会发现，这些充满韵致的物象，在杨朔的笔下都只是作为一种承受自身以外的、预先设定的意念的载体而拥有存在价值的。如泰山日出暗示人民公社的成立，茶花的美丽隐喻祖国的欣欣向荣等。（2）杨朔散文中的"志"，就某一篇作品而言，都是单一而非复杂多元的，同时又是明晰确切而非模糊不定的，如《雪浪花》对推翻旧制度、建立新中国的主人公精神的赞美，《荔枝蜜》对蜜蜂的无私奉献精神的歌颂。就其后期散文而言，主题又是重复、雷同的，很少有新的变换和突破。（3）杨朔后期散文，几乎每篇都出现"我"。这个"我"不只是一个人称、角度或线索，而且是杨朔本人，也就是说，他把自我的观察、思索、情感融入了作品，使作品增添了个人情调和情感色彩。另外，还有一点不能忽略：杨朔在自己作品中夹杂了大量不带政治色彩的非社会化的感官愉悦和享受的描写。这里有对美味的品尝，如在几内亚吃鲜菠萝（《菠萝园》），在日本吃生鱼片（《樱花雨》），在从化温泉喝荔枝蜜（《荔枝蜜》）；有对大自然的欣赏，如登泰山（《泰山极顶》），游香山（《香山红叶》）等，从中我们可以感受到杨朔独有的那种朴实、亲切和人情味。

从以上现象可以看出，杨朔散文的立意是单一而明确的，其中的"物""景"不是作为审美目的而是作为一种承载思想的工具而出现的。这样看来，杨朔使用的不是象征。同时，杨朔散文又不是用景物直接地客观冷静地来解析某种意念，而是投射了自身的情感，因此在手法上又不是纯粹的比喻。显然，他在创作中是将比喻、象征二者混合起来使用的。正是在这种混合使用的过程中，逐步形成了独特的"杨朔模式"。

二

单单分析杨朔使用的这些元素还远远不够，要想了解"杨朔模式"的全貌，我们还要对其他组合这几种元素的方式进行分析。他对这几种元素的组合，显然有一个定式。其后期散文，几乎都有意、情、人、景四种元素出现。他往往是先把意赋于景，使二者融为一体；然后再展开对人的叙述，最后将人和已被意念灌注了的景再度融合，从而完成其二步组合过程。其中的情贯穿于全过程，或直抒，或曲泄，或投于人，或融入景，目的只在于填塞景、人、意的组合中留下的空隙，使之不露破绽。

经过上述分析，对杨朔散文留给我们的一系列感觉就不难找到解释的答案了。

首先，我们读杨朔散文，初觉极有韵味，但仔细品尝之后，便会有一种做作、雕饰甚至别扭的感觉。这是杨朔在玩自己的组合魔方时留下了漏洞而造成的主客观不和谐所致。在其散文的两次组合中，第一次组合即意与景的联合，是比较自然的。这时的被意所拥入的景，还不是一种单一、明确的概念的容器。有时它是一种富有哲理的象征物，如把石头打出坑凹的雪浪花，大雨之后反而竟相怒放的樱花；有时又像是客观的无我之物（与意的交融不是生硬、直接的，而是委婉、巧妙以至于令人难以察觉的），如千姿百态的茶花等。而在第二次组合即人与景的组合中，则出现了不和谐甚至错位的现象。作品中的人物本来是个体的和充满生气的，但在他逐渐向终极地靠近而被提升时，便渐渐地失去了个人的意义，化为一个集体的代表，或某种意念的符号，而在与那本来也是人化之物的景交融的瞬间，便完全失去了自我。与此同时，那本来没有确定含义的物象，一旦为人所拥抱，也就马上明确化、功用化了，犹如一块玉石突然间被魔杖点化为石头。这样的人景合而为一，共同来承载一个理念，因此就出现了下述的过失：那一单个的人，因为自身单薄，难以承载那个意念的重负，所以产生了二者之间的不和谐、对抗乃至分裂。如老泰山的行为（旧社会给洋人赶驴受欺，新社会义务为人磨剪刀），难以升腾为劳动人民推翻旧世界、建设新江山的意蕴（《雪浪花》）；舞蹈家的忧郁和激动似乎也不能提升为埃及人民反抗压迫、迎接黎明的主题（《埃及灯》）。硬性拔高难免给人一种小题大做、牵强附会之感。将自然的、完全可以作为审美对象的物象，忽然拉向一个功利性的既定目标，使读者的审美期待落了空，让人产生一种上当受骗之感。但同时，杨朔又投入了自我的情感，以至于使人不会轻易发现其中的断痕。

其次，人们普遍注意到了，杨朔散文单就一篇而言，不失为精品；但从其整个创作来看，其结构、主题却是雷同而单一的。这是因为杨朔的意念是很单一的，仅仅传递了那个时代共同认可的声音。这并不是说杨朔有什么错；相反，任何伟大的作家，都有权利和义务表达人民的呼声、时代的愿望乃至政治的要求。我们只是说，杨朔散文美中不足的是只回响一个单调的声音，而且方法也是固定的，变换的仅仅是物象。这犹如一个酿酒师，他的原料、程序根本没有变化，只是将容器的形状、色彩、质地改变了。这样，从外观而言，似乎增加了什么，但细细品尝，却是新瓶里面酒依旧。显然，一种模式玉成了杨朔，同时也局限了杨朔。

最后，以往的评论常常从立意和选材上，指责杨朔粉饰现实而缺乏对生活的审视和批判。这是杨朔散文的现实。之所以产生这种状况，除思想的原因之外，恐怕也有创作模式的反作用。尽管写什么决定了怎样写，但有时怎么写却也制约着或限定着写什么。追求诗的意境及相应选择比喻和象征混杂的方法，这成了杨朔恪守的信条，同时也成了一种心理定式，一种提炼、筛选现实生活的标准和尺度。虽然杨朔在理论上把诗的范围理解得较广："不要从狭义方面来理解诗意两个字。杏花春雨，固然有诗，铁马金戈的英雄气概，更富有鼓舞人心的诗力。"[①] 但在创作中，却是正面的多，"杏花春雨"多。这是因为传统的审美观总认为诗意是与那些美好的东西联系在一起的。另外，比喻和象征混合手法的使用，又要求有人、有景、有意，再加上一套组合程序，又需要一番舍弃，以利于这既定模式的顺利完成。这种适于抒情且与一定物象相对应的文体是不宜于从而拒绝采用批判和讽刺方式的（那更适用于杂文）。

如果我们超越艺术手法的分析，换一角度比如从哲学上来考察，会发现杨朔在个别和一般关系的处理上越出了常规。处理个别和一般关系的方式一般不外两种：一是由个别而表现一般，这多用于抒情作品。"诗人应该抓住特殊，如其中有些健康的因素，他就会从这特殊中表现出一般。"[②] 二是为了一般而寻找特殊，这更适用于政论作品。但杨朔不是从个别出发而自然地表现一般，也不是简单地为了一般而寻找特殊。他的处理是：为表现一般，而特殊又是充满个性和情感色彩的。

三

仅仅论述杨朔模式的形态、特点及其价值是不够的，我们还必须对其产生的原因进行考察和分析。杨朔选择并形成他的这种瑕瑜互见的散文模式，并非别出心裁，标新立异，而是在自觉不自觉中实现的，是那个时代

---

① 杨朔：《东风第一枝·小跋》，《杨朔散文选》，人民文学出版社1978年版，第220页。
② ［德］爱克曼辑：《歌德谈话录》，朱光潜译，人民文学出版社1985年版，第90页。

的氛围、社会意识、审美趣味和杨朔本人的经历、气质、审美追求等相互作用的结果。

　　杨朔模式是时代的产物。新中国成立之初社会的安定清明,使人民对政府由衷地感激和热爱。这种社会状态和人的心态,促成了当时那种直率而热情地讴歌新制度、新生活的文学。这种文学不惜舍弃长远的审美价值追求而换取直接的现实的功效,以迎合时代并推动时代向前发展。杨朔少年长于东北,深味战乱给民族、人民和个人带来的灾难与痛苦,因而对新生活发自内心地珍爱,对生活的创造者和建设者由衷敬佩。杨朔是一个作家,首先,是一个战士,战士的天职就是服从纪律和集体,压抑甚至牺牲自我。还有,他不能不受传统文人的心态和价值观念即"兼济天下""文以载道"等思想的影响,因而对现实社会和政治充满了责任感,不会沉醉于自我的呓语和风花雪月的吟哦。其次,他还是一个革命文人,受过延安的大熔炉的冶炼。他明白并一直恪守着文艺为政治服务的信条。看到这多种因素及相互影响,我们就不难理解杨朔在新中国成立前和新中国成立初的那些艺术性不强,但却富有实用价值的战地通讯及与时代同步的小说了。最后,也不难理解,在其后期创作中,他几乎没有一篇作品是纯艺术地、自我消遣地描写风情物景,而总是执着地在物象之上投入那些政治内容,尽管并不深刻,甚至单一和雷同。

　　杨朔的艺术选择,与其生平、创作经历及其对 20 世纪 50 年代文学状况和自身创作的反思有很大联系。杨朔的人生历程基本上可以分为"诗人——战士——诗人+战士"三个阶段:少年时代在东北,酷爱古典诗,并习作古体诗。这些诗现在虽不容易看到了,但从其后来的七绝《绝情》自称以前为"悲秋客"这个事实,我们可以推想出,少年的杨朔一度是以吟弄古体诗来排遣少年特有的愁绪的,那时的他是一个诗人,其作品是为自我消遣和抒发个人情怀而创作的。如果没有什么变故的话,杨朔会在这条路上发展下去,那他将会成为一个敏感而富有个性的抒情诗人,而一定不会是 20 世纪五六十年代那个在散文界引人注目的杨朔了。但后来,日寇的入侵和暴行,激起了他的民族自尊心:"谁知边塞悲秋客,赋到江南竟绝情。"[①]他认为:"当前首要的是唤起全国人民同心抗日,我决心用笔来战斗。"[②]

[①] 杨朔:《绝情》,转引自吴周文《杨朔散文的艺术》,上海文艺出版社 1984 年版,第 2 页。
[②] 杨玉玮:《自有诗心如火烈——忆杨朔同志》,《解放军文艺》1978 年第 2 期。

这样,他在民族危难之际,以知识分子特有的执着而强烈的爱国热情,投身为民族独立而战的洪流里。这个时期的他是以一个战士的面目出现的,将手中的笔完全作为一种工具,犹如士兵手中的枪炮一样,去呐喊和冲锋陷阵,不惜以压抑、泯灭小我之情为代价。在由诗人向战士转变的过程中,杨朔一定有过许多不适的痛苦,但他带着自责一步步地改造自我以适应革命的需要,将那些属于诗人的缠绵、敏感和愁肠逐渐地冲刷和摒弃。这心境我们可以在他新中国成立初写在旧作上的自我评语中看出一点痕迹:"我的政治思想、创作思想,都存在着严重的缺点和错误,距离毛主席的《在延安文艺座谈会上的讲话》的指示很远很远呢。不,有些观点、描写是根本违反毛主席的指示,这需要在斗争中继续好好改造自己,好好与工农兵结合,这才有点可能写出为工农兵服务的东西。重看旧作,惭愧欲死!"[1] 这样,他写下了那些战地通讯和同样带着硝烟味的小说。新中国成立之后,尤其是1956年国民经济社会主义改造结束之后,社会的暂时安定,生活本身戏剧性的淡化,使杨朔开始对文学和作为文学家的自身进行思考。显然,他不愿使自己的作品在当时起一定的呐喊助阵作用而却缺乏生命力以至于昙花一现。这时的他,诗人的品性似乎又开始有所回升。"杨朔的确每时每刻都在寻找诗,每时每刻都生活在诗的意境之中。"[2] 他在1959年写的《〈海市〉小序》中提到,他当时常常忆起小时候听人夜读《秋声赋》的情景等。1958年的"浮夸风"的影响,使散文界出现了标语口号式的作品,充满了浮夸和概念化的弊病。面对这种现状,杨朔提出:"我们的艺术创作,有如攀冰山,要想登峰造极不是容易的,是要经历艰苦路程的。"[3] 想以艺术的创造来反拨当时因简单化所造成的散文危机。当时的"杨朔似乎留给我们这样的印象:他是经过思考,认真总结自己散文创作的经验,然后才提诗化散文的理论问题"[4]。因而,以1956年发表的《香山红叶》为标志,20世纪50年代和60年代初,杨朔开始在散文中投入诗意和情感。

还有一个对其创作有相当影响的原因我们也不应回避,即杨朔终生未娶这个事实。涉及这个问题,除了一种情感上的不忍之外,还面临另一难题,即他除了一个遗憾的爱情故事之外,并没有给我们留下可以解读其内

---

[1] 林林:《忆杨朔》,《杨朔散文选》,人民文学出版社1978年版,第1页。
[2] 丁宁:《幽燕诗魂》,《人民文学》1979年第12期。
[3] 杨朔:《应该做一个阶级的战士》,《光明日报》1960年1月10日。
[4] 吴周文:《杨朔散文的艺术》,上海文艺出版社1984年版,第13页。

心隐秘的别的材料。不过一张白纸显然并不仅仅是一张白纸,沉默或回避本身就传递着某种有意义的信息。一般而言,一个正常人面对情欲的冲击,不外乎这几种情况:①宣泄;②压抑;③升华。宣泄在杨朔身上显然不存在;压抑是有一点,但杨朔不是那种被动、消极甚至病态的压抑,因他的终生未娶并非生理或心理缺陷所致。这里有一个浪漫而充满感伤色彩的故事:杨朔年少时和一个很美的姑娘相爱了,他去东北谋生期间,那姑娘一直等着他。等到他回到家乡时,那姑娘已在忧郁的等待中死去。但杨朔仍四处寻找,直到他已届中年,还独自吟咏苏东坡"但愿人长久,千里共婵娟"的诗句,以为那姑娘还在某处等着他。① 杨朔用自欺的幻想将残缺的人生完美化了,故而杨朔的情况更多是"升华"。他创作《三千里江山》时,因忙于写作而忘了看信以至于耽误了一段美好姻缘②,这可以进一步证明这一点,而且还可以看出,杨朔对创作的热望,甚至超过了对现实中爱情的渴求。如果这种推测能够成立的话,那么,以杨朔这样内倾型甚至带宗教色彩的气质,以他这样重感情而个人生活又十分不幸,他一定有过不止一次地想通过创作来弥补、完善曾经欠缺的自我冲动。当然,以他的身份和当时社会政治对文学的要求,杨朔是无法也是不会这样做的。但他诗化散文,介入情感,显然这也是一个重要因素。

　　从以上的考察我们可以看出,杨朔既是一个富有政治责任感和革命激情的战士,又是一个敏感的内心丰富而细腻的诗人,同时又是一个在爱情上不太成功从而使其人生蒙上了忧郁感伤阴影的人。他的这几种身份或者说他身上的这几种因素互相冲突、矛盾、纠葛着,但又统一在他的身上,同时外化为他的后期散文,就形成了独特而瑕瑜互见的"杨朔模式"。作为一个战士,他要在作品中反映群体的声音和政治的要求,与时代同步,正如他自己所言:"无产阶级作家却敢于公开宣布:革命文学和革命作家是为无产阶级的利益和斗争服务的。"③ 同时,作为诗人、个人生活不幸者的有血有肉的"这一个"的杨朔,他又有那种流露和表现个人的情感、趣味和审美追求的愿望,而不愿单一地、直接地、传声筒式地去做一个政治宣传工具。这两者,在当时是难以和谐地交织融合在一起的。这种困境的缠绕和摆脱愿望的强烈,显然是杨朔在建构自己的艺术世界时方法失范的

---

① 丁宁:《幽燕诗魂》,《人民文学》1979年第12期。
② 同上。
③ 杨朔:《应该做一个阶级的战士》,《光明日报》1960年1月10日。

原因。这样，对于杨朔的选择象征和比喻杂交的修辞手法以创造意境，就不会有什么奇怪的了。

四

　　杨朔是幸运的，时代的特点和要求，以及他自己的经历、气质、素养，玉成了他的后期散文。他在不失一个战士本色的情况下，尽力地描写了风花雪月和普通人的命运，给当时的散文界带来了清新和亲切，而且把散文诗化推向了一个高峰，给当代文学带来了一大收获。但同时，他也留下了长长的、浓浓的阴影。

　　首先，这种阴影投射在杨朔自己身上，使杨朔陷入了一个自设的怪圈。作为一个个体，他无疑有直接地实现自我的愿望，即在作品中披露那个有着七情六欲甚至喜欢梦想的小我。但因他的模式所囿，他真正的成功在于事业层面被社会承认和尊重，自己那个躲躲闪闪的小我被作品中那个神圣而威严的"志"所吞没了。显而易见，杨朔并没有在最高层面上实现自我，而这一点又被他的外在幸运遮掩了。从某种意义上讲，这不能不说是一种无声的悲剧。同时，他的模式的形成，显然是一个创造，一个贡献。但是，出于投合别人对已经标签化了的自我的赞誉和期望，也是由于心理的定式，又拘于一种模式，沉醉于重复的制作而失去了打破模式进入创造极境的那种努力和冲动。从杨朔的整个创作来看，他的早期创作，即那些非诗化的散文，从某种意义上讲，往往比他的后期作品更加真实、自然和富有活力，像《"阅微草堂"的真面目》等富有批判力的更是如此。在他的定型的复制之中，他的人物和场景也许是生活的真实，在构思和创作中也许灌注了自己的真情实感，但一旦被自己的模式框住，那活鲜鲜的、充满生气和个性的原型，便成了诉说着同一句话的机器和道具了。

　　其次，杨朔模式使为数众多的文学爱好者的审美心理（起码在散文方面）定式化并狭隘化了。笔者早几年任中文写作辅导课给学生改作文时，发现学生很少将个体作为描写的终极目的，而都要在对象身上加上一种类的东西，即提升为普遍的、大众认可的意念或情感。如写自己的父亲和母亲。最后都要升华到民族的传统美德的高度才肯罢休，方法也基本上与杨朔相似。这种情况的产生，与中学语文熏陶有关。杨朔的后期散文如《雪浪花》《茶花赋》《荔枝蜜》《海市》《香山红叶》《泰山极顶》等，被大量选入中学语文统编教材，作为范文，在中学大多被教师来正面赏析，很少作一分为二的批评（在大学教学中亦然）。而且学生只认识到其诗情画意的那一面，很少发现其残缺的一面。这对我国大多数欣赏者和初学写作者，无疑产生了相当消极的影响。

　　我们解剖"杨朔模式"，指出其利与弊，并非要将杨朔式散文扫地出门。杨朔自有其独到的价值，他属于他那个时代。但时过境迁，我们不反对杨朔，也不应以没有在新时期出现杨朔而遗憾，更不要对杨朔望而却步、自惭形秽。我们应该轻松地跨出一步，使散文的百花园中，开出更多、更灿烂的包括杨朔式散文在内的艺术之花来。

受难与救赎

——论史铁生通由宗教自救和度人的心路历程

在新时期作家中，史铁生是宗教意识极强的一位，在他的小说、散文和随笔中，随处可见"上帝""罪孽""福祉""慈悲""救赎"这些充满着浓浓宗教色彩的词语。他在一篇文章中写道："中国文学正在寻找着自己的宗教。"[①] 而史铁生也寻找着并找到了自己的宗教。与张承志的在回民的底层民众中寻找心灵皈依的宗教信仰不同，他是向内心开发资源，以思和悟的形式进入了坦然和达观的宗教境界；与礼平笔下的南珊皈依上帝以摆脱社会苦难不同，他是以自救的方式来抵抗生命的绝境。

20世纪70年代初在陕西延安插队时，史铁生患了一场大病导致双腿瘫痪。身体的残疾，被打入另册而使他陷入了人生困境，在他的作品中留下了深深的印痕，同时也成了他创作的内在驱动力。他不止一次这样写道："写作是为了活着。""因为我活着，我才不得不写作。"[②] 写作就是"为了不致于自杀"，"就是要为生存找一个至一万个精神上的理由，以便生活不只是一个生物过程，更是一个充实、旺盛、快乐和镇静的精神过程"[③]。也就是说，史铁生写作不同于其他作家受名和利这些身外之物的驱使，而是生命本体的内在需求：精神上的自我拯救。最初，他是以心想的生活中的亮点（《没有太阳的角落》）、记忆中往事的亲切温馨（《我的遥远的清平湾》）和童年的美好恬静（《奶奶的星星》）来抚慰现实人生的黯淡和悲凉；后来他走出用诗意编织成的幻影，开始直面人生的窘境，并对生

---

① 史铁生：《随想与反省》，《人民文学》1986年第10期。
② 史铁生：《我与地坛》，《上海文学》1991年第1期。
③ 史铁生：《答自己问》，《作家》1988年第1期。

死、命运等问题进行深深的冥思、苦苦的拷问和艰难的求索,从而有了宗教感悟,并由个人解脱转向了终极的关怀。而他的思索和构画主要体现在两个方面:其一是对苦难的认同和承受,其二是面对苦难而寻找救赎的路径。而最能体现这两层内涵当然也是作者心灵隐秘的,我认为是他的小说姊妹篇《原罪》《宿命》和散文《我与地坛》。

一 残疾与宿命——对苦难的认同和承受

在史铁生的作品中,经常出现"上帝"这个意象,这里的上帝,显然不是基督教的耶和华,当然,也不是作者信仰、崇拜的对象。作者提到"上帝"时,感情是中性的,甚至有点无奈和抱怨的味道。在《我与地坛》中,他这样写道:"在人口密聚的城市里,有这样一个宁静的去处,像是上帝的苦心安排。""一个人,出生了,这就不再是一个可以辩论的问题,而只是上帝交给他的一个事实。""上帝为什么早早地召母亲回去呢?……她心里太苦了,上帝看她受不住了,就召她回去。……上帝的考虑,也许是对的。"这里的上帝,是一种人力无法左右、无法抗拒的神秘力量,它与天命、命运、宿命等有着同样的内涵,都是超自然力的一种象征。在《宿命》中,作者更是用艺术的样式表达了这种天意难违的无奈:前程似锦的莫非因为一秒钟之差而遭遇了一场车祸,成了一个终身截瘫的残疾人,人生也由明媚的天堂一下子跌进了黑暗的地狱。然而导致这一秒钟之差的却是因为一只狗放了一个屁,而狗为什么要放这一个屁呢?那是谁也说不清楚的事情,唯有上帝知道。

史铁生为什么在自己的作品中反复地让上帝出现呢?他在一篇文章中表露了动机:"诗人的天才出于绝望……他面对的是上帝布下的迷阵,他是在向外的征战屡遭失败之后靠内省去猜斯芬克斯的谜语的,以便人在天定的困境中获救……他不过是一个不甘就死的迷路者,他不过是'上穷碧落下黄泉'为灵魂寻找归宿的流浪汉。"[①] 由此可见,史铁生搬出上帝,就是为自己活下去找的理由之一。"两条腿残废后的最初几年,我找不到工作,找不到去路,忽然间几乎什么都找不到了。""他被命运击昏了头,一心以为自己是世上最不幸的一个。"残疾的现实将史铁生逼到了人生的绝境,而人在遭受灭顶之灾时,总要找一个心灵的支点,否则他就活不下去

---

① 史铁生:《答自己问》,《作家》1988年第1期。

第二辑 名家评析

了。史铁生摆脱绝望和死亡阴影的心路历程是这样的:"我一连几小时专心致志地想关于死的事,也以同样的耐心和方式想过我为什么要出生。这样想了好几年,最后事情终于弄明白了:一个人,出生了,这就不再是一个可以辩论的问题,而只是上帝交给他的一个事实;上帝在交给我们这件事实的时候,已经顺便保证了它的结果,所以死是一件不必急于求成的事,死是一个必然会降临的节日。这样想过之后我安心多了,眼前的一切不再那么可怕。比如你起早熬夜准备考试的时候,忽然想起有一个长长的假期在前面等待你,你会不会觉得轻松一点?并且庆幸并且感激这样的安排?"① 既然人的一切,他的生与死、荣与辱、残疾与健全,都是上帝早已安排好的,个人无法改变和抗拒,一切全是天意和命定的,那么人们顺从命运的摆布也就心安理得了。在另一篇文章里,他还这样写道:"我有时想,我的未来可能也已经制作好了,正装在一个铁盒子里,被卷作一盘,上帝正摆弄他,未及放映,随着时光流逝斗转星移,我就一步步知道我的命运都是怎么回事了。"② 由此可见,是宿命观使史铁生得到了解脱。

与上帝、宿命观念相应相连的就是史铁生的受难意识,对命运、对上帝意志的顺从为对苦难的承受提供了一个坚实的依据。于是,在现实生活中和他的作品中,人生的受难、人的负面体验成了人生的重要内容。在他的许多作品中,都多次出现了"罪孽""苦难""悲悯"这样的字眼。我们知道,受难意识是许多宗教都有的,佛教中的无边的苦海,基督教中的十字架等,都是受难的象征。史铁生也是在对苦难的品味和沉思中走上了艰难而厚重的自救之路。他的作品比如《足球》《山顶上的传说》《没有太阳的角落》《我之舞》等都写了双腿瘫痪等与自己命运相似的残疾人,这一方面是自我悲剧命运的写照,是自我情感的对应和宣泄;另一方面,也可以看作他对自己人生遭际的转移和延伸。也就是说,他写的是与自己相似的一类人,以一种"别人也一样受难"的心理机制来消解心灵深处的不平和积郁,个人的苦难因众人的共同承受而化解了。

史铁生笔下的残疾人不仅是与自己相类似的瘫痪者,还出现了诸如盲

---

① 史铁生:《我与地坛》,《上海文学》1991年第1期。
② 史铁生:《随笔两则》,《原罪·宿命——史铁生中短篇小说自选集》,华夏出版社1996年版,第4页。

人（《命若琴弦》）、侏儒（《在一个冬天的晚上》）、弱智者（《我之舞》）等。也就是说，在史铁生的观念中，残疾概念的内涵发生了变化，它的外延在不断扩展，不仅是生理上的残疾，就是生理上的缺陷诸如丑陋，心理、性格上的弱点诸如自卑、懦弱等都属于残疾之列。也就是说，人的负面因素，人生的负面体验，都成了他关注和思考的对象。因而苦难情结和受难意识便由个人开始转向群体乃至整个人类。在《我与地坛》中他这样写道：

> 谁又能把这个世界想个明白呢？世上的很多事是不堪说的。你可以抱怨上帝何以降诸多苦难给这人间，你也可以为消灭种种苦难而奋斗，并为此享有崇高与骄傲，但只要你再多想一步你就会坠入深深的迷茫了：假如世界上没有了苦难，世界还能够存在么？要是没有愚钝，机智还有什么光荣呢？要是没了丑陋，漂亮又怎么维系自己的幸运？要是没有了恶劣和卑下，善良与高尚又将如何界定自己又如何成为美德呢？要是没有了残疾，健全会否因其司空见惯而变得腻烦和乏味呢？我常梦想着在人间彻底消灭残疾，但可以相信，那时将由患病者代替残疾人去承担同样的苦难。如果能够把疾病也全数消灭，那么这份苦难又将由（比如说）相貌丑陋的人去承担了。就算我们连丑陋，连愚昧和卑鄙和一切我们所不喜欢的事物和行为，也都可以统统消灭掉，所有的人都一样健康、漂亮、聪慧、高尚，结果会怎样呢？怕是人间的剧目就全要收场了，一个失去差别的世界将是一条死水，是一块没有感觉没有肥力的沙漠。
>
> 看来差别永远是要有的。看来就只好接受苦难——人类的全部剧目需要它，存在的本身需要它。看来上帝又一次对了。
>
> 于是就有一个最令人绝望的结论等在这里：由谁去充任那些苦难的角色？又由谁去体现这世界的幸福、骄傲和快乐？只好听凭偶然，是没有道理好讲的。

也就是说，史铁生认为，苦难、不幸、缺憾是普遍存在的，又是与人类始终相伴的，随时都可能降临在每一个人身上。在这里，史铁生的创作和思考有了一个质的飞跃，即"从对残疾人的思考延伸到对人的'残疾'的思考，从对自身困境探讨深入对人类共同困境的探讨，从个人的精神自救升华到对人的根本生存处境的终极关怀"①。

二 虚幻的神话和充实的过程——自我和人类的救赎图式

承认个人、自我的渺小无奈和宿命的强大、不可战胜并非自救的结束，而是自救的前提和开始。史铁生并不满足于只是被动地从上帝那里为自己找一个苟活的借口，也没有匍匐在神的脚下乞求祐护，他不仅要为自己"碰撞开""一条路"，"有一条路走向自己的幸福"，而且还执着地探寻和追求"一切不幸命运的救赎之路"。他这样写道："我在这园子里坐着，园神成年累月地对我说：孩子，这不是别的，这是你的罪孽和福祉。"② 这里的园神可以看作另一个自我，园神的话也就是一个自我对另一个自我的诉说，是自我心灵的独白或对话。这段话表明，他不像俄罗斯作家如陀思妥耶夫斯基那样要"罪与罚"，即为自己的罪过承受罪孽的惩罚，同时还要享受福祉，还要在罪孽中寻找一条幸福之路，这就给他赋予了独特的宗教意义。而他自我救赎的措施和历程主要体现在《原罪》《命若琴弦》《毒药》和《我之舞》等作品中。

《原罪》中的十叔，全身瘫痪，陷入了人生的绝境，但他却以心想的神话来安慰自己冷酷的现实，认为天上的神仙可以治好他的病，还不断地编故事讲给人听。他故事中的主人公身体健全，多才多艺，见多识广，自由自在，而在讲述中又不自觉地把主人公置换成"我"自己。而当他的想象和渴望在现实中破灭时，他又一相情愿地制造了另一个幻想：自己能吹出一百个窗户大的泡泡病就好了，下辈子自己的病就好了。当小孩子阿夏童言无忌地揭穿他的想象的虚假时，十叔这样说道："我的病治不好了这我不比谁知道？所以我说我讲的是个神话。"又进一步说："一个人总得信着一个神话，要不他就活不成，他就完了。""人信以为真的东西，其实都不过是一个神话；人看透了那都是神话，就不会再对什么信以为真了；可你活着你就得信一个什么东西是真的，你又得知道那不过是一个神话。"十叔不喜欢客观外在的世界，而更喜欢自身主观想象的世界："十叔更乐意自己讲故事。自己想听什么自己讲来听，这有多好。"这里十叔的心态和行为与史铁生多么相近，或者他就是作者的自况：写作既是写给别人

---

① 王庆生主编：《中国当代文学》下卷，华中师范大学出版社1999年版，第231页。
② 史铁生：《我与地坛》，《上海文学》1991年第1期。

受难与救赎

看,更重要的是写给自己看。这种看似个人化的荒唐的自欺,实际上又是具有普遍意义的。阿夏的爸爸,身为科学家,而且一直认为十叔的故事是迷信,而他自己却也在编织着另一类神话:地球乃至宇宙毁灭了,人还会找到一个可以生存的地方。在这里,史铁生提出了一个有趣的话题:宗教和科学是等值的,科学无法替代宗教,个人需要梦来安慰自己,同样人类也需要神话来解脱。这就是作者自我救赎的重要方式之一,即以一种虚幻、虚设的理想、信念来支撑人们活下去。正如作者在一篇文章中所写的那样:"宗教的生命力之强是一个事实……只要人不能尽知穷望,宗教就不会消灭。不如说宗教精神吧,以区别于死教条的坏的宗教。"① 在另一篇文章中他又这样写道:"宗教一向是在人力的绝境上诞生。我相信困苦的永在,所以才要宗教。"②

《命若琴弦》虽发表在《原罪》之前,但内涵却比后者多了一层。它虽然同样注重目标虚设的重要性,但认为更重要是在虚设目标牵引下的人生过程。过程和过程中的充实赋予人生意义,从而使人得到真正的救赎。老瞎子从师傅那里得到一张药方,在弹断一千根琴弦时去服那服药,就可以看见东西了。为了能够看一眼这个世界,老瞎子走过了五十年的风雨坎坷,但当他弹断一千根琴弦时却发现那个药方却是一张无字的白纸。"老瞎子的心弦断了。现在发现那目的原来是空的。"于是,"吸引着活下去、走下去、唱下去的东西骤然间消失干净。就像一根不能拉紧的琴弦,再难弹出赏心悦目的曲子"。不过,老瞎子怀恋起过去的日子时,却忽然明白了那个虚设的目的的作用,因为它把心弦拉紧了,从而"以往那些奔奔忙忙兴致勃勃的翻山、赶路、弹琴,乃至心焦、忧虑都是多么快乐!"老瞎子又用同样的方法给陷入失恋之痛、精神颓废的小瞎子开了药方,而且把弹断一千根琴弦的目标改为一千二百根,将虚设的目标延长了:"永远扯紧欢跳的琴弦,不必去看那张无字的白纸。"这里人生的目标和过程是一种相互依存的统一体,目标带动引导着过程:"目的虽是虚设的,可非得有不行,不然琴弦怎么拉紧,拉不紧就弹不响。"而过程是目标的支撑,没有了过程的目标就显得苍白和空虚。这正如老瞎子的师傅所言:"人的命就像这根弦,拉紧了才能弹好,弹好了就够了。"史铁生

---

① 史铁生:《随想与反省》,《人民文学》1986 年第 10 期。
② 史铁生:《随想十三》,《好运设计》,春风文艺出版社 1995 年版,第 198 页。

第二辑 名家评析

是个过程、目的合一论者,他这样认为:"至于彻底摆脱绝望摆脱死神的诱惑,可能只有两个办法,一是设法把自己变成傻瓜,二是在明白了过程就是目的之后。"[1] 他还这样论述过程和目的的辩证关系:"目的皆是虚空,人生只有一个实在的过程,在此过程中唯有实现精神的步步升华才是意义之所在。……目的虽空但必须设置,否则过程将通向何方呢?哪儿也不通向的过程又如何能为过程呢?没有一个梦牵魂绕的目标,我们如何能激越不已满怀豪情地追求寻觅呢?无此追求寻觅,精神又靠什么能获得辉煌的实现呢?"[2] 从老瞎子自救的方式和心路历程,我们看到史铁生是在世俗中实现了宗教的价值,这颇似加尔文教:是选民还是弃民,不是看来世上天堂还是下地狱,而是在尘世中是否取得成就来显示。这就像史铁生选择写作来自救一样:"为什么要写作呢?作家是被人看重的两个字,这谁都知道。为了让那个躲在园子深处坐轮椅的人,有朝一日在别人眼里也稍微有点光彩,在众人眼里也能有个位置,哪怕那时再去死呢也就多少说得过去了。"[3]

《毒药》可以看作《命若琴弦》的和声和延伸。在一个以能养出一种奇怪的神鱼为荣的孤岛上,一个年轻人因为在神鱼大赛上屡屡失败、陷入苦闷而想一死了之。当他从一个大夫那里了索取了两粒可以无痛苦地致人速死的河豚毒制成的药时,他因为有了随时可以死去的权力,"握住了对这个世界的否决权"而却延宕了死,从而给生命带了新意。"既然如此又何必这么急着去死呢?……就当我已经死了,那么到别处去逛逛看看又有什么不好?"于是他离开小岛,去外边闯世界。每当觉着人生无意义想死时,一看那两粒药就放松了,决定再活着试试看。他给人打扫厕所,后来又学木工、打铁和裁缝,还娶妻生子,又有了孙子,一晃过了六十年。"这样越来越活得平静,不去想自己算个什么还是不算个什么,自己想干什么就干什么,能干什么就干什么,愿意出去跑一阵便跑一阵,愿意扯开嗓子唱一阵便唱一阵,愿意读点什么或写点什么就读点什么写点什么。……这才意识到我们很久很久没提起那两粒药了,知道再也用不着它。"在这篇小说中,史铁生是以艺术的形式记录了自己摆脱生存危机

---

[1] 史铁生:《关于死——两个残疾人对话之一》,《好运设计》,春风文艺出版1995年版,第163页。

[2] 史铁生:《答自己问》,《作家》1988年第1期。

[3] 史铁生:《我与地坛》,《上海文学》1991年第1期。

的心灵轨迹,他幽默地对他的一个同样的残疾朋友说:"我第一次平心静气地放弃自杀的念头却是听了卓别琳的劝。"在卓别琳主演的一部电影中,卓别琳扮演的人物救了一个想自杀的女人,并对她说:"着什么急?早晚会死的。"就此史铁生写道:"死本来是绝望,但卓别琳轻而易举地把它变成了一种希望。这希望有两层意思:一是说,要是你真的再没有力气了,你放心吧,那时候死神肯定会来搭救你;二是说,既然如此你何必不再试试呢?说不定你还能玩出什么花样来高兴高兴呢?"[①] 本来是致人于死地的剧毒,却反而变成了带来新生的救命草。这既有海德格尔的"先行到死"的存在主义的思想的印痕,而结尾的毒药并无毒的设置与《命若琴弦》无字白纸处方的目标虚设又有着异曲同工之妙。作者以寓言形式来表述的是:人生的意义和救赎不在天国彼岸,而就在现实的日用俗常之中。

将人生归于世俗又超越世俗,是作者自我救赎的又一条途径。人不只是一个生物或社会的存在,他还是一个精神的存在。从这个意义上说,人既是短暂的、有限的,但同时又是无限的、永恒的。史铁生就是以自己的智慧和悟性来关注和思索人的精神、生命奥秘,从而超越了现实存在的局限而体味和进入了永恒之境。充满着诗意和哲理的《我之舞》,将人与鬼、今生与来世、此岸与彼岸、现在与将来、生与死、梦与真等人生最根本的问题进行了拷问和探求,这些相互对立、分隔的范畴又是彼此互融互通的:"这一回有限的我结束了,紧跟着就是下一回有限的我。""人有来生千秋不断,动动相连万古不竭。""死是没有什么可怕的。""死,不过是一个辉煌的结束,同时是一个灿烂的开始。""永远只有现在,来生总是今生,是永恒之舞,是亘古之梦。"两个鬼魂富有哲理的对话、缥缈神秘的合唱以及精灵一样的女人和老孟超越时空和常理的相恋共舞,都是在看似不可思议的艺术构建中传递了作者对短暂有限的现实存在的超越而渴慕无限永恒的人生追求。这在《我与地坛》的叙写中可以得到进一步的印证:

> 但是太阳,他每时每刻都是夕阳也都是旭日。当他熄灭着走下山去收尽苍凉残照之际,正是他在另一面燃烧着爬上山巅布散烈烈朝晖

[①] 史铁生:《关于死——两个残疾人对话之一》,《好运设计》,春风文艺出版1995年版,第161页。

第二辑　名家评析

之时。那一天，我也将沉静着走下山去，扶着我的拐杖。有一天，在某一处山洼里，势必会跑上来一个欢蹦的孩子，抱着他的玩具。

当然，那不是我。

但是，那不是我吗？

宇宙以其不息的欲望将一个歌舞炼为永恒。这欲望有怎样一个人间的姓名，大可忽略不计。

这里，既有庄子齐生死的思想印痕，又可看到佛学中生死轮回的禅意："我们完全可以视另一些人的出世为我们的再生。"[①] 可见史铁生已经以自己的智慧和悟性，激活了丰厚的传统文化，并转化为个人的内在资源，化作战胜苦难、奋勇前行的动力和支柱，同时也为人类的救赎开辟了一条独特的路径。这在人们茫然不知所措的文化转型期，有着不可替代的文化建设意义。

---

① 　史铁生：《答自己问》，《作家》1988年第1期。

赵树理早期小说文化内蕴解读

　　赵树理在晚年回顾和总结自己的创作道路时，曾把自己的创作过程分为三个阶段，即"专业化之前""入京以前"和"在京时期"。① 本文所论赵树理早期小说的"早期"，主要限定在专业化之后和入京之前即1943年至1949年这一时段。之所以这样限定，这是因为：①专业化之前赵树理创作的主要是戏剧、曲艺、诗歌、杂感一类，很少写小说，偶尔涉笔，也只能看作尝试之作，还没有进入创作的状态。没有了对象，当然也就无从研究。②在京时期受到外界干扰性因素影响太多太大，赵树理无所适从，创作处于徘徊、矛盾甚至迷乱之中，作品质量不仅没有提高，反而有所下降。正如孙犁所言："从山西来到北京，对赵树理来说，就是离开了原来培养他的土壤，被移置到了另一个地方，另一种气候、环境和土壤里。""不管赵树理如何恬淡超脱，在这个经常遇到毁誉交于前、荣辱战于心的新的环境里，他有些不适应。就如同从山地和旷野移到城市来的一些花树，它们当年开放的花朵，颜色就有些黯淡下来。""他的创作迟缓了，拘束了，严密了，慎重了。因此，就多少失去了当年青春泼辣的力量。"② 1943年至1949年这短短的几年的早期创作，则浓缩了他的小说创作精华，而且这些作品最本色地体现了赵树理之为赵树理的东西。《小二黑结婚》《李有才板话》《李家庄的变迁》《催粮差》《邪不压正》《刘二和与王继圣》等优秀之作多创作于此时。当时他以"野小"为笔名以自称，并自述曰："野小者，野老之子也。"③ 意思是说他自己是乡村田野生长起来的"小"

---

　　① 赵树理：《回忆历史　认识自己》，《赵树理文集》第四卷，工人出版社1980年版，第1825—1829页。
　　② 孙犁：《谈赵树理》，《天津日报》1979年1月4日。
　　③ 刘泮溪：《赵树理的创作在文学史上的意义》，《山东大学学报》1963年1月号。

字辈。这正好从一个侧面说明其人其文都充满不加雕饰、自自然然的山野之气和原汁原味。

　　这里所说文化内蕴解读，是针对以往研究单纯从政治层面对赵树理小说阐释而言的，因而这并非在做玩弄概念的游戏，而是为全面理解和把握赵树理小说提供一个理论支点和全新框架。我们知道，以往论者，无论褒贬，对赵树理小说的言说都框定、滞留在政治层面：根据地权威评论家陈荒煤之所以提出"向赵树理方向迈进"的口号，重要原因之一就是"赵树理同志的作品政治性是很强的。他反映了地主阶级与农民的基本矛盾，复杂而尖锐的斗争"①。香港学者司马长风认为赵树理的作品"在内容上受政治操纵"，"远离文学的轨道"。② 美籍华裔学者夏志清则这样评论道："赵树理的蠢笨及小丑式的文笔根本不能用来叙述，只能嘻嘻哈哈地为共产党做宣传。"③ 即使到了20世纪80年代末这样一个学术氛围已经宽容、多元的环境中，"重写文学史"的响应和参与者之一戴光中还这样评价赵树理："他是为了搞好农村工作才去从事文学创作的，他的艺术见解常常等同于政治见解；他不认为文学是人学，不认为文学的崇高使命是研究人、表现人、从审美的角度通过艺术形象去陶冶读者的心灵，而是把文学当作一种为农村现实政治服务的特殊工具。"④ 我们知道，赵树理是一个政治意识很强的作家，他的小说自然也具有浓厚的政治色彩，不承认这一点，就无法正确认识赵树理及其小说。但同时我们又无法否认这样一个事实：政治性并不是赵树理小说的唯一要素和棱面。赵树理的小说被称为"问题小说"，许多从政治层面理解和言说赵树理作品的论者也大都以此为展开自己论述的一个重要理论依据和支点。其实，这是一个很大的误解。赵树理小说中的"问题"绝非只是政治问题，而"问题小说"也不是对政治更不是对政策的图解。关于"问题小说"，赵树理是这样说的："我在做群众工作的过程中，遇到了非解决不可而又不是轻易能解决了的问题，往往就变成所要写的主题。"他又这样写道："我的材料大部分是拾来的，而且往往是和材料走得碰了头，想不拾也躲不开。……每天尽和我那几个小册子中的人物打交道……例如《小二黑结婚》中的二诸葛就是我父亲的缩影，兴旺、金

---

① 陈荒煤：《向赵树理方向迈进》，《人民日报》1947年8月10日。
② 司马长风：《中国新文学史》下卷，昭明出版社1978年版，第123页。
③ 夏志清：《中国现代小说史》，香港友联出版社1979年版，第411页。
④ 戴光中：《关于"赵树理方向"的再认识》，《上海文论》1988年第4期。

旺就是我工作地区的旧渣滓；《李有才板话》中老字和小字辈的人物就是我的邻里，而且有好多是朋友；我的叔父，正是被《李家庄的变迁》中六老爷的'八当十'高利贷逼得破了产的人；同书中阎锡山的四十八师留守处，就是我当日在太原的寓所；同书中'血染龙王庙'之类的场合，染了我好多同事的血，连我自己也差一点染到里边去。"最后总结道："在群众中工作和在群众中生活，是两个取得材料的简易办法。"① 这就充分说明，赵树理在小说中提出的问题，不是依据于政治概念或长官意志，而是来源于自己在工作和生活中的亲历实感。对生活的忠实、对人民的挚爱使赵树理关注的目光和表现的对象都挣破政治宣传的框架而投向底层民众的生存处境和精神状态，因而对世事人生、人情人性、人际关系、历史变迁进行了全方位、多棱面的观照和把握，从而使其小说融含了深厚而丰富的文化内蕴。而这些是无法以政治的一维而蔽之的，所以用文化这一多元、多维、多层的视镜来观照他的小说就显得十分必要了。

"文化"这一概念，自英国人类学家泰勒第一次提出，至今一百多年已有一百多种解释，今天的我们不必也无法将之一一厘清界定，也避免陷入概念的迷宫和陷阱中。新时期文学批评界对"文化"这一概念已在这三个层面的内涵上达成了大致的共识：①特定地域中的地理风貌、自然景观；②特定地域历史长期积淀下来约定俗成的风俗习尚；③包括行为方式、思维方式、价值观念、伦理操守在内的人的精神风貌、心理状态和生命形态。我们这里对赵树理早期小说的文化内蕴的解读，也就是在这样一个共识下来切入展开的。

一 对自然风貌的淡化和对风俗习尚的纵深勘探

赵树理的早期小说中，作为文化内涵重要层面的地理风貌、自然景观却没有作为独立的描写对象出现。这并非因为赵树理欠缺描写风景的意识和能力，后来的《三里湾》勾勒了旗杆院、船头起、老五园、上滩、下滩、黄沙沟口、三十亩、刀把上、龙脖上、青龙背、回龙湾等自然景观，还匠心独运地通过画家老梁的三幅画将不同季节、现在未来的三里湾交织呈现出来，显示了赵树理对自然、风景把握表现的深厚功力。而早期小说中自然风光的缺失，原因不外有二：其一是赵树理为了照顾、适应战时农

---

① 赵树理：《也算经验》，《人民日报》1959年6月26日。

村读者的审美心理和阅读习惯。他后来这样总结道:"我过去所写的小说如《小二黑结婚》《李有才板话》《李家庄的变迁》等里面,不仅没有单独的心理描写,连单独的一般描写也没有。这也是为了照顾农民读者。因为农民读者不习惯读单独的描写文字,你要是写几页风景,他们怕你在写什么地理书哩!"① 其二是赵树理关注的是"问题",而风景与问题没有关系,起码关系是无足轻重的。赵树理早期小说中自然景观的空缺,与其以前和同时期作家如鲁迅、沈从文、废名、萧红、孙犁等的小说将大自然当作重要的、独立的对象相比,形成了鲜明的对比,同时也使自身有了独特的个性。地理风貌、自然风景描写的淡化,并未减弱赵树理早期小说的文化内蕴:少了画意诗情,却多了粗拙厚朴;忽略了自然风景,却将更多的精力和目光投向了人文景观。换句话说,赵树理早期小说的文化内蕴在自然风景中的落空,转而在对人文风情、风俗习尚的关注、表现中得到了补偿和凸显。

赵树理在风俗习尚方面主要关注的是神灵崇拜、婚丧礼俗、诉讼等。不过赵树理与四十年后寻根作家对风俗习尚的深情迷恋、深入开掘不同,他是将其纳入"问题"的框架之中,将之作为揭露对象而进行文化审视、解剖和批判的。

《小二黑结婚》中的二诸葛和三仙姑,并不是作为小二黑和小芹的陪衬而出现的,他们不仅有独立的价值,而且还具有普遍性的意义,他们共同实现了赵树理对当时农村普遍存在的崇神信鬼现象的忧虑和针砭。一个知根知底的论者这样写道:"赵树理有比这强烈,又普遍的材料,也想把它凑进去,因此凑成了三仙姑和二诸葛这两个人物。"也就是说,这两个人物有着厚实的社会、文化基础:"二诸葛就是赵树理的父亲与他(小二黑原型岳东至——论者注)的父亲的合体。"而三仙姑的原型则是赵树理下乡时认识的一个"每日起来也装神弄鬼"的"神婆子"②。20世纪初在赵树理的故乡,信神入教的现象非常普遍,不仅祖辈父辈,就是赵树理也一度是虔诚的信徒。他很小就随祖父念三圣教道会经,每天吃斋,饭前打供,一日烧香四次,十七岁又与前妻一起加入太阳教。在长治读书时还"迷信,不吃肉,当时还怕犯咒语"③。虽然赵树理在写二诸葛和三仙姑时

---

① 赵树理:《做生活的主人——在广西壮族自治区文艺座谈会上的发言》,《广西日报》1962年11月13日。
② 董均伦:《赵树理怎样处理的〈小二黑结婚〉材料》,《文艺报》1949年第10期。
③ 赵树理:《创作离不开生活基础》,《汾水》1980年第3期。

带着提出问题、解决问题的功利性和倾向性，但却不同于一般的反封建迷信的作品，从而有了超越时空的持久和泛泛意义。无论是二诸葛的"论一论阴阳八卦，看一看黄道黑道"，还是三仙姑的"装扮天神"，都是对超自然力的神秘现象的崇信。而这对处于底层的民众似乎有着神奇的吸引力，即使新中国成立以后一直到 21 世纪，都不绝如缕或明或暗地存在着，甚至一些中共干部也深信不疑，加入其中。由此可见，赵树理对一时一地的具体问题的表现，经受着岁月的淘洗仍然有着现实意义，这也说明一个忠实于生活和真实的作家怎样使自己的作品越出狭隘的目标而拥有了文化内蕴和艺术生命力，作品客观效果偏离、溢出了作者的主观动机。

赵树理对农村中的婚丧礼俗非常熟悉，"参加过婚丧大事"①，因而关于婚丧方面的风俗习尚也成了他早期小说的重要内容。这里着重谈一谈和婚姻相关的内容。赵树理十分重视并着力描写了婚俗中的细节，在《邪不压正》中，他用了大量篇幅写了刘忠与软英订婚送礼的仪式："这地方的风俗，遇到红白大事，客人都吃两顿饭——第一顿是汤饭，第二顿是酒席。""这地方的风俗，送礼的食盒，不只光装能吃的东西，什么礼物都可以装——按习惯：第一层是首饰冠戴，第二层是粗细衣服，第三层是龙凤喜饼，第四层是酒、肉、大米。""按习惯，开食盒得先烧香。……这地方的风俗，礼物都是女家开着单子要的。"作品多次写到"这地方的风俗"和"按习惯"等词语，表明了赵树理清醒而强烈的风俗意识，而行文将风俗介绍的框架与人物的具体行为交织在一起，从而使风俗意识和审美追求、共性呈示和个性展现得到了有机的统一。而《小二黑结婚》中三仙姑将女儿小芹许配给吴先生、二诸葛给儿子小二黑收养童养媳的描写，既展示了在旧农村父母包办儿女婚姻的传统习惯，同时也表现了旧式农民以婚姻来攀附富贵或求安务实的心理特征和价值观念。在《福贵》中，我们欣赏到了这样独特的婚俗：穷人家给童养媳"上头"圆房时，虽然没法讲富人才有的排场，但还要借邻家梳妆、上轿，抬着在村里转一圈然后再抬回本院，走一走必备的过场。

赵树理不仅写婚俗，还同样关心婚姻的延伸和结果，即家庭关系方面的传统习俗。赵树理非常关注新旧交替中的家庭，曾经长期构思酝酿一部名为《户》的小说，虽然因故未能写出，但其早期小说《孟祥英翻

---

① 王春：《赵树理是怎样成为作家的》，《人民日报》1949 年 1 月 16 日。

身》《传家宝》等小说已经对这一问题有了精彩的描写。在这两篇小说中，侧重描写的是婆媳关系，而横在婆媳之间的"老规矩"成了作品非常引人注目的亮点：女人没有独立的人格，只是一个供人使用的工具。《孟祥英翻身》中的孟祥英甚至不能有自己的名字，只能以婆家、娘家的姓氏即牛门孟氏而称谓。"婆媳们的老规矩是当媳妇的时候挨打受骂，一当了婆婆就得会打媳妇，不然的话，就不像个婆婆派头；男人对付女人的老规矩是'娶到的媳妇买到的马，由人骑来由人打'，谁没有打过老婆就证明谁怕老婆。"而孟祥英挨了婆婆、丈夫的打不仅不能还手，而且连躲都不行，甚至差点被婆婆给卖到外乡。《传家宝》中的李成娘，则将"一把纺车，一个针线筐和这口黑箱子"当作传家的"三件宝"，并想以这些针线活和自己的生活习惯来管住媳妇金桂。而守旧规矩的婆婆和打破旧规矩的媳妇之间的冲突构成作品独特的艺术张力，也拥有了厚实的文化内蕴。

　　赵树理笔下的诉讼、差役等都非现代法律意义和机制上的行为，而是一种历史积淀下来的、约定俗成的解决民事纠纷的方式，虽然有固定的成员、程序和仪式，但依据却不是明文规定的法律条款而是只有心会而不可言传的潜规则，有着极大的机变性、人为性，因而具有极强的民间色彩和风情内涵。《李家庄的变迁》一开始就非常详尽地写了一场诉讼的全过程：主持诉讼的组织叫息讼会，由社首、村长、调解员、闾邻长组成，有证人、事主、帮忙等参与；还交代了诉讼前先吃烙饼以及谁吃双份、谁吃鸡蛋炒过的、烙饼的费用又由谁负担等细节；而诉讼的结果可想而知，完全由村长的意志支配，虽然开明绅士、调解员王安福坚持正义，但胳膊扭不过大腿，反而判有理的铁锁败诉。《催粮差》中的法律程序更具有戏剧性和民间性：司法警察的差使却可以雇一个煎饼铺里的伙计顶替；对同样上了传票的人，执法人却根据其地位而采取截然不同的态度：县财政局长的弟弟"二先生"无视法律，还打了差人，警官崔九孩不仅不将其绳之以法，反而还向他赔礼讨好；而对农民孙甲午却施予绳锁——但并非就真的执法，不过为敲诈几块现大洋而已。而这些丑恶现象的描写正因植根于乡村之一隅，却超越了一般党派的政治批判，从而在更具普遍意义上揭示了人性和体制的罪恶。

赵树理早期小说文化内蕴解读

二 对民众主体意识丧失的精神状态即奴性的审视和反思

赵树理早期小说的文化内蕴不仅体现在风俗习尚的描写层面,更主要而深刻地表现在对作为风俗习尚在主体身上的积淀即人的精神状态和心理特征的透视、开掘上。而赵树理花费笔墨较多的是对农民身上特有的那种丧失自我和主体意识的奴性的审视和反思。

这种奴性集中地体现在老一代农民身上,这是他们在长期的强权压制、奴化意识浸蚀下的必然结果,是旧的制度、风习在他们心灵深处留下的伤痕。赵树理的不同凡响之处在于,他准确地从不同的角度和侧面表现了老一代农民奴性的多种形态,表现了奴性在不同环境中的变体。这里有的是对神灵的膜拜,如《小二黑结婚》中的二诸葛;有的是对官府、权力的屈从,如《李有才板话》中的老秦,《李家庄的变迁》中的老宋;有的是对富豪的畏惧,如《邪不压正》中的王聚才。赵树理还进而透视了他们身上的主奴意识:王聚才面对财大气粗的地主刘锡元的逼婚,心中怨恨却不敢说半个不字,只能以装病来逃避,后来刘氏父子被捉住挨批斗甚至刘锡元死了以后,王聚才还惧怕刘家的余威,因而不敢悔婚,而是要"看看再说",但对女儿软英和软英的男友小宝却动辄打骂,专横而蛮野。老秦对阎恒元怕得要命,逆来顺受,连背地里说句不恭的话都怕人家听见了,但对老婆张口就骂,对儿子、女儿也是吹胡子瞪眼睛;就是对同样一个人,因前后认识的不同,态度也判若两人:起初听说老杨是县里来的官,老秦对之敬畏有加,待若上宾,而当一知道老杨也是长工出身时,就"马上看不起他了",甚至出言不逊;最后阎家山的问题解决,他又跪在地上对老杨等人磕头,"你们老先生是救命恩人呀,要不是你们诸位,我的地就白白押死了"。对农民劣根性的判析,赵树理上承鲁迅,又融入了自己独特的发现和思考。

赵树理还对群体身上存在的根深蒂固的奴性有着清醒的认识和深入的挖掘,这群体没有名姓,是一种隐性的存在,却带有更大的普遍性。《小二黑结婚》中这样写村民对恶霸金旺、兴旺的态度:"大家对他两个虽是恨之入骨,可是谁也不敢说半句话,都恐怕扳不倒他们,自己吃亏。"《李有才板话》中也有类似的描写:"大家对喜富的意见,提一千条也有,可是一来没有准备,二来碍于老恒元的面子,三来差不多都怕喜福将来记仇,因此没有人敢马上出头来提,只是交头接耳商量。……有的说'能送死他自然是好事,送不死,一旦放虎归山必然要伤人'……议论纷纷,都

— 195 —

没有主意。"这里表现的都是弱者群体面对恶势力敢怒而不敢言的心态和行为，他们对压迫他们的坏人充满着仇恨，希望他们垮台倒霉，但又不敢自己动手，怕给自己带来灾难甚至杀身之祸，因而只是观望、推诿，寄希望于别人，而自己能坐享其成。这是长期的奴役地位形成的懦弱、胆小、惧怕、妥协、退让的心理病变：他们既失去了振臂一呼、群起响应的豪情，也没有了团结一心、共同御辱的凝聚力。而更可悲可怕的是，一旦没有了强人的统治，他们还渴望一个哪怕是恶劣的人出头当家做主。《小二黑结婚》中有这样一段叙述："山里人本来就胆小，经过几个月大混乱，死了许多人，弄得大家更不敢出头了。别的大村子都成立了村公所、各救会、武委会，刘家峧却除了县府派来一个村长以外，谁也不愿意当干部。不久，县里派人来刘家峧工作，要选举村干部，金旺跟兴旺两个人看出这又是掌权的机会，大家也巴不得有人愿意干，就把兴旺选为武委会主任，把金旺选为村政委员，连金旺老婆也选为妇救会主席。"鲁迅对国民性"做稳了奴隶的时代"这一深刻而富有哲理的概括在赵树理的笔下塑造成了栩栩如生的艺术形象。群众懦弱可欺的奴性是恶人的蛮横霸道造成的，反过来，蛮横霸道的恶人又恰是那些温驯可欺的群体培育造就的。赵树理不仅书写了群体的心灵病态，还直指产生精神病变的根源。在恶霸统治下沉默不语的庸众，在自己的农民政权中，同样哑然无声，这是赵树理对国民奴性的独特发现和犀利剖析。《邪不压正》这样描写在农会主任小昌主持的群众大会上"群众"的表现："村里群众早有经验，知道已经是布置好了的，来大会提出不过是个样子，因此都等着积极分子提，自己都不说话。……别的群众，也有赞成的，也有连拳头也懒得举的，反正举起手来又没有人来数，多多少少都能通过。"当家做主的时代降临了，但"群众"却不具备当家做主的能力。参与和监督的缺失，以至于使原先是奴隶的小昌在当了主人之后，慢慢蜕变为新的恶霸。赵树理对隐性群体身上的奴性造成的恶果的揭示给人一种振聋发聩的警醒，而赵树理对隐性群体各种形态的奴性的展示和针砭，使我们看到了当年鲁迅对无主名杀人团这一现象的艺术展现在另一时空中的回响、延续和深化。

赵树理不仅在老一代农民、隐性的芸芸众生身上发现了奴性，而且还进一步审视和揭露了那些富有叛逆精神、敢于和旧势力斗争的年轻新型农民身上存在的奴性，这既体现了赵树理忠实于生活真实的一贯风格，同时也显示了他对人性洞幽烛微的灵心慧眼和勇闯禁区的创新精神。《孟祥英翻身》中的孟祥英作为当地有名的劳动英雄，却在是否参加斗争特务任二孩大会上"拿不定主意"，虽然在工作员的动员下决定参加，但暗地里却藏着这样的心思："去就去吧，咱不会不说话？"赵树理并未因为孟祥英是劳动英雄就讳写她面对邪恶势力、生命危险时的观望、犹豫甚至投机心理，超越了将人物的品行、操守与阶级地位简单比附的思维定式和写作模式。不仅如此，赵树理还有意识地写了那些敢于斗争、被农民拥戴、主宰了自己命运的新型农民，在恶势力的收买笼络下一步步丧失了斗志，却又转而与恶势力妥协甚至屈从对方，从而背叛了农民利益的现象。《李有才板话》中的马凤鸣见多识广，敢作敢为，是与阎恒元斗争的急先锋，但在得到阎恒元给他的一系列好处之后，"见自己落不了空，也就不说什么了，别人再怂恿也怂恿不动他了"。这些都显示了赵树理对奴性存在的根深蒂固和普遍持久的思考和忧虑。

三 对根植于国民乃至人类心灵深层的人性之恶的揭露和针砭

赵树理早期小说文化内蕴另一个重要方面表现在对植根于国民乃至人类心灵深层的人性之恶的揭露和针砭。人性之恶与奴性同为国民性、人性、人类精神的负面因素，但又有所不同。奴性是对强权的屈从、依附和投靠，而人性之恶则是对弱者的侵犯、凌辱和伤害。赵树理对这人性负面的两极都进行了定向的开采，并旗帜鲜明地表示了无情的否定和批判。

作为人性恶主体之一的恶霸形象在赵树理早期小说中反复出现，几乎每篇都有。恶霸在现当代文学的话语中本来是个阶级性、政治性极强的群类，但在赵树理笔下，他们不同于黄世仁、南霸天、胡汉三这些被脸谱化、标签化了的政治符码，而是源于作者对生活的敏锐观察、对人性之恶的高度警觉，既个性独具又丰富多彩的艺术典型。这里有的是以财欺人，蛮横霸道：《邪不压正》中的地主刘锡元，财大气粗，以至于将已经有了意中人的软英逼迫做自己儿子的填房，给软英一家带来了挥之不去的屈辱和痛苦；有的是仗势欺人，嗜血如命：《李家庄的变迁》中的李如珍凭借村长的身份，反而让本来有理的铁锁付出高额赔偿金，以至于将铁锁弄得妻离子散。他还勾结黑暗势力，屠杀村民，双手沾满了乡亲们的鲜血。而《小二黑结婚》中的金旺、兴旺，《李有才板话》中的阎恒元等则是混进革命队伍中的坏人，他们打着革命的旗号来追求一己的私利，满足个人的情欲，极大地损害了群众的利益。

第二辑 名家评析

如果说对乡村的恶霸及其危害性的揭露基本上还是与当时解放区的政治理论、文学创作模式相统一吻合的话，而对那些穷困潦倒、处于社会底层者身上的邪恶、狠毒的展示则显示了赵树理对人性探索上的新拓展。赵树理这样写道："据我的经验，土改中最不易防范的是流氓钻空子。因为流氓是穷人，其身份很容易和贫农相混。……只有流氓毫无顾忌，只要眼前有点小利，向着哪一方面也可以。"① 也就是说，在赵树理的认识中，人性之恶绝不是地主、官僚、混进革命队伍中的坏分子这些恶霸们的专利，它是超阶级的，在穷人身上同样存在。《李家庄的变迁》中的小毛，本身贫贱，但却依附李如珍等权贵，残害乡亲，做尽坏事。《催粮差》中的崔九孩，作为当差的司法警察，处于社会底层，但对上了"票子"而地位显贵的二先生不仅不秉公执法，还对其献媚讨好，而对偏僻山村的贫民孙甲午则又是锁绑恫吓，又是敲诈勒索，狡诈卑劣的品性表现得淋漓尽致。《邪不压正》中没有任何产业只靠说媒谋生的小旦，善于投机钻营，先是当地主刘锡元对软英逼婚的帮凶，而刘锡元倒了之后，他又投靠在新贵小昌的门下，帮小昌做锡元没做成的事情。

在对人性恶的表现上更为引人注目的是，赵树理关注并且塑造了那些进入革命队伍尤其掌权之后就腐化变质的坏干部形象。《李有才板话》中的陈小元，原先是与封建势力斗争的积极分子，但在村民支持下当了武委会主任以后，经受不住一套制服、一支钢笔的诱惑，就开始与村民的对头阎恒元他们同流合污，反过来却对村民作威作福，役使他们为自己出苦力。《邪不压正》中的小昌，本来是地主刘锡元的雇农，但入了党当了农会主任以后，不仅多占了斗争果实、侵吞了大量社会财富，而且公然欺压住在同院的患难弟兄。更为有意思的是：地主刘锡元逼迫已经有了意中人的软英做自己儿子的填房，而当权之后的小昌，同样逼迫软英嫁给自己的儿子。也就是说，作为革命干部的小昌在做事为人上，同自己过去批斗的地主，已经没有什么两样了。"群众未充分发动起来的时候少数当权的干部容易变坏；在运动中提拔起来的村级新干部，要是既没有经常的教育，又没有足够监督他的群众力量，品质稍差一点就容易往不正确的路上去，因为过去所有当权者尽是些坏榜样，稍学一点就有利可图。"② 赵树理对革

---

① 赵树理：《关于〈邪不压正〉》，《赵树理文集》第四卷，工人出版社1980年版，第1438页。
② 同上。

命队伍中的坏干部和革命干部变坏的思索和艺术表现，已经超越了特定的历史和区域，有着更为普遍和持久的意义。

赵树理对人性恶的观照和探索并未就此止歇，他还进一步深入儿童的心灵和行为进行考察和试验。《刘二和与王继圣》开头写了七个放牛娃在村外的荒草坪上放牛、玩游戏，但这种伊甸园式的平等、自由、快乐、和睦随着王继圣的到来就被破坏了。他对别的小伙伴张口便骂、举手就打，一举一动都显露出少见的乖戾狠毒，甚至为了顾全自己的面子，还阴毒地陷害救助了他的刘二和，让其遭受了毒打和屈辱。而作为放牛娃的小囤、铁则他们面对王继圣的专横跋扈也一改先前的平和、厚朴，以毒攻毒地不仅还口骂了还手打了王继圣，而且还把王继圣手脚捆绑起来弄了个"老牛看瓜"。赵树理描写这些的时候显然有着明确而清醒的阶级意识，即王继圣对放牛娃的欺辱源于其父村长、地主的地位、身份，而小囤、铁则他们的恶作剧则植根于被压迫者后代天性中的仇恨、报复和反抗。不过，这里赵树理在几个十一二岁的孩子身上所刻画的，则一方面让我们看到了天真无邪的童心被阶级差别的扭曲、污染，另一方面又像一面透明的镜子，将人类天性中普遍存在的暴力倾向、破坏行为、侵略冲动暴露无遗。

赵树理是一个政治性很强、阶级意识很自觉的作家，同时又是一个忠实于生活，忠实于自己的眼睛、耳朵和心灵情感的作家，这就使赵树理的早期小说呈现了多元性、多义性。我们从文化视镜中透视、梳理、开掘其早期小说的文化内蕴，并非消解、否定其政治乃至阶级内涵，而是从一个独特的角度来解读赵树理小说，以对以往研究中只从单一的政治层面解读、评判的定式模式进行反拨和矫正，以恢复赵树理小说的原生态的丰富性、多元性、鲜活性。

论赵树理及其创作的当代意义

关于赵树理及其创作的"体"即构成要素、内涵、特征等，前人的论述可以说已经汗牛充栋，给我们留下的研究、言说的空间已经很小或者说已经没有了。本篇避实就虚、扬长避短，想着重谈谈赵树理及其创作的"用"即功能、价值、意义和影响。其实，这一话题前人谈论得也很多了。不过，这些谈论的取向大多是负面的、历史的，而正面的、现实的却极少或根本没有。也就是说，许多论者都认为：赵树理及其创作是特定历史背景下的产物，其成就、贡献只表现在对前人的超越，而对今天的社会现实和现实中的文学创作，已经没有多少作用了，他的功利性写作和大众化追求，甚至还产生负面的影响。笔者在承认赵树理存在着历史局限性的前提下认为：已经走进历史的赵树理及其创作并没有完全成为历史。笔者在最近重新研读赵树理的著作、传记的过程中常常感到，赵树理其人其文，都弥散着许多厚重、闪光、让人感动和警醒的东西，而这些都理应成为不可多得的精神财富，对当代现实中的作家的人生态度、创作走向、文学观念乃至对国民观照世事人生等都会产生不可替代的作用和影响。本文拟从高风亮节流誉后、世事洞明警当世和逾矩创新启来者三个方面论述一下赵树理人与文的当代意义。

一 高风亮节流誉后

文如其人，作品往往是作家本人的全息投影，一个写出优秀作品的作家，他本人一定要具有非同寻常的大境界、真性情。在赵树理朴实无华的文中，我们首先看到了赵树理那具有高风亮节的人，而赵树理所独具的品格、操守、修养、素质，恰是当代许多作家匮乏欠缺的。

赵树理是一个政治性很强的作家，这也正是为许多研究者所诟病之处。司马长风认为其作品"在内容上受政治操纵","远离文学的轨道"。①夏志清则这样评道:"赵树理的蠢笨及小丑式的文笔根本不能用来叙述,只能嘻嘻哈哈地为共产党做宣传。"② 不过笔者认为,赵树理令后人感动、敬佩和自愧不如的,恰恰表现在他良好的政治素质即对政治的密切关注和积极参与上。纵观赵树理的创作和言行,他确实不是一个纯文学作家。打开《赵树理文集》,我们看到了许多非文学的因素,诸如减租减息、土改中怎样改善对中农的政策、地方戏的改革等关注时政的问题随处可见,还有许多随笔都涉及法国、美国、朝鲜等极尖锐、敏感的国际问题,尤其对美国的侵略行径,在多篇文章中进行了义正严词的谴责。总之,历次的政治风云、社会改革和时代变迁,赵树理都有自己独特的思索并且留下了自己积极参与的身姿。这些今天看来虽然显得粗朴无文、枯燥乏味甚至幼稚肤浅,但我们却感受了他关心民族命运的拳拳忧国之心、他的以天下为己任的强烈使命意识,正如一个研究者所述:"当我们将赵树理置于历史演进过程中予以考察时,便不难发现,他始终拥有一种强烈的政治使命感。"③ 而新时期的以淡化、疏离政治来追求文学的审美价值的作家,虽然艺术品位提高了,但在血性、责任感上却无法望赵树理项背。美国炸了中国驻南盟大使馆,中国作家群却哑口无言,一片沉默,集体患了失语症。赵树理在天有灵,不知该为当代作家们艺术上的成熟而祝贺,还是该为他们的漠然而哭泣。

与此相应的是赵树理的可贵品质还表现在他具有敢于直面现实、真实反映民情、勇于为民请命的一个作家应具的真诚和良知。当政与民出现不和谐甚至矛盾冲突时,他会本能地向民倾斜;当现实生活、人民的愿望与国家意志出现不吻合时,他会以务实的态度做出努力来纠偏矫正。即使在政治压力强大的时候,他也不违心地迎合政治,"作为一个现实主义作家,他坚持创作要从生活出发的原则,他常常是按照自己对实际生活的理解来理解当时那种流行的理论。如果他所看到的实际生活与理论有了矛盾,那他是不肯为了概念的东西而牺牲现实的"④。就此我们不妨把他与同一文化

---

① 司马长风:《中国新文学史》下卷,昭明出版社1978年版,第123页。
② 夏志清:《中国现代小说史》,香港友联出版社1979年版,第411页。
③ 李辉:《清明时节——关于赵树理的随感》,《风雨中的雕像》,山东画报出版社1997年版,第119页。
④ 黄修己:《赵树理评传》,江苏人民出版社1981年版,第176—177页。

第二辑 名家评析

境遇中的另外两个作家在创作态度、理念上加以比照分析,这两个作家一个是杨朔,一个是浩然。杨朔的《海市》写于 20 世纪 60 年代大饥荒时期,当时的山东农村也同其他省份一样因为自然灾害和浮夸风而饿死了很多人,而杨朔在这篇散文中却将渔民的生活写成不仅衣食无忧,而且其乐融融的海市蜃楼般的美好、幸福的状态。这种为了颂扬政治而不顾甚至歪曲真实的创作模式,在浩然那里则走向了登峰造极的地步。他采用的是一种"反向思维"的写作方式:"我在构思小说时对在生活中遇到的事情,常常从完全相反的角度去设想。譬如,到商店去,遇到一个营业员态度特别恶劣,甚至挨了骂,但在写小说时,我就设想遇到一个好营业员,对人如何热情如何周到;一个生产队员懒惰消极自私自利,我就设想一个勤劳积极大公无私的形象。"[①] 赵树理则与这两位作家相反。他曾这样说:"我没有胆量在创作中更多加一点理想,我还是相信自己的眼睛。"[②] 在他这里,生活永远高于观念,因而他总是根据现实中的观察、发现,生活中的感受、联想而不是依据先入为主的观念、理论来创作。在杨朔写作粉饰现实的《海市》、浩然以《艳阳天》来图解阶级斗争理论的前后,赵树理则直面现实做了两件事:一是在《套不住的手》和《实干家潘永福》中塑造了以劳动为第一需要、不丢弃劳动者本色的陈秉正和富有实干精神、精于经营之道、充满献身精神的潘永福,以此曲折表达自己矫正和反拨当时的浮夸之风的心声和追求;二是在大连"农村题材短篇小说创作座谈会"上多次发言,对农村存在的严重问题进行了真实反映,对农民窘迫的生存状态表示深切关注和同情,对工作中存在的"浮夸""瞎指挥"等五风提出了尖锐批评,甚至说出了"一九六〇年时的情况是天聋地哑"[③] 这样的过激话语。这些后来都成了赵树理的"修正主义""反革命"的罪证,以至于最终引来杀身之祸。赵树理之所以能这样做,源于他对农民的浓厚情义和高度责任感,甘愿做为人民拉磨的牛:"鲁迅先生所谓'俯首甘为孺子牛'的意思,就是甘心为人民拉磨。我们虽不像鲁迅先生拉得那样卖力气,但作为

---

① 李辉:《清明时节——关于赵树理的随感》,《风雨中的雕像》,山东画报出版社 1997 年版,第 126 页。
② 同上书,第 127 页。
③ 赵树理:《在大连"农村题材短篇小说创作座谈会"上的发言》,《赵树理文集》第四卷,工人出版社 1980 年版,第 1717 页。

一个为人民拉磨者,性质是相同的,过去没有偷过懒,今后仍不会偷懒。"①杨朔、浩然都是名重一时的作家,但与赵树理相比,就看出了品格、境界上的差距。而在新时期,能够不顾名誉、地位和身家性命为民请命者,除了陈桂棣、张平几个作家之外,可谓应者无几,这不能不让人惋惜、悲哀和反思。

赵树理另一个一般作家不具备的品格就是严于律己、从自我做起。他对子女要求严格,不仅不利用自己的地位为子女谋私利,还鼓励、要求儿女到基层工作。女儿赵广建中学毕业后,赵树理动员她到老家农村当农民,若留在北京就在服务行业里当售票员、售货员或理发员,后来终于做通了女儿的思想工作,赵广建在家乡安心当了农民。②联想起当代一名口碑颇佳的知名作家为了能让在外省读大学的儿子回到北京在自己身边工作而费尽心机的情况,让人不由更加激起对赵树理的敬意。赵树理淡泊名利,对金钱尤其看轻。为了减轻读者的经济负担,他宁愿少拿版税而由在人民文学出版社改为在通俗读物出版社出版他的小说《三里湾》;他生活简朴,一生却没有留下任何积蓄,因为他把工资、稿费都交了党费,支援了家乡社队或接济了生活困难的朋友。凡此种种,当今那些为了经济利益一味媚俗、不顾道德良心甚至不惜以身体写作的作家反躬自问,不知是否会愧疚汗颜。斯大林说作家是人类灵魂的工程师,如今作家越来越多,而灵魂工程师却越来越少,不过赵树理对这一神圣称号却是当之无愧的,因为他有经得起拷问的纯洁美好的心灵。

最后我要提的是赵树理有丰厚的人生阅历,尤其是丰富的社会、文化、语言知识和熟练的生产、生活技能,这都凝聚为他成为一个优秀作家的重要素质。赵树理会各种农活,女儿赵广建这样写他:"无论是犁地、摇耧,还是扬场、撒粪,没有一样能难住他。父亲还会编簸箕、箩筐和小篮。"③他还会盖房子、刷墙壁、烧菜做饭。赵树理对北方农村的人情世态、风俗习尚,无不通晓:他"跟着人家当社头祈过雨,参加过婚丧大事,走过亲戚拜过年"④。另外他还对民间艺术极为精通:他八岁学会打上

---

① 赵树理:《青年与创作》,《赵树理文集》第四卷,工人出版社1980年版,第1557页。
② 赵树理:《愿你决心做一个劳动者》,《赵树理文集》第四卷,工人出版社1980年版,第1566页。参见赵广建《回忆我的父亲赵树理》,《山西日报》1978年10月22日。
③ 赵广建:《回忆我的父亲赵树理》,《山西日报》1978年10月22日。
④ 王春:《赵树理是怎样成为作家的》,《人民日报》1949年1月16日。

党戏的梆子,十五岁就会打鼓板,同时还学会了说书唱戏,还可以熟练地操练其他乐器:"他参加农民的'八音会',锣鼓笙笛没一样弄不响……他能一个人打动鼓、钹、锣、镟四样乐器,而且舌头打梆子,口带胡琴还不误唱。"① 一个采访赵树理的记者就此曾这样感叹道:"和鲁迅先生所悲叹的那种空头文学家相反,赵树理是一个富有生活经验和生活能力的人。他生活在群众之中,饱有劳动的知识和经验。我想他之所以能够写出有生命力的作品来,这是主要的原因之一。"② 赵树理以其文学以外的多才多艺反过来玉成了自己的文学创作,这对那些以为作家就是"坐家"即坐在家里不顾生活常识和逻辑而以面壁虚构、生编乱造为能事的当代作家,不能不说是一个警示。

二 世事洞明警当世

一个作家主要是靠自己的作品来说话的,假如一个作家的作品不仅在当时而且给后代在认识生活、感悟人生、净化情感等方面以裨益,那就说明这个作家的艺术生命力是持久的,价值是长存的。赵树理的作品所反映的世事人生,近则四十年,远则半个多世纪,沧海桑田,物是人非,在今天是否还有价值呢?赵树理当年在一篇文章里也提到过类似的关于文学是否有超时空意义的问题:"读者同志们或者会有人问:那个时候,那种斗争已经过去了,再去看那些人们在当时的表现还有什么作用呢?"接着他自己回答道:"书上写的那个时期、那些事情虽然过去了,可是和当时那些人具有同样思想的人,在另外一些时期和另外一些事情上会以另外一些行动、言论表现出来。知道了他们在历史上各自有过的种种表现,对于对待眼前类似的人们应该抱什么态度,是会有帮助的。"③ 我们完全可以用赵树理这段话来认识赵树理及其创作的现实意义:当今的社会形态、生活样式、价值观念虽然与赵树理时代相比有了天翻地覆的变化,但因赵树理对世事人生,人性人情洞察细微、思索独到、表现深刻,因而对今天的读者和作家不仅有意味深长的启示,而且还产生了振聋发聩的冲击力。

---

① 王春:《赵树理是怎样成为作家的》,《人民日报》1949年1月16日。
② 李普:《赵树理印象记》,《长江文艺》1949年创刊号。
③ 赵树理:《与读者谈〈三里湾〉》,《赵树理文集》第四卷,工人出版社1980年版,第1726页。

首先引起我们深刻反思和强烈共鸣的是赵树理对那些进入革命队伍，尤其是掌权之后就腐化变质的坏干部形象的准确描绘和深入挖掘。这些人有的是图财贪富，即以自己所处地位的优势，近水楼台先得月，在社会变革中多占了胜利果实：《三里湾》中的范登高，利用村长的身份，在土改中多分了好地和农具，翻身"翻得高"，并利用这些资本买骡子雇人做起小买卖，从中盈利，成了先富起来的一个；有的是依势扬威，即利用权力来居高临下地役使别人：《李有才板话》中的陈小元，原先是斗争恶霸的积极分子，但在村民支持下当了武委会主任以后，却反过来对村民作威作福，支使他人给自己割柴、担水、锄地，并与村民的对头阎恒元等人同流合污；有的财、势兼图：《邪不压正》中的农会主任小昌，本来是地主刘锡元的雇农，但入了党当了干部之后，不仅多占了斗争果实，侵吞了大量社会财富，而且公然欺压住在同院的患难弟兄。更为有意思的是：地主刘锡元让流氓小旦当媒人逼已经有了意中人的软英做自己儿子的填房，而当权之后的小昌，同样逼迫软英嫁给自己的儿子，用的媒人恰巧还是小旦。也就是说，作为革命干部的小昌在做事为人上，同自己过去批斗过的地主，已经没有什么两样了。这些人物的共同特征是：他们利用人民、革命赋予他们的权力、地位，反过来却侵占人民、革命的财富，甚至压制人民、背叛革命，成了人民、革命的异己分子。就像从陈奂生的身上看到阿Q的影子一样，在社会现实中那些有着公仆、党的干部神圣光环实则贪赃枉法、鱼肉百姓的贪官、赃官、恶官身上，我们同样看到了小元、小昌、范登高的影子。换句话说，赵树理笔下的这类人物，虽然距今有半个世纪之久，但完全可以当作认识现实生活中这类人的一面镜子。历史是这样的惊人相似，这让我们既钦佩又忧虑，既惊叹又伤感。我们钦佩、惊叹的是赵树理在革命之初就有如此高度的警觉性、敏锐的洞察力和高超的艺术概括表现力；我们忧虑、伤感的是，这么多年过去了，赵树理担心、思索的干部腐败变质的问题不仅没有解决，反而更为严重。赵树理的可贵和深刻之处在于，他并没有停留在对这类人物仅作现象性的揭露，还深一层地透视和挖掘了这类人物滋生、存在的土壤、根源，并提出了相应的治理措施。他这样写道："群众未充分发动起来的时候少数当权的干部容易变坏：在运动中提拔起来的村级新干部，要是既没有经常的教育，又没有足够监督他的群众力量，品质稍差一点就容易往不正确的路上去，因为过去所有当权者尽是些坏榜样，稍学一点就有利可图。"① 这段简短朴实的话语内涵却极丰富，它涉及赵树理关于权力、干部问题的人性和机制的双向思索：不同时地，不同阶层，人皆有欲，对财富、权力、情欲等都有一种本能的趋就。就此而言，小元与恒元、小昌与锡才、范登高与刘老五并没有区别，这就是人性，赵树理讲的"当权者""坏榜样""有利可图"即然。人欲特别是与权力结合了的人欲一定要有所制衡，因为正如阿克顿所言："绝对的权力导致绝对的腐败。"赵树理设想的对权力的制约有两个方面，一是"经常的教育"，二是"群众力量"的"足够监督"，这就是机制。赵树理的构想，就是放在今天，也是很有科学性和现实操作性的，更为可贵的是，赵树理还把这种思索提升为艺术的表现。《邪不压正》中有这样一段描写："第二天开了群众大会，是小昌的主席。开会以后，先讲了一遍挤封建和填平补齐的话，接着就叫大家提户。村里群众早有经验，知道已经是布置好了的，来大会提出不过是个样子，因此都等积极分子提，自己都不说话。有个积极分子先提出刘忠，说出他是封建尾巴的条件，别的积极分子喊了些打倒的口号，然后就说'该怎么办？'又有个积极分子提出'扫地出门'，照样又有人喊了些'赞成'，就举手表决。……这时候，干部积极分子自然还是那股劲，别的群众，也有赞成的，也有连拳头也懒得举的，反正举起手来又没有人来数，多多少少都能通过。"这一段描写深刻地揭示了坏干部产生、存在的根源，那就是对权力监督的缺失。具体而言，一是群众没有民主意识，充满着温驯的奴性，对事关大局的事件既不参与，又不监控；二是当权者的专制霸道，决策全是暗箱操作，民主表决成了走过场的游戏。而让我们吃惊的是，这样的过场游戏在今天的许多重要场合还经常上演。

赵树理塑造的另一类引人注目、拥有持久艺术生命力的人物是那些各式各样的恶人形象。赵树理对人的负面即丑恶的人性或人性中的丑恶有着高度的警觉、个性化的观照和深度的透视，在他早期的创作中，几乎每篇作品中都浮现着那些心狠手辣、阴险恶毒的各类人物。这类人物在今天不仅对我们认识社会丑恶现象有很大的借鉴意义，而且还有很强的审美价值，作为一种人物原型在新时期许多作品中反复出现。赵树理不仅塑造了如《小二黑结婚》中的金旺、兴旺，《李有才板话》中的阎恒元，《李家庄的变迁》中的李如珍，《邪不压正》中的刘锡才等这些阶级地位与品行简

---

① 赵树理：《关于〈邪不压正〉》，《赵树理文集》第四卷，工人出版社1980年版，第1438页。

单对应，因而与解放区的政治理论相吻合，与同类作品中的人物如《白毛女》中的黄世仁、《红色娘子军》中的南霸天相近的恶霸形象，而且还关注人性恶的多样化和普遍性。他这样写道："据我的经验，土改中最不易防范的是流氓钻空子。因为流氓是穷人，其身份很容易和贫农相混。……只有流氓毫无顾忌，只要眼前有点小利，向着哪一方面也可以。"① 也就是说，在赵树理的认识中，邪恶凶残绝不是地主、官僚这些封建统治者的专利，它是超阶级的，在穷人身上同样存在，这可以说是赵树理对现实生活和人性的双向发现和开掘。因而在他笔下出现了小毛（《李家庄的变迁》）、崔九孩（《催粮差》）、小旦（《邪不压正》）、杂毛狼（《灵泉洞》）等这些身为穷人但对穷人却无比凶恶残忍的欺软怕硬、媚富骄贫、面目可憎的人物形象。新时期作家张炜在《古船》中不仅在地主、还乡团身上，而且还在普通村民身上发现了阴森可怖的兽性，我们虽然没有充分理由说明张炜借鉴了赵树理，但二者对超阶级的人性之恶的表现却有着惊人的一致。不仅如此，赵树理还将人性的解剖刀伸向了儿童，在《刘二和与王继圣》中，他审视了本应是淳朴天真的儿童心底的几乎是与生俱来的暴力、阴毒和恶意。这里既有王继圣对小伙伴的辱骂、痛打和对救助他的刘二和反而恩将仇报加以陷害，又有放牛娃小囤、铁则等以同样残忍的手段把王继圣来了个脱光了裤子捆起来的"老牛看瓜"。虽然赵树理也有意识地写地主出身的王继圣与贫民地位的二和、铁则、小囤等的阶级身份和意识，但客观上给人的审美体验远远超越于阶级观念而直指人性的真实，使我们联想到戈尔丁的《蝇王》中以隐喻的方式在远离人群的荒岛上的儿童群体中对人类丑劣人性的验试。而在新时期，虽然余华、残雪、苏童等先锋作家对人性之恶这一话题有了更为深入、个性化的思索和表现，但我们对赵树理在彼时彼境那样的极度意识形态化的氛围中有如此深度的人性把握仍然惊叹不已。他对超越于时、地、人之上的人类劣根的展示，不仅引起我们对人自身的反思、反省和拷问，同时也给我们带来一种欣赏恶之花的铭心刻骨的审美体验。

  在赵树理的后期作品中，出现了一些向往城市生活、追求个人名利、想方设法寻找出路但却陷入迷途甚至走向堕落的农村知识青年形象。这里有轻视农民、厌恶劳动、不安心农业生产甚至通过给县委书记写信反映假

---

① 赵树理：《关于〈邪不压正〉》，《赵树理文集》第四卷，工人出版社1980年版，第1438页。

情况以摆脱农村生活的刘正（《互作鉴定》），有为了成名、为了过安逸生活而欺骗老师，玩弄女友情感，甚至最终走上投机倒把犯罪道路的庸俗虚伪的贾鸿年（《卖烟叶》）。我们知道，赵树理非常关注农村青年尤其是农村知识青年的命运、前途，十分注重对这些人进行人生观的思想教育。早在1957年，他就在《中国青年》上发表《"出路"杂谈》，指出在社会仍然残留着"万般皆上品，唯有种地低"的思想认识、城乡存在差别的情况下，仍"有些青年只愿到城里找'出路'，只愿当干部不愿回农村"，并希望农村知识青年在农村为改变农村落后面貌、消灭"三大差别"做出贡献。① 赵树理非常欣赏那些把自己的聪明才智奉献给农村建设的农村知识青年，因而满怀热情塑造了"小经理"三喜（《小经理》）、王玉生、马有翼、范灵芝（《三里湾》）等新人形象，还让高中毕业的心爱的女儿离开北京到老家农村当农民。而对不安心于农村工作却好高骛远、贪名求利的知识青年持厌恶、否定的态度，并采用了教育、批评的措施，而刘正、贾鸿年则是这一认识、思索的艺术表现和成果。虽然这些人物与新时期文学中出现的如高加林（路遥《人生》）、孙少平（路遥《平凡的世界》）、隋见素（张炜《古船》）、金狗（贾平凹《浮躁》）等这些生存在"城乡交叉地带"（路遥语）的人物相比，缺少了人性向度的深度开掘，人物内心世界丰富性的展示和人与历史、自我与他人、心灵与肉体等各种复杂关系的展示显得单维、平面，但赵树理对这类人物的关注和表现，却是开了先河，为后来者的深入开采拓了荒、铺了路，而且，赵树理对刘正、贾鸿年的忧虑和批判，对个人主义膨胀、一味追求享乐而忘记责任、不知奉献的当代青年，在正确处理个人和集体、自我和社会、享乐和奉献、自我价值实现和社会责任等方面的关系，以选择正确的人生道路方面，无疑还是很有借鉴、教育意义的。

三　逾矩创新启来者

赵树理作为一个风格独具、实践丰富的作家，对文学创作有着独特的个性化的体悟，也积累了许多可贵的创作经验，形成了自己系统的文学观念，这对当代作家来说，无疑是一笔可资借鉴的珍贵的财富和资源。

重读赵树理，让我们感到敬佩和慨叹的是在那样一个注重政治、强化

---

① 赵树理：《"出路"杂谈》，《赵树理文集》第四卷，工人出版社1980年版，第1535页。

意识形态的文化背景里，赵树理还保持了一个作家的冷静和清醒，按照艺术的规律、法则来创作而没有将文学沦为政策的传声筒、向政治献媚的婢女，而且还能冲破僵化的艺术模式，不断创新求变。这主要表现在以下两个方面。

第一，把人当作文学的中心和目的，而不是政治理念的道具。他认为，"小说是说'人'的书"[1]，"小说的主要任务不是写事而是写人，要通过人去教育人"[2]。还这样写道："一个文学艺术作品，主要是它的人物感人，不是让它像合作手册一样去指导办社。"[3] 赵树理对人的注重和关怀并没有仅仅停留在理论上的阐释，而是进一步贯穿在自己的艺术实践中。这一方面体现在他写人物不违背生活的逻辑，也就是按生活应有的真实来表现而不人为地强加和拔高。他以自己的作品现身说法："《小二黑结婚》没有提到一个党员，苏联写作品总是外面来一个人，然后有共产主义思想，好像是外面灌的。我是不想套的。农村自己不产生共产主义思想，这是肯定的。农村的人物如果落实点，给他加上共产主义思想，总觉得不合适。什么'光荣是党给我的'这种话，我是不写的。这明明是假话，就冲淡了。""《套不住的手》这个老头要写社会主义的鼓舞，或写或讲，总觉得不自然。……《三里湾》的支书，也很少写他共产主义的理论。"[4] 另一方面是不违背人物的性格真实，按照人物的自身内在逻辑顺其自然、让人信服地展示人物的心理、情感、行为、人际关系及其变化的态势和轨迹。他的小说《三里湾》被改成花鼓戏后，他曾对改编者、导演和演员等提出如下意见：一是对范登高与糊涂涂订"攻守同盟"的处理上"失掉了分寸"。"他自己当了村长，又是党员，他不敢把'话把子'露到糊涂涂那里，公开表明他赞成糊涂涂的什么东西，共同来抵抗合作化。这样做是不合乎他的身份的。"二是指出能不够改编得太刁，偏离了其自身性格特征："三仙姑妖而不刁，能不够刁而不妖，我们掌握她应该刁一点，不要演得太妖了。比方她嗑瓜子那个风度，流氓习气就多了一些。这个人还是把妖气去

---

[1] 赵树理：《与读者谈〈三里湾〉》，《赵树理文集》第四卷，工人出版社 1980 年版，第 1723 页。

[2] 赵树理：《与青年谈文学》，《鸭绿江》1962 年 11 月号。

[3] 何坪：《赵树理同志谈〈花好月圆〉》，《中国电影》1957 年 6 月号。

[4] 赵树理：《在大连"农村题材短篇小说创作座谈会"上的发言》，《赵树理文集》第四卷，工人出版社 1980 年版，第 1718、1719 页。

掉一些好，让她与三仙姑有个分工。"同时还反思自己原作中设置范灵芝给马有翼送喜糖一节处理不当，是一个毛病，让改编者改一下，"不要让人认为范灵芝有些刻薄"①。赵树理对人物的复杂性、丰富性把握得如此之精细、如此之准确，这对当今那些为应合政治或取悦受众而生编硬造、漏洞百出的作家，是应该反省沉思的。

第二，植根于生活的源头活水和心灵的常青绿树，把灰色的枯燥的理论抛之身后，不被任何条条框框所束捆。20世纪50年代的创作界还不像"文革"时期那样在写什么和怎么写上有那么多清规戒律，但敏感的赵树理在20世纪50年代中期的一次座谈会上还是提出了"我感到创作上常有些套子束缚着作家"这样一个尖锐的问题，并提到了因自己在《传家宝》中没有给李成娘"指出一条路"、"在《三里湾》里没写地主捣乱"、在一个小秧歌剧中没有说白而是一唱到底等而受到评论的指责批评，最后这样说道："过去我们写东西，要求各种人物都要有——党员、团员、群众等——结果一个也没写好。我认为不必照顾那么多，只写一个人物也可以。能写好就行。""可突破一些旧的规律。"赵树理的被指责，恰好说明他在创作实践上突破了当时创作上的许多禁区，他面对批评不仅没有退缩反而反其道而行之，也正表明他对艺术的清醒、自信和执着。文学艺术创作上的清规戒律、条条框框根源于从理论、从概念出发的文学观念，而赵树理在创作上不拘一格、不断创新的支撑点在于他忠实于生活，反对公式化、概念化。他认为"只根据理论来组织故事，就往往会形成公式化、概念化，写多少也跳不出那个框框"②。赵树理的推崇生活，并未停留在表层的客观再现，而是进入被心灵情感浸润融会的深层透视："要想使你写出来的东西能够感动人，这不在你写了几个人物，写了多长时间，写了多少字，而是要你对所表现的那个生活由表及里全部都感受过了，是你自己的心里的话。……如果作者自己对这个事情并不感动，要想写出的东西能感动人是不可能的；一定是自己心里放不下去，逢人就想诉说诉说，那就到了可以写的时候了。"赵树理不仅认为理论、概念应服从生活，就是创作方法也是源于生活因而与生活密不可分的："我

---

① 赵树理：《谈谈花鼓戏〈三里湾〉》，《赵树理文集》第四卷，工人出版社1980年版，第1746—1748页。

② 赵树理：《"百花齐放，百家争鸣"发言摘要》，《赵树理文集》第四卷，工人出版社1980年版，第1516页。

觉得熟悉生活和写作方法是很难分开的,不能说写作方法是一回事,熟悉生活是另一回事。你熟悉和掌握人物的性格,可能你还没有写在纸上,但这个时候你已经有了创作了。……观察、分析、研究人,熟悉和掌握他的性格,都应该算在创作方法之内。"他甚至告诫年轻作者"不要过早地接触理论",因为那样"有可能使人的感情变得简单化"①。赵树理从生活出发,忠实于心灵情感和反概念化、公式化的艺术观念和实践,敢于在创作中打破旧制、勇于创新的精神,对今天许多既没有生活实感又缺乏主体体验而一味以在后殖民文化语境中拾人牙慧、玩弄貌似玄奥高深而实则空洞无物的恶劣文风而自夸自得的作家,应该是极有价值的清醒剂和发人深省的警示牌。

　　人无完人,每个人都无法超越历史、造物主给他设置的局限,赵树理也莫能外。以今天已更新的文学观念和审美眼光来反视赵树理,自然会发现他还存在许多不足甚至缺陷,就是以上所列他的优点也留下了那个时代无法避免的阴影。不过,只要我们以宽容和虔诚的态度,使用冯友兰先生所提倡的"抽象继承"法,赵树理及其创作仍是可资今人借鉴的巨大的艺术宝库,只是我们过去轻慢和简单化对待罢了。本文的梳理和分析,只是挂一漏万甚至肤浅的尝试,对赵树理及其创作还有待更为细致、深入的发掘。

---

① 赵树理:《和工人习作者谈写作》,《人民文学》1958年第5期。

从《夜颂》看鲁迅的幽暗意识

完全是一次偶然的阅读中接触的一个概念——"幽暗意识",却像一颗划破夜空的流星一样一下子照亮了我心中的暗夜,不仅使我对鲁迅研读中多年的困惑得以释解,而且还使我在豁然开朗的状态下顺利地找到了走进鲁迅迷宫的入口和阐释鲁迅世界的视角及线索。

台湾学者张灏这样解释"幽暗意识":"所谓幽暗意识是发自对人性中或宇宙中与始俱来的种种对黑暗势力的正视和省悟:因为这些黑暗势力根深蒂固,这个世界才有缺陷,才不能圆满,而人的生命才有种种的丑恶,种种的遗憾。"他认为:幽暗意识并非对黑暗、丑恶的认同、肯定,它是建立在强烈的道德基础之上的,它正视、否定、防堵、疏导、化弥世道人心的负面、缺陷,"对现实人生、现实社会常常含有批判的和反省的精神"[①]。他还进一步指出:幽暗意识在佛教发源地的印度,尤其是背依基督文明的欧美特别深厚,而在以儒文化为主流的中国则相对比较淡薄。

在中国文化的发展链上,鲁迅是一个变数、一个另类、一个叛逆者,正如林贤治所言:鲁迅是"这样一个中国几千年才出现的第一个叛逆的天才"[②]。他虽然也深受中国传统文化的浸淫陶染,但却具有西方文化中才特有的浓厚的幽暗意识。在鲁迅的所有文本中,并没有直接提到"幽暗意识"这个概念,只有一次说及"幽暗"一词:"暴露幽暗不但为欺人者所深恶,亦且为被欺者所深恶。"[③] 这里的"幽暗"大致与黑暗、阴暗相近,只是幽暗意识的一个层面。而要了解鲁迅幽暗意识的丰富性和独特性,我

[①] 张灏:《思想与时代》,上海文艺出版社2002年版,第2页。
[②] 张梦阳:《中国鲁迅学通史》上卷,广东教育出版社2005年版,第609页。
[③] 鲁迅:《朋友》,《鲁迅全集》第5卷,人民文学出版社2005年版,第481页。

觉得从鲁迅与夜的关系和对夜的态度加以观照是一个极佳的切入点。鲁迅与夜有不解之缘，喜欢在夜中思索、写作，最后还命定地"终结于如磐的夜气中"[1]；他对夜情有独钟，曾多次对人说他"最喜欢的是正直的人和月夜"[2]，并先后写过《秋夜》《秋夜纪游》《夜颂》和《写于深夜里》，还准备以《夜记》为名单独写一本书。鲁迅这些文本尤其是《夜颂》中关于夜的意象及其体现的鲁迅对夜的态度及与夜的关系，以生动可感的具象形态浓缩并映现了鲁迅幽暗意识的本质特征、丰富内蕴和不同棱面。在这里，我无意以"幽暗意识"这把理论之刀先入为主地对鲜活、丰富、深刻的鲁迅世界进行简单粗暴的裁割切削，只愿借助这一理论武器并以《夜颂》为切入点，返视鲁迅的人与文，对蕴含、贯穿其中的幽暗意识的各个方面进行全方位、多视角的梳理和观照。

一 "脱去人造的面具和衣裳"——对世态人心真相和负面的正视：幽暗意识本体论

鲁迅在《夜颂》的开头就自称是"爱夜的人"，结尾处又坦言："我爱夜，在夜里作《夜颂》。"爱夜之情溢于言表。鲁迅为什么如此爱夜呢？他接下去有一段哲理、诗情交融的叙写："人的言行，在白天和在深夜，在日下和在灯前，常常显得两样，普覆一切人，使他们温暖，安心，不知不觉的自己渐渐脱去人造的面具和衣裳，赤条条地裹在这无边际的黑絮的大块里。""只有夜还算是诚实的。"也就是说，鲁迅之所以颂夜、爱夜，就在于夜"脱去了人造的面具和衣裳"而呈现出"赤条条""诚实的"本来面目。鲁迅一贯憎恶和反对"瞒和骗"的自欺欺人，极力主张"除去虚伪的脸谱"[3]，"撕下那好看的假面具来"[4]。而鲁迅看到、感受到的除去假面具后的真相是什么呢？鲁迅在给许广平的信中这样写道："我常觉得'惟黑暗与虚无'乃是'实有'。"[5] 在《夜颂》中他也同样感受到了"高墙后面，大厦中间，深闺里，黑狱里，客室里，秘密机关里，却依然弥漫着惊

---

[1] 王彬彬：《鲁迅晚年情怀》，上海教育出版社1999年版，第219页。
[2] 增田涉：《鲁迅的印象》，载钟敬文著/译《寻找鲁迅·鲁迅印象》，北京出版社2002年版，第322页。
[3] 鲁迅：《我之节烈观》，《鲁迅全集》第1卷，人民文学出版社2005年版，第130页。
[4] 鲁迅：《通讯》，《鲁迅全集》第3卷，人民文学出版社2005年版，第27页。
[5] 鲁迅：《两地书》，《鲁迅全集》第11卷，人民文学出版社2005年版，第21页。

人的真的大黑暗"。鲁迅具有一种与生俱来、挥之不去的黑暗体验,他对身心所处的这个世界,看到的更多的是黑暗、丑恶和残缺的一面。而这种"对黑暗势力的正视和省悟"①的幽暗意识,在鲁迅对传统文化、社会政治、人性甚至自我心灵等方面进行审视、重估中得到了充分的体现。

鲁迅在《狂人日记》中借狂人之眼,"从字缝里看出"了"吃人"两个字来。"吃人"是鲁迅对中国传统文化的本质特性的一个惊人的发现和基本估价,它一针见血地指出了传统文化扭曲人性、戕害生命的本质特征,从而除去了世世代代装饰其上的神圣、完美的外衣。这里所说的传统文化有三个层面,鲁迅分别对其进行逐一针砭:第一,以文字、书籍为存留、传播形态,以儒、道、佛为主体的传统文化思想体系。众所周知,经、史是传统文化思想体系的集中体现,对此鲁迅却语出惊人:"《颂》诗早已拍马,《春秋》已经隐瞒。"②而"二十四史不过是'相斫书',是'独夫的家谱'"③。《论语》《孝经》《老子》和《维摩诘经》这些儒、道、佛的最高经典,不过是文人学士用以谋生进身的"敲门砖"和"小玩意"④而已。鲁迅不仅揭穿了被历代文人尊崇的典籍的虚饰性缺陷,还进而指出它对国人的危害,认为它是杀人不见血的"一把软刀子",荼毒了人的心灵,造成了人性的扭曲:"古书实在太多,倘不是笨牛,读一点就可以知道,怎样敷衍,偷生,献媚,弄权,自私,然能够假借大义,窃取美名。"⑤"中国的旧学说旧手段,实在从古以来,并无良效,无非是使坏人增长些虚伪,好人无端地受些人我都无利益的苦痛罢了。"⑥因而经过深思熟虑之后,他这样真诚地告诫青年:"我以为要少——或者竟不——看中国书,多看外国书。"⑦第二,作为传统文化的创造、体现者的圣贤、君子和以传承、阐释文化为业的文人雅士、学者师长。作为文化主体,这些人一直被尊崇、美化和神圣化,在国人的精神生活中拥有崇高至尊的地位,而鲁迅却一一抹去了其神圣的光环,对他们进行了真实的还原、无情的消解和彻

---

① 张灏:《思想与时代》,上海文艺出版社 2002 年版,第 2 页。
② 鲁迅:《文学上的折扣》,《鲁迅全集》第 5 卷,人民文学出版社 2005 年版,第 62 页。
③ 鲁迅:《忽然想到》,《鲁迅全集》第 3 卷,人民文学出版社 2005 年版,第 17 页。
④ 鲁迅:《吃教》,《鲁迅全集》第 5 卷,人民文学出版社 2005 年版,第 328 页。
⑤ 鲁迅:《十四年的"读经"》,《鲁迅全集》第 3 卷,人民文学出版社 2005 年版,第 138 页。
⑥ 鲁迅:《我们现在怎样做父亲》,《鲁迅全集》第 1 卷,人民文学出版社 2005 年版,第 142 页。
⑦ 鲁迅:《青年必读书》,《鲁迅全集》第 3 卷,人民文学出版社 2005 年版,第 12 页。

底的颠覆：对于被孟子称为"圣之时者"、后人尊为"万世师表"的孔子，鲁迅这样评价："孔夫子之在中国，是权势者们捧起来的，是那些权势者或者想做权势者们的圣人，和一般的民众并无什么关系。""孔子这人，其实是自从死了以后，也总是当着'敲门砖'的差使的。"① 宁愿饿死而不食周粟的伯夷、叔齐，以其圣洁、贞节而传为千古美谈，而鲁迅却在《采薇》中借阿金之口道出了"圣之清者"森然可怖的另一面：他们死前不仅喝了鹿奶，而且还萌发了杀鹿吃肉的念头。圣贤尚且如此，那些等而次之以文化为职业的人就更不堪了。鲁迅对他们有这样一个评价："中国自南北朝以来，凡有文人学士，道士和尚，大抵以'无特操'为特色的。"② 所谓"无特操"，就是没有独立的人格操守和精神追求，仅仅把自己所从事的文化事业当作谋生的手段而已。鲁迅对陈源、梁实秋等人的无情抨击，除了私怨之外，也主要是为了揭穿他们貌似正直公允、实则以笔杀人的虚伪面纱："读书人的心里大抵含着杀机，对于异己者总给他安排下一点可死之道。"③ 第三，传统文化长期浸淫、陶染、积淀而成的国民文化心理。作为传统文化一个重要组成部分的国民文化心理，鲁迅对其病态、残缺、扭曲等负面现象有着独到的体察、系统的研究和深刻的表现，鲁迅研究专家林非先生对鲁迅所剖析的国民性弱点及其内在逻辑关系作了系统的梳理，现转录于下，不再赘评："它最初的根源是：（1）专制主义等级特权社会结构所必然产生的'专制者'和'奴才'精神的复合物，从而派生出：（2）'怯弱'和'贪婪'这些自私自利的习性，而在这自私自利的王国中间，又必然会流行：（3）'瞒和骗'，于是必然会形成：（4）'面子'和'做戏'，这必然会最终导致：（5）'无特操'，实际上可以无所不为，其表现的形式却又是调合折中的'中庸'之道，而在精神上最大抚慰又是：（6）'精神上的胜利法。'"④

"笔者觉得鲁迅一生的最大贡献，乃在剖解中国的社会，他是一个冷静地暴露中国社会黑暗面的思想家。""大约现代文人中对于中国民族抱着那样一片黑暗的悲观的难得有第二个人吧。"⑤ 曹聚仁对鲁迅社会观的评价

---

① 鲁迅：《在现代中国的孔夫子》，《鲁迅全集》第6卷，人民文学出版社2005年版，第327—328页。
② 鲁迅：《吃教》，《鲁迅全集》第5卷，人民文学出版社2005年版，第328页。
③ 鲁迅：《可惨与可笑》，《鲁迅全集》第3卷，人民文学出版社2005年版，第285页。
④ 张梦阳：《中国鲁迅学通史》上卷，广东教育出版社2005年版，第629页。
⑤ 曹聚仁：《鲁迅评传》，复旦大学出版社2006年版，第129、130页。

确实是知人之论,鲁迅对民族历史、现实社会和政治体制等直接影响着国民生存、社会进步的各个方面的弊端、缺陷、病变进行了力透纸背的剖析和入肉见血的针砭。首先,他对中国社会历史的黑暗面、害人特征以比喻、意象或哲理的形式进行了高屋建瓴的总结概括,给人以触目惊心的警醒:他以"两个时代"("一、想做奴隶而不得的时代;二、暂时做稳了奴隶的时代。")[1]的经典理论对统治者的专制暴虐和平民百姓的麻木顺从进行了双向审视批判;而他的著名的"人肉的筵宴"("所谓中国的文明者,其实不过是安排给阔人享用的人肉的筵宴。所谓中国者,其实不过是安排这人肉的筵宴的厨房。""于是大小无数的人肉的筵宴,即从有文明以来一直排到现在,人们就在这会场中吃人,被吃,以凶人的愚妄的欢呼,将悲惨的弱者的呼号遮掩。")[2]、"活埋庵"("一个清末的遗民,他曾将自己的书斋题作'活埋庵'。谁料现在的北京的人家,都在建造'活埋庵',……看看报章上的论坛,'反改革'的空气浓厚透顶了,满车的'祖传','老例','国粹'等等,都想来堆在道路上,将所有的人家完全活埋下去。")[3]和"染缸"("中国大约太老了,社会上事无大小,都恶劣不堪,像一只黑色的染缸,无论加进什么新东西去,都变成漆黑。")[4]等著名的比喻、意象,则形象生动地对吃人与被吃、埋人与被埋、染人与被染等可怕的社会现象进行了深度的概括和揭露。其次,他对现实社会的各种利益集团、政治势力甚至当权者都充满怀疑精神,不仅将它们的假面一一戳穿,还对它们进行韧性的、毫不妥协的抗争。他这样写道:"见过辛亥革命,见过二次革命,见过袁世凯称帝,张勋复辟,看来看去,就看得怀疑起来,于是失望,颓唐得很了。"[5] 也就是说,各种政治势力不断交替更迭,变换各种口号旗帜,但其骨子里不过是骗人自利而已。面对政治的专制、黑暗、当政者的暴虐残忍,鲁迅并没有满足于仅仅做一个冷静的旁观者、无情的批判者,他还以实际行动进行现实的抗争,表现了一个现代人文知识分子的高度责任感和无畏无惧的批判精神。"三·一八"惨案发生后,鲁迅先后写了《无花的蔷薇之二》《记念刘和珍君》等五篇文章,一方面沉痛悼念

---

[1] 鲁迅:《灯下漫笔》,《鲁迅全集》第1卷,人民文学出版社2005年版,第225页。
[2] 同上书,第228、229页。
[3] 鲁迅:《通讯》,《鲁迅全集》第3卷,人民文学出版社2005年版,第22页。
[4] 鲁迅:《两地书》,《鲁迅全集》第11卷,人民文学出版社2005年版,第20页。
[5] 鲁迅:《〈自选集〉自序》,《鲁迅全集》第4卷,人民文学出版社2005年版,第468页。

遇害的青年学生，另一方面则指名道姓地痛斥"段祺瑞政府"虐杀请愿学生的"残虐险狠"，并写下了"民国以来最黑暗的一天"① 这样的愤激之语，显示了鲁迅独有的血性和胆识。对嗜杀成性、充满血腥的国民党当局，鲁迅同样不甘示弱，先后在《三闲集·序言》《"友邦惊诧"论》《"有名无实"的反驳》《文章与题目》《黑暗中国的文艺界的现状》《写于深夜里》和《为了忘却的记念》等文章中，对国民党政府的清党大屠杀、放弃东三省的"不抵抗"政策、"攘外必先安内"的打内战以及秘密囚禁、枪杀青年作家等一系列的罪恶进行了无情的讽刺、揭露和控诉。虽然因此被特务跟踪、被列入起诉、逮捕的黑名单，但是鲁迅也丝毫没有畏惧、退缩，表现出了一个文化斗士的凛然正气和铮铮铁骨。即使对当时还处于弱势地位的共产党，虽然他充满同情，还与其重要成员冯雪峰、瞿秋白等密切合作并结下深厚友谊，但却与之保持一定的距离，充满着戒惧之心。他不仅对被他称为"奴隶总管""文坛皇帝"的周扬等人厌恶拒斥，指出"周扬借革命以营私"②；还预感到"成仿吾们"一旦"获得大众"，自己就会被"充军到北极圈内去了"③；甚至还与冯雪峰戏言："你们来了，还不是先杀掉我？"④ 这些都显示了鲁迅对任何政治势力都不信任的高度警觉和戒备心理，也体现了他超人的观世察人的睿智。

鲁迅一反"明于礼义而陋于知人心"的"中国之君子"⑤，而能够"观人于微"，对中国人心、人类灵魂有独到而深刻的体察、探究。张定璜这样评价鲁迅："不等你开嘴说话，他的尖锐的眼光已经教你明白了他知道你也许比你自己知道的还清楚。他知道怎样抹杀那表面的细微的，怎样去检查那根本的扼要的。你穿的是什么衣服，摆的是那一种架子，说的是什么口腔，这些他都管不着，他只要看你这个赤裸裸的人，他要看，他于是几乎看了。"⑥ 因而曹聚仁认为，就"分析人性来说，他可以说是烛微窥

---

① 鲁迅：《无花的蔷薇之二》，《鲁迅全集》第3卷，人民文学出版社2005年版，第278—280页。
② 吴作桥等编：《再读鲁迅——鲁迅私下谈话录》，时代文艺出版社2005年版，第317页。
③ 鲁迅：《"醉眼"中的朦胧》，《鲁迅全集》第4卷，人民文学出版社2005年版，第66页。
④ 陈琼芝：《鲁迅为什么没有加入中国共产党？》，《鲁迅研究百题》，湖南人民出版社1981年版，第562页。
⑤ 鲁迅：《魏晋风度及文章与药及酒之关系》，《鲁迅全集》第3卷，人民文学出版社2005年版，第535页。
⑥ 张定璜：《鲁迅先生》，《现代评论》1925年1月。

隐，最能了解人类的灵魂的"①。在人性人心上，鲁迅一方面看到的是残缺、不完善，如在《摩罗诗力说》中这样认为："即一切人，若去其面具，诚心以思，有纯禀世所谓善性而无恶分者，果几何人？遍观众生，必几无有。"② 另一方面，更重要的是他"是不惮以最坏的恶意，来推测中国人的"。③ 因而他在人类心灵的深处，看到的是常人没有看到的暴虐残忍、阴暗可怖的一面，显示了他对人性恶异乎寻常的敏锐、戒惧和痛恨。而对人心人性负面的透视、解剖和拷问，在鲁迅频繁使用的这几类关键词中得到了充分的体现：

第一，"看客"和"无主名无意识杀人团"。这两者有着密切的内在联系：前者是无聊和恶意的承载者，后者是前者的延伸和有意无意导致的罪恶后果。鲁迅以睿智的慧眼观察到了无所不在的"看客"的魅影：他们有的游动在十字街头（《示众》），有的围聚在杀人的刑场（《药》）；有时以讥弄、嘲讽的面目出现（《孔乙己》），有时又化作了叹息甚至同情（《祝福》）；有时是在场的人头攒动（《铲共大观》），有时则隐匿为来去无踪的"流言"（《琐记》）。"看客"的卑劣可恶之处在于：他们将他人作为谈资以排遣内心的空虚无聊，更有甚者，他们作为弱者而对同样的弱者或更弱者的弱点、痛苦甚至死亡进行观赏、把玩，以使自己从中得到快感，但可恨的是他们的言行却伤害甚至害死了那些无辜者却又不承担任何责任，真正成了"无主名杀人团"。鲁迅在一封信中这样写道："沪上人心，往往幸灾乐祸。冀人之危，以为谈助。……文人一摇笔，用力甚微，而于我之害则甚大。"④ 而在《论"人言可畏"》中则分析了阮玲玉之死乃读者、报章制造的舆论压力所致："她的以为'人言可畏'，是真的，或人的以为她的自杀，和新闻记事有关，也是真的。"⑤ 在这里，鲁迅以个人的亲历和阮玲玉的遭际将"看客"与"无主名杀人团"的二位一体性进行了深度透视，并对隐藏其后的心理、人性的阴暗、恶毒及其造成的灾难性后果深感厌恶和痛恨。

第二，"散胙"。鲁迅在给许广平的信中这样写道："提起牺牲，就使

---

① 曹聚仁：《鲁迅评传》，复旦大学出版社 2006 年版，第 263 页。
② 鲁迅：《摩罗诗力说》，《鲁迅全集》第 1 卷，人民文学出版社 2005 年版，第 84 页。
③ 鲁迅：《纪念刘和珍君》，《鲁迅全集》第 3 卷，人民文学出版社 2005 年版，第 291 页。
④ 鲁迅：《书信·致李秉中》，《鲁迅全集》第 12 卷，人民文学出版社 2005 年版，第 255 页。
⑤ 鲁迅：《论"人言可畏"》，《鲁迅全集》第 6 卷，人民文学出版社 2005 年版，第 345 页。

我记起前两三年被北大开除的冯省三。他是闹讲义风潮之一人，后来讲义费撤销了，却没有一个同学再提起他。我那时曾在《晨报副刊》上做过一则杂感，意思是：牺牲为群众祈福，祀了神道之后，群众就分了他的肉，散胙。"①

从北大学生对冯省三的态度而引发出的"散胙"之说，鲁迅高度概括了自己对那些对施惠于己的牺牲者、殉道者反而以怨报德的庸众的内心恶意和人格卑劣的惊人发现，同时也流露了无法掩抑的痛苦感受，而这一认识在具体作品中有了进一步的延伸、拓展、深化和艺术化的表现：《药》中的华氏父子用启蒙、拯救民众的先驱夏瑜的血来治病；《复仇（其二）》中的以色列人，对救赎他们并为他们受难的耶稣百般戏弄、讥诮并进而将之钉杀于十字架；《颓败线的颤动》中的母亲，以肉体的出卖、尊严的付出来养育弱小的女儿，而她垂老之时，换来的却是已成家立业的女儿及其家人的遗弃、怨恨、"冷骂和毒笑"。

第三，"主奴意识"。这是鲁迅对国民劣根性和人性痼疾的一种独特的发现和总结：主子意识和奴才意识二位一体地交织在一个人身上，对地位高于自己的强者、尊者像奴才一样的驯服、屈从，而对地位低于自己的弱者、卑者则像主人一样的凶狠、残暴。用鲁迅的比喻就是"凶兽样的羊，羊样的凶兽。""遇见比他更凶的凶兽时便现羊样，遇见比他更弱的羊时便现凶兽样。"② 鲁迅举例说：那些被军警用枪托打得四处逃窜的学生，一旦成了大群，"不是遇见孩子也要推他摔几个勋斗么？在学校里，不是还唾骂敌人的儿子，使他非逃回家不可么？"③ 阿Q平时甘于受人欺压，但在造反、革命的幻想中，却露出了贪婪、暴虐、嗜血的狰狞面目：不仅掠财劫色，还要将自己的对头一一杀掉：赵太爷、秀才、假洋鬼子，甚至比他还弱小的王胡。

与夏志清的"由于鲁迅怕探索自己的心灵，怕流露出对中国悲观和阴沉的看法，所以他只能压抑自己深藏的感情，来做政治讽刺的工作"④ 的见解不同，对鲁迅知之颇深的茅盾这样评说鲁迅："鲁迅站在路旁边，老实不客气地剥脱我们男男女女，同时他也老实不客气地剥脱自己。……他

---

① 鲁迅：《两地书》，《鲁迅全集》第11卷，人民文学出版社2005年版，第76页。
② 鲁迅：《忽然想到》，《鲁迅全集》第3卷，人民文学出版社2005年版，第63页。
③ 同上。
④ 夏志清：《中国现代小说史》，复旦大学出版社2005年版，第35页。

决不忘记自己也分有这本性上的脆弱和潜伏的矛盾。"① 虽然鲁迅也深知直面自我灵魂之难，认为"灵魂的深处并不平安，敢于正视的本来就不多，更何况写出？"② 但他却还是具有极强的自审意识。他说："我的确时时解剖别人，然而更多的是更无情面地解剖我自己。"③ "我解剖自己并不比解剖别人留情面。"④《墓碣文》中"不以啮人，自啮其身"，"抉心自食，欲知本味"等字句，似也可以看作鲁迅反观自我心灵的写照。而鲁迅的可贵就在于他敢于正视、坦露自己人性的弱点甚至心灵深处的阴暗、残缺和丑陋，这是他异于常人的坦诚、可敬之处，也是他幽暗意识的独特体现。鲁迅二十多岁时给朋友的信中这样说自己："树人自信性颇酷忍。"⑤ 二十年后他给其学生的信中又这样说："我自己总觉得我的灵魂里有毒气和鬼气。""我也常常想到自杀，也常想杀人。""我很憎恶我自己。"⑥ 还多次坦言"我的思想太黑暗"⑦，并说自己有"个人主义"的思想，因而除了为社会、民族而写作外，还有只为自己的想法："死了心，积几文钱，将来什么事都不做，顾自己苦苦过活。""为了生存和报复起见，我便什么都敢做。"⑧ 甚至说出"宁我负人，毋人负我"⑨ 的话来。而魏连殳（《孤独者》）、吕纬甫（《在酒楼上》）这两个充满自传色彩的人物的塑造，则是对自己"灵魂里"的"毒气和鬼气"的剖析，对自己"黑暗""思想"的正视和曝光。他对自己人生的残缺和悲观也毫无隐饰，是那样的直言不讳。他多次给友人说："几于毫无生趣耳。"⑩"几乎无生人之乐。"⑪"在我的生活里，没有爱，也没有诗。"⑫ 对于死亡——国人大忌、人类大恐怖，他却自称是死的"随便党"，那么平静、随意地与别人谈论自己即将面临的死

---

① 茅盾：《鲁迅论》，《小说月报》1927年第18卷第11期。
② 鲁迅：《〈穷人〉小引》，《鲁迅全集》第7卷，人民文学出版社2005年版，第105页。
③ 鲁迅：《写在〈坟〉后面》，《鲁迅全集》第1卷，人民文学出版社2005年版，第300页。
④ 鲁迅：《答有恒先生》，《鲁迅全集》第3卷，人民文学出版社2005年版，第477页。
⑤ 鲁迅：《书信·致蒋抑卮》，《鲁迅全集》第11卷，人民文学出版社2005年版，第330页。
⑥ 鲁迅：《书信·致李秉中》，《鲁迅全集》第11卷，人民文学出版社2005年版，第452、453页。
⑦ 鲁迅：《两地书》，《鲁迅全集》第11卷，人民文学出版社2005年版，第80页。
⑧ 同上书，第204页。
⑨ 同上书，第202页。
⑩ 鲁迅：《书信·致许寿裳》，《鲁迅全集》第13卷，人民文学出版社2005年版，第420页。
⑪ 鲁迅：《书信·致王冶秋》，《鲁迅全集》第14卷，人民文学出版社2005年版，第69页。
⑫ 刘大杰：《鲁迅与写实主义》，《宇宙风》第30期。

亡。同样，对于自己感情生活的负面，他也敢于直面，不为温情脉脉的面纱所遮蔽。鲁迅是个孝子，很爱母亲，为母亲牺牲了许多，包括自己的爱情。但在一封信中他却这样写道："我因为感激她的爱，只能不照自己所愿意做的做，而在北京寻一点糊口的小生计，度灰色的生涯。因为感激别人，就不能不慰安别人，也往往牺牲了自己。"① 言语中已隐含勉强不愿、以理制情之意。后来给萧军的信中这样说："不久，我的母亲大约要来了，会令我连静静地写字的地方也没有。中国的家庭制度，真是麻烦，就是一个人关系太多，许多时间都不是自己的。"② 这里对母亲的厌倦、抱怨之情已溢于言表。由此反观他写给许寿裳的话："人有恒言：'妇人弱也，而为母则强。'仆为一转曰：'孺子弱也，而失母则强。'此意久不语人，知君能解此意，故敢言之矣。"③ 从字缝里散溢出鲁迅特有的"鬼气""毒气"，让人闻之不由生出彻骨的寒意。对本应充满诗意和神圣之感的婚姻、爱情，鲁迅同样有着异于常人的冷。对于给他带来心灵创痛的旧式婚姻和同样是受害者的朱安，如果说他在一篇文章中所说的"只好陪着做一世牺牲，完结了四千年的旧账"④ 还有几分无奈中的受难者的悲壮，那么在以后对人说的朱安"因为是母亲娶来的，所以送给母亲了"⑤，则就带有几分戏谑和自嘲了。而对于迟到的与许广平的自由恋爱，他一方面有着自觉"不配"的自卑、愧疚和惶惑；另一方面也同样感到了虚无和失望，全无热恋、新婚中的欣悦，以至于竟在与许广平同居之时写下了这样的话："结婚之后，也有大苦，有大累，怨天尤人，往往不免。但两害相权，我以为结婚较小。否则易于得病，一得病，终身相随矣。"⑥ "结婚之事，难言之矣，……未婚之前，说亦不解，既解之后，——无可如何。"⑦ 这些话虽然是就其学生李秉中的所问而答，但显然流露了对自己婚姻的个中体味。晚年得子的鲁迅，对儿子倍加珍爱，一首《答客诮》而怜子之情溢于言表，但却又多次给人说养儿的无奈和不愿："孩子是个累赘，有了孩子

---

① 鲁迅：《书信·致赵其文》，《鲁迅全集》第11卷，人民文学出版社2005年版，第477页。
② 鲁迅：《书信·致萧军》，《鲁迅全集》第13卷，人民文学出版社2005年版，第420、415页。
③ 鲁迅：《书信·致许寿裳》，《鲁迅全集》第11卷，人民文学出版社2005年版，第365页。
④ 鲁迅：《随感录四十》，《鲁迅全集》第1卷，人民文学出版社2005年版，第338页。
⑤ 增田涉：《鲁迅的印象》，载钟敬文著/译《寻找鲁迅·鲁迅印象》，北京出版社2002年版，第313页。
⑥ 鲁迅：《书信·致李秉中》，《鲁迅全集》第12卷，人民文学出版社2005年版，第113页。
⑦ 同上书，第233、234页。

就有许多麻烦。……近来我几乎终年为孩子奔忙。但既已生下,就要抚育。换言之,这是报应,也就无怨言了。"① 老子说:"知人者智,自知者明。"而敢于直面自己人性和内心阴暗面,则恐怕圣人也难为之,而鲁迅却做到了。

由以上分析可以看出,鲁迅对民族文化、社会现实、人心人性和自我灵魂的残缺、丑陋、黑暗等负面进行了审视、揭露和针砭,其"幽暗意识"之深刻、全面和独到,可谓前无古人,后启来者。

二 "听夜的耳朵和看夜的眼睛"——洞悉、抨击黑暗的心智和技能:幽暗意识主体论

鲁迅在《夜颂》中饶有意味地这样写道:"爱夜的人要有听夜的耳朵和看夜的眼睛,自在暗中,看一切暗。"也就是说,爱夜还需要一种能力、一种先天的禀赋,因为夜是复杂多变的:"虽然是夜,但也有明暗。有微明,有昏暗,有伸手不见掌,有漆黑一团糟。"而鲁迅不仅具有"听夜的耳朵和看夜的眼睛",还拥有察夜的心智,即他有着穿越黑暗、识破鬼魅、勘透人心黑洞的超乎常人的异禀。这就形成了鲁迅幽暗意识的第二个即主体层面。

首先,时代的黑暗、人生的苦难养成了鲁迅惯于用"黑眼睛"(顾城语)看世界、从负面参人生的习性。少年的失怙、家道的中衰、异国的漂泊、婚姻的不幸、兄弟的失和等这些厄运舛途滋生并不断强化了鲁迅的"黑暗体验",形成和改变了他对自己处身其中的这个世界的看法和态度:"一个在自己的生活里觉得没有爱也没有诗的人,社会与人生的种种现象,反映到他的眼光里,自然会出现黑暗,虚伪,腐败与恶毒。"② 他不仅看到、感受到了别人视而不见的黑暗,还选择了"与黑暗捣乱"③,他多次以"夜游的恶鸟"、无花而有刺的蔷薇自比,对非鸟非兽且会窥见夜中秘密因而不惹人喜欢的蝙蝠深表同情,并热情呼唤"只要一叫而人们大抵震悚的怪鸮的真的恶声"④。这些鲁迅心向往之的诡异、另类甚至森然可怖的意象,显然是鲁迅对自我身份、个性、价值取向的一个定位和显示,难怪曹

---

① 鲁迅:《书信·致山本初枝》,《鲁迅全集》第 14 卷,人民文学出版社 2005 年版,第 226 页。
② 刘大杰:《鲁迅与写实主义》,《宇宙风》第 30 期。
③ 鲁迅:《两地书》,《鲁迅全集》第 11 卷,人民文学出版社 2005 年版,第 81 页。
④ 鲁迅:《"音乐"?》,《鲁迅全集》第 7 卷,人民文学出版社 2005 年版,第 56 页。

聚仁说他身上"有点鳄鱼的气味"①。《蜀碧》《立斋闲录》等野史的阅读，无疑使鲁迅对自己亲历的世态炎凉、人性恶毒、残暴的体认增添了历史的印证；尼采、魏晋文人的叛逆、异端思想，为他探究世态人情炎凉本相提供了精神动力和理论支撑；而安特来夫的阴冷犀利、陀思妥耶夫斯基直面人类灵魂的风格，则为鲁迅观照世事人生的阴暗面找到了一个可资借鉴的摹本。以上种种，犹如强化剂和助推器，使他源于现实生活的"黑暗体验"越发浓烈，正如曹聚仁所言："在书本上得来的知识上面，又加上亲自从社会里得来的经验，结果便造成了一种只有苦痛与黑暗的人生观。"②这些显然构成了鲁迅幽暗意识的基础、底色、前提和生长动力。

　　鲁迅有着"狂人"的心理和眼睛，形成了逆向、反面思考的思维方式，从而能刺破世道人心的伪装而发现其背后常人看不到的真相。鲁迅笔下有一个"狂人"谱系：他们是旧制度的受迫害者，又是黑暗势力的反抗者；他们的特征是生性多疑，神经过敏而行为偏激。从某种意义上说，这些"狂人"都程度不同地对应了鲁迅的心灵情感和心理特征，有着鲁迅的影子。与鲁迅有过密切接触的增田涉说鲁迅"是几乎使人感到病态的可怕"③。鲁迅也这样说自己："我总觉得我也许有病，神经过敏。"④《狂人日记》中的狂人将把脉的医生当作"揣一揣肥瘠"的刽子手，把一个女人骂孩子的"咬你几口"看成吃自己的暗号。这些看似荒唐可笑、怪诞不经，但却从一个独特的角度探察出了历史、人性的被遮蔽的深度真实：从写着"仁义道德"的字缝里看出了"吃人"来。而这也正与鲁迅察人观物的方式、结果有着惊人的相似：从反面看问题、从负面猜人心而恰恰又勘破了人心世事的真相。对鲁迅心理研索颇深的王晓明发现鲁迅"随着他那种洞察心灵病症的眼光日益发展，他甚至逐渐养成了一种从阴暗面去掌握世事的习惯"⑤。鲁迅也这样说自己："我的习性不大好，每不肯相信表面上的事情。"⑥"凡看一件事，虽然对方说是全都打开了，而我往往还以为必有什么东西在手巾或袖子里藏着。"但接着鲁迅又说出了一个沉重和悲哀的

---

① 曹聚仁：《鲁迅评传》，复旦大学出版社2006年版，第121页。
② 同上书，第130页。
③ 增田涉：《鲁迅的印象》，载钟敬文著/译《寻找鲁迅·鲁迅印象》，北京出版社2002年版，第301页。
④ 鲁迅：《书信·致章廷谦》，《鲁迅全集》第12卷，人民文学出版社2005年版，第128页。
⑤ 曹聚仁：《鲁迅评传》，复旦大学出版社2006年版，第265页。
⑥ 鲁迅：《两地书》，《鲁迅全集》第11卷，人民文学出版社2005年版，第40页。

结果："但又往往不幸而中，岂不哀哉。"① 黑暗的社会、坎坷的人生和病态的心理，恰恰一起玉成了鲁迅超乎常人的洞察力和辨别力，这一点早在20世纪30年代就被颇具史家眼光的刘大杰发现了："过去的生活经验，好像一把钢刀，把他的眼光，磨炼得格外锐敏，他能看到旁人所看不到的，感到旁人所感不到的，表现出旁人所表现不出的。过去的历史，使他清楚地认识了现在的社会与人生。现在社会上扮演的种种丑恶虚伪的把戏，都瞒不住他那双锐敏的眼睛。"② 正因为是狂人的眼睛，他所看到的总是与常人大相径庭：他说他"是瞧不起泰山的"③，"西湖是应该填掉的"④。而国人引以为傲的长城，他则说是"可诅咒的"，因为它"不过徒然役死许多工人而已"，并不能起到防御胡人的作用。⑤ 自白居易的《长恨歌》流传以来，唐玄宗与杨贵妃的生死之恋一直传为美谈，而鲁迅在与郁达夫的一次谈话中对此却语出惊人：玄宗已看破了杨贵妃和安禄山的暧昧关系，因而杨贵妃的马嵬坡之死，"也许是玄宗授意军士们的"⑥。这些都可以看出鲁迅眼光非同一般的"毒"，用他自己的话说是："于天上看见深渊。"⑦ 用气功术语来说是：鲁迅是开了天目，有了常人所无的"天眼"。

　　开始学医，后又弃医从文的经历，使鲁迅具有了医生和作家的双重身份，这无疑养成了他既善于发现人的生理病变，又善于诊治人的心理、精神症疾的职业习惯和技能。医生的习性总是对人的健康的一面忽略甚至视而不见，而对人的病灶进行聚焦和放大。张定璜这样形象地写鲁迅："他至少是不理你，至多，从他那枝小烟卷儿的后面他冷静地朝你的左腹部望你一眼，也懒得告诉你他是学过医的，而且知道你的也是和一般人的一样，胃病。"⑧ 而作为人类灵魂的工程师的作家尤其是当过医生的作家，则能透过人的衣衫、肉体而直逼人的灵魂以及灵魂的幽秘、阴暗之处："鲁迅先生站在路旁边，看见我们男男女女在大街上来去，高的矮的，老的少的，肥的瘦的，笑的哭的，一大群在那里蠢动。从我们的眼睛，面貌，举

---

① 鲁迅：《书信·致章廷谦》，《鲁迅全集》第12卷，人民文学出版社2005年版，第128页。
② 刘大杰：《鲁迅与写实主义》，《宇宙风》第30期。
③ 吴作桥等编：《再读鲁迅——鲁迅私下谈话录》，时代文艺出版社2005年版，第234页。
④ 同上。
⑤ 鲁迅：《长城》，《鲁迅全集》第3卷，人民文学出版社2005年版，第61页。
⑥ 吴作桥等编：《再读鲁迅——鲁迅私下谈话录》，时代文艺出版社2005年版，第140页。
⑦ 鲁迅：《墓碣文》，《鲁迅全集》第2卷，人民文学出版社2005年版，第207页。
⑧ 曹聚仁：《鲁迅评传》，复旦大学出版社2006年版，第117页。

动上,从我们的全身上,他看出我们的冥顽,卑劣,丑恶的饥饿。"① 正是这样的身份和习惯,使鲁迅发现和暴露了前述的民族文化、政治历史、社会现实、人心人性乃至自己内心世界的病变和阴暗面。而对世态人心的病态的诊断和暴露,是为了进一步的疗救。鲁迅的伟大可贵之处就在于:他不仅善于运用听诊器、放大镜来发现病症,还善于使用解剖刀来除去个体、民族乃至人类心灵上的病灶。他说:"我的取材,多采自病态社会的不幸的人们中,意思是在揭出病苦,引起疗救的注意。"② 曹聚仁则进一步这样评价鲁迅这一特点:"鲁迅曾经学过医的,洞悉解剖的原理,常将这技术应用到文学上来。他解剖的对象不是人类的肉体,而是人类的心灵。他不管我们如何痛楚,如何想躲闪,只冷静地以一个熟练的手势举起他那把锋利无比的解剖刀,对准我们魂灵深处的创痕,掩藏最力的弱点,直刺进去,掏出血淋淋的病的症结,摆在显微镜下让大家观察。"③

鲁迅是"精神界之战士",又深受绍兴刑名师爷刀笔吏手法的熏染,因而既有与敌人韧性战斗、永不屈服的精神,又有一刀致敌于死命的绝招,这就使他"与黑暗捣乱"时能够游刃有余,胜券在握。"真的猛士,敢于直面惨淡的人生,敢于正视淋漓的鲜血。"④ 鲁迅自己就是这样的"真的猛士",是他自己呼唤、向往的"精神界之战士"。他不愿做也反对别人做埋头故纸堆、不关心现实民生的纯学者,而是选择了干预现实、批判社会、参与政治、反抗黑暗势力的人生道路。鲁迅对"以革命家现身"的早期章太炎推崇备至,认为"这才是先哲的精神,后生的楷范";而对他后期"退居于宁静的学者,用自己所手造的和别人所帮造的墙,和时代隔绝了","既离民众,渐入颓唐"⑤ 的状态颇有贬抑,这一价值评判取向完全可以当作鲁迅自己人生定位的参照。而作为一个战士最可贵的品格用他自己的话说"就是'韧',也就是'锲而不舍'"⑥,也就是面对各种邪恶势力,他始终不屈服、不气馁、不妥协,而是做韧性的斗争。他的《这样的战士》中的那位战士,面对无物之阵的点头,面对各种各样的好名称、好

---

① 曹聚仁:《鲁迅评传》,复旦大学出版社 2006 年版,第 117 页。
② 鲁迅:《我怎么做起小说来》,《鲁迅全集》第 4 卷,人民文学出版社 2005 年版,第 525 页。
③ 曹聚仁:《鲁迅评传》,复旦大学出版社 2006 年版,第 161 页。
④ 鲁迅:《纪念刘和珍君》,《鲁迅全集》第 3 卷,人民文学出版社 2005 年版,第 290 页。
⑤ 鲁迅:《关于太炎先生二三事》,《鲁迅全集》第 6 卷,人民文学出版社 2005 年版,第 565—567 页。
⑥ 鲁迅:《两地书》,《鲁迅全集》第 11 卷,人民文学出版社 2005 年版,第 47 页。

花样，面对各种诡计、骗局，他都投起了投枪，这也正是鲁迅这一"韧"性品格的自我写照。鲁迅与绍兴"刑名师爷"的血脉联系，最初是他的论敌陈西滢提出的，他称鲁迅是"做了十几年官的刑名师爷"[①]。虽然此话颇有贬义，但鲁迅对加于己身的这一称谓并未反驳，还从某种意义上暗许默认，又进而以"刀笔吏"自称。所谓刑名师爷，是清代官府中承办刑事判牍的幕僚，他们善于舞文弄法，往往能左右人的祸福，而绍兴读书人很多以此为业。当然，鲁迅继承、借鉴的是刑名师爷的思维方式、体物察人的眼光和文笔的技法而非其职业本身，这正如其胞弟周作人概括的那样："世人所通称的'师爷气'"是一种"法家的苛刻的态度"[②]，它具有"如老吏断狱，下笔辛辣，其特色不在词华，在其着眼的洞彻与措辞的犀利。"[③]鲁迅自己总结自己的"好做短文，好用反语，每遇辩论，辄不管三七二十一，就迎头一击""意在简练"[④] 等特点，以及运用给论敌起诸如"洋场恶少""革命小贩""奴隶总管""文坛皇帝"等"诨名"的"极致命的法术"，这些被称为"鲁迅风"的犀利、辛辣等风格，显然是深受浙东刑名师爷气的浸润的。而苏雪林所论的"其文笔尖酸刻毒，无与伦比，且回旋缴绕，百变而不穷"[⑤] 和郁达夫所评的"鲁迅的文体简练得像一把匕首，能以寸铁杀人，一刀见血"[⑥]，则从正反两个方面评述了鲁迅的刑名师爷风格的特征和作用。

总之，"夜游的恶鸟"的夜行习性、狂人反面看事的多疑的眼睛、医生诊病疗救的职业习惯、战士的韧性战斗精神和刑名师爷的致敌死命的法术，这些使鲁迅具备了爱夜即从负面审视世态人心的天赋和技能，也使他的幽暗意识有了深厚的底蕴和特异的光彩。

三 "领受了夜所给与的光明"和"恩惠"——反面观物、冷眼察人的意义：幽暗意识价值论

鲁迅如此爱夜，那么夜给予了鲁迅什么呢？鲁迅在《夜颂》中以这

[①] 陈源：《闲话的闲话之闲话引出来的几封信》，《晨报副刊》1926年1月30日。
[②] 钱理群：《心灵的探寻》，河北教育出版社2005年版，第68页。
[③] 同上。
[④] 鲁迅：《两地书》，《鲁迅全集》第11卷，人民文学出版社2005年版，第47页。
[⑤] 苏雪林：《与蔡子民先生论鲁迅书》，《奔涛》第1卷第2期。
[⑥] 郁达夫：《新文学大系散文二集·导言》，上海良友图书公司1935年版，第6页。

两句话作答:"爱夜的人于是领受了夜所给与的光明。""爱夜的人……于是领受了夜所给与的恩惠。"这形象地映射出了鲁迅独异的审美趣味、心理结构、伦理取向和价值判断,从而构成了其幽暗意识的第三个层面即价值层面。

"夜"以及相应的"黑暗",在鲁迅那里有两层含义:其一,它是夜幕或黑暗笼罩下个体生命摆脱他者的观看和控制的独立、自由的状态。这是鲁迅十分向往的生命形态,故而他在《影的告别》中这样写道:"我独自远行,不但没有你,并且再没有别的影在黑暗里。只有我被黑暗沉没,那世界全属于我自己。"①《夜颂》中的那个摩登女郎也正是"一大排关着的店铺的昏暗助她一臂之力,使她放缓开足的马力,吐一口气,这时才觉得沁人心脾的夜里的拂拂的凉风"。而这个摩登女郎也恰是鲁迅生命体验的外化和同构,所以鲁迅说:"爱夜的人和摩登女郎,于是同时领受了夜所给与的恩惠。"其二,它是与"光明""美好"相对的世态人心的黑暗、丑恶、病态等的负面因素或存在。鲁迅作为一个思想家和文学家,称自己"领受了夜所给与的恩惠",是在不经意中道出了自己的审美趣味和特征:他是以审丑而见长的,换句话说,他是以发现和暴露世界的丑陋、缺陷和阴暗等而成就自我、实现自己的价值的。

不同的作家,因为人生经历、生存处境、生命体验、价值观念和审美趣味等的各异,往往对所处的世界或同一事物会用截然不同的角度、方式和态度来加以表现,并会得出完全相反的结论。这犹如《红楼梦》中那一面神奇而寓意深远的风月宝鉴,它有正反两面:正面的美人隐喻着青春、美丽和生机,反面的骷髅则象征着死亡、黑暗和虚空,而这完全相反的两面又是一体的。有的作家如孙犁、冰心等习惯于以正面照世界,因而在他们的笔下呈现的是美丽的风景、纯洁的人性和美好的爱情;有的偏重于从反面观照世事人生,如波德莱尔热衷于描写令人悚然惊惧的恶之花,卡夫卡沉迷于阴森可怖的城堡的书写;有的是正反两照:曹雪芹既构建了大观园、太虚幻境中美丽迷人的女儿世界,同时又对它进行了消解,写了它的虚幻、脆弱和最终的分崩离析,而托尔斯泰笔下的安娜·卡列尼娜则兼具放荡与贞洁、乖戾与仁厚、自尊与自弃等相反的性格因素。鲁迅的独特和伟大之处,就在于他是中国思想史、文学史上第一个以风月宝鉴的反面映

---

① 鲁迅:《影的告别》,《鲁迅全集》第 2 卷,人民文学出版社 2005 年版,第 170 页。

照世界，全方位、多棱面、深层次地对民族文化、历史政治、现实社会、人情世态和自我灵魂等各方面的阴暗、丑陋、残缺等进行了全面、系统的暴露和清算的文学家、思想家。鲁迅无鸿篇巨制，却能高居于中国现代作家之首，拥有不可替代的地位，就在于他的异于常人的这一独特的审美取向——前无古人，后启来者。这正如林非所指出的："鲁迅是一位异常犀利和深刻的思想家，像他这样对传统文化的猛烈批判和深刻剖析，在中国文化史上可以说是绝无仅有的。"① 更如张梦阳所总结的那样："中国历史上恐怕没有任何一个人那样直面人生，正视残酷的现实，撕破'瞒和骗'的面纱，将现世中的各类人的灵魂无情地抖搂出来，对丑陋者予以辛辣的讽刺和毫无情面的评说……鲁迅不愧是一位人类精神的分析家，中国人灵魂的最为尖锐、深刻的解剖者，民族精神的最为精警、深邃的反省者和民族脊梁的最为突出、坚韧的代表者。仅从这一点说，他就无愧于'民族魂'的称号。"②

鲁迅在审美趣味上关注和表现黑暗，但对黑暗并不是把玩，更不是认同和赞美，而是否定、针砭和批判。鲁迅在观照黑暗的时候，具有强烈的道德价值评判意识，具有高度的社会责任感。换句话说，鲁迅就书写对象而言是负极性写作，关注的是社会人生的负面存在，但就价值取向而言，却是正极性写作，他张扬的是正义、健全和美好。正如张灏所言："幽暗意识是以强烈的道德感为出发点的，唯其从道德感出发，才能反映出黑暗势力之为'黑暗'，之为'缺陷'。……幽暗意识却在价值上否定人的私利和私欲，然后在这个前提上求其防堵，求其疏导，求其化弥。"③ 鲁迅的暴露黑暗是为了唤起国民对黑暗的警觉，他的抨击也是一种建设性的批判。这正如他所说："指出她（中国文化）的恶疮的人倒是真爱她的人，因为她可以因此自惭而急于求医。"④ "揭发自己的缺点，这是意在复兴，在改善。"⑤ 他的著名的"剜烂苹果"理论认为，"苹果有了烂疤"，"倘不是穿心烂，就说：这苹果有着烂疤了，然而这几处没有烂，还可以吃得"，大

---

① 张梦阳：《中国鲁迅学通史》上卷，广东教育出版社2005年版，第624页。
② 同上书，第6页。
③ 张灏：《思想与时代》，上海文艺出版社2002年版，第2页。
④ 吴作桥等编：《再读鲁迅——鲁迅私下谈话录》，时代文艺出版社2005年版，第258页。
⑤ 鲁迅：《书信·致尤炳圻》，《鲁迅全集》第14卷，人民文学出版社2005年版，第410页。

家应"来做剜烂苹果的工作"①。这虽然是就翻译工作而言的,但完全可以看作鲁迅对待民族文化、社会和国民的态度。这正如周作人谈到《阿Q正传》时对鲁迅的评述那样:他的主旨是憎,他的精神是负的。然而这憎并不变成厌世,负的也不尽是破坏,在讽刺里的憎也可以说是爱的一种姿态。"摘发一种恶即扶植相当的一种善,在心正烧的最热,反对明显的邪曲的时候,那时他就是近于融化在那哀怜与恐惧里了。"② 也就是说,他是以一种憎的方式表达了一种爱,以一种破坏的姿态投身建设,以一种片面深刻、矫枉过正的偏激的思路、行为而进行着思想和社会的变革。比如他说:"唯一的疗救,是另开处方:酸性剂,或者简直是强酸剂。"③"无论如何,总要改革才好。但改革最快的还是火与剑。"④ 就是对自己内心的"鬼气"和"毒气",鲁迅也是进行无情的审视、解剖,严格的防范和坚决的否定。虽然他私下里也有过报复社会、放纵自己的念头,但在实际行动上,一方面,鲁迅为自己无形中成了"做这醉虾的帮手"⑤ 因而无意中害了青年而深深地忏悔和反思,并自律自控,以免自己"未熟的果实偏偏毒死了偏爱我果实的人"⑥。另一方面,对其小说中最能体现他心中"鬼气""毒气"的两个人物吕纬甫(《在酒楼上》)和魏连殳(《孤独者》),鲁迅都采取了否定性处理的方式,对他们身上当然也是自己身上的或随波逐流地与社会妥协或以毒攻毒地报复社会的人生取向进行了清算。这些都显示了鲁迅极强的道德意义和自审意识。

"爱夜的人于是领受了夜所给与的光明。"这是典型的鲁迅式的价值观念、思维方式和表现方法,它使我联想到顾城的著名诗句:"黑夜给了我黑色的眼睛,我却用它寻找光明。"鲁迅的价值和意义就在于:他不仅用自己被黑夜染黑了的眼睛在黑夜中领受黑夜的光明——看到了白日看不到的真相,还给同样身处黑夜的国人带来了光明——认识自己生存的危机,从而变革社会,追求新生。鲁迅把历史君王、圣贤和当世统治者、文人涂饰在制度、文化乃至人心上的华丽的金粉进行了彻底的清除。"他要打破

---

① 鲁迅:《关于翻译》,《鲁迅全集》第5卷,人民文学出版社2005年版,第317页。
② 曹聚仁:《鲁迅评传》,复旦大学出版社2006年版,第9页。
③ 鲁迅:《十四年的"读经"》,《鲁迅全集》第3卷,人民文学出版社2005年版,第139页。
④ 鲁迅:《两地书》,《鲁迅全集》第11卷,人民文学出版社2005年版,第40页。
⑤ 鲁迅:《答有恒先生》,《鲁迅全集》第3卷,人民文学出版社2005年版,第474页。
⑥ 鲁迅:《写在〈坟〉后面》,《鲁迅全集》第1卷,人民文学出版社2005年版,第300页。

第二辑　名家评析

一切人、我制造的神话。"① 他消解了国民追缅的过去的"大同世界"："大同的世界，怕一时未必到来，即使到来，像中国现在似的民族，也一定在大同的门外。"② 他颠覆了幻想中的未来的"黄金世界"："有我所不乐意的在你们将来的黄金世界里，我不愿去。"③ "我疑心将来的黄金世界里，也会有将叛徒处死刑。"④ 甚至把"希望"也虚化了："绝望之为虚妄，正与希望相同。"⑤ 最后，他还拔掉了"普遍，永久，完全，这三件宝贝"其实是可以将人"钉死"的钉在人的棺材上的三个钉子⑥，从而使国人从身心皆被奴役而不自知的愚昧、自欺中解脱出来，认识到自己的短暂、有限和残缺。"穿掘着灵魂的深处，使人受了精神底苦刑而得到创伤，又即从这得伤和养伤和愈合中，得到苦的涤除，而上了苏生的路。"⑦

张梦阳这样评价鲁迅的价值："鲁迅精神的精髓正在于'睁了眼看'世界，以呐喊之声令中国人从'瞒和骗的大泽'中猛醒。"⑧ "'天不生仲尼，万古常如夜'，应该更正为'中国无鲁迅，仍在夜中行'。想一想吧，倘若没有《阿Q正传》，没有阿Q这个可以照出中国人'病根'的'镜子'，没有那些对中国人进行深刻解剖的鲁迅杂文，没有鲁迅这夜行'恶鸟'对中国人发出的尖锐警告，中国人会对自己有现在这样的认识吗？……倘若没有鲁迅对中国人精神的深刻反思，没有这位伟大思想家的不朽著作，我们至今肯定在黑暗中摸索。"⑨ 确确实实，鲁迅使中华民族的心理结构、国人的认识方式、价值观念发生了革命性巨变，并以他特有的听夜之耳、看夜之眼和察夜之心给中国带来了光明、希望和福音。

---

① 钱理群：《心灵的探寻》，河北教育出版社2005年版，第99页。
② 鲁迅：《两地书》，《鲁迅全集》第11卷，人民文学出版社2005年版，第40页。
③ 鲁迅：《影的告别》，《鲁迅全集》第2卷，人民文学出版社2005年版，第169页。
④ 鲁迅：《两地书》，《鲁迅全集》第11卷，人民文学出版社2005年版，第20页。
⑤ 鲁迅：《希望》，《鲁迅全集》第2卷，人民文学出版社2005年版，第182页。
⑥ 鲁迅：《答〈戏〉周刊编者信》，《鲁迅全集》第6卷，人民文学出版社2005年版，第151页。
⑦ 鲁迅：《〈穷人〉小引》，《鲁迅全集》第7卷，人民文学出版社2005年版，第107页。
⑧ 张梦阳：《中国鲁迅学通史》下卷，广东教育出版社2005年版，第618页。
⑨ 同上书，第639、640页。

鲁迅元素及其当代意义

克罗齐有句名言:"一切的历史都是当代史。"[①] 这句话移用过来也可以这样说:"一切的文学都是当代文学。"也就是说,无论多么伟大的作家、多么经典的作品,只有那些与当代人的心灵产生强烈共鸣的、在当代人的内心深处留下印痕的,才是有价值、有生命力的。对于作为伟大的思想家、文学家的鲁迅,当我们阅读、阐释、估价他时,也应该建立在他是否具有当代意义这个价值标准之上。虽然鲁迅研究中"体""用"同样重要,但对鲁迅的"体"的研究已出现阐释过度、研究饱和的态势,言说的空间已经很小了,而应该进行战略转移,侧重于"用"即其价值、功能的研究、开掘。就鲁迅本人而言,虽然他也有着文学家、学者的身份,但他主要是思想家,是战士,曾以"精神界之战士"自许,因而他的所作所为都是重"用"的。他晚年对自己的老师章太炎的评价中褒扬其作为斗士的前半生而贬抑其作为书斋学者的后半生的价值取向,完全可以借用来研读、评价鲁迅。而当前学界对鲁迅研究的日益精致化、学院化的态势与鲁迅当年所反对的整理国故一样,都有违鲁迅初衷。

那么鲁迅是否具有当代意义,又有着怎样的当代意义呢?这有必要回顾一下鲁迅当年对自己作品未来价值的预测。面对一些论敌讽刺鲁迅的"落伍",鲁迅做出这样的回应:"我的话已经说完,去年说的,今年还适用,恐怕明年也还适用。但我诚恳地希望他不至于适用到十年二十年之后。倘这样,中国可就要完了,虽然我倒可以自慢。"[②] 鲁迅是发自内心地

[①] [意]克罗齐:《历史学的理论和历史》,田时纲译,中国社会科学出版社2005年版,第6页。

[②] 鲁迅:《"公理"之所在》,《鲁迅全集》第3卷,人民文学出版社2005年版,第514页。

希望自己的作品和他所处的时代一起腐朽和灭亡。如今，鲁迅的时代已经远去，鲁迅离开我们也已经七十余年，那鲁迅当年的话今天还适用吗？客观而言，时过境迁，鲁迅的一些关涉个人私怨的泄愤之作、商业性的刊物广告和记录日常琐事的日记，确实没有太多的精神文化内涵，除了当作专业研究者的文献资料，已经失去存留、阅读的价值，应该从鲁迅著作中删除以卸载；他的一些学术特别是稽古之作，虽然自有极高的学术价值，但与作为战士的鲁迅的精神特质有较大距离，也可以加以淡化。然而，鲁迅如泉下有知，也会慨叹和"可以自慢"的是，他的作品并未随着他的时代的逝去而速朽，大部分还具有极强的现实生命力。这又分为两种形态：其一，鲁迅当时针砭的世道人心的病态，今天仍然程度不同地存在，甚至有的还变本加厉，故而仍然需要鲁迅当初所开的处方加以疗救。这正如当年鲁迅所说："他所讽刺的是社会，社会不变，这讽刺就跟着存在。"① 其二，鲁迅对世事人生体察、表现得异常深刻，具有超越时空的意义，故而虽然是从彼时彼地抽绎出来的认识、见解，但移植、运用于当下，仍然拥有重要的价值。

鲁迅的思想是丰富、复杂甚至矛盾的，怎样吸纳他的价值内核而化作今人的精神营养呢？在这里我们引入了"鲁迅元素"这一概念。所谓"鲁迅元素"，指的是鲁迅的思想、文学中最本质、最精华部分的组成单位，它既淘洗、过滤掉了鲁迅著作中受具体因素限制的枝蔓、芜杂成分，同时还保存着它植根于源头活水的鲜活和具象。这正如钱理群、王乾坤所言，"构成鲁迅思想的基本单位（元素）的，不是抽象的逻辑范畴，而是一些客观形象与主观意趣统一的典型化的单位意象"，而他们"所做的编选鲁迅'论语'的工作，实质上就是将鲁迅思想命题中的普遍内容与形式从具体的历史纠葛中'剥离'出来"，"重新发现过去多少被我们忽视了的鲁迅思想中的普遍的超越意义"。② 开掘、光大鲁迅的当代意义就是从鲁迅文本中提炼、抽绎出鲁迅元素，在与当代人产生心理共振的基础上，矫正、引导、重塑当代人的价值观念和文化心理结构。但是，我们切忌对鲁迅的"用"的研究沦为实用主义——我们以往已经过多地尝了将鲁迅及其研究当作服务于现实政治的工具而进行任意的、断章取义的切割的苦果，而应

---

① 鲁迅：《从讽刺到幽默》，《鲁迅全集》第5卷，人民文学出版社2005年版，第46页。
② 钱理群、王乾坤：《作为思想家的鲁迅》，《鲁迅研究月刊》1993年第6期。

鲁迅元素及其当代意义

该将鲁迅作为一个整体并在保持其本体的独立性、完整性的前提下来进行研读、阐释和运用。本文准备在这一思路下从社会现实、国民文化心理、人类普遍的人性等方面来阐发鲁迅元素的当代意义。

一 世态人心丑陋一面的揭露对现实的警醒

当年鲁迅说到匈牙利诗人裴多菲的为国捐躯和他的诗作《希望》时，曾发出这样的感叹："悲哉死也，然而更可悲的是他的诗没有死。"[①] 今天，当阅读鲁迅对他所处的社会政治、现实人生进行针砭的文章时，我们会不由产生同样的悲哀：鲁迅的文章没有死。鲁迅所嘲讽、愤慨的世态人心的负面，虽历经多年、移位变形，但仍根深蒂固，不仅以另外的形态存留下来，有的还更加严重恶化了。对此，我们不知道应该敬佩鲁迅的深刻、伟大，还是应该为时代发展得如此缓慢而悲哀。

"还债的"和"讨债者"这两个词是鲁迅从古书中钩沉出来的，但他借用过来透视他所处的现实社会，就有了惊人的发现和深刻的总结："无论什么局面，当开创之际，必靠许多'还债的'；创业既定，即发生许多'讨债者'。此'讨债者'发生迟，局面好；发生早，局面糟；与'还债的'同时发生，局面完。呜呼'还债的'也！"[②] 此语鲁迅写于1927年年末，结合当时的社会背景，我们可以看出，鲁迅以史为鉴，对现实社会的体察是如此透彻，对社会政治的未来走向又有着多么精确的预测，而鲁迅又于冷静平淡中隐寓着多么深重的忧虑和痛惜。而更让我们惊悚不安的是，鲁迅关于"还债的"和"讨债者"之说，又多么像巫师的谶语，也概括了当今社会普遍存在的一个荒谬现象：无数先烈以生命为代价换来了民族的独立、社会的安定，他们无疑都是鲁迅所说的"还债的"；而如今的和平时期，那些混迹于政界、商海的腐败者，以劳动人民的血汗为自己购置豪宅、香车，包养情妇，过着挥金如土、骄奢淫逸的生活，这些人也恰如鲁迅所说的"讨债者"。而"讨债者"日多然"还债的"渐少，虽然不至于"局面完"，但却令人非常担忧。重温鲁迅之语，当政者应为之惊醒、引以为戒，每个公民也应自审审人，使社会人心走向良性态势。

鲁迅在他的许多文章中，对"西崽相"有过精辟透彻的论述。西崽是

[①] 鲁迅：《希望》，《鲁迅全集》第2卷，人民文学出版社2005年版，第182页。
[②] 鲁迅：《书苑折枝》，《鲁迅全集》第8卷，人民文学出版社2005年版，第221页。

旧时对西洋人雇佣的中国男仆的蔑称,鲁迅认为:"西崽和华仆在人格上也并无高下,……西崽之可厌不在他的职业,而在他的'西崽相'。这里之所谓'相',非说相貌,乃是'诚于中而形于外'的,包括着'形式'和'内容'而言。这'相'是觉得洋人势力,高于群华人,自己懂洋话,近洋人,所以也高于群华人;但自己又系出黄帝,有古文明,深通华情,胜洋鬼子,所以也胜于势力高于群华人的洋人,因此也更胜于还在洋人之下的华人。""倚徙华洋之间,往来主奴之界,这就是现在洋场上的'西崽相'。"① "西崽相"是鲁迅对凝淀于国民性中的主奴意识在特定历史时期的特定角色上的体现和延伸的一种形象而经典的概括,是鲁迅笔下的一个典型化的意象。时至今日,中国某些人的"西崽相"不仅没有完全消除,而且随着中外在政、商、企、学等方面交往、合作的日益频繁和深化,具有"西崽相"的人反而有增无减,而且面目、手段更加复杂、多变,危害也越发严重。他们往往依凭兼具中外语言、知识、文化的背景优势,在涉外活动中不仅以心理上的优越感而周旋于国人与洋人之间,而且从中获取额外的好处,为此甚至牺牲、出卖民族的利益和尊严。而鲁迅在七十年前对"西崽相"的入木三分的刻画,对我们今天识别和防范具有"西崽相"的人提供了一个有利的武器,也使那些从事涉外工作的人们有了一面借以自审自戒的人文之镜。

鲁迅对弱势群体尤其是儿童非常关注,他是儿童本位教育理念的倡导者和践履者。在《狂人日记》中他就发出了"救救孩子"的呼喊,并为有利于儿童身心健康发展的读物的创作、翻译、出版倾注了大量心血。但当时以儿童为主的教育的状况和结果怎样呢?鲁迅在一篇文章中做了这样一针见血的估价:"现在的所谓教育,世界上无论哪一国,其实都不过是制造许多适应环境的机器的方法罢了。"② 鲁迅这一论述言简意赅,一语中的,这是他站在世界和人类的高度对现代教育体制对人尤其是对儿童的窒息生命、压抑个性等的异化现象的深刻反思和深重的忧虑。七十多年过去了,鲁迅当年呼唤、期望的"要适如其分,发展各各的个性"的时候不仅没有到来,而且在应试教育的体制中,教育对人的异化现象反而更严重

---

① 鲁迅:《"题未定"草》,《鲁迅全集》第6卷,人民文学出版社2005年版,第366—367页。

② 鲁迅:《两地书》,《鲁迅全集》第11卷,人民文学出版社2005年版,第20页。

了，教育机构、教师、学生之间出现了多重多向的异化：各类学校变成了以升学率、利润创收为重要指标的产业化的工厂，教师成为传授技艺的工具而丧失了育人传道的功能，学生在升学、就业等的沉重压力下沦为了知识的容器和考试机器。由此而回想鲁迅对儿童的倾心呵护和对教育前景的忧虑，我们今天的每个教育者和受教育者，都应有所戒惧和醒悟。

特别值得一提的是，鲁迅的有些元素，是无形无象、看不见摸不着但又弥漫于鲁迅作品的字里行间，它们作为鲁迅的内置的、软性的元素，对当代人具有更大的意义。比如，他的对任何政治势力、文化权威始终保持戒备、充满批判意识的观念、立场，他的永远站在被损害、被侮辱的一方与势力集团斗争的傲骨，他的正面文章反面看、对现实永不满足、充满怀疑的思维方式，恰恰是当代国民尤其是人文知识分子欠缺的。而吸收鲁迅元素中的独立人格、自主精神、反向思维等的养料，对实现"中华民族的心理结构的变革和认识方式的转变"[①]，对建构健全的人格理想，都有着重要的意义。

二 国民劣根性的体察诊治对今人的启示

据鲁迅好友许寿裳回忆，鲁迅早年在日本留学时经常谈到三个相连的问题：①怎样才是理想的人性？②中国民族中最缺乏的是什么？③它的病根何在？[②] 这三个问题也是鲁迅后来一直关注和探索，而最集中地体现在他对国民劣根性即国民文化心理病态一面的体察和诊治。用他自己的话说就是："我的取材，多采自病态社会的不幸的人们中，意思是在揭出病苦，引起疗救的注意。"[③] 国民劣根性，因为沉潜于风俗习尚中，又积淀于国民文化心理深层，浸骨入髓，时至今日，虽经历时世变迁、社会变革，但并未根除，许多还顽固地残留了下来。因而鲁迅当年为国民做出的诊断和开具的处方，还仍然有用有效，而鲁迅当年对国民种种形态各异的病症的深刻体察和经典式的概括所构成的鲁迅元素，仍是今天察人审己的一面很好的镜子。

奴性和主奴意识是鲁迅对国民劣根性的经典概括之一。鲁迅对国民因

---

① 张梦阳：《中国鲁迅学通史》上卷（二），广东教育出版社 2005 年版，第 662 页。
② 曹聚仁：《鲁迅评传》，复旦大学出版社 2006 年版，第 55 页。
③ 鲁迅：《我怎么做起小说来》，《鲁迅全集》第 4 卷，人民文学出版社 2005 年版，第 526 页。

为长期受异族统治并受本民族统治者的压制而形成的奴隶地位及相应的奴性有着十分清醒的认识,并进行了深刻的论述。他这样写道:"中国人向来就没有争到过'人'的价格,至多不过是奴隶,到现在还如此,然而下于奴隶的时候,却是数见不鲜的。"又进而概括为两个时代:"一、想做奴隶而不得的时代。""二、暂时做稳了奴隶的时代。"① 奴隶地位处境是国民身不由己的状态,如果说鲁迅对此只是感到无奈和痛心的话,那么对于一些国民身上的甘于为奴的奴性则是痛心疾首、深恶痛绝了。他晚年连着写了《隔膜》《买〈小学大全〉记》两篇文章,在追忆了清朝两个知识分子冯起炎和尹嘉铨"不悟自己之为奴"反而向清朝主子撒娇、请谥最终招致牢狱之灾和杀身之祸的史实后,对其所显现的国民的奴性进行了深刻的反思和无情的嘲讽。鲁迅对奴性的反省在后来的巴金那里得到了延续和回应:"我就是'奴在心者',而且是死心塌地的精神奴隶。""没有自己的思想,不用自己的脑子思考,别人举手我也举手,别人讲什么我也讲什么,而且做得高高兴兴,——这不是'奴在心者'吗?"② 这是巴金二十多年前对自己的沉痛反思和自审,也印证了鲁迅思想生命力的强大和影响的深远。然而,让我们深感忧虑的是当下的许多知识分子并未摆脱奴性的阴影,在有些方面还加剧、扩展了:自我甘于屈从的对象,由原先的权力,又增加了金钱甚至内心的欲望。但可悲的是,现在像巴金那样勇于自我反省的人越来越少,而自得并沉醉于奴隶状态的人却越来越多了。

鲁迅不仅发现了国民身上的奴性,还更进一步地认识到了国民心理上的更大病变,即主奴意识:拥有了权力、做了主人的奴隶,对待比自己地位低的人比原先的主子对待自己更残暴、更凶狠。对此鲁迅有着非常形象的比喻:"凶兽样的羊,羊样的凶兽。""他们是羊,同时也是凶兽;但遇见比他更凶的凶兽时便现羊样,遇见比他更弱的羊时便现凶兽样。"③ 反之也一样,主人失去了权力就甘于做奴才:"专制者的反面就是奴才,有权时无所不为,失势时即奴性十足。……做主子时以一切别人为奴才,则有了主子,一定以奴才自命。"④ 也就是说,在鲁迅看来,主性和奴性同具一

---

① 鲁迅:《灯下漫笔》,《鲁迅全集》第 1 卷,人民文学出版社 2005 年版,第 225 页。
② 巴金:《随想录 69·十年一梦》,《随想录选集》,生活·读书·新知三联书店 2003 年版,第 86 页。
③ 鲁迅:《忽然想到》,《鲁迅全集》第 3 卷,人民文学出版社 2005 年版,第 63 页。
④ 鲁迅:《谚语》,《鲁迅全集》第 4 卷,人民文学出版社 2005 年版,第 557 页。

人之身是在特定历史时期长久存在的一种病态的社会现象、文化现象和心理现象，或者说鲁迅以睿智的目光发现了人性深层一时无法改变的弱点或缺陷。经过多年的政治、文化变革，国民的独立意识、平等意识有所增强，主奴意识也相应有所淡化。但是在现阶段，因为阶层以及相应人们的政治、经济地位的不平等还存在，主奴意识在国民身上还程度不同地遗留着：在政治、经济、学术领域甚至日常生活中，处于底层的人要改变自己的命运，就不得不向地位高的人屈从、"纳贡"，甚至要以付出尊严、人格作为交换的资源为代价。而这样的人一旦获得了一定的社会地位和权力，自然会以上层人对待自己的态度那样来对待比自己社会地位低的人，以换取心理上的平衡。张梦阳认为，"鲁迅独立的哲学品格的真谛"是"人既不能作奴隶也不能作奴隶主，只能作自己的主人！"[①] 鲁迅所呼唤的以人的自由、独立为目标的"第三样时代"是我们所渴望的，但要真正变为现实，还要走很长的路。

"做戏"与"看戏"是鲁迅对国民文化心理病变的又一深刻发现。"做戏"与"看戏"作为相反相成、相互依存的两种现象，是国民文化心理深层虚伪、矫饰和冷漠、残忍的一种外在显现。对于"做戏"的，鲁迅有一个专门的称谓："做戏的虚无党。"他们的特征和表现是："善于变化，毫无特操，是什么也不信从的，但总要摆出和内心两样的架子来。……虽然这么想，却是那么说，在后台这么做，到前台又那么做。"[②] 鲁迅先后在《宣传与做戏》《中华民国的新"堂·吉诃德"们》和《吃教》等文章里，对不同时期、不同职业、表现各异的"做戏的虚无党"从不同角度进行了刻画和揭露。而这种人前人后不一致，想的、说的和做的完全两样、没有信仰和操守的"做戏的虚无党"，在鲁迅身后的今天不仅没有消亡，反而在数量上有所增多，并且在技巧上添加了不少新花样：不仅商人、政客做戏，连书斋里的学者也不甘寂寞，频频作秀；他们的舞台不再限于谈判桌、会场和讲台，还拓展到报纸、电视台、网络这些现代媒体，并且在其中游刃有余、如鱼得水；进而还出现了政客、商人、学者演员化和演员、政客、商人学者化的这种你中有我、我中有你的双向互融互渗的做戏现象。在这样一个惯于、善于做戏的国度、体制和习尚中，一个本真、坦率

[①] 张梦阳：《中国鲁迅学通史》上卷（二），广东教育出版社2005年版，第610页。
[②] 鲁迅：《马上支日记》，《鲁迅全集》第3卷，人民文学出版社2005年版，第346页。

地面对自我和他人的人反而像是在做戏了，而揭穿他人、社会做戏的人同样也会被做戏的群体所嘲弄和不容。这是一种文化的悲哀，也是鲁迅当年所不曾预料到的。

"看戏"者更是鲁迅所痛恨的，也是他一生所鞭笞的。他曾这样沉痛地说："群众，——尤其是中国的，——永远是戏剧的看客。牺牲上场，如果显得慷慨，他们就看了壮剧；如果显得觳觫，他们就看了滑稽剧。"①鲁迅先后在《示众》《药》《祝福》《孔乙己》《阿Q正传》《复仇》等作品中刻画了各式各样的看客形象。鲁迅笔下的那种把牺牲者当作"散胙"的看客，如吃革命烈士夏瑜的鲜血浸泡的馒头以治痨病的华小栓，讥笑、侮辱因救众生而被钉杀于十字架的耶稣的以色列人等，在现在的和平年代一天天减少了，这也是历史的一大进步。不过，那种"冀人之危，以为谈助"②、以他人的痛苦来建立自己的优越感的看客及看客心理还普遍存在。在今天的现实生活中，我们不是到处可以看到许多围观残疾人、溺水者、受伤者而无动于衷甚至幸灾乐祸的吗？更有甚者，一些围观者对那些准备跳楼、跳水而又犹豫不决者不是还哄笑加油并狂喊"是好汉就赶紧跳下去"吗？同情之心、怜悯之心、博爱之心不发扬光大，看客现象就永远不会根除，同样鲁迅对看客的忧愤就永远不会释解。

"瞒和骗""自欺欺人"是鲁迅对国民性的又一准确的诊断。他认为"瞒和骗""自欺欺人"这一国民劣根性表现在两个层面：其一是国人的身上心中，其二是文人创作的文艺作品里。他这样写道："中国人的不敢正视各方面，用瞒和骗，造出奇妙的逃路来，而自以为正路。""中国的文人也一样，万事闭眼睛，聊以自欺，而且欺人，那方法是：瞒和骗。""由此也生出瞒和骗的文艺来，由这文艺，更令中国人更深地陷入瞒和骗的大泽中，甚而至于已经自己不觉得。"③也就是说，国人的"瞒和骗"的行为产生了"瞒和骗"的文艺，而"瞒和骗"的文艺反过来又促使国人陷入更大的"瞒和骗"之中，二者形成了相互作用、互为因果的恶性循环，而结果则是国人的心灵在不知不觉中日益被毒化和扭曲。如"文革"时期的文艺，不仅没有摆脱"瞒和骗"，反而把它推到了登峰造极的地步：文学艺

---

① 鲁迅：《娜拉走后怎样》，《鲁迅全集》第1卷，人民文学出版社2005年版，第170页。
② 鲁迅：《书信·致李秉中》，《鲁迅全集》第12卷，人民文学出版社2005年版，第255页。
③ 鲁迅：《论睁了眼看》，《鲁迅全集》第1卷，人民文学出版社2005年版，第252—255页。

术沦为了遮盖社会真相并进而愚弄民众的宣传工具，逃避了表现民众痛苦、为民请命的神圣责任，甚至不敢正视和书写作家自己的真情实感。新时期随着思想解放运动的兴起和深化，作家的独立意识、自主意识觉醒、增强了，大多数作家都敢于"睁了眼看"和写，特别是晚近出现的关注底层民众生存状态、揭露政治腐败的新现实主义文学，都充分显现了作家的良知、真诚和勇气，这是十分可贵、可喜的。但仍有一些作家昧着良心来粉饰现实、谄媚取悦于权力集团，继续制造"瞒和骗"的文艺，这应该引起我们足够的警惕。而现实生活中的"瞒和骗"作为国民文化心理上的痛疾和行为上的陋习，不仅仍然存在着，还大有蔓延的趋势。在政治、经济、文化、宣传等领域中，"瞒和骗"的现象到处可见，几乎达到了无法取信于人的地步。更可怕的是，即使在神圣的课堂上，以传道授业为己任的教师也不得不"瞒和骗"。也就是说，"瞒和骗"不仅堂而皇之地登堂入室，还披上了神圣的外衣。另外，"瞒和骗"还渗透到家庭、亲友、师生之间这些日常交往之中，以至于人际间失去了起码的真诚和信任。"瞒和骗"有如此巨大、持久的生命力，我们不知应该敬佩鲁迅对国民性体察的深刻，还是应该哀叹社会历史的停滞和人性的退化。

鲁迅在《推》《爬和撞》等文章中，从日常生活的小事中发现了国民的"推""踏""撞"等不文明行为，并进而从中发掘了它们所隐喻的国民文化心理病变的深层内涵，而这些，对我们审视国民的日常行为和文化心理，仍然具有极强的现实意义。"上车，进门，买票，寄信，他推；出门，下车，避祸，逃难，他又推。推得女人孩子都踉踉跄跄，跌倒了，他就从活人上踏过，跌死了，他就从死尸上踏过，走出外面，用舌头舔舔自己的厚嘴唇，什么也不觉得。"[①] 你看，鲁迅笔下的国民的粗野、自私、恬不知耻，不正是我们今天在现实生活中到处可见到的吗？这不正是给今天许多人的画像吗？鲁迅并未停留在社会现象这一表层，而是透视了隐含于深层的文化内涵。也就是说，"推"和"踏"还表现在看不见摸不着的生存竞争中："这推与踏也还要廓大开去。要推倒一切下等华人中的幼弱者，要推倒一切下等华人。"[②] "聪明人就会推，把别人推开，推倒，踏在脚底下，

---

① 鲁迅：《推》，《鲁迅全集》第5卷，人民文学出版社2005年版，第205页。
② 同上书，第206页。

踹着他们的肩膀和头顶,爬上去了。"① 除了"推与踏","又发明了撞":"只有横着身子,晃一晃,就撞过去。撞得好就是五十万元大洋,妻,财,子,禄都有了。"② "推""踏""撞"在这里已不再仅仅是具体的社会行为,而是衍生为一种抽象的、内在的文化现象:"推""踏""撞"的目的就是把别人"推"翻、"撞"倒、"踏"在脚下,从而自己可以顺利地"爬"上去。而这样的行为、心理和观念,在如今的政界、商界甚至学界都普遍存在:职位的晋升变成了无序的、不公平的竞争,德、才等综合素质已经不再是升迁与否的主要因素,成败反而取决于心照不宣的潜规则:前期投入或后期兑现的物质、精神资源的多或少,背后依凭的关系网的强或弱,最终必然是一些背景强大、资源丰富的人"推""撞"倒了别人,而自己"踏"着别人的身躯"爬"上去。此风已极大地扭曲了人们的价值观念、伦理规范,也毒化了社会的肌体和人们的心灵。因而回望鲁迅当年对此的忧愤,我们不由会陷入深广的忧虑之中,而建构起一个健康、人性化的道德伦理标准、科学合理的价值评判体系、公平竞争的社会机制,是我们应该付出极大努力追求的目标,也正是我们根除"推""撞""踏"这些丑恶现象的根本。

三 人类普遍人性的开掘对当代人心的化育

鲁迅是不承认永恒的人性存在的,他认为一切都会随着社会的变迁而发展变化。但是,在他笔下却还是出现了较为持久的人之常性,因而打破和超越了时空的阻隔、局限,不仅吸引和打动着今天的受众的心灵,而且还会一直流传下去。这具体又表现在两个方面:其一是鲁迅虽然当初是立足现实和民族对人进行体察和表现,但因站得高、看得透、开掘深,因而与人类普遍的人性内涵有了内在的连接和呼应。其二是鲁迅由对自我生命、心灵的审视、拷问而自然升华为对人类的终极关怀,从而拥有了持久的艺术生命力。以上两个方面,作为重要的人文资源,不仅使同代后人得到了独特的审美享受,更重要的是拓展了当代人的心灵空间,使当代人在精神面貌、心理结构、思维方式和价值观念上发生了革命性的变化。

---

① 鲁迅:《爬和撞》,《鲁迅全集》第 5 卷,人民文学出版社 2005 年版,第 278 页。
② 同上书,第 279 页。

鲁迅元素及其当代意义

阿 Q 是与鲁迅的名字连在一起的，同时也是鲁迅对世界文学的一大贡献。鲁迅自己说他写阿 Q 是"要画出这样沉默的国民的魂灵来"，是"在我的眼里所经历过的中国的人生"[①]。而阿 Q 的本质特征即精神胜利法，却出乎鲁迅自己的意料超出了国界而具有了世界的意义，因为精神胜利法不仅是阿 Q、中国国民所独具的，同时也是人类所共有的人性的一个特征或弱点：对现实采取一种逃避的态度，转而从精神上寻找资源以求得心理的平衡甚至优越感。作为一个生命个体，当他面对每个人都无法回避的个人与社会、内心与外界、思想与行动的矛盾冲突时，不外乎有两种选择：一种是求诸外，通过现实行动来向自然和社会探索追求，通过得到物质上的利益和社会的荣誉来实现自己的价值，在这方面文学塑造了浮士德、堂·吉诃德这些不朽的艺术形象。另一种是求诸内，即回归内心，从精神世界开发资源，通过非直接的努力来对抗现实，从而得到心灵的充实和情感的慰藉，而代表着这一性格特征的文学典型有哈姆雷特和阿 Q。但这两个艺术形象在价值取向上又有所不同：莎士比亚对哈姆雷特是正取向，是对他在困惑、犹疑中所表现出来的丰富的内心世界、复杂的情感和强烈的道德、伦理观念的一种认同和礼赞；而鲁迅对阿 Q 采取的则是"哀其不幸，怒其不争"的态度，对其病态人格进行了毫不留情的针砭。虽然对鲁迅的这一价值评判论者见仁见智，但由此可见鲁迅的一种个性化的创新给人类的精神文化增添了一种独特的新质。只要人类存在，精神胜利法就不会消亡，它与人类、人性相始终。从这个意义上说，阿 Q 形象及其精神胜利法，具有永恒的意义。

"死火"是鲁迅心结的一个艺术化的意象，同时也折射了人类个体生命在心理、人生选择上的一种永恒的矛盾和困惑。在冰谷中被冻结的"死火"，面临着两难困境：如果被人带出冰谷，它将会被烧尽；如果留在冰谷，它又会被冻灭。"死火"的是留是走，是烧尽还是冻灭的困惑，恰是鲁迅现实人生矛盾的自况。他在给许广平的信中这样说："我的意见原也一时不容易了然，因为其中本含有许多矛盾，叫我自己说，或者是人道主义与个人主义这两种思想的消长起伏罢。所以我忽而爱人，忽而憎人；做事的时候，有时确为别人，有时确为自己玩，有时则竟希望生命从速消

---

① 鲁迅：《俄译本〈阿 Q 正传〉序》，《鲁迅全集》第 7 卷，人民文学出版社 2005 年版，第 84 页。

磨，所以故意拼命地做。"① 鲁迅现实生活中的"人道主义与个人主义这两种思想的消长起伏"在他的最具自传色彩、最有鲁迅气质的小说《孤独者》中以具象化的形式得到了充分的表现：主人公魏连殳起初孝敬祖母、关爱孩子、呵护弱者、抗争社会黑暗，但在遭遇生存困境之后，却转而投靠权势以毒攻毒地报复社会，"躬行我先前所憎恶、所反对的一切，拒斥我先前所崇仰、所主张的一切"②。鲁迅的散文、小说、书信中所显示出来的"死火"心结，即是奉献还是索取？是爱还是不爱？是享受生活还是"赶快做"？是复仇还是饶恕？等等的犹疑困惑、举棋不定，自然让我们想起哈姆雷特的那句名言："To be or not to be, this is the question." 也就是说，"死火"作为鲁迅的重要元素之一，不仅具有个人的心理上的价值，还具有普遍的超越时空的永恒的意义，它在当代人的心灵中同样产生强烈共鸣，因为"死火"一样的犹豫彷徨、矛盾痛苦是植根于每个个体心理深层的一个结，谁都无法逃避。在迷茫无助中做出选择，在选择中仍然还会游移不定、进退两难、无所适从，鲁迅袒露出的自我的内心矛盾，浓缩了人类的共同秘密。从这一点，同样可以看出鲁迅的伟大和深刻。

　　鲁迅笔下的"过客"意象是与人类心灵相通的鲁迅的又一个重要元素。《过客》中的过客，不知道自己叫什么名字，也不知道自己从哪里来和到哪里去。这一独特的人生处境和生命体验在其另一篇具有浓郁自传色彩的小说《在酒楼上》有更为具体的描写："觉得北方固不是我的旧乡，但南来又只能算一个客子，无论那边的干雪怎样纷飞，这里的柔雪又怎样依恋，于我都没有什么关系了。"这里的游子愁怀与上述的过客心绪是相通相印的，都展示了鲁迅作为一个觉醒的生命个体从灵魂深处体悟到的现代人的生存困境：人是被抛在世的，我们无处安置我们的身心，无法找到心灵皈依的家园，只能永远在放逐的途中四处流浪，生活在别处但别处同样没有我们的生活。这一存在主义哲学所关注的人的在世方式在鲁迅的笔下得到了个性独具的艺术表现，也触摸到了从现代政治蒙昧中觉醒又陷入物欲迷途的处于同样生存境遇中的当代人心灵的最柔软、最敏感、最脆弱的地方，因而八十年前的呻吟在今天获得强烈的回应是完全在意料之中的。仔细想想，我们每个人不都是过客吗？人生如寄，家园、故乡不过是

---

① 鲁迅：《两地书》，《鲁迅全集》第11卷，人民文学出版社2005年版，第81页。
② 鲁迅：《孤独者》，《鲁迅全集》第2卷，人民文学出版社2005年版，第103页。

鲁迅元素及其当代意义

我们寄存的处所,理想、归宿也只是心造的幻影,真实的存在状态是我们永远在路上,永远是无家可归的浪子。鲁迅在"过客"这一意象上所赋予的内涵还不止于此,"过客"不愿退回原路,也不愿坐下歇息,甚至拒绝了女孩的"好意",明知前边是坟是死亡,但还是要向前不停地走下去,用鲁迅自己的解释就是:"虽然明知前路是坟而偏要走,就是反抗绝望,因为我以为绝望而反抗者难,比因希望而战斗者更勇猛,更悲壮。"[①] 这些都让我们联想到反复不停地推石头上山的西西弗斯,联想到海德格尔的名言"先行到死""向死而生"等。同时更重要的意义在于,鲁迅通过"过客"反抗绝望以自救的独特设置,给迷途中的今天的我们点亮了一盏心灯:过去已经死亡远逝,未来虚幻不可知、不可期,而只有抓住了现在,才能实现自我价值,从而得到救赎。

如上所列的这些具有当代意义的鲁迅元素还很多,比如"欲知本味,抉心自食"的自审意识,比如《鸭的喜剧》中对生灵的形而上的关爱,等等,如果一一论述下去,这篇已经不短的论文也许会变得冗长以至无法收尾了。这也从一个侧面说明了鲁迅艺术世界所具有的巨大张力和持久的艺术生命力。而在我不得不结束我的赘论之前,我想强调的是,我们对鲁迅研究的思路和观念应该进行调整和更新:从重本体的学院式的研究转变为以用为本的贴近现实人生的研究。而具体进行的步骤和图式可以概括为:将鲁迅的最独特、最深刻的内蕴从其庞杂的文本及其具体的背景中剥离出来,提炼为去粗存精的鲁迅元素,并将之与现实生活、今人的心灵结合、交融在一起。只有走进当代人灵魂深处、引起当代人强烈共鸣的鲁迅才是活着的、有价值的鲁迅;只有越来越多的国人为鲁迅元素所滋润、所育化,国人才能彻底摆脱身心俱为奴的状态,才能进入鲁迅所向往追求的每个人都成为自己的主人的"第三样时代"。也许鲁迅元素是有限的,但它的用途却是无限的,因为现实中还有那么多的幽暗需要照亮,那么多迷失的眼睛、心灵需要擦拭,这就如寥寥可数的几颗种子在广袤的原野上就可以结出不可胜数的果实来。从这个意义上说,鲁迅研究的前景和空间是非常广阔的。

[①] 鲁迅:《书信·致赵其文》,《鲁迅全集》第11卷,人民文学出版社2005年版,第477—478页。

个体心灵之花结出的人类智慧之果

——从鲁迅的心结透视其文学内蕴的深度取向

我之所以选择了"心结"而不是"情结"这一概念来解读鲁迅,是因为我想与弗洛伊德的精神分析理论拉开距离。虽然弗洛伊德的精神分析自有其深刻、独到之处,鲁迅对它也非常感兴趣并多次提及,但它的仅仅从性的角度察人析文的观念确实存在着很大的狭隘性和局限性。"心结"一词,追溯到宋代词人张先的"心似双丝网,中有千千结"的词句,虽然也与男女之情有关,但在其后近千年的流变中,背依源远流长的古人结绳记事传统,并融会民间结艺的古老文化,其外延已有很大拓展,内涵也日渐丰富:它以比喻的方式形象地概括了苦难的人生、不平的命运在个体心灵深处积存郁结为无法释解的苦恨怨憎等负面体验的心理状态。在成长的过程中,每个人都会产生或大或小、或多或少的心结。对一般人而言,心结就只能是心结,它可能会郁结于内不得释解而造成病态的人格,也可能转化为对亲友的倾诉、对仇敌的愤恨而加以宣泄;对一个普通的作家来说,它会化作创作的动力而通过人物的塑造、情节的设置从而在心理、情感上得到虚幻的补偿,并最终使心结得以化解。而在如托尔斯泰、苏轼、曹雪芹、鲁迅等这些伟大的作家那里,心结就会转化为强大的内驱力,以意象、人物、情绪等的艺术形态在作品中反复出现,并与人类共同的困境、忧虑以及相应的追求和出路相通互应,从而闪烁出绚丽动人的艺术光彩,正所谓蚌病成珠、忧愤出诗人吧。

鲁迅是有着大而多的心结的生命个体,对心结与创作同构互动关系也有着清醒的认识。他所推崇并翻译的厨川白村的《苦闷的象征》中有这样一段话:"寻其根本来,也就是生命的自由飞跃因为受了阻止和压抑而生苦闷,即精神的伤害,这无非就是从那伤害发生出来的象征的梦,是不得满足的欲求，不能照样地移到实行的世界去的生的要求，变了形态而表现的东西。诗是个人的梦，神话是民族的梦。"① 这段话完全可以移过来当作鲁迅的夫子自道，而他自己所说的"作品大抵是作者借别人以叙自己，或以自己推测别人的东西"②，则可以看作他自己写作机制的自供状了。呈现在我们面前的鲁迅的心结与他的文学世界的对应关系就有了三种形态：其一，虽然是鲁迅的重大心结甚或是心之死结，但并未转化、升华为艺术形式。比如鲁迅多年的性压抑，我们只能在他的"荟集古逸书数种，此非求学，以代醇酒妇人者也"③ 这些只言片语中猜测出一些蛛丝马迹，却未看到他笔下出现如郁达夫的《沉沦》或《迟桂花》那样的文本，故而对此我们只好略而不论。其二，鲁迅文本中有着经典的艺术表现，比如阿Q形象及其精神胜利法、主奴意识等，但这些只是作为伟大思想家的鲁迅对国民性等理性反思的艺术结晶，与鲁迅的个性化的人生经历无关，是其心结之外的产物，对此我们有意识地略过，不让其进入我们的分析视野。其三，有些作品则植根于鲁迅的心灵情感，包裹着鲁迅的血肉和伤痛，与他的心结丝丝相连、节节相关。虽然鲁迅把自己的内心藏得很深，只是以"措辞弯弯曲曲"④ 地加以表达，是以变形移植的方式表现的，但正如鲁迅自己所言："作者本来也掩不住自己，无论写的是什么，这个人总还是这个人，不过加了些藻饰，有了些排场，仿佛穿上了制服。"⑤ 虽加掩饰，但还是遮不住鲁迅独有的个性和真情，是现骨露肉、淌泪泣血之作。这也将成为本篇分析的重点。

经过筛选、梳理和整合，我们准备从以下几组最有代表性的鲁迅的心结及其在作品中的对应物即殉道与散胙、屈辱与复仇、腊叶与死火、中间物与过客等来透视其人与文的内在互映及其映射出的深层人文蕴含，并试从三个层面来展开论析：首先，梳理鲁迅文本中反复出现又在其创作中起着举足轻重作用的意象或词语作为走进鲁迅内心世界的切入点；其次，以此为线索，以其本人及亲友乃至论敌的言论为支撑材料，返视其创作动力

---

① 鲁迅：《鲁迅译文集》第3卷，人民文学出版社1958年版，第89页。
② 鲁迅：《怎么写》，《鲁迅全集》第4卷，人民文学出版社2005年版，第23页。
③ 鲁迅：《书信·致许寿裳》，《鲁迅全集》第11卷，人民文学出版社2005年版，第336页。
④ 鲁迅：《〈华盖集〉题记》，《鲁迅全集》第3卷，人民文学出版社2005年版，第3页。
⑤ 鲁迅：《孔另境编〈当代文人尺牍钞〉序》，《鲁迅全集》第6卷，人民文学出版社2005年版，第428页。

的原点，直逼其心结的内核；最后，再返归文本，阐释其含蕴的与人类精神相通互融的博深的哲理情思和丰厚的人文内涵，以此走进由鲁迅的自我心灵、文本意象和人类文化精神共同构建的三位一体的精神艺术之宫。

一 牺牲与散胙——殉道者被受益的庸众所叛的人类的荒谬性悲剧

20世纪20年代初中期，鲁迅先后怀着沉痛的心情提到两个可怕的字："散胙。"胙是用来祭祀的肉，而"散胙"就是祭祀结束时将胙散发给参与祭祀的人将之吃掉。此语因北大学生冯省三而起：冯省三作为闹讲义风潮的发起人、骨干之一，后来被校方开除了，而那些作为讲义风潮胜利的受益者的其他学生则没有人再提起冯省三，很快就将他彻底遗忘了。就此鲁迅慨叹道："牺牲为群众祈福，祀了神之后，群众就分了他的肉，散胙。"[①] 此前，鲁迅就曾用另外的语言写了相同的发现："先觉的人，历来总被阴险的小人昏庸的群众迫压排挤倾陷放逐杀戮。中国又格外凶。"[②]

牺牲变为群众的"散胙"、先觉为庸众所叛所杀的这种荒谬可悲、触目惊心的社会现象，已构成了一个叙事模式，在鲁迅的作品中反复出现、回环，虽然时地、人物、情境不断变换，但万变不离其宗，两种角色的尖锐对立以及最终的可悲结局却始终不变、惊人相似：《药》中的革命者夏瑜为了启蒙、拯救民众而献出了自己的生命，而身为民众的华氏父子却用夏瑜的鲜血浸泡的馒头来医治痨病；《颓败线的颤动》中的那个通过出卖肉体来哺育孩子的母亲，在晚年却遭到了孩子的冷骂、毒笑和厌弃；《非攻》中的墨子历尽艰辛、冒着生命危险说服了楚王而使宋国免于战祸，但在归途中却遭到了宋国人的搜检和欺侮，甚至连在城门下避雨都被巡兵赶开了；《长明灯》中的那个疯子以灭灯、放火的激进方式来抗争愚昧，但却遭到了孩童恶意的戏弄；《补天》中的女娲在炼石补天时还被自己造的人"冷笑、痛骂"和咬手，死后肚皮上还被人安营扎寨，并被窃名利用。

鲁迅作品中反复出现的这一先觉者、启蒙者、拯救者被愚昧者、受启者、获救者所弃所叛甚至所杀的叙事模式，可以在社会历史中找到其发生的素材原型，也可以感受到鲁迅对人的操守与命运悖反现象以及人性之恶

---

① 鲁迅：《两地书》，《鲁迅全集》第11卷，人民文学出版社2005年版，第76页。
② 鲁迅：《寸铁》，《鲁迅全集》第8卷，人民文学出版社2005年版，第111页。

的深刻独到的理性反思，同时，深入研究我们会发现，这一叙事模式还根植于鲁迅的极具个性的人生遭际，纠缠着鲁迅对自己痛苦经历的回忆。也就是说，它是从鲁迅心灵的创痛上发出的艺术化的呻吟和控诉，这一叙事模式所承载的哀怨、痛惜、悲悯和愤恨，都可以从鲁迅的生命轨迹、人际纠葛中找到其创作的原生点和内驱力。现实生活中的鲁迅，无论是作为一个家庭成员，还是一个社会角色，都深深体味到被当作"散胙"、被他人以怨报德的痛苦感受。作为母亲的长子、弟弟们的长兄，鲁迅在家庭里始终扮演着一个付出者、牺牲者的角色：为了不拂逆母亲和家族的意愿，他违心地接受了无爱的旧式婚姻；为了二弟完成学业和成婚，他不得不提前结束了日本的留学生涯，回国做自己并不喜欢的教员和官僚；他将辛辛苦苦挣来的薪水大部分用以孝敬母亲、补贴家用，甚至还给二弟媳的娘家汇款。可以说，他为家庭已经付出了许多，做出了很大的牺牲，但后来却被二弟尤其是二弟媳咒骂甚至殴打，并最终被从自己购置的院舍中赶走。这对重情重义的鲁迅来说该是多么大的打击，一个"宴之邀者"的笔名凝结了他挥之不去的痛心和愤懑，以至于自己生命接近终点时给母亲写信还专门谈到"被八道湾赶出"[①]之事，可见此事对他的伤害有多深。在社会现实中，鲁迅是一个启蒙者，是一个以改造国民的灵魂为己任的"精神界之战士"。对于青年学生，他虽然不愿以"导师"自许，但却为他们付出了许多精力和心血，用他自己的话说就是做了"梯子"。他对高长虹、向培良等文学青年在办杂志、成立文学社、走上文学道路上给予了很多帮助、指导，但后来却遭到他们的嘲讽和攻击。鲁迅给许广平的信上这样说："我先前在北京为文学青年打杂，耗去生命不少，……先前利用过我的人，现在见我偃旗息鼓，遁迹海滨，无从再来利用，就开始攻击了，长虹在《狂飙》第五期上尽力攻击，……料不到他看出活着他不能吸血了，就要打杀了煮吃，有如此恶毒。"[②] 再返视当初青年鲁迅在杭州的浙西两级师范学堂做化学教员时，那些不听告诫而动了氢气瓶的学生，引起了氢气爆炸使鲁迅受伤淌血，而他们自己却早已躲到了后排，那种恶作剧背后所隐藏的恩将仇报的恶意，也足以让初涉世事的青年鲁迅心寒意冷。上述关于家庭、文学青年、学生对待鲁迅的态度，即使一般常人也无法容忍、承受，

---

① 鲁迅：《书信·致母亲》，《鲁迅全集》第 14 卷，人民文学出版社 2005 年版，第 140 页。
② 鲁迅：《两地书》，《鲁迅全集》第 11 卷，人民文学出版社 2005 年版，第 203 页。

第二辑　名家评析

何况是鲁迅这样少年时代有过心灵创伤、天性敏感多疑、对他人本来就充满戒备的人呢？这种无私助人反得恶报的遭际，以他的心性，是会如鲠在喉、郁结于心、耿耿于怀而不会轻易释怀忘却的，以至于他晚年给人写信时还这样说："今之青年，似乎比我们青年时代的青年精明，而有些也更重目前之利益，为了一点小利，而反噬构陷，真有大出于意料之外者，历来所身受之事，真是一言难尽，但我总如野兽一样，受了伤，就回头钻入草莽，舐掉血迹，至多也不过呻吟几声的。"[①] 作为作家的鲁迅的独特之处在于，他将个人的不幸遭际与时代、革命进行了勾连、并置，将私我的痛苦感受转移、投射到狂人、夏瑜、女娲、墨子这些先觉者、革命者、殉道者等艺术形象上。这既使其灰暗、困顿的生存处境和充满隐痛的心灵情感得以神圣化的外显，从而使个人渺小无声的悲剧转化为受难者的崇高悲壮，又使心理得以宣泄、净化和平衡，从而使沉郁忧闷的心结得以舒解。

鲁迅毕竟不是一个以创作自娱、自慰和自欺的作家，他在这一叙事模式中并不满足于个人情绪的宣泄，而是赋予了深厚博大的文化内蕴，与人类的普遍的困境、迷惑、忧思有着内在的连接呼应。谈到《药》时，他曾这样说："西洋文艺中，也有和《药》相类的作品。例如俄国作家安特莱夫，有一篇《齿痛》描写耶稣在各各他钉在十字架上的那一天，各各他附近有一个商人患着齿痛，他也和老栓和小栓们一样，觉得自己的疾病，比起一个革命者冤死来，重要得多。""还有俄国的屠尔介涅夫五十首散文诗中有一首《工人和白手的人》，用意也是相仿的。白手的人是一个为工人的利益而奋斗至于牺牲的人。他的手因为带了多时的刑具，没有血色了，所以成了白手。他是往刑场去被绞死的。可是俄国乡间有种迷信，以为绞死人的绳子可以治病，正如绍兴有一种迷信，以为人血馒头可以治肺痨一样，所以有的工人跟着白手的人到刑场去，想得到一截绳子来治病。不知不觉中，革命者为了群众的幸福而牺牲，而愚昧的群众却享用这牺牲了。"[②] 由此可见，这一叙事模式是鲁迅吸收包括《圣经》、俄国文学在内的世界文化的营养，结合本民族的社会现实和个人的人生遭际而创造的思想、艺术成果，也就是说，它来源于世界又走向世界，但又增添了民族化、个性化的内涵。这里除了对庸众的愚昧麻木、人性之恶进行审视针砭

[①] 鲁迅：《书信·致曹聚仁》，《鲁迅全集》第12卷，人民文学出版社2005年版，第405页。
[②] 孙伏园：《鲁迅先生二三事》，河北教育出版社2002年版，第56页。

与外国文学的走向大致相似之外，鲁迅还增添了自己的独特反思：其一是设置笔下的先觉者、牺牲者一改以往为庸众所"散胙"、所背弃的被动地位，而开始对背弃自己的庸众复仇。《复仇（其二）》中的耶稣，面对钉杀他的同胞，拒绝喝麻醉止痛的没药，而是在痛苦、清醒的状态中对那些加害他的人加以悲悯、玩味和仇恨，并在透心入髓的大痛楚中沉酣于大欢喜。《颓败线的颤动》中的那个靠卖身养育女儿但后来却被女儿一家毒骂、厌弃的母亲，则在深夜裸体于旷野，以喊叫和身躯颤抖来宣泄内心的羞辱、委屈和仇恨。其二是对革命者、启蒙者、殉道者进行审视和反省。《药》的结尾写夏瑜母亲不仅没有为捐躯革命、献身民众的儿子感到自豪，反而深感羞愧，这也正寄寓了鲁迅对革命者脱离群众，以致连自己的亲人都未能唤醒这一失败现实和悲剧结局的沉痛反思。他的用呐喊惊醒铁屋子行将闷死的人未必人道的著名比喻，他的自己无形中成了吃人的筵宴上的"醉虾"的制造者的忏悔，都可以看作对那些与自己的身份相似的先觉者、启蒙者、牺牲者等的神圣性的一种质疑、消解和颠覆。

二 屈辱与复仇——以怨鬼和毒蛇的精神报仇雪耻

鲁迅的学生孙伏园在《往事》中说，鲁迅先生的复仇观念最强烈。复仇是他作品中反复出现的一个主题：小说《铸剑》，散文《无常》《女吊》都充溢着浓烈的复仇意识，另外两篇以《复仇》为题的散文就更不用说了。他还多次写道："会稽乃报仇雪耻之乡。"[①]"报仇雪恨，《春秋》之义也。"[②] 力图从故乡和史籍中为自己行为的合理性寻找文化传统的支撑。可以说复仇是贯穿鲁迅一生并对其文学创作产生极大影响的一个重要心结。

那么，鲁迅的仇从何而来，又要向谁报仇呢？他自己说："我的怨敌可谓多矣。"[③] 鲁迅所怨所仇者固多，但细究其源，大致有三：其一是少年时代因家道中衰而带给他屈辱和压抑的世态炎凉。因为父病家败而不得不经常"出入于质铺和药店里"的少年鲁迅，"从一倍高的柜台外送上

---

① 鲁迅：《关于许绍棣叶溯中黄萍荪》，《鲁迅全集》第8卷，人民文学出版社2005年版，第450页。
② 鲁迅：《我来说"持中"的真相》，《鲁迅全集》第7卷，人民文学出版社2005年版，第58页。
③ 鲁迅：《死》，《鲁迅全集》第6卷，人民文学出版社2005年版，第635页。

衣服或首饰去,在侮蔑里接了钱,再到一样高的柜台上给我久病的父亲去买药"①。那高他一倍的柜台和柜台后面人的冷漠、蔑视,给生性敏感的鲁迅带来极大的重压和凌辱,也在他心底埋下了仇恨的种子。"幼年被人蔑视与欺压,精神上铭刻着伤痕,发展为复仇的观念。"② 其二是看不见摸不着但却纠缠鲁迅一生、给他带来极大伤害的"流言"。他这样写道:"我一生中,给我大的损害的并非书贾,并非兵匪,更不是旗帜鲜明的小人:乃是所谓'流言'。"③ 少年时,故乡的衍太太就放出"一种'流言',说我已经偷了家里的东西去变卖了,这实在使我觉得有如掉在冷水里"④。在北京时,陈源、唐有壬、梁实秋等放出"流言",说鲁迅拿苏联卢布;在上海时,又有人化名白羽遐、新皖,说鲁迅"将中国之紧要消息卖给日本"⑤。以上种种,鲁迅是十分怨恨的,他曾这样说:"我当永世记得他们的卑劣险毒。"⑥ 其三是那些利用、控制和役使鲁迅以至于使他有沦为奴隶之感的人或势力。鲁迅对自身随时可能陷入的奴隶处境十分敏感、警觉,因而他对任何企图以他为奴的个人、群体和政治势力都深恶痛绝。

鲁迅童年时代就有以非直接的努力宣泄仇恨以平衡自我的趋向:因受到了一个大他几岁的亲戚沈八斤的威吓,他就"画一个人躺在地上,胸口刺着一支箭,上面写着'射死八斤!'"⑦ 因而鲁迅通过纸笔而雪耻泄愤、在符码世界实现现实中无法实现的愿望,也就成了顺乎自然、合于情理的事情了。这也正如曹聚仁所说:"我们且用变态心理学的说法,鲁迅的辛辣文字,也可以说是精神上的补偿作用。"⑧ 当然,作为一个伟大的文学家的鲁迅,在涉笔复仇这一文学母题时,并未仅仅滞留和满足于泻一己私愤的层面上。不过,他确实给这一具有世界意义的主题留下了独特的个人印痕和色彩,并有了创新性的丰富和拓展。

我们常说"冤有头债有主",而报仇就要先确定仇人,然后才可以施报,而鲁迅作品的复仇主题的独特性之一就在于复仇者却找不到仇人。这

---

① 鲁迅:《〈呐喊〉自序》,《鲁迅全集》第1卷,人民文学出版社2005年版,第437页。
② 曹聚仁:《鲁迅评传》,复旦大学出版社2006年版,第210页。
③ 鲁迅:《并非闲话》,《鲁迅全集》第3卷,人民文学出版社2005年版,第161页。
④ 鲁迅:《琐记》,《鲁迅全集》第2卷,人民文学出版社2005年版,第302页。
⑤ 鲁迅:《书信·致姚克》,《鲁迅全集》第12卷,人民文学出版社2005年版,第479页。
⑥ 同上。
⑦ 王晓明:《无法直面的人生——鲁迅传》,上海文艺出版社2004年版,第5页。
⑧ 曹聚仁:《鲁迅评传》,复旦大学出版社2006年版,第210页。

个体心灵之花结出的人类智慧之果

源于仇人是以流言为进攻武器的，自己却隐匿了，而流言则像风一样来去无踪、看不见摸不着，却让你无处可逃又无法还手。对此鲁迅颇有感触："这种'流言'，造的是一个人还是多数人？姓甚，名谁？我总查不出；后来，因为没有多工夫，也就不再去查考了，仅为了便于述说起见，就总称之曰畜生。"①《这样的战士》中的战士，虽然高举投枪，但面对的却是"无物之阵"，敌人以微笑的点头、伪饰的外套和漂亮的旗帜遮住了真面的，最终战士"在无物之阵中老衰，寿终。他终于不是战士，但无物之物则是胜者"。战士与无物之阵的对垒以及其后荒唐的结局，不由让人想起堂·吉诃德大战风车的滑稽，也使人联想到卡夫卡笔下那个熬尽半生却无法走进近在眼前的城堡的土地测量员的无奈和荒谬。但鲁迅笔下的"战士"的独异之处在于不甘失败、永不妥协，在即将老死之时，还不忘"举起了投枪"②。

鲁迅作品复仇主题的另一个特点是对那些伤人害人者给予无情地曝晒、把玩，以此来实现复仇的愿望，这突出地体现在他对各类看客形象的反复书写中。看客与流言有着内在的同构关系：看客是流言的物化形态和载体，是流言的产生者、传播者和对受害人的实施者。看客与流言一样没有名姓，故而鲁迅称其为无主名无意识的杀人团。看客通过看别人的痛苦来排遣寂寞，摆脱无聊，并得到快慰，但客观上却对被看者带来极大的伤害。而鲁迅则是通过对看客的看来进行复仇：《复仇》中那一对立于旷野中的裸身男女，面对前来看热闹的路人，既不相互杀戮，也不相互拥抱，以致让路人觉得无聊、失望不得不散去。而他们俩反"以死人似的眼光，赏鉴这路人们的干枯，无血的大戮，而永远沉浸于生命的飞扬的极致的大欢喜中"③。鲁迅这样写道："因为憎恶社会上旁观者之多，作《复仇》第一篇。"④鲁迅谈到他自己最喜欢的小说《孔乙己》时这样评说："（我）的主要用意，是在描写一般社会对于苦人的凉薄。"⑤鲁迅这里所说的"一般社会"，就是由众多看客组成的，包括咸亨酒店的掌柜、来喝酒的人，还有作为叙述人的酒店伙计"我"等。面对穷困潦倒、身陷厄境的孔乙己，

---

① 鲁迅：《并非闲话》，《鲁迅全集》第3卷，人民文学出版社2005年版，第161页。
② 鲁迅：《这样的战士》，《鲁迅全集》第2卷，人民文学出版社2005年版，第220页。
③ 鲁迅：《复仇》，《鲁迅全集》第2卷，人民文学出版社2005年版，第177页。
④ 鲁迅：《〈野草〉英文译本序》，《鲁迅全集》第4卷，人民文学出版社2005年版，第365页。
⑤ 孙伏园：《鲁迅先生二三事》，河北教育出版社2002年版，第59页。

他们不仅没有丝毫的同情心，反而投井下石，将孔乙己当作调侃、取乐的对象。他在作品中多次这样写道："众人也都哄笑起来，店内店外充满了快活的空气。"也就是说，孔乙己仅仅是以能引起众人的快活才有存在价值的，至于他穿得破旧、腿被打断，甚至最后死去，在他们看来都无足轻重，只不过增添了嘲讽、鄙视、调笑的材料而已。甚至连那些吃了孔乙己的茴香豆、本该天真无邪的孩子们，也加入了取笑孔乙己的行列。不过，在这些看客的背后，鲁迅作为一个隐性的在者，上帝一般地冷冷地看着他们的"看"，把他们的冷漠、残忍、刻薄尽收眼底并反复把玩，从中我们读到了鲁迅特有的充满寒意的报复的快感。

鲁迅作品复仇主题的第三个也是最让人怦然心动的特征，是吸纳了怨鬼恶神的精神血脉与仇人怨敌纠缠在一起，无休无止，不置对手于死地绝不罢休。他还有两句名言："纠缠如毒蛇，执着如怨鬼。"[①] 本来说的是爱，不妨移过来转作恨——他的名篇《从百草园到三味书屋》中的美女蛇则兼具了这里所说的鬼和蛇的特征。对现实生活中的仇敌，他都睚眦必报，而且步步紧逼、不依不饶，直到对手哑口无言，甚至缴械投降，他还不肯罢手，而要穷追不舍，痛打落水狗，深得"鬼""蛇"的神韵。他写于20世纪20年代中期的《无常》和生命弥留之际的《女吊》中的两个厉鬼的形象，则是鲁迅心灵情感的对应、外化，是他的审美理想的化身，是他的受辱心结和复仇意识在故乡文化艺术中的印证和支撑。这两个鬼，虽然一男一女，又写于不同时期，但却有着内在血脉的相通：首先，他们都是平民化的、底层的鬼，因而有很浓的人情味和很强的亲和力。"这鬼而人，理而情，可怖而又可爱的无常"，在"一切鬼众中，就是他有点人情；我们不变鬼则已，如果要变鬼，自然就只有他可以比较的相亲近"；女吊虽然是吊死鬼，但同样很"可爱"，"假使半夜之后，在薄暗中，远处隐约着一位这样的粉面朱唇，就是现在的我，也会跑过去看看的"。其次，他们同样都被误解、被冤屈、被压迫，是冤鬼，因而有着强烈的复仇意识或主持公道的正义感。女吊年少时"做童养媳，备受虐待，终于弄到投缳"，是"一个带复仇性的，比别的一切鬼魂更美，更强的鬼魂"。而无常则被阎王误认为受贿而遭了刑罚。但无常主持公道，铁面无私，让"有冤的得伸，有罪的就得罚"。因而鲁迅感叹道："公正的裁判是在阴间！"再次，他们

---

① 鲁迅：《杂感》，《鲁迅全集》第3卷，人民文学出版社2005年版，第52页。

虽然神情诡异、装束另类，但却难掩蓬勃的生命意识和奔涌不息的激情。这两个鬼的以上种种特性，均可看出是鲁迅自己的全息投影和人格、性情的真实写照。更让人值得玩味的是，这两个鬼故事的讲述的空隙中都穿插着陈源、高长虹等人的行状，从而可以看出对生活中那些仇敌的怨恨和复仇是作者倾注生命激情写这两个鬼的现实驱动力。

鲁迅是相信"报施之理"①并主张"以牙还牙，以血还血"的，因而他虽然尊崇耶稣、托尔斯泰和释迦牟尼，但缺少他们的大慈悲、大胸怀和大博爱。这是鲁迅与世界级大师的差异，但这也正可看作在中国这种本来就缺少真诚、大爱而充满奸诈、仇恨的社会文化土壤中生长出来的以毒攻毒的鲁迅式的恶之花吧！

三 腊叶和死火——为还是不为的矛盾、困惑和犹疑

《腊叶》是解读鲁迅内心世界的一个重要文本。许广平说："在《野草》中的那篇《腊叶》，那假设被摘下来夹在《雁门集》里的斑驳的枫叶，就是自况的。"②关于《腊叶》所表现的内容，鲁迅有过专门的说明："《腊叶》，是为爱我者的想要保存我而作的。"③对此鲁迅又做过更为详细的解释："许公（许广平）很鼓励我，希望我努力工作，不要松懈，不要怠忽；但又很爱护我，希望我多加保养，不要过劳，不要发狠。这是不能两全的，这里面有着矛盾。《腊叶》的感兴就从这儿得来。"④既然腊叶是鲁迅的自况，那文本中的"我"就是许广平的化身了，他这是以爱的目光并从恋人的角度来返视自我。腊叶的状态、处境和命运，正好折射、对应了鲁迅内心世界、人生走向的多重矛盾和困惑：是做树上的腊叶还是做珍存的腊叶？树上的腊叶虽是一片有蛀孔的病叶，但仍色彩斑斓、惹人爱怜："镶着乌黑的花边，在红、黄和绿的斑驳中，明眸似的向人凝视"，以至于使"我"怜惜而保存下来以免其"与群叶一同飘散"。这是鲁迅以作家、老师的身份与许广平保持一定的距离，不坠入爱河反而拥有活力、魅力以获得持久的精神之爱的一种状态和选择。而被保存的腊叶则失去了生命

---

① 鲁迅：《书苑折枝》，《鲁迅全集》第8卷，人民文学出版社2005年版，第215页。
② 许广平：《因校对〈三十年集〉而引起的话旧》，《鲁迅全集》第2卷，人民文学出版社2005年版，第225页。
③ 鲁迅：《〈野草〉英文译本序》，《鲁迅全集》第4卷，人民文学出版社2005年版，第365页。
④ 孙伏园：《鲁迅先生二三事》，河北教育出版社2002年版，第60页。

力:"黄蜡似的躺在我的眼前,那眸子也不复似去年一般的灼灼。""假使再过几年,旧时的颜色在我记忆中消去,怕连我也不知道他夹在书里面的原因了。"这是鲁迅对另一选择和后果的预测的隐忧:与许广平恋爱、结婚,割断了与社会的联系,二人年龄、生理、心理等方面的巨大反差,会使自己反而失去爱情的美好和诗意。这小小的一片腊叶,全息地映射出了鲁迅爱还是不爱、结婚还是不结婚,一句话——为还是不为的复杂矛盾、犹疑不定的心态。

鲁迅的这一心结,我们还可以在《死火》中得到相映互证。死火与腊叶一样,也是鲁迅的自喻,连它的意象都与腊叶相似,有一种病态、残缺、充满寒气的美。死火在冰谷被冻结,也正是鲁迅在如磐的黑暗社会生命被窒息、心如止水的生存状态的象征。文中的"我"所说的"唉,朋友!你用了你的温热,将我惊醒","我也被冰冻冻得要死。倘使你不给我温热,使我重行烧起,我不久就须灭亡"等,也正可看作身困无爱婚姻中的鲁迅面对许广平的爱的温热而生命被唤醒的写真;文中最终"我"与死火均被碾死在大石车轮下的结局,也恰是鲁、许二人恋情将为巨大社会势力所吞噬的不祥预感的文学显现。作品最引人注目,也最能反映鲁迅复杂、矛盾心理的是死火的两难处境:如果被"我"带出冰谷,"那么,我将烧完!"如果留在冰谷,"那么,我将冻灭了!"这一设置蕴含了多层的含义:就爱情而言,它映射了鲁迅要么与许广平相爱而身败名裂,要么自囚于旧式婚姻中身虽存但心已死的选择的困惑;就人生而言,它对应了鲁迅要么拼命工作实现自我价值但生命过早走向尽头,要么注重养生、珍惜生命但精神之光黯淡下去的人生样式的矛盾。死火与腊叶,可谓异曲同工,交相辉映。

如果说鲁迅的内心矛盾以死火、腊叶这种隐喻或象征性的意象而表达得颇为多义朦胧的话,那么在其书信中就表述得非常具体明晰了。几乎与上述两篇散文创作的同时,鲁迅在给许广平的信中这样写道:"我的意见原也一时不容易了然,因为其中本含有许多矛盾,叫我自己说,或者是人道主义与个人主义这两种思想的消长起伏罢。所以我忽而爱人,我忽而憎人;做事的时候,有时确为别人,有时却为自己玩,有时则竟因为希望生命从速消磨,所以故意拼命地做。"[①] 在一年后的另一封信里,鲁迅把自己

[①] 鲁迅:《两地书》,《鲁迅全集》第11卷,人民文学出版社2005年版,第81页。

内心的矛盾说得更详尽清楚了:"常迟疑于此后所走的路:(一)死了心,积几文钱,将来什么事都不做,顾自己苦苦过活;(二)再不顾自己,为人们做些事,将来饿肚子也不妨,也一任别人唾骂;(三)再做一些事,倘连所谓'同人'也都从背后枪击我了,为生存和报复起见,我便什么事都敢做,但不愿失了我的朋友。"① 鲁迅这里所说的第一、第三条路属于他自己所说的个人主义,第二条路是他说的人道主义。这两者是水火不容、尖锐冲突的,它们在鲁迅的内心和人生中冲撞纠结着,使他陷入了选择的困惑迷茫之中。这之前他创作的《在酒楼上》和《孤独者》则将这相互矛盾冲突的内心世界和人生态度以艺术形象样式外化、显现。

《在酒楼上》和《孤独者》是鲁迅自传色彩最强、最能对应个人心灵情感的两篇小说,两个主人公吕纬甫和魏连殳都有着作者的影子,他自己说魏连殳"是写我自己的……"②。两篇小说还同样都通过第一人称"我"展开叙述,采用了对镜自照、以我观我、对象化地审视自我的方式。这两个主人公,或者说鲁迅的两个影子,选择的都是个人主义的人生样式,所不同的只是:吕纬甫走的是鲁迅自述的第一条路,即"什么都不做","随便玩玩"——一种沉沦于世俗凡常、自暴自弃、空虚无聊的状态;而魏连殳走的则是鲁迅所说的第三条路,即"什么事都敢做"、以毒攻毒地报复社会的状态。《在酒楼上》中的吕纬甫,已失去了往昔变革社会、锐意进取的豪情壮志,用他自己的话说是变得"敷敷衍衍,模模胡胡","随随便便",整日里做些"无聊的事":为人家的孩子教自己以往反对过的"子曰诗云"以谋生计,以给已骨殖不存的亡弟迁葬、给已经死去的邻家女孩送剪绒花来骗取母亲的欢心,以至于自己的颓唐、空虚和无聊"连自己也讨厌",而这与鲁迅说的"我很憎恶我自己"③ 又是何其相似,简直如出一人之口。《孤独者》中的魏连殳开始时同情、关爱弱者,"亲近失意的人",充满着人道主义精神。但后来当他屡遭社会冷落、挤压,他却反过来投靠黑暗势力以报复社会:"躬行我先前所憎恶,所反对的一切,拒斥我先前所崇仰,所主张的一切。"这也正与鲁迅在自己书信中所坦露的心迹、情感有着惊人的相似和内在的相通:"我也

---

① 鲁迅:《两地书》,《鲁迅全集》第 11 卷,人民文学出版社 2005 年版,第 204 页。
② 孙伏园:《关于鲁迅先生》,《晨报副刊》1924 年 1 月 12 日。
③ 鲁迅:《书信·致李秉中》,《鲁迅全集》第 11 卷,人民文学出版社 2005 年版,第 452 页。

常常想到自杀，也常想杀人。""我自己总觉得我的灵魂里有毒气和鬼气，我极憎恶他。"①

同样相同的是，这两篇小说结尾处作者对这两个人物都采取了否定性处理的方式："我"都奋力摆脱了他们的阴影。《在酒楼上》结尾这样写道："我们一同走出店门，他所住的旅馆和我的方向正相反，就在门口分别了。我独自向着自己的旅馆走，寒风和雪片扑在脸上，倒觉得很爽快。"《孤独者》的结尾是这样的："我快步走着，仿佛要从一种沉重的东西中冲出，但是不能够。耳朵中有什么挣扎着，久之，久之，终于挣扎出来了，隐约像是长嗥，像一匹受伤的狼，当深夜在旷野中嗥叫，惨伤里夹杂着愤怒和悲哀。/我的心地就轻松起来，坦然地在潮湿的石路上走，月光底下。"这里的"告别"、向反方向走和"从一种沉重的东西中冲出"，以及这样做了之后"觉得很爽快"，"心地就轻松起来"，也恰好是鲁迅想除去自己灵魂里的"毒气和鬼气"、与利己的个人主义告别、决裂的艺术表现。他在给许广平的信中也这样说："前一条路当先委庇于资本家，恐怕熬不住。末一条则颇险，也无把握（于生活），而且又略有所不忍。"但鲁迅并未从矛盾、困惑中真正解脱出来，在同一封信中他还说："第二条我已行过两年了，终于觉得太傻。""实在难于下一决心，我也就想写信和我的朋友商议，给我一条光。"②已做的已经怀疑，准备做的又一一加以否定，鲁迅仍然处于选择的两难之中。

综上所述可以看出，腊叶是挂在枝头闪现出病态的绚丽还是被珍藏在书页中而枯黄？死火是走出冰谷而被烧尽还是留在冰谷而被冻灭？吕纬甫的颓唐、无聊，"什么都不做"和魏连殳的仇恨他人、报复社会、"什么都可以做"，以及作者最后又对其全盘否定和极力摆脱，自己本人在书信中流露出的在个人主义和人道主义两条人生道路上的犹疑徘徊，这些都从不同侧面折射出了鲁迅灵魂深处以及内心与行动之间的矛盾和困惑。鲁迅一生都陷入被矛盾、疑惑、犹豫所困扰的处境和心境之中，正如他自己所言："问题是在从此到那的道路。那当然不只一条，我可正不知哪一条好，虽然至今有时也还在寻求。"③但这不仅没有让我们感到鲁迅的肤浅、缺

---

① 鲁迅：《书信·致李秉中》，《鲁迅全集》第 11 卷，人民文学出版社 2005 年版，第 453 页。
② 鲁迅：《两地书》，《鲁迅全集》第 11 卷，人民文学出版社 2005 年版，第 204 页。
③ 鲁迅：《写在〈坟〉后面》，《鲁迅全集》第 1 卷，人民文学出版社 2005 年版，第 300 页。

陷，反而让我们进一步认识到鲁迅的深刻和伟大，发现了他的人与文的深层映射出的与人类精神相通相融的地方。他的挥之不去、纠缠一生的矛盾、困惑，不由让我想起《哈姆雷特》中的那句名言："To be or not to be, that is a question."这句英文被朱生豪翻译成"是生存还是毁灭？这是一个值得考虑的问题。"其实这句话是内涵丰富而多义的，可以有多种理解，就《哈姆雷特》的具体语境，它包含了"是复仇还是不复仇？是爱还是不爱？是行动还是等待？是活着还是死去？"等多重内涵。它是哈姆雷特面对个人与社会、复仇与伦理、本欲与使命的冲突而无所适从的生存状态的写真，也是对自我的命运、灵魂的拷问。而鲁迅的上述诸文，可以说是《哈姆雷特》中这一人生终极拷问的中国版：是恋爱还是不恋爱——与许广平，是热情帮助还是漠然视之——对文学青年，是复仇还是爱——对社会，是"赶快做"、奉献自我却加速自己的死亡还是细水长流注重养生以延长自己的寿命并享受生活——对自己，是要孩子还是不要孩子——对后代。鲁迅的矛盾、困惑、犹疑是独具个性的，是从他个体生命深层滋长出来的，但它又具有极大的普遍性：古往今来，每一个个体在内心深处、在每个人生阶段都会面临着这样的矛盾及其带来的烦恼，只是一般人没有去正视、反思它，仅在心中电闪雷鸣般一晃而过，更没有能力以艺术的形式加以外化。从这个意义上说，鲁迅是发人之欲发而未发，是人类心声的代言人，也是人类心结的释解者。从这一点，也可以窥测到鲁迅非同常人的伟大之处吧！

四 "中间物"和"过客"——对绝望的反抗

"中间物"是鲁迅自我体认的一个角色，也是鲁迅的一个重要的心结，故而它是我们走进鲁迅内心世界、认识鲁迅灵魂的矛盾复杂、解读鲁迅文学深层内蕴的一个重要入口和路径。

关于"中间物"，鲁迅是这样说的："一切事物，在转变中，是总有多少中间物的。动植之间，无脊椎和脊椎动物之间，都有中间物；或者简直可以说，在进化的链子上，一切都是中间物。"[①]"中间物"之说，是鲁迅以进化的观念对一切事物、一切人在物质和社会发展过程中所处的地位、所扮演的角色的一种认识和理解，但他却是从自身出发而言说的："但自

[①] 鲁迅：《写在〈坟〉后面》，《鲁迅全集》第1卷，人民文学出版社2005年版，第301页。

第二辑　名家评析

己却正苦于背了这些古老的鬼魂,摆脱不开,时常感到一种使人气闷的沉重。就是在思想上,也何尝不中些庄周韩非的毒,时而很随便,时而很峻急。"① 也就是说,鲁迅认为自己就是一个处于新旧交替之中的"中间物",这是鲁迅对自我的一个清醒、冷峻而又痛苦的体认和定位。既然是"中间物",自然就具备了如下特点:①牺牲性或殉道性。作为新旧交替的存在,为了后起者的发展和幸福,自认为"中间物"的鲁迅,甘愿充当铺路的基石:"自己背着因袭的重担,肩住了时代的闸门,放他们到宽阔、光明的地方去;此后幸福的度日,合理的做人。"② "用无我的爱,自己牺牲于后起新人。"③ ②既然"中间物"是一种过渡性的存在,这就决定了自己的有限性、短暂性,从而终极的价值和意义被消解了:"至多不过是桥梁中的一木一石,并非什么前途的目标,范本。"④ 由此产生了③即自身在新与旧、明与暗的夹缝中求生存,在新生与旧途之中均找不到自己的位置、出路和希望,只能陷入别无选择的绝望之中。如他自己所言:"应该和光明偕逝,逐渐消亡。"⑤

鲁迅以"中间物"自比,表面上看似是自我的开脱,"自己宽解"⑥,其实却隐含着他痛苦的人生经验:"中间物"是一种过渡者、牺牲者和绝望者,鲁迅以之自况,虽然可以看出他勇于自我奉献、牺牲的悲壮、伟大,但感情丰富、自主意识极强、对奴隶性充满戒备的鲁迅,无形中充当了残缺的、悲剧性、工具性的存在,恐怕是于心不甘的吧!这也自然就成了他的一个很大的心结。那么,他是如何释解这一心结的呢?这只有在他的《过客》中寻找答案。

鲁迅对人说过:"我的《野草》包含了我的全部哲学。"⑦ 而其中的《过客》则是鲁迅用力用心最多的一篇:"《野草》中的《过客》一篇,在脑筋中酝酿了将近十年。"⑧ 由此可见,《过客》中的过客形象是鲁迅人生

---

① 鲁迅:《写在〈坟〉后面》,《鲁迅全集》第1卷,人民文学出版社2005年版,第301页。
② 鲁迅:《我们现在怎样做父亲》,《鲁迅全集》第1卷,人民文学出版社2005年版,第135页。
③ 同上书,第140页。
④ 鲁迅:《写在〈坟〉后面》,《鲁迅全集》第1卷,人民文学出版社2005年版,第302页。
⑤ 同上。
⑥ 同上书,第301页。
⑦ 张建生、吴小美:《〈野草〉可怖性特征探讨》,《鲁迅研究月刊》2000年第5期。
⑧ 吴作桥:《再读鲁迅——鲁迅私下谈话录》,时代出版社2005年版,第123页。

哲学的艺术呈示，正如张梦阳所说："'过客'就是鲁迅的自喻。""鲁迅就是过客。"① "过客"是鲁迅作为"中间物"，在牺牲和自救、献身和实现自我价值的矛盾、挣扎中对绝望处境的一种反抗，或者说是在反抗绝望中来肯定自我价值的一种自我设计、自我慰藉和自我写照。鲁迅在一封信中这样写道："《过客》的意思不过如来信所说的那样，即是虽然明知前路是坟而偏要走，就是反抗绝望，因为我以为绝望而反抗者难，比因希望而战斗者更勇猛，更悲壮。"② 他给许广平的信中，也说到类似的话："我的作品，太黑暗了，因为我常觉得惟'黑暗与虚无'乃是'实有'，却偏要向这些作绝望的抗战，所以很多着偏激的声音。"③ 这里反复提到的"反抗绝望""与黑暗捣乱"，概括了"过客"的主要特征，是我们解读"过客"当然也是鲁迅心迹的重要参照和引导。

"过客"不知道自己叫什么名字，也不知道从哪里来，又到哪里去。他衣衫褴褛，身心疲惫，状如乞丐地奔波于夕阳残照下的荒野里，而前方等待他的却只是坟墓。"过客"的这一被抛在世、疏离群体、身陷绝境的状态，也正是当时鲁迅现实生活中人生处境、心理状态的真实而艺术化的写照。"过客"的可贵之处在于，面对这种无家可归、无路可走的绝望境遇，他没有沉沦、屈从，而是进行了韧性的反抗。而他反抗的方式就是：明知前面等待自己的是坟、是末路、是死亡，但还是一直走下去，以对绝望的反抗来摆脱绝望，以与黑暗捣乱来实现自己的价值。这犹如推石头上山的西西弗斯：在目的、价值被消解之后，过程和行为本身变成了意义。在流浪、寻找中他不愿歇息，更不愿回转，甚至拒绝别人的好意和爱。"过客"之所以明知前面是坟还要义无反顾地一直往前走，不停止，不回头，是因为"前面的声音"在叫、在召唤、在牵引。这声音不是出自自身以外的他者，不是自己不得不听的"将令"，乃是发自自我心灵的无言的呼唤。这是在一种高度自觉、自主、自由状态中主体自我对自我的呼唤、催促和激励：自己呼唤自己，自己听从自己，自己牵引自己，自己规设自己。

"过客"是鲁迅又不是鲁迅，他具有现实鲁迅的行踪心迹，但又超越

---

① 张梦阳：《中国鲁迅学通史》下卷（二），广东教育出版社2005年版，第786页。
② 鲁迅：《书信·致赵其文》，《鲁迅全集》第11卷，人民文学出版社2005年版，第477页。
③ 鲁迅：《两地书》，《鲁迅全集》第11卷，人民文学出版社2005年版，第21页。

第二辑 名家评析

了鲁迅，是现实鲁迅的心灵投影，是理想的、精神的鲁迅。现实中的鲁迅虽然最终也走向并走进了坟，但并没有拒绝"女孩"许广平的爱，还与她生育了儿子；他虽然也同样孤傲地战斗着，但也看看电影，品品美味，享受生活的快乐、幸福，而"过客"却孤独地一直走下去，永远在路上。从某种意义上说，"过客"就是鲁迅既体认"中间物"的过渡性但又不甘于"中间物"的工具性而进行的超越，他以反抗绝望、与黑暗捣乱的方式来摆脱绝望和黑暗，以否定、拒绝一切价值的行为来实现自己的价值，以无家可归、自我放逐的形态来寻找心灵的归宿和精神家园，以我不下地狱谁下地狱、舍我其谁的受难精神来摆脱生存困境。读懂了《过客》，也就真正读懂了鲁迅。

论鲁迅笔下的希望、光明和理想

在鲁迅笔下寻找希望、光明和理想是一件颇为困难的事情，因为鲁迅一直在否定和消解着希望、光明和理想。他很认同诗人裴多菲把希望比作蛊惑人为之牺牲青春却最终把人抛弃的娼妓，并认为"绝望之为虚妄，正与希望相同"①，从而他发现并指出了"希望"的欺骗性和虚妄性特征；而关于光明，他的看法则是"惟黑暗与虚无乃是实有"②；对于未来的理想，他同样充满怀疑："有我所不乐意的在天堂里，我不愿意去；……有我所不乐意的在你们将来的黄金世界里，我不愿意去。"③又说："大同的世界，怕一时未必到来，即使到来，像中国现在似的民族，也是在大同的门外。"④

但此外，鲁迅对自己对希望、光明和理想的怀疑也充满着怀疑，因为他也无法证明自己的怀疑就是正确的。在其作品中，我们可以看见，对"希望"他又有了这样的看法："然而说到希望，却是不能抹杀的，因为希望是在于将来，决不能以我之必无的证明，来折服了他之所谓可有。"⑤后来，他又正面并明确肯定了希望和光明的实存性："我们所可以自慰的，想来想去，也还是所谓对于将来的希望。希望是附丽于存在的，有存在，便有希望，有希望，便是光明。……黑暗只能附丽于渐就灭亡的事物，一灭亡，黑暗也就一同灭亡了，它不永久。然而将来是永远要有的，并且总

---

① 鲁迅：《希望》，《鲁迅全集》第2卷，人民文学出版社2005年版，第182页。
② 鲁迅：《两地书》，《鲁迅全集》第11卷，人民文学出版社2005年版，第21页。
③ 鲁迅：《影的告别》，《鲁迅全集》第2卷，人民文学出版社2005年版，第169页。
④ 鲁迅：《两地书》，《鲁迅全集》第11卷，人民文学出版社2005年版，第40页。
⑤ 鲁迅：《〈呐喊〉自序》，《鲁迅全集》第1卷，人民文学出版社2005年版，第441页。

要光明起来；只要不做黑暗的附着物，为光明而灭亡，则我们一定有悠久的将来，而且一定是光明的将来。"① 这段话出自他对大学生的演讲，可能与他内心所想有一定距离，但也绝不会是违心之论。从而我们可以看出鲁迅冰冷、幽暗背后的一丝光亮：他始终没有放弃对希望、光明和理想的追求。而且在他的后期创作中，这种正面的存在越来越明晰，也越来越广大了。

对于一个惯于从反面观照世事人生，拥有"听夜的耳朵和看夜的眼睛"的鲁迅，我们以为从他的文本缝隙中寻找和梳理出希望、光明和理想的一丝阳光来，也许是更有意味、更珍贵的。

一　记忆中的温馨：自由快乐的童年和美丽动人的故乡

在鲁迅的心中和笔下，有两个完全不同的故乡和童年：一个是客观、现实的，一个是心里、记忆中的。而作者对它们有着截然不同的印象和价值取向：对前者，鲁迅是厌倦的、逃避的，甚至是仇恨的。那里有着凉薄世人的炎凉世态（《孔乙己》），那里存在着以烈士的血来治病的国人的麻木和残忍（《药》），那里流布着杀人不见血的诡秘的流言（《琐记》），那里笼罩着强制性教育给童心蒙上的阴影（《五猖会》），那里充满着来自当铺、药店高台上面的白眼和压迫（《呐喊　序》），那里是卑怯、暴力、自欺欺人等国民劣根性的发源地（《阿Q正传》）——这体现了鲁迅惯有的从反面、暗处看世态人情的风格，即使是故乡、童年也不讳饰。而后者，在鲁迅笔下则是美丽的、动人的、乐园一般的，他甚至动情地称之为"记得的故乡""我的故乡"（《故乡》），这是惯于表现黑暗的鲁迅文本里难得一见的光亮和温馨。而这里我们将着重观照的便是后者，即鲁迅心中的、记忆中的故乡和童年。

在鲁迅笔下，记忆中的故乡和童年是二位一体、合二为一的存在：故乡是童年时的故乡，童年是故乡中的童年；故乡是童年的乐园，童年则是故乡的见证和点缀。或者说鲁迅是以童年的眼睛、儿童的心灵来观照、回味故乡。因而童年和故乡在心灵中交汇融合，在鲁迅笔下就出现了一反惯有沉郁、幽暗格调的清丽、明快和温馨。鲁迅多次说过自己不善于写自然风景："我的文章里找不出两样东西，一是恋爱，一是自然。"但是他述及

---

① 鲁迅：《记谈话》，《鲁迅全集》第3卷，人民文学出版社2005年版，第378页。

童年、故乡的风景却是那么明媚,那么深情:那里的雪"滋润美艳"如"处子的皮肤"(《雪》),那里有由"深蓝的天空""金黄的圆月""海边的沙地""碧绿的西瓜"和英俊的少年构成的"神异的图画"(《故乡》),有由"起伏的连山"、朦胧的月色、闪烁的渔火、豆麦的清香、临河的戏台和潺潺的水声交织而成的"仙境"一般的世界(《社戏》)。而说起在故乡亲自经历的童年趣事,鲁迅也是动情动容:雪地捕鸟,折腊梅花,拔何首乌,寻蝉蜕,参加迎神赛会,听美女蛇故事,看社戏,吃罗汉豆。还有那些童年玩伴,鲁迅说起更是绘声绘色、眉飞色舞:手执一柄钢叉向猹刺去的少年,伴自己划船去看社戏并一起偷、煮罗汉豆吃的双喜、阿发和桂生等,他们的单纯、质朴、勇敢、厚道都让鲁迅看到了儿童内心深处的真、善、美。

鲁迅对童年的回忆,对故乡的怀念,都是由现实中在异地都市的见闻所触发而产生和展开的。看到朔方的"如粉,如沙"的雪花,然后联想到故乡的"滋润美艳"的雪,以及孩子们塑雪罗汉的趣事(《雪》);由北京上空的风筝而忆起"故乡的风筝",自己对弟弟的"精神虐待"以及迟到的忏悔(《风筝》);在《故乡》中鲁迅则是剥开了现实中故乡的萧索、衰败、落后的外壳,抖落掩埋深久的历史的尘埃,而用心眼看到了记忆中的故乡:"我这儿时的记忆,忽而全都闪电似的苏生过来,似乎看到了我的美丽的故乡了。"五彩的贝壳、年轻美丽的杨二嫂、海边月下的西瓜地、戴着银项圈的少年闰土等,在脑海中一一浮现,于是悲凉的心情变得愉快起来。也就是说,鲁迅是以记忆中的故乡和童年的美好、温馨来对抗现实中异地都市的生存窘境,并以此得到心灵的依托的。这一点在他的《社戏》中表现得更为分明和强烈。作品一开始就追述了在北京看中国戏的不愉快经历,两次都是抱兴而去,却都扫兴而归。因为每次都是台下的座位让人不舒服:要么让人"联想到私刑拷打的刑具",要么身边是"胖绅士的呼呼的喘气",更让人难以忍受的是"台上的冬冬喤喤的敲打,红红绿绿的晃荡"。这些在鲁迅看来不是对艺术的审美和享受,而是对自己的耳目及心灵的折磨。从而作者两次写道:"这里不适于生存了",而这最后看中国戏的一夜也就成了"我对于中国戏告别的一夜"。

作者在北京、在戏园里、在现实中的"不适于生存"的困惑、失落和压抑,通过回望自己的童年和故乡而得到了释解:他由北京的中国戏联想到童年时故乡的中国戏——社戏。这样一场终生难忘的看社戏的经历所留下的美好记忆一下子激活了童年故乡在鲁迅心里的定性。那里"在我是乐土",可以摆脱背书的压力,与小伙伴掘蚯蚓、钓虾、放牛;在小伙伴的帮助下划船看社戏的途中,不仅与流水渔火、清新空气、朦胧月夜等这些大自然有了亲身接近和交融,还有了一起偷豆、煮豆、吃豆的愉快的冒险经历,更有了盼戏、看戏、恋戏的人生体验,还有在那些农人、孩子,如六一公公、阿发、双喜等人身上体现出的质朴、醇厚、无私、热情等美好人性和民风。以至于多年以后,现实中的鲁迅还恋恋不舍、意味深长地说:"一直到现在,我实在再没吃到那夜似的好豆——也不再看到那夜似的好戏了。"童年、故乡作为一种美好、光明、温馨的记忆,是鲁迅抗击社会黑暗、摆脱现在生存困境、拓展心灵生存空间的一种理想追求,一种抗拒和驱赶内心空虚的非直接的努力。从这一点看,他与自己对其颇有微词的废名、沈从文在乡村故土中构建一个充满人性之美的艺术世界来抵抗都市的堕落和丑恶的追求是殊途同归的。

如前所述,鲁迅笔下作为希望、光明和理想的承载者的故乡和童年,只是记忆中的而非现实中的,它是只能回味、遐思而无法在现实中走进的。一旦走进,就化作了泡影。《故乡》中的"我""回到相隔二千余里,别了二十余年的故乡"时,被触目的"没有一些活气"的"萧索的荒村"所惊呆,以至于发出了"我所记得的故乡全不如此"的悲叹。《在酒楼上》中,"我从北地向东南旅行,绕道访了我的家乡,就到 S 城",这里的"S 城"就是绍兴,而这里的"我"也最大限度地对应了鲁迅本人。可到了故乡的"我"却"觉得北方固不是我的旧乡,但南来又只能算一个客子,无论那边的干雪怎样纷飞,这里的柔雪又怎样的依恋,于我都没有什么关系了"。在《雪》中所向往的故乡的滋润美艳的雪,一旦接近了却与自己又无干了,这真是"生活在别处"的人生况味。以鲁迅之智,他是知道眼中和心中故乡的区别的,他在《朝花夕拾·小引》中这样明确地写道:"这十篇就是从记忆中抄出来的,与实际或有些不同。"又说:"我有一时,曾经屡次记忆儿时在故乡所吃到的蔬果、菱角、罗汉豆、茭白、香瓜。凡这些,都是极其鲜美可口的,都曾是使我思乡的蛊惑。后来,我在久别之后尝到了,也不过如此;唯独在记忆上,还有旧来意味留存。"在这里,鲁迅特别强调"记忆"和实际的不同,而且对二者有着清醒的认识和区别,这显示了鲁迅惯有的认真和真实的习性。但鲁迅接着又说:"他们也许要哄骗我一生，使我时时反顾。"① 其实这哪里是故乡、童年的哄骗，而是自己甘愿被哄骗，在现实中看不到任何光明、希望和理想的鲁迅只好将未来交付给故乡和童年了，这是知其不可为而为之。这一点在《故乡》的结尾写得很分明："我在朦胧中，眼前展开一片海边碧绿的沙地来，上面深蓝的天空中挂着一轮金黄的圆月。我想：希望是本无所谓有，无所谓无的。这正如地上的路；其实地上本没有路，走的人多了，也便成了路。"这里将记忆中的美丽的故乡、童年与希望、路叠印在一起，并合而为一，可以看出鲁迅的心理寄托和人生追求所在。鲁迅在这里情愿将幻影作为光明、希望、理想的载体和象征，在自我安慰中求得心理上的平衡、战胜困境的力量。而对于一贯直面人生的鲁迅，在这方面有了变数和例外，同时也看到了包括鲁迅在内的人类共有的人性的脆弱和心灵的柔软的那一面。

二 健全人格、美好人性的呼唤和重构

对健全人格、美好人性的呼唤和重构，是鲁迅相信、向往和书写希望、光明和理想的又一体现。在鲁迅的心中和笔下，对人有着比较复杂的体认，他既以惯用的听夜的耳朵和看夜的眼睛来审视世人的灵魂，对国民的劣根性、人性的病态、人格残缺倍感痛心、忧虑，"哀其不幸，怒其不争"，同时又对美好的人性、健全的人格充满渴望，一生都坚持不懈地践履着改造国民灵魂、立人和树人的神圣使命，以完成国民精神的更新和重塑。这正如风月宝鉴有两面，一面骷髅，另一面美人，二者相生相成。鲁迅一方面无情地揭露了人性的丑陋和社会、文化的黑暗，另一方面又着力塑造了众多的反抗黑暗、韧性战斗、不懈追求的人物：这些有着健全人格和美好人性的狂人、复仇者、革命者、孤独者和实干者等，恰好也对应和寄托了鲁迅对希望、光明和理想的向往和追求。

鲁迅在《狂人日记》《长明灯》等作品中塑造了狂人的群像。他笔下的狂人，既是社会的受害者，同时又是社会、人生的思考者，最早的觉醒者，还是对现存社会、既定秩序的挑战者和抗争者。这些狂人虽然年龄、身份、性格各异，但都可以从中看到鲁迅的影子，或者说，在他们身上，寄托和承载了鲁迅的思索和理想。狂人们因所生活的社会黑暗又压抑，身心深受其害，不平则鸣，所以不自觉地呐喊出内心的呼声，但喊出前，他

---

① 鲁迅：《〈朝花夕拾〉小引》，《鲁迅全集》第2卷，人民文学出版社2005年版，第236页。

们对身处其中的社会、历史、文化是有着深刻的思索和反省的。《狂人日记》通过狂人的眼睛看到了一般人看不到的真相:"我翻开历史一查,这历史没有年代,歪歪斜斜的每叶上都写着'仁义道德'几个字。我横竖睡不着,仔细看了半夜,才从字缝里看出字来,满本都写着两个字是'吃人'。"鲁迅以狂人之思借狂人之眼从字缝之间揭露封建礼教"吃人",这不仅是对中国几千年传统文化的质疑和颠覆,也是对因袭固久所渐渐形成的病态的国民文化心理的一种揭示。《长明灯》里的"他"眼见国民的麻木无知而不愿苟同,敢于挑战既定秩序,决然要熄灯,明知道长明灯"熄了也还在",却依然执意抗争,且"我自己去熄,此刻就去",实在熄不成,立志另辟蹊径——"我放火!"由此可见,鲁迅对中国国民精神状态有着深刻认识,他清楚地知道唤醒和更新国民思想的阻力的巨大,《〈呐喊〉自序》里关于铁屋子的比喻最能说明情况。不过,冷静深思,说到抗争,他还是心存希望的,是"决不能以我之必无的证明,来折服了他之所谓有"的。鲁迅笔下的狂人都有疯子一样的勇敢、坚强和执着,他们对强大的黑暗势力进行无畏的反抗,反抗现实生活中国民的麻木、软弱、奴性。"人生最苦痛的是梦醒了无路可以走。"[①] 这种苦痛掺杂着无望的寂静和空虚,彷徨无助近乎绝望,既然已然醒来,又无从睡去,如"我"、狂人、熄灯者等,如此苦痛,倒不如呐喊,反抗,对那些麻木无知的人高喊"你们可以改了,从真心改起!要晓得将来容不得吃人的人,活在世上"(《狂人日记》);倒不如做"猛士","真的猛士敢于直面惨淡的人生,敢于正视淋漓的鲜血"[②];倒不如开创新路,要知道"其实地上本没有路,走的人多了,也便成了路"(《故乡》)。

　　鲁迅对复仇的主题情有独钟,他笔下反复出现的个性独具的众多复仇者,是他自己心灵情感和审美理想的外化和艺术呈现,他们是觉醒、果敢、壮烈的一群,与鲁迅笔下的那些麻木、苟且、懦弱的国民形象形成了鲜明的对比。小说《铸剑》直接以复仇展开:眉间尺为父报仇、黑色人助眉间尺报仇。前者心满怨恨是因其父有功却反而被要了命,丧父之痛源于不公、不仁的国王,所以眉间尺要复仇;后者替人报仇是因他看到所谓"仗义,同情,那些东西,先前曾经干净过,现在却都成了放鬼债的资

---

① 鲁迅:《娜拉走后怎样》,《鲁迅全集》第1卷,人民文学出版社2005年版,第166页。
② 鲁迅:《纪念刘和珍君》,《鲁迅全集》第3卷,人民文学出版社2005年版,第290页。

本",他觉得"义士""同情"等是"受了侮辱的名称",故而他要向侮辱了这些美好名称的人报仇。散文《无常》《女吊》等也充满浓烈的复仇意识,其中所塑造的两个厉鬼形象,可谓是鲁迅心灵情感和审美的对应、外化:此二鬼,一男一女,所写时期不同却血脉相通,皆底层平民鬼,人情味和亲和力都很浓,他们同样遭遇误解、冤屈和压迫,都具有强烈的复仇意识和公正意识。因此鲁迅以为"这鬼而人,理而情,可怖而又可爱的无常",在"一切鬼众中,就是他有点人情";女吊同样很"可爱"。因此鲁迅感叹道:"公正的裁判是在阴间!"更有直接以《复仇》为题的两篇散文,鲁迅这样写道:"因为憎恶社会上旁观者之多,作《复仇》第一篇。"①又在致郑振铎的信中说:"我在《野草》中,曾记一男一女,持刀对立旷野中,无聊人竟随而往,以为必有事件,慰其无聊,而二人从此竟毫无动作,以致无聊人仍然无聊,至于老死,题曰《复仇》,亦是此意。"②鲁迅曾悲痛道:"群众——尤其是中国的,——永远是戏剧的看客。牺牲上场,如果显得慷慨,他们就看了壮剧;如果显得觳觫,他们就看了滑稽剧。"③鲁迅力图从故乡和史籍中为自己行为的合理性寻找文化传统的支撑,他多次写道:"会稽乃报仇雪耻之乡。"④"报仇雪恨,《春秋》之义也。"⑤

鲁迅用如椽巨笔刻画了众多为解救国民于水火而前赴后继、浴血奋斗、杀身成仁的革命志士群像,如为了启蒙、拯救民众不惜献出自己生命的夏瑜(《药》);以"熄灯""放火"等不妥协的方式来抗争迷信和愚昧禁锢的"他"(《长明灯》);不畏监禁,驳斥康有为以及给邹容《革命军》作序的章太炎先生(《关于太炎先生二三事》);甚至还出现面对"无物之阵"也不懈抗争,直至到死的"这样的战士"(《这样的战士》);等等。他们都同鲁迅一样,深感民之愚昧,国之将危,故而积极为国奔走,投身社会变革。他们的抗争不再只图个人一时的快意恩仇,而是深入对不合理的制度和整个黑暗社会的反抗。尽管鲁迅笔下的革命者很少有取得胜利的,但这

---

① 鲁迅:《〈野草〉英文译本序》,《鲁迅全集》第4卷,人民文学出版社2005年版,第365页。
② 鲁迅:《书信·致郑振铎》,《鲁迅全集》第13卷,人民文学出版社2005年版,第105页。
③ 鲁迅:《娜拉走后怎样》,《鲁迅全集》第1卷,人民文学出版社2005年版,第170页。
④ 鲁迅:《关于许绍棣叶溯中黄萍荪》,《鲁迅全集》第8卷,人民文学出版社2005年版,第450页。
⑤ 鲁迅:《我来说"持中"的真相》,《鲁迅全集》第7卷,人民文学出版社2005年版,第58页。

第二辑 名家评析

不能否认革命者存在的意义和带来的希望。如章太炎先生，"七被追捕，三入牢狱，而革命之志，终不屈挠"，这样顽强的精神，在革命时期给后生们带来的激励和鼓舞，那是不可想象的，单从对"精神界之战士"鲁迅所受到的影响就可见一斑：鲁迅曾坦承过他记得章太炎先生"并非因为他是学者，却为了他是有学问的革命家"，并深切地认为先生"战斗的文章，乃是先生一生中最大、最久的业绩"，倘若"一一辑录，校印，使先生和后生相印"，那么这种顽强将会长久"活在战斗者的心中"（《关于太炎先生二三事》）。另外，《药》里"花环"的存在，绽放了希望：红白的花"围着那尖圆的坟顶"，既是对先烈的缅怀、敬仰，也是志同道合者的前赴后继，象征着革命之火的生生不息。

鲁迅作品中塑造了一群与社会碰撞却最终无法见容而使自我被寂寞、痛苦、绝望所缠绕的孤独者形象，他们是鲁迅作品中不可或缺的成员，也是鲁迅自我的多样性展示：他们或如《在酒楼上》的吕纬甫，说话"敷敷衍衍沉，模模糊糊"，做事"随随便便"，整日做些"无聊的事"，自甘沉沦，已醒似睡；或如《孤独者》里的魏连殳，孝敬祖母，关爱孩子，在人们眼中却也还是"异样的"，无奈遭遇生存困境后，转而投靠权势选择以毒攻毒来反抗黑暗，"躬行我先前所憎恶，所反对的一切，拒斥我先前所崇仰，所主张的一切"。然而，尽管孤独者们时常陷入绝望，但对于绝望，他们是反抗的。而最能对应鲁迅心灵情感、诠释鲁迅心中哲学的则是《过客》。《过客》中的过客形象是鲁迅人生哲学的艺术呈示，读懂过客也就意味读懂了鲁迅。鲁迅在一封信中这样写道："《过客》……虽然明知前路是坟而偏要走，就是反抗绝望，因为我以为绝望而反抗者难，比因希望而战斗者更勇猛，更悲壮。"[①] 他给许广平的信中也说过类似的话："我的作品，太黑暗了，因为我常觉得惟'黑暗与虚无'乃是'实有'，却偏要向这些作绝望的抗战，所以很多着偏激的声音。"[②] "至于'还要反抗'，倒是真的，……你的反抗，是为了希望光明的到来罢？我想，一定是如此的。但我的反抗，却不过是与黑暗捣乱。"[③] 反抗是为了希望光明，而与黑暗捣乱则是反抗的方式，这与鲁迅曲写心中的希望、光明和理想的方式异曲同

---

① 鲁迅：《书信·致赵其文》，《鲁迅全集》第11卷，人民文学出版社2005年版，第477页。
② 鲁迅：《两地书》，《鲁迅全集》第11卷，人民文学出版社2005年版，第21页。
③ 同上书，第80页。

工。二者都是听从了内心的呼唤，那个总是让人放不下的"在前面催促我，叫唤我，使我息不下"(《过客》)的声音。鲁迅笔下孤独者的反抗，以对绝望的反抗来摆脱绝望，以与黑暗捣乱来实现自己的价值。这犹如推石头上山的西西弗斯：在目的、价值被消解之后，过程和行为本身变成了意义。这是在反抗绝望，也正是在呼唤光明和希望。

　　实干者，他们是脚踏实地、勤勤恳恳的一群人，在努力劳作和坚持不懈中体现了美好人性和健全人格。鲁迅笔下的这群人有真实存于他生活中的师者，如寿镜吾先生、藤野先生，也有虚构却寓有一定实在精神的英雄人物，如补天的女娲、治水的大禹、主张非攻的墨子等。他们都勤勤恳恳，踏实做事：寿镜吾先生虽说"最严厉"，但也"极方正，质朴，博学"，且教诲了"我"要起"早"，"读的书渐渐加多"(《从百草园到三味书屋》)；藤野先生虽说"穿衣服太模糊"，但对教学却一丝不苟，对学生也是关爱有加，他问"我"功课，帮添改讲义，临走题赠"惜别"的照片，如此不分国界，着实有着国际情怀，以致"在我所认为我师的之中，他是最使我感激，给我鼓励的一个"(《藤野先生》)；即使是鲁迅虚构的英雄人物，在他们身上也同样可以看出真实、求是的一面：《补天》中的女娲在炼石补天时被自己造的人"冷笑、痛骂"和咬手，也一心为补天不曾放弃，直至"用尽了自己一切的躯壳"；《理水》里的大禹为治水不顾众异，坚信自己，"无论如何，非'导'不可"；《非攻》中的墨子脚上"起茧""起泡"也"毫不在意"，历尽艰辛、冒着生命危险说服了楚王而使宋国免于战祸等等。他们或为人方正、质朴、博学，或彰显了一丝不苟的做事态度，或拥有着不分国界心存大爱的博爱情怀，或表现了执于一念、坚持不懈的毅力，或躬行于解救民众于水火而在所不辞，这些品质如踏实、务实、求真、念善、执着、坚韧等，共同构成了美好人性和健全人格的重要质素。

　　希望在于反抗绝望，光明在于人心复活，理想在于揭露后的重建。由此可见鲁迅内心的希望、光明和理想也在于对健全人格、美好人性的呼唤和重构。

　　虽然，在鲁迅对故乡、童年的回望中，在对健全人格、美好人性的呼唤、重构中，似乎看到了理想的召唤、光明的闪耀、希望的牵引，但是，在鲁迅的心里和笔下，希望、理想、光明的存在又是那样若存若亡、闪烁不定的，好像是半信半疑，写了又涂、涂了又写似的。既追求光明、满怀希望、憧憬未来、构建理想，但同时又将光明、希望、理想进行质疑、拷问乃至撕碎，如禅宗大师那样，随说随扫，不执着，无挂碍，不自欺，深深地打上了鲁迅的敏感多疑、反面观人察物的心理烙印。也正因如此，他笔下的光明、希望、理想才显得更为可贵，也才更加真实可信，与那些骗人、害人、给人类带来灾难厄运的社会、人生乌托邦拉开了距离，形成了鲜明的对比。也正因如此，鲁迅所向往、呼唤、追求的正能量才值得我们倍加珍惜，发扬光大。让先驱心里笔下的微光变成为火炬，以照亮后来者前行的路。

存在主义视镜中陶渊明的人与文

在研读陶渊明时你会发现，他的人与文融合得如此紧密，形成了一个你中有我、我中有你、合而为一、一体两面的奇特存在：陶渊明的诗文是他的行为方式、心灵世界、生命律动的自然流露和外在显现，而陶渊明的动静语默、举手投足甚至毛孔血液间，又都洋溢跃动着其诗文的韵律、脉动、率真、洒脱和飘逸。因而，将文本与作者割裂开来研究陶渊明是很不明智的。

以存在主义的视角来观照、阐释陶渊明，并非简单粗暴地将鲜活生动的陶渊明其人其文肢解切割，然后生硬死板地塞进现成预设的存在主义理论的模具里边。其实，陶渊明对个体生命生存处境的关注、对人性异化现象的忧虑、对人生苦短的慨叹、对死亡意识的醒悟、对诗意人生的追求和构建，都与存在主义思想有着惊人的巧合与遥远的呼应。因而，我们的研究思路和策略一定要以昆德拉所忧虑的形而上学、生搬硬套的方法为戒："对那些认为艺术只是哲学理论思潮的衍生物的教授们，我是太害怕他们了。小说在弗洛伊德之前就知道了潜意识，在马克思之前就知道了阶级斗争，在现象学之前就实践了现象学。"[①] 又如山田敬三所言："生的哲学并非在被体系化，被定义后才获得其地位的，它在被哲学家命名并作为思想构筑起来之前，就原初地存在于各人内心深处。"[②] 不过，以海德格尔、萨特为代表建构起来的存在主义理论，以其深刻、独到的观照世事人生的视角，作为他山之玉，确实为我们解读陶渊明的人与文提供了一个全新的切入点和论述框架。本文拟从生存之烦、先行到死、诗意地栖居、语言是存

---

① 昆德拉：《小说的艺术》，上海文艺出版社2004年版，第516页。
② ［日］山田敬三：《鲁迅——无意识的存在主义》，《北京大学学报》2009年第5期。

— 271 —

在的家等几个方面对其进行梳理和阐释。

一 "久在樊笼里"——生存之烦

陶渊明常用"尘网""密网""樊笼""宏罗"等来隐喻自己的生存处境，又以"羁鸟""池鱼"等来自况，这与海德格尔用"烦"来概括此在的生存状态极为相似。海德格尔认为，"烦"是此在的在世形态，"烦"由"烦忙"和"烦恼"构成。"烦忙"是人和物打交道，从物中获取资源，维持生存并满足欲望，从而一生忙忙碌碌，不得休止安宁；"烦恼"是人和人交往带来的结果和状态。人是与他人共在的，违心地迎合、满足他人对你的期许，无奈地与你厌恶的人长期相处并无法保证与你喜欢的人长期厮守，而这烦心扰神的境遇将伴随你一生。而在"烦忙"和"烦恼"的双重围绕、纠缠中，一个本真的个体生命就一点点地丧失了自我而变成了常人，陷入了万劫不复的沉沦状态。

陶渊明自比为被罗、网所惊骇的鱼、鸟："密网裁而鱼骇，宏罗制而鸟惊。"①（《感士不遇赋》）又深感自己被羁绊、役使的不自由，工具化的生存处境："遥遥从羁役，一心处两端。""驱役无停息，……暂为人所羁。"（《杂诗其十》）那么围困、羁绊陶渊明并使其深感被奴役的异化处境的并带来深深的人生之烦的罗、网，究竟是怎样的一种存在呢？

"性刚才拙，与物多忤。"（《与子俨等疏》）这是陶渊明深陷烦恼、困境之源的自我表述。这里的物，显然不是单纯的物质，而是包括物质在内的哲学层面的身外之物，也就是说，陶渊明深感自己的性情与所处的环境有着巨大的隔阂、反差，自己难以屈从顺应，因而产生了不和谐的拘束感。"与物多忤"，显然是自己被拘被役状态的根本性概括，而这里的"物"，首先是以生存为目标的物质存在。他这样写自己的生存状态："每以家弊，东西游走。"（《与子俨等疏》）"此行谁使然？似为饥所驱。倾身营一饱，少许便有余。"（《饮酒其十》）也就是说，陶渊明花费许多的时间、精力，是为了维持和改善自己、家庭的温饱生计状态。而生性自由独立的他当然四处碰壁，异常困窘，深感心灵被肉体所陷、理想为现实所困的痛苦、烦恼，以至于在临死前一年，还陷入为饥饿所迫而不得不向邻里乞食的尴尬之中："饥来驱我去，不知竟何之。行行至斯里，扣门拙言

---

① 袁行霈：《陶渊明集笺注》，中华书局 2003 年版。（凡未注明出处的引文皆出自此书）

辞。"(《乞食》)

这里"物"的第二个层面是以从政致仕为主要内容的人事的纠葛。他这样写道："余尝学仕，缠绵人事。流浪无成，惧负素志。"(《祭从弟敬远文》)又说："畴昔苦长饥，投耒去学仕。"(《饮酒其十九》)也就是说，他是为了解决生存问题，而违心地去为仕谋官。而官场的虚与委蛇、交际应酬与自己的人生理想、秉性情感，是极为相悖的。他所自道的"误落尘网中，一去三十年"(《归园田居其一》)也正是这段仕宦生活的写照和感受，而"饥冻虽切，违己交病。尝从人事，皆口腹自役"(《归去来兮辞》)等的书写则是对自己违心地为人处世的生态、心态的真实表露。不过与常人不同的是，他没有为身在仕途而自满自得，而是对自己的异化、扭曲的状态有着清醒的认识，并且及早地醒悟过来："实迷途其未远，觉今是而昨非。"(《归去来兮辞》)

"物"的第三个层面是纠缠着自己的传统习俗、世俗观念以及他人乃至自己对自己的期许。"顾惭华鬓，负影只立，三千之罪，无后为急。"(《命子》)洒脱超然如陶渊明者，竟然为无后自责、自罪，显然是受孟子所言之"不孝有三，无后为大"观念的影响，将传宗接代、延续香火的沉重使命压在自己身上。陶渊明之学仕为官，除了生计之外，难道能排除在仕途中实现自己的价值，从而博取功名，以达到光宗耀祖、显赫门庭的动因吗？在《荣木》中他这样写道："总角闻道，白首无成。"在《怨诗楚调示庞主簿邓治中》中也说："结发念善事，僶俛六九年。"这些都说明，陶渊明与一般文人一样，年轻时也想建功立业。中年以后功业未成，他还深感愧疚："嗟余小子，禀兹固陋。徂年既流，业不增旧。志彼不舍，安此日富。我之怀矣，怛焉内疚。"(《荣木》)这与曹雪芹的"无才可去补苍天，枉入红尘若许年"的自愧自惭并转而通过写作来弥补自己的人生遗憾、缺失颇为相似。袁行霈认为："陶渊明本欲有为者也，世之相违，不得已而退隐，遂以醉者自许。"[①] 陶渊明通达坦然背后的忧愁、苦闷和愤慨，大概也是自己的期许、愿望无法变为现实境况的自然表露吧。

生存之烦弥漫在陶渊明人生的各个方面，即使他所撤离和归隐的田园、家庭也在所难免。"虽有五男儿，总不好纸笔。阿舒已二八，懒惰故无匹。阿宣行志学，而不爱文术。雍端年十三，不识六与七。通子垂九

---

① 袁行霈：《陶渊明集笺注》，中华书局 2003 年版，第 268 页。

龄，但觅梨与栗。天运苟如此，且进杯中物。"（《责子》）儿子是一个做父亲的未来和希望，但陶渊明的几个儿子都不争气，有的懒惰，有的贪玩，有的不学无术，没有一个合自己心意的。诗中虽然显露出半是责备半是戏谑的自嘲和调侃，貌似轻松自然，但背后却隐藏着深深的失望和无奈。陶渊明不止一次地提到那些与丈夫一起甘于贫寒、坚守名节的贤良的女性，如"黔娄之妻""孺仲贤妻"等。人之常性是缺什么补什么，而人们常常念叨的也往往是自己生命中最缺失的。"但恨……室无莱妇，抱兹苦心，良独内愧。"（《与子俨等疏》）一句话道破玄机：自己的妻子显然不能像老莱子的妻子那样规劝丈夫远离功名富贵，反而可能对陶渊明的穷困潦倒心生怨恨，甚至会恶语相加。从这里可以看出世俗生活与诗意人生矛盾冲突以及挟裹其中的陶渊明的欲诉还住、难以启齿的心酸、隐忧。

二 "纵浪大化中，不喜亦不惧"——先行到死

死亡是哲学和文学共同关注的对象。而在对待死亡的态度、价值取向和死亡构架上，陶渊明与存在主义有着惊人的相似。

人是一种有死的存在，一种向死的存在。人一出生就意味着走向了死，死是个体必须独自承担的结局。面对死亡，常人的态度是闪避、自欺，不愿正视，以为那是与己无关且遥不可及的事情。只有大勇者以"畏"来面对死亡，"畏"不是惧怕，而是对随时可能到来的死亡这件事有着清醒的认识并勇敢地面对，从而使自己进入最自由、最本己的状态："畏使此在个别化为其最本己的在世的存在、这种最本己的存在领会着自身，从本质上向各种可能性筹划自身。"[①] 这是海德格尔的死亡观。

面对死亡的逼近，陶渊明没有闪避而是敢于正视直面，不过他的态度不是单纯的"畏"，而是复杂多元的：一方面，面对浩瀚渺茫的宇宙、短暂渺小的人生和催老的岁月、逼近的死亡，他自然产生了死之将至的焦虑不安："宇宙一何悠，人生少至百。岁月相催逼，鬓边早已白。"（《饮酒其十五》）并进而产生了岁月难留、人生苦短、生命不再的痛惜和悲怆："日月有环周，我去不再阳。眷眷往昔时，忆此断人肠。"（《杂诗其三》）另一方面，也极为难得的是，面对死亡，陶渊明采取了一种顺应自然、达观任

---

① [德]海德格尔：《存在与时间》，陈嘉映、王庆节译，生活·读书·新知三联书店 1987 年版，第 227 页。

性的人生态度："运生会归尽，终古谓之然。"（《连雨独饮》）"应尽便须尽，无复独多虑。"（《神释》）"天地赋命，生必有死。自古贤圣，谁独能免？"（《与子俨等疏》）

更为奇特的是，陶渊明不仅坦然面对死亡，而且还将未来的死拉到当前。在《拟挽歌辞》中，他预写了自己的死亡，先行体验自己死时的感受和亲友的态度反应：既有自己赴阴成鬼的悲凉凄惨、无奈无助："昨暮同为人，今旦在鬼录。魂气散何之？枯形寄空木。……得失不复知，是非安能觉？""欲语口无音，欲视眼无光。昔在高堂寝，今宿荒草乡。""幽室一已闭，千年不复朝。"又有亲友的痛哭抚吊："娇儿索父啼，良友抚我哭。""肴案盈我前，亲旧哭我傍。"还有对人走茶凉、世态炎凉的喟叹："亲戚或余悲，他人亦已歌。"尤其让人为之称奇的是在将死之时，陶渊明撰写《自祭文》，自祭自悼："陶子将辞逆旅之馆，永归于本宅。故人悽其相悲，同祖行于今夕。羞以嘉蔬，荐以清酌。候颜已冥，聆音愈漠。呜呼哀哉！"将未来之死之祭呈现于当下眼前，沉痛凄惨之情溢于言表。结尾处又发出这样的慨叹："人生实难，死之如何？"如果说写《拟挽歌辞》还是文人习尚的沿袭，而自写祭文自祭，书写自己对生死的独特感受和丰富奇特的想象，则是陶渊明的独创，正如袁行霈所言："惟死前自作祭文，设想自己已死而祭吊之者，实始自渊明也。"① 而这种行为和海德格尔的"先行到死"的理念有着异曲同工之妙，二者越过浩渺的时空有了遥远的呼应共鸣。海德格尔这样写道："这一先行把先行着的存在逼入一种可能性中，这种可能性即是：由它自己出发，从它自己那里，把它的最本己的存在承担起来。……此在先行着，防护自己免于回落到自己本身之后以及所领会的能在之后，并防护自身免于'为它的胜利而变得太老'。"② 海德格尔这里说的"先行着"就是"先行到死"，或者说是"提前进入死亡"。"先行到死"不是真的去死，不是主动赴死，而是在思量中正视死亡，把将来要发生的事拉到当前，在心理上去感受、体验和承担它。"先行到死"的体验会使人疏离群体，幡然醒悟，返回本真状态："先行到死使此在绝对地个别化。"③ 不过让海德格尔没有想到的是，在他提出这一命题的一千五百

---

① 袁行霈：《陶渊明集笺注》，中华书局2003年版，第557页。
② ［德］海德格尔：《存在与时间》，陈嘉映、王庆节译，生活·读书·新知三联书店1987年版，第316页。
③ 同上书，第318页。

年前，一个中国的诗人就已经这样做了。

　　体验死亡，直面死亡，先行到死并未让陶渊明感到森然可怖，感到消极悲观，这不是对人生的厌弃，而是用已死的心灵和眼光重新观照活着的世界，使生命进入了本真、澄明的状态，多了对生死的达观、坦然，激发了他对生命的热爱、珍惜。"虽留身后名，一生亦枯槁。死去何所知？称心固为好。"（《饮酒其十一》）他不愿为名缰利锁所囿，愿意活得自由称心，因而要快乐地享受人生："千秋万岁后，谁知荣与辱？但恨在世时，饮酒不得足。"（《拟挽歌辞》）死亡的迫近唤起了他对生命密度的注重，从而绷紧了自己生命的弦，因而他以"及时当勉励，岁月不待人"（《杂诗其一》）、"古人惜寸阴，念此使人惧"（《杂诗其五》）来自戒自勉，过好活着的每时每刻。而他关于死亡感悟的名句"纵浪大化中，不喜亦不惧"（《神释》）和"死去何所道？托体同山阿"（《拟挽歌辞其三》），虽写于不同时期，但都表达了面对死神降临的诗意和宗教般的人生态度：将短暂、渺小、偶然的个我与永恒、宏大的自然交融一体，貌似淡泊、冷静的背后，流布着对生命的执着和热爱。死是生的一部分，只有悟出了死的意义，才能更好地生，才能将人生的境界带入一个觉悟、澄明的状态，而这一点，与存在主义产生了遥远的呼应。

三　"采菊东篱下"——诗意地栖居

　　陶渊明远离险恶的仕途和凡庸的世俗而退隐田园，但他的隐居并非出世的逃避。他多次拒绝刘柴桑邀其出家的请求，不过佛家的以禁欲而求心静的反生活，而是结庐人境，躬耕田畴，不遗亲旧，充满人间的热情。他用田园的诗意来化解人生的苦难，以生命的感悟来提升自己的境界，以菊花的吟咏对应、外化自己的人格，以畅饮水酒排遣内心的苦闷，以写诗、抚琴来抒发、寄托自己的情怀。正如海德格尔所言：他是"诗意地栖居"[①]着。

　　陶渊明笔下的田园，既是自然的田园，更是诗意的田园，是自然与诗意的交融聚合。这种诗意的田园或田园的诗意，在不同的时间、状态、心境写的不同诗篇中，其诗意的蕴含、境界又各不相同。"榆柳荫后园，桃李罗堂前。暧暧远人村，依依墟里烟。狗吠深巷中，鸡鸣桑树巅。"这里

[①]　[德]海格德尔：《荷尔德林诗的阐释》，孙周兴译，商务印书馆2000年版，第35页。

的榆柳、桃李、远村、墟烟、鸡犬等,貌似自然之物的随意罗列,但因末句"久在樊笼里,复得返自然"(《归园田居其一》)的出现,一下子把看似客观的树木、动物、景观激活照亮了,映照出了诗人回归田园、与自然往还交融的自由快乐、安适惬意,达到了"一切景语皆情语"[①]的妙境。"种豆南山下,草盛豆苗稀。晨兴理荒秽,带月荷锄归。道狭草木长,夕露沾我衣。"这本是诗人早出晚归、从事农耕的普通平常的经历见闻,也因篇末"衣沾不足惜,但使愿无违"(《归园田居其三》)的点题,不仅使平凡的农事活动充满了诗情画意,而且也将诗人劳作的自由、适意的心情表达出来了。这些诗中的田园,已非单纯的风景、人事的描述,而是诗人心物交融、物我两忘境界的诗意显现,是作者身处自然、从事农耕时的恬淡、安适、澄明心境的自然流露。

陶渊明的诗意人生体现在他以诗心对待自然,尤其是对待菊花的痴迷上。陶渊明爱菊的雅趣在历史上都是有名的美谈,周敦颐在《爱莲说》中特意提到"晋陶渊明独爱菊"。他既欣赏菊花的美:"秋菊有佳色。"(《饮酒其七》)又到野外亲自采菊:"采菊东篱下。"(《饮酒其五》)"裛露掇其英。"(《饮酒其七》)还以菊为饮而延年:"酒能祛百虑,菊为制颓龄。"(《九日闲居》)从而菊花不仅为自己赏心悦目,还摄入了自己的体内,成了自己生命的一部分;不仅延长了自己的生理年龄,而且也融进了自己的心灵、人格之中。一个人爱一样东西,往往是在那个东西上发现并对应了自己,时间久了,就会认同并成为那个东西。菊花是陶渊明内在自我的对象化存在,菊花的隐逸、质朴、傲寒、特立独行等特性,也恰恰是陶渊明心灵人格的写照。

贯穿、渗透在陶渊明诗意人生中的另一个重要元素是酒,在《五柳先生传》中他这样自况:"性嗜酒,……造饮辄尽,期在必醉。"他不仅以《饮酒》为题写了二十首构成的组诗,而且还在其他诗文中都以酒为吟咏对象。酒,不仅流淌在他的诗稿上,也浸润在他的身体、血液中,还渗透在他的心灵里;不仅是他生理上的需求,也更是他精神、情感的寄托和对应。正如昭明太子萧统在《陶渊明文集序》所言:"有疑陶渊明诗篇篇有酒,吾观其意不在酒,亦寄酒为迹焉。"陶渊明自己也是这样体认的:"悠悠迷所留,酒中有深味。"(《饮酒其十四》)那么,酒中的深味是什么呢?他这样写道:"试酌百情远,重觞忽忘天。"(《连雨独饮》)"泛此忘忧物,

---

[①] 王国维:《人间词话》,人民文学出版社 1960 年版,第 225 页。

远我遗世情。"(《饮酒其七》)这都表明陶渊明贪杯好饮，意在以酒解忧消愁，通过醉来摆脱世俗的纠葛、忘掉人生的烦恼，与曹操的"何以解忧，唯有杜康"是同一个取向的。"挥兹一觞，陶然自乐。"(《时运》)"我有旨酒，与汝乐之。"(《答庞参军》)"故老赠余酒，乃言饮得仙。"(《连雨独饮》)这些诗句表现了酒带给陶渊明愉悦快乐的生命体验和心理感受，醉使他如梦如幻、飘飘欲仙。他还这样写道："一觞聊独进，杯尽壶自倾。"(《饮酒其七》)"若复不快饮，空负头上巾。但恨多谬误，君当恕醉人。"(《饮酒其二十》)这些都显示了诗人饮酒时及醉后的真率、旷达和自由的状态：生命在酒的作用下，摆脱了凡俗常理的羁绊而获得了彻底的解放。昭明太子萧统在其《陶渊明传》也这样写他："贵贱造之者，有酒辄设。渊明若先醉，便语客：'我醉欲眠，卿可去。'其真率如此。"因为有了酒，有了醉，诗人平淡的生活便多了几分光彩，日常的人生便平添了许多激情，凡常的生命便凸显不羁的洒脱风流。

"琴"是陶渊明诗意空间的又一重要之维。沈约在《陶渊明传》中说："潜不解音声，而畜素琴一张，无弦，每有酒适，辄抚弄以寄其意。"也就是说，陶渊明不懂音乐，不会操琴。虽然如此，他置放无弦之琴，并非附庸风雅的摆设，而是他审美愿望的物质托载。孔子曰："兴于诗，立于礼，成于乐。"[1] 由此可见，在古代文人的人生、人格理想中，音乐是比文学更高、更纯粹的内容。比较有意思的是，陶渊明在诗中说到琴的时候，都是与诗文并提的。如："少学琴书，偶爱雅静。"(《与子俨等疏》)"欣以素牍，和以七弦。"(《自祭文》)"弱龄寄事外，委怀在琴书。"(《始作镇军参军经曲阿》)"息交遊闲业，卧起弄琴书。"(《和郭主簿其一》)这正如今日的歌曲由词和曲组成一样，陶渊明诗琴并书，将诗由单一的书写外化为可吟可弹的作用于人的感官的音律，而弄琴——哪怕是空弹，不仅因诗韵的支撑有了底蕴，更在挥弹之间产生了筋骨运作的韵律、动态之美，从而使内隐的心声转化、外显为音符节律，使枯燥空寂的人生转化为快乐审美的生命体验。

最能体现陶渊明诗意人生境界的是他在《饮酒其五》中从日常生活里发现的"真意"，从平凡景观中领会生命真谛的境界和状态。吴淇在其《六朝诗选定论》中言："心远为一篇之骨，而真意又为一篇之髓。"[2] 此言

---

[1] 杨伯峻：《论语译注》，中华书局1980年版，第81页。
[2] 袁行霈：《陶渊明集笺注》，中华书局2003年版，第250页。

固然不谬，但其心骨意髓是在与外物之"皮肉"相应互融才拥有诗情画意的。诗人"心远地自偏"，因心境的笃诚淡定，不仅使自己所处的"人境"摆脱了喧闹浮华，更使作者自己进入了以心观物、与自然山川迎将的胜境，也正因为有了这样虚怀以待、宁静澄明的心境，他才由飞鸟归林的意象而悟出了宇宙人生的真意。这是顿悟后的审美的生命体验：因为外物的触动感发，在一个意外的瞬间里，突然发现了宇宙与人心同构交汇中的奥妙玄机，但只可意会，却无法言说，细细品味、回味，又不绝如缕。这是直感中体验到的本体性的大欢悦，是进入圣境后回眸人间凡世的美好、温馨的一瞥，是灵肉相融、物我两忘中的灵光电闪，是纵浪大化、山河入心的大境界。不是禅诗、禅语，却有禅心、禅意、禅境。

在陶渊明这里，"诗意地栖居"不是抽象、高深的哲学命题，而是体现、跃动在朴实平凡的日常生活中：饮酒、弹琴、读书、采菊、荷锄、结庐、耕种、洗浴，这些看似平凡普通的日常琐事，因为诗心的烛照，在陶渊明的生活和诗文中，点石成金，化腐朽为神奇，瞬间产生了动人、迷人的光彩，充满了无穷的魅力。陶渊明不因贫困而扭曲，不以位卑而屈从，坚守固穷的节操，诗意地观照和展开人生，为后世留下了独特的生命图景。

四 "临清流而赋诗"——语言是存在的家

恩斯特·卡西尔把人定义为"符号的动物"，并这样写道："人不再生活在一个单纯的物理宇宙之中，而是生活在一个符号宇宙之中。语言、神话、艺术和宗教则是这个符号宇宙的各部分，它们是织成符号之网的不同的丝线，是人类的经验的交织之网。"[①] 也就是说，人不再像动物那样是一种仅仅生活在铁板一样的物理世界的生物存在，而是生活在以语言为主要元素的符号世界的人文存在。而陶渊明与一般人不同的是，他不仅像常人一样通过语言而走进充满想象、梦幻的符码世界从而拓展了自己的心理空间，还运用语言将自己的想象、梦幻、情感构建起一个充满诗情画意的符码世界，为自己也为同代后人建造了慰藉心灵、托载情感的精神家园，恰如海德格尔所言："语言是存在的家。"[②]

---

① [德]恩斯特·卡西尔：《人论》，甘阳译，上海文艺出版社1985年版，第33页。
② [德]海德格尔：《路标》，孙周兴译，商务印书馆2000年版，第392页。

第二辑 名家评析

围绕着陶渊明的有两个世界：一个是他身处其中的外在的现实世界、物理世界，另一个则是他通过语言走进的诗文的世界和他自己用语言编织的诗的世界、心灵情感的世界、根植于内心深处的想象憧憬的世界。

在作为"自况"之文的《五柳先生传》中，陶渊明这样写自己："好读书，不求甚解，每有会意，便欣然忘食。"在《与子俨等疏》中又说："少来好书，偶爱闲静，开卷有得，便欣然忘食。"从这两段大同小异的文字可以看出，他天性嗜书好读，而且他的阅读量是很大的。从他的诗文集中我们可以列出影响他的一个长长的书目表：《易经》《尚书》《诗经》《山海经》《老子》《庄子》《论语》《孟子》《古诗十九首》等，也就是说，他之所以书写了一个丰富深厚、多姿多彩的艺术世界，是与其在早期同古往圣贤这些众多大心的相遇并从中汲取营养，从而拓展了自己的心灵世界密切相关的。还可以看出，他的阅读，不是那种寻章摘句的功利行为，而是一种废寝忘食、悦心愉志的审美追求。他在前人构建的语言、诗意世界中对应了自己的心灵，慰藉了自己的情感。而"奇文共欣赏，疑义相与析"（《移居其一》）则忠实记录了他与文友共同赏析前人诗文的相知相通、惬意自适的恬然快乐的雅趣。也就是说，语言世界给他的平淡生活平添了动人不俗的光彩，使他忘却了世俗的烦恼和琐屑，从而进入了审美的化境。

更多的时候，也是陶渊明最为快意的是自己写诗，将自己的经历、感受用语言文字吟咏出来，记录下来。"乃陈好言，乃著新诗。"（《答庞参军》）"情欣新知劝，言咏遂赋诗。"（《乞食》）"春秋多佳日，登山赋新诗。"（《移居其二》）这些诗句分别记录诗人或酒后乘兴，或佳日登高，即兴赋诗，抒发性灵。不过，他写诗不是为了发表，不是为了做诗人、挣稿费，如其自言："既醉之后，题数句自娱。"（《饮酒序》）也就是说，他是写给自己的，是从自己心底自然而然流淌出来的。他的诗作中，有的是自己所见、所闻、所历的真实记录，是客观的景物和现实生活的再现。虽为实录，但与客观现实有了距离和区别：它受到了作者心灵情感的浸润、选择和再造，从而超越了现实的有限性、短暂性，不仅呈示于外，而且流传至今，有了永恒持久的特性。而更多的则是陶渊明通过语言再造的、呈示自己的隐秘、丰富的心灵情感的符码世界：这里有凝聚着他的丰富联想力的《闲情赋》，将自己假想为束衣之"带"、描眉之"黛"、附足之"履"、日下之"影"、送凉之"扇"等以亲近、体贴心仪的美人，极尽闲情之妙；有寄予无穷想象力的《拟挽歌辞》《自祭文》，将自己未来的死状、死后的境遇和归宿先行预写并呈示于当下,穷究冥想之奇;这里有从"归鸟相与还"的意象中领会了欲辩忘言的人生宇宙的"真意",有结庐人境而无车马喧的心远地偏的宁静心境。这些都共同构成了陶渊明独具个性的心灵之家、情感之家,他像上帝一样创造了一个迥异于自然现实的精神家园,作为他现实生活的延伸和弥补。

陶渊明的语言、诗意之家主观上是为自己建造的,是自娱自乐的,但客观上也为同代后人创造了一个可以共同使灵魂栖息的心灵的家园。陶渊明笔下的神奇迷人的桃花源、诗酒风流的五柳先生、嫩黄的野菊、归巢的倦鸟、带月荷锄的身影、抚琴吟诗的韵律等,不仅历代的国人耳熟能详,而且也在世界各地肤色各异的人们心中引起共鸣回响。陶渊明诗文中的名句、意象如涓涓细流,不仅润泽了一般读者的心田,而且也作为一种人文资源汇入后代许多文人雅士的作品中,构成了他们用语言建造的家园的重要元素:融入了王维对月照松间、泉流石上的禅悟,流淌在张若虚的"春江花月夜",引发了李白"山月随人归"的诗情画意,启迪了苏轼对影与形的冥思,化为了《红楼梦》中大观园的秋菊雪梅,永远的菊香也穿越时空而浮动、交融在周敦颐笔下的莲芳之中。一个远离权力、世俗、主流的隐逸之人,为何能够改变甚至征服世世代代人们的心灵、意志呢?这是因为:绿野远山的田园美景,日出而作、日入而息的农耕生活,吟诗醉酒的风流放达,采菊抚琴的诗意自由,鸡犬之声相闻、老死不相往来的社会理想,不仅是陶渊明自己人生憧憬的书写,也是人类共同汲汲渴求、苦苦追寻的人生梦想、集体无意识的外显。这正如荣格所言:"一个用原始意象说话的人,是在同时用千万个人的声音说话,他吸引、压倒并且与此同时提升了他正在寻找表现的观念,使这些观念超出了偶然的暂时的意义,进入永恒的王国。他把我们个人的命运转变为人类的命运,他在我们身上唤醒所有那些仁慈的力量,正是这些力量,保证了人类能够随时摆脱危难,度过漫漫的长夜。""艺术的社会意义正在于此:它不停地致力于陶冶时代的灵魂,凭借魔力召唤出这个时代最缺乏的形式。艺术家得不到满足的渴望,一直追溯到无意识深处的原始意象,这些原始意象最好地补偿了我们今天的片面和匮乏。"[①] 陶渊明正是由于对现实生活不满足,沉湎于内心世

---

① [瑞士]荣格:《心理学与文学》,冯川、苏克译,生活·读书·新知三联书店 1987 年版,第 122 页。

界的遨游，返归集体无意识并从那里得到精神的补偿，客观上也以此来纠正时代弊端，疏导并恢复社会心理平衡，疗救人类心灵、人性的病变，从而使"平面的人"（阿尔都塞）恢复圆整，使机械的人变得灵动，使"异化的人"（马克思）回归常态，使"沉沦的人"（海德格尔）返归本真，使"死了的人"（福柯）得以复活，使无家可归的流浪者回到温馨的家园，而陶渊明也成了"上帝死了"（尼采）之后而用诗文创造了伊甸园的上帝。

并非所有的语言都能成为存在的家。那些卖身投靠的"政治娼妓"（李泽厚语），那些金钱至上的书商写手，那些道貌岸然、附庸风雅的伪道学家，他们不仅不能用语言建设家园，还会玷污家、背叛家、败坏家。"存在在思想中形成语言，语言是存在的家。人栖居在语言所构筑的家中，思想者与诗人是这个家的看护人。"[1] 陶渊明正是这样的家的看护人，他虽然死了，却永远地活着，永远地为人类看护着家园。

---

[1] ［德］海德格尔：《路标》，孙周兴译，商务印书馆2000年版，第366页。

陶渊明启示录

如果说人间真的有奇迹的话，陶渊明就是根植于现实人间的一个奇迹、一个传奇。有谁能够想到，一个活着时被主流排挤、压制而处于社会边缘的人，却在身后的千余年里不断影响、冲击、矫正着主流的价值观念、生活态度和审美趣味？一个生前半是隐居半是农耕的默默无闻的人，却在死后不仅在诗文创作而且在为人处世、生活方式、人生观念上，成了许多人尤其是文人雅士仰慕、仿效的榜样而流芳后世、余韵不绝？现今的我们虽然与陶渊明的生存处境、所处时代迥然不同，又远隔千年万山，但当我们阅读陶渊明的诗文从而重温他当年的行迹、心迹时，拂去历史的尘埃，穿越时空的阻隔，我们仍然会怦然心动，油然产生一种与大心相遇的喜悦和感动。这不禁使我们陷入沉思：一个古人为何在当代还有如此巨大的魅力、生命力甚至冲击力？陶渊明究竟给后世今人留下了怎样的人文资源？今天已经失去方向、迷失在路上的我们是否可以以他为鉴，来矫正我们世态、人生的偏颇，破解宇宙、生命的密码，提升我们的人生境界，净化我们的心灵，从而在整体性的生存上给我们以启示、警醒甚至是拯救？

一 "违心讵非迷？"——目的与手段、结果与过程、心与物的统一、圆融

在人生展开的过程中，每个人都不可避免地会面临目的与手段，结果与过程，心灵与外物的矛盾、冲突、悖反等的人生难题，如果没有清醒的认识和明智的行动，生活就会陷入迷途，人生就会进入误区，生命就会产生异化。而陶渊明面对这些人生难题的时候，却用自己不凡的睿智、超然的心态、独特的方式、迷人的诗情选择了顺情合理的人生图式，这对后世今人仍有很大的启示。

第二辑 名家评析

陶渊明有着为期不短的仕途生涯，从二十岁开始游宦到五十四岁辞官归隐，为仕三十余年，用他自己的话说就是"误落尘网中，一去三十年"①（《归园田居其一》）。他的从宦为仕并非出于天性、本心，而仅仅当作谋生和建功立业的手段而已。正如他自己所言："每以家弊，东西游走。"（《与子俨等疏》）"此行谁使然？似为饥所驱。倾身营一饱，少许便有余。"（《饮酒其十》）"余尝学仕，缠绵人事。流浪无成，惧负素志。"（《祭从弟敬远文》）又说："畴昔苦长饥，投耒去学仕。"（《饮酒其十九》）不过，陶渊明与一般为仕的文人不同在于，他敏感、清醒地认识到目的和手段的冲突，身处扭曲异化的困境："饥冻虽切，违己交病。""尝从人事，皆口腹自役。"（《归去来兮辞》）特别是当他违心地在官场周旋应酬，甚至不得不委曲求全、摧眉折腰时，终于幡然醒悟，慨叹"我不能为五斗米折腰向乡里小人"。选择了解印辞官、归隐故里，过一种自给自足、乐在其中的田园生活。不过，他并不像真正的隐士那样逃避生活和责任，而是拒绝了刘柴桑邀其出家的请求，亲旧不遗，躬耕田畴，自食其力，养育家人，从而实现了手段与目的、过程与结果的统一、圆融。如他自己所言："久在樊笼里，复得返自然。"（《归园田居其一》）

陶渊明的辞官而归隐田园，显然是一种为了捍卫自己的尊严和维护自己的人格独立而做出的人生选择。这固然让我们肃然起敬，然而，这不仅是一种道德的升华，更是人生智慧的一种体现：他的选择，是智慧的生存策略和自我人生规划。从仕为官比乡野躬耕固然收益更高，也更为风光体面，但支出的成本也就更高，即必须以人格的放弃、意志的屈从为代价。两者相较，与其以精神情感资源来换取物质利益和世俗虚名，倒不如以淡泊清贫、默默无闻以保持精神自由和人格独立的生活方式的性价比、幸福指数更高。物质财富和显赫权势，怎能换来任性自然、从心所欲的自由自在和适意快乐？

返视一下今天的我们每一个人，尤其是那些与陶渊明早期经历相似的为仕从政的人们，在人格扭曲、人性异化的迷途中已经陷得越来越深了。他们中的许多人，为了谋求权力，达到出人头地的目的，往往不择手段，违背规则和原则，放弃操守，不讲廉耻，甚至牺牲自我的人格尊严。陶渊明不为五斗米折腰而成为千古美谈，今天的许多从政者则反其道而行之，

---

① 袁行霈：《陶渊明集笺注》，中华书局2003年版。（凡未注明出处的引文皆出自此书）

为了踏上红地毯，岂只是折腰，完全可以五体投地，三拜九叩。他们身上的如鲁迅所说的"主奴意识"不仅没有消除，反而移位变形，有过之而无不及：奴性十足地屈从、取媚于上级以获取权力，拥有并使用权力时则又变本加厉地役使比自己地位低的人。殊不知，在这谋取、拥有和使用权力的过程中自以为成了体面的人、人上人，实际上恰恰使自己沦为了非人、异化的人——前者把自己不当人，后者则把别人不当人——而失去过程的美好、快乐又何谈结果呢？更让人可悲可叹的是，许多权力的追逐者有着与陶渊明一样的曾经的迷失，却没有陶渊明一样的后来的觉悟；陶渊明的不同凡俗之处在于迷途知返："悟以往之不谏，知来者之可追。实迷途其未远，觉今是而昨非。"（《归去来兮辞》）而当今之人却在迷途越陷越深，不仅不知悔悟，反而自得并陶醉其中。

陶渊明回归田园，摆脱官场中人性扭曲、身心不自由的异化状态，以田野中的劳作来换取自己和家人的生活资源，但他并不超额地劳动以积聚过多的财富："营己良有极，过足非所钦。"（《和郭主簿其一》）以免又被新的外物所役，以留下更多的时间和精力去体验、享受人生的美好和快乐。即使是在田野中流汗、出力劳作，也没有了官场中的心为物役的压抑、痛苦，而是充满了诗情画意，乐在其中，构成了生命中不可或缺的重要组成部分。陶渊明的这种简单、快乐的生活方式和从容、本真的人生态度，对今天尤其在职场打拼的人们无疑有着很大的启迪和警示：在竞争如此激烈的生存环境中，很多人白天与黑夜、前半生与后半生、工作与休闲都是分裂着的：前者用生命的支出、消耗来挣钱，后者则用拿命换来的钱来休息、娱乐和换命。犹如张爱玲《金锁记》中的曹七巧：年轻时拿青春、美貌换取金子，为金子所锁，年老时用金子去锁他人甚至儿女，最后锁的还是自己。学界也是如此：前半生上大学，读硕士、博士研究生，评讲师、副教授、教授职称，备尝人生的艰辛、乏味和痛苦，最后用一系列的学位、职称证书证明了自己的价值的时候，却已经进入了无法快乐、健康地享受人生的暮年。人民币、存款折、银行卡也好，文凭、职称证书、获奖证书、论文、专著也罢，都不过是将鲜活的生命、亮丽的青春置换、压缩、霉变成了一张张灰色、冰冷的纸而已，人也在沉沦中异化为工具性的存在。

在写作的观念、态度和行为上，陶渊明对我们同样有着极大的启示。陶渊明在文学上的成就是无意插柳柳成荫的：他辞别官场、还乡归田，使历史上少了一名普通的官吏，但却因此而产生了千古流芳的隐者、诗人、文学家。他生前穷困潦倒，默默无闻，死后却流光溢彩，让后世敬仰。不过，这并非陶渊明的本愿，陶渊明的写作没有任何的功利和心机，他写诗著文，一不为发表出名，二不为挣稿费谋生，更没有想到如司马迁说的那样"藏之名山，传之其人"。他的写作要纯粹得多，写作就是写作，写作本身就是目的，是心灵情感的自然流露，是自我行迹、心迹的忠实记录，如其自言："既醉之后，题数句自娱。"（《饮酒序》）现在许多的写作者却相反，把写作当成了谋生和出人头地的手段，失去了陶渊明的那份从容、虔诚、自由和诗意，从而本来儒雅风流的文人世界，出现了许多十分不堪的文化怪胎：有的是商业写手，为了畅销牟利，不惜以违背常情伦理、追求感官刺激的低俗书写来迎合、取媚受众；有些是李泽厚所说的"政治娼妓"，为了名利可以出卖良心和灵魂，为当权者歌功颂德、树碑立传；即使大学里的教授、博士们撰写的冠以学术的论文、专著，也失去了人文的终极关怀，成了拿学位、评职称、报项目的砝码，又回到了那个书中自有黄金屋、颜如玉、千钟粟的读书人的老套子，出现了人生、人性的退化。

陶渊明的人生境界、价值观念、生活态度，永远是个别的、精英的，不可能为世俗大众所理解、认同和接受，但它却在潜移默化中影响、引导并矫正着许多人特别是人文知识分子的人生方式。陶渊明的境界、性情、行为、追求虽然无法效仿和复制，但他的内在精神我们却是可以吸纳的。他的人格的独立、心灵的自由、对生命的敬畏以及不让结果吞没过程、不让物欲遮盖灵魂的本真、洒脱的人生态度，永远启迪着后人，成了我们心仪、仰慕并自觉自省的心灵丰碑。

二 "种豆南山下"——回到人生简朴、真纯的本源状态

陶渊明的弃官归田，不仅是一种生活方式、人生道路的重新选择，也是他的法道、法自然的人生观、哲学理念的具体体现和实践。我们知道，陶渊明深受老庄思想的浸润和影响，老子曰："人法地，地法天，天法道，道法自然。"[①] 陶渊明对"道""自然"也像老子一样十分尊崇并在诗文中多次提及："人生归有道，衣食固其端。"（《庚戌岁九月中于西田获早稻》）"久在樊笼里，复得返自然。"（《归园田居其一》）老子、陶渊明心中、笔

---

① 老子：《道德经》，陈鼓应：《老子注释及评价》，中华书局1984年版，第163页。

下的道，是天地万物包括人的本源、自性，是天地之为天地、万物之为万物、人之为人的那种存在；而老子、陶渊明笔下的"自然"则不同于与人文相对的那个大自然的自然，而是与道异名而同实的一个称谓、名号，换句话说，自然和道是一回事，自然就是道本身的那个样子。老子说的"道法自然"是道自己效法自己，并不是道效法大自然，道是最高的存在，它不必效法任何东西。同样陶渊明的"复得返自然"也不只是返回大自然，而是返回到自己本然的自由自在的状态。不过，我们今天说的大自然无情无欲、无知无求、自自然然，更接近道的本性。法道、法自然，就是回归或遵循天地万物、人的自性和本初的那个状态。陶渊明对道、自然的效法、遵循，不仅体现在他的沉思、歌咏和书写上，更体现在他身体力行的人生践履中。这突出地表现在他对凝聚着道的本质内涵的大自然的发自内心的热爱、向往和皈依上。正如他自己所言："少无适俗愿，性本爱丘山。"（《归园田居其一》）他的回归田园、投入大自然的怀抱，就是要像大自然那样自自然然、无欲无求地生活，遵循道所指引的方向、途径来展开自我。而眼下的现代人恰恰相反，以逆道反道为时尚，以背离自然为荣耀，不幸陷入了如庄子所忧虑的"机械""机事""机心"恶性循环的社会、人心的悲剧的困境之中。而陶渊明的法道、法自然，即回归人生、生活、生命的本己的、原初的状态及其对今人的启示则具体体现在几种关系的体认和处理上。

在人与自然的关系上，首先，陶渊明是以审美的态度来观照自然的，也即他是以欣赏的眼光和心灵来与自然往还的，绝无索取、占有的企图。他要么以移情的方式，将自我的自由、欣悦、适意之情投射、转寄到飞鸟、流云、山气、泉流、禾苗、杂草、树木、田野、阡陌之中；或者将目遇之景、耳闻之声收聚内心，内化为自己的血脉魂灵、人格操守，从而臻于自我与外物交融、物我两忘的佳境。王国维在《人间词话》中说到"无我之境"时，曾以陶渊明的"采菊东篱下，悠然见南山"为例，可见陶渊明在观照和书写自然万物时确实进入了"以物观物，故不知何者为我，何者为物"[1]的境界。也即他有时是滤去个人的主观情感，完全以物的身份、视角来感知、体味、欣赏大千世界、自然万物：以水观水，以山观山，以树观树，与后来西方生态主义的反人类中心的理念有着不谋而合的惊人相

---

[1] 王国维：《人间词话》，《王国维文选》，上海远东出版社1997年版，第208页。

似。而"平畴交远风,良苗亦怀新"(《癸卯岁始春怀古田舍其二》)、"木欣欣以向荣,泉涓涓而始流"(《归去来兮辞》)、"山气日夕佳,飞鸟相与还"(《饮酒其五》)就是这一境界的具体体现和展示。其次,陶渊明从大自然中获取自身及其家庭成员赖以生存的资料时,与土地保持着亲密关系和友好的态度,开采是有限度的,使用是珍惜节制的,绝不乱采滥用:"耕织称其用,过此奚所求?"(《和刘柴桑》)"岂期过满腹,但愿饱粳粮。"(《杂诗其八》)生产方式是可持续的、可再生的、循环式的,是维持生态环境良性发展的,他用自己的汗水、劳作和虔诚同土地达成了一种默契与和谐:"人生归有道,衣食固其端。孰是都不营,而以求自安!……晨出肆微勤,日入负禾还。……但愿长如此,躬耕非所叹。"(《庚戌岁九月中于西田获早稻》)反观当前现实中的许多个体乃至政府、企业、社团,在生产、生活的观念、方式、行为上完全背离了道与自然,因而出现了严重的不和谐:对自然采取的是赤裸裸的功利、贪婪和索取的态度,进行掠夺性、破坏性的使用和开采。假如把大自然比作一头奶牛,陶渊明的背依农耕文明的生产、生活是一种挤奶式的友好的,可再生、可持续的方式,而建立在现代工业、商业基础之上的当代人的生产、生活则是割肉、抽血、吸髓的方式:盲目追求GDP,通过广告、媒体甚至优惠政策来制造和刺激人们的需要,倡导、鼓励、促进甚至误导公众过度消费、提前消费,恨不得将本来应该留给后代子孙的资源在这一代的几十年中就采光耗尽,同时却要把未来几百年的废气、污水在十几年里就排放到天空、江河。这完全是一种杀鸡取卵式的、饮鸩止渴式的甚至是自杀式的生产、生活、消费的方式和观念,理所当然地在二十来年中多次遭到百年未遇的洪涝、干旱、泥石流、地震、海啸、沙尘暴等的报复。

在人与人的关系上,陶渊明能够与他人平等、自然、和谐、快意地相处,他时常像一个真正的农夫那样与邻人谈论农事、交流耕种的经验体会:"相见无杂言,但道桑麻长。"(《归园田居其二》)或与故交亲旧同饮共醉、消愁解忧:"故人赏我趣,挈壶相与至。班荆坐松下,数斟已复醉。"(《饮酒其十四》)或以诗文会友,乐在其中:"奇文共欣赏,疑义相与析。"(《移居其二》)在家中更是儿女绕膝,与家人共享天伦之乐:"弱子戏我侧,学语未成音。"(《和郭主簿其一》)陶渊明还有充分的闲暇和耐心阅读古籍,与已逝的大心相遇、对话,从古圣先贤那里汲取精神的营养,来完善自己的人格,慰藉自我的心灵情感,驱赶内心的寂寞:"泛览周王传，流观山海图。"(《读山海经其一》)"遥遥望白云，怀古一何深。"（《和郭主簿其一》）陶渊明在故里田园中，完全摆脱了人与人之间的功利、异化的关系，而还原并保持着以情感、友谊、互敬、相爱为基础和纽带的真正意义上的人与人的关系。不像现在，人与人的关系被物化了，转换成了人与物甚至是物与物的关系，人们往往将精神、情感资源兑换为物质资源，任何的纯净美好都被利益、金钱覆盖和取代了。夫妻婚前财产公证，父子对簿公堂，学生给老师送礼，下级向上级买官，导演潜规则演员：亲情、爱情、友情、乡情、师生情，以往所有美好、温馨的关系、情感，如今都蜕变成了赤裸裸的利益交换。

再次，在灵与肉、心与物、理性与情感的关系上，陶渊明能够融洽统一：节制而不压抑，放达而不放纵，脱俗而不伤俗。他是一个懂生活、会生活、有生活品位的人，生活的信念和目标是简单而充实、节制而快乐。他追求心灵的自由、适意，在物质生活上却甘于清贫。他这样自况："环堵萧然，不蔽风日。短褐穿结，箪瓢屡空，晏如也。"（《五柳先生传》）但他并不是以穷为荣，而是不愿生活拖累心灵，为物所役，而是不违己，不趋时，不慕虚荣，守拙固穷而归真："宁固穷以济意，不委曲而累己。……诚谬会以取拙，且欣然而归止。"（《感士不遇赋》）陶渊明并不压抑、扭曲自己，而是尽情地享受人生的快乐、美好：时而采菊、饮酒，时而抚琴、赋诗。不过，陶渊明追求的不是生理上的快感和刺激，而是心灵的快乐、精神的愉悦："酣觞赋诗，以乐其志。"（《五柳先生传》）"少学琴书，偶爱闲静，开卷有得，便欣然忘食。见树木交荫，时鸟变声，亦复欢然有喜。常言：五六月中，北窗下卧，遇凉风暂至，自谓是羲皇上人。"（《与子俨等疏》）与诗、书、酒和大自然相遇、相伴从而进入自由的生命状态、审美的人生境界。而如今的人们则相反：心与物、情与理、灵与肉往往是彼此相互对立和分裂着的，失去了完整统一，肉体的、物质的欲望控制、支配、背叛了理智、情感和灵魂，往往在感官的刺激比如狂赌、豪饮、劲舞、暴食、吸毒、网瘾、淫欲等中来追求幸福，寻找意义。殊不知，这是在挥霍、透支自己的身体、精神和情感。

传统的农耕文明正为现代的工业文明所取代，田园牧歌式的生活方式、情调也一去不返。但以陶渊明为代表、为标志的那种农耕文明中的节制、理性、自然、质朴、从容，田园世界的美丽、宁静、诗意，还应该汇入人的心田、血脉中，成为人们前行的动力和慰藉。我们应该崇尚并践行简单、节制、健康的生活方式，选择并采用低耗、低污染的友好型的、可持续的生产、发展模式，树立节俭、寡欲的人生观念，从而实现人与自然、人与人、灵与肉、心与物的真正和谐。

三　"此中有真意"——进入"真意""诗意"的人生境界

陶渊明在《饮酒其五》的末尾这样写道："此中有真意，欲辩已忘言。"那么，陶渊明欲辩忘言的"真意"究竟是什么呢？他对"真意"的感悟和践履对今天的我们又有着怎样的人生启迪和引导呢？

关于陶渊明所悟到的"真意"的内涵，因为他自己已忘言、难言、未言，所以一直是一个难以索解的谜。不过，从他的这首诗的语境及整体的内在联系上，我们还是可以找到探究其根底的一些蛛丝马迹：陶渊明的"真意"之悟之叹，源于诗歌上两句"山气日夕佳，飞鸟相与还"中所显示的意象即"山气"和"飞鸟"。我们常说形象大于思维，显然形象更大于语言。"真意"隐含于意象中，但却无法一言以蔽之。我们今天也只是勉强地进行猜测、解释：它大概是自然、自由、归家等多重意义或三者兼而有之、浑然一体。山气也即云雾升腾飘浮，鸟儿在天空飞翔，这些恰是自由的象征。人们不是常常希望自己像云一样地自由地飘来飘去、像鸟儿一样地自由飞翔么？同时，归鸟黄昏结伴还巢，云气夕阳下流光溢彩，也正是大自然原本的、自自然然的形态，这自然会让人联想到归家还乡的意蕴——保持或回归人的原初的、本然的状态。陶渊明多次使用归鸟、停云等的意象来表达这一内涵，就此袁行霈写道："盖渊明所谓'真意'，乃一'归'字，飞鸟归还，人亦当知还。""此乃蕴藏宇宙、人生之真谛，此真谛即还归本原。万物莫不归本，人生亦须归本，归至未经世俗污染之真我也。"[①]

山气、飞鸟人人都可见到，为什么只有陶渊明发现了其中的"真意"，别人却视而不见呢？这与陶渊明彼时彼地的心态、心境有关。这首诗一开始这样写道："结庐在人境，而无车马喧。问君何能尔？心远地自偏。"这里关键的是"心远"：因为心远故而虽结庐人境却无车马的喧闹，并不是喧闹真的不存在，而是被空远的心过滤、屏蔽掉了，从而在喧嚣的闹市中体味到了安静。"心远"即心态、心境的改变是陶渊明发现"真意"的内

---

① 袁行霈：《陶渊明集笺注》，中华书局2003年版，第249页。

在原因："心远"是因为陶渊明对世事人生有了独特的觉悟，使自己进入了超然的人生境界，从而有了淡泊宁静的心灵和审美、睿智的眼睛，可以看到一般人看不到的东西，可以发现一般人无法发现的意蕴。发现、找到了"真意"也就找到心灵皈依的家，这正如苏东坡所言："此心安处是我乡。"[①] 也如浮士德所说："家是可以让自己停下来的那个地方。"

同样活在这个世界上，但因为对宇宙人生的认识、体悟的程度的不同，却有着相去甚远的人生层次或境界。大致而言，由低到高，可以粗分为三种。第一种是生理层面。这个层面的人生，动力和目标都与人的本能、原欲密切相连。它的要素之一是食：人通过吃饭，一方面得到口舌之于美味的快乐，另一方面也是更重要的是延续自我的生命，这是人生本能的具体体现。它的要素之二是性。性主观上是异性之间彼此生命的相互吸引、愉悦、融合与宣泄，客观上则延续了种族的生命。整体而言，这一层面的人生都是由生理需求、生物本能支配的，是人的天性的自然呈现，正如《孟子》所言："食色，性也。"[②] 人生的第二种是世俗层面，它是由日常生活、社会政治、伦理观念、习俗风尚长期积淀、凝聚而成。处于这一人生层次的人，认同、屈从于他人、社会，主要追求的目标和内容是金钱和权力，为此不惜扭曲自己的人格，伤害自己的身心，以致在实现自我的过程中不知不觉地迷失、沦丧了自我。第三种是审美的层面，它是伴随着人的审美意识的觉醒而抵达的。它既摆脱了第一层面的本能，又超越了第二层面的功利，进入了自主、自由的状态，它既洋溢着诗意，又充满着智慧，是人生的最高境界。要想更好地体悟它的内涵，我们还要回到并借助于陶渊明对"真意"的感悟。

陶渊明对宇宙人生"真意"的感悟，就是他进入人生审美境界的一个重要标志，说明他已经由迷转悟。进入妙悟之境、"真意"世界的陶渊明，心灵和眼睛都发生了神奇的变化，许多看似平凡的事物、行为，都有了非同寻常的意义，都披上了一层奇异的灵光，都会带来神奇美妙的生命体验。悟后的他不仅在日夕佳的山气和相与还的飞鸟中看到了"真意"，而且几乎所有的目之所及，耳之所闻，时时刻刻，在在处处，他都被"真

---

① 苏东坡：《定风波·谁羡人家琢玉郎》，邹同庆、王宗堂：《苏轼词编年校注》中册，中华书局2002年版，第578页。

② 杨伯峻：《孟子译注》，中华书局1960年版，第255页。

第二辑　名家评析

意"、诗意所环绕、浸润，而"山气""飞鸟"不过是他写进诗中的两个代表意象而已。"采菊东篱下，悠然见南山。"（《饮酒其五》）"盥濯息檐下，斗酒散襟颜。"（《庚戌岁九月中于西田获早稻》）"既耕亦已种，时还读我书。……欢然酌春酒，摘我园中蔬。微雨从东来，好风与之俱。泛览周王传，流观山海图。俯仰终宇宙，不乐复何如？"（《读山海经其一》）采菊、洗浴、饮酒、耕种、摘菜、读书等这些看似平淡凡常的琐事，在陶渊明的笔下和生活中，都像被神杖点化了一样，一下子平添了神奇的魅力，充满了无穷的趣味和快乐。这就是心灵改变了世界，观念改变了人生，思想更新了生命。

陶渊明对"真意"的感悟以及感悟"真意"后对世界人生的重新发现和体验对我们的启示就在于：一个人在无法在社会行动上对这个世界加以改变的时候，他完全可以通过改变自己的心灵来重新观照和走进这个世界，从而对自己的人生乃至这个世界有了不一样的认识、感受和作为。这不是自欺、逃避和退归内心，而是以一种全新的态度、方式更好地走进并改变这个世界，同时也享受自己生命的时时刻刻。

陶渊明从庐山脚下的山村走向了世界，从千年之前的远古走进了当代的现实生活，从书本的文字中走进了人们的心灵，远离、超越世俗而征服了世俗，疏离、反拨、对抗主流却影响、改造着主流。生前默默无闻的陶渊明，却在死后成了后代知识分子审美理想的化身和旗帜，成了民族历史的一个传奇，成了人类的一个童话。

陶渊明不是为了启示、救赎同代后人而写作和生活的，但客观上却予后人以极大的启示和救赎。他在自己的诗文中反复书写和生活中不停践履的对独立、自主、自尊人格的追求，对清新自然、简单快乐、顺心适意、和谐美好的田园生活的向往，对心灵家园、生命自性的皈依，对宇宙人生"真意"的探寻，对诗意人生的品味，等等，是陶渊明自己的梦，同时也是民族的梦、人类的梦、天地万物的梦，既是人们在现实中无法拥有而在心底向往渴求的心理补偿，更是对现代人迷失自我而误入歧途的警示和矫正。陶渊明无意中成了一个先觉者，担当了民族乃至人类集体无意识的书写者和代言人的神圣使命。通过他的人生，他的诗文，我们知道了我们在人生的路上已经迷失了多远，我们应该怎样对待自然、他人和自我的心灵情感。

论陶渊明家园意识的内蕴

在陶渊明的诗文中，反复出现"归鸟"的意象："翼翼归鸟，晨去于林。"[①]（《归鸟》）"山气日夕佳，飞鸟相与还。"（《饮酒其五》）"云无心以出岫，鸟倦飞而知还。"（《归去来兮辞》）那么，鸟"归""还"于何处呢？陶渊明又多次这样写道："岂思天路，欣反旧栖。"（《归鸟》）"日入群息动，归鸟趋林鸣。"（《饮酒其七》）"羁鸟恋旧林，池鱼思故渊。"（《归园田居其一》）这里的"归鸟"，显然是陶渊明的自比自况，而鸟所"归"所"还"之"旧林""旧栖"，鱼所思之"故渊"，也恰是陶渊明自己寻找身心皈依的家园的象征和诗化写照，正如袁行霈所言："此皆渊明自身归隐之象征。"[②] 也就是说，陶渊明将自己对家园的向往、寻找、回归和追求，都投射、转寄到对归林之鸟和思渊之鱼的诗意吟咏中了，并以此对应了他自己强烈、浓厚的家园意识。如果说这仅是陶渊明归家、家园意识的象征化书写，那么《归园田居》《归去来兮辞》等诗文则是陶渊明归家的心愿和行为的真实写照。陶渊明是一个家园意识非常浓厚和强烈的诗人，其实，一部《陶渊明集》的中心旨意，就是对心灵家园的寻找、回归和营造。陶渊明所归之家，不是单一、平面的，而是多层、多面的立体存在，有着丰富深刻的内涵。而对它的内蕴的梳理探究，不仅对于更深刻、全面地认识陶渊明，而且对于今天的我们寻找精神的依托和心灵归宿，都有着非常重要的意义。

一 "少无适俗韵，性本爱丘山"——田园之家

在《归去来兮辞》的开篇，陶渊明就这样写道："归去来兮！田园将

---

① 袁行霈：《陶渊明集笺注》，中华书局2003年版。（凡未注明出处的引文皆出自此书）
② 同上书，第54页。

芜胡不归?"在《归园田居其一》中又这样写道:"开荒南野际,守拙归园田。"从这两篇最具标志性的"归家"书写的诗作中,我们可以看出,陶渊明所归之家的最基本的层面就是田园之家,它侧重于家园的物质、自然的特性和层面。顾名思义,田园由田和园构成。所谓田,是诗人所耕作之田野、目所及或足所至之山水,如诗人笔下所记"交远风"之"平畴"(《癸卯岁始春怀古田舍其二》),"种豆"之"南山下"(《归园田居其二》),所遊之"斜川"(《遊斜川》)等;所谓园,是居住并生活于其中的庭院、房舍、邻里、村落,如他所描述的:"方宅十余亩,草屋八九间。榆柳荫后园,桃李罗堂前。暧暧远人村,依依墟里烟。狗吠深巷中,鸡鸣桑树巅。"(《归园田居其一》)田和园共同构成了陶渊明的乡土之家、自然之家,从而既接纳、承载了他的肉身,也安放、抚慰了他的漂泊不定的心灵,从而使他的心灵得到了依托和安宁,因为他天生就有远离世俗、亲近自然的本性:"少无适俗韵,性本爱丘山。"(《归园田居其一》)

回家不仅是回到自然的故土、茅舍和田野,还有与之相应、相连的背依着农耕文明的生存方式以及简单快乐、舒心适意的生活方式和人生状态。陶渊明亲自"灌园""种豆",辛勤劳作于田野之中,不只是为了寻找自然中的诗意,更主要的是为了衣食之安:"人生归有道,衣食固其端。"(《庚戌岁九月中于西田获早稻》)他通过自己的劳动来养活自己:"衣食当须记,力耕不我欺。"(《移居其二》)自食其力,但并不为积聚多余的财富而自累:"耕织称其用,过此奚所须。"(《和刘柴桑》)农耕不仅只是自己赖以谋生的手段和生产活动,他还将之追溯到先贤古圣的行为:"哲人伊何?时惟后稷。赡之伊何?实曰播植。舜既躬耕,禹亦稼穑。"(《劝农》)从而他进入了一种任性自然、恬然自适的生活状态:"相命肆农耕,日入从所憩。桑竹垂余阴,菽稷随时艺。"(《桃花源诗》)日出而作,日落而息,按时播耕,不违农时,长顺人性,不仅与自然融洽和谐,而且也达到了天伦、自性的顺畅融乐:"引壶觞以自酌,眄庭柯以怡颜……园日涉以成趣,门虽设而常关。"(《归去来兮辞》)这种在自己家园故土的适意、快意,构成了陶渊明田园之家的重要元素。

"久在樊笼里,复得返自然。"(《归园田居》)这里陶渊明所返之"自然",并非今日所说之大自然,正如袁行霈所言:"渊明所谓'自然'并非指与人类社会相对之自然界,而是一种自在之状态,非人为者、本来如此者、自然而然者。'返自然'是渊明哲学思考之核心。"[①] 这里的"返自然"既与"归田园"密切联系，又是对后者的进一步深化，是田园之家内蕴的重要组成部分甚至核心、灵魂。如果说茅舍、庭院、田野、山水这些自然的田园是作者身心的物质托载，那么这里所返的"自然"则是通由前述的自然田园、农耕的生产、生活方式所抵达的生存状态、生命形态。从这个意义上说，"返自然"就是从生命的异化、扭曲状态返回到本己的状态，从违心、压抑、拘禁的状态进入自由自在的生命状态。"及少日，眷然有归欤。何则？质性自然，非矫励所得。饥冻虽切，违己交病。尝从人事，皆口腹自役。"（《归去来兮辞序》）这一段话，正是陶渊明归家返自然内在动因的自我表述。"寓形宇内能复几时，曷不委心任去留？"（《归去来兮辞》）人生苦短的生命的体悟，促使自己调整改变了自我的人生态度：任性自然，按自性而活。"木欣欣以向荣，泉涓涓而始流。""引壶觞以自酌，眄庭柯以怡颜。"（《归去来兮辞》）他以树木、泉流自比，像万物那样按自性自由、自在地生长、运动，在以物观我、审美移情中外显自我怡然、自然的生命状态；饮酒自娱，赏柯怡颜，与天地自然的交融中体验了舒心愉神的美好感受。

如果说"归田园""返自然"还只是陶渊明"归家"的个人行为，那么，在《桃花源记》和《桃花源诗》中陶渊明则是为自己的归隐寻找理论、社会、文化的印证和支撑。"芳草鲜美，落英缤纷"，"良田、美池、桑竹"等的优美环境，"设酒杀鸡作食""咸来问讯"的热诚好客的风俗，"相命肆农耕，日入从所憩"的简单适意的活法，"相路暧交通，鸡犬互鸣吠"的平和自然的诗意，"童孺纵行歌，斑白欢游诣"的欢愉和乐的人生图景，"春蚕收长丝，秋熟靡王税"的清明通畅的政治制度，这些共同构成了作者在自己的田园无法实现的梦想，他只好把它移进自己虚构、想象的桃花源。正因为是虚构，它反而有了更大的普遍性：它不仅承载、弥补、圆满了陶渊明个人的家园梦，也成了民族乃至人类共同向往的精神家园的诗意构建。他所乐道的"俎豆犹古法，衣裳无新制"，"怡然有余乐，于何劳智慧"的效法自然、古朴简单的社会、人生理想，不仅与老庄的哲学有着文化血脉的相通，而且与后世异域的卢梭、梭罗、托尔斯泰等的人生追求、社会信念也有着内在的一致和遥远的呼应。

---

① 袁行霈：《陶渊明集笺注》，中华书局2003年版，第82页。

二 "此中有真意，欲辩已忘言"——真意之家

在《饮酒其五》的结尾，陶渊明这样写道："此中有真意，欲辩已忘言。"作者所悟到但又无法或不愿用语言表达的"真意"，我们不妨用以诗解诗的方法把它勉强地补充、表达出来：作者对"真意"感悟的触发点是本诗上两句的"山气日夕佳，飞鸟相与还"。也就是说，山间岚气升浮摇曳，飞鸟作伴还巢，这种自然平常的景象却猛然唤醒了作者对宇宙人生的真谛的体悟："盖渊明所谓'真意'，乃一'归'字，飞鸟归还，人亦当知还。""此乃蕴藏宇宙、人生之真谛，此真谛即还归本原。万物莫不归本，人生亦须归本，归至未经世俗污染之真我也。"[①] 袁行霈对陶渊明欲辩忘言的"真意"的解释，无疑是准确、独到和深刻的。不过除此之外，笔者窃以为：陶渊明所归之本，不全是"归至未经世俗污染之真我"，而是成为觉悟的自我。也就是说，陶渊明所悟的"真意"，乃是人之返归本源自性的觉悟，但不是回归原初的混沌、淳朴的状态——因为那是人之初的状态，永远也无法返回了，就像人不能返老还童一样——而是返回到觉悟后的生命状态。换句话说，就是悟到了人之将还的真实处境，也就找到了家。这是陶渊明家园的更深一层的含义，不妨名为"真意"之家。

陶渊明是了悟了宇宙人生"真意"的悟者、觉者、达者，"达人解其会"（《饮酒其一》）、"觉悟当念还"（《饮酒其十七》）、"是以达人，有时而隐"（《扇上画赞》）中的"达人""觉悟"等都是作者自我生命觉醒状态的真实显示和命名，而觉、悟则是对迷、痴的反拨和超越。陶渊明常常悟、迷共提，以过去之迷来表达当下觉悟的欣悦乃至优越之感："实迷途其未远，觉今是而昨非。"（《归去来兮辞》）"纡辔诚可学，违己讵非迷！且共欢此饮，吾驾不可回。"（《饮酒其九》）在《饮酒其十三》中，作者更是以反语的形式，通过醒者与醉者虽然长期相处甚至彼此"还相笑"但却"取舍邈异境""发言各不领"的对比、反差书写了悟者和迷者的天壤之别、难以沟通的情状。所谓迷，就是失去真我本己、"自以心为形役"（《归去来兮辞》）的身心两分互役的异化状态。迷者即使身处故土家园，也仍然四处漂泊流浪，无可皈依。所谓悟，是不仅清醒地认识到自我身在迷途的

[①] 袁行霈：《陶渊明集笺注》，中华书局2003年版，第249页。

处境，而且还进入了对人生的真谛、宇宙的奥秘有了通透了悟的境界，而悟者即使在路上，在闹市，也仍然有一种在家的安宁和充实。陶渊明所吟咏的"结庐在人境，而无车马喧。问君何能尔？心远地自偏"（《饮酒其五》）就是这种心境、境界的诗意的形象写照。"先师有遗训，忧道不忧贫。"（《癸卯岁始春怀古田舍其二》）因为得道悟真，才能拥有体验"孔颜乐处"的禀赋和心境。一个彻悟了人生意义、洞悉了宇宙妙理的人，是处皆家。而陶渊明作为一个真正的悟者，不仅自己走进了"真意"之家，而且还用自己的诗文为自己和同代后人建构了一个"真意"之家。"真意"之家源于、依托于故土田园，又超越了故土田园，它更突出、提纯了家园的精神性。

进入"真意"之家就意味着人的由迷转悟、由凡入圣。这固然是极高的人生境界和生命形态，但更为可贵的是，陶渊明入于悟、圣而不住于、迷于悟境、圣界，而是还能由圣入凡，由悟返常，和光同尘。故而他没有听从刘柴桑、慧远等的劝告出家以修净土、远离尘世，而是以觉悟之心观照人间，以出世的眼光和心灵重返俗世，隐世而不遁世："山泽久见招，胡事乃踌躇？直为亲旧故，未忍言索居。"（《和刘柴桑》）字里行间充满了人间的关怀和亲情的牵挂。这正如其所咏："真想初在襟，谁谓行迹拘。聊且凭化迁，终返班生庐。"（《始作镇军参军经曲阿》）

"相见无杂言，但道桑麻长。桑麻日已长，我土日已广。"（《归园田居其二》）"种豆南山下，草盛豆苗稀。晨兴理荒秽，带月荷锄归。道狭草木长，夕露沾我衣。"（《归园田居其三》）这些诗句粗看都是农耕生活的客观、如实的记录，作者也完全像一个乡野农夫那样平凡、真实地劳作和生活，但在字里行间却流淌、激荡着作者生命更新后以得道之心而耕作、言谈于田野的那种发自内心的充实、宁静、本真和快慰，自然真纯之心暗香浮动，平常之中自有孔颜乐处。"平畴交远风，良苗亦怀新。"（《癸卯岁始春怀古田舍其二》）"木欣欣以向荣，泉涓涓而始流。"（《归去来兮辞》）在貌似无我之境的自然摹写中，陶渊明把自我欣然、活泼、灵动的生命感受移情于怀新的良苗、向荣的嘉木、流淌的清泉之中，物我交融，人与自然合一。"采菊东篱下，悠然见南山"（《饮酒其五》）的闲适散淡，"欲言无予和，挥杯劝孤影"（《杂诗其二》）的孤独洒脱，"息交游闲业，卧起弄书琴"（《和郭主簿其一》）的优雅飘逸，时时处处，语默动静，行住坐卧，诗酒耕播，都可以体现出陶渊明悟后又返回凡俗中那与天地自然往来的灵动鲜活的气韵,神与形、灵与肉融融谐和的生命的自由、充实、快乐。而这种"真意"的家园,正如作者所说"欲辩已忘言",是不可言说的,只可意会而不可言传,一说便落了言诠,失去了本相,正所谓"大言希声"。正如《古学千金谱》所言:"篱有菊则采之,采过则已,吾心无菊。忽悠然而见南山,日夕而见山气之佳,以悦鸟性,与之往还。山花人鸟,偶然相对,一片化机,天真自具。既无名象,不落言诠,其谁辨之。"① 但正因为不可说,才可看出"真意"之家的神秘、深邃和高妙之处。

三 "辞逆旅之馆,永归于本宅"——死亡之家

死亡是对生命的否定,常人对之充满忌讳和恐惧,避之唯恐不及。而陶渊明则一反常态,不仅直面死亡,把它当作自己一生的话题反复言说,而且还把死亡当作自己生命最后的归宿。因而死亡成了他家园意识中的非常独特的一个层面。

在临终前的《自祭文》中,陶渊明这样写道:"陶子将辞逆旅之馆,永归于本宅。"也就是说,他把人间比作自己旅途中的临时居住的旅店,而死亡及死后所掩埋自己的大地才是自己最终的家。其实,在盛年所写的《杂诗》中,他就已经表达了同样的见解和感受:"家为逆旅馆,我如常去客。去去欲何之,南山有旧宅。"陶渊明随说随扫,把生活中回归和诗文中建构的田园之家拆解掉,而把死和死后的处所当作了永恒的、最后的家,换句话说就是,生为流浪死为家,生是羁旅死是归。

"纵浪大化中,不喜亦不惧。应尽便须尽,无复独多虑。"(《神释》)陶渊明把自己生命的结束、肉体的消亡看作大自然生灭变化的一个环节,自己由无而生,从少至壮,再到老到死,是既偶然又必然、自然的事情:来自天地造化,又复归于大地变为泥土,主动地顺应这一生命的流转,不因出生、活着而喜悦,也不因辞世死去而忧虑恐惧。从这里可以看出陶渊明对待死亡的超然、达观的态度,也可以感触到他对庄子的"夫大块载我以形,劳我以生,佚我以老,息我以死"② 的顺应自然的生死观的认同、承继和光大。"死去何所道?托体同山阿。"(《拟挽歌辞其三》)这句诗隐含着陶渊明对死亡的更深一步的理解:死并不是一种消失,而是另一种形

---

① 王渔洋秘本、朱璗增释:《古学千金谱》卷十八,清乾隆五十五年治怒斋刊本。
② 陈鼓应:《庄子今注今译》,中华书局 1983 年版,第 189 页。

式的存在——变成了大地丘山的组成部分，与自然造物融为一体。显然，这与庄子的"天地与我并生，而万物与我为一"①"圣人其生也天行，其死也物化"② 等的思想有着内在的精神血脉的相通相融。在这里，我们还可以读出陶渊明另一层更深的意思：肉体不在了，但生命却以精神的形式得以延续，薪尽火传，灵魂之火不会熄灭。

陶渊明心中笔下的死亡之家，是其真意之家的表现和延伸。体悟了宇宙人生的真意，进入了悟境的达人觉者，时时处处都是家，当然也包括死亡及死后的处境。因而，同样的死亡，身陷迷途的世俗之人深感恐惧，忌之避之唯恐不及；而在陶渊明，坦然面对，不喜不惧，视为最终的归宿。这是因为陶渊明已经进入了人生的至境，拥有了超凡脱俗的眼光和心灵，参透了生死的玄机并顺应之。"寒暑有代谢，人道每如兹。达人解其会，逝将不复疑。"（《饮酒其一》）自许为达人的陶渊明，从大自然的荣枯兴衰中悟出了他人和自己有生必有死的规律，知晓了无论贵贱贫富都难免一死的最终结局："老少同一死，贤愚无复数。"（《神释》）"天地赋命，生必有死。自古贤圣，谁独能免？"（《与子俨等疏》）

人包括自己是有死、向死、必死的存在，对死的这一体悟使陶渊明把死当作了生的重要组成部分。正因为认识到了生命有终不可无限延长，才使陶渊明放弃了对生命长度的贪图并转向追求生命的密度，让人生的弦绷紧，珍惜生命的时时刻刻，正如他所写："盛年不重来，一日难再晨。及时当勉励，岁月不待人。"（《杂诗其一》）不过，他追求的不是功名利禄，而是人生的适意和诗意，让活着的每时每刻都那么安然、宁静、快乐、无忧："从古皆有没，念之中心焦。何以称我情？浊酒且自陶。千载非所知，聊以永今朝。"（《己酉岁九月九日》）"千秋万岁后，谁知荣与辱？但恨在世时，饮酒不得足。"（《拟挽歌辞其一》）蒙田认为："死亡说不定在什么地方等候我们，让我们到处都等候它吧。预谋死即所以预谋自由，学会怎样去死的人便忘记怎样去做奴隶。认识死的方法可以解除我们一切奴役与束缚：对于那彻悟了丧失生命并不是灾害的人生命便没有灾害。"③ 陶渊明的以酒解忧、采菊为乐，便是明知有死而享受生的行为，与蒙田的预谋、

---

① 陈鼓应：《庄子今注今译》，中华书局1983年版，第71页。
② 同上书，第396页。
③ 蒙田：《蒙田随笔》，华文出版社2010年版，第89页。

练习死亡之说有异曲同工之妙。正因为悟死、安死、以死为家，陶渊明在走向死亡的途中才那么安然泰然，充满诗韵画意。

四 "言咏遂赋诗"——语言之家

海德格尔说："语言是存在的家。"① 身为诗人、文学家的陶渊明，也是把语言当作了自己的家，在语言符码构建的世界中寻找和营造着精神的家园、心灵的依托。他的语言之家由两个层面构成：一个是在前人的诗文中寻找到的家，另一个是自己在诗文中独创的家。

在其作为自况之作的《五柳先生传》中，陶渊明这样写五柳先生当然也是自己："好读书，不求甚解，每有会意，便欣然忘食。"在其《与子俨等疏》中他又写下了大同小异的话："少学琴书，偶爱闲静，开卷有得，便欣然忘食。"从陶渊明的这些自述中我们可以看出：他自幼喜欢阅读，他的读书是内以修心的"为己之学"而非外求功名的"为人之学"，他阅读时进入了审美境界以至于废寝忘食。虽然我们无从考察他究竟看了哪些书，但从他留下的诗文中可以看出，他涉猎极广，经史子集，无所不有，可以列出包括《诗经》《尚书》《论语》《孟子》《老子》《庄子》《史记》《离骚》等在内的一个长长的书单。也就是说，陶渊明不仅生活在他所身处的现实世界，他还沉醉、神往在前人同代用语言构建的符码世界，在其中与古贤先哲遇合、对话，寻找心灵、情感的家。

更为重要的是，他还运用语言表达自己的诉求、愿望，通过诗文抒写心灵情感，从而构建了一个属于自己的符码世界：他不仅在故乡田园回到自己的家，不仅在归鸟、山气中发现了真意之家，不仅在未来找到了自己的死亡之家，而且还在自己的诗文书写中建造了精神的家园。"登东皋以舒啸，临清流而赋诗。"（《归去来兮辞》）"春秋多佳日，登高赋新诗。"（《移居其二》）写诗属文成了他人生、生命中的一个重要组成部分。不过，他撰写诗文不是为了发表扬名，更不是为了稿费和评奖，而是自己写给自己的，是自己生命的自我呈示，是病中的呻吟，是欢乐的咏叹："既醉之后，辄题数句自娱。"（《饮酒·序》）同时，他的写作也是志同道合者的心灵、情感的交流、唱和，所谓"诗书敦宿好，林园无俗情"（《辛丑岁七月赴假还江陵夜行途中》）。

---

① ［德］海德格尔：《路标》，孙周兴译，商务印书馆2000年版，第392页。

在他的语言之家中，既有他现实形状的如实记录：种豆南山，采菊东篱，挥觞自酌，乞食邻家，濯浴檐下，出游斜川；又有他过往经历的追述复现：口腹自役的仕宦生涯，对程氏妹的呵护牵挂，对从弟敬远的缅怀悼念；还有对未来人生走向、命运的预设和筹划：自己将来死时的悲伤，死后自己的孤寂凄然，自己对死亡的达观超然。既有用联想、想象来表达青春冲动和性幻想的《闲情赋》，又有以神话、寓言手法表现社会理想、追求光明乐园的《桃花源记》；既有以含蓄委婉方式书写自我性情的《五柳先生传》，又有直抒胸臆、率真表达自我情怀的《与子俨等疏》；既有充满哲思辨理、拷问生死灵肉的《形影神》，又有洋溢着诗情画意、追索人生真意的《饮酒其五》。语言的灵活多样的特性和陶渊明出神入化、驾轻就熟的运用，使陶渊明构建并拥有了一个由过去、现在、未来的时间三维和现实、理想、梦想和幻想的人生四态交织而成的多棱多面的丰富复杂的人文世界，一个魅力长存的精神之家和心灵情感的归宿、依托。

为了论述的便利，我们将陶渊明的家园意蕴分为四个层面或元素。其实，这四个层面或元素是你中有我、我中有你、彼此互渗、四面一体的：它们都发生并汇聚于作者的心灵情感，从不同的角度、方向构建了一个有机的整体。其中田园之家是基础性的存在，是作者身心当然也是其他意蕴的依托；真意之家是家园中的灵魂，因为有了真意的烛照，自然的田园产生了神奇的魅力，森然可怖的死亡变得温和安宁，而平凡普通的语言也在瞬间忽然熠熠生辉；而看似对人生否定、对田园颠覆的死亡，不仅是生的一部分，而且因为它的存在，还使田园之家多了温馨、活力和诗意；语言之家不仅渗透在家园的其他层面，而且使陶渊明的家园有了多姿多彩的样态，带给我们多种多样的审美感受，拥有了持久恒远的生命，穿越生死相隔的时空与今天的我们对语交流，余韵袅袅。

这是陶渊明独立建构而又个性独具的家园，同时它又是属于今人、属于全人类的共同的家园，阅读并走进陶渊明的家园，有着极强的当代意义和普世价值。虽然陶渊明的时代已经一去不复返了，虽然陶渊明的生活态度、人生样式、心灵境界我们已可望而不可即，但他精心构建的精神家园，对今天的迷失自我而不知、以浮华奢靡而自得、身在异乡而以为在家的浪子，都会产生振聋发聩的作用吧！

告别王蒙

——从王蒙的近作《悬疑的荒芜》说起

"告别王蒙"。这几个字看似简单,但我却是反复思虑、犹疑再三、延宕数月才最后下决心提笔写下的,同时相伴而生的是一种无法排遣、挥之不去的沉重和沉痛。

王蒙不是一个一般的作家,他在新时期、当代乃至整个中国文学中都有着重要的地位并产生了广泛的影响,无论是其人还是其文,都给读者留下了深刻而美好的印象:他是一个少年投身革命,为了民族的解放、人民的利益勇于牺牲、饱受磨难的革命家,他是一个坚持正义、坚持改革、政绩颇丰的文化官员,他是一个开明开放、锐意进取的文学的创新者,他是一个才华横溢、不拘一格的作家,他是一个学识渊博、充满智慧的学者,他是一个不断自我反省、敢于自我解剖、提倡费厄泼赖、真诚宽容的长者,他是一个对官僚主义、庸俗之风充满警觉、反感,对理想、青春、革命等美好的事物眷恋不已、热烈追求的理想主义者。无论是在政界还是在文坛、学界,王蒙都可以说是独领风骚几十年,硕果累累,留下了极佳的口碑甚至心碑。告别王蒙,谈何容易?

王蒙在笔者心目中有着特殊的位置。我是读着王蒙一步步成长、走进文学的殿堂的。同时,我还是王蒙的热心的研究者、讲述者、推广者,发表了五六篇关于王蒙的学术论文,乐此不疲地向研究生、大学生、文学爱好者、朋友讲解、阐释、介绍王蒙。即使是王蒙遭厄运(意识流小说实验被批为资产阶级自由化)、受误解("稀粥事件"与人对簿公堂)、被质疑(人文精神大讨论中成为年轻学者拷问对象),深陷人与文的是是非非之时,我一直对王蒙的人格、文品充满信任,始终坚定不移地站在王蒙一边。告别王蒙,就等于告别自己的过去、告别另一个自己,会像割肉剜心一样地疼痛。告别王蒙，于心何忍？

虽然如此，但对王蒙，我必须告别。之所有这样决绝，就在于偶然中我读到他的一篇近作《悬疑的荒芜》[①]。这篇小说通过对主人公老王家中被小偷盗窃所带来的恐慌、烦恼、痛苦和愤怒的叙写，对当下社会中存在的贫富两极分化、尖锐矛盾及其产生的前因后果进行了深度透视，体现了王蒙一贯坚持的对社会矛盾正视真面、不逃避遮掩的现实主义精神，充满着与时俱进、不甘落后、赶浪弄潮的激情和锐气。不过王蒙在对穷与富、贵与贱、安与危、治与乱的看法、态度和立场上，却一反常态、出人意料，让人匪夷所思，大跌眼镜。在小说中，以往那个仁厚、通达、宽容、亲民的长者、智者、革命者不见了，完全变成了既得利益集团的代言人，成为富贵名人的自我炫耀、作威作福者，沦为了政治、政策乃至权贵者的传声筒，更让人无法理解和难以接受的是，他对底层民众不仅没有任何同情可言，还极尽嘲讽、凌辱之能事。而叙事之峻急、心态之浮躁、逻辑之混乱、论事之强词夺理，更是与以往判若两人，与自己的年龄、身份非常不符。最初，我不相信那是王蒙所写，我怀疑是我看错了，接着又认为那是别人假冒了王蒙。当最终我从疑惑中确定一切都是真的时候，王蒙在我心中一直矗立着的高大、完美的形象瞬间轰然倒塌了。由此再反视王蒙以往的点点滴滴、林林总总，油然生出一种被欺骗、被愚弄的屈辱，同时也恍然大悟：王蒙一直就是那个王蒙，只是我们愚钝，不识庐山真面目罢了。本来想题名为"清算王蒙"，但恪守王蒙一直提倡的"费厄泼赖"精神，还是使用"告别王蒙"为好。

一　富贵荣华的自炫自得，利益集团的维护代言

虽然小说的特点是虚构，因而不能也不应将现实生活中的人和事与小说的描写简单对应、对号入座，虽然王蒙自己使用了惯用的虚虚实实、真真假假的小说家笔法，在文中和"作者自白"里多次强调"这毕竟只是一篇小说，一篇虚构得跟真的一样，实录得跟小说一样的作品"，"写了一些最最真实的遭遇，也写了一些最最小说的忽悠"[②]，但细心的读者稍一留神就会发现，小说中的主人公老王、叙述人"我"和作者王蒙自己还是有着

[①] 王蒙：《悬疑的荒芜》，《中国作家》2012年第3期。（凡引文未注明出处者皆出于此文）
[②] 王蒙：《悬疑的荒芜·作者自白》，《小说选刊》2012年第4期。

三位一体、你中有我、我中有你的对应关系。因为，小说中大量的实录留下了太多的蛛丝马迹，印证着小说人物与作者的惊人相似：名列作家富豪榜的著名老作家，经常在央视、凤凰卫视做嘉宾的文化名人，还有更具体的就是四十六岁开始自学英文并能够用流利的英文在公众场合发言的奇迹，《老子的帮助》的作者，等等。对王蒙稍微有些了解的人，就不得不得出这样的结论：小说中的老王就是作者自己王蒙。换句话说，老王即王蒙，王蒙即老王，老王是王蒙的形象大使、代言人，而王蒙的情感、思想、立场、态度、观点都是通过老王这一形象来表达的。这是告别王蒙和立论的基础和前提。

  小说中的老王当然也就是写小说的王蒙，是一个集高官、富豪、文化名流于一身的人，过着养尊处优的生活，是这个发展中国家最早富起来的那极少的一部分人之一，而且跻身上流社会。在大多数市民都沦为房奴的情况下，老王/王蒙不仅享有着"国管局帮他解决的建筑面积达二百多平方米的房子"，而且还在"威尼斯别墅购买了一套三百多平方米的单体二层楼房"。他不仅雇着女工，而且还配有助手。他是一个成功人士，为此而志得意满，踌躇满志，借用他人之言反复强调："各方面已经达到了极致""老王早已成了精""找不到谁像他这样屡败屡胜，因败而胜，大败则大胜"，"芝麻开花节节高。是锦上添花，是青云直上。"这些都是老王/王蒙人生境遇的真实记录，这样的书写体现了王蒙一贯的实话实说的风格。只是有一点我不明白，以王蒙的明智，在这个仇官恨富的背景下，为什么还对自己的富有、高贵、成功那么津津乐道、自炫自夸呢？"他的生活从来没有像现在这样舒心，他的事业从来没有像现在这样兴旺发达，他的形象从来没有像现在这样人五人六。"甚至在自己被偷之后，还绕着弯子炫耀自己家里的摆设、物品的贵重、高雅、不俗："墙壁上悬挂的"是"几张名人友人的国画，范曾、刘勃舒、王明明"；酒柜里放的是诗人郑愁予送的"两瓶台湾最好的酒"——有着"精装的艺术瓷瓶"的金门特曲，张裕酒厂专门制作并贴有老王夫妇彩照的干白葡萄酒；老王妻子书房不仅挂着拓印大唐高力士墓志书法、波斯诗人莪默·伽耶的诗歌配画的挂毯，还藏有"两瓶五十年茅台陈酒，一本货币纪念册，一件国际名牌的刀具"。而价值每瓶一万多块钱的两瓶茅台，对老王/王蒙来说，竟然是"这太小意思了，这根本不值一提"。对此我真不明白，对国学功底深厚的王蒙，即使不知老子"衣褐怀玉"、佛祖"惜福"的人生准则，难道连儒家所说的"慢藏诲盗,冶容诲淫"的道理也不懂么?在这样一个大多数人还为住房、就业、考学、吃饭而苦苦挣扎的背景下,你老王/王蒙那样明目张胆地露富炫富,难免招来贼偷。即使贼不偷,也会引来他人的惦记、嫉恨。虽然聪明的王蒙在小说结尾时也写下了这样的反思:"老王购买这样的豪宅,是不是违背了君子固穷、安贫乐道、先天下之忧而忧、后天下之乐而乐、劳其筋骨、饿其体肤、清贫才是无价宝的古训,也违背了艰苦朴素、壮烈奉献的红色传统了呢?他的失窃,正是上苍给他的黄牌警告啊。他应该做的是深度忏悔,他应该写的是自我检讨而不是别的啊。"但熟悉王蒙文风的读者轻易就能看出,那不过是王蒙惯用的反讽和调侃而已。

应该引起我们注意的是,王蒙在写自己,同时也是在写他所处的那个阶层和集团。老王/王蒙有两套房子,而两套房子所在的居住区标明了王蒙的两个不同的身份和相应自己所归属的阶层:"国管局帮他解决的建筑面积达二百多平方米的房子",是老王/王蒙以官员的身份所获得的,同时也是他政府高官的标志和象征,在那里居住的,当然都应该是部级以上的政府官员;三百多平方米威尼斯别墅,王蒙一再强调是"超一流社区",是"高尚社区",这里对应的是王蒙名列作家富豪排行榜的身份,那里住着一些如周先生、郑先生一类的一掷千金、斗富耍酷、包养着高级二奶的巨贾富商。王蒙又以他作家独具的丰富的联想、想象力,拓展、壮大着他所隶属的这一非富即贵的阶层的阵容:与他聊天的政协副主席,由自己的金门特曲而联想到的连战、陈云林这样的政界高官,有赠送他书画的如范曾等的文化名人。这样的一个阶层,不仅居住一般人可望而不可即的高档别墅,而且还拥有一般公民所没有的资源和特权:不仅享受着女工、助手这些底层人的服务,还受到保安、刑警、派出所等的特殊保护,还拥有像《中国作家》、凤凰卫视这些知名媒体的眷顾,而且随时而轻易可以利用"内部关系和权力系统"。总之,小说所反映和思索的并不仅仅是老王/王蒙,而且是包括老王/王蒙在内的整个特权阶层,他们拥有一般人想都不敢想的财富、权力、名声、舆论乃至武装力量。从这个意义上说,老王/王蒙并不仅仅是老王/王蒙,而且是老王/王蒙们,他们是一个阶层、一个群体,一个利益共同体。

王蒙写这些,并不是客观的反映、再现,也不仅仅是为自己和自己所属阶层的富贵、体面、高雅的自得、自炫、自矜、自傲,而且还有着别样的价值取向,这就是:他是他那个阶层的代言人。小说中的老王,利用自己的社会地位和他拥有的公共资源、权力如刑警、官员、杂志社、电视台等来维护自身和居住在高尚社区的那些非富即贵的团体的安全、体面和幸福；而同样居住在高档别墅的王蒙，则以他的这篇小说和其他话语权来介入现实，以维护他所在的这一集权贵、富豪、名人于一体的阶层的利益。换句话说，作为一个作家，他不再是为人民特别是那些底层的民众说话，如莫言所说的"作为老百姓的写作"，而是利用自己的名气、身份为自己所属的那个特权阶层代言，成了利益集团的代言人。这一点，在老王/王蒙对待以进入老王家里偷窃的"贼"为代表的弱势群体的态度上，我们看得就更清楚了。

二 视底层民众为"贼"，对弱势群体极尽嘲讽、调侃、歧视、辱骂之能事

一直为自己的功成名就、富贵兼得而自我陶醉时，一个贼的入室偷窃让自己的美好心情一下子跌入了谷底。在老王/王蒙的心目中，是强行侵入别墅的贼威胁到了富贵人家的安全，打破了他们生活的平静和秩序，破坏了他们良好的感觉，冒犯、颠覆了他们的高贵、尊严和优雅。使老王不仅失去了以往的从容淡定，以至于饮食无味，而且感觉到自己受到"讽刺嘲笑"，甚至如听到"安魂终曲"："老王突然发现了自己的无助、无能、无计可施、嘛玩意儿也不是。"

也正因为如此，老王/王蒙对打乱自己生活的贼充满了愤恨，因而在叙述中发泄着对小偷的情绪。这样的文字充分显示了王蒙惯有的汪洋恣肆、喜怒笑骂的狂欢风格，对贼进行了狂轰滥炸式的调侃、嘲讽甚至辱骂。既然对方是个贼，王蒙就认为怎么骂对方都合情合理。他说贼在"清洁的地板上，留下了肮脏的罪恶的脚印，室内外都留下了邪恶强梁与无法无天的痕迹"。并顺理成章地称对方为"坏蛋""不分青红皂白的混蛋主体""极具破坏性的坏人"，这样的贼，当然是集"贫穷、愚昧、罔视一切法纪规则"等恶行于一身的人。不仅如此，王蒙还居高临下地对贼进行了一番猫捉老鼠式的戏耍和调侃，极尽歧视、侮辱之能事。当老王发现自己的名人字画没被偷走时，这样感叹："老王不知道是不是应该庆幸窃贼的缺少文化底蕴，置美术作品于视野之外。"并进而写道："一切文化与艺术并不属于窃贼。窃贼也就不属于文化，不属于国学，不属于西学，不属于儒释道也不像法轮功或基地组织，不属于普世价值，也不属于真善美，从

而一切的文化不属于他自己。当然温饱更是不属于窃贼，工资不属于窃贼，居住权与居住条件不属于窃贼，八荣八耻与他老或他小无关。难道还有什么人间的美丽的文化艺术是属于他们的吗？"当老王发现女工的钱也被偷时，王蒙这样写道："窃贼没有阶级路线，不懂得劫富济贫，不懂得照顾自己的同命运的打工姐或打工妹。"又这样调侃道："窃贼，是目前社会上极少数没有将级别与财产、名望与荣辱、地位与层阶、一切的资产阶级法权放在眼里的人，是真正做到将人看成天赋平等、生而平等的人，是当真做到了与许多旧风俗旧观念旧成见旧习惯彻底决裂的人。"最后还套用哈姆雷特的话这样说："窃贼是窃贼还是不完全是窃贼，这也是一个问题。"

　　从以上大段引文我们看到了什么呢？我们看到，王蒙作为一个富与贵的文化名人，面对一个即使是窃贼的弱势者，他的态度与他的身份是非常不相称的。在现实生活中，小偷作为罪犯，无疑应该受到法律的制裁和道德的谴责；一个人被盗了，好好的房子被闯入者破坏得一塌糊涂，主人气愤甚至骂人都是可以理解的，即使像小说中的文化名人老王这样做也是能够得到人们的原谅甚至同情的，因为文化名人也是人。但是，作为作家，特别是像王蒙这样的知名而且德高望重的作家，在自己的作品中这样变着花儿地骂人、糟践人，即使他是个小偷，也显得非常不得体、出人意料。因为作家有作家的伦理、胸怀和境界，对包括小偷在内的弱势群体应该心怀同情和包容，而不能以语言的暴力大加挞伐而后快。小仲马、雨果这些作家不是在自己的作品中对那些被凌辱、鄙视的妓女一掬同情之泪吗？托尔斯泰、陀思妥耶夫斯基等作家不是对那些罪犯甚至杀人犯也表示谅解、宽容甚至尊重吗？即使不与世界级的大作家比，我们不妨退一步与比王蒙小十几岁同为体制内的作家陈世旭作一个比较：陈世旭在其晚近的一篇小说《一看就是个新警察》[①]中，同样写了一个罪犯，而且是个杀人犯，但作者却通过一个有良知的警察的视角表达了自己对他的同情和爱护的价值取向。因为杀人犯之所以成为杀人犯，是弱势者受尽富贵者的百般欺凌而又得不到正义的呵护的铤而走险。陈世旭的叙事立场、价值观念体现了一个有良知的知识者的高尚境界，他是为那些失去一个公民应该有的生存权和人格尊严而鼓与呼的，自然会得到读者的共鸣和敬重。相比之

---

① 陈世旭：《一看就是个新警察》，《北京文学》2012年第9期。

下,也可以看出王蒙在伦理、境界上的欠缺。同样是对待小偷,在我的家乡有一个流传很广的故事:20世纪40年代,一个财主发现一个农民偷他地里的玉米,他不仅没有羞辱他,反而将赃物帮对方抬到肩上,并善意地告诉偷者:以后没有粮食吃了,可以直接到家里来要——这个财主我在70年代还亲眼见到过。由此可见,再退一步讲,即使把王蒙当作一个普通的人,王蒙在道义、人格上也逊色许多。

我在前文把那个闯入老王别墅、进入王蒙笔下的贼与弱势群体联系起来并非空穴来风,因为王蒙并没有满足于仅仅对一个贼的调侃和声讨,他运用他的丰富的联想将那个贼与更多的人和群体进行了勾连和并置,或者换句话说,王蒙通过写一个偶然闯入的贼来反思那些虽然没有做贼但因为与贼一样贫穷、卑贱而随时可能闯入老王们别墅的底层群体。在查看自己被偷的房间时,老王/王蒙就猜测那个贼的身份:"让我们假设,此贼可能是一个准备回家过年的农民工,可能是一个没有找到工作的流浪汉,可能是一个从小就没有受到过什么教育的可怜的持有假身份证的丢掉了名姓的公民,他是一个从来没有感受到过社会的、他人的关爱也从来没有过对社会对他人的责任感的可怜虫——混球再加上懒汉。"老王/王蒙接着怀疑是保安参与了偷窃:"是他与保安里应外合、上下其手、联手作案!"而最后,身边的人包括老王/王蒙自己都将嫌犯锁定在那些在别墅区里干活的农民工:"老王还有一件难过的事:以他的身份和性格特点,他应该热烈地拥抱勤劳朴实辛苦无限的农民工。但发生了什么坏事,人们首先会想到的是农民工的危险性。……而他不能不与有关方面谈到来访者的说法,请他们注意这些五湖四海,乌合之众,身份证不知真假,不被太多的人信任,也很少有被信任、被关爱、被照顾的经验,甚至常常不能得到说好了的工资的民工们。除了人民币和老家的几间房屋,老公老婆孩子,他们还能相信谁?"老王/王蒙不仅怀疑贼是农民工,而且还把对贼的歧视、嘲笑、辱骂也同时转移到了农民工身上。老王/王蒙不仅利用警力采集了那些干活的农民工的指纹和鞋印,还致使他们失去了离开工地的自由,甚至当几年后小偷在另一个区落网时,老王/王蒙还兴趣不减地询问对方"是在威尼斯小区干过活的民工吗?"更有意思的是,与老王/王蒙对立的还有更大的群体:许多跟帖的网民都不约而同地对老王幸灾乐祸,而为入室偷窃者加油叫好:"有许多跟帖,证明网民们的同情在窃贼那一边。"由网民,王蒙自然又联想并推及人民:"跟帖的人士是谁?是人民吗?他老王已经与人民拉开了那么大的距离了吗?"

在这篇小说里,老王/王蒙有一个奇特而诡异的递进的推理方式、逻辑和结果,那就是贼——农民工——网民——人民,是一体的、一伙的,也就是说,贼即是民,民即是贼。从而公民这一神圣的称谓在中国由老百姓自称的"草民"、封建社会主流蔑称的"贱民"、现代政府的官员鄙称的"屁民",最后到了大作家王蒙这里有了创新:"贼民"。以为人民服务自居的居住在高尚小区、高档别墅的老王/王蒙与那些失业的、出苦力的、居无定所的、身无分文的,因而已经或随时可能闯入别墅小区,给老王/王蒙们带来麻烦、烦恼的贼或准贼的"人民"或干脆如王蒙推理出的隐性称谓"贼民",当然会格格不入、势不两立,也难怪王蒙会发出如此感慨:"为人民服务。为人民服务,为人民服务的人很难被人民承认,被人民认可。为人民服务的人生活水准比一般人民高得多,口袋要鼓得多,房子要大得多,银行存款要多得多,为人民服务的人住地人民是很难进去的,除非采取那位'他'的特殊方式。"

为什么会出现这样的悖反?是人民变了,还是为人民服务的人变了?王蒙嘲讽、辱骂的也不仅仅是偷窃他的那一个贼,而且是整个像贼一样处于底层的民众。我不知道,一直打着为人民服务的旗号写作的王蒙,究竟是站在哪个人民的立场上?究竟是在替谁说话?曾经热情参与手书毛泽东"延安讲话"的王蒙,我想关于作家的立场的问题,为什么人的问题,应该比谁都门儿清的吧!这让我联想起另一个情景:在2010年5月5日凤凰卫视窦文涛主持的"锵锵三人行"的节目中,本来谈论的是大陆群众上访和上访者"被精神病"等严峻的社会问题,作为嘉宾之一的王蒙不仅以"进京上访是中国人的传统"的说法将这一沉重、沉痛的话题加以化解和转移,而且当说到精神病人的时候,一向温文尔雅的王蒙却一反常态发了飙:"我除了想给他嘴巴以外,我什么别的招都没有了,我是猛搧。"虽然他说的精神病人是他的亲属,但在当时的语境中,他的语气、他的面部在瞬间呈现的狰狞、凶狠的表情,使他的价值立场、情感取向表露无遗,我也从那个时刻看到了完全不一样的王蒙。

三 对社会乱象成因的是非颠倒的政治阐释,未来出路的混淆视听的寓意性书写

以王蒙的视野、身份和风格,是不会仅仅写出贼们的粗鄙、可恨和自

己富贵成功的自炫自得为满足的,他写这些,都是为了实现他的更高和最后的目的,那就是:对社会乱象的成因和未来社会的出路做出社会学、政治学的解释和构画。这是王蒙一贯的写作套式,而这篇小说的这一特征则表现得更为明显、突出和典型。不过,他的这种解释是非常让人失望和迷惑的,因为他的解释是强词夺理、颠倒是非,而且玩弄政治、逻辑、文字游戏,混淆黑白,大讲歪理,使读者大跌眼镜。

王蒙写的威尼斯小区,是从写实的基础上抵达并提升到隐喻的层面的,或者说,王蒙的这篇小说,是一篇半是写实半是寓言的小说。这里的威尼斯小区,实际上是隐喻:"威尼斯别墅小区,其实是一个无政府主义的民主自由王国,比意大利的威尼斯自由多了。"小说的名字叫《悬疑的荒芜》,这显然是小说主旨的核心和点睛之处。威尼斯别墅小区,由体面、繁盛而遭到入侵、扰乱并走向最后的荒芜,是由两个因素或者两股势力导致的,一是强行闯入偷窃的贼,二是两个使性斗富的富商。这两种存在和力量,王蒙都赋予了他们相应的政治含义,他们不仅代表着不同的阶层,也隐喻着不同的道路、制度、方向和旗帜。

先说贼。正像王蒙所调侃的那样,贼并不仅仅是贼,他还承载着很多的内容。他是农民工,是网民,也是被打入另册的整个底层民众;他们成了贼,或准备成为贼,或对贼充满了同情,因而他们的闯入和存在给拥有高档别墅的贵人或为人民服务的人造成了很大的麻烦,带来了很大的不安。不仅如此,他们还代表着另一种更可怕的东西:"老王深信,'他'(即贼——笔者注)与'他'的同情者们,如果弘扬民主来决定中国的事情,他们中的某些人肯定愿意搞二次土改、房改、斗老财、除恶霸、杀灭贪官污吏及其衙内、富二代、拼爹集团,用'极左'的口号再来它一次'红旗卷起农奴戟,黑手高悬霸主鞭'!/没有办法,没有办法。这一切,网上的几个帖子,其实比一次或者一百次一千次并非为富不仁的人的别墅的无端或有端失窃,情势与危险要严重得多。"连傻子都可以看得出来,王蒙的意思是,造成中国现在的乱象并会使中国的未来出现荒芜的因素,是这些以贼、农民工、网民为代表的底层民众,以及他们必然选择的以及为现政权所否定的"极左"的、僵化的从而导致国人都贫穷的毛泽东的路线和体制:"那时候有大海航行靠舵手、抬头看见北斗星,有斗争的哲学,有超英赶美的三面红旗,三十面三百面三万面红旗也有的是,有雄心壮志冲云天、上九天、冲破天、冲霄汉,有蚂蚁啃骨头、鸡毛上天、穷棒子精神、两参一改三结合、小土群、帽子拿在群众手里、敌我矛盾按人民内部矛盾处理……"

再说两个富商。其中之一周先生"'文革'当中曾经在自发性文学刊物如《今天》上发表过令一些领导如临大敌的现代派的诗歌，20世纪80年代后期他为自己找过一些麻烦"；另一个"郑先生似乎有着港台或者东南亚的背景"。二人作为邻居，因为违章建筑和相应而生的矛盾互相较劲斗狠，最后导致了其中一栋别墅坍塌成了废墟，使原本富贵体面的高尚小区呈现出"悬疑的荒芜"景象。这里的周、郑先生显然也是有所寓意的："中国是一个离开了领导至少一半人无法无天胡作非为的地方。中国人最不习惯的就是自律自行自觉自由。中国人最不习惯的最不擅长的就是当真由众人管理众人的事。在中国众人管理众人的事就是无政府主义，就是自我戕害到自我毁灭。中国人最不接受的就是公共管理与管理公共的概念。""所以老王前十几年就说过，在中国不可能放手地搞资本主义式的自由竞争。中国的许多人并没有从事自由竞争的起码本钱与习惯。在中国搞资本主义式的高度自由竞争，只能是少数人的暴富和多数人的愤懑与仇恨，只能是由多数人组织一个比共产党更左的党，批判中国共产党的改革开放与市场经济，把中国重新带进仇富仇官仇名人的、每三五年搞一次的无产阶级专政条件下的继续革命里去。"王蒙的意思再清楚不过了：中国不可能走民主化的道路，因为中国人不具备民主自由的能力，走这条路会把中国带入像威尼斯别墅区一样的最终的荒芜。

王蒙的以上议论，体现了王蒙的政治见解和诉求，这才是小说所着力表达的核心。从表面看，王蒙的思路、逻辑及其小说中的寓意十分清晰，但我们仔细分析一下就会发现，王蒙在政治理念、道德观念、价值立场、叙事伦理上都存在着很大的问题和明显的漏洞。这里存在以下几个问题值得商榷。

首先，究竟谁是贼？这篇小说展示了王蒙这样的逻辑推理和结论，那就是，那个入室偷窃的贼是进城务工的农民工，而很多网民同情贼，和贼是一伙的，换句话说就是，贼、农民工、网民这些远离主流、失去生存权和话语权的底层、弱势群体是真正的贼，对那些像老王/王蒙这样的高贵、富有、知名而又住在高档小区的人构成了威胁甚至危险；而老王/王蒙们则是受害者、被偷的人。从表面看，从小说的描写看，确实是这样的，但深入分析我们恰恰得出相反的结论：是那些住在别墅里的人采取一种巧取

第二辑 名家评析

豪夺的方式偷窃了那些只有出卖自己的劳动力甚至冒着失去尊严、自由、生命的危险去偷窃才可以生存的人。以王蒙的阅历和视野，他应该比谁都知道，能够在一线城市住在别墅里的人，有几个是靠干干净净的财富换得的呢？那些人要么是贪赃枉法的贪官，要么是通过贿赂、勾结官员快速致富的不法商人，即使如老王/王蒙这样身份的人也是有着部级干部这样的背景而不全是作家的身份，是现行体制的受益者，比王蒙有成就的中国作家多了去了，有几个住进高档别墅的？莫言获了茅盾文学奖和诺贝尔文学奖，在北京不是才只能买一套一百多平方米的公寓么？哪一座别墅的里面，不是凝结着底层民众的鲜血、泪水和汗水？而豪华轿车、高档小区的下面不是正有无数个失去工作、衣食无着的生灵的呻吟和哭泣么？我想，研究老子、庄子的王蒙，一定记得庄子"彼窃钩者诛，窃国者为诸侯"（《庄子·胠箧》）的感叹吧？一定知道老子所说的"损不足以奉有余"的"人之道"（《道德经第七十七章》）吧！一定记得老子说的"服文采，带利剑，厌饮食，财货有余；是为盗夸"（《道德经第五十三章》）的评价吧！"盗夸"就是大盗的意思，而老王/王蒙的别墅和别墅里的摆设，都说明老王/王蒙在很多要素和指标上都已经达到了"盗夸"的水准。身为"盗夸"资质的王蒙，还在对那些不仅失去起码的生存权而且连话语权也一并丧失的底层民众口诛笔伐？

其次，是那些底层民众即王蒙所说的贼民导致了社会的不安、动荡和倒退，还是社会的弊端、体制的漏洞把原本善良、质朴的底层民众逼成了贼民和暴徒？在这篇小说中，王蒙将以偷他的贼、农民工、网民等为代表的弱势群体、底层民众与一度给民族带来深重灾难的"极左"路线、历史的倒退、社会的动荡等负面、乱象进行了极具想象力的并置、对应和连接，我们不禁要追根究底：二者究竟何为因，何为果？确确实实，在二十多年，与以往相比，出现许多社会的乱象。像王蒙小说中写的被偷还算是小的、平常的，还有飞车抢妇女、老人的，拐卖妇女儿童的，杀人越货的，甚至有的道德沦丧、财迷心窍、凶狠残忍到将自己的亲人杀害来骗保、骗赔的。这些人虽然在国民乃至在底层民众中只占极少数，但其危害是极其严重的，确实给社会带来很大的破坏，给当事人造成了极大的伤害，无论找出怎样充足的理由，这都是无法饶恕的，他们理应受到法律的惩罚和道德的谴责。人性本无善恶，行善或作恶，是环境所致。人是他所处的社会尤其是主流社会的产物和镜子，特别是那些失去起码的生存权、话语权的弱势群体，往往会被动地为社会所强行改造。改革开放以来，国家整体上是比过去富强了，但贫富悬殊的问题已经超过了预警线：国家统计局几年都没有公布基尼系数了，而今年西南财经大学统计的基尼系数是0.61，稍有经济学常识的人都会明白，这意味着什么。当10%的人拥有社会的80%的财富而90%的人只拥有20%的财富的时候，这个社会将要发生什么也就可想而知了。城市的飞速发展，那些权贵、商人的一夜暴富，都是以国有资产的流失、许多职工下岗谋生无路、农民失去家园为代价的。当不止几个、几十个而是成千上万的贪官将数万亿的国有资产化为己有甚至转移到国外的时候，当不法商人为了牟取暴利而肆意用毒奶粉、瘦肉精、毒胶囊、塑化剂等伤害着国民的身体而政府却无法有效治理和监管的时候，当上访的群众被毒打、被强行遣返、被精神病的时候，当民主与法制成了一纸空文、一场游戏一场梦的时候，当作为正义、良心的担当者的作家也开始昧着良心以媚俗媚政来自利的时候，当那些失去土地、享受不到社会的公益、衣食无着而又没有正当的维权、诉求渠道甚至在寒冬里冻死路边、桥下的时候，那些哭天无泪的底层民众铤而走险、以非正常甚至违法的手段来获取必不可少的生存资料，甚至抢劫杀人几乎就是自然和必然的了。树叶干枯是因为树根出了问题，不应该反过来埋怨树叶败坏了树的形象。同样，贼沦为贼，底层坠入底层，是源于社会的弊端，王蒙反过来将罪过推到他们身上，因果倒置。公理何在？良心何在？仇富是一种病态的社会心理，但人们不会仇恨那些靠自己的劳动致富并将财富用于公益、慈善的如比尔·盖茨、邵逸夫、李嘉诚这样的富豪，相反人们包括底层民众会把他们当作英雄敬仰。让一部分人富起来没错，但真正富起来的是那些贪官污吏和不法商人；分享改革成果没错，但真正分享到的、分得最多的是包括王蒙在内的那些高级官员，他们利用权力将自己的利益最大化了。从这个意义上说，王蒙这样写也就完全在情理之中；同时也正因为这样，笔者为身为作家的王蒙脸红。

四 魔咒的应验：蜕变成自己一直警惕、戒惧的"灰影子"

王蒙有一段这样极具煽情的自我表白："然而，当然，并不是每一个人都同情都理解你们的经历与悲欢。虽然你可以声称你从少年时代就献身于无产阶级领导的、为了全体被剥削被压迫人民的革命。你坚信，你的献身是为了全人类，只有无产阶级失去了身上的锁链，才能做到全人类的解放。你还可以写书发言振振有词，为弱势群体说话，为最大多数人民的最大利益鸣不平，而且你为此付出了昂贵的代价。你还可以告诉受众，你与妻同甘共苦、以沫相濡，感人至深。但这些东西对于窃贼当然全无意义，想给窃贼讲这个只能说明老王脑残。"王蒙的意思讲得很明白：自己一直是为人民、为底层、为弱势说话、做事、写作、仗义执言的，自己为此付出了很大的代价，但不仅不被自己服务、献身的民众理解、感恩、回报，反而被偷被骂、被以怨报德，有着被狼骗的东郭先生、被蛇咬的农夫的委屈、苦衷和悔恨。

　　平心而论，年轻的王蒙，就像他笔下的林震（《组织部新来的年轻人》）一样，是充满着革命的理想、献身的精神、青春的激情、纯洁的心灵和高尚的品格的；中年的王蒙，像他作品中的钟亦成（《布礼》）一样，虽饱受历史劫难，但仍然对人民充满着信念和忠诚，能够与时代同命运、共忏悔，有着强烈的反思、自审、忧患、改革意识，给读者留下了开明、宽容和豁达的美好印象。那时的王蒙，还对社会、人性的负面充满了警惕、戒惧和愤恨，在《组织部新来的年轻人》《青春万岁》《恋爱的季节》等作品中塑造了刘世吾、赵林、杜冲、鲁若、章婉婉等集世故、圆滑、庸俗、冷漠、阴暗于一身的人物群像。在《布礼》中，王蒙又将这些人性中的丑陋的、灰暗的元素投射到他精心设置的虚幻的"灰影子"身上——"灰影子"是特定历史时期社会思潮、观念的化身，它普遍地存在于那个时代许多人的心灵深处。它的特点是世故、世俗而又玩世，对革命、爱情、青春等都持一种虚无的态度："全是胡扯，全是瞎掰，全是一场空。""我什么都不相信。"这个灰影子却与作为王蒙化身的主人公钟亦成无关，是作为钟亦成当然也是王蒙的对立面和陪衬出现的。也就是说，"灰影子"及其身上附着的人性、人心的世故、庸俗、阴暗和丑陋，是为王蒙所审视、否定、排斥和厌弃的。让人感到匪夷所思、万分诡异、阴差阳错的是，王蒙一语成谶，中了自己念的魔咒：自己早年一直所害怕、戒惧、警惕甚至批判、嘲讽的对象，恰恰成了晚年的自己，他所诅咒的"灰影子"变成了他自己，他为自己预先作了自画像，提前为自己作了自叙传。

　　王蒙常常以千变万化的蝴蝶自比自得，以为自己神龙见首不见尾，但智者千虑，必有一失，在这篇小说里他还是不小心露出了马脚，冬光乍泄：当写到那一个被富商包养的女诗人的时候，王蒙一改粗粝、强硬、调侃的语气，突然变得柔情似水、温情如梦。对贼、农民工、网民又恨又骂的王蒙/老王，为什么一转脸却对素不相识的女诗人如此情意绵绵、恩爱有加呢？不仅对女诗人颇有好感，心中思念，甚至还在梦中相见？我们不愿将一个作风正派的男性老作家对一个风流浪漫的年轻女诗人的梦与弗洛伊德的精神分析、性心理等进行联系和分析，但我们很自然会得出这样的结论：他白日里同情、思念，夜里梦见的那个女诗人，也恰恰是他自己，是他的一面镜子，他的自画像。王蒙在女诗人的身上看到了自己的身份、处境和命运，他同他笔下的女诗人是异形同构、彼此相映的："老王对女诗人不无思念。他从来不接受类似'二奶'类的浅薄分类学。她是朴素的，朴素证明了她并非流俗之辈。"这是因为，为女诗人洗净身份，也就是将自己纯洁化，甚至诗化。同时，更多的是王蒙书写自己与女诗人的同病相怜、惺惺相惜："不好意思的是，老王的一次梦里，他看见一个长脸的、有点面黄肌瘦的，然而眼睛很美丽的而且忧伤的女人，她的风采已经不再，她的年华已经老大，她的灵感正在消退，她的记忆渐渐茫然，她的秀发已经小有干枯，她的身材依然秀丽挺拔。那眼眶里的一点点泪痕与老态化的泪囊让老王蓦然心动。她轻轻读了一句诗，那是咒语、祷告、密码一样的诗，梦中令老王如此感动，一醒就杳无痕迹。她是谁？她是谁？她究竟是谁呢？"她能是谁呢？既是女诗人，又是王蒙自己，王蒙不正是在为女诗人同时也是为自己一掬同情之泪、默念咒语、密码和祷告么？正所谓"同是天涯沦落人，相逢何必曾相识"。

在人类社会中，知识分子特别是作家，代表着人类的良心、公平和正义，肩负着神圣的使命，人们对其有着不同寻常的期许。斯大林说过："作家是人类灵魂的工程师。"德国哲学家费希特这样写道："就学者的使命来说，学者就是人类的教师。""提高整个人类道德风尚是每一个人的最终目标，不仅是整个社会的最终目标，而且也是学者在社会中全部工作的目标。"因而他对学者提出了极高的要求和期望："学者在一切文化方面都应当比其他阶层走在前面，他要做到这一点，必须花多少倍的努力啊！如果他在关系到全部文化的首要的和最高的方面落后了，他怎么能成为他终归应当成为的那种榜样呢？他又怎么能想象别人都在追随他的学说，而他却在别人的眼前以自己生活中的每个行为同他的学说背道而驰呢？你们是最优秀的分子，如果最优秀的分子丧失了自己的力量，那又用什么去感召呢？如果出类拔萃的人都腐化了，那还到哪里去寻找道德善良呢？所以学者从这最后方面看，应当成为他的时代道德最好的人，他应当代表他的时代可能达到的道德发展的最高水平。"① 萨义德认为,面对国家和强大的政治势力,"知识分子扮演的应该是质疑,而不是顾问的角色"②。以这样的标准来要求,作为一个强词夺理、混淆视听、颠倒黑白、对弱势群体谩骂、对强权献媚示好的人,王蒙根本就不算一个知识分子,当然也不能称为一个真正的作家。难怪他会力挺那位自诩"我是流氓我怕谁"的王朔,并且高调宣称"躲避崇高"。记得 20 世纪 90 年代初王晓明主持"人文精神大讨论"中对王蒙提出质疑和批评时,我在内心还为王蒙抱不平,认为年轻的学者们误解、错怪了王蒙,今天来看是自己太愚钝,二十年后才看出王蒙的真面目。作家毕竟是一个光荣而神圣的职业,千万不可亵渎、辱没了他(她),更不能将自己沦落为无特操的政治"二奶"。无论观念怎么变,退一万步讲,一个人的基本操守、良知、道德的底线还是要守住的。

王蒙不是一个人,而是一个群体,一个文化权贵的阶层,所以应该称为王蒙们。他们大把地化着纳税人的血汗钱,过着浮华、尊贵的生活,却置群众的疾苦于不顾——君不见,2010 年年初,西南地区大旱,老百姓吃水都很困难,而中国作协主席团 200 多人却在重庆举行豪华会议:享受五星级酒店的总统套房、2000 多元一桌的宴席和重庆作协专为接送作家准备的奥迪车等,以至于作家阎延文写博怒斥:"一席宴吃尽数万名小学生的捐款。"

连在公众心目中一向以开明、通达、渊博和智慧著称的王蒙都这样了,我们不得不深深地忧虑和警醒:中国未来的文学、文化究竟会有怎样的前景?究竟往哪里去?进而我们也不得不思考这样的问题:王蒙们给中国的文学和文化究竟带来什么呢?又会在身后留下什么呢?当公民的诉求与国家的意志发生冲突的时候,当底层民众的权利与利益集团的特权出现矛盾的时候,他们会毫不犹豫地屈从、迎合国家意志和利益集团,因而只能倡导、留下奴才文化、太监文化、二奶文化。从王蒙的作品特别是这篇小说的直露的、口号式的话语就清清楚楚地看清了这一点,因而他们推行、流布的也只能是急功近利、目光短浅,当然会昙花一现的文化。缺少人文关怀、放弃良知正义的文化,严格地说就不是文化,只能造成文化的

---

① [德]费希特:《论学者的使命 人的使命》,梁志学、沈真译,商务印书馆 2005 年版,第 42—45 页。
② 转自林贤治《沉思与反抗》,复旦大学出版社 2010 年版,第 184 页。

断裂和破坏,带来文化的沙漠。这正好用王蒙这篇小说的名字拿来作比:王蒙们只能带来中国文化、文学的"荒芜",而这样的结果又是如此充满了"悬疑"。这是中国文化的悲剧,这是王蒙们的悲剧,也是中国的悲剧。

这是我写得最难最苦的一篇文章,这是第一次写,但愿也是最后一次。告别了,王蒙!永别了,王蒙们!

第三辑

现象透视

"乌托邦"的魅力

——对新时期青年作家"白日梦"的考察

一 心灵的失重、焦虑和寻找

作家群的年龄界限给他们的创作风格留下的印痕之鲜明，在新时期文学中是比较引人注目的。在这里，我想着重考察的是年轻一代作家，严格来说，是指那些三十岁至四十岁的一个作家群体。他们是特殊的一代人，他们对梦幻追寻的热烈和执着，在当代文学史乃至中国整个文学史中，都是极少有先例的。

他们是心灵的支点倾斜失重的一代。这主要表现在：①他们的婚恋多是不幸的。在动乱时代的阴影笼罩下，他们失去了选择理想伴侣的环境和机遇，有的为了生计而草率结合；有的因为个人的不幸失去了爱的权力或时机；有的虽然当时比较理想而后来随着境遇的变化失去了平衡，重新组合或者维持着婚姻现状但却消退了原先的热情。②动乱的社会吞噬了他们人生中最美好的年华，因而回味自己的青春岁月时，涌来的是苦涩和辛酸；而他们的人生理想建树时，是与特定时代的狂热、愚昧联结在一起的，故而显得荒唐和幼稚；教育的一度被冷落，文化的几经被摧残，又使他们的知识单一而贫乏，当他们跨上文坛，面临着走向世界的挑战时，感到文化积累的先天不足，因而流露出了无可奈何的失落和自卑。③商品经济的发展、西方文化的流入，冲击改变着原有的生活方式、人际关系，但他们不愿轻易地放弃自己定型的价值观念和人生态度，轻易地随波逐流，同时又不甘落伍而为时代所弃。在新旧的夹击中，他们生存的物理空间和精神空间变得日益狭窄了。

他们失去的太多了！他们还没有来得及仔细品尝青春、理想和爱情这些人生中最甘美的琼浆，就已经白了少年头。人们都想以现实的直接努力来弥补和完善自己，而一旦无望，则会退归内心，将能量转为非直接的努力来实现自我。这一代青年作家便在自己的创作中做起了白日梦，以此圆满自己，并借以抵抗背弃了自己的现实，使自己的灵魂得到安宁。于是对童年的回忆、对流逝的青春的追寻、对荒山野店中人性美和原始活力的开掘，成为他们各自倾诉不尽的永恒话题。而他们各自的童话、梦呓又交织在一起，构建起了一座绚丽多彩的海市蜃楼，一个已经失去或将来会有的"乌托邦"理想世界。

梦是虚幻的，而且都是自我宣泄和逃避的方式和手段。但这并不影响它的五彩缤纷、绰约多姿。通过它，我们可以触摸到一代人灵魂的颤动，可以走进一个奇特而充满魅力的世界。

二 疏离历史的行进而转入道德人生的高扬

在历史和现实、传统文明和现代文明、东方文化和西方文化的撞击、断裂中，用道德的眼光打量现实、历史和人生，即以向后看的态势、道德的高扬、人格的升腾来拓展自身的日益狭窄的精神生存空间，这是他们寻梦的形态之一。

在展开论述时，我首先想起的是"知青"作家群。他们有一种让常人难以理解的心理走向：上山下乡、插队落户的岁月，给他们的心头留下了深深的创痛，但他们从噩梦中解脱出来，刚刚开始新的人生旅程时，却是那样一往情深地频频回顾，对昨天大加礼赞和追寻。

这种向后看的态势肇始于王安忆的《本次列车终点站》。在这篇小说中，王安忆以女性作家所特有的敏感、细腻捕捉了他们那一代人回城后的困惑。小说主人公陈信几经周折返回了上海，可随之而来的就业、婚姻、住房、家庭关系等实际问题，使他的心头笼上了阴影，以至于他因对新生活的失望而又怀念起过去在农村的日子。陈信的困惑代表了那一代人在新生活的挑战面前寻找自我位置的痛苦和迷茫。如果说王安忆仅仅是因失落而对失去的生活眷恋不舍的话，那么梁晓声则变成了正面的颂歌。《今夜有暴风雪》《为了收获》《这是一片神奇的土地》等，展示了知青在改造、开发、征服北大荒时，也充实、完善、塑造了自我的过程。虽然险恶的大自然吞食了他们的血汗乃至生命，但在这里我们看到的不是悲悲切切的场景，而是礼赞青春、献身理想的乐章。史铁生在《我的遥远的清平湾》中，倾诉了那贫穷、落后、愚昧、荒凉的背后所饱蕴的善良、淳朴、爱和温馨。孔捷生在《南方的岸》中则走得更远了，他安排他的人物暮珍和易杰，在回城之后，由对现实人生的失望和鄙夷，又返回了那曾经夺去了他们的恋人、爱情和青春的橡胶林，寻找心灵憩息的彼岸。

失去的都是美好的。那段历史虽然荒谬，但同时它也留下和记载了他们的足迹，他们的希冀、奋争和追求。当回忆和描写这段生活时，便不由强化了其中美好的值得留恋的东西。生活中的孔捷生也像他笔下的人物一样返回了海南岛，但假如所有的知青把他作为效法的楷模，是不是明智呢？他们在诗化昨日的美好记忆的同时，却无形中钝化了对历史错误的批判锋芒。

青年作家中背依乡村文化者，则深深地担忧着社会嬗变中的世风日薄和人心不古，因而想用传统的敦厚道德、淳朴风尚，来抵御诸如人际的冷漠、欺诈和铜臭气息等商品经济所带来的负效应。其中最有代表性的当推山东作家王润滋。理直气壮地用道德眼光打量现代文明和传统文明的撞击和断裂，是他把握生活的特点。《鲁班的子孙》中的小木匠秀川，从城里学会了新的技术，带来了现代化的工具。这无疑代表着一种进步的力量，但同时他也沾染了开后门、偷工减料、认钱不认人等与传统美德格格不入的习气。作者对此显然是持批判态度的，而呼唤的则是业已失去的那种从祖师爷鲁班那里传下来的"重良心，轻金钱"的美好品格。而作者当作传统美德化身加以颂扬的老木匠黄志亮，实际上却是对现代化工具手足无措、行将被淘汰的一代。他的另一短篇《三个渔人》在这个主题上又深化了一层，三个捕鱼人，在创业之初都能互相体贴、关怀，可发财之后却变了心。海生竟然和老李哥的妻子私通，而原极单纯的小顺子，竟私下里多占了钱。值得注意的是，一个神秘的小岛，不仅使他们绝处逢生，而且唤回了他们行将泯灭的人性。显然，王润滋是将小岛作为具有神奇力量的理想世界来设计的。从石垒的小屋、简陋的生活用具、自然和谐的人际关系，以及墙上贴的"粗茶淡饭，来客请便，避过风浪，再返人间"的人生信条，可以看出作者的诗画般的理想世界，不过仍是田园风光的一种投影。

在商品经济的发展进程中，原有的价值观念、道德规范难免会扭曲、变形以至瓦解，同时也会出现诸如私欲的膨胀、人际的冷漠等文明退化的暂时现象。王润滋们的用心是良苦的，追求是执着的，但处境却是尴尬的。

面对喧嚣的闹市和猥琐的现代人生,张承志既不像梁晓声等知青作家一步三回首地向后观望,也不像王润滋等农民作家极力筑起防范横流人欲的大坝,而是显得不屑一顾且奋力超越,使自己的人格奋然升腾。他为他的人物,当然也是为自己,设置了一个个辉煌灿烂的人生目标,黑骏马、北方的河、黄金牧场、传说中的宫殿,都成了充满希望、活力和神秘感的人生理想和完美人格的外在显现。这人生目标追求的过程是艰难、困苦、孤独的,然而因为那目标的辉煌和崇高,这追求的痛苦也笼上了迷人的氛围。在这过程中,自我得到超越,生命放射了光彩,灵魂得到了宁静。张承志是以其独具的宗教般的殉道、献身精神,苦苦寻找心灵依托的。

三 超越现实情状而潜心完美境界的营造

这些青年作家的另一批,则忧虑着国民精神的日益萎靡、原始生命力的销蚀。这是两方面的原因造成的:一是重实用、扬群体意识的儒家文化的熏染,二是来自现代文明的消极作用。于是他们将笔触伸向了遥远的过去、边远的荒山,寻找远离现代文明浸染和处于汉文化规范之外的那充满野性、粗犷、纯真和自由自在的人生状态和境界,并以审美的眼光透视之。

为了疗救现代国民心理的病变,他们力图掠过饱蕴儒家文化的中原大地,而在别样的环境中勾画一种强健的人生模式,给国民的精神输换鲜活的血液。郑万隆在《异乡异闻》小说系列中,旨在传递"极浓的山林色彩,粗犷的旋律和寒冷的感觉"。其中《老棒子酒馆》里的陈三脚,从来不笑,能靠鼻子嗅出老棒子有人命案,三脚就踢死了一只狼;当地所有的人和狗都认识他,但却不知道他有多大年纪,爱过哪个女人,是汉人还是达斡尔人;和别人拼命之后知道自己要死了,便独个儿跑到他的生命发源地小苏沟,神秘地消失了。在这里,作者不是为了讲述一个离奇的人和故事,而是为了渲染一种粗犷甚至野蛮的行为和精神状态,传达一种充满魅力和生机的情绪,神往一种对人生羁绊的超越。系列中的另一篇《野店》,主人公"他"为了心爱的女人珍子而不惜献出生命,也显然不是道德范畴的礼赞。在"他"的心目中,珍子已经不是一个性对象,而是一个神和美好理想的化身。为了实现自己的追求目标,"他"宁愿以生命为代价,也不忍在这过程中留下任何污点。在"他"的身上,承载了作者对强健而崇高的古典美的呼唤。在这里,值得注意的是作者将人物安置在东北的山林之中而又淡化了历史背景,旨在突出一种与人类野性、生命力相通的文化底蕴。李杭育将艺术视野投向吴越之地，显然也是对中原文化的一种逃避或对抗。在"葛川江"系列小说中，他对许多"最后一个"用沉重乃至批判的眼光打量时，对这些执守着独特人生规范的徐文长、济癫的后裔们流露了过多的热情。《珊瑚沙上的弄潮儿》中那位老弄潮者，为了吉利，为了一种人格的圆满和对自身活力的自信，不愿苟且地借着浪头上岸以至于丧生大海。《最后一个渔佬》中的福奎，在葛川江为现代化工厂所污染已经无鱼而别的渔佬都转行的情况下，还是固执地用原始工具捕鱼，不愿让自己屈从于那种没有个性自由的现代化机械操作。虽然他日益贫困，连自己的相好也弃他而去，但他还是我行我素，毫无悔意地在江上洒脱自在地生存着。

由于自身经历、生活环境的局限而难以在中原以外的地域找到理想人物的活动场景者，则寻觅着与现代文明的汪洋大海隔绝的孤岛、荒山，或者让时间回溯到过去的年代，由此而展示或纯净透明或无羁无绊的人生情状。被现实和理想、理智和感情所缠绕着的贾平凹，常常会倾斜了自己的价值天平，在贫困而封闭的商州文化断层里开掘至真至纯的人情人性。在《天狗》中，天狗始而倾慕师娘，以后因自己地位转为优势却又不愿以施舍者的身份享用这爱；师娘起初因为自己作为人妻人母的角色而抑制自己的情感，后又因作为受施者面对天狗而自卑自责；井把式为了妻子和天狗的爱情幸福，甘愿自缢身亡。他们都是从利他出发的，但看不出任何的虚伪和造作。这种行为和追求不是对个性压抑的道德的圆满，而是美好天性的自然流露。《冰炭》中的少妇白香，以自己的美貌和爱心，唤回了那些囚犯和看守们行将泯灭的人性等，也有着同样的价值取向。莫言在他的《红高粱家族》系列中，将爷爷、奶奶的自在洒脱的人生境界推向了极致。他们活得舒展畅快，爱得红火热烈，死得悲壮刚烈（奶奶）。他们好像生活在另一个世界，对人间的人伦禁锢、道德规范不屑一顾，体验、品尝着充满活力和激情的审美意义上的生活。但是，爷爷、奶奶播云耕雨的红高粱地并非现实中的山东高密乡，即使是倒退几十年的生活中的爷爷、奶奶，也未必如此大胆无忌。莫言所描绘的，恰恰是与作为拘谨、焦虑的自我心灵互补的、面壁虚构的"现代神话"。

背依京都文化的阿城，没有止于在荒山野林选一方净土作为自己心灵的归宿，而是垦掘了积淀于国民心理深层的曾经充满活力的传统文化的精神内核，即老庄的那种超然物外、返归自然、追求绝对精神自由的人生哲学。《棋王》中的王一生不役于物,在棋中自我解脱,过一种审美的、艺术化的生活;《孩子王》中的"老杆"面对自己的命运,浮而不喜于色,沉而不怒于形,荣辱皆置之度外;《树王》中的肖疙瘩与大自然交融于一,神游于山水森林。阿城越过浮躁的现世表层,而追近人生"无己""无功""无名"的精神境界,也是在现代文明冲击下的一种精神调适。

四 道德、审美价值和历史价值评判中的二难困境

梁晓声在北大荒"神奇的土地"上,孔捷生在"南方的岸"边的橡胶林中,张承志在西北大草原上,王润滋在胶东半岛的大海边,郑万隆在东北的荒山野林,贾平凹在商州的偏僻角落,莫言在山东高密的高粱地里,李杭育在吴越的葛川江上,分别找到了各自灵魂的归宿,对应、寄托了自己动荡不已、焦躁不安的心灵,以不同的笔墨、方式、格调勾画出了一个理想的乐园,合奏了一支美妙圆满的安魂曲,构建了一个神奇、充满诱惑力的"乌托邦"世界。但当我们靠近并力图把握这个世界时,我们却显得困惑甚至手足无措了。

梁晓声、王润滋、张承志等向后观望、升腾人格、高扬道德,实际上是对现实的抵御、防卫或逃避。对人物评判时,他们忽视或抽掉了历史价值尺度,低估或无视道德恶在一定历史发展阶段对文明进程的推动作用。莫言、郑万隆、李杭育等所张扬的充满自由精神、原始活力的生命形态,随着文明的进展业已消失,而且恐怕在一定的历史阶段内也难再回归了。莫言的家乡已不再种植经济价值不大的红高粱,在已经没有鱼的江上钓鱼越来越被人视为傻瓜,郑万隆的森林色彩、野性风味,乃产生于游牧文化的生态和心态,已被历史远远地抛到了背后。在一定的历史时期,社会的发展、文明的演进与道德的完善、审美的提升是悖反的,熊掌和鱼难以兼得。

但是,我们不能因此就否定这种文学形态的存在价值。对梦幻的追寻不仅仅是这一代青年作家的个别现象,而且是困惑和缠绕着整个人类精神的普遍现象。一个生物个体,在其生命的展示过程中,面对着病痛的折磨、死亡的威胁、外在世界的重压,会以心造的幻影来驱赶恐惧和焦虑。作为群体的人类,面对无始无终、苍茫迷离的宇宙,会感到自身的孤独、软弱、渺小和无依无靠,于是便制造出了作为类的对象化的神,来保护、解脱、超越自身。尤其是在社会由一种形态向另一种形态过渡或同一社会

形态下社会动荡不安的时候,那代表时代思考的圣哲,便为人类设计这梦。而且这梦会逐渐得到充实、发展和完善,为不同的民族、阶级、时代所接受,成为人类精神文化之一种。如佛的涅槃、基督的天堂、儒家的大同思想、卢梭的返归自然的梦呓。"宗教的苦难既是现实苦难的表现,又是对这种现实苦难的抗议。宗教是被压迫生灵的叹息,是无情世界的感情,正像它是没有精神的状态的精神一样。宗教是人民的鸦片。"[①] 马克思对宗教的看法也许对我们理解人类的寻梦现象有所帮助。

打开文学史,那些具有强烈的忧患意识和使命感的大作家,也往往极严肃又极天真地以虚幻的憧憬和编织来自慰且慰人,以对抗历史的断裂给一代人带来的心灵倾斜。巴尔扎克在《人间喜剧》中以对金钱的诅咒为行将灭亡的贵族唱了一曲挽歌;列夫·托尔斯泰在《安娜·卡列尼娜》《复活》中,以不抗恶的灵魂的自我净化、农奴主贵族的自我改良,来抗击资产阶级革命;为人生而艺术、以改造国民的灵魂为己任的鲁迅,在其小说《故乡》《社戏》中,也写了金黄的圆月、碧绿的西瓜地、清澈的小河、宁静的田园和天真善良的小伙伴;沈从文则用骚动着原始活力和爱的野性的湘西世界来对抗那"阉割"了人的冲动和生机的都市文明。

文学家是用迥异于历史学家的态度和方式来把握世界的,他们更多的是为了满足人们心灵的需要,用美妙圆满的设计来减轻人生的负重。所以文学史上常常出现这样奇怪的现象:那些落后的、虚幻的东西,却往往被作家写得很悲壮、很优美,从而激励、震撼了一代或几代人的心灵。人的历史、文学的历史是个谜,充满了神秘和困惑。人生的理想、文学家的梦幻怎样才能和现实统一和谐呢?实际上人的情感、愿望有许多都是在梦中、在虚幻的冥思遐想之中得到满足的。即使到了为自我实现提供了充分的条件和最大的可能的共产主义社会,人的欲望和现实的可能性之间恐怕还会是矛盾的吧?人区别于动物的特点之一,就是想达到的永远高于已经达到的。文学的功能之一(随着社会的日益完善,这种功能越来越处于主要地位)就在于平衡这种不和谐所带来的人们心理上的失重,解除由之而来的焦虑和烦躁。

这一代青年作家的梦幻追寻,虽然从历史角度看是对现实的一种消极

[①] 马克思:《〈黑格尔法哲学批判〉导言》,《马克思恩格斯全集》第一卷,人民出版社1956年版,第453页。

态度,但同时也是一代人面对历史的断裂发自内心深处的呼喊,是想要完善自我、超越现实的希冀和努力,尽管是非直接的。和那些与社会变革同步的如张一弓、蒋子龙、刘索拉相比,虽然少了认识价值,但却饱含了审美和道德价值,具有永恒的让人激动不已的魅力,是对人类精神财富的一大贡献。

英雄的沉浮

——论当代文坛中英雄意识的流变和走向

　　1987年以来，文坛消失了那种文学思潮、流派、热点交叠更替的局面，开始走向平和甚至冷清。这使人们一度感到不解、忧虑和失望。文学为什么失去了轰响效应？文坛的冷清标志着文学走向低谷还是开始回归自身？

　　对产生这种文学现象的原因，评论界已就政治、经济现状、作家的心态、文学自身的发展规律等各方面做出了解释，但我认为还有这么一个因素：英雄意识的淡化。

　　中国有过英雄的历史，但更多的是英雄崇拜的历史。后者的漫长久远折射出现实中人的软弱和孤苦。多灾多难的历史和封闭的大陆文化，使国民没有制造出心灵皈依的神，而是创造出了自己依赖、希望和理想化身的英雄，以此在遐想与虚幻中体验并满足一下现实中并不存在的充实、舒展和振臂一呼群起响应式的悲壮和崇高。一个值得注意的现象是：作为伟大的政治家、思想家的毛泽东一向认为群众是真正的英雄，是历史的创造者，但在其为数不多的诗篇中却屡次提到帝王、起义领袖："惜秦皇汉武，略输文采；唐宗宋祖，稍逊风骚。一代天骄，成吉思汗，只识弯弓射大雕。"（《沁园春·雪》）"盗跖庄蹻流誉后，更陈王奋起挥黄钺。"（《贺新郎·读史》）如果说毛泽东作为一个领袖在自己的富有浪漫气息的诗歌里投射了一个英雄的激情，因而作为一个国民的品格显得是一种个别现象的话，那么在鲁迅论述的中国有两个时代："一、暂时做稳了奴隶的时代；二、想做奴隶而不得的时代。"[①] 这则普遍地涵盖了国民文化心理的特点。

---

　　① 鲁迅：《灯下漫笔》，《鲁迅全集》第1卷，人民文学出版社2005年版，第225页。

第三辑 现象透视

中国当代文学，作为民族文化的一种表现形式和载体，不仅浓缩着新中国成立后几代人的心路历程，也折射出凝淀于国民心理深处、相对稳定持久的文化品格乃至人类共同的困惑、探寻的倒影。今天，我们是否可以从英雄意识的浓淡、消长、荣衰的历史演变中来触摸国民心灵的律动并考察其品格的断裂、变化和调整，并由此再返视文学自己走过的漫长曲折的苦旅，从而对当前失落英雄和轰响效应的现象做出一种合情合理的评价呢？

一 英雄主义精神的张扬和英雄崇拜心理的呼应

用今天的已经更新了的审美眼光返视"十七年文学"，我们会发现它的许多缺陷，诸如对政治乃至政策的图解、对现实生活的粉饰、题材单一等。但有一点恐怕是我们今天的文坛可羡而不可即的，那就是有一大批作品强烈地震撼了、普遍持久地教育影响了一代人，以至于一些中老年读者和评论者在今天还时时对《林海雪原》《红岩》《红日》《红旗谱》《创业史》《青春之歌》《雷锋之歌》等留恋不已。这种审美现象的产生，显然不是某种单一或孤立的因素起作用，它主要是由当时的创作主体和文学作品中灌注着的高昂的英雄主义精神与读者群体崇拜英雄的文化心理促成的。

这种英雄主义的萌发和高扬，首先源于当时创作群体的一种共同心态。新中国成立后的作家群中，原先生活在国统区、大多出身知识阶层的一类，因对新生活的隔膜和心理上的不适应而一度沉寂；而在根据地成长起来的一批作家，大多出身农民，对戎马生活比较熟悉或本身即其中一员，自身的地位和经历使他们对那些用血肉之躯创造了新生活的战士和为新生活的建设付出血汗的工人、农民由衷地感激、敬慕和赞美。这种情绪突出地表现在对英雄人物的塑造上。"十七年"虽不像"文革"那样将"无产阶级英雄人物的塑造"作为"社会主义文学的根本任务"，但英雄人物的成功与否，显然已成了一部作品举足轻重的尺度和标准。这些英雄人物的突出特点是理想化和完美化，具体体现在：①一个英雄往往是一个阶层，一个阶级乃至一个时代的代表。"十七年"中，文学的功用和方针被功利化地狭隘地理解、使用和推崇了，由为人民大众服务到为工农兵服务，再变为主要写工农兵甚至只能写工农兵。工农兵因其在历史和现实中所起的作用，理所当然地被当时的政治认可为主人公的地位。而在当时，现实中的工农兵、政治概念中的工农兵和文学作品中的工农兵，被已经糊涂了的文学观念所等同。这样，文学中的工农兵形象即主人公即英雄显然

英雄的沉浮

不会是源于生活的个性独特的具体一员，而成为负载着这一阶层或一阶级所具备的、被文学先验设定、政治认可过滤了的政治、道德、情感上优点的类型。②英雄人物被提纯，从而滤去了许多作为"这一个"所必具的"杂质"。既然是一个阶级、阶层的代表，那么他的言行举止不言而喻就展示了这个阶级或阶层的品质、气节和操守。作为先进阶级代表的英雄，当然不能有任何猥琐的行为、不洁的心理，而往往是与高尚、纯洁、谦逊、大公无私、临危不惧、舍己为人、胸怀宽广等美德联系在一起的；而自私、卑鄙、荒淫、可耻之类的品性则归属到英雄们的对立面，即那些地主、叛徒、特务和党内蜕化分子等身上了。③英雄从群众中被疏离和拔高，他们拥有常人莫比的智慧、胆略、技艺和传奇色彩。在背水一战的困境中，众人束手无策之时，往往英雄突然出现，以必胜的信念和气概使矛盾迎刃而解，化险为夷，柳暗花明又一村。

以上特性，使这些英雄近于完美无瑕，渐渐从现实的大地上疏离，失去了常人的普通、平凡和亲切，但这种与现实拉开距离的人物为什么反而得到了那时读者的欣赏，并能引起心灵的震动呢？

首先，国民有崇拜英雄的文化品格，反映在文学欣赏中，则想通过作品中的英雄使现实中的卑微软弱的个体得到一种互补，从而达到一种审美超越。这种留存于国民心理深处的文化层积，并不会随着社会历史的变化而马上断裂、更新，而是仍然影响、制约着我们的行为模式、思维模式。新中国成立后的"十七年"，虽然人民从政治、经济上翻了身，成为国家的主人，但在"他是人民大救星""毛主席万岁""祝他老人家万寿无疆"的颂歌和祝词的背后，我们不可以看到封建社会的那种臣民对于明君的感激涕零的阴影吗？这种国民心理的特点给这类英雄的产生提供了土壤和市场。

其次，当时文艺的价值取向呈单一性，对文学功能的理解仅仅滞留于"寓教于乐"的层面，即教育是目的，娱乐是手段。观众或读者看了一场电影、一本书，甚至听了一个民间故事，都会不由这样问："究竟告诉了我什么？"想从文学作品中得到人生的启迪和指导，几乎成了那时的接受者的心理定式。

由以上两个方面，决定了接受者将文学中的英雄人物作为崇拜的偶像和学习的楷模。既然是偶像和楷模，那么他就应该是本阶级和时代精神的代表，具备出类拔萃的品德、意志、情操和才能。故而，当时轰响效应的产生，是在特定的社会历史条件下，以特定的文学观为背景，由特定的文学作品和接受心理等各种复杂因素的微妙影响而产生的特殊文化现象。

"文革"时期,"三突出"创作原则的出笼,使文学中的英雄成了"高大全"式的人物,他们变为不过家庭生活、不食人间烟火的超凡脱俗的神灵。这种神化英雄的趋向把"十七年"文学将人物英雄化的方法推向了极致。1980年以前的新时期文学,是对"文革"阴谋文艺和神化英雄的一次反拨,但从那些充满着忧患意识、使命感而又纯净透明的英雄如乔光朴、李铜钟身上,我们似乎仍然可以看出其承袭了昔日英雄的影子。这一段的新时期文学,是以"十七年"文学为准绳而复归的。

总之,"十七年""文革"、新时期之初三个文学发展阶段尽管有很大的断裂,但从英雄意识的流贯而言,却是一致的,即尽量地将英雄加以过滤,使之完美化、理想化、疏离现世生活。

二 从天上到人间:英雄的平凡和杂色

1980年显然是新时期文学观念也是英雄意识发生转变的界碑。作家们对生活中英雄们左右社会与时代的力量和作用产生了失望,继而对其品格的完美无瑕表示了怀疑,于是开始写英雄在错综复杂的社会现实困扰下的无能为力和与之相伴的作为一个人不可或免的缺点,由此英雄开始从天上回到人间。这些英雄我们可以简单地分为两大类:①半是魔鬼半是天使的当代英雄。这里最有代表性的就是为了走进现代文明而抛弃真诚善良的农村姑娘巧珍的高加林(路遥《人生》),其后可以归入这一类的陆续有不惜以身试法来改变自己命运的焦炳和(于德才《焦大轮子》)和把自己的青春出售给大自己十来岁的老处女以换取向上爬的阶梯的七哥(方方《风景》)。他们都是利己主义者,为了实现自我,可以把现世的一切包括爱情、友谊等用功利的利刃进行割舍,可以不择手段,伤害无辜,不讲良心,甚至可以触犯法律。从他们身上,我们不难看到于连·索黑尔在阴影中的窃笑。②与前者相并和互补的是兢兢业业、默默无闻地对社会和他人奉献自我的形象。最突出的是陆文婷(谌容《人到中年》),还有金鹿儿(航鹰《金鹿儿》)、徐丽莎(陆文夫《井》)等。他们与第一类相反,是以他人、社会为本位,从利他出发来实现自己的价值的。相对地说,他们显得安分、普通而平凡,他们轻易地认可了命运的安排,没有任何的挑剔、怀疑和抱怨,超负荷地承受着社会、历史、家庭、职业甚至性别加给自己的重载,毫无怨言地干着自己分内的事情,默默地耕耘而不对收获过多地索取。他们也是英雄，只是有了一些人情味。

以上两类人物，前者以斑驳和邪恶反拨了以前的英雄们的纯净和高尚，后者则以普通平凡而迥别于以往英雄们的高大和神圣。虽然这两类人物存在着很大的差异，但有一点是相同的，即他们身上都渗透着浓郁的世俗性和人间色彩，并以此将自身和先辈们区分开来。

这两类人物，都先后产生了广泛而深刻的影响，像高加林、陆文婷已成了某个阶层或类型人物的"共名"而介入日常生活的对话之中。后一类人物的被接受比较容易理解，这是因为：一方面，他们身上除了传统美德之外，有了人情味的亲切感，热爱世俗的人们从政治的冷冰冰的长期禁锢中挣脱之后，分外地欣喜于自身也存在的人性人情被文学承认和外化；另一方面，此时商品经济的萌动造成浮泛的世情，也需要一种美好而亲切的英雄的抚慰。而前一类人物的出现及所得到的反响，就比较复杂了。这显然对我们固有的经验和承受能力是一种考验和挑战，因为对邪恶的沉默或承认，在中国当代文坛是没有先例的，何况那邪恶与我们祖祖辈辈所恪守的伦理道德、人生信条是那样的格格不入。但不管怎样，一个阶段的唇枪舌剑之后，高加林们生存下来了，而且被一些人仿效和推崇。这些背叛祖德的逆子这样轻易地被认可，粗看似乎有点不可思议，但细细推究却又在意料之中。高加林们的产生有着广泛的社会和现实基础：商品经济的发展，开放、改革的国策促使人们自我意识觉醒，而在发现、完善自我的过程中受到现存的经济、政治和社会等条件的压抑和困扰之后，不得不对原有的道德体系和价值观念产生质疑和反叛，由此高加林们应运而走进银幕、舞台和小说。而这对于背依共同环境从而处于同样焦虑和困惑中的接受者来说，无疑是一种指点、启示、选择和出路，虽然这并不太高明和理想，但任何蹩脚的行动都会比手足无措更有吸引力。所以人们由惊诧到沉默到半推半就以至于为之神往，就是情理之中的事了。另外，我们是否也可以认为受到长期压抑的群体心理在这些恶魔们的表演中得到一种宣泄和快感呢？总之，从这类人物的被创造到被接受，我们可喜地发现，国民已开始打破以善为主体的人格结构，开始重建自己的价值体系和道德规范了，这是一种了不起的跨越。从这两类人物身上，我们可以看出国民心理的跃跃欲试和瞻前顾后。

三　沉落和消匿：对英雄的消解和颠覆

1985年前后，文坛上出现了反英雄的倾向。这在当代文学发展史中，又是一次非同小可的观念上的嬗变，从此结束了对英雄的礼拜和依赖的时代，英雄开始沉落和消匿。

首先，十年浩劫之后的国民，尤其是年轻一代，面对个人崇拜的终结、偶像倾颓的现实，陷入了新旧嬗变时心理失衡的惶惑和焦虑之中，他们开始向西方现代思潮寻找和重构自己新的精神支点。上帝死了。我就是上帝。尼采、萨特等西方传统的叛逆者给他们以深深的启迪和震撼。于是在青年作家中，有的开始对偶像、权威乃至现存世界表示怀疑、否定和对抗，如徐星、刘索拉、残雪等；有的则对被传统礼赞的神圣情感进行鄙夷、亵渎和颠覆，如莫言、洪峰等。

其次，现代人意识到自我在现实中的反作用越来越小、生存空间越来越狭窄的处境，以至于自惭形秽，无暇顾及外在的世界，只能为了自身的生存而挣扎奔忙。于是1986年以后，文坛上出现了那些处在生活底层的芸芸众生的生命状态和生活图景。这里有三个女性为择偶的奔忙和无望（程乃姗《女儿经》），有血友病患者在绝境中的痛苦、徘徊和挣扎（阮海彪《死是容易的》），有工作后由清高狂傲变为谄媚、世故的大学生，收买科员为自己拉选票的副处长，因掌握着党票大权而将别人玩于股掌之上的党小组长（刘震云《单位》），有因儿子的入托、对老人的赡养、住房的奔走等重压，一个壮年男子以至于没心思过正常夫妻生活的尴尬和酸楚（池莉《烦恼人生》）。这些人已经不是什么英雄，他们没有了那种为理想、为社会、为信念，甚至为自我不息的奋争和追求了。在这里英雄沉向了底层，淡化、消融、失落在平民之中，个体的悲壮、崇高被群体的琐屑、卑微所取代了。

再次，人物在作品中失去了独尊的地位，逐渐沦为故事和事件的载体。这从外观上可以看作文学把握世界的方式的变化，但它显然是现实人生状态及作家对其理解的折射。随着物质的高度发展，法律、社会制度的日益完善，人反而失去了个性和活力，被他所创造和赖以生存的世界抛弃并被异化，成了没有生命的工具和符号。这种现实对作家把握世界的方式的改变显然有着某种暗示和指引。过多的理性已难以为某个英雄或普通人所承载和包容，作家不得不越过人物层面，设置一个假定的生活样式，将人物作为道具和音符任意编缀和排列，以便片面深刻地直指一个既定的、超验的理性世界，不惜以牺牲人物的独立性和丰富性为代价。如王蒙的《莫须有事件》、陆文夫的《围墙》等。更有甚者，在一些作品中，作为道具的人物也退场了，直接让物品作为主体出现，如王蒙的《无言的树》《木箱深处的紫绸花服》等。一些后起之秀也开始沉醉于故事的叙述之中，在他们的笔下，故事不再是描写人物的手段，而成了目的，本身大量地携带了作者对世界的理解、人生的体验，还有创作时的复杂情感。这类作家和作品有马原、洪峰，余华、格非、苏童和《冈底斯的诱惑》《极地之侧》《河边的错误》《青黄》等。

以上这种文学现象虽然也引起了一定规模的骚动和喧哗，但那只局限在评论家和知识阶层这个比较小的范围之内。这些作品中的深奥的理性、怪异的西方化的行为方式及作者的有点贵族化了的情绪的投射，使之在一定程度上脱离甚至背离了大众的审美水平、习惯和要求。对此种文学现象的价值评判我想放在后边谈，在此我只想指出：这些作者也是国民的一部分，而且是其中的先觉者，他们的这种文学追求不仅有一定的政治、社会和文化背景下的必然性，而且在某种程度上，也反映了国民心态的某些本质方面和未来态势的流向。

四 集体无意识观照：原型英雄对时代弊端的矫正

虽然任何概括都是片面的，但我们绝不以此沉醉于一相情愿的论述而对不利于自己的现象视而不见，即便这会给自己带来难堪。孙少平的出现及其在读者中引起的强烈共鸣，在路遥的创作和新时期文学发展过程中，都是一种独异的现象。《平凡的世界》的总体流向是与历史同步的，但路遥着力塑造的孙少平却似乎疏离了历史，因过分的理想化、完美化而显得不真实了。路遥试图使自己的英雄从地狱走向天堂，而又不愿在这过程中产生恶行和邪念。这不能不引起我们的反思：从与社会人生贴得很近的带有世俗色彩和人性恶的高加林，过渡到纯正无邪、富有理想的孙少平，是不是路遥的一种退却？还有与之时间相近并轰动全国的"李向南现象"的出现，是不是从更新了的英雄意识向古典的英雄意识的复归？这是不是折射出了具有深厚的乡村文化血缘的一代作家面对西方文明的冲击而显现出的心理的贫血和负隅抵抗背后的自卑呢？

如果我们从社会学的角度来观照这种现象当然会得出上面的结论，然

第三辑　现象透视

而我们深入集体无意识来透视这种现象，则会看到另一种结果。普遍性、合理性和先天性是集体无意识的显著特点，而所谓"时代精神"，荣格认为，则是偏颇的，悖于人类精神合理性的。"时代精神不可能纳入人类理智的范畴。它更多的是一种偏见，一种情绪倾向。它以一种压倒一切的暗示力，经由无意识，作用于那些柔弱的心灵，使它们随波逐流。不像我们同时代人那样思想而按另外一种方式思想，这种做法，对个人说来，总显得是非法的和有害的，甚至是下流的、病态的和不敬的。"[1] 故而艺术家对现实生活不满足，沉湎于内心世界的邀游，返归集体无意识并从那里得到精神的补偿。而这些东西，正是整个时代社会所缺乏、整个文明发展所背离了的人类生活的要素。艺术家以此来纠正时代弊病，疏导并恢复社会心理平衡。

孙少平虽然游离了现实，但却与遥远而充满活力的民族之根深深地联系在一起。他是一个古代侠客的原型：为了解救一个小女孩打了工头，为此饭碗被砸也不后悔；被众多女性爱恋而自己从不轻易地拜倒在其石榴裙下；受尽磨难但在生生死死的奋争和升华中全靠自身的智慧、力量和意志而从不施一丝奸恶，他真善美到几乎让人难以相信的程度。可在人们被铜臭熏染而变得日益浅薄时，我们为什么要拒绝一个书本上的英雄还给我们原有的理想、公理和激动呢？为什么还忍心让他也沾染时下的卑俗甚至是高加林式的邪恶呢？同样，在民主意识淡薄、民主制度有待完善和官僚主义还相当盛行的今天，人们通过李向南来呼唤清官以取得心理的补偿和平衡，又有什么不可呢？

虽然如此，但由于现实中失落了英雄，文学中理想化的英雄仍显出了一定程度的虚假而失去了读者的信任。于是，一部分作者干脆将笔触伸向了遥远的过去，将被现代文明、商品经济发展冲击掉的信义、生命活力通过古代侠客来重演再现。那些武侠们凭着一腔热血，为了一个信念或许诺而漂泊四海、云游天下，以肉体、智慧、勇武直接面对和搏击着人生，宣泄着发自生命深处的热力。他们有的我行我素、啸傲江湖，偏执于自己认定的行为方式而超越于世俗规范之外，如黄老邪（金庸《射雕英雄传》）、陈三脚（郑万隆《老棒子酒馆》）；有的则蔑视人间世俗法规，挣脱社会伦

---

[1] ［瑞士］荣格：《心理学与文学》，冯川、苏克译，生活·读书·新知三联书店1987年版，第32页。

理的羁绊,追求理想的至真至纯至诚的人际关系和人生境界,如小龙女和杨过的师徒之恋(金庸《神雕侠侣》)。这种深藏在民族文化心理深层的美德和生命样式,对将本质力量转移到外物(如金钱、权势、文艺等),以对象化的形式来对应实现自我,从而以一种变态、畸形的手段对待自我生命律动的现代人也是一种疗救吧。

另外在冯苓植、郑义、陈村等的小说如《黑森林》《远村》《象》中,开始将动物作为主角来描写,也是同样的文化背景和社会心理机制下的一种独特的文学现象。

五 英雄时代的结束和人的时代的开始

纵观当代文学史,我们得出了这样的结论:英雄大沉落、晚近无英雄。"近代的人格,作为主体来说,在情绪和性格方面是无限的,它虽然显现于它的动作和经历,以及法律和道德等方面。但是在这个人身上的法律的客观存在是受局限的,正如这个人本身是受局限的一样,它并不是有普遍性的法律道德和规章的客观存在,像在英雄时代那样可以看成这些力量的体现者和唯一实现了。"[①] 黑格尔虽是以19世纪为背景得出这悲观的结论,但在某种意义上,同样适用于当今中国社会。当代现实生活中,已经不可能产生那种具有独立品格、强大意志力量、可以支配他人、改变整个历史进程的英雄了。这种非英雄化的社会文化、土壤,平庸的现实人生和苍白的时代精神,决定了文学中英雄的日益沉落和消匿。

没有英雄的时代是平凡、庸俗和枯燥的时代,同时又是平和、幸福的时代。那种以大众的遵从甚至牺牲为代价而换取个别人个体意志的高扬和膨胀,那种悲壮、崇高、辉煌的背后却隐含着刀与火、血与泪、呻吟和挣扎的时代彻底结束了。个体由遵从、崇拜别人、少数人甚至一个人而开始走向自我。因此,英雄时代的结束恰是真正的人的时代的开始。

1980年之后,文学的格局也相应被重构:产生了切近现实生活,与时代同步,以改造社会、影响读者为旨意,带有明显功利性目的"社会文学";产生以满足读者的高层次的精神需求并在作品中对应自我甚至不惜以缩小读者群为代价的"纯文学";还产生了满足读者休息、消遣的"通俗文学"。这些多种的功能有的是分层次、主次地交融在一部作品之中,

---

① [德]黑格尔:《美学》第一卷,朱光潜译,商务印书馆1981年版,第158页。

第三辑　现象透视

但更多的是以分离的形态散布在作品群里。功利性和理性极强的现代社会下的人们，都不满足和不屑于负载着各种综合功能的人物的创造和接受，当代意识统辖下的文学往往是以片面（深刻或并不深刻）的切入，以抽象的饱和与情感的蚀空及理性的单一和直接来把握世界的。当今论坛，读者对轰响效应的呼唤，对文坛平和、冷清的失望、抱怨以至于得出文学处于低谷的结论等，透出了当代人的审美心态仍然是以向古典文学复归为走向的。比如我们呼唤史诗式的巨著仍以《红楼梦》《安娜·卡列尼娜》《阿Q正传》甚至《创业史》《红旗谱》为标准，其实，这不过是一相情愿的天真的幻梦罢了。发展到今天的人类文明，已经失去了产生古典巨著的政治、经济、伦理、法律等的文化土壤。作为现代世界文学重要组成部分的西方现代派文学，虽然产生了许多大家和名著，如卡夫卡（《变形记》《审判》）、乔伊斯（《尤利西斯》）、福克纳（《喧嚣与骚动》）、马尔克斯（《百年孤独》），但是却没有创造出一个如涅赫留朵夫、贾宝玉、于连等那样对抗并独立于世界的生气灌注的强健人格，而只制造出一些在社会制约和重压下失落自我、惶惶然不知所归的孤独者、受害者。那种古典的巨著一去不复返了。

文学教化功能的淡化，审美、娱乐功能的注重及其由个别人拥有而逐渐普通化、生活化（如写诗），可以看出文学逐渐卸却了额外的重负，开始向自身贴近，即它是作为创作者自我对应的载体或现实中无望的理想的物化而存在，同时也是给受到各种人生重负困扰的接受者提供一种可以进入审美境界的媒介或对象。

从辉煌到困窘

——论新时期纯文学的命运

在新时期文坛上,存在着既相互渗透、相互补充又各自独立的三种文学:一种为政治文学或社会文学,它的特点是敏锐而及时地反映社会现实的政治、经济各方面的变革及由此而来的人际关系、生活方式、价值观念的变化,往往侧重于从政治学或社会学角度开掘主题,并力图实现对读者的启蒙和教育作用;另一种为商品文学或通俗文学,它多以言情、武侠、警匪等为主要表现内容,追求悬念的设置和情节的曲折,以满足读者的休息、娱乐和消遣以及作者、刊物追求经济效益的需要;还有一种,即本文所要论述的纯文学,与以上两种相比,它有更强的自主性和独立性。它不像政治社会文学那样要受制于政治形势、国家意志和道德习俗,也不像商品通俗文学那样要服从于金钱。因而它不必对读者道貌岸然地说教,也无须哗众取宠地献媚。它较远离现实生活,又较少顾及大众审美心理,它所着力建造的是一个自我独立而又圆满的艺术世界。从人本而言:旨在设计一个超越现实的合理而美满的人生图景,以一种非直接的努力来弥补现实和理想的矛盾所带来的心理的倾斜和人生缺憾,同时又以在这创造中使自身本质力量被验证而满足。从文本而言,它更注重自身的美学价值,不满足于为了表达某种意思而将自身沦为载体,而是注重本体的被承认和流传,以至于它将形式美放在一个举足轻重的地位。

一

1980年前后,当政治社会文学以其独特的魅力赢得了读者时,王蒙则以其实验小说给文坛带了另一种崭新境界。许多论者至今仍认为王蒙只是一种形式上的探索,内容上仍属政治社会文学一脉。虽然既是布尔什维克

第三辑 现象透视

又是小说家的王蒙屡在政治和文学之间走钢丝，但我仍认为，1980年他掀起的那场小说革命，就是新时期纯文学的萌芽。此时的王蒙正用自己的独特追求将自己与当时的文学及自己以前的创作区别开来，从而使当代文学增添了新气象。这首先表现在对心理内容的注重。虽然这些小说仍像他以前的创作那样比较切近政治，如《布礼》《蝴蝶》等都与重大政治历史事件密切联系，但它的侧重点已不是政治或现实生活本身，而是为心灵过滤、浸透过的生活内容，它不再依靠生活事件自身的重大来争取文学的价值，而是侧重于作者思想、情感在作品中投射的深度，从而确定了文学中人的价值。其次表现在淡化了戏剧性情节，以至于使作品的可读性减弱。这些小说虽然还有一个情节框架，但都为大量的情绪化的生活细节描写所挤满，从而每每使读者旧有的审美期待落空。如读《春之声》和《夜的眼》时，总觉得在中间或结尾处该发生点什么不同凡响的事情，但岳之峰上了车又下了车，"我"在夜里从城的这一边坐车到那一边然后又返回来，什么都没有发生。后来的评论认为这是对读者审美心理的一种挑战和更新。其实，这只是它客观上产生的后果，而实际上显然是王蒙的艺术追求与大众的审美要求拉开了距离。王蒙当时为了表达自身的情绪（即使《布礼》《蝴蝶》这些与政治联系较紧密的作品，都有极强的自传性），不得不改换套路，从而不再或无法投合以至于背离了大众读者的审美心理。而这与那种投合读者心理的商品通俗文学只是大相径庭的。

从以上两点可以看出，王蒙的探索小说已经开始注意自身的形象和价值，从而改变了文学仅仅作为载体的处境。王蒙是新时期文学的觉醒的第一人，他以自己丰富的阅历，独有的智慧、修养和禀赋，在当时政治处境较为稳定而平和的情况下，开了纯文学的先河。可惜的是，王蒙的追求显然太超前了，曲高和寡，以至于应者无几，而步后尘者只能徒模皮毛，而难体真核。因此，那场实验以王蒙息事宁人地转向写他的第二故乡伊犁而画上了一个句号。

四五年之后，即1984—1986年，纯文学才发展成集体的追求，并形成了一种潮流，开始走向兴盛。这种现象的产生，首先显然是与当时特定文化氛围下作家们的文学的自觉分不开的。那时人们通过时间的推移和自身的努力，已渐渐抚愈十年浩劫给社会和自身心灵所留下的创痛，文学也渐渐卸去了作为载体的一些重负；文学作为解剖刀、教科书乃至法官的职能日益淡化，从而不得不而且也有条件思索自身的前途。其次，这种文学现象还源于特定环境和心态下人的觉醒。此时商品经济的兴起,从其负效应而言,使国民失去了那种淳厚、善良的传统美德,也消遁了那种超然、自由的生命状态。这使富有忧患意识传统而又敏感脆弱的作家们对现实国民品格失望的同时,不禁对民族和自身命运产生了深深的焦虑和不安。于是,作家们尤其是较年轻的作家,开始抛开那些功利性强、当时成功率较高的政治社会题材,而涉猎那种会遭受冷遇甚至误解的题材,即从风俗、地域和历史等方面对国民文化心理进行开掘。

这后来被评论者称为寻根文学的小说实验,虽然与王蒙的"意识流"小说在品性上有一种内在的相似,但又有许多不同之处。显然它不是王蒙探索的一般性承续,而是作为新时期纯文学的一个重要发展阶段,是对王蒙的探索的一种弥补和发展。这种不同和超越具体表现在以下几个方面。

首先,这时的纯文学,不像王蒙那样仍以大篇幅的政治、现实内容为保险系数,而更多的则是从历史和文化之中来表现人生、人情、人性。稍微考察一下就会发现,此时的纯文学与现实同步者很少,大多都将人物活动的背景放在不太确定的过去的时间之中。郑万隆《异乡异闻》系列的时间处理就极为模糊,给人大约是民国初期的印象;莫言的"红高粱"系列,则是抗日战争时期居多;阿城的小说虽多写"文革"之事,但却淡化了政治背景;王润滋、贾平凹等的作品,虽然没有脱离现实生活,但却是高扬与时代精神相悖的被现代文明分隔的荒岛野岭上的传统美德。与传统文学将时间因素看得举足轻重相反,在这里,时间因素似乎成了一个可有可无的道具、媒介或点缀,而作品主旨则是反映那种超越时空具有永恒魅力的、凝淀于国民心理的文化品格。

其次,王蒙的实验小说充满着个性和主观色彩,自传成分较多,而且处处可见王蒙这个"小我",而此时的纯文学则着力于理想的人格的铸造。这种理想的人格,是民族的,从表面上又极难看出作者个人的影子,因此它表现的乃是一种客观的、集体主义精神的"大我"。但与传统文学中的"大我"不同的是,这些理想人格群像,虽大多都从历史走来,不过他们不是历史旧迹的复制,而是现代心灵的倒影和呼唤,静穆客观的"大我"背后的阴影里流动着极强的个性主观色彩。这些作品所塑造的理想人格,约可分为两类:一种为道德人格,它以善为最高境界,表现为敦厚、淳朴、利人、无私、贞洁和献身等,如王润滋《鲁班的子孙》中的老木匠、郑义《老井》中的孙旺泉、贾平凹《天狗》中的师娘和天狗等；另一种为审美人格，它以美为最高境界，表现为不受外物、他人乃至道德伦理束缚的自由自在的生命形态和未受现代文明侵蚀的人的原始生命活力，如郑万隆《老棒子酒馆》中的陈三脚、莫言《红高粱》中的爷爷、阿城《棋王》中的王一生等。而这两种人格，正是在现代文明负面冲击下现代人所失落的。作为时代最敏感神经的当代作家，当然义不容辞地肩负起找回失落的美好人性的重任。

最后，在形式上，此时的纯文学，不像王蒙那样对心理包括潜意识内容一往情深，转而注重人物的外在行动、语言和具体场景的叙描。在结构上，异于王蒙在时空上的跳跃性的切割、闪回和戏剧情节的淡化，而注重了时空的连续性、情节的完整性和故事的传奇性。从局部的手法看，这似乎是对传统形式的回归，但从整个格调上看，却又是中西合璧式的创新。如韩少功的荒诞色彩，莫言对直觉的注重，贾平凹冷静而忧郁的叙述格调，都和西方文学乃至西方现代派文学存在着某种血缘联系。

总之，此时的纯文学已由个人的尝试，转为大规模的、集体的、自觉的、理论指导下的创作，而开掘的内容也潜入更深的层面，从而形成了初步兴盛的崭新局面。

二

1987年和1988年年初，纯文学似乎给人们留下了这样的印象：它对1984—1986年的格局反拨而向1980年的王蒙的模式回归，或者是重续和高扬被寻根文学所阻断的实验。这从以下几方面可以看出一些端倪。

首先，在对待西方现代人文思潮和西方现代派文学的态度上，由1984—1985年的手法上的谨慎借鉴和观念上的敌视、对抗，转向全面地欣赏、认同和仿效。对于这一现象，评论冠以"现代派""现代主义""先锋派"等多种徽号。不论这背后是反对、批评，还是赞赏、鼓励，但有一点是共同的：大多数认为这种文学与西方现代派文学有着千丝万缕的联系，或者就是它的翻版；有的甚至认为，这种文学是脱离中国现实生活的，是对西方现代人文思潮的图解。不过，一种外来的思潮或文学不可能完全地、机械地被一个国家所接受并形成一种潮流，它只能成为某种文学追求，流派或思潮兴起的媒介、借鉴或导火线。因而1987—1988年文学中的现代主义追求，不是一种生硬、机械的外来文化的移植，而主要是中国社会现实土壤的精神产物。这时的文学开始从上阶段的理想人格的塑造转向对现实的怀疑、否定和解剖，开始从自我制造的神话的虚幻中走向现实大地。不过，这种否定不是在政治上而是在文化层面上，这一点却又往往引起各种误解。

其次，此时的纯文学不再是历史中的理想人格的塑造，而是对现实中自我生存状态的展示。它更多的是表现普通人在吃、穿、住、行等日常生活中的追求、苦恼、挣扎和失落，再也看不到上阶段那种理想人格的悲壮和崇高。作品中自传色彩有了更多的流露，似乎完全卸去了政治、文化等一切使命，而直率地倾吐作者个人的内心世界。

产生以上这样大的变化，表面上看来似乎不可思议，而细细考究来，又是极其自然的。这类作品的创作主体，大多是当时三四十岁的作家群体。"文革"给他们造成的不幸，如早期学业的空白，笼罩在动乱、年代阴影中的婚恋，新时期商品经济大潮及相伴而来的新的伦理、价值观念的冲击，使他们成为失去太多而又极想得到某种补偿的一代人。他们虽然是不幸中的大幸者，在事业上得到了某种补偿，但人生中某些美好的如青春、爱情的欠缺却是无法弥补的。作家天性中的敏感和忧郁，更多地感受到这种缺憾。因而，找回青春、爱情和失落的自我，就自然而然地成为他们意识深层中的一个情结。而文学创作显然是实现这种心理追求的最佳手段。这些作家新时期之初有的就涉足文坛，加入了政治控诉、历史反思的行列，如孔捷生、史铁生，那时他们宣泄的是被政治认可和保护的时代情绪。以后，在纯文学的上一阶段，他们都崭露头角并成了主力，其笔下所流露的情绪，已经淡去了政治意义，与自身更为贴近了一步。不过，在以上发展阶段，因为文学观念的限制和文人自身因袭已久的使命感和忧患意识的制约，他们无法进入现在的写作状态。而现在，他们因为前面的功绩及社会环境的平和，可以心安理得地写点属于自己的东西了，因而他们潜抑已久的情绪找到了得以展现的契机，他们创作风格的骤变也就顺理成章了。

我们稍微注意一下就会发现，性和死亡成了此时纯文学的热门话题。在这些作品里，性不外正反两个取向：一是对性的畏惧、怯弱、压抑和无能现象的针砭；二是对性的舒展、畅快和自由的高扬。这显然是这些作家实现他们的情结的一种方式，即通过生命力正反两方面的褒贬来弥补自我青春活力一去不返的遗憾。这又显然与商品文学中作为吸引读者的手段不同，它充满着神圣和虔诚。而死亡，在这里也不同于政治社会文学中受某种政治势力的迫害，更异于商品通俗文学的起于财色的凶杀，而是美好生存愿望不能满足的一种决绝的选择，并又大多是因生命的舒展要求（如性的自然要求）被人际、伦理等外力所阻而采取的对生命的否定从而达到一种圆满追求，如马原的《死亡的诗意》、洪峰的《极地之侧》。这也是作者想在创作中体验一下火辣的生存方式，并以此对现存处境进行对抗。

应该指出的是这些创作并非作家个人的自慰式的宣泄。虽然创作动机上是个人的，但在效果上往往又是人类的，具有更大意义上的普遍性。在这里，每个"这一个"里面都自然而然地流露了一般，并和世界现代文学汇为一流。如陈村的《象》写了两个故事，即"我"的故事和象的故事。"我"在爱情上是不专一和意志薄弱的，在妻子和妻妹之间游移不定；而象则对爱情忠贞不渝，甚至在象群干涉并粗暴地踩躏了小母象后，他们仍然恩爱如初。"我"在性方面是无能的，面对异性的吸引和鼓励，自己的各种努力都无法奏效；而大象却充满着野性的活力，活泼地完成了上帝赐予自己的对母象的义务。这两个故事实际上是两个世界或两种生存状态的呈示：大象的世界是未被现代文明浸染的生机盎然的生命形态，而"我"既有作者的影子，同时又是同一生态和心态下的被现代文明所囚禁的一代人的生存困境的化身，是一种猥琐、浮薄而又苍白的生命状态。前者是理想的世界，而后者则是现实的世界。作者是以前者来否定和对抗后者。而这与对压抑、禁锢人的健全发展的现代文化进行针砭的当代世界文学的流向又是惊人相似的。同样，马原的《死亡的诗意》中的女主人公的自焚，洪峰的《一个星期六晚上的故事》中"我"的绝望、悲凉，也是一种全面发展自我个性、尽情享受生命之乐的愿望和这愿望同现存的伦理观念的冲突中所产生的行为和心态，与《象》有着共同的意蕴和取向。

至此，纯文学已发展到它的极致，我们有必要对它的价值和地位进行一番估量了。由于多灾多难的历史和大陆农业文化的影响，我们成了一个重群体意识和理性的民族，因而无功利的纯文学极少。即使到了现当代也是政治社会文学走红，而如沈从文、郁达夫、戴望舒等重情偏美文者被打入冷宫，受到冷遇。而纯文学格局和流派的真正形成，是在新时期才出现的。尽管你可以提出各种各样的挑剔和指责，但你无法否认这种现象的出现不仅标志着文学的繁荣和多样化，而且也映射出了民族心态的轻松、舒展、开阔和成熟。更值得一提的是，纯文学是对精神价值的一种肯定，是对人的异化现象的反拨，是茫茫无际的现代文明沙漠上的一片生机盎然的绿洲。

三

　　任何事物的发展都有一个极限，一旦太过则会走向歧路甚至反面。大概是致力于纯文学的作家们被自己瞬间的创造和发现及其在文坛上产生的巨大反响所陶醉和震惊了：那种真实地抒写自我的文字竟也可以成为文学，而且为人所称道。这种成功使他们产生了某种误解：创作是一件轻松而容易的事情。因此，1988年年末至今，纯文学开始步入一个不大景气的处境，前一阶段轰轰烈烈的辉煌顿时化为极其窘迫的尴尬。

　　这种现象表现在作家们固守着原来的创作模式，不能有所创新和超越，所做的仅仅是修修补补的改头换面的工作。文学的特性在于创造，它不仅要超越前人、同代人，而且还要超越自我，而此时纯文学家们却只在自己所营造的迷宫里兜圈子。上一阶段，纯文学在表现现代人的困境以实现对历史进程中现代文明负面的批判这个大主题下，形成了以下几种模式，而如今的作家却没有新的拓展。①理想人格模式。这种模式如前所述，在1984—1986年即走向兴盛，而此时原先曾致力于此种文学者，大部分已转入别种品格的文学。如郑万隆从《异乡异闻》转为《东西南北》系列，改换为社会政治主题了；阿城改写电影和从事艺术研究了；王润滋也未产生力作。一些仍固执于此者如莫言写了《复仇》等，但气数已至强弩之末，失去了昔日《红高粱》那种大红大紫的景象；张承志的《黑山羊谣》除了重提那种寻找理想和悲壮之外，也难与早期之作《金牧场》《北方的河》《黑骏马》等相比肩。②孤独恐惧型。这种类型的代表当推女作家残雪。她主要表现被外在环境所挤扁了的变异心理，大多以变形手法，通过错觉、幻觉乃至梦境使内容得以体现。她的《山上的小屋》《公牛》等已将这种意蕴表达得十分充分又极有韵味，从中也显示出其极敏锐独特的艺术感觉。而其后的《天堂里的对话》《逃脱困境》等，徒增了晦涩，似乎无大新意。③戏谑调侃式。这种类型以一种嘲讽、嬉笑怒骂的态度对貌似神圣、高贵而背后隐藏着虚伪、做作的事物进行嘲弄和对抗。这于1986—1987年的徐星、洪峰等均有表现，而尤以王朔为最。不过王朔在1988年风光之后，就开始谨慎起来，而对《渴望》的参与策划，显然是对原先追求的一种戏剧性反拨。④梦幻舒展型。这种类型多展示现实中并不

第三辑 现象透视

存在而出现在梦幻、想象中的生命力的旺盛和人性的圆满。马原、陈村等在1987年前后均有此种追求，而尤以格非《褐色鸟群》最富代表意义。此时虽仍陆续出现，但已少了鲜活气息。

这种文学现象的产生，并不是某种单一原因所致，而是各种因素纠合在一起所产生的必然结果。从内部原因而言，首先源于创作者生活视野的狭窄。这批作家大多都在农村下放过或就在农村长大，都有一阶段程度不同地接触并体验过平民大众的生活，这是他们得以成名并继续开掘的矿藏。但是，随着自身地位的确立，他们大多都进入都市，开始过一种职业作家的生活，以至于中断了那种接触大众的机会。虽然文学的成功与否并不在于写什么而在于怎么写，但一个作家的生态即他所处的自然环境和人际关系却会影响他的心态并深深地制约着他的创作。纯文学高潮期的成功使他们产生了一种错觉，即生活无关紧要，关键在深刻的、不同凡响的体验及其独异的表现。这种认识不能说没有一定道理，而且上一期的成功还使其得到某种印证。但它却使作家们走入这样的误区：偏执于个人的小天地而面壁虚构着人生的悲欢离合，而不再屑于问津世俗人间之事了。他们有的想从个体入手而走向一般和普遍，有的则认为个人的感受巨细不捐皆可为文。殊不知，隔离了大众的、偏执的心灵，只能使前者因升华时牵强出现概念化和雷同化，并使后者因无所提升而流于琐屑和无聊。其次，这还源于作家对自由的放纵，在某种程度上促使了随意性、无创造性、无审美性自我的泛滥。

从外在原因而言，首先源于评论的压力和娇宠。评论对创作来说，显然是比一般读者更权威、更社会化、更迅速的一种反馈，创作有时往往是根据评论的眼色来调整自己的步调的。而当时，一方面评论对作者创新的要求，使作者受到某种无形的压力，来不及将自己某一领地表现圆满，就匆匆地追逐下一个目标，从而失去了忍受寂寞、默默耕耘的耐心；另一方面，理论不去批评、指正创作中的某种失误，从而给作者造成了一种凡是存在的就是合理的，只要冒险犯禁就能得到喝彩的错觉。比如，孙甘露的小说虽说有一定可取甚至独特之处，但那种飘忽怪异的思绪却很难让人把握。而一个评论家却反而为之鼓噪，谓之书本也是一种生活，也可走入创作的视野。其次，缺少一种科学的、朋友式的、让人口服心服的理论的引导和提醒，以使他们走出这种怪圈。那种教条的、政治化的、说教式的所谓背离生活的指责，无疑火上浇油地助长和刺激了他们那种我行我素的逆反心理。

新时期的纯文学，以疏离大众并切近自我而开始而兴盛而至高潮，同时也因之而困窘衰落。它的命运犹如彗星，留下了瞬间而美丽的光环而后就溘然而逝。这就给我们留下了遗憾和思索：为什么它没有汇入文学的汪洋大波而是误入了沙漠小径而中途干涸了呢？

自我的发现和表现显然是新时期纯文学的一个突出特点。诚然，任何纯文学都是以独特的个性体验的介入而得以显示并成功的，但这里我们应区别开两个概念，即自我和自我意识。沉迷自我的人未必有自我意识，而有自我意识者则可在任何描写对象上留下作者个人之印痕。纯文学最终的消解，也就在于沉迷于自我而不能自拔，没有将自我意识即独异而深刻之生命体验投诸外物并使之拓展。这些作家忽视了这一点，即自身本质力量的实现并不仅仅靠自我的宣泄。他们的斤斤于自我不舍，恰恰是对自我的不信任。一个作家不仅要熟悉自己或本阶层的生活，而且还应了解本时代全民族乃至人类的共通的心理情感并加以表现。只有这样，才能处于智力上的优胜。

这又回到了那个古老的命题：文学即人学。这个命题的理解应是：文学乃人本质力量的对象化。人首先要有伟大的品格和情感，然后才能写出伟大的作品。只要作者是圆满的、健全的，那么无论其笔下反映什么内容，都不会使自身成为某种表现对象的奴隶，而是真诚而伟大的自我。这在当代文坛并不是不能成为现实。作者应将创作作为自身的目的，而不应作为进身之手段。海明威发现自己的创造力减退，就用枪掀掉了自己的头盖骨，这种做法虽不足取，但那种对文学的虔诚和执着，却是极让人崇慕的，也是我们的一些作家愧颜莫及的。

新时期文学中的四类女性形象与男权意识

女性的解放程度是社会解放程度的重要尺度,因而女性总是现当代作家所关注和着力塑造的对象。新时期文学中的女性形象,一改"十七年""文革"文学中仅仅作为社会层面的那种单一的符号和载体,而变得色彩纷呈和绰约多姿,这是新时期文学的一大进步和收获。但透过这多彩和喧闹的现象细细考究,笔者却发现了一些令人忧虑的景况:从总体上看,大多数女性形象表现了现实女性的生命图景和存在状态,具备了本体论的意义。但有相当多的女性形象却笼罩在男权意识的阴影之中,即这些女性形象与现实中的女性发生了错位,成了男权意识统摄下的个人欲望的反映。换言之,新时期文学中有相当数量的女性形象并非现实的真实反映,而是为了满足男性现实中不能实现的对异性的欲望而虚造的幻影。

浮现在男权意识中的对女人的欲望有三种,相应产生了满足这三种欲望的三种女人:满足日常生活需要的母性的女人、满足肉体需要的娼妓一样的女人和满足精神需要的诗性的女人。此外,还有一种女性可以名之为女巫般的女人,她们不甘隶附于男人,而欲与男子在事业、社会地位等方面一比高低,甚至不惜以失去女人特性为代价。这种女性在男性作家的作品中被遗忘、排斥或扭曲变形,而在一些女权主义作家那里却受到了张扬和推崇。以下分别就这四种女性的特性、发展轨迹以及创造她们的作家的心理机制进行考察剖析,并对这一现象进行纵深的文化审视。

一

在 20 世纪 70 年代末 80 年代初的"伤痕文学"和"反思文学"中,出现了众多引人注目的情操高洁、品格纯正、心灵美好的女性形象:她们有的在丈夫遭受政治贬谪时不离不弃、生死相守,共同承受天灾人祸,如王蒙《布礼》中的凌雪、李国文《月食》中的妞妞；有的为了拯救心上人甘愿独自背负十字架忍辱含垢，如祝兴义《杨花似雪》中的杨思萍、张贤亮《土牢情话》中的乔安萍；有的则出于同情、怜悯或殉道精神做出了痛苦而理性的选择：与政治、家庭上的受难者结合，如鲁彦周《天云山传奇》中的冯晴岚等；有的虽然在婚姻上是被动的组合，但在困苦的生存中却能相濡以沫，相亲相爱，如张贤亮《灵与肉》中的李秀芝等。这些女性尽管经历、素养、性格各异，但有一点是共同的，即生存目的不是为自身而是为了别人，忍受苦难、牺牲自我是其生命的内涵和意义，自我献身是其升华和实现自我的重要方式。她们虽然有一定的生活原型，如流沙河、王蒙、刘绍棠等的妻子，都是在患难之中显示出了忠贞不渝的美好心灵的。但作为一种文学现象，这更多地反映了男性作家在特定文化氛围中的一种心态，即塑造那富有献身精神的完美的女性以使自身现实的苦难得以化解。此期的这类女性形象，大多是母性和诗性纠缠在一起、混沌未开的。她们首要地具备了忍受政治苦难和世俗庸琐的品性，从而满足了男性心理中的现实生存需要；同时这种品性又得到了升华和净化，满足了特定时期男性的精神需求；这与当时流行的诗化苦难是一致的，折射出了积淀于传统文化中的女性的人格病变和男性的残酷心态。对苦难由忍受以至发展为崇尚，成为女性实现自我的畸形扭曲的方式和途径。中国特定的文化背景使女性处于极尴尬的困境：事业上强了，将失去女性色彩，造成婚恋家庭的悲剧；社会地位低了，则依附于男性沦为庸常，苦难的出现则使女性多了一道灵光，使平淡的生命因外力的压抑而悲壮崇高，在男人世界找到位置而又不失去女人的品性。从而苦难成了超度女性的宗教，而实质上却反映了女性扭曲生命的本真状态的受虐心理。王安忆《流逝》中女主人公欧阳端丽的遭际和心路历程，从一个侧面展示了这一点。从男性的角度看，张扬女性的献身殉道，则又全是以男性为本位的，是男权意识的流露，即牺牲女性的终极价值来自我安慰、自我完善和自我实现。

如果说这类母性形象在特定的文学环境中尚与诗性纠缠未分而显得面目模糊的话，而在20世纪80年代中后期和90年代初则显得明朗清晰了许多，即满足男性生活需要的功能更加突出了。刘恒《白涡》中周兆路之妻老实、安分、勤劳，虽然引不起周的兴致，但周却与之生儿育女，共享天伦，连风骚美丽的华乃倩也未能打破这种组合。顾城《英儿》中的雷，对英儿这个实际上的第三者的介入不但认可了，而且还为他们的结合做出努力，显示了母性特有的宽仁大度。马原《死亡的诗意》中李克的妻子在自己临产时，将李克喜欢的女孩送至他身边以慰藉他的寂寞，流露了母性的善解人意。陈忠实《白鹿原》中白嘉轩的众多妻子短命而顺从，满足了家族的人丁兴旺和种的延续。此期这类女性共同的特点是宽厚、本分、实在、温顺，给男人带来安全感，是家庭职能的重要承担者。她们身上的诗意和理想色彩已被淡化，完全走向世俗和男子的日常生活。从作者的价值评判和情感取向而言，也完全由赞美转变为中性的陈述。

对这类女性形象认识较清醒的，是那些较敏感而又有一定思想深度的女作家。她们对这类女性进行了解构和还原，对其劣根进行了针砭和批判。铁凝《麦秸垛》中的大芝娘被丈夫抛弃，离婚不离家而独自养大女儿大芝，夜里抱着枕头打发青春的寂寞，字里行间流露出作者的惋惜和悲悯。王安忆的《荒山之恋》中的"她"以母性的温柔敦厚征服了"他"，并以母性的宽容大度原谅了"他"的背叛；然而这里作者却是剖析女性的异化现象，与鲁迅在《小杂感》中对女人的批判"女人的天性中有母性，有女儿性；无妻性"，"妻性是逼成的，只是母性和女儿性混合"相承继。安娜的《时钟在摆动》则从生命深层揭示了这类女性的心理病变。教授夫人表面上是事业成功的丈夫的牺牲者、奉献者，但骨子里却是以这种殉道者的伪装来掩遮自身的平庸、无能和乏味，一当丈夫另有新欢，她的色厉内荏便暴露无遗，只有以服毒和歇斯底里的撒泼作为自卫的手段。女性作家更懂得传统文化强加给女性的重负和女性自身的弱点，因而以敏锐而犀利的笔锋展示了这一类女性世界血淋淋的现实，与男性作家笔下的同类女性形成了鲜明的对比，从而具有本体论上的意义而让我们警醒。

二

具有诗的品性的女性形象，是男权意识统摄下的作家所着力塑造和表现的，是男性审美理想的外化。完善化、理想化和非人间色彩是其显著特征，具体表现在：①美丽。这不仅表现在形貌上娇美动人，更体现在一种神形相融的独特风韵。既不像母性类平凡暗淡，也不像娼类的娇艳妖媚，她们不太注重外在的装扮和人工的修饰，而是崇慕自然、素朴和本真，举手投足流溢着生命的律动和青春的激情。无论新时期之初魏巍《东方》中的杨雪，还是陈忠实《白鹿原》中的白灵，无论是贾平凹《天狗》中师娘这样的少妇，还是马原《死亡的诗意》中情窦未开的女初中生，都具备着这种鲜活的、充满生力和光彩的天然之美。②纯情。这又包含两点：首先，在对待性的态度上，既不像母性类那样淡化、压抑性意识以包容男性，也不像巫类失去性意识或以雄性化的面目来对抗男性，更不像娼类以色相引诱来征服或献身男性。她们既不回避又不放纵，而是将之自然升华，达到一种审美的境界，对男性是一种欣赏和被欣赏的态度，给人留下纯净透明又心旷神怡的感受，如师娘之于天狗，白灵之于鹿兆鹏。其次，对待爱慕的男性往往能超越世俗伦理和实用功利，追求至真至善至美之情，例如：田晓霞不考虑自己和孙少平在社会地位和文化素养上的差异而对之忠贞不渝、以心相许（路遥《平凡的世界》），白香则对那个被囚禁的民间艺人全心倾慕和呵护（贾平凹《冰炭》）。③独立自存。尽管以男性为对象展示自身的魅力并实现自身价值，但她们却拥有一个属于自我而不为男子所知的世界，被男子创造却又游离于男人世界，自足、飘逸，难以被把握，因而男子对其只能远远地观赏、遐想，却不能走入其内心深处。这种相对男性的独立感和距离感，是其诗意永驻的表现和原因。

此类女性形象往往在作品中男主人公的生命和视野中展开，与男主公仅仅保持密切而至真的精神关系，而尽量淡化或割断世俗的现实关系。因此，作者在处理她们和男主人公的婚恋行为和走向时，往往会违背生活逻辑和常识而让其从男主人公的生活中莫名其妙地突然消失。安排她们死亡是阻止她们和男主人公婚恋现实化的常见手段，例如：白香毙命于排长的枪口，白灵含冤于极"左"路线的清洗，田晓霞遇难于采访中的水灾。让她们出走也是一种处理方法，如顾城《英儿》中英儿和练气功老头儿的私奔。还有一种安排则是男主人公自动逃避或退却，例如：郭祥之于杨雪（魏巍《东方》），"我"之于女记者（张承志《北方的河》）。另外一种处理则是她们已经与别的男子结婚，却与男主人公保持精神的关系而不准备发展为现实关系，例如：天狗和师娘（贾平凹《天狗》），庄之蝶和汪希眠的妻子（贾平凹《废都》）。这种悖于常情的阻止此类女性与男主人公现实的结合的努力和安排，一方面表现了男主人公面对此类女性往往缺少自信，或者不忍破坏美好的境界而宁愿远远地观赏、品味，不愿走近；另一方面，更重要的是作者不愿让此类女性进入世俗生活。因为进入世俗生活即和男主人公产生现实关系之后，此类女性要么转为母性类而沦入琐屑凡常，要么变成娼性类而纵情放荡。即使不这样，也破坏了此类女性原有的诗情魅力。作家不惜以牺牲生活逻辑而张扬这种精神的价值和意义，将这类静女、诗女作为理想、美好的化身和精神家园的重要内涵。这样的先验的预设使作家不得不做出这样的安排，而此类女性精神价值确立之时，她们在作品中尤其是男主人公生命中的符号性质也相应被定位了。

三

较之以上两类，娼类女性形象的历史演变过程较长，层次的丰富性也较强。她们的历史渊源甚至可以上溯到"十七年"文学中，风骚放荡、品行不端这种道德上的伤风败俗又总与其所处的社会地位、政治立场相对应：她们要么是心狠手辣的女土匪，如曲波《林海雪原》中的蝴蝶谜；要么是别有用心、拉人下水的地主婆、反动分子，如柳青《创业史》中姚士杰之妹、浩然《艳阳天》中的孙桂英、孙犁《风云初记》中的俗儿；有的是守不住春闺的阔小姐，如欧阳山《三家巷》中的陈文娣；有的是误入歧途、破罐破摔的畸形儿，如《创业史》中的素芳、孙犁《铁木前传》中的小满儿。新时期之初，具备这类性格品行的人物陆续有李剑《醉入花丛》中的叶丽、张贤亮《绿化树》中的马樱花和《男人的一半是女人》中的黄香久。这些女性形象因作者通过其命运进行政治反思，与上述"十七年"的此类人物相承相通，不同之处在于作者的态度已从以前的批判否定转为淡化善恶的道德评判，从而保持中性甚或略带同情和欣赏的态度。20世纪80年代中后期，出现了诸如刘恒《白涡》中的华乃倩、《伏羲伏羲》中的菊豆、铁凝《麦秸垛》中的沈小凤、王安忆《荒山之恋》中的金家巷的女孩等，作者着力从这些人物异于常规、有悖人伦、荒诞不经的行为背后开掘潜在的底蕴。这不仅实现了对传统文化的病变和现代文明的负面批判针砭的目的，而且人物的自足性和丰富性也相对增强了。王安忆《冈上的世纪》中的李小琴、马原《死亡的诗意》中的林杏花、莫言《红高粱》中的戴凤莲等，均展示了生命的自由活泼、洒脱和舒展，以对抗现代文明背景下的枯萎衰颓，但符号化倾向已初露端倪。及至晚近，贾平凹《废都》中的唐婉儿、柳月、阿灿，吕新《抚摸》中的黑胭脂，洪峰《和平年代》中的盼盼等，不仅失去了生活的真实性，也失去了人物性格的丰富性和人物行为逻辑的内在合理性，个人自身价值完全失落，完全成了任人驱使、随意涂抹，招之即来、挥之即去的工具，已沦为男性主人公现实失落后心理的补偿物。

这类人物尽管历史跨度大、类型繁、层次多，但从其所处的历史地位、文化背景和政治身份中剥离出来，就会发现她们身上存在的共同特性：美艳妖丽、风骚水性、放纵情欲、富有性感，作为一种追逐异性而又甘于为男性所猎获的尤物而呈现于男主人公的视野。男主人公对于她们的需要，仅仅在于肉欲的满足，大多没有心灵深处的交融碰撞，也很少建立精神上的联系。陈村《象》中的"我"在床笫之欢上周旋于妻子林林和妻妹林一之间，有时"我"甚至分不清二人，"我"所关心的仅仅是性对象即对方的肉体。刘恒在《白涡》中这样描写周兆路对待华乃倩："他爱她，这种爱让他晕眩，但他闹不清自己是不是只爱那具肉体，那具仿佛是无所属的孤立的女性之躯。他想起她的时候，实际上他是在想它，它借华乃倩的伪装而存在，它没有人格，或许，他并不尊重它。"不仅没有精神联系，这些女性也不被男主人公发展为现实的婚姻关系。有的男主人公以各种借口离开这类女性，实际上是始乱终弃，如《绿化树》和《男人的一半是女人》中的章永璘对马缨花和黄香久的离弃；有的是只顾暂时肉体放纵而不考虑这种关系的归宿，如刘毅然《摇滚青年》中"我"与画广告的女孩的陶醉和狂欢。男主人公在不危及家庭稳定的前提下与这类女性保持着两性关系，而一旦影响了家庭关系的平衡，则会将这类女性抛开，如《白涡》中当华乃倩准备离婚而真心地与周兆路开始新生活时，周却找个借口"把她像破烂儿似的甩了！"

娼类女性形象的大量出现，暴露了男权意识统摄下的作家潜意识深层占有欲和征服欲的涌动。这渊源既有旧传统中的狎妓养妾和现代的结交情人的行为，又有男性原始蛮野的动物性。这反映了在商品经济大潮冲击下，一代人内心生命意识的躁动。虽然相对于"文革"的禁欲和压抑，自有其顺乎人性的合理性一面，但相对于人类的理性规范，又有其轻薄、浮狂的一面。

四

巫女是在男性中心的社会中出现的最早具有职业上的独立性的女性，她们往往凭着一定的知识和特殊技能（如通神）等，使自己与男权相抗衡。走入现当代文学时，她们有了一定的变形，如沈从文笔下的落洞女子、赵树理《小二黑结婚》中的三仙姑、张炜《古船》中的张王氏等，大多是在对婚恋不幸的不甘而又无奈的情境下以变态的方式（如使神弄鬼）来反抗命运。作家除了展示并批判造成她们人格变异的社会、文化背景，对其同情之外，还流露了一定的贬斥和讽刺，即把她们作为怪胎来描写，甚至和封建迷信相提并论。本文所论述的出现在新时期的巫女，并非上述的具有巫这种职业性质的女性，而是在人格、行为方式上具备巫的某些特点的女性形象。她们属于知识女性中特殊的一类。

此类女性形象性格的一些因素，在谭力的《一个星期六的晚上》中的"她"和张抗抗的《夏》中的岑朗这两个人物身上已有所萌芽。她们都是女大学生，而且都不太顾忌男权中心的价值观念和行为规范，我行我素，甚至敢对代表某种权威的男性进行嘲讽和对抗。如"她"对干涉她穿戴打扮的辅导员和进行政治说教的教授反唇相讥，将一位男同学写的一封肉麻的求爱信公开贴出来"奇文共欣赏"；而岑朗则宁愿政治课不及格而仍将自己对社会的看法写在答卷上。不顾传统的伦理规范而追求个性解放和自我价值，是其共同点，但这里仅写了她们外在行为的独异不俗，仍未深入人物内心世界以表现其复杂性和丰富性。而张辛欣、张洁等女作家塑造的带有自传色彩的女性形象，则标志着此类女性形象已臻定型和成熟。

巫性女人所追求的终极目的，不再是取悦男子，事业的成功、独立的社会地位和圆满自主的人格成为她们奋斗的目标。她们不愿依附于男人，而愿以一个独立的个人与男性平等地站在同一地平线上。但因为社会习俗、传统意识中的男权中心和相应的对女性的歧视，往往使她们不仅在事业上要付出更多的努力，有时还要以家庭生活、婚恋的残缺为代价。她们对男性世界充满着敌视，将之作为竞争对手甚至仇人。张辛欣《在同一地平线上》中的"我"，与丈夫追求事业上、人格上的平等，想到了孟加拉虎的凶猛和残忍，将男女之间的关系和"物竞天择，适者生存"的动物相提并论；张洁《方舟》中的女导演梁倩，将男子视为流氓而加以防范和攻击。而在这种与男子较量一比高下的过程中，她们逐渐在性格和行为方式上发生了变异，即出现了"雄化"现象，完全失去了女子的温柔、娇弱等性别特性，像男子一样的刚强甚至粗野。《方舟》中的女导演梁倩，像男子一样地抽烟、说脏话；张辛欣《这次你演哪一半？》中的"我"，在一个临时组成的"家庭"里，不得不充当"爸爸"的角色。她们有的甚至逃避女人的天职，失去其自然本性，如《在同一地平线上》中的"我"，为了事业而打胎；《方舟》中的三个女性，都离了婚而不再准备成家。这展示了这类女性的悲剧性命运，即独立健全的人和残缺女性的矛盾，成功的事业和失败的婚恋的冲突。她们为了事业和人格的独立，失去了美好的青春和爱情,当她们在事业的顶峰回望贻误的花季和返视人生现状时,又悲从中来,无限伤怀。张辛欣的《我在哪儿错过了你?》即表现了此类女性的这种人生选择和奋斗过程的尴尬艰难处境。这些女作家完全打破了以男性为中心的叙述视点而以女性为本位,从女性的地位、命运、利益和处境出发来展示人物的内心世界和人生际遇。

值得玩味的是,这类女性,男作家却视而不见,被他们遗忘、回避、拒绝了,因此她们很少在男作家笔下出现,或者是被以变形的方式表现。只有周梅森的一些作品中的女性,似可归入此类。这些女性如霞姑(《英雄出世》)、于婉(《孽海》)都处于作者叙述的中心位置,大多都拥有一定的权力或地位,在特定的环境下承担了男子一样的使命和角色。作者突出表现的是人的行为和目的之间的错位,显示出荒诞意义,侧重展示这类女性性格异化的一面,对其相应的合理性、丰富复杂性的揭示则相形逊色。

五

以上的四类女性,是为了分析的便利从新时期众多作品中归纳抽离出来的,在具体作品中,情况却更为复杂多样。就前三类女性而言,她们大多出于男作家之手,而且浮现在男主人公的生命之中;在具体某一篇作品中,这三类女性会在同一男主人公的视野中出现。《废都》中围绕着庄之蝶的,有母性的牛月清,娼性的唐婉儿、柳月、阿灿,诗性的汪希眠之妻。马原《死亡的诗意》中,则有纯情的女中学生、放纵的林杏花、矜持宽厚的妻子同时出现,交织在李克的生活中。有时,甚至在一个女人身上混杂着两类女性的特点,换句话说,是男性的不同欲望在一个女人身上实现。《英儿》中的英儿就是诗性和娼性相混的典型。在顾城的生命视野中,她既有纯情真挚的一面,又有世故放荡的一面。这满足了顾城灵与肉的需要,同时又使之陷入了得此失彼、鱼和熊掌难以兼之的矛盾、痛苦和忧伤之中。

从作者对这些女性的价值取向和人生走向的安排可以看出,作者大多是从男性本位出发来塑造她们的,因而这些女性失去了独立自存的意义,仅仅是作为男性欲望中的符码而存在的。她们是男性的集体无意识通过男作家和被男权意识浸透了的女作家之手的外化,是男性面对现实中自我生命的缺憾而做出的一种以非直接的虚幻努力来自我补救、自我完善的追求。这与"文革"及"十七年"文学的没有性别色彩而仅仅滞于政治社会

第三辑 现象透视

层面的现象相对，有其回归和合乎人性、人情的一面，是一大进步。窃以为丑陋的人性比完美的神性要健全得多。

同时，这种现象也引起我们深深的忧虑：它在一定程度上折射出了历史转型期某些知识分子人格和心理的残缺衰弱。从这三类女性隶属皈依男主人公的叙述模式上，我们读出了某些知识分子在政治、经济地位处于边缘之后，面对精彩喧闹的现实世界的无奈、无聊、焦虑、绝望和退归内心的自慰，读出了他们游离于社会主流之外的怀旧和扭曲的对抗，很难看出现代人的平等的、健康的充满生命激情的男欢女爱和两情相悦，很难看出知识分子的那种领时代风骚、面对时代大潮激流勇进、推波助澜的大气概。这应引起我们的警醒。进一步考察可以发现，这三类女性所承负的三种品性，又代表着男子的三种需求、人生境界或男女相处的三个过程。这三种品性完全可以浓缩汇聚在一个女人身上，换句话说，每一个女人身上都不同程度地存在着这三种品性。但这里，男人的浮躁却使之外化分裂为三类独立的女人，显示了当代人在特定时期人格的破碎支离，情与欲的分裂，理性、人性与动物性的分裂，本我和非我的分裂，世俗性和神性的分裂。

以上这三类女性在男作家笔下的男主人公生命中以不同的方式和姿态频频出现，第四种女人却只出现在女作家之手。即使偶尔出现在男作家笔下，也大多被贬低、扭曲，至少被中性化，大多数男作家作品中的男主人公的生活中根本没出现这种女人。换言之，这种女人被男主人公排除在自己的生命之外了。从这种对不同女性的不同态度和取向的安排的背后，我们发现了什么呢？

细细考察，我们发现：母类女性表现的是一种善，她们满足了男性的日常生活需要。娼类女性和诗性女人表现的是美，只是前者是外在的、世俗的美，满足男性暂时的、眼下的肉体需求；后者理想、超然，满足男性的永恒持久的精神需求。对这三类女性，男主人公采取多多益善、兼收并蓄的态度。而巫类女性追求事业的成功、人格的独立，是一种真的境界，却被男子排斥在生活之外，这展示了中国男性的另一层面的心理病变，即慕德尚美而不崇真。"女人无才便是德，男子有德便是才。"这种以善代真的传统文化中的堕性和劣根性以另一种面目沿袭下来了。

男权主义的幽灵，徘徊在新时期文学中，游荡在中西文化撞击、世界文明互融、传统向现代递进的跨世纪时代，这更应引起我们的震惊和警惕。

论新时期文学对人的探索的迷误

尽管对新时期文学的特点和成就有各种各样的概括和总结,但其主线乃人道主义的复归,即对人的发现、思索和开掘,人道主义观念不断取代"以阶级斗争为纲"的观念,这在评论界已基本达成共识。

但是,毋庸讳言,一些作家尤其是较年轻的作家,在对人的认识和表现的过程中,对人性的某些方面如理性和感性、社会性和动物性、主体性和客体性的处理上,往往显得片面甚至过激。一向有着"中庸之道"文化传统的中国文人面对这个诱人而敏感的课题,一反常态地感情用事和走极端,在对人进行道德、情感的价值评判时,显得矛盾、冲突和迷乱,从而在人性的探索和建构上陷入了误区。对这种人性的倾斜和迷误的表现形态、发展轨迹以及相应的文化、社会、心理根源进行分析考察,在当前中西文化碰撞、新旧文明更替的历史转型期,对于重建文化体系、再塑圆满人性、矫正现实人生,都是具有重要的价值和意义的。

一

新时期文学在爱情的表现上取得了令人瞩目的成就。爱情是人性的有机组成因素和重要内容,一个人在爱情中所处的位置,对爱情的理解、体验程度,对待异性的态度,乃其人性的深刻丰富程度的重要尺度。正如勃洛克所言:"只有恋人才有权叫作人。"[①] 新时期文学一反"文革"乃至"十七年"文学对爱情的回避和禁忌,从各个层面对爱情进行了表现和思索,对人性的呼唤、塑造的贡献是极大的。从总体上说,爱情的表现有两

---

① [苏]尤·留里科夫:《爱的三种魅力——爱情,它的昨天、今天和明天》,徐泾元、徐桃林译,工人出版社1988年版,第5页。

种倾向：一种关注精神，另一种侧重肉欲，这两种探索最后都走向了极端，出现了偏颇。

在注重精神这一线索上，较早的当推刘心武的《爱情的位置》。不同于这以前的小说仅仅将爱情作为政治控诉和反思的层面，这篇小说第一次将爱情作为主要描写对象并使之取得了独立价值，发出让爱情在生活中占据一席之地的呼喊。这在广大青年读者中产生了强烈的共鸣，对摆脱"文革"禁欲主义的阴影也有着极大的社会意义。但这里的爱情尚不圆满，仅滞于社会层面，因为真正的爱情是灵与肉的有机结合。《桃树枝》云："人的吸引有三个来源，心灵、智慧和肉体。心灵吸引产生友谊，智慧吸引产生尊重，肉体吸引产生情欲，这三种吸引的结合产生爱情。"[1]《爱情的位置》未能表现异性至情的异于人类其他情感的独特之处，更不要说展示情爱的生理基础和因素了。靳凡的《公开的情书》对爱情的内涵的展示显然有了较大的进展，不过，作品虽然未否定爱情中的肉体成分，如老久对朋友致真真的信批注道："我们追求真正的爱情，但决不轻视爱的生理基础，对于我们来说，精神的爱不是对肉体的爱的遮羞布，肉体的爱要在理想的爱中得到体现，二者是统一的。否则，精神的爱就变成了宗教。"但从真真对自我爱的历程的反思，即否定了超越友谊界限的初中男友、追求世俗利益的石田和贪图情欲的童汝所表现的一代青年对理想情爱的追求，可以看出，这种爱情理想不仅抗拒了世俗享乐，而且排斥了个体的感性内蕴。这一点在老久致老嘎的信中被进一步证实："应该看到，我们和她的相遇，我对她的爱情，并不只是一种单纯的个人遭遇，这是两批人的相遇，……我从来不把我对她的感情仅仅看作私人的感情。"作品中的恋人老久和真真，只是通过信这种间接交往手段来交流思想和感情、探讨科学和人生的，从未谋面，因而不可能进入爱情的感性直观的生命层次。曾经引起较大反响和争议的张洁的《爱，是不能忘记的》把这种突出精神因素的爱情推向了极致。作家钟雨和老干部之间的感情完全是一种柏拉图式的精神恋爱，他们"接触过的时间累计起来计算，也不会超过二十四小时"，但却铭心刻骨，一直持续二十多年，直至他们升入"天国"。这是对精神价值的肯定和张扬，对日常的异性关系的世俗性一面的超越和升华。但

---

[1] ［苏］尤·留里科夫：《爱的三种魅力——爱情，它的昨天、今天和明天》，徐泾元、徐桃林译，工人出版社1988年版，第5页。

这种爱不仅排斥肉体（他们连一次手都未握过），游离于婚姻之外，而且脱离了现实社会基础。这就显得过于玄妙、缥缈和完美，成了超度现实苦难、追求来世幸福的宗教。因而这样的爱情很难说是健全的、审美的和合乎人性的。

表现爱情的另一条线索则是突出异性间的肉体关系，人的个体性、感性、自然属性被重视、强化和放大。这集中体现在作家对性的关注和热情，以至于在1986—1988年出现了"性文学"热。性乃人的自然属性的重要组成部分，是人的生命中最活跃、最不安定的因素，人的性心理的舒展自由程度往往是人的整个心理舒展自由程度的重要尺度，而人性的觉醒总是首先表现在性意识的觉醒。因而特定历史时期的文学总是将性作为表现人性的重要内容，如文艺复兴时意大利的《十日谈》、明中叶资本主义萌芽期中国的《金瓶梅》等。新时期文学冲破了我国主流文学尤其是"十七年""文革"文学写性的禁区，但初期的如李剑的《醉入花丛》《女儿桥》《竞折腰》，张贤亮的《绿化树》《男人的一半是女人》中的性描写，并不具有独立的价值，作者对待性的态度基本上是中性的，虽在特定的背景下遭到非议，但却作为对政治的反思批判而存在。贾平凹的《黑氏》，表现了一个农村少妇不仅实现经济、社会地位乃至人格的独立，不仅希望得到男人精神感情上的尊重、安慰和体贴，而且还渴望、追求男人肉体上的亲热和爱抚。在这里，贾平凹不仅肯定了性心理、性行为的合乎自然与人性的一面，而且将其作为高层次的审美需求和现代社会中全面实现自我的一个重要标准和内容而加以张扬。这表现了历史新时期商品经济冲击下人的内心深层的嬗变和人性的觉醒，展示了鲜活而丰盈的人性内涵。莫言的《红高粱》，貌似对特定历史时期（抗日战争）和地域（山东高密）的生命形态的写实再现，实际上更多的是表现文化内涵（针砭现代都市文明的精神萎缩），实现了心理价值（对自我苍白的生存状态的互补），虽然正面礼赞生命的鲜活圆润、自由洒脱，有其矫正现代文明进程中负面的意义，但反道德、张扬生物性的本能冲动和野性已显露端倪。王安忆的《岗上的世纪》，对待性的态度，进一步显示了人性的迷乱。这篇作品，在看似冷静、客观的叙述中，作者对主人公及其行为却倾注了极大的热情，旨在表现性的神圣性及其对人的洗礼、创造和净化的奇异魔力。但主人公杨绪国和李小琴的行为仅仅是异性间肉体的交合，既没有心灵、情感的吸引和交流，也没有社会、心理甚至生理的基础（李小琴年轻貌美有知识，杨绪国丑陋年老肮脏文化水平低),还失去了日常的生活逻辑,任凭生理、本能的驱使,而作者却在这种毫无节制的纯粹的生物性行为中,开掘审美的意义。这是人性向动物性的倾斜和靠拢。从某种意义上讲,动物的性行为作为生命的一种形式,自有其美的一面,人性中有动物性,但人性不等于动物性。正如李泽厚所言:"性作为一种欲望要求,是动物的本能,人作为动物存在,也有和动物一样的性要求。但动物只有性,没有爱,由性变成爱却是人独有的。"[①] 动物性超过一定的比例和限度,就是残缺和扭曲了的人性。

如上所述,爱情乃灵与肉的有机结合。表现异性精神、情感和肉体相互吸引、亲近和融合的作品,笔者想提一下顾城的《英儿》和麦琪的《魂断激流岛》。这两部完全可以说是姊妹篇的小说,从不同的角度和层面展示了顾城和李英从初恋、热恋、同居到最后破裂的全过程,既写了他们之间心灵、情感的相互吸引和难舍难分,又写了肉体的相悦相亲和厮磨,按说是合乎健全、完美的人性的,但他们发生了另一种倾斜:人性中柔弱的一面即情欲在人性中占据了主导地位,使他们在爱恋中丧失了理性的导引,从而走向了人性乃至生命的毁灭。无论是李英还是顾城都具有诗人的特质和弱点,即将人生过分理想化、完美化,而且喜欢将主观、虚幻的东西推向现实,对待情爱上尤其如此。爱情隶属于生命,仅仅是生命的一个层面,为了爱情而自毁是有悖人性的。生命依赖于社会,只有先成为一个健全的社会人,生命才会健康茁壮,爱情才会有根基;而放纵情欲,让情欲作为生命的主导,迷恋于非理性的男欢女爱,则生命就成了无根之木、无源之水。故而无论是顾城的自戕,还是李英的魂断,都是人性扭曲的表现。

二

对人的本质特性的探索,新时期文学主要集中在两个方面:人性的善和恶;人性的文明和野蛮。

人性的善恶一直是我国文学家、思想家关注的话题,惩恶扬善、因果报应是传统文学中定型的叙述模式和作家鲜明的态度。"十七年""文革"文学往往将人性的善恶和人物的阶级地位、政治态度进行简单、机械甚至

[①] 李泽厚:《美学四讲》,《李泽厚十年集》第1卷,安徽文艺出版社1994年版,第499页。

可笑的对应、比附。新时期文学最早注意人性恶的是山东作家王润滋,在其《鲁班的子孙》《三个渔人》《残桥》等作品中,对商品经济的发展导致的人性中贪欲、占有欲的膨胀表示了深深的忧虑和愤怒,但其对道德的高扬中似乎抽去了历史的评判尺度,因而所表现的人性中失去了历史的深度和丰富的社会内涵。于德才的《焦大轮子》、路遥的《人生》,对那些为了满足金钱欲望或改变自己的社会地位而不顾法律和道德,以致伤害别人的"魔鬼"们,采取了容忍和认可的态度。这种有悖传统道德的叙述态度的出现,一方面受到西方文学如司汤达的《红与黑》、莫泊桑的《俊友》的影响,但更重要的反映了特定历史时期国民文化心理结构的裂变和调整。方方的《风景》等虽然在展示七哥等人物的恶行时保持着冷静客观的态度,但却已深入文化层面,表现了人性恶的普遍性及其同社会、历史、文化的同构关系。而贾平凹的《浮躁》则对金狗那种偏狭的家族的报复投入了过多的同情和赞赏。毋庸置疑,人性恶有很大的历史推动作用,恩格斯对肯定人性恶的黑格尔表示赞同:"在黑格尔那里,恶是历史发展的动力借以表现出来的形式。这里有双重的意思,一方面,每一种新的进步都必然表现为对某一神圣事物的亵渎,表现为对陈旧的、日渐衰亡的,但为习惯所崇奉的秩序的叛逆;另一方面,自从阶级对立产生以来,正是人的恶劣的情欲——贪欲和权势欲成了历史发展的杠杆。"[①] 但过多地展示和肯定人性之恶,无疑也有违健全而完美的人性。

在表现人性中的野蛮和文明上,新时期文学有着与上述相同的轨迹,也同样发生了倾斜。对人性中的野蛮的认同和赞赏,大约起于 20 世纪 80 年代中期,郑万隆的《老棒子酒馆》是其中有代表性的一篇。这篇小说表现主人公陈三脚性格的神秘、粗犷、自由、洒脱,同时也认可了其原始的、富有侵犯性的一面:他三脚踢死了一条狼,以至于将脚趾都弄碎了;在老棒子酒馆吃了二十多年酒而从不付钱;赤手和野兽拼命,直至神秘地死亡。叶兆言的《花煞》,则对土匪的烧杀抢掠、奸淫暴虐投以欣赏的一瞥。而王朔的《动物凶猛》,表现了作者对"文革"这一特定时期一群小顽主无拘无束宣泄原始本能的生命形态的留恋:这一群军队大院里的孩子们随意地戏弄过去管教他们的教师,玩命似的打群架,肆无忌惮地追逐、

[①] [德]恩格斯:《路德维希·费尔巴哈和德国古典哲学的终结》,《马克思恩格斯选集》第四集,人民出版社1972年版,第233页。

争夺以致强暴女孩子。这里已深入人物的生命层次，展示了人性中天生的野蛮性，而作者却又对之极力颂扬、赞美和诗化。而与王朔经历相近的姜文将其改编为电影时，更名为《阳光灿烂的日子》，这种价值取向就更明显了。人性中的非社会化倾向对健全人性的培育发展有一定的推动作用，如康德所言："人……有一种个体化自身的强烈倾向，因为他同时有要求事物都按自己的心愿摆布的非社会的本性，于是这在所有方面都发现对抗。……正是这种对抗唤醒他的全部能力，驱使他去克服他的懒惰，使他通过渴望荣誉、权力和财富，去追求地位……从野蛮到文明的第一步就这样开始了。……没有这种产生对抗的不可爱的非社会性的本性——人在其自私要求中便可发现这一特征——所有才能均将在一种和谐、安逸、满足和彼此友爱的阿迦底亚的牧歌式的生活中，一开始就被埋没掉。人们如果像他们所畜牧的羊群那样脾气好，就不能达到比他们的畜类有更高价值的存在……这种无情的名利争逐，这种渴望占有和权力的贪婪欲望，没有它们，人类的一切优秀的自然才能将永远沉睡，得不到发展。"①而且，出现在新时期文学中的对野蛮的认同，还体现了作家对重铸国民心理的企望和反抗现代文明负面的努力。但野蛮不等于文明，是违反人性的因素，因为无论是个体还是人类的进化过程，都是不断放弃动物性、自然属性而发展其社会性和人化的过程，是对社会秩序、道德、行为方式、价值观念的认可、遵从、内化过程。而新时期文学中对人的侵略性、非群体性的肯定和礼赞，显然有很大的不妥和失误。

三

对人的发现，对人的价值的肯定，对人的潜能的开掘，是新时期文学对人性表现的又一内容。新时期文学的发展过程就是对人的认识不断深化的过程，不过在这过程中同样出现了偏颇和倾斜。

人区别于动物的特性之一，在于人的需要是多层次的，不像动物那样仅仅满足于生理的需要，人还有安全、尊重、爱、实现自我等的需求。新时期文学表现了当代人的需求不断提高和完善的发展轨迹，但因受到表现对象和作者认识的局限，虽然深刻，却不免片面。熟悉农民生活而又务实

---

① [德]康德：《从世界公民角度看的普遍历史理念》，转引自李泽厚《批判哲学的批判》，人民出版社1979年版，第333页。

的高晓声在其"陈奂生系列"小说中,从人的基本需求即吃、穿、住、行的不断满足和提高,表现了一代农民物质生活和精神生活不断变化更新的人生历程。在这里,人的需求的满足提高和历史的发展变迁是同步同构的;同时我们也看到,高晓声更多的是对人的世俗价值的关注和肯定。张炜、张承志、路遥等都表现出对人的高层次需求和终极价值的追求的极大热情,其中张承志最有代表性。对生命的礼拜,对理想的无止境的追寻,对奋斗、献身精神的讴歌,构成了张承志独异的艺术世界。在苍茫的蒙古大草原上,在虔诚、豪放的回民的生命形态里,他建构起了自己独特的精神家园。他笔下的人物都能超越世俗欲求而直指人生的最高境界。在物欲横流的时代,张承志的声音虽然显得陌生、孤独,同时也显得新鲜、悲壮,令人肃然起敬。不过,张承志张扬精神价值的同时,也将人性中世俗的快乐否定、摒弃了,显得偏激和残缺。玫瑰只有长在土壤里才鲜艳、芬芳,脱离甚至牺牲了现实需求和感性享乐而换取精神上的升华,只能走向苦行僧般的禁欲。以神性取代人性,是人性的偏离和扭曲,"文革"和欧洲中世纪的人和文的遭遇应引以为戒。张承志的作品尤其是晚近的作品,如《心灵史》等中的宗教意识的强化,使我们深感忧虑。洪峰的《第六日下午或晚上》虽然没有引起评论界的注意,但在对人的探索上却有独到之处和一定的代表性。这篇小说从表层看是写"我自己,包括我妻子的故事,男人和女人的故事",但作品的主旨和深层都是写人的,正如作者自白:"此刻我正坐在自己的房间里思忖'人'的确切含义,……我的确思考'人'的命题。"作者半是忏悔半是迷恋地记叙了"他"和走进其生命的各种女人不同层次的关系、交往和情感样式,揭示了自我也是人类面临的悲哀的生存困境:因为时代、历史、地域、伦理和风俗等的制约,生命个体命定地、不由自主又蒙昧无知地扼杀了自我生命的极乐享受和高层体验而显得残缺不全,从而表现了对全面实现自我、尽情享受生命快乐的人生样式的神往和渴求。但作者将纵欲放情作为人生的极致,而将未达到这一境界的称为非人状态,觉得自己"还在黑暗中行走",显然走向了极端。男女之间灵肉的交往深广度和自由度是衡量人生命的终极形态的重要标准,但这要受制于一定的历史、文化、社会、风俗和伦理,否则人性就会变丑。这里写"我"和按"快乐原则"生活的Z在看了描写性的属于被禁的录像带之后而自惭形秽、大受启发,这显然有悖人伦。

在表现人的主体性和物理性上,新时期文学同样出现了误区。这里集中谈谈新写实小说。新写实小说一反"十七年""文革"文学的理想的现实主义，展示了人在现实中真实的生存状态和生命形态，这种解构对人们走出理想的幻影，寻找迷失的自我，正确认识自身的处境，确实起了很大作用，但这种矫枉显然过正了。新写实小说中的人物被描写成不谈爱情、失去理想、屈从于社会的无奈可怜的生存物，成了被环境任意涂抹塑造的生物人，使人丧失了主体性。我们知道，人之所以异于动物者，就在于人乃万物之灵，不像动物那样本能地、被动地受环境影响和支配，而是可以制造并利用工具对环境进行有目的的改造，反作用于现实，使自然人化并隶属于自身。人不像动物那样只有生理需求，仅仅是一种物理的、生物的存在，而是有感情、理想、信仰、思想的存在。新写实小说的不足之处就在于突出了人的物理属性的一面，忽略回避了人的主体特性。

四

从以上对爱情、人的本性、人的价值三个方面的考察可以发现，新时期文学虽然深刻地表现了人性的某一方面，却付出了整体上的人性偏离，即人性的不圆满、不健全甚至非人化的代价。这种情况的产生，主要有以下几方面的原因。

首先，源于文化转型期价值观念、行为方式的失范。我国正处于东西文明碰撞、城乡文化交汇、现代制度和传统制度转换的时期，反映在人们的精神状态、行为方式、情感方式和生活方式上，旧的已经打破，新的尚未建立。而在商品经济的冲击之下，人性觉醒、反拨神性、走出禁欲的同时，人的动物本性也开始涌动了，于是对金钱的贪婪、对肉欲的渴求占据了人的心灵。这种现象自然而然会影响到作家及其作品，作品中人物人性的迷乱，乃作者主体意识及民族心理的错位、失控所致。

其次，源于西方文化的影响。我国新时期文学在十多年走过了西方文学几百年的历程：人道主义、现实主义的复归，现代主义、后现代主义的崛起和高扬，热潮流派交叠更替。这虽然有现实土壤，但显然也受到了西方文化中关于人的观念及文学方法的影响。西方文化、文学中以历时态方式演变的东西，却以共时态的形态冲击着中国文坛，使新时期文学失去了其自然状态。面对杂然横陈的各种观念、思潮，作家们眼花缭乱，莫衷一是，从而随波逐流，赶浪弄潮，很难静下心来在某一方面取得圆满。

最后，我国正处于社会主义初级阶段，物质文明、精神文明相对比较落后。在这种社会土壤里，人很难健全地发展。人性的扭曲、畸形，乃现实苍白、贫弱的折射。

尽管如此，在新时期文学中，出于自身的特性，一些作家仍还致力于理想和完美的人性的向往、培育和建构，力图使人的感性和理性、生物性和社会性融合统一。

阿城的《棋王》是一篇引人注目的作品。此作是从"吃"和"棋"即物质和精神生活两个方面来写主人公王一生的。作品以相当多的篇幅描写王一生贪婪不雅的吃相，对吃的认真和虔诚。这除了表现其人生苦难以外，还展示了王一生对生命的热爱和对世俗生活的关怀；但同时，王一生并不满足于吃这种生理要求，他还有更高的人生目标即下棋，将下棋当作解脱和实现自我的精神追求。他把下棋看得高雅、圣洁，绝不和谋生发生联系，下棋即目的。这体现了作者所要张扬的一种理想人格和人生境界，即那种不役于物、超然物外、追求瞬间永恒、直指人生的极境的生命形态。在王一生身上，我们看到世俗和高雅、精神和肉体、理性和感性达到了有机的统一。

郑万隆的《野店》通过"他"对珍子的爱情态度、方式而展示了圆满丰润的人性之美。故事虽然发生在荒凉的边陲和遥远的过去，但"他"和珍子的爱完全具备现代情爱的内蕴。叔本华认为，现代意义的爱情内涵有两层，即唯一性和献身性。珍子在"他"的生命中是唯一的，不可替代的，虽然后来珍子已属于别人，虽然用同样的金子可以找到更好的女人，但"他"对珍子仍忠贞不渝地思念、追求，直至珍子病死成为僵尸，"他"还将珍子从坟里扒出来，用洁白的尸布包缠，进行爱的祈祷。同时，为了爱，"他"不仅花费了半生的心血，而且还付出了生命。在爱的竞争中，"他"完全自觉地遵守着"人"的规范和准则。他完全可以杀死情敌（在彼时彼地杀人不受法律制裁）从而能轻易得到珍子，但他没有那样做；珍子要和他私奔，"他"没有答应，而要挣够金子将珍子光明正大地赎走，因而虽然珍子和"他"睡在一个被窝里，"他"也没动珍子一下。他将珍子作为审美理想的化身，为了她不愿在人生的过程中留下任何污点。这种美好的人性令人难忘。

贾平凹的《天狗》，通过天狗和师娘如诗如画的爱情描写表现了人性的深度。二者有违天伦的感情之所以给人以悦目怡情的美感，就在于他们始终以人性的、审美的态度来调剂人际关系，情欲的涌动始终控制在理性的范围之内。起初，师娘因对被金钱泯灭了人性的丈夫的失望、厌倦而移情于天狗，天狗也深爱着师娘，但他们都规范着自己的行为，不越雷池一步。不过他们并未压抑这种自然真情而是以一种含蓄、微妙的方式向对方表达显示，从而他们各自都沐浴在这圣洁温馨的柔情之中。后来，意外的事故使他们结为夫妻，美梦成真，但他们又逃避着对方，不享受性的快乐。这是因为，天狗此时因负起师娘家的责任，自己和师娘的关系已掺进了功利和不平等的因素；师娘也觉得这连累了天狗，冲淡了原先的诗意。井把式后来良心发现，以自杀来成全妻子和天狗。三个人都是从利他出发的，但又不是以道德的完善来压抑人性，而是在为别人的过程中升华了灵魂，净化了心灵，给人一种审美的享受。

这三篇作品从不同的角度、层次营造了完美圆满的人性和审美的人生图景，这对健全人性的培育是一种建设性的努力，但细细考察就会发现，阿城的庄禅传统文化、贾平凹的与现代文明隔离的荒山野岭和郑万隆的汉文化规范之外的边陲山林，都是对现实的疏离和对抗，它暴露了人文知识分子收归内心、背离现实历史而迷恋于虚幻的乌托邦的心态和价值取向，即以心造的幻影与现代文明一比高低。这迥异于"五四"、欧洲文艺复兴时期知识分子领时代风骚的气魄和胸襟，不像他们那样通过文学可以干预社会生活、实现现实价值，从而使内在精神外化、社会化。这种情况，是特定历史时期知识分子经济地位的窘迫、政治社会地位的边缘状态以及与之相应的人格心态的畸变——自恋所造成的。

李泽厚认为，"理性的积淀——审美的自由感受"即"总体与个体的充分交融，即历史与心理、社会与个人、理性与感性在心理、个体和感性自身中的统一"，"便构成了人性结构的顶峰"。[①] 李氏所言之人性乃审美的人性，是人性的理想状态：它的出现、形成要受制于一定的历史社会环境。尽管人性可以超越并反作用于社会，但残缺、落后的土壤很难孕育出圆满丰润的人性。新时期作家在人性塑造上正面临着这样的困境：游移徘徊于现实和理想之间，是迷恋于乌托邦，还是直面现实？

---

① 李泽厚：《我的哲学提纲》，《李泽厚十年集》第2卷，安徽文艺出版社1994年版，第487页。

20世纪90年代文学的态势和走向

当时光一步步向世纪末逼近，文学也愈发地显露出它内在的迷乱和矛盾。面对文学现状，评论流露出不可掩饰的无奈和尴尬。不过，文学的大致脉络并不是不可梳理，而且，由一些若隐若现的走向，似可窥测世纪之交文学的粗略格局。

近期引人注目的现象之一，是关注现实人生的社会文学取得了较大的成绩，甚至产生了轰动效应。一改先锋小说对现实的回避和新写实小说对个人生活琐事的展示，当下的社会小说对那些关系着国计民生的焦点问题进行了揭示和表现。不过，无论是叙述方式还是内在意蕴都增添了许多新质，发生了很大的变化。何申的《一村之长》《信访办主任》等不再是那种官方意识占统治地位的居高临下的说教和先入为主的政治图解，代之以民间色彩的客观冷静的如实陈述，既揭露了工作中的弄虚作假、官场中的腐败和钩心斗角，同时也塑造了那些兢兢业业、忠于职守的实干者形象，从而给沉重、灰暗的生活注入了些许亮色。应该引起人们注意的是钟道新的《特别提款权》《公司衍生物》等以大都市甚至国际为背景，以上流权力阶层和商业精英为描写对象的小说。它们不仅以大的时空跨度，追逐权力、金钱的生存图式，独特的生命感悟等满足了读者的好奇心和审美需求，而且可贵的是还发现并展示了极具时代特色的商业精神：敢于冒险，又有着现代的知识结构和管理能力，满足欲望又不违背职业原则，追求金钱利润而又廉洁、节制、自律，对世俗的享乐充满热情而又不放弃理想和操守。商业伦理的发现、认同和持守，表明了当代作家面对现代大都市的生活方式和生命形态，由原先的困惑、敌视和拒斥，已发展为驾轻就熟、如鱼得水了。通俗易懂的技法、深刻的人生意蕴、热情的现实关怀和鲜明的时代精神的合流交融于跨世纪时代，必将有巨著问世。

第三辑 现象透视

一批充满怀旧情绪小说的登场，给20世纪90年代文坛涂上了浓墨重彩的一笔。王蒙的《恋爱的季节》《失态的季节》，张贤亮的《习惯死亡》，刘心武的《风过耳》《四牌楼》，以亲历性、主观性为特点返视人生路途时，虽然不乏理性和反思，但开始步入人生暮年的他们，对曾经辉煌、美好的青春，甚至缺憾的人生频频留恋和眷顾，总想走进过去。走得最远的当属浩然，他的再版《金光大道》，并不全是为那段已经定论的历史翻案，而是想将那流逝的岁月和曾经燃烧过的热情以固定形式挽留、再现。同是将目光投向二十多年以前的知青生活，与梁晓声的《年轮》以昔日的古道热肠和纯洁美好的人情来慰藉困窘的现实不同，韩少功的《马桥词典》则以其独特的内涵和表达形式把我们带入了一个崭新的艺术世界。虽然以词条为小说的目录、叙述线索和契机，但作者并不是写一部词典来科学地辨析语言的静态的意义，而是关注言语，即从语词在特定情境的具体使用中开掘其特殊的内涵，从马桥这一小山村的普通村民的日常用语来开垦其潜隐的文化意义。在这里，作者不仅打通了小说、随笔这种艺术样式的间隔，而且冲破了哲学、心理学、语言、文学之间的壁障，以语言为切入点，冷静地考察了楚地小村的独异的风俗、思维特点、行为方式、价值观念和生命形态，并站在世界和时代的高度来进行文化反省。在传统走进现代、中国与世界互融的今天，韩少功的沉思及其对世界的把握叙述样式，对文化和文学都有着建设性的意义。

20世纪80年代中后期风靡一时的性文学或文学中的性描写在90年代再度兴起。莫言的《丰乳肥臀》、陈忠实的《白鹿原》、贾平凹的《废都》、王安忆的《我爱比尔》、王朔的《动物凶猛》等，都以性心理、性行为的大胆展示而在文坛掀起暴风骤雨。它们有的是纵深地开掘人性，有的是张扬生命的原始活力，有的则只是媚俗迎合读者的猎奇心理以获取经济利益，更多的则是以白日梦的编织来满足在政治经济地位上日益边缘化的自我现实中无法实现的欲望。这种作者的边缘化倾向在60年代出生的作家群如韩东、徐坤、东西等那里进一步表现为文本的边缘化，他们不再表现时代主流的话题，而是以闲适、游戏的态度写生活琐事、心灵秘史、个人欲望。而顾城的《英儿》和麦琪（英儿）的《魂断激流岛》将这种写作样式推向极致。《英儿》是用生命谱写的绝唱。濒死的顾城怀着深深的绝望平静地回味着英儿美好的体态和他们充满诗意和生命激情的相识、相思、相守，又无情地展示了自我天国梦的幻灭，书写着自己的孤苦无依和走向死亡的选择。当顾城选择了死亡作为解脱自我的最好归宿时，他的受害者，《英儿》的主人公英儿不仅忍辱负重地活下来，而且以《魂断激流岛》来半是辩解半是悔恨地写下了自己的心灵秘史，既客观地展示了和顾城的相识、相恋、同居和出走过程，又披露了许多鲜为人知的情爱隐私，表现出了少有的大胆和率真。

张承志的《心灵史》、张炜的《柏慧》的问世，使90年代的文学增添了厚重感并提高了文学的精神品位。这两部作品一改他们以前的将个人思索和情感隐寄于人物情节的叙述方式，而变成了内心独白和心灵倾诉。虽然隐秘化的叙述语言使我们很难真正走进他们的心灵深处，但一望而知与顾城、麦琪等的顾影自怜不同，他们的困惑、孤独、绝望、仇恨愤怒都因时代而发。张承志在宗教文化中寻找心灵支点，张炜在野地里追求精神寄托和生命归宿，虽然有其退归内心来抗拒现代文明的缺憾，但他们的不屈从于世俗的诱惑和压力，将自我送上时代的祭坛，张扬精神的价值，对人类命运的关怀，在人欲横流的世纪之交，有着不同凡响的意义。如果说托尔斯泰是19世纪的世界良心，巴金是20世纪的中国良心，而张承志、张炜被称为世纪之交的中国良心，则是当之无愧的，而且他们的余响流韵将会延续到下一个世纪。

谎言为何拥有魅力

　　《泰坦尼克号》让人怦然心动的显然并不仅仅是船毁人亡的惊险和灾难，而是罗丝和杰克的那种如诗如画、凄婉悲壮的生死恋情。但静静细想，这一爱情故事的真实性实在经不起推究：生长于贵族之家、美若天仙而又做了英俊潇洒、拥有亿万财富的巨商的未婚妻的罗丝，怎么会在几天之内就一下子投入的穷小子杰克的怀抱，不仅以身心相许，而且冒死相救呢？难怪罗丝追忆此事时，连孙子、孙女都无法相信，别人更说她是在做戏和撒谎。

　　但作为谎言的爱情故事确实又很美丽，美丽得让我们无法拒绝，无法不从内心感到羡慕和激动。他们彼此相遇在人生的花季，罗丝十六岁，杰克也只有十八九岁，在人生中最富有诗意和浪漫色彩的时期，他们没有错过，在船上神奇地遇合了。他们的爱是那样的纯真和圣洁，超越了现实功利和地位的悬殊，相互吸引的是美丽的容貌、英俊的形象、真诚善良的心灵和汹涌澎湃的青春激情；几乎是同时，他们双双进入了爱情场和最高境界，即彼此认为对方是最理想的、不可替代的，是生命中的唯一，甚至把爱看得高于自己的生命。杰克冒险相救使罗丝深深感动于前，罗丝赴死搭救杰克，又放弃救生筏逃生的机会而返回大船与杰克生死相守后，最后杰克甘愿在冰冷的海水中冻死而保护着罗丝，从而将他们的爱情和人性推向了高高的峰巅；他们的爱又是整合的，既有心灵的碰撞、感情的愉悦，也有肉体的相亲相近和最终的合二为一。爱情所有的元素在罗丝和杰克的恋情中都涵盖了，从而使之成了理想爱情的一个蓝本。而且最后是以杰克的死为结局，这样留在杰克心目中的罗丝就永远是一个十六岁的美丽少女，而留在罗丝记忆中的杰克也永远是一个英俊的美少年，从而避免了走入世俗生活的扭曲和尴尬，成了爱情的一曲绝响。

美丽的爱情故事是通过百岁老妇罗丝的回忆展开的，而罗丝的职业恰好是一个演员，这一安排本身就很值得玩味。演员的特色和天性就是其表演性，也许罗丝根本就没有经历那场海难，也许她虽然经历了那场海难但却没有杰克与她发生的那场轰轰烈烈的爱情，杰克不过是从她另外的爱情经历中剪贴到泰坦尼克号上的，也许是她先入了戏，将她演过的或看过的爱情戏中的情节嫁接到自己的故事之中。罗丝是谎言的制造者，但同时又是谎言的受益者，一个走向人生终点的老人需要诗性的回忆来慰藉自己，更需要虚幻的爱情来点缀那漫长的人生空白。细细想来，罗丝和杰克的爱情不就是编导虚构的故事，演员演的戏吗？

人类需要谎言，就像罗丝一样，我们很多时候都生活在用谎言构建的世界之中。所有的艺术都是美丽的谎言，但谎言也是一种存在，而且当它用声音、动作、表情、眼泪包装起来的时候，在某种意义上还是一种真实。罗丝和杰克的爱情是人类爱情的理想形态，是我们心灵深处一直渴望、向往、追求而在现实中又无法拥有的爱情样式。既然生活中我们的爱情是那样的平淡、乏味和灰暗，我们为什么还要拒绝银幕上的那如醉如痴、欲仙欲死的爱情故事带给我们的审美愉悦和心理补偿呢？在对罗丝和杰克的爱情故事的欣赏中，我们的心灵不是得到了一次震撼、洗礼和升华吗？不是经历了一种世俗中无法拥有的男女之间如诗如画般的天情体验吗？

在人欲横流、精神空间日益狭小的当代，在爱情也开始标上价码走进交易市场的今天，我们拒绝了教堂，遮蔽了现实，只能在美丽的谎言中使灵魂得到暂时的超度和解脱，这究竟是人的自我超越，还是无法挽救的沉沦？

论小说的意义

在文学各种样式之中，小说占据着主流和举足轻重的位置。尤其是进入现当代以来，我们说到某个国家或某个时期的文学，首先和主要的是指小说，小说无论数量还是质量都高于其他文学样式。随着社会生活节奏的加快和影视的普及，散文、诗歌和戏剧被人冷落而走向萧条，而小说仍然保持它的勃勃生机，即使在市场经济的冲击之下，也锐气未减。这不能不引起我们的思索：人们为什么对小说情有独钟？小说对于创作和阅读，究竟产生着怎样的魔力？它实现了怎样的功能，拥有怎样的意义？

提到小说的意义，我们自然首先会想到小说的教育功能。这是一度被写进教科书、一直被认可的不争之论，即小说以寓教于乐的形式在潜移默化之中改变和矫正人们的行为方式、道德伦理观念和价值观念，用来启蒙民众，疗救国民的劣根性，乃至成为"教育人民，打击敌人"的武器。在特定的历史时期和社会背景下，诸如文艺复兴、启蒙运动、五四运动、新时期之初出现的一批富有忧患意识和使命感的作家如卢梭、鲁迅、冰心、刘心武等，他们的小说确实起到了唤醒民众的作用。那时的读者，也乐于从小说中寻找生活的答案，解读人生的意义。但进入和平、清明的年代以来，面临着自身经济、政治地位上的边缘化以及文化转型期心理上的断裂，自身的尴尬、迷惑、无奈和凡庸，使其面对"灵魂工程师"的角色而自惭形秽，从而罩在自己头上的光环已经消失，从高高的圣坛日益走向世俗和平凡。王蒙、张贤亮这些成就卓著、富有责任感、人生境界相当高的作家多次表示要放弃"灵魂工程师"这一桂冠而以普通人的身份和读者对话。如今的读者翻看一本小说，主要也不是为了寻找人生的意义或接受什么教育，对人生的认识更多地依赖现实生活的体验和感悟，而在哲学、心理学、社会学、伦理学专著中以及电视专题片中能更集中或直观地得以实现。由此可见，在历史上，小说确曾拥有过教育人、救国救民的神圣意义，但当前正逐渐淡化。

　　当初为饥寒所迫不得不向郁达夫写信求助的沈从文，写小说的动机和意义是什么？那时的他显然顾不上教育别人，小说对于他，他对于小说变得非常简单：换取止饿的面包和御寒的棉衣而已。文学巨著的荣耀，大学教授的气派，浪漫爱情的甜蜜都是成名以后的事情。与沈从文有着同样的境遇，从乡下来到城里的贾平凹、莫言不都是为了改变自己的命运才拿起了笔吗？伟大的巴尔扎克正是因为经商的失败而在《人间喜剧》中诅咒金钱来换取稿费谋生的。写小说变成了一个职业、一种谋生的手段。当前一些年轻的作家更乐于对这一角色体认，王朔承认自己是生意没做好转而写小说的；田雁宁、谭力以小说的通俗性吸引读者，以雪米莉这种很有特点的笔名来进行商业性的自我包装，从而将自我推向市场，取得了可观的经济效益。从这个意义上讲，写小说和农民种庄稼、工人制电视机、酿酒师造酒并没有什么区别。之所以选择写小说，是因为它有较强的可操作性：成本少，一沓稿纸、一瓶墨水、一桌、一椅、一间房即可投产；风险小，即使发表不了，只是破费些邮资和纸张而已，绝不会导致破产的结局。与散文、诗歌相比，它的虚构性决定了它可以多产，从而换取较多的稿酬；与戏剧、影视相比则个人性、独立性强些，少去了许多环节，个人一次性即可完成。小说的存在及其优势，使它养活了一大批人，而且使一部分人加入了富起来的行列。这在整个世界都面临失业难题之时，它显示出来的就不仅仅是个人意义了。作为职业小说家，自身和读者的关系发生了很大的变化。原先只有洗耳恭听的份儿的读者现在成了上帝，而昔日高高在上传经说道的小说家则成了投合读者口味的服务者了。小说对于读者，更多是满足娱乐、休息和放松的需要。娱乐的方式有很多，如跳舞、打台球、看电影等，人们为什么还要选择读小说作为消遣的一种方式呢？这在于小说自有它的消费优势：首先，它经济实惠。尽管书的价格在几倍、十几倍地增长，但比起其他娱乐形式是很合算的。看一场好电影，起码要十来块，有时还要二十几块，两个钟头就消费完了；而现在花二十几块买一本小说，那所有权就全部属于你的，你想看多长时间就看多长时间，还可以作为收藏品珍藏起来。其次，它给人们的好奇心的满足提供了便利。人们心理深层都有窥视别人隐私、了解他人内心秘密从而更好地认识自我的天性和愿望，而这在人和人之间正常的交往中是很难实现的。而小说对人物私生活、内心隐秘的展示，对人物情欲的涌动及实现方式的描写，通过阅读的随意性、独享性等特点很方便地满足了读者这份要求。最后，那些警匪、武侠、言情一类的小说，会让读者以移情的方式体验一下现实生活中不存在的洒脱、自由、豪爽和戏剧性的巧合，借以使乏味、平淡和苍白的现实人生得到些许心理补偿，从而实现一种积极的休息和调节。

并非所有的作家都是出于谋生选择了写小说，有些成就卓著的小说家如钱钟书、托尔斯泰起初并不缺钱花，他们写小说完全是为了更高一层的追求。巴金说他有"这样一种习惯：有感情无处倾吐时我经常求助于纸笔"①。可见，写小说对一些作家而言是一种情感和心灵的需要。厨川白村在其《苦闷的象征》中写道：人的正常愿望得不到实现，就会感到压抑和苦闷，进而成为文学创作的内在动力。海明威也说过，"一个作家最好的早期训练"是"不愉快的童年"②。细细考察就会发现，有成就的作家，往往是在政治、经济地位上不太得志，甚至人生、情感上有所欠缺的人。人生的缺憾往往化成了小说创作的内驱力，王蒙说过一句有趣的话："西方那些爱情写得很棒的人往往是得不到爱情的老单身。"人都想以现实的直接努力来弥补和完善自己，而人的愿望的无限性和实现这种愿望的局限性的矛盾决定了人不可能都会在现实中得到圆满的归宿。这样就会退归内心，将能量转换为非直接的努力来实现自我。弗洛伊德认为创作是作家的白日梦，是不能实现的愿望的表现的论述是有一定道理的。换句话说，小说所建构的不是现实存在，而恰恰是现实人生中所缺少的，想得到而未得到。作者是用幻想、渴望以虚拟的形式来编织一个梦，这是以语言的形式展示出的生命和人生，是另一种形式的、独立自存的主观世界。小说自身的特点，诸如对现实生活的虚拟性，表现的灵活性，叙述的私密性，对物质载体的相对独立性，都决定了它更适合于表现心灵和情感的内容。这样的一个用心灵构建起来的虚幻的"乌托邦"世界，对于创作者而言，是一种审美的超越和自我灵魂的拯救。一个生物个体，在其生命的展开过程中，面对着病痛的折磨、死亡的威胁、外在世界的重压、人生的缺憾，都有以心造的幻影来驱逐焦虑和弥补遗憾的愿望和追求，而作家则以自己

---

① 巴金：《怀念萧珊》，《随想录选集》，生活·读书·新知三联书店2003年版，第174页。
② 海明威：《同音乐家的一席对白》，《海明威谈创作》，生活·读书·新知三联书店1985年版，第167页。

的笔勾画出一个理想的乐园,营建一个圆满的世界来慰藉自己,使自己的灵魂找到归宿,使自己焦躁不安的心灵得以安宁,使残缺的人生在主观想象中得以圆满。陈村的自白进一步证明小说创作对于作家的这一意义:"我躺在地铺上,回想自己的一生,似乎没有什么可后悔的,似乎该知足了,生活中的缺憾在作品中补偿了。像代我私奔,林一和林林的创造者是我,我也消费了她们,我消费了许许多多的杰出和不杰出的人物,也消费了我自己。"[①] 这类小说对读者来说也有着类似的意义:①它可以使世人因时俗的影响而产生的偏颇浮躁的情绪、心理得以平衡和矫正。荣格认为,普遍性、合理性和先天性是集体无意识的显著特点,而"时代精神"则是偏颇的,悖于人类精神合理性的。作家对现实生活不满足,沉湎于内心世界的遨游,返归集体无意识并从那里得到精神上的补偿,而这些东西,正是整个时代社会所缺乏,整个文明发展所背离了的人类生活的要素,作家以此经由读者纠正时代弊病,疏导并恢复社会心理平衡。②小说可以让读者弥补生命个体人生体验的不足。每个人都只能在特定的时空中展开,这就决定了每个人的世界虽然独特自足,但又总是有很大的局限性和封闭性。而我们通过小说,却可以走进一个个隐秘的内心世界,从而弥补了我们现实生活的贫乏和单一,更好地认识他人、自我以及自我和他人、环境的关系,使人性得到较为合理和圆满的孕育和发展。③对人们起到抚慰和心理补偿的作用。每个人的现实生活中都会有很多的缺憾,现实生活和理想的人生境界总是有很大距离,而读者在阅读过程中会从小说的艺术世界里得到一种审美的愉悦,从而忘记和超越了现实的苦难、残缺和生命的苍白。在无神的时代,我们在小说的欣赏中会体验到那种类似宗教的安宁和慰藉。

  小说的存在还为小说家的智力提供了一个广阔的用武之地。作为文化人,总是有着较高的智商,这种聪明无法在政治、经济、学术领域施展时,转化为故事的叙述当然不失为一种合理而又文雅的选择。小说容量大、张力强、层次丰富、表现灵活的特点,给作家自由从容、淋漓尽致地表现自己的生命感悟、人生智慧提供了无限的可能性。这种智力的展示不仅表现在讲什么,有时还表现在怎样讲上。小说的假定形式、虚拟性决定了小说比散文、诗歌随意、自由,它有时很像一种智力游戏。同样的故

[①] 陈村:《象》,《收获》1987年第2期。

第三辑 现象透视

事,同一个人物,变换一下角度、叙述格调,就会有迥异的效果和结论,显示着创作者制造和讲述故事上的超人智慧。像马原、余华、苏童等在其小说中有时往往关注形式比关注内容更多,创作的重心由写什么转为怎么写,由反映对象转为叙述自身,由结果的描述转为过程的交代,沉醉痴迷于智力魔方的随意编排和组合之中,从而清灯孤影、枯燥乏味的爬格子变为充满智慧和乐趣的创造与游戏。人在游戏中,在创造活动中就会产生一种自由感,从而享受到一种无功利的、发自生命和心灵深处的愉悦。在整个世界都处在物质化、程序化和机械化的时代,在人失去本真状态而沦为非人的背景下,这种创造和游戏使人回归了自我,得到了一种心灵的解放和审美的超越。

人是一种向死的存在,在时光的侵蚀中会一步步走向衰老和死亡。生命的有限性和时间的无限性的矛盾会给人带来无限的伤感,怎样让生命以固定的形式得以留存和不朽,是人们发自天性的追求。小说作为语言艺术,显然是通向永恒的一条重要路径。古人把"立言"和"立德""立功"并列作为人生的"三不朽"之一是颇有道理的。人的肉体可以消亡,但人的言语以文学的形式却可以留存下来,传之后世。曹丕写道:"盖文章,经国之大业,不朽之盛事。年寿有时而尽,荣乐止乎其身,二者必至之常期,未若文章之无穷。是以古之作者,寄身于翰墨,见意于篇籍,不假良史之辞,不证飞驰之势,而声名自传于后。"[①] 曹丕所论当然也适用于小说,小说的虚拟性、表现的灵活性、以语言为工具等特性,决定了它可以将过去的记忆、生命的感悟和曾经的辉煌以固定的形式外化和社会化,从而超越时空得以留传。人的肉体在时光中会磨损消失,但人的精神、思想却以文字的形式得以永生。这显然弥补了人生苦短的生命遗憾,让人焦灼悲凉的生命和灵魂得以安静和慰藉。

---

① 曹丕:《典论·论文》,萧统编《文选》,中华书局1977年版,第720页。

大地与星空

——对新世纪小说的人间关怀和终极拷问交融一体态势的考察

  与社会形态、现实生活、人生样式、价值观念的日益多元、多样化相应，作为社会人生的反映和折射的小说，在 21 世纪也呈现出多元、无主调的形态，因而对它的发展趋势、创作走向企图做出一言以蔽之的总结、论述变成了几乎不可能的事情。不过，在异彩纷呈、扑朔迷离的小说世界里，笔者还是捕捉到两个相互呼应、交织的意象：大地和星空，即对大地一样与我们的生活密不可分的世俗人生、生存状态的忧虑和对星空一样遥不可及的彼岸世界、梦与醒、生与死等人生的终极问题的沉思，这两者的互应、交融乃至合二为一，构成了当下小说的一种独特的风貌。

  大地和星空这两个要素在这以前的新时期小说中就已经依次产生存在了，不过，它们是相互分离的。有的小说虽然立足大地，甚至将触角融入泥土，但却无暇仰望星空；有的小说在星空中遨游、冥思，却飘离了大地的怀抱。具体而言就是：新时期之初的"伤痕"小说、"反思"小说主要在政治层面拨乱反正，还原和回归历史的真实，以配合现实政治生活中冤假错案的平反昭雪；其后的改革小说则以现实社会的政治、经济的体制改革及相应国民的生活方式、价值观念的变化作为表现内容；20 世纪 80 年代末 90 年代初产生的"新写实"小说则是以民间的眼光观照底层民众生存本相。虽然这些小说也不乏作者独特的生命体验、人生感悟和人性思索，但形式上的哲思往往被那些历史政治、现实社会、生存状态等具体而重大的问题稀释淹没了，因而滞留在此岸世界而无法飞越到彼岸世界。80 年代中期出现的寻根小说和先锋小说，则走向了另一个极端；它们把目光更多地投向了文化、人生乃至生死梦幻、来世今生等人生的终极关怀，却淡化、虚拟乃至抽去现实、历史等背景因素，对人们的世俗生活、现实问题显示出不屑一顾的洒脱和超然。

而晚近出现的小说，虽然在这两个因素之外并未增加新的因素，但却将这两个因素进行了有机的交融与整合，从而呈现出一种独异的品格和韵味。这些作品，一方面对那些关系着国计民生，与人的生活、生存密切相连的重大现实问题和那些困扰纠缠着人们的心理精神的社会历史事件充满了热情，并进行了深度的观照和展示，显示了浓厚、灼热的人间关怀；另一方面，又能对具体的人物、事物的背后隐含的具有普遍意义的人性、道德、命运等问题进行纵深的透视，从而实现了对具体的某人某事的超越时空的升华，充满了关怀人类终极命运的人文思索。而且这两个方面是你中有我、我中有你、合二为一的，成为一个互荣共生、交相辉映的有机的审美存在，从而大地一样的朴实、温馨、亲切、泥土气息，人间烟火与星空一样的空灵、飘逸、如诗如画、超凡脱俗交织融合为一体。而根据表现对象、内容的不同，这些作品又可分为以下几种形态或者说具备以下几种特征。

第一，历史真相的还原、解读和命运谜底猜想、感悟的双向展开。晚近的许多小说，都不约而同地对历史产生了浓厚的兴趣，不过它们与新历史主义小说不同的是：其一，它们关注和再现的是现当代的历史，与现实中的人、当下的生活有着千丝万缕的联系；其二，在拨开历史雾幔、还原历史本相的同时，还对人物的人生轨迹、命运之谜进行探索和描画，从而将历史中的人和人的历史进行同构的展示、开掘。张洁的长篇小说《无字》，对20世纪国共两党之间、各党的不同派别之间，以及重要历史人物之间的错综复杂关系、重大的历史事件都以求真的精神和写实的勇气进行了揭秘性的梳理和重写，这对我们认识历史真相无疑有重要的价值；同时，小说又以更为细腻的笔触抒写了墨荷、叶莲子、吴为这三代有着母性血缘关系的女性被那些在历史风云中沉浮的男性的把玩、利用、虐待、抛弃的宿命般的命运，以及对这一命运的抗争；而更给人以触动的是张洁在对三代女性命运的书写中所体悟到的偶然与命定、前生与来世、神秘的感应和预知，以对大自然的"永不可知""永不可及"以及由此而生的"大悲大悯"的宗教体验的通透和澄明。张翎《雁过藻溪》中的末雁按照母亲生前遗嘱将其骨灰送回故乡安葬的过程中，被掩盖很久的革命秘史和母亲的生命隐私同时浮出水面，清晰地显示出了本真的面目：那场被庄重地写进历史的轰轰烈烈而又神圣辉煌的土改运动，在藻溪却是如此的丑陋、恐怖和残酷，这里不仅充满着草菅人命的血腥、疯狂报复的兽性，更为恐怖的是，那些翻身者、革命者还以胜利者的姿态将地主阶级的女性当作了占有的对象，像分土地、牲畜一样进行分配。而末雁的母亲黄信月，作为被专政对象的阔小姐，不仅失身于看押她的贫协会员以逃命求生，而且不得不一生委身于年长自己二十来岁的高官以苟活自保。而黄信月独特的生命轨迹，既源于时代变迁的必然，又受制于时、地、人、事等无数个偶然，这里又融入了作者对神秘命运的沉思。而婶娘投井自杀的刚烈、悲壮，黄信月以沉默与世界的对抗、对故里乡亲的恩泽关爱、死后魂归先祖的虔诚，这些又凝聚了作者对人的尊严、博大、慈爱的礼赞和倾慕。叶广芩的《响马传》更是这方面别具韵味的上乘之作：作者看到六十年前的旧报纸上登载的土匪何玉琨抢劫杀人的消息以后，突发奇想，决定走进六十年前的那段历史，解读何玉琨这个神奇的人物。何玉琨在国民党统治时期是被通缉的"杀人如麻""百姓畏之如虎"的大土匪，而在新中国成立初期，又以土匪头子的身份被共产党所枪决。但当作者走进何玉琨故里紫木川时，却发现了何玉琨的另一种真实：虽然他也做过一些坏事，但在当地人的心目中，他却是一个开明绅士，一个行侠仗义的英雄。他虽为土匪，但讲原则，绝不攻击抢劫单身行人、妇女、老人和孩子；他将留声机、小轿车这些标志现代文明的东西引入了大山深处；他还在家乡修路架桥、兴办义学，改变了乡民的生活方式、精神面貌；他还资助那些有志向和才华的乡村青年学有所成，培养了一批有用之才。而他临刑时以反间计的方式救下的追随他的何义仁则是其响马文化、品格的余绪、承接和延伸：他虽为学历史的大学生，但却在紫木川"娶妻生子、淡泊存活"，为何玉琨的遗孀尽儿女之孝。这既是对何玉琨知遇之恩的回报，也是对响马文化的守护。而何玉琨、何义仁的品格操守与那些造假骗人、见利忘义之徒形成了鲜明的对比，也给人留下了深长的回味。正如作者所言："历史往往走着大螺旋式和无数小螺旋式的发展路线，过去的岁月里暗含着今天的特色，在今天的现实中又能窥出逝去年月的痕迹。"[①]

第二，底层民众生存之重和死亡之轻的同构交融。21世纪的许多小说秉承新写实小说的内在精神，对底层民众沉重、艰辛的生态和压抑、苦闷

[①] 叶广芩：《历史的扑朔迷离》，《中篇小说选刊》2005年第3期。

的心态进行了如实的记录、呈示,并对其根源——丑恶的社会现象进行了无情的揭露,这显示了作者们忧国忧民的责任感、良知和直面现实、针砭时弊的勇气、胆识。不过,与新写实小说不同的是,这些小说在对平民百姓的吃、穿、住、行这些世俗生活进行关注和表现的同时,也对他们现世生存的否定即死亡表示出少有热情。小说中的挣扎在社会底层的这些下岗职工、农民工、弱势群体在面对日常的无法摆脱的生存之重时,往往比那些衣食无忧的人更敏感地思考生之意义,而他们的人微言轻又决定了他们只有用他们最重要的资源即生命的否定——死亡来摆脱、减轻生命的重负。不过,面对无边无际的日常生活,死亡却又显得那么轻飘、渺小,仅仅成了供他人消遣的谈资,因而反过来又增加了生存之重的悲剧色彩。这正如方方所言:"有的人读我的小说,可能只读到表面上那幅常态的图景。但有的人,尤其一些与我心息相通的人,却一定能透过常态的图景看到背后那些缠绕在一起,永远存在、永远都拆剪不断的死结。"[①] 方方的《出门寻死》中何汉晴面对下岗后生活的艰难、公婆的刁难、小姑子的奚落、丈夫的粗暴,决定以死唤回生命的尊严,但她的死的决定换来的却是公婆的不屑、丈夫的嘲笑和儿子的冷漠。而随后而来的她痛下决心的死亡行动却被看护友人的孩子、保护遭歹徒强暴的女大学生、救助像她一样出门寻死的工友所延缓、耽误,以致使她陷入"死不成也活不下去"的境地。最后作品以喜剧的样式结局:何汉晴被丈夫一脚踢了回去,过着"与此前别无二样"的日子,因为她明白了一个穷人没有资格死,她必须做完自己的事才可以死。这真如她所悟到的:"活着不容易,死却也难。"葛水平的《黑口》中孤儿兰州李是一个真正的穷人:"爷爷留下了贫穷,让他继承;留下了苦难,让他承担。"他唯一的资源就是他自己:他的生命和力气。他把自己的力气连同生命一起押给了私人矿主,以换回金钱来治自己的豁嘴和娶媳妇。但一场意外的事故夺去了他的生命,使他的一切美好愿望都随之化为泡影。而他的死,在别人的利益面前显得那么微不足道。矿主五牛为逃避责任,炸掉了矿井,把兰州李的尸体压在了大山的深处。而更让人不可思议的是,兰州李用自己的生命所救出的矿友李强,反而以兰州李的死作为要挟的条件,向矿主五牛索要更多的钱财。正如作者所感叹的那样:"人性的奇葩会开放在苦难的泥沼里,利益反而会使它萎缩。"兰州李

[①] 方方:《闲话》,《小说选刊》2005年第2期。

的遭遇，既凝结了作者对弱者生存处境的同情，也包含了作者对人性的拷问。罗伟章的《故乡在远方》、阿宁的《灾星》、邵丽的《明惠的圣诞》、曹多勇的《悬挂立交桥上的风景》等都体现了以上的创作走向。

第三，犯罪现象透视和人性黑洞勘察的交汇和兼容。犯罪现象一直是新时期小说所热衷的话题，因为犯罪所独具的暴力、破坏、悬疑等特征而为作家提供了极佳的"写点"。而晚近关注犯罪现象的小说与以往不同之处，不仅在于对犯罪、侦破、抓捕等过程的疑团重重、扣人心弦、惊心动魄等的通俗小说因素的淡化甚至放弃，在于作者对犯罪现象背后隐含的社会问题的揭露，更在于作者对犯罪的实施者——罪犯的丰富复杂的内心世界、变幻莫测的人性内涵进行的深入开掘。犯罪现象作为一面特殊的镜子，往往集中地折射出贫富两极分化、社会不公平、监控体制不健全等诸多社会弊端，从而为作家的人间关怀、社会责任感的外化提供了一个极佳的载体。而犯罪主体往往是在非常态中以极端方式表现了一般人在常态中隐而未显的人性内容，正如一个作家所言："每一个人身上都可能有犯罪因子，……每一个人都有可能是犯罪嫌疑人。"[①] 也就是说，晚近的一些小说是以罪犯这一特殊的个案而对人心人性进行更为隐秘和深入的把握探索。潘军的《犯罪嫌疑人》，用作者自己的话说："说的其实是一个老话题，犯罪和人性。"[②] 罪犯并非仅仅是法律意义上的一个称谓，他也是人，有着正常人的人性和情感。小说中抢劫银行巨款和入室盗抢私人钱财的马冬生并非一个嗜财如命、残暴狠毒的劫匪，而是一个有道之盗。他作案计划周密，不失为智；劫财不伤人，不失为仁；乐于助人，知恩必报，不失为义；事败后为情所感而主动投案自首，又不失为信；劫财犯罪虽违于礼，但出于为爱女治病而铤而走险，却又情有可原。负责侦破银行抢劫案的公安局副局长于超，也不是一个单纯的冷面捕头。他既有着母亲重病而无处筹集手术费的烦恼、窘迫，也有铁证在手却引而不发以让罪犯既成全父爱又悔过自新的情义、慈爱，同时，当发现利用县长职务而侵吞国家大量财产的真正犯罪嫌疑人，却一点都不心慈手软，果断采取措施抓捕，显示了一个公安干部的原则和正义。如果说这篇小说是将犯罪和惩治犯罪双向展开的话，那么于晓威的《L形转弯》则将犯罪者和惩治犯罪者合为一

[①] 潘军：《小说和茶》，《中篇小说选刊》2004年第3期。
[②] 同上。

体，从而拥有了更为发人深思的艺术张力和人性底蕴。身为防暴队队长的杜坚，本来是防暴制暴的高手，是与歹徒、罪犯势不两立的警察，但在一次执行制服劫持人质的歹徒的任务中，他却利用自己的身份、假歹徒之手间接地杀死了人质：他放弃了在给歹徒喂水时用强力安眠药迷倒歹徒从而可以轻易解救人质的努力，近距离枪击歹徒却两枪未中要害从而给歹徒杀害人质留下了足够的时间空隙。杜坚从一个警察到一个杀人凶手的角色转换，根植于其生命深层欲望的涌动：那个死于歹徒刀下的人质是自己情人的丈夫，他死了就可以使杜坚赖掉所借的三十万元钱不还，从而为自己与妻子离婚做好了物质条件的准备，而情人丈夫之死和自己的顺利离婚又是自己最终可以与情人结婚的必备前提。歹徒出于本能对人质的杀害，杜坚对歹徒的延迟的枪击并连带造成的对人质的间接残害，以及随后情人的一半出于为丈夫复仇，一半出于与情人殉情的与于坚的共赴黄泉，共同构成了一条黄雀在后式的凶杀的犯罪索链。而越过扑朔迷离的案情的表层，我们感触的是复杂多变、诡秘莫测的人性黑洞，正如作者所言："我想探究的是一个人在现代社会里随着物质进化而本该相应的心灵进化达到了一个什么样的程度。我感兴趣的是处在半明半暗之间，在隐秘、交错、混乱、模糊的人性边界，那些比暗影还要深暗的一种清晰。"[1]

第四，社会重大事件的关注和个体人生体悟的统一互渗。杨川庆的《官道》、李春平的《我男人是县长》、陈世旭的《七彩路》、阿宁的《灾星》、李铁的《我们的负荷》、何存中的《洪荒时代》等，都对反腐倡廉、社会改革、企业改制，甚至长江抗洪、非典疫情等这些与国家、时代息息相关的重大事件表现了少有的热情。不过与"主旋律"文学不同的是，这些作品不再是那种政治乃至政策的传声筒或者粉饰现实、歌舞升平的宣传品，而是以民间视角对民族精神、社会正义进行了全新的观照和表现，因而多了朴实亲切的平民色彩和原汁原味的真实性。而更为可贵的是，在宏大的叙事中融入了作者个人独特的生命体验和人生感悟。何存中在其《洪荒时代》中以饱含热情的笔触讴歌了自己亲历的1998年的长江抗洪抢险中的英勇奋斗、悲壮牺牲的解放军官兵，日夜守护江堤、废寝忘食与洪水搏斗的村民、基层干部，以及与那些劳民伤财的形式主义作针锋相对斗争的市人大主任；以一个边缘化的作家身份，对社会中负面现象诸如官场的钩

---

[1] 于晓威：《模糊或清晰》，《中篇小说选刊》2005年第4期。

心斗角、虚假新闻的泛滥、权力崇拜带来的人性扭曲等进行了审视和针砭；同时，还以亲历者的角色抒写了叙述者独具个性的所观、所历、所感、所思，尤其是结尾处作为作者影子的高风对市委书记布置的写歌功颂德戏任务的拒绝，提出辞职的无欲之刚，以及对人生世事的禅悟，使这一作品从具体的时事中脱颖而出，拥有了十分个性化的感悟和哲理的升华，从而有了独特审美价值。李铁的《我们的负荷》，一方面，写了国企改制过程中正与邪的冲突和较量，如肖大伟为了谋取权力而不惜以出卖国家利益为筹码，而孙兆伟、老潘等为企业和工人的利益则付出了很大的代价；另一方面，还透过人、事的表层而透视内隐人性秘密；小说结尾处借苏丹之口质问孙兆伟："如果当初你处在肖大伟那样的有利位置上，你还会不顾一切地搞达标吗？"作者在创作谈中也特意指出这一点："小说中的孙兆伟是在升职无望的情况下挺身而出捍卫国家利益的，如果当初升职有望，他还会不顾一些上级个别领导的反对，毅然决然去做吗？这应该是个值得深思的问题。"[1] 这说明善与恶、正与邪、先进和落后，不是固定不变的，而是因时地、利害的转变而不断地变化的。李铁的深思和艺术表现给我们以独特的人性启示和认识上的升华。

　　真正的大作品、真正的经典大都同时具备大地和星空这两个因素。曹雪芹的《红楼梦》，王蒙将其主旨概括为"情与政"[2]，这里的"政"是与琐细现实相关的家政、国政，这里的"情"，不只是一般的男女恋情，而是以宝、黛为代表的非人间的"天情"。托尔斯泰的《安娜·卡列尼娜》既直面现实中存在的家庭婚姻、农奴社会问题，又通过安娜、列文的人生轨迹的展示而对人的生存困境和出路进行哲理性的观照。海明威自言他的《老人与海》是有感于个人所得税制对人的过度掠夺，但这篇小说真正迷人的魅力却在于老人在与命运的抗争中的忍耐和执着。这并非说晚近小说也具备了经典和巨著的品格，我想说的是：大地和星空的同时呈现，显示了当代作家创作上的日趋圆整、成熟，具备了经典的质素和意识。这样，产生名家巨著时代的到来，也就为时不远了。

---

[1] 李铁：《无欲则刚》，《中篇小说选刊》2005年第3期。
[2] 王蒙：《红楼启示录》，生活·读书·新知三联书店1991年版，第135页。

论新时期小说中女性主义视镜里的女性形象

在本文展开之前，必须首先对"新时期"和"女性主义"这两个司空见惯而又众说纷纭的概念加以厘清和解释，这是立论的前提和基础。新时期作为一个时间概念，对它的划定见仁见智，莫衷一是。这里笔者基本认同陈思和的意见，大约限定为20世纪70年代末至世纪之交的改革开放以来的二十来年。陈思和认为："新时期文学应该有一个时间限定，不能无限制延续下去，本书的时间范围，依然是限定在1978—2000年，也就是20世纪文学的最后二十五年。"① 新时期的这二十来年，也恰好是人性和女性意识不断觉醒和深化的时期。本文之所以使用了"女性主义"这一概念，主要是取其蕴含在女性作家笔下的女性形象身上的女性的价值立场、评判标准，以此既与男权中心的传统和观念划清界限，也与西方的女权主义拉开距离，以免误入说不清、理更乱的概念、理论的陷阱里而难以自拔。

诚如西方一位思想家所言：女性的解放程度往往是社会解放程度的重要尺度，因而女性总是现当代作家所关注和着力塑造的对象。新时期小说中的女性形象，不仅反拨古代小说中将女性当作观赏亵玩、传宗接代和泄欲工具的性别歧视现象，也一改现代小说、"十七年""文革"小说仅仅把女性作为社会乃至政治层面的那种单一的符号和载体的状况，女性形象开始变得色彩纷呈和绰约多姿。这显然是新时期小说的一大进步和收获。不过，令人忧虑的是，许多女性形象并非现实中女性处境的真实反映，而是笼罩在男权意识的阴影之中，沦为了男性话语中男性欲望或审美取向的符号和对象。就此笔者曾在拙文《新时期文学中的四类女性形象与男权意识》② 中有较为详尽的

---

① 陈思和：《新时期文学简史》，广西师范大学出版社2010年版，第312页。
② 李永建：《新时期文学中的四类女性形象与男权意识》，《淮北煤师院学报》1996年第2期。

阐述，这里不再赘言。

我这里所关注和言说的是那些摆脱男权意识的制约、女性意识觉醒后的女性作家所塑造的女性形象。这些女性作家与她们笔下的女性形象往往是同构互应的关系，独特而命定的生理、心理特征和传统的习俗、观念、伦理的制约，使这些女性作家对女性所面对的生存困境和人性枷锁有着更为深切和敏感的体悟，并进而滋长了砸碎枷锁、冲破禁区，从而完善、解放自我的愿望和努力。因而她们将个人的所思所悟、所作所为付诸文字，真实记录了自我的生命形态和心路历程，这既是对自己心灵的外化，同时也是对整个女性乃至当代人不断解放自我、追求自由的人生轨迹的展示。诚如陈染所言："我应该把我个人的历史记录下来，这个个体的奇特性将成为人类所有的特性中的一种，这个个体的人格是由对所有人都共同存在的独特性所决定的。虽然人是孤立的，她是一个唯一的实体，她的经历与其他任何人都不一样。但是，她绝不可能与她的同伴毫不相关联。她的生存必定与她在同一背景中的所有人休戚相关。所以，她既是独特的个案，又是人类全部特征的代表。"[①]

新时期女性作家对女性命运的探索，是一个川流不息的过程，大约可以分为四个阶段或样式：即以张洁、张辛欣所为代表的花木兰式的对自我的追求和对男性世界的对抗；以刘西鸿为代表的既最大限度地实现自我的人生价值又保持了女性的柔美和个性；以林白、陈染为代表的对女性心灵隐秘世界的透视和独特生命体验的展示；以卫慧、棉棉为代表的对女性追求身心自由、解放的渴望和摹写。虽然因社会环境、习俗观念和自身条件的制约影响，每一阶段的探求都有一定的局限甚至欠缺，但作为一个相互承续连接的艺术环链，对女性乃至整个人类命运的探索却在一步步地拓展，人性的向度也一步步加深，而每一阶段都增添了对人的新的内涵和理解，从而作家的内在体悟、渴求、向往与女性现实的命途，在互应同构中走向丰富和圆满。

一　从追求与男人站"在同一地平线上"到宣布"你不可改变我"

早在20世纪80年代初，张洁、张辛欣等女性意识觉醒的一些女作家，

---

① 陈染：《私人生活》，《花城》1996年第2期。

第三辑 现象透视

就消解了传统小说中将女性作为意识形态符码或男性欲望对象的工具性的男性话语形态，打破了以男性为中心的叙述视点而以女性为本位，从女性的地位、命运、利益和处境出发来展示人物的内心世界和人生际遇。她们笔下的女性，不再取悦和依附于男人，而愿以一个独立的个人与男性平等地站在同一地平线上，因而成功的事业、独立的社会地位和圆满自主的人格成为了她们奋斗的目标。但因为社会习俗、传统意识中的男权中心和相应对女性的歧视，往往使她们不仅在事业上要付出更多的努力，有时还要以家庭生活、婚恋的残缺为代价。她们对男性世界充满了戒备甚至敌视，将之当作竞争对手甚至仇人。张辛欣《在同一地平线上》（《收获》1981年第6期）中的"我"，由与丈夫追求事业、人格上的平等，想到了孟加拉虎的凶猛和残忍，将夫妻之间的关系和"物竞天择，适者生存"的动物相提并论；张洁《方舟》（《收获》1982年第2期）中的那个女导演梁倩，将男人视为流氓而加以防范和攻击。而在这种与男子一比高下的较量中，她们逐渐在性格和行为方式上发生了变异，即出现了"雄化"现象，完全失去了女子的温柔、娇弱等性别特征，变得像男人一样的刚强甚至粗野。《方舟》中的梁倩，像男子一样抽烟，说脏话；张辛欣《这次我演哪一半？》（《收获》1988年第4期）中的"我"，在一个临时组成的"家庭"里，不得不充当"爸爸"的角色。她们有的甚至逃避女人的天职，失去其自然本性。如《在同一地平线上》中的"我"，为了事业而打胎；《方舟》中的三个知识女性，都离了婚而不再准备成家。这展示了这类女性的悲剧性命运，即独立健全的人和残缺女性的矛盾、成功的事业和失败婚恋的冲突。

不再屈从男权的价值观念，而是在现实生活和文学作品中都站在女性自我的角度来追求平等、自由和独立，这无疑对女性追求解放和自由之路都做出了大胆的尝试和艰苦的努力。不过，她们也为自己的追求付出了巨大的代价并留下了人性的残缺遗憾。她们是以禁欲和对抗男性世界来实现理想和升华心灵的，失去男性抚慰和呵护的女性世界显然是不全面的。舒婷在《致橡树》中所呼唤的"我必须是你近旁的一株木棉，作为树的形象和你站在一起"的男女相互独立、平等又亲密相处的爱情理想，在张洁、张辛欣的小说世界里并未变为现实存在。而这种现象在刘西鸿的小说中则出现了新的变化和转机。在这里，我想着重谈一谈她发表于20世纪80年代中期的代表作《你不可改变我》（《人民文学》1986年第9期）。

《小说选刊》的编辑在收录这篇小说时这样评价作者和这篇作品："刘

西鸿，这位年轻的深圳女作者，以她对特区生活的敏锐审视和感知力，通过一个十六岁少女的心理气质和性格力量，表现出一种全新的审美追求。……我们从她身上看到了一种与某些因袭的社会总体意识不和谐的新气质。这就是当代新意识的觉醒。因此，她在'你别无选择'的人生模式面前，能够超越对他人、社会以及自身的嘲讽，表现出一种自我选择的自由。作品所展示出来的，是在开放形势的文化氛围中，人的心理素质的必然飞跃。"[1] 这里所说的作者所展示的"新气质""新意识"主要表现在什么地方呢？我觉着主要体现在两个方面，那就是小说主人公孔令凯的我行我素、独立不依的个性和洒脱自由、本真自然的人生追求。

孔令凯虽然只是一个十六岁的女中学生，但却很自信、很有主见。当作为长者的"我"以人生导师的口吻对她进行训导时，她大胆地说："我已经决定了，你不能改变我。告诉你是尊重你。你不能改变我的"。她不依傍别人，甚至在经济上连父母也不依赖。虽然她"门门功课拿优"，但并不安于仅仅当一个循规蹈矩的好学生，而是利用业余时间当模特儿挣钱来谋求独立，就是当"我"请她吃饭时，她也准备采取AA制的方式，谁也不沾谁的光。她有自己选择的不为别人所左右的生活方式、价值观念和人生道路。

把独立、自主、平等当作自己的人生目标，就这一方面而言，孔令凯显然与张辛欣、张洁笔下的女性是相似的，但不同的是追求目标的方式、人生观念以及相应生命形态改变了。作品中"我"的朋友说孔令凯"是个古怪的女孩"，而孔令凯又说"我""样样都这么老派"，这从一个侧面反映了两个年龄段的女性之间在观念和行为方式上的冲突，也折射出孔令凯身上所增添的新质。旧观念中的"古怪"，正好映衬出了她的新异。她与张洁、张辛欣笔下的女性以及本作品中的"我"以情欲的压抑、青春的浪费来寻求成功不同，是以一种合乎人性的样式来实现自我、开掘自己的潜能的。作品中的"我"追求事业的成功，但却过着清贫的生活，为了出去进修评职称，甚至中断了与男友的书信来往。相比起来，孔令凯就轻松了许多，她利用自己的天赋和主见，使社会价值的实现和青春、美丽的展示，使创造生活的艰辛和享受生活的快乐得到了和谐的统一。她没有听从"我"的劝告好好读书，以便"考复旦天文""有一份高贵的事业"，而是

---

[1] 小说选刊编辑：《〈你不可改变我〉编后》，《小说选刊》1986年第12期。

退了学当表演队的职业模特儿。孔令凯取得了成功，成了大牌级的当红模特儿，以女性的美丽和出众的才华显示了自己的价值，甚至征服了对她的人生选择颇有成见的"我"。在"我"的眼中，T形舞台上的孔令凯"气压群芳，颇有倾国倾城之势"。她是"这么美，这么健康，这么青春"。"我"还在观念上对孔令凯表示了认可和赞佩："她如果继续读书，不要说拿什么学位，连考得上考不上大学还是个问题。因为她没心思。可她现在有她的职业，甚至是事业，干得有声有色。""十年二十年之后，这个世界上博士、硕士俯首可拾，而大牌模特儿是天生的，不是人人可以。""人应该及时展示并且发挥自己的长处。美是孔令凯的长处。"

孔令凯身上的"新人"特质的发现和开掘，是作者刘西鸿的天时、地利上的优势所致。刘西鸿比张洁、张辛欣年轻许多，写这篇小说时年仅二十五岁，因而字里行间自然多了轻松和青春气息；而20世纪80年代中期的深圳相对于80年代初的北京，在价值观念、生活方式、精神状态上自然有了很大的发展和更新。不过孔令凯作为一个时代女性的"新"也只是相对的，她也存在着局限性。她只是一个情窦未开的少女，成年女性复杂、沉重的生存状态她还未曾涉及，而且作品也未能通过她来展示女性心灵、生命的更为幽深独特的隐秘之处，因而少了人性向度的深入开掘。

二 女性隐秘世界的审视和展示

如果不把女性的解放仅仅局限在政治上的进步、事业上的成功和人格上的独立的话，那么以林白、陈染为代表的20世纪90年代以来的现代女性主义写作对女性命运的探索无疑有着重大的拓展和深化。与以往的女性写作不同，她们摒弃了社会化的叙述视角，而以个人化的视角来展示女性个体的生命体验和生存状态，这无疑为深刻而全面地认识女性并进而使之走向新生奠定了重要基础。

她们的写作大多都是围绕着女性个体的种种隐私、秘而不宣的情感和私人经验而展开的，这从她们各带有自传色彩的代表作即林白的《一个人的战争》和陈染的《私人生活》的题名就可以感觉出来。林白曾这样谈到了她的写作："我的写作是从一个女性个体生命的感官、心灵出发，写个人对世界的感受，寻找与世界的对话。"[①] 一些论者把这种写作方式称作

---

① 荒林：《世纪之交的女性文学》，《文艺争鸣》1997年第1期。

"私人写作"或"个人化写作",其实,写作态度和方式的改变,从一个侧面折射出了对人的认识和表现的更新。在她们的创作中,往往淡化甚至滤去政治运动、社会变化、意识形态对女性形象的影响,而凸显她们在成长和生存过程中对世事人生的个性化的身体和心理的体验,她们甚至不愿抽去那些传统习俗对一个女性所禁忌的、不能与外人道的隐私,从而大胆而坦率地展示了一个个丰富、复杂和隐秘的心灵世界和生命图景,对女性乃至人的认识和发掘无疑都有了重大突破。

　　林白和陈染笔下的女性都有着幽闭内隐的心理特点,她们往往逃避甚至抗拒外在和他人的世界而退归内心,走向内在心灵、情感的丰富。她们都孤芳自赏,有着强烈的、不可扼制的自恋情结和行为。林白在《一个人的战争》(《花城》1994年第2期)的《题记》中就这样点明作品的主旨:"一个人的战争意味着一个巴掌拍自己,一面墙自己挡住自己,一朵花自己毁灭自己。一个人的战争意味着一个女人自己嫁给自己。"她们笔下女性的自恋是通过两个意象来完成的,即"镜子"和"手"。通过镜子,女主人公认识、打量了自我。《一个人的战争》中的多米,"最喜欢看镜子,专看隐秘的地方。亚热带,漫长的夏天,在单独的洗澡间冲凉,看遍全身"。陈染在《私人生活》(《花城》1996年第2期)中也这样写道:"我从虚的镜中认出了我自己。""镜中我"既是对自我的客观外化,也是对自我的自由想象。林白在《一个人的战争》中这样写多米:"想象与真实,就像镜子与多米,她站在中间,看到两个自己。/真实的自己,/镜中的自己。/二者互为辉映,变幻莫测,就像一个万花筒。"镜子的功用就在于女性主人公通过眼睛和心灵来自我凝视和欣赏,是作用于心理上的审美体验。而"手"的意象则实现了女性主人公自我抚摸、自我慰藉的愿望。在陈染那里,手被比喻为火车:"那手如同一列火车,鸣笛声以及呼啸的震荡声渐渐来临,它沿着某种既定的轨道,向着芳草荫荫的那个'站台'缓缓驶来。"而在林白那里,手则被比喻为鱼:"她觉得自己变成了水,她的手变成了鱼,""她把自己吞没了。""手"在这里成了女人满足自己生理欲望的工具。而"镜子"式的自我欣赏和"手"的自慰又是同时浮现并贯穿在她们生命始终的。《一个人的战争》中的多米,"那种对自己的凝视很早就开始了,令人难以置信地早。那种对自己的抚摸也从那个时候开始,在幼儿园里,五六岁"。多米在嫁人之后,仍然保持着少年的习惯:"这个女人在镜子里看自己,既充满自恋的爱意,又怀有隐隐的自虐之心。任何一个自己嫁给自己的女人都十足地拥有不可调和的两面性，就像一匹双头的怪兽。"《私人生活》在开篇就描述倪拗拗在少年时代就将自己躯体的不同部位起上名字，并与她们对话来抗拒他人，来表现对自己身躯的关注和把玩，而作品结尾处则是描述已经成年的倪拗拗在自慰中推向了生命体验和作品的高潮的。

林白、陈染对女性隐秘的情感、心灵世界的探寻还表现在她们展示、认同和赞美了女性之间的同性恋情。当记者张英分别向她们提出同一个问题："您对'同性恋'怎么看，或者，冒昧地问一句：您对这种行为和性取向是否有过一试的念头？"她们就这个对年轻女性来说讳莫如深的问题都做了肯定的回答。林白答："同性恋很正常啊。"[1] 陈染回答："我从来不否定和扼杀人性的丰富和复杂。我尊重一切人道主义、人性主义的态度。"[2]《破开》是陈染公开"献给女人"的小说，作品写了"我"和殒楠两个女性心灵、情感的息息相通："很多时候，我们根本没有说话，言语也会以沉默的方式涌向对方，对话依然神秘莫测地存在着，对心有灵犀的人来说，言语并非一定靠声音来传递。""我"在幻境中听从了殒楠母亲的劝告，"我"与殒楠"要齐心协力，像姐妹一样亲密"，"因为只有女人最懂得得女人，最怜惜女人"。并在从梦境中醒来时对殒楠呼喊："我要你同我一起回家！我需要家乡的感觉，需要有人与我一起面对世界。"——"回家"在这里成了一个隐喻，陈染把女同性恋描述成了女性的"精神家园"，成了她们面对艰难世界时的人生归宿。与一般的女性不同，林白发现并欣赏女性的美而对男性却充满鄙夷和厌弃，这一点倒与男性作家曹雪芹的审美趣味有异曲同工之妙。她在《一个人的战争》里这样写道："女人的美丽就像天上的气流，高高飘扬，又像寂静的雪野上开放的玫瑰，洁净、高级、无可挽回。""而男性的美是什么？我至今还没发现，在我看来，男性浑身上下没有一个地方是美的。"林白的许多小说都展示了女性之间彼此相互欣赏、相互怜惜、相互呵护的关系。这种女性间的关爱，既接近爱情，又超乎肉欲。《一个人的战争》这样写道："在与女性的关系中，我全部的感觉只是欣赏她们的美，肉体的欲望几乎等于零，也许偶然

---

[1] 林白、张英：《我的全部作品都来自我的生命——林白访谈录》，张英：《文学的力量——当代著名作家访谈录》，民族出版社2001年版，第267页。

[2] 陈染、张英：《写作之外的物质生活——陈然访谈录》，张英：《文学的力量——当代著名作家访谈录》，民族出版社2001年版，第221页。

有,也许被我的羞耻之心挡住了,使我看不到它。……我希望得出这样的结论:在一个同性恋者与一个女性崇拜者之间,我是后者而不是前者。"林白不仅描写了女性之间的相互吸引和爱恋,还进而表现了这种合乎人情人性的自然之情在社会伦理道德的压抑下而无法实现的痛苦、矛盾和迷乱。她的《瓶中之水》(《钟山》1993年第4期)就展示了意萍和二帕这两个女性在爱欲和文明的夹缝中挣扎、呻吟的复杂微妙的情感。意萍深信"女人之间一定能有一种非常非常好的友谊,像爱情一样"。她热烈地走近和依恋二帕,但却被二帕回避和拒绝着,因为二帕本能地认为这是一种"病态"的关系。这里的意萍由朦胧的冲动到意识到女性之间有"比友谊更深刻的东西",二帕由最初对意萍的躲避到承认"我害怕是因为我天生就是那种人",这正是她们对同性之爱逐步正视和理解的过程。但是她们仍然无法冲破世俗为她们设置的道德屏障,无法将彼此的情感社会化,只能各奔东西,在回忆中重温往昔的温情。这正表明了世俗禁忌的无法挣脱,同性之爱只能如"瓶中之水",纯洁透明,却又只能封存于瓶底。

陈染、林白以女性作家的坦率和勇敢正视并展示了对女性来说难以启齿、讳莫如深的自恋、同性恋等源于隐秘心灵的情感和发自本能的爱欲,对文明最深处的禁忌进行了触动和挑战,这无疑对女性命运的探索是一种进步,对女性心灵情感的开掘是一次深化,从而对女性的自我解放之路也是一种拓荒性的进展。不过,陈染、林白所塑造的女性形象也陷入了另一种残缺,那就是与男性关系上的灰暗和失败。与张洁、张辛欣笔下女性为了与男性平等而与男性竞争、对抗以至陷于禁欲主义不同,陈染、林白笔下的女性对男性都充满了欲望,渴望从男性那里得到肉体上生理欲望的满足和情感上的慰藉。但这些愿望最后都落了空,在男人那里不仅找不到心灵情感上的归宿,得不到审美的体验,就连生理上的快感也无法实现,而自己却沉沦为"物"——供男人玩弄的性工具。就这一点而言,这类女性在寻找自立自强的人生之路和追求健全完美人格上,又出现了一种局限和退步。

林白、陈染小说中的女性与男性的关系或者女性在男性覆盖下的命运,正如林白的一篇小说《子弹穿过苹果》的标题所暗示的那样:子弹象征男性,苹果代表女性,苹果一样艳丽、甜美的女性被强硬、蛮野的男性子弹穿透、破裂和粉碎。这篇小说展示了两个多情女子屡被她们挚爱的男人冷落而心力交瘁的悲剧命运。美丽聪慧的马来女人蓼一往情深、不可理

第三辑 现象透视

喻地迷恋着"我"的父亲，但却得不到应有的回应；"我"的父亲矮小丑陋、平庸卑琐，一生致力于用蓖麻油提炼颜料的"事业"中，却对蓼的深情视而不见、不加珍惜。"我"阴错阳差地爱上了和父亲一样熬颜料的老木，但在无望的守候中长发落尽，成了一个老木"越来越不相信"的"疯女人"。不同时空中的两个女性的相似遭遇，言说着异性间的冷漠和疏远。

林白的《一个人的战争》更加详尽地描述了多米在渴望和走近男性世界的过程中所遭受的尴尬、痛苦和最后身心支离破碎的命运。由于童年的孤独，多米十分渴望来自异性的爱抚甚至极端化地"常常幻想被强奸"，但走近多米生命的男性，除了两个很快就"像一道阴影一样消失了"的"红唇男孩"给她来了"阳光"和"诗意"外，别的都毫无例外地那样粗暴、阴险、自私，给她的身心带来了巨大的痛苦和难以愈合的创伤。与她有身体接触的第一个男子，竟然是一个试图强奸她的强暴者，他不仅用手卡她的脖子，而且还威胁要把她的鼻子咬掉，最后因为那个人年轻没有性经验她才有幸逃脱。基于冒险心理和骨子里的"软弱无依"，她半推半就地把初夜献给了在旅途中偶尔认识的轮船上的服务员，整个过程不仅没有任何浪漫温馨，而且最后还演变成"一起受骗失身事件"。"她没有获得丝毫快感"，"她毫不被怜惜，她身上的这个男人丝毫不在乎她的意愿，他是一个恶棍和色狼，她竟眼睁睁地就让他践踏了自己的初夜"。"这是一个陌生的地方，一个陌生的房间，一个陌生的男人，多米跟它们度过了自己的初夜。这个初夜像一道阴影，永远笼罩多米日后的岁月。"而最让多米伤心和绝望的是她三十岁时陷入了"傻瓜爱情"的陷阱：她宗教般虔诚而迷狂地爱上导演N，她认为自己的"爱情高尚而纯洁"，为对方甘愿奉献自己的一切：无尽的思念、痴迷的情感、美丽的身体甚至打掉腹中的孩子。结果对方不仅欺骗了她，抛弃了她，还盗窃了她的劳动成果。这使她陷入了深深的绝望之中，认识到"爱比死残酷"，"我想我此生再也不要爱情了。我将不再爱男人，直到我死"。

陈染《私人生活》中呈示在倪拗拗生命中的男性之爱也是破碎和扭曲的。她把美国前总统尼克松想象成自己的父亲兼情人，"我迷恋父亲般的拥有足够的思想和能力来'覆盖'我的男人，这几乎是到目前为止我生命中一个最致命的残缺"，"我就是想拥有一个我爱恋的父亲般的男人！他拥有与我共通的关于人类普遍事物的思考。我只是他主体上的不同性别的延伸，我在他的性别停止的地方，才开始继续思考"。这是她对因父母离异而带来的父爱缺失下的对恋父情结的展现。厌恶和惧怕对她百般刁难和虐待的班主体 T 先生，但当 T 先生狂热追求她时，她却向对方献出了处女身，不过这只是在对方身上渴望得到生理的快感和满足，并没有真正的恋情。而她迷恋和思念的"灵秀而纯净"的具有女性气质的大学同学伊楠，则是她同性恋的转移。也就是说，倪拗拗虽然也渴望男性之爱，但男性不过是自己各种欲望外化的符号而已，并未得到健康、完美的男女之间的两情相悦。

世界是由男人和女人组成的，男人和女人是彼此无法分割的一半，他们只有相互融合、爱恋才构成社会、人性的和谐与完美。陈染、林白小说中所描述的女性眼中的丑陋的男性和紧张、对抗的男女关系，虽然从一个独特的角度揭示了现实和心理的某种真实，但女性对男人的失望、抗拒、逃避、依附，显然都是人格、人性残缺的体现。这既有文化观念、现实社会的制约，也有创作主体审美趣味、价值取向的偏颇。

三 对身体和心灵双重解放的向往和追求

最后我想谈谈被称为另类的一些新生代的女性作家及其笔下的女性形象。对于另类作家及其作品，主流评论一直采取讳莫如深、避而不谈或全盘否定的态度，就连以开明著称的作家王蒙，也以自我保护性的方式和策略来评论卫慧、棉棉。当记者问王蒙："您对卫慧、棉棉等'美女作家'怎么看"时，他这样回答："棉棉的小说我没看过。卫慧的小说我看了几页就藏起来了，不敢再看了。我从小就不爱看这些，我心理有障碍。……现在我孙子也有阅读能力了，我不希望他见了说：'哟，爷爷也看这个！'"[①] 卫慧、棉棉等另类作家所展示的那种离经叛道的生活方式和生命形态，无疑会让饱受正统文化熏染的文人雅士心惊肉跳、张皇失措、不敢正视，但她们的作品却已经形成了一种不容忽视的文化景观，对当代人尤其是年轻一代的关于性、生命乃至整个人生的观念，都产生了令人震撼的强大冲击力。在这里我想说明一点，我不喜欢棉棉的《糖》，虽然这部作品显示了作者非凡的叙事才能，虽然她的写作态度非常坦率和真诚，但我无法接受作品中人物对待性的那种非常随意的态度。人毕竟是人，是一种文化、道

---

① 王蒙、张英：《我是新中国历史的见证人——王蒙访谈录》，张英：《文学的力量——当代著名作家访谈录》，民族出版社 2001 年版，第 185 页。

德的存在，无论怎样解放，都不应把人还原为一种失去理性和伦理的生物体。不过，我对卫慧的小说尤其是其代表作《上海宝贝》十分欣赏，在这里我想着重谈谈。

卫慧在《上海宝贝》中也展示了女性的隐秘的心灵世界和身体体验，诸如自恋、同性恋等，这显然是对林白、陈染的承续和延伸。而她的超越和突破则在于表现了以女主人公倪可为代表的一个特殊的群体即"新新人类"和她（他）们以狂放不羁、我行我素的姿态对主流文化表示的疏离、背叛和挑战。卫慧这样写道：

> 我给朋友们一一回信，用想得起来的漂亮、俏皮、骇世惊俗的语言。某种意义上，我和我的朋友们都是用越来越夸张越来越失控的话语制造追命夺魂的快感的一群纨绔子弟，一群吃着想象的翅膀和蓝色、幽惑、不惹真实的脉脉温情相依存的小虫子，是附在这座城市骨头上的蛆虫，但又万分性感，甜蜜地蠕动，城市的古怪的浪漫与真正的诗意正是由我们这群人创造的。
>
> 有人叫我们另类，有人骂我们垃圾，有人渴望走进这个圈子，从衣着发型到谈吐与性爱方式统统抄袭我们，有人诅咒我们应该带着狗屁似的生活方式躲进冰箱里立马消失。

字里行间我们似乎看到了反媚俗的昆德拉《生命不能承受之轻》和反美国主流文化的塞林格《麦田里的守望者》的中国版本。

卫慧笔下女主人公的不媚俗、反主流文化的叛逆姿态，首先体现在其生存方式和安身立命的途径上对大众主流的背离。倪可毕业于名牌大学复旦中文系，毕业后又在一家杂志社做记者。这在一般人眼里是幸运而成功的，但她却辞去公职，而在一家咖啡店里做女招待，并在业余时间写小说。之所以做出这一匪夷所思的选择，是为了避免主流文化对人性的扭曲，而以自己的优势来使人生以一种健康、合乎人性的方式展开。主流文化的特征之一是它以其强硬性和权威性左右着人们的价值观念和人生走向，一个人屈从于主流文化就意味着以他人、社会的价值标准和体系来塑造甚至强行改造自己，也就意味着要压抑和放弃个人的生命激情、审美趣味而逐渐沉沦为常人。倪可对主流文化对人性的销蚀认识得很清楚，作者这样写倪可眼中的研究生："在我眼里，许多教授门下的弟子简直就是一群应声虫，或者奴隶，他们首先得附和导师的治学思路，藏起自己的疑问，然后在取得导师的垂青后随导师四处开研讨会，在导师推荐下在杂志上发论文，甚至在导师关心下结婚生子，谋取职业，直到他地位稳固能发出自己声音的那一天。"而倪可对自己的人生选择也是理智的：写小说是自己的天赋，又是自己的审美追求，从而可以使个人兴趣和社会价值得到统一，在自由快乐和创造性的劳动中得到成功、发掘潜能。从这里可以看出刘西鸿笔下孔令凯的身影。

对主流文化的反拨还表现在倪可对待男性、对待性爱的态度上。她既不同于张洁、张辛欣笔下的女性那样为了人格的独立而拒绝男性从而压抑自己的情欲，也迥异于陈染、林白笔下的女性虽然对男性充满欲望、急切地走近和接纳男性但在男人那里却得不到任何身心的快乐。倪可有自己的职业和事业，在精神人格上独立自主，不依赖男人，正像她表姐朱砂一样"不想依靠谁"，"有份好职业有聪明的头脑"，"代表新一代精神与物质上都自主而独立的受过高等教育的女性"。她把男人当作自己生命、人生中的不可或缺的重要组成部分，在男性的世界里，既追求诗意和情感，以满足心灵上的渴求，同时也追求肉体上的欲望，陶醉于生命的本欲和快乐。作品开篇就引用昆德拉对爱情的经典论述："同女人做爱和同女人睡觉是两种互不相干的感情，前者是情欲——感官享受，后者是爱情——相濡以沫。"而在倪可的生命中，这两种互不相干的感情样式同时展开。她在俊美而病弱的天天身上追求和获得的是爱情——心灵情感的渴求。虽然天天性机能存在着障碍，无法满足她生理的欲望，但并不影响彼此心灵的相互吸引和慰藉，"就像地球的北极和南极那样不可分离"。这种爱充满诗意，给她带来了无限的温馨，是一种纯洁透明的两性之爱："我想着与他拥抱融合在一起时那种入骨入髓的温暖。这种温暖由心脏抵达另一颗心脏，与情欲丝毫无关，但却有另一种亲情和爱情化学反应后产生的疯狂，还有不可分析的神的咒语。"她生命中的另一个男人是马克——一个德国的有妇之夫，在他那里，她获得了天天无法给予她的肉体上的满足，她在德国情人如狂似疯的占有和爱抚中，享受到了欲仙欲死的生命体验。虽然她也为在两个男子中间的周旋而自责和痛苦，但这两个"像月亮的阴面与阳面相附而存"的男人从不同的层面使她的性爱得到了圆满。卫慧这样写倪可及她的同类："在很多人眼里，情欲与爱情不能混为一谈，在很多思想解放了的女人眼里，找一个倾心相爱的人和一个能给她性高潮的男人是私人生

第三辑 现象透视

活最完美的格局。她们会说：爱与欲分开并不与追求纯洁人生的态度抵触，一天一天消耗着你生命的日常生活引导着女人的直觉与意愿，她们寻找任何一种能使她们具有安全感的生活方式。她们把打开生活秘密的钥匙放在枕头底下，她们比50年前的女性多了自由，比30年前的女性多了美貌，比10年前的女性多了性高潮。"

怎样看待和评价倪可这一类"思想解放"的女人以及这类女人的"思想解放"，这一直是评论和读者颇有争议的话题。笔者认为，一个人，无论男女，在性行为上都不可能没有任何节制和禁忌地追求自由，不可能无遮拦地向任何人都敞开自己的身体，否则人就沦为了纯生物性的存在。正因为如此，我无法接受棉棉的《糖》中的那个"问题女孩"即"我"的行为方式和人生观念。而卫慧笔下的倪可的生活选择则对人尤其是女性的解放有着重大的启发和突破。几千年来，女性尤其是中国的女性，一直笼罩在男权中心的阴影之中，她们没有独立的地位和人格，仅仅充当着男人的赏玩、泄欲和传宗接代的工具。在现代社会，虽然妇女的地位有了很大的提高，在社会、政治、经济领域乃至人格上都获得了平等和独立。但由于传统文化尤其是习俗、伦理在心理上的积淀，女性无法在思想、观念上获得真正的自由和解放。作为女人，她本应享有与男子同样的在性行为上的身体快乐，但文明深层的禁忌带给她们先验的负罪感，使她们面对发自生命深处的冲动却无法心安理得地畅快地享受上帝赋予自己的生命快乐。从这个意义上来看倪可的行为，就会发现她并非那种荡妇淫女的放纵情欲，而是一个现代女性追求和享受她理应获得的身体快乐，这无疑是在女性的身体、生命的解放上迈了一大步。她既不向男人索要钱财，又不从他们那里寻求保护，只是为了彼此身心平等的两情相悦。这比那些看似遵守法律、符合伦理，但却没有爱情、没有身体快乐（比如表姐朱砂与前任丈夫），只是一种变相交易的婚姻（牺牲生命快乐而换取男人的金钱、权势、安定的生活）都更符合人性和道德。卫慧所构画的以倪可为代表的生活样式，从表面上看似乎只是属于特定的社会阶层，即大都市的中产阶级，不过，卫慧笔下的新新人类的生活样式和生命形态，显然已经超越了特定时期、特定地域、某一阶层人物生存状态的意义而具有了极大的普遍意义，它触及了人们面对社会、伦理的制约而追求生命自由、解放的渴求、焦虑、企盼等共同的人生境遇，作品发表后引起许多人的心灵震撼就是明证。

对性自由、性快感以及由此带来的生命的舒展和解放的展示也是新时期许多男作家如苏童、贾平凹、马原、莫言、陈村等笔下的重要内容之一,而卫慧与男作家不同的是:男作家对人的本欲的描写除了反拨"文革"以来乃至传统文化中的禁欲主义并以此来矫正人性由之而带来的扭曲,主要是以性自由的耽想来弥补现实中自我的压抑和残缺,以白日梦的方式寻求心理的补偿,换言之,他们浓墨重彩所表现的恰是自我现实生活中所缺失因而所渴望的;而卫慧所展示的,则恰是自我生活的真实写照。正如她在作品《后记》中所言:"这是一本可以说是半自传体的书,在字里行间我总想把自己隐藏得好一点,更好一点,可我发觉那很困难,我无法背叛我简单真实的生活哲学,无法掩饰那种从脚底心升起的战栗、疼痛和激情,尽管很多时候我总在很被动地接受命运赋予我的一切,我是那么宿命那么矛盾那么不可理喻的一个年轻女人。"由此可见,卫慧的文本里传递给我们的是更直接地源于现实生活而不仅仅是回响在心灵中的生命脉动,有更强的现实性和真实性。

不过,卫慧笔下的倪可仍有她的局限性,那就是她与德国情人马克的关系,表面上看彼此在性面前是平等、两相情愿的,但因国度、经济状况的差异,实际上彼此还存在着身份的不平等,这就为这场跨国恋情蒙上了阴影。卫慧说她的小说"都是发生在上海这个后殖民情调花园里的混乱而真实的故事"。小说第十二章写到他们这些新新人类在一个大宾馆前作派对遭到一个阔气的外国老太太驱逐时,他们都陷入了一个后殖民者的屈辱和痛苦之中:"一路上大家讲起以前法租界的一块牌子的故事,那块牌子上写着'华人与狗不得入内',而现在各大跨国公司金融巨头大财阀又卷土重来,无疑那股强劲的经济冲力又会带来心理上的优越和文化霸权,于是这些新新人类第一次切肤体会到民族自尊心,在这个下午认真地思考起生活中的另外一些东西。"由此而产生的思考也关涉她与马克的关系。作品写随后倪可追问马克如果他在那幢房里会不会赶他们走:"我严肃地问,这几乎是个外交考验,有关民族自尊心。"审视一下两人的恋情,虽然不能用始乱终弃这种老套式来概括,但显然打上了殖民主义的印痕。这样,倪可在马克身上得到的,除了生理上的满足、身体的快乐,也留下了被征服的屈辱和伤痛。这又给我们提出了一个新的警示:个人的命运、女性的自我解放之路是无法与社会的发展、民族的振兴分开的,失去了民族的依赖和人格的独立,所谓身体、心灵的解放都成了一个美丽而虚幻的肥皂泡。由此可见倪可的自我解放之路也要打上一个大大的问号。

通过对新时期小说中女性主义视镜里的女性自我觉醒和自我解放之路的考察，我们可以看出，虽然在特定的历史时期无论是现实还是文学中的女性的人生空间都得到了拓展，生命都得到了更大的自由和解放，人性也进一步深化和丰富，但同时也看到，女性的每一次进步都必须付出巨大的代价，只有在悲怆的行进和探索中一步步来拓展和完善自我。在肯定女性写作和探索的成就的同时，我们还要警惕其矫枉过正所导致的两个偏颇：其一是女性自我的过度自恋而陷入了自我隐私暴露、展示的陷阱，从而由自尊自爱滑向自轻自贱以至自取其辱，如木子美、竹影青瞳等的身体写作；其二是过度的女性立场而坠入对男性世界仇恨和诅咒的泥淖，如张洁在《无字》中对男性所流露出的乖戾、暴虐之气。而女性写作的出路和发展方向应该是不断地超越：既要超越男权中心意识，也要超越女权中心意识，而应是以人的意识和标准来观照男人和女人。甚至向更高的境界升华：超越人类中心主义，以万物平等的大爱来书写人和万物。当然，这可能也只能是另一篇论文的话题了。

从新时期小说看现实主义精神的回归、发展和深化

　　文学中的现实主义是一个多义多层而众说纷纭的概念，它涵容了理论、方法、原则、思潮等不同的棱面，我们这里所使用的现实主义主要取其精神的层面。而作为精神的现实主义，其核心内涵就是一个"真"字，即真实地反映世事人生的真相，真切地审视、针砭现实社会存在的弊端，真诚地关怀底层民众的生存状态。这里所说的新时期，同样是一个不确定的时间概念，我们把它限定在20世纪70年代末到世纪之交即改革开放以来的前二十年。而这二十年的新时期小说的重要成就之一就是现实主义的回归和深化。虽然欧美的一些文学理论家如韦勒克等对现实主义的理论、审美样式提出质疑甚至诟病，但就中国的国情和语境而言，它不仅仍然有着强大的生命力，而且从中还可以勘测出文学格局、社会现状、国民灵魂、作家人格的真相，因为现实主义在中国的发生、发展是中国社会、历史、文化流变的缩影，呈现了中国文化隐含不露的密码，因而我们今天从新时期小说的发展轨迹来透视现实主义精神的回归和深化的过程、态势，就有着重要的文化和社会意义。而现实主义在新时期小说中经历了新时期之初以伤痕、反思、改革小说为代表的向"十七年"乃至"五四"时期回归的恢复社会历史本来面目的阶段，20世纪80年代末90年代初、中期的以新写实小说、新现实主义小说为代表的对国民生态、心态勘探写真的发展阶段和世纪之交的以底层写作为代表的纵深探索阶段。

一　新时期之初小说中现实主义的回归

　　1949年以后特别是"文革"中，写真实这一现实主义最核心的精神被"社会主义现实主义""革命现实主义""三结合的创作方法"等假以革命

名义的伪现实主义所篡改、阉割和置换了，使现实和文学又笼罩在如鲁迅所说的"瞒和骗"的阴影之中，假大空充斥着生活和文坛。在新时期之初政治改革、思想解放、文学"解冻"的大背景下，新时期小说也开始承担起现实主义最基本的使命：恢复到"十七年"甚至"五四"时期的写真实的轨道上来。而新时期小说对政治、社会、历史、文化的还原和透视又依次经历了以下几个层面或过程。

（一）恢复政治的真实，即所谓拨乱反正。20世纪70年代末80年代初，与现实社会中执政党对冤假错案的平反相呼应，新时期小说也加入了政治上拨乱反正的行列。陈国凯的《我应该怎么办？》、卢新华的《伤痕》、孔捷生的《在小河那边》、刘心武的《班主任》等这些"伤痕小说"，都是对"文革"中的冤假错案及株连造成的恶果进行清算，从而揭示了毛泽东亲自发动的名为"无产阶级文化大革命"的所谓革命的真面目：它不是任何意义上的革命的、进步的运动，而是给千千万万个家庭、个体造成深重伤害，把民族拖入崩溃边沿的一场史无前例的政治浩劫。而鲁彦周的《天云山传奇》、李国文的《月食》、茹志鹃的《剪辑错了的故事》、张一弓的《犯人李铜钟的故事》、张贤亮的《绿化树》等的"反思小说"则是对"反右派""大跃进"等运动的重新审视，对20世纪50年代以来推行的"极左"路线、阶级斗争带来的危害进行了大胆的揭露和批判。一改以往小说对政治一味地歌颂礼赞，现实主义的揭露、干预和批判的功能得以恢复。

（二）历史的消解和重构，还原历史的本来面目。20世纪80年代中期小说中的历史与"十七年""文革"时期小说以及历史教科书中的历史相比，呈现出了迥然不同的风貌，将被原先的政治话语颠倒的历史重新颠倒过来，复原了以前文学中滤去的"杂质"。同样是写红军长征，王愿坚等人的小说写军民之间的鱼水情深，而在乔良的《灵旗》中，一些乡民却出卖和追捕受伤的红军战士来获取奖赏，美丽的童话变成了血腥的残杀。同样是以抗日战争为题材，郭澄清的《大刀记》写日本鬼子架好机枪，逼迫那些被包围的老百姓交出八路时，老乡们大义凛然，一个个挺身而出，都自称是八路，甘愿舍生取义；而刘震云的《故乡天下黄花》，虽然也写了老百姓对日本鬼子的仇恨，但当面临死亡的威胁时，"几百个老百姓被围在打麦场中间，有哭的，有吓得哆嗦的，还有屙了一裤的"。后者虽然不如前者让人激昂奋进，但却更为真实，因为对老百姓而言，面对死亡时充满恐惧，是合乎常理的。周梅森的《国殇》《大捷》都讴歌了国军将士与日寇的浴血奋战，而莫言《红高粱》中的抗日英雄，却是那些平时杀人越货的土匪。而这些，在以前的小说、历史书中是看不到的。柳青的《创史业》，周立波的《暴风骤雨》，浩然的《艳阳天》《金光大道》，都写了地主、富农等人性的恶毒和残忍，而同样写农村土改的张炜的《古船》，既写了还乡团活埋四十八个村民的残暴，但也没有回避农民身上的兽性：有的生割地主身上的肉，有的将地主吊起来摔死，还有一个青年农民出于复仇，竟将一个富农的女儿——一个无辜者强奸后杀死，又割去乳房，将她赤身裸体地吊在村头的大树上。曾经在山东省档案局工作过的张炜，如此描写显然是有历史和生活依据的。

（三）对现实的弊端和国民劣根性的审视和针砭。新时期小说没有回避现实中的矛盾，也没有遮盖社会的阴暗面，在柯云路的《新星》《夜与昼》和蒋子龙的《乔厂长上任记》《赤橙黄绿青蓝紫》《一个工厂秘书的日记》等作品中，都毫无讳饰地揭露了经济乃至政治体制存在的积重难返的顽疾，并通过改革家的形象塑造提出了大刀阔斧、兴利除弊的改革方案。另一些作家则上承鲁迅的批判精神，写出国民心理的病态，以期引起疗救的注意：高晓声笔下的陈奂生尽管改革政策使他摘掉了"漏斗户"主的帽子，解决了肚子问题，但脑子、精神的问题还十分严重，还因袭着阿Q式的精神胜利法的病态心理；李锐在其系列小说《厚土》中，侧重表现了国民在贫困、封闭的生存环境中长期形成的主体意识丧失状态下的奴性以及相应的自卑、自欺、麻木等心理扭曲，如李国文所评那样——针砭了"国民性格"中的"劣根性，惰性，奴性，兽性和一切肮脏污秽丑恶的沉淀物"[①]；陆文夫的《井》、蒋子龙的《阴错阳差》、王蒙的《名医梁有志传奇》等则注重透视嫉贤妒能、崇德抑才的病态文化给国民心理造成的另一种病变：内耗、守拙藏锋、虚伪等，并以西方文化中的竞争意识加以矫治。

从充满瞒和骗的假大空到直面惨淡的人生，从歌功颂德的赞美歌唱到正视淋漓的鲜血，这无疑标志着现实主义的写真实、干预现实的精神的回归，从中也看到了中国作家敢于担当、直面现实、勇闯禁区的胆识和勇气。但同时我们也发现，此时的现实主义还存在着极大的局限性，它仍然是一种政治话语，不过只是以开明的、改革的、建设性的意识形态代替了

[①] 李国文：《好一个李锐》，《文艺报》1987年第1期。

保守的、破坏的、反动的意识形态，虽然迈出了可贵可喜的一步，但离真正的现实主义精神，还有很大的距离，还要走很长的路。

二 20世纪80年代末至90年代初中期的小说对现实主义的发展

20世纪80年代末90年代初出现的新写实小说和90年代中期出现的新现实主义小说在现实主义精神的探索上有了新的开拓和发展，对前期小说中的现实主义回归和演进中存在的欠缺做出了矫正和弥补。

先说一下新写实小说。新写实之新是相对于传统的现实主义而言的，它是对"十七年""文革"及新时期之初的现实主义的一种超越和反拨。新写实小说的重要作家之一刘震云这样认为："50年代的现实主义实际上是浪漫主义，它所描写的现实生活实际在生活中是不存在的。浪漫主义在某种程度上对生活中的人起着毒化作用，让人更虚伪，不能真实地活着。'文革'以后的'伤痕'文学、'反思'文学、改革文学也是50年代现实主义的延续，《乔厂长上任记》中的乔光朴、《新星》中的李向南如果在现实中一定撞得头破血流。"[①] 也就是说，"十七年"、新时期之初当然更包括"文革"的小说，并不是对现实人生的客观、真实的反映，而是对生活进行了一定的过滤和改造，变得虚假，远离了生活的真实，而新写实就是对这一现象进行矫正。这一努力和革新具体表现在两个方面。

其一，疏离或滤去来自官方的国家意志和源于知识分子的精英意识，以民间意识的视角观照底层民众的生态和心态。如前所述，以往的现实主义小说有一定的虚假性，并未透视出现实人生的本相。具体而言，"十七年"特别是"文革"时期的小说，官方意识处于统治地位，人物成了政治的传声筒——"文革"中文学创作的"三结合"原则之一就是"领导出思想"。新时期之初，知识分子的精英意识又被强化了，人物沦为了人生启蒙的道具。而二者的共同特点是将作品的内涵集中体现在英雄人物身上，而英雄人物因为要塑造成人们学习和仿效的榜样，自然就会滤去普通人必具的杂质和缺点，从而被提纯和美化。而新写实小说则由官方话语、精英话语形态转换为民间话语形态，开始以底层民众的身份和角度客观展示普通百姓的本真的生存处境和生活状态。于是20世纪80年代末和90年代初，文坛上出现了那些处在生活底层的芸芸众生的生命状态和生活图景。

---

① 刘震云等：《新写实小说家、评论家谈新写实》，《小说评论》1991年第3期。

这里有三个女性择偶的焦虑、渴望、奔忙和无望（程乃珊《女儿经》），有血友病患者在绝境中的痛苦、徘徊和挣扎（阮海彪《死是容易的》），有由于生存的压力在单位里由清高、狂傲而变得谄媚、世故的大学生（刘震云《单位》），有因儿子的入托、对老人的赡养、住房的奔走等重压，一个壮年男子以至于没心思过正常夫妻生活的尴尬和酸楚（池莉《烦恼人生》）。这些人已经不是什么英雄，他们没有了那种为理想、为社会、为信念，甚至为自我而不息的奋争和追求了，他们已经无暇顾及外在的世界，只是为了自身的生存而奔忙和挣扎。在这里英雄沉向了底层，淡化、消融、失落在平民之中，个体的悲壮、崇高被群体的琐屑、卑微所取代了。这一新质的产生，与作家的生态、心态的变化和文学观念的革新有关。莫言在其《作为老百姓的写作》表明了自己的写作姿态和立场：作家不再以国家、启蒙者、代言人的身份出场，而仅仅是以人微言轻的一介平民的身份而创作。

其二，新写实小说吸收先锋小说的精神内涵而展现个体生命的生存本相，开掘其深层内隐的心灵世界。现实主义与现代主义的一个重要区别就是，前者反映的人是群体的人，而后者表现的则是个体的人。新写实小说对人的理解、观照和塑造，与先锋小说是一脉相承的，都是对传统现实主义的一种创新和超越。在"十七年""文革"和新时期之初的小说中的人物，大多都是福斯特所说的那种按照一个简单的意念或特性被创造出来的扁平人物，他们往往是某个阶级、阶层或类型的化身，因而被抽去了个体的丰富和复杂，被简化为黑白分明的脸谱化的类型。这样，人性的丰富内涵就被人为地简单化了。即使那些优秀的现实主义小说塑造的圆形人物，虽然也表现了人物善恶的多重组合，有着丰富的人性内涵和难以言尽的美学意蕴，但是我们同样可以发现，这些人物性格往往有着一个主导性格在起作用，人物的复杂性往往只是一种陪衬。即如何其芳所说的那些具有"共名"特性的人物，虽然某一类人的某些本质特征，具有较为广泛的涵盖性，但仍然是一种类型化的人物，是对某个群体的概括和反映，不过艺术性更强些罢了。而新写实小说就不同了，它表现的是个体，虽然人物也处于某一个阶层，但却不承载这一阶层的共性，而是从职业、身份、社会地位中游离出来，还原为一个活生生的"这一个"。刘震云《单位》中党小组长老乔完全凭任个人的好恶而将积极入党的小林玩弄于股掌之间，而老孙、老何则为了谋取权力相互勾结，甚至拉选票。这与以往小说中共产党干部的形象已不可同日而语,但它却更真实地表现了人性的真实。新写实小说还不同于传统现实主义小说对人物描写仅仅局限、停留于意识领域,它开始深入人物潜意识层面摹写人物内在的私密世界。叶兆言的《枣树的故事》中的老乔,身为政府机关里的一名科长,一个"事实上绝对的正派人",当他家的保姆,一个饱经苦难而又颇有几分姿色的岫云讲起过去遭受来自各种男人对她的凌辱时,"老乔深深地同情她的遭遇"。从这里我们可以看出老乔的善良和平易近人,但我们从中又可以看出老乔的人性深层的另一面:以同情为幌子窥视别人的隐私来满足猎奇的欲望,"喜欢同情别人的人,却很容易借了同情的名目,大意失荆州,无意中干了和同情丝毫不相干的事"。老乔终于控制不住自己,最后和岫云睡在了一张床上,还生了一个私生子,从一个同情者变为了一个岫云故事中应该被诅咒的角色。这里作者从一个独特的视角越过老乔的社会角色而直指其内心隐秘,有着让人震惊的真实感。正是由于新写实小说中人物性格的复杂性、无主调性,所以人们往往难以对之加以概括,无法从一个人物身上总结出某一类人的基本特征,因为每个人都是独特的"这一个"。不过,新写实小说的普遍意义不仅并未因此而消解,相反,它对生命个体的观照比传统现实主义以社会学为依据的提炼、集中、概括的艺术典型更具有形而上的意义,因为它淡化、消解了人物的社会、阶级、阶层、职业等这些外在质素,而直指和凸显人的本性,因此更具普遍性。

我们再看一看新现实主义。新现实主义又称为现实主义冲击波,是20世纪90年代中期出现的新的小说思潮和现象,是对新写实小说的延续、拓展和深化,尽管它还存在着许多不足甚至倒退,比如宏大叙事的重新注重、意识形态意味的返潮等,但在现实主义精神方面的探索上无疑增加了许多可贵的元素。

首先,新现实主义小说在还原和呈示社会人生本相的基调上,关注的目标由原先的生活琐事转向与国计民生密切相关的重大事件,并对人生苦难和社会黑暗进行了双向透视。何申的《村民组长》写了农民不堪苛捐杂税的重负,在社会底层为了生存而苦苦挣扎;谈歌的《大厂》写了工人月底领不到工资、生病无法就医的人生困境。而这些又都是各种社会弊端导致的:这里有农村政策、制度上的顽疾,也有基层干部的贪污腐化(何申《村民组长》);这里有厂长的中饱私囊、化公为私,也有商人的道德败坏、生活糜烂(谈歌《大厂》)。正如雷达所论的那样:"虽然就'无距离的真实'这一点来看,它们与前一阶段风行的新写实小说并无不同,但它们已不再满足于形而下的原生态描写,不再专注于一个小人物或一个小家庭的日常生存戏剧,而是带着更强的经邦济世的色彩,着眼于国计民生的大问题和整体性的生活走向……我们为它们面对新的矛盾,提供了鲜活的新形象和新图景,提出了某些令人警策的社会问题而倍感新鲜。"①

其次,新现实主义小说敢于正视尖锐的社会矛盾,及时反映现实中存在的复杂的人际关系,并为解决这些矛盾设计出了相应的措施。在张平的《抉择》、刘醒龙的《分享艰难》、谈歌的《大厂》、关仁山的《大雪无乡》等作品中,都不同程度地涉及诸如官员与企业家的权钱交易的合谋,企业家与商人既对立又合作的尴尬,底层百姓对富商的依赖、屈从、仇恨、抗争但又羡慕、敬佩、向往的纠结,这些在以往闻所未闻的复杂关系、尖锐矛盾,都被新现实主义作家力透纸背地表现出来。就此雷达写道:"它们以较前更全面、更冷静,也更求实的眼光,以不回避的正视姿态,来看待现实关系的复杂性和某些现实问题的尖锐性,没有削平、淡化或回避生活中新出现的重大矛盾,也没有简化现实关系的新的错综状态,从而把文学的真实领域发掘到一个新的层面,扩充到一种新的广度。"②

总而言之,新写实小说叙述立场上由官方意识、精英意识向民间意识的转移和人物塑造中由阶级典型的注重向个体内隐心灵的关注,新现实主义小说对社会弊端的揭露和对现实矛盾的正视都是现实主义写真实、关注现实、揭示世事人生阴暗面等精神在新时期小说创作实践中的发展和光大,对现实主义精神的丰富有着重大的意义。

三 世纪之交小说对现实主义的更新和深化

在新时期晚期,也即世纪之交,小说创作以对底层民众的人文关怀、对官商合谋的利益集团贪腐罪恶的揭批、对在逆境中持守着高尚节操并抗争邪恶的仁人志士的礼赞,共同构成了此期现实主义精神的新的内涵和亮点。

世纪之交的许多小说中出现了一个新的群体:底层——这不仅存在于被冠以"底层文学""打工文学"等的特定思潮、流派的写作中,也是大

---

① 雷达:《现实主义冲击波及其局限》,《文艺报》1996年6月27日。
② 同上。

多数作家所共同关注的对象。底层是由下岗职工、农民工、待业青年、收入微薄的人等弱势群体组成的庞大队伍,他们为了维持最基本的生活而苦苦挣扎,为了改变自己的命运而不得不付出青春、尊严甚至生命的惨重代价。陈应松的《太平狗》、刘庆邦的《卧底》、鬼子的《被雨淋湿的河》等,都写了民工不仅在身体上受到摧残和虐待,而且还在人格和心灵上遭受凌辱和践踏。曹征路的《霓虹》中的倪红梅被迫下岗后做保洁、端盘子,最后为了家庭的责任不得不出卖自己的肉体而当了娼妓。葛水平的《黑口》中孤儿兰州李穷得只剩下他自己:他的生命和力气。他把自己的力气连同生命一起押给了私人矿主,以换回金钱来治自己的豁嘴和娶媳妇。但一场意外的事故夺去了他的生命,使他的一切美好愿望都随之化为泡影。罗伟章的《故乡在远方》、阿宁的《灾星》、邵丽的《明惠的圣诞》、曹多勇的《悬挂立交桥上的风景》等,都程度不同地体现了对底层群体的关注。底层形象的书写、底层观念的形成、底层立场的确立,我们可以从中看到"五四"左翼精神的复活和创新,也可以看到现实主义精神的新拓展:作家不仅正视、揭露了现实社会出现的异化、荒谬现象——一直将工农当作国家主人的社会主义制度建设了几十年竟然使工农又重新沦为了底层,而且在官与民的对立、冲突中,毫不犹豫地选择了站在民众这一弱势群体的一方。

世纪之交的小说现实主义精神的可贵之处还在于,它进而入木三分地揭示了产生底层群体及其悲苦人生的根源:新生的富豪、权贵阶层及其罪恶和他们滋生、膨胀的丑恶环境。一些富有者对财富的掠夺和占有不仅导致许多人因为失去财富而沦为底层,同时还使底层的人在这一过程中心灵情感备受伤害。在曹征路的《那儿》、陈应松的《太平狗》、刘庆邦的《卧底》等作品中,作家们对那些通过不正当的手段短时间内获得大量财富的暴发户们,特别是那些私企业主、私矿老板们的为富不仁、残忍暴虐进行了无情的鞭挞:这一暴富阶层为了追求高额利润,不仅对民工进行超生理极限的、惨无人道的榨取和盘剥,使他们沦为了生产的机器,而且还剥夺了他们的自由、践踏了他们的尊严、凌辱了他们的人格,使他们成为非人。这样的揭露与马克思的那段"资本来到世间,从头到脚,每个毛孔都滴着血和肮脏的东西"[①]的名言有着异曲同工之妙。作家们还进一步透视

---

① [德]马克思:《资本论》,中央编译局译,《马克思恩格斯全集》第二十三卷,人民出版社1974年版,第829页。

了底层陷落的更深层、更普遍的原因：官商合谋，通过权力寻租、权钱交易将国家、社会的财富中饱私囊、化公为私、据为己有——这已经不再只是一种个别的、偶然的社会现象，而是权力失控而造成的一种体制性、系统性的腐败。尤凤伟的《泥鳅》、杨川庆的《官道》、李春平的《我男人是县长》、陈世旭的《七彩路》、阿宁的《灾星》、李铁的《我们的负荷》等作品不仅对这一现象进行了社会学的深度探究，还更深一层地从伦理学层面拷问了这种制度性腐败造成的灾难性后果：权色、钱色交易既使婚姻、爱情的伦理彻底被颠覆，又使那些恃钱仗权而情欲横流、为所欲为的人沦为了寡廉鲜耻的禽兽；而权权交易、权钱交易的普遍盛行则使社会失去了基本的公正、公平，进而坑蒙拐骗甚至偷盗、抢劫等社会混乱现象普遍蔓延。

　　世纪之交小说的现实主义精神还表现在，作家面对底层和富豪、权贵阶层的尖锐对立、冲突的时候，坚定地站在了贫而贱的底层群体一边。张炜在其《柏慧》中将人分为"善"与"恶"两个家族，并这样表明自己的态度："我终于明白了又一条简洁的定理：善，就是站在穷人一边。"又在此书的代后记《夜思》中这样写道："一场壮丽的、亘古未见的大拼搏开始了。这是一场合成人与有生母的人的最后决斗。……所有热血沸腾的人必须团结一心，迎击一场侵犯。这场侵犯的残酷性极为罕见，它将使我们失去仅有的一片田园。就为了生存，为了一个希望，为了一种报答，让我们奋起向前吧。已经没有什么退路，也不必幻想。"在作家们的笔下，当富贵阶层把底层群体不当人的时候，身处底层的一部分人却仍维护着人的尊严，保持着人性的完整和健全，面对邪恶的势力不媚不屈，甚至奋起抗争。董立勃的《杀瓜》讲述了明暗交织的两个官逼民反的故事：村民刘红国只因没有投村长的选票，就被村长多次报复，甚至女儿和自己的生命都受到了威胁和危害，最后忍无可忍而杀村长；而另一个村的村民陈草，一向老实温顺、逆来顺受，但在不堪忍受村委主任的多年只打白条不付款的变相压榨下，终于向村霸发出了愤怒的吼声。季栋梁的《钢轨》中的主人公孟庄然身为中学校长、省人大代表，好像与底层不相干，但当他面对市委、市政府甚至省委、省政府的强大的政治势力的时候，他显得和底层群体一样是那样的可怜和无助。但他为了维护学校利益、教育的纯洁、师生的尊严，面对他多次挽救而屡教不改、如今靠非法手段而暴富的学生的以怨报德的羞辱和挑衅，面对昔日十分欣赏、寄予厚望的学生而今成为大权在握的市长的无情背叛、威胁利诱，他没有放弃原则、屈从权势，虽然为此而招致杀身之祸也无怨无悔。"哪里有压迫，哪里就有反抗；哪里有剥削，哪里就有斗争。"这一有名的政论，在这一时期的生活和小说中又一次得到了验证，也对当政者提出了严厉的警示。

在新时期小说二十年的发展过程中，我们窥测到了现实主义精神回归、发展和深化的轨迹和态势：新时期初期以"伤痕""反思""改革"为代表的小说虽然没有脱去政治色彩，残留着浓厚的意识形态意味，但恢复了现实主义揭露阴暗、正视现实、疗救国民的功能；新时期中期以"新写实""新现实主义"为代表的小说淡化了国家的官方意识、知识分子的启蒙意识，而从民众百姓的民间立场、视角来观照世事人生，直面社会的复杂关系和尖锐矛盾，在写真实的道路上又有了拓展；新时期后期以"底层写作"为代表的作品则体现了"左翼"精神的回归、高扬和光大：坚定地站在被剥削、被伤害、被凌辱的底层民众一边，揭露、批判、抗争权贵和富豪联合的邪恶阶层，并对产生贫富两极分化的社会弊端进行深刻的剖析。从中我们可喜地发现：现实主义挣脱了历史、政治、文化、社会"瞒和骗""假大空"的传统枷锁的禁锢，终于破茧化蝶，呈现出了勃勃的生机和活力。它还告诉我们：虽然在网络、手机、微博、微信对现实生活的介入、干预更快捷、更有效的时代，但小说仍然有着不可取代的优势，它的叙述的虚构性，表达的象征性、隐喻性，使它透视社会人生会更全面、更系统、更深刻，从而也拥有了更多的空间和更大的自由。它还是一个作家人格、勇气、智慧、胆识的检测仪：面对如此复杂的社会、微妙的现实、严峻的处境，是否能够担当起时代的使命，坚定地站在底层民众一边，针砭时弊，抗争邪恶，呼唤改革，礼赞真善美。它还提出了一个崭新的、富有挑战性的、充满风险的课题：在社会主义的体制下，小说是否还可以揭露、干预和批判以及怎样揭露、干预和批判？

从隐喻、象征这一密码来透视宗教经典的深层意蕴

一 对宗教经典的缝隙、破绽和断痕的直面、质疑

如果不是以一个教徒、信仰者的身份,而是从一个客观冷静的旁观者、研究者的角度来观照、研究、审视,你会吃惊地发现:那些家喻户晓、流传千古的宗教经典如《圣经》《佛经》《道德经》《南华经》等,竟然会存在着如此众多而明显的矛盾、错讹、破绽,而违背常识、逆情悖理的地方更是比比皆是,随处可见。

宗教教义的许多内容甚至是它的核心内涵,都与自然科学、生活常识大相径庭,甚至格格不入,特别是在日益普及、发达、完善的天文学、医学、生物学、物理学等科学面前,越发显得肤浅、荒唐、错误百出。佛教中的前世、今生、后世的生死轮回,《新约》记载的耶稣的神秘降生、死后的神奇复活,这些都是无法经受现代生物学、医学的验证的;《旧约》所说的上帝创世、造人的神话,在现代天文学、进化论面前不堪一击、不攻自破;耶稣可以使瘫者立、盲者明、死者生,用一个饼子可以让几千人吃饱,在水上如履平地等的奇迹;《南华经》中的那些"大泽焚而不能热、河汉冱而不能寒,疾雷破山而不能伤,飘风振海而不能惊"的具有特异功能的真人,只能在神话、传奇、梦幻中出现,连大字不识的村妇、孩童都不会信以为真。对此,许多杰出的思想家如伏尔泰、费尔巴哈、幸德秋水等分别在他们的经典著作《哲学辞典》《基督教的本质》《基督何许人也》等中,都先后提出了质疑、叩问和挑战。

即如以庞大、丰富、系统、严密、完善而著称的佛经,也留下了难以

弥合的漏洞。比如,《心经》《金刚经》都认为宇宙人生的本质是空:所谓"诸法空相",所谓"一切有为法,如梦幻泡影,如露亦如电,应作如是观"。也就是说,天地间万事万物,包括我们自身,不过是因缘和合而成,都是虚幻而短暂的假象,缘聚而生缘散而亡。因而人们"不应住色生心,不应住色、香、味、触、法生心,应无所住而生其心"。即我们把世间一切都看空了,不再渴求、贪得、依赖外物、他人,才能拥有般若之智,摆脱苦海烦恼,心无挂碍,进入菩提之境。而在"净土三经"即《佛说阿弥陀经》《佛说无量寿经》和《观无量寿经》等经典中,却又设置、描绘了一个西方净土:那是一个神奇美妙的极乐世界,此生今世信佛的人即或只是坚持口念"阿弥陀佛",死后即可往生西方净土,得享现世无法得到,也无法想象的幸福快乐。而所谓西方净土的极乐世界,却又是根植于世俗凡常的观念和趣味:那里有用黄金、美玉建成的宝殿华屋,有用宝石、琉璃、玛瑙砌就的池台楼阁,美轮美奂,五光十色,金碧辉煌,让人流连忘返。但它却是非常物质化,而且是俗而又俗的。一体两面,但一面尚空无,一面信色有,自相矛盾,疑窦丛生,让人无所适从。

　　经典特别是宗教经典竟然存在着如此明显、众多的矛盾、破绽,以致经不起人们仔细的研读和推敲,这是不应该的,也是不可思议的。因为它们不是远古神话、民间传说,而是世世代代、不计其数的人们反复诵读、研究、膜拜的圣书、经典,它们改写了历史的进程,影响、改变了无数个民族、集团和个体的价值观念、心灵情感、道德理想、审美趣味、生活方式、人生轨迹,怎么竟会如此肤浅粗陋、漏洞百出?究竟是哪里出了差错?是教主、宗师、先哲本身草率粗心,是信众包括神父、牧师、宗教研究者视而不见,还是我们的阅读方法、思维方式出现了失误、偏差?

　　尽管一些学者也试图以现代科学的理论来论证宗教的合理性,将宗教经典置于现代科学的知识体系和理论框架中进行重估再评,但就像有人把现代物理学的测不准原理与老子的"道可道,非常道"的观念类比,把计算机的二进制与《易经》的阴阳学说相比拟一样,把佛经中的三千大千世界与现代天文学的宇宙论,将《圣经》中的洪水方舟的记载与现代地质学、考古学的"沧海桑田"相提并论,以此来为宗教寻找科学的支撑,都是牵强附会、徒劳无益的。

　　科学是科学,艺术是艺术,宗教是宗教,它们各有各的领域、范畴和特征。这一问题康德早就通过他的"三大批判"给予了明确的解答:《纯粹理性批判》研究了属于科学的认识范畴的真,《判断力批判》研究了属于艺术的审美范畴的美,《实践理性批判》研究了属于宗教的信仰范畴的善。就像必须用科学的思维、方法、标准来要求科学,用艺术的思维、方法、标准来要求艺术一样,宗教之所以成为宗教,不在于它是否符合科学原理、美学原则,而在于它与宗教的本质特征、表达方式、思维模式相吻合。因而要想解开宗教经典之谜,就要以宗教的观念、思维、眼光和方法来观照宗教现象,来解读宗教经典。因而我们不妨回到文本,以经解经,从文本自身的语境、内在结构、表达方式来深度解读宗教经典,从而找到打开宗教大门的钥匙,破译、解释宗教经典出现的矛盾、破绽的密码。如今,这一钥匙或密码我们已经找到,那就是——象征和隐喻。

二 解决宗教经典内在矛盾、体悟其深层意蕴的钥匙或密码——象征和隐喻

在反复研读的过程中我们发现:假如换一种思路、角度和方法,宗教经典存在的上述矛盾、破绽就不存在了,这就是,这些宗教经典的叙述方式大都不是写实的,而是采取了隐喻和象征的表达方法。

宗教经典在许多地方都使用了比喻,这些比喻众多而明晰,以至于我们随处可见,一望而知。在《新约全书》中,记录耶稣传教时用了一系列的比喻:撒种的比喻,稗子的比喻,芥菜种的比喻,面酵的比喻,撒网的比喻,等等。佛经中的比喻就更多了,除了著名的火宅之喻、化城之喻、筏喻等之外,还会在经文中反复、密集设喻,让人应接不暇:《金刚经》连用六个比喻即梦、幻、泡、影、露、电来形容"一切有为法";《楞伽经》则这样设喻:"观一切法,皆无自性,如空中云,如旋火轮,如乾闼婆城,如幻如焰,如水中月,如梦所见,不离自心。"[①] 这些都是明喻,一看就清清楚楚的,还有许多下文专门另论的隐喻,就需用心用力才可发现。

许多思想家、学者还进一步指出,宗教经典除了使用明喻、隐喻,还使用了更为隐蔽的象征。帕斯卡尔的《思想录》中有一章就名为《象征》,他在其中反复强调,《圣经》中处处都是象征,象征有它特殊的功用:"犹

[①] 《楞伽经》,中华书局 2010 年版,第 37 页。

第三辑 现象透视

太教堂不会消失，因为它是象征……象征一直存在到真理的到来，目的是要让教会始终被人看见，无论是在允诺它的描绘里，还是在实际的效果上。"[1] 他还进一步指出，象征是解读《圣经》的一条红线和"暗码"，对我们更准确、全面、深入地理解其精神内涵起着重要作用："象征——耶稣基督启迪他们的精神，以便理解《圣经》。""暗码有两重意义。当我们不经意遇到一个重要的字，看到一种明显的意义，可是据说它的意义是被遮盖和隐讳的，它极端隐蔽，以至于我们对这个字视而不见、听而不解；除了它是一个具有双重意义的暗码之外，我们应该如何感想呢，尤其当我们发现其字面意义明显相悖的时候？"[2] 而象征作为暗码被解开后，就可以发现原来隐晦不明的表层下所潜隐的真实意蕴，从而赋予我们崭新的眼光，使我们有了新奇的发现，好像一下子进入了一个迥异于字面和世俗的神奇的世界："象征——这个秘密一旦被揭开，人们就不可能看不见它。让我们以这种眼光阅读《旧约》吧，让我们来看看殉道是不是真的，亚伯拉罕的亲缘关系是不是上帝爱宠的真正原因，上帝允诺的土地是不是真正的安身之所？都不是的；因为它们是象征。让我们同样来看看一切规定的仪式、一切不以仁爱为目的的戒律，我们会看到它们也是象征。"[3]

诠释学大师伽达默尔则严密而深刻地考察、论证了譬喻和象征在宗教领域的广泛运用及其动因和机制。他认为，譬喻和象征这两种表现方式，与宗教有着密不可分的内在、必然的联系："虽然譬喻和象征这两个概念分属于不同的领域，但它们彼此还是很相近的，这不仅是因为它们都具有通过彼一物再现此一物的共同结构，而且还由于它们两者在宗教领域都得到了优先的运用。譬喻产生于神学的需要，在宗教传说中——因而最初是在荷马那里——是为了摒除有害的东西，并认识其背后的有利的真理。凡在更合适表现婉言表述和间接表述的地方，譬喻在修辞学的应用中就获得了一个相应的功能。象征概念首先通过新柏拉图主义的基督教的改造，也进入了这个修辞学—诠释学的譬喻概念的范围内。伪丢尼修在其代表作的开首，根据上帝的超感性存在与我们习惯于感性事物的精神的不相应性，立即确立了象征性表述的必要性。因而象征在这里获得了一个比类性功

---

[1] [法] 帕斯卡尔：《思想录》，钱培鑫译，译林出版社 2010 年版，第 214 页。
[2] 同上书，第 223 页。
[3] 同上书，第 223—224 页。

能。这就导向了对神性事物的认识——完全就像譬喻的表述方式通向一个'更高的'意义一样。"① 并进一步指出了之所以如此，是因为宗教经典的特性、人的认识习惯与譬喻、象征的表现方式存在着内在的一致性和神奇的吻合：我们常人认知习性是关注并理解可触可感的，与日常生活密切相关的感性的、世俗的事物，而对超验的存在往往会视而不见、充耳不闻；而宗教经典所传播、流布的要义则是远离世俗和感性的彼岸、来世、天国、神界的秘密。而譬喻和象征恰好为相隔相分的神与人之间架设了一座可以沟通的桥梁："从词源上看，这两个词（譬喻和象征）确实有某种共同的意义，即在这两个词中表现了这样的东西，该东西的含义并不存在于它的显现、它的外观或它的词文中，而是存在于某个处于它之外的所指中。某个东西这样地为某个别的东西而存在，这就构成了这两个词的共同性。这样的富有意义的关联，不仅存在于诗歌和造型艺术的领域中，而且也存在于宗教的神圣事物的领域内，正是通过这种关联，非感觉的东西就成了可感觉的了。"② "解释活动的譬喻方式和认识活动的象征方式具有相同的必然性基础，即不从感性事物出发，要认识神性的东西是不可能的。"③

对上述的发现、见解加以梳理、整合，我们可以得出这样的结论：隐喻和象征，不只是大多数文体都经常使用的，与语法、逻辑并列的一种局部性的修辞手法，同时还是一种观照、把握世界，传达、表现思想情感的带有整体性、系统性的表现方式；宗教经典之所以选择隐喻和象征作为主要的表现手段和方式，是由宗教经典内容的内在特征、需要与隐喻、象征的特点、优势正好相吻合所决定的。隐喻和象征虽然各有各的特点，但它们的一个共同点正好符合宗教经典的内在要求，这就是，它们作为一种表达形式，具有别的形式所不具的功能：往往可以同时表达两层意思。一层是外显、形象、感性、日常的，因而是浅显、通俗、易知的；另一层则是深层、内隐、抽象并关涉心灵情感的，需要借助联想、想象、冥思才可以理解和把握。换句话说，它们都是通过现实生活中常见的、形象的、可触可感的景物、事物、人物、事件等所谓的喻体、象征体，使用一种暗示、

---

① ［德］伽达默尔：《真理与方法》，洪汉鼎译，商务印书馆 2010 年版，第 109 页。
② 同上书，第 108 页。
③ 同上书，第 110 页。

第三辑 现象透视

含蓄的方法，来传达、表现一种深刻的见解、独到的思想、丰富的情感即所谓喻义、象征义。而宗教以及表达它的内容的经典，则传达并连接着两个世界：一个是现实的、世俗的、凡常的、今生的、人间的、此岸的世界，另一个是则是彼岸的、天国的、来世的、精神的、信仰的、神的、永恒的世界。如伽达默尔所言："宗教膜拜的一切形式都是以可见的外观和不可见的意义之间的不可分离性，即这两个领域的'吻合'为其基础的。"[①] 宗教经典热情向往、虔诚崇尚、着力构建的神秘难解、深不可测的天国的、来世的、神性的境界，必须用世俗的、日常话语，人间、常人能够理解的形式来传达。这样，象征、隐喻自然就成了宗教经典所选择、采用的必然的、不可替代的表现方式了。

回过头来反视前面提到的宗教经典存在的看似断裂、矛盾、逆情悖理之处，一旦我们跳出实录叙述的定式和预设的阅读期待的心理模式等窠臼，就会发现它们根本不是问题。宗教经典本身没有错，而是我们的思维和阅读出了问题。如果我们调整、改变、革新我们的阅读、阐释的习惯、策略和方式，重新走进宗教经典所构建的彼岸的、神性的世界，就会有许多崭新的发现，并进一步开掘、阐释出它本已存在但潜隐多年的象外之意、韵外之致、味外之旨、弦外之音和微言大义。

三 解密：走进根植于人类心灵而又远离世俗的神秘玄奥的彼岸的神性世界

现在，我们通过象征和隐喻来重新观照、解读潜隐在宗教经典表层、常态叙事背后深层的结构、内涵，就发现了一个结构严密、内容丰富深刻、充满神奇色彩的彼岸的、神性的、精神的世界，这个世界是合情合理、和谐统一甚至完美无缺的。

宗教经典中的那些无时无处不在、威力无比、超越时空、至高无上、无所不能的上帝、神人、真人，如果从写实的角度看，无疑都是超验的、不可思议的存在，当然也就失去了世俗存在的真实、合理性，无法使人信服，但如果把他们还原为象征，这就很好理解了。他们不是一种居住在现世、世俗中的生物性、物理性的可感可触的存在，正如《约翰福音》所言："这等人不是从血气生的，不是从情欲生的，也不是从人意生的。道

[①] [德]伽达默尔：《真理与方法》，洪汉鼎译，商务印书馆2010年版，第111页。

成了肉身，住在我们中间，充充满满地有恩典，有真理。"① 也就是说，他们是人们渴望、崇尚的一种神奇的动能、力量的称谓，他们是创造世界万物，使天地万物成为天地万物并主宰着宇宙人类的那样的一种存在。这种存在是无法命名的，人们只能勉为其难、知其不可而为之地强为之命名：希伯来人称之为上帝，庄子称之为神人、真人，老子称之为道，他们还被大家用一个共同的名字称呼，那就是神。老子对道的命名、描述，我们不妨借用过来解释上帝、真人和神。老子说："道可道，非常道；名可名，非常名。无，名天地之始；有，名万物之母。故常无，欲以观其妙；常有，欲以观其徼。此两者，同出而异名，同谓之玄。玄之又玄，众妙之门。"② 上帝、真人、神等与道以及有、无一样，都是化生万物的"众妙之门"，都是不可命名、无法言说而又勉强命名、言说的。这本来没有歧义、异议，也是不该被误解的，但他们被人格化之后，习惯于世俗思维的人们错将他们与凡俗之人相提并论，反而觉得他们的行状诡异玄妙，不可思议。今天，我们从隐喻、象征入手，还原他们本有的真实内蕴，自然就豁然开朗，别有一样新解了。

首先，上帝等神创世、造人等这些在现实中、科学领域看似不可能的事情，在象征、隐喻的世界我们就可以找到合理的解释。如前所述，上帝、神就是道的人格化，他们是创造宇宙万物、使万事万物包括人类成为现在这个样子的一种存在，他们当然是自然万物的创造者、主宰者，是造物主。上帝、神创造世界和人类的形象化的神话的表达，如果转化为老子对道与万物关系的哲学描述，这种合情合理的逻辑关系就更为清楚了。老子这样描述道造化万物的神奇力量："有物混成，先天地生。寂兮寥兮，独立而不改，周行而不殆，可以为天地母。吾不知其名，强字之曰'道'，强为之名曰'大'。"③ "道冲，而用之或不盈。渊兮，似万物之宗；湛兮，似或存。吾不知谁之子，象帝之先。"④ "道生一，一生二，二生三，三生万物。"⑤ 也就是说，道是独立自存的，超越于宇宙万物之上的；它先于世界万物而存在，产生、化育并主宰着天地万物。而作为与道异名而同实的

---

① 《新约全书·约翰福音》。
② 《道德经》第一章。
③ 《道德经》第二十五章。
④ 《道德经》第四章。
⑤ 《道德经》第四十二章。

第三辑　现象透视

上帝等，当然就如道一样，催生并主宰着万物；天地万物，包括人类，必须无条件地遵从道的规律、意志而存在、发展，否则就会遭遇祸凶，甚至招致灭顶之灾。这一点奥古斯丁说得更清楚了："我在这些著作中读到了以下这些话，虽则文字不同，而意义无别，并且提供了种种论证：'在元始已有道，道与天主同在，道就是天主；这道与元始即天主同在，万物由此而成，没有他，便没有受造；凡受造的，在他之内具有生命，这生命是人的光；这光在黑暗中照耀，黑暗却没有胜过他'；人的灵魂，虽则'为光作证，但灵魂不是光'，道，亦即天主自己，才是'普照一切入世之人的真光，他已在世界上，世界本是借他造成的，但世界不认识他。'"① 这样，我们就理解了上帝看似不近情理但实际上合乎情理的地方：《旧约》中之所以反对偶像崇拜并对违背者施予严厉的惩罚，就在于上帝非人非物，无影无相，不是现实中的某种实存，而是创生万物的本原性的一种抽象的存在，故而任何偶像都不过是对上帝的偏离、误解乃至亵渎。上帝之所以要求他们的信徒只能膜拜自己而不能信仰其他对象，并不能等同于人类的专制独裁、唯我独尊、蛮横跋扈，它隐含的意思是：道，只有唯一的一个，是不可违背和偏离的，任何对道的违逆、心猿意马、胡作非为，都会受到严酷的惩罚。上帝之所以用洪水、大火、地震、旱灾、饥馑、沙漠流放等来惩治人类，就是要人类循道而行，而那些贪婪、奢华、淫乱、嫉恨、争斗等，都是与道的原则当然也是上帝的意志相违背的。上帝之所以命令把那个在安息日还上山砍柴的人用石块砸死，并非人性的暴虐残忍，它的隐喻的意义是：人类不可过多地、超过自己需求地对自然开采、索取，而要适可而止，过度、贪婪地开发自然，否则不仅破坏了大自然的生态平衡，同时也会毁灭人类自己。

帕斯卡尔这样写道："除了我们的宗教之外，没有哪一门宗教说过人生来就是罪恶的，没有哪一派哲学这样说过；因此，没有一门宗教说过真话。"② 帕斯卡尔所说的"我们的宗教"指的是基督教，而基督教说的真话即人生来有罪指的是：上帝、神当然也就是道总是正确的，而人被外物、欲望所染所惑，就会偏离神、上帝、大道，当然就有了罪，就会遭受惩罚，所以就被赶出伊甸园，四处流浪，无家可归。帕斯卡尔又这样

---

① ［古罗马］奥古斯丁：《忏悔录》，周士良译，商务印书馆1963年版，第123页。
② ［法］帕斯卡尔：《思想录》，钱培鑫译，译林出版社2010年版，第201页。

写道:"凡是不通向仁爱的,皆为象征。/《圣经》的唯一目的就是仁爱。/凡是不趋向于这个唯一目的的,便是这个目的的象征物。因为既然只有一个目的,所以凡是不从本义上趋向它的,便是象征物。"① 宗教经典中表面上看似逆情悖理的言说,我们都可以从其象征和隐喻的深层意义中看到仁爱的精神。

其次,宗教经典中记载的那些违背日常经验、生活常识、令人匪夷所思的宗教奇迹,在隐喻、象征的话语体系中,都能得到合情合理的解释。耶稣不是医生,却有着比神医还神的医术,可以让许多不治之症,如盲、聋、哑、瘫者等手到病除,甚至能够让死者复生,这在现实生活中是不可能发生的,因为它违背常识和常理,但若从隐喻、象征的角度看就不一样了。我们不妨看看帕斯卡尔的说法:"《福音书》中,有病的躯体象征病态的灵魂;但是因为一个躯体不足以病到很好地表现病态灵魂的程度,因此就需要多个躯体。于是就有了聋子、哑巴、瘫子、死去的拉撒路、中魔的人。这一切全都包含在有病的灵魂里。"② 这样我们就明白了:耶稣疗救的并不是人生理上的病痛和残疾,而是心理、精神、灵魂上的疾病;耶稣可以让盲者明、聋者聪、哑者言、瘫者立、死者复活,不过是他以他的智慧、人格魅力来感召、点化那些误入迷途的人们,使他们心智开启,认识宇宙人生的真谛,从而迷途知返,摆脱行尸走肉的、残缺不全的状态,拥有健全的人格,进入高尚的境界,过一种有灵魂的生活。我们因此也就搞清楚了:《南华经》中描述的那些古之真人"登高不栗,入水不濡,入火不热"③ 的特异功能,佛经中记载的佛祖可以有前生、转世、化身、分身、应身、法身的出神入化,《新约全书》记录的耶稣的行走水上如履平地、一个饼子可以让几千人充饥的神奇圣迹,在隐喻、象征的世界中表达的是这样的意蕴:这些高德大师们,因为悟道、得道,精神获得了极度的自由,如孔子所说的可以"从心所欲",因而能够在不同的时空中自由穿越,天马行空,独来独往,我行我素,但这不是生物的身体和自然的时空,而是精神穿行在精神的时空里。而老子崇尚的"善为道者"的圣人,庄子赞美的得道的真人,在后世的道教中,成了可以呼风唤雨、

---

① [法]帕斯卡尔:《思想录》,钱培鑫译,译林出版社2010年版,第219页。
② 同上书,第216页。
③ 《南华经·大宗师》。

第三辑 现象透视

点铁成金、撒豆成兵、腾云驾雾、上天入地、长生不死的神人、仙人、超人，这不过是民间、百姓对哲学中的象征、隐喻的表达方式的一种世俗化的、实用主义的误解、改写和歪曲而已。我们进而也明白了：来世、彼岸、天国、净土、乐园也并不是物理意义上的实存，而是一种美好的希冀、精神的追求而已，它存在于人类的梦想中、希望中、心灵中、言说中。进入天国，就是从尘世中超越，摆脱肉欲、名利的污染而升华到精神的纯粹，所以耶稣说："财主进天国，比骆驼穿过针眼还难。"从这个意义上说，来世、彼岸、天国、净土、乐园也是一种存在，不过只是一种精神、文化的存在，与现实、物质无关；天国是天的国、神的国，它承载的是人的精神和灵魂，而不是人的肉身；死后的人，他的肉体并不能真的进入所谓的天国、净土、乐园，无论善或恶、真或伪、美或丑、信或疑。

最后，我们来看看与我们熟知的医学原理、生物学常识格格不入的佛教的转世、生死轮回和《圣经》中的复活等的现象和说法的合理性。在藏传佛教的密宗中，存在着活佛转世的观念和实践：一个活佛，他的前世、今生和来世存在着神奇的生命传承，一个活佛圆寂了，要通过特定的程序、仪式寻找出他转世、托生的灵童，来继承他的衣钵和使命；佛经中也有每个人都有他的前世、后世的生死轮回的观念。基督教的复活观念更是广为人知、耳熟能详：耶稣在十字架上被钉死后三天复活，返归天上，至今流传下来的复活节就是纪念耶稣复活的。这些神秘现象在经验、世俗世界是无法解释的，但在隐喻、象征的世界就非常简单和明晰：人的肉体死亡了，就会化作枯骨烟尘，永远不可能活转过来了，但人的精神、灵魂这些内在的东西，却可以在另外的生命里得以存活、传续、流布，从这个意义上说，复活、转世、轮回，乃至永生不死，又是可能的，这与庄子所说的"薪尽火传"有着异曲同工之妙。庄子说："指穷于为薪，火传也，不知其尽也。"[1] 比较有意思的是，庄子这里用的也是隐喻、象征：油脂（指）、薪柴隐喻人的肉体、生命，它是可以烧完、穷尽的；而火象征着人的精神、灵魂，它是会一直燃烧不息、永垂不朽的。这也正如臧克家的那首著名的诗《有的人》所吟咏的那样："有的人死了，他还活着。"这里说的死，是人的肉体的死，而死了却又不死而活着的，则是他的人格、精

---

[1] 《南华经·养生主》。

神、品德和灵魂，与老子所说的"死而不亡者寿"① 是一个意思。进而言之，这与中国古代著名的三不朽说是一脉相承的。所谓三不朽，是春秋时鲁国的叔孙豹提出的，即所谓"立德""立功""立言"。也就是说，一个人的自然、生理的生命是有尽的，但他却可以用他的道德、功业、言语的建树来战胜死亡，超越时空，影响后世，流芳千古。东方与西方，古人与今人，宗教与文、史、哲，虽然言说的方式各异，但内在的精神、心灵的向往，却是相通相融的，可以互文互证的。

四　宗教经典放弃直说而以隐喻、象征布下语言迷阵的原因

人们自然会提出这样的疑问：那些传经布道的先师大德们，为什么不有话直说，实话实说，反而这样遮遮掩掩地绕弯子、布迷阵、像玩文字游戏一样让人猜哑谜呢？究其原因，大概有以下几种。

其一，上帝、彼岸、天国、来世、净土、成佛、得道等，均关涉宇宙人生的奥秘、真谛，是只能意会心领而无法用语言表达的，一说就落了言诠，失了本意；它是远离世俗经验的，无法以日常的心理、思维理解，也不能用常规的方式言说、表达。维特根斯坦说："凡是能够说的事情，都能够说清楚，而对于不能谈论的事情，就必须保持沉默。"② 宗教、信仰、上帝等就属于维特根斯坦所说的"不能谈论""必须保持沉默"的对象，但是，作为拥有众多信众的宗教，又不能不说，故而只能不得已而强为之，把远离世俗日常、一般人无法理解的、人们心存敬畏的那种存在，言说为上帝、神，并赋予人格，把人之常情投诸其上，拉近人与神、世俗与天国、此岸与彼岸的距离。而隐喻、象征的表达方式的特点就是用具体、形象、明晰、通俗的形式，以暗示、曲折的方式传达出抽象、深奥、隐秘、神奇的内涵，正好符合这一要求和标准。冥冥之中似乎有着一种神奇的对应：隐喻、象征的表现手法似乎是专为宗教的流布量身定做的，或者说，宗教的自身的特点、内在需求催生、选择了隐喻、象征的手法。耶稣用撒种、面酵、芥种、撒网等这种常见的事情来解释较为深奥的传道并说出了用比喻的原因："这都是耶稣用比喻对众人说的话；若不用比喻，就

---

① 《道德经》第三十三章。
② ［英］维特根斯坦：《逻辑哲学论》，王平复译，中国社会科学出版社2009年版，第25页。

不对他们说什么。这是要应验先知的话，说：'我要开口用比喻，把创世以来所隐藏的事发明出来。'"① 不过也应该看到，隐喻、象征是双刃剑，它们虽然让民间、大众可说、可听、可解，但也带来了误读、误解的另一面：人们会以为上帝、天国、彼岸、净土等都是一种可触可感、可近可往的物理的、实体性的存在，以至于以我推神，以讹传讹，越来越南辕北辙。

其二，之所以选择、使用隐喻、象征的方式来对宗教的信念、教理、精神进行阐释、传播，还在于宗教经典的作者们考虑到宗教与信徒、统治者的微妙关系而采取的叙事和传播策略。使用隐喻和象征，既可以让那些虔诚的信徒对教义的内核心领神会，又能够使那些没有宗教信仰的世俗之人对教义充耳不闻、仿若天书，同时还增加了自身的安全系数，不至于让统治者抓住把柄，从而招致迫害乃至杀身之祸。当门徒问耶稣为什么用比喻时，耶稣这样回答："因为天国的奥秘，只叫你们知道，不叫他们知道。凡有的，还要加给他，叫他有余；凡没有的，连他所有的也要夺去。所以我用比喻对他们讲，是因他们看也看不见，听也听不见，也不明白。在他们身上，正应了以赛亚的预言，说：'你们听是要听见，却不明白；看是要看见，却不晓得。因为这百姓油蒙了心，耳朵发沉，眼睛闭着；恐怕眼睛看见，耳朵听见，心里明白，回转过来，我就医治他们。'但你们的眼睛是有福的，因为看见了；你们的耳朵也是有福的，因为听见了。"② 帕斯卡尔就此这样写道："世界沉浸在这些尘世的谬误之中，耶稣基督在被预言的那个时刻到来了，但是并没有带着人们所期待的辉煌；因此他们没有想到那就是他。耶稣死后，圣保罗前来告诉人们说，这一切事情的来临都是象征的，上帝的王国不在于肉体而在于精神；人类的敌人不是巴比伦人，而是情感；上帝不喜欢手造的神殿，而喜欢一颗纯洁而谦卑的心；肉体的割礼是无益的，重要的是内心的割礼；摩西并没有把天上的面包赐给他们，等等。""但是上帝不愿意把这些事情告诉这个不配这些事情的民族，可是又想予以预告，以求人们相信这些事；于是他就清楚地预告了它们到来的时刻，有时候明白地表示了它们，但大量采用了象征，目的是让那些喜爱象征性事物的人可以关注它们，让那些喜爱象征物的人可以看见它们。"③ 以上种种，犹如

---

① 《新约全书·马太福音》。
② 同上。
③ ［法］帕斯卡尔：《思想录》，钱培鑫译，译林出版社 2010 年版，第 219 页。

在特殊的背景下，某个行业、集团使用着一种特殊的密码、行话、切口、暗语来彼此传递音信，交流思想，不让圈外的人听懂知晓，以免带来不必要的麻烦，也避免了有利益冲突的当权者的惩治和迫害。

其三，也是最关键的，使用隐喻和象征，窃以为是为了考虑、照顾信徒、教众在智力、禀赋、悟性、境界上的差异而采用的简易、方便接引、开启信徒、教众的一种法门、手段。我们知道，同样是人，但在智商、悟性上是有很大差别的，人分智愚，根有利钝，因而对人生信仰的最高境界如上帝、天国、彼岸、道等的理解、感悟、反应是有着很大的差别的。老子曾这样描写三种不同境界的人对道的态度："上士闻道，勤而行之；中士闻道，若存若亡；下士闻道，大笑之。不笑不足以为道。"（《道德经》第四十一章）庄子也描述那些得道之人，彼此相知相通，能够"相视而笑，莫逆于心"①；同时提到那些愚钝之人则说："井蛙不可以语于海者，拘于虚也；夏虫不可以语于冰者，笃于时也；曲士不可以语于道者，束于教也。"② 由此可见，道家的老、庄，作为得道、述道之人，都有着智力、悟性上的优越感，对那些愚钝之人，采用的是不屑一顾、居高临下甚至嘲讽讥笑的态度。就连儒家创始者、倡导"有教无类"的孔子也这样说："中人以上，可以语上也；中人以下，不可以语上也。"③ 佛祖虽然认为人人皆有佛性，但也承认人的根器是有先天的差别的。他曾设了一个有名的三兽渡河的比喻："如恒河水，三兽俱渡：兔、马、香象。兔不至底，浮水而过；马或至底，或不至底；象则尽底。"④ 虽然佛祖对利根大智者有所偏爱，以至与迦叶尊者拈花一笑，以心传心，不立文字，教外别传，赞赏之情，溢于言表，成为千古美谈，但不同于老庄的地方在于，他心底仁厚慈悲，对众生不离不弃，哪怕是愚钝之人，也苦口婆心，设法接引。

利根智性者，佛祖采用有话直说的方式，将宇宙人生的真谛、佛理佛法的妙义直接讲解、展示给信徒，让其当下顿悟，如《金刚经》《心经》即属此类。对于那些愚钝而又习惯于世俗思维的人，则巧设比喻，循循善诱，在潜移默化中启发、引导信众理解佛理。《法华经·方便品第二》佛

---

① 《南华经·大宗师》。
② 《南华经·秋水》。
③ 《论语·雍也》。
④ 《优婆塞戒经·三种菩提品》。

祖讲述了自己接引众生的动因和方法："吾从成佛已来，种种因缘，种种譬喻，广演言教，无数方便引导众生，令离诸著。"① 经中记载：佛祖向众生传授佛法实相，但众生因根器浅钝，产生疑惑和倦怠，以致离席而退。因此佛祖采用"开权显示，会三归一"的授道策略，以声闻、缘觉、菩萨等俗众可以感受、理解的三乘来解悟一乘的真实根本大法。这就是以种种方便善巧的权宜之计，来化度众生。宣布《法华经》，佛祖运用了七个比喻，这就是著名的"法华七喻"。其中的"火宅四车"之喻，以"火宅"喻"五浊八苦"，以"三子"喻"众生"，以羊、鹿、牛"三车"喻三乘，以"长者"喻如来，以"大白牛车"喻一乘。长者以三车引三子出火宅，使其弃三车而转乘大白牛车，是以比喻的方式讲明这样的主旨：佛祖以三乘引导众生脱离苦海，最终抵达一乘的最高大法。另一个同样有名的是"化城之喻"：佛祖要引导众生到达众宝所在之处，但因路途遥远，众生长途跋涉而感到困乏、厌倦，多有中途退出返回之意，于是佛祖幻化出城池，让疲劳困顿的众生得以歇息休整，从而继续前行达到宝地。"化城之喻"的喻意在于：为了让众生体悟佛法的根本大义即到达宝地，就要通过一些常人乐于接受的接引方法、途径即化城才能实现。如果玄而又玄，可望而不可即，众生就会望而却步，甚至掉头而去。

这样，我们就可以回过头来解释开始时提出的宗教经典存在的内部自相矛盾的问题了。

为什么《金刚经》《心经》讲"凡所有相，皆是虚妄""五蕴皆空""诸法空相"，而《阿弥陀经》《无量寿经》《观无量寿经》等净土经却又给信众描绘了一个富丽堂皇、温柔富贵、充满人间烟火气的西方极乐世界，并极力诱导、许诺信众：只要今生现世虔诚礼佛，或者只口念"阿弥陀佛"，就可修得死后往生净土，得享人生大欢乐？原因就在于：《金刚经》《心经》所讲的空为天地万物的本质，恰恰是佛祖的本意，也是佛理的核心、精妙所在，但只有那些利根大器的高僧大德们能够体悟并亲身践履；为了给那些满足于人间乐趣、习惯于世俗思维、在利山欲海中苦苦挣扎、被贪嗔痴毒害的执迷不悟的人以救赎、引渡，佛祖也不得不像《法华经》中用三车的美丽谎言哄诱三子出火宅一样，以西方的极乐世界来诱导众生出离人间火海。虽然那里的遍地玛瑙琉璃、美妙仙乐、金池玉阁、长生不

---

① 《法华经》，中华书局2010年版，第59页。

死等,都是人间世俗所向往、追求的,但恰恰是它的世俗性、人间烟火气、可触可感的形象性、现实的可操作性,却都是可以让中根以下者能够理解并可以欣然接受的。因而它不过是佛祖为了引渡众生而采用的一种策略:极乐世界并不是一种实存的物理世界,而是一个隐喻和象征。其实佛祖在其他经文中已经说得很清楚:"随其心净,则佛土净。"[①] 佛、净土和极乐世界,并不在遥不可及的远方,它们就在你自己的心中,只要你虔诚地信仰了,皈依了,念念不忘了,你就会由迷转悟,就会得到救赎,也就获得了如西方极乐世界一样的人生大欢乐。

同样道理,《圣经》构建的无忧无虑、自由快乐、永生不死的天国等,都是以常人可以理解的方式,以俗众大都喜欢、向往的目标来呈现、传达和流布的。

可惜的是,众生不知由隐喻、象征的外衣来抵达其背后的深层的本义,并进而体悟、领会上帝、神、天国、净土、彼岸的真实精神和幽深内蕴,反而以自己在此岸、人间所形成的世俗观念而滞留、耽迷于隐喻、象征的浅层的、外在的世界,见喻而忘义,才产生了以讹传讹的误读、误解和误传。不过,以释迦牟尼、耶稣、老子、庄子这些大哲先师的超人的智慧、胸襟、仁慈,深知迷信也比什么都不信好,有了哪怕是世俗意义上理解的天国、净土、大道、上帝等彼岸世界的信仰、向往和追寻,从而牵引出过程的充实、虔敬、热诚和敬畏,人也就踏上了自我救赎之路。

[①] 《维摩诘经》,中华书局2010年版,第16页。

参考文献

第 一 辑

曹雪芹、高鹗:《红楼梦》,人民文学出版社 1996 年版。
俞平伯:《脂砚斋红楼梦辑评》,香港太平书局 1975 年版。
《脂砚斋甲戌抄阅再评石头记》,上海古籍出版社 1985 年版。
刘小枫:《沉重的肉身——现代性伦理的叙事纬语》,上海人民出版社 1999 年版。
[苏] 尤·留里科夫:《爱的三种魅力——爱情,它的昨天、今天和明天》,徐泾元、徐桃林译,工人出版社 1988 年版。
俞平伯:《红楼梦研究》,人民文学出版社 1988 年版。
颜洽茂:《金刚经坛经直解》,浙江文艺出版社 1998 年版。
路遥:《路遥文集》,陕西人民出版社 1993 年版。
李永建:《流浪和归家——文化视野中人的困境和出路》,中国文联出版社 1999 年版。
[英] 爱·摩·福斯特:《小说面面观》,苏炳文译,花城出版社 1984 年版。
[德] 爱克曼辑:《歌德谈话录》,朱光潜译,人民文学出版社 1985 年版。
洪子诚:《中国当代文学史》,北京大学出版社 2000 年版。
孙犁:《孙犁文集》,百花文艺出版社 2002 年版。
鲁迅:《中国小说史略》,人民文学出版社 1973 年版。
王蒙:《红楼启示录》,生活·读书·新知三联书店 1991 年版。
王蒙:《漫话小说创作》,上海文艺出版社 1983 年版。
[美] 华莱士·马丁:《当代叙事学》,伍晓明译,北京大学出版社 1990 年版。

王英：《文学的力量——当代著名作家访谈录》，民族出版社 2001 年版。
杨伯峻：《论语译注》，中华书局 1980 年版。
［英］阿克顿：《自由与权力》，侯健、范亚峰译，凤凰出版传媒集团、译林出版社 2011 年版。
［德］费希特：《论学者的使命、人的使命》，梁志学、沈真译，商务印书馆 2005 年版。
［美］汉娜·阿伦特：《精神生活·思维》，姜志辉译，江苏教育出版社 2006 年版。
刘恪：《先锋小说技巧讲堂》，百花文艺出版社 2007 年版。

第 二 辑

曾镇南：《王蒙论》，中国社会科学出版社 1987 年版。
吴周文：《杨朔散文的艺术》，上海文艺出版社 1984 年版。
史铁生：《原罪·宿命——史铁生中短篇小说自选集》，华夏出版社 1996 年版。
王庆生：《中国当代文学》，华中师范大学出版社 1999 年版。
史铁生：《好运设计》，春风文艺出版社 1995 年版。
赵树理：《赵树理文集》，工人出版社 1980 年版。
司马长风：《中国新文学史》，昭明出版社 1978 年版。
夏志清：《中国现代小说史》，香港友联出版社 1979 年版。
李辉：《风雨中的雕像》，山东画报出版社 1997 年版。
黄修已：《赵树理评传》，江苏人民出版社 1981 年版。
鲁迅：《鲁迅全集》，人民文学出版社 2005 年版。
张灏：《思想与时代》，上海文艺出版社 2002 年版。
张梦阳：《中国鲁迅学通史》，广东教育出版社 2005 年版。
王彬彬：《鲁迅晚年情怀》，上海教育出版社 1999 年版。
钟敬文：《寻找鲁迅·鲁迅印象》，北京出版社 2002 年版。
曹聚仁：《鲁迅评传》，复旦大学出版社 2006 年版。
吴作桥等编：《再读鲁迅——鲁迅私下谈话录》，时代文艺出版社 2005 年版。
钱理群：《心灵的探寻》，河北教育出版社 2005 年版。
［意］克罗齐：《历史学的理论和历史》，田时纲译，中国社会科学出版社 2005 年版。

参考文献

巴金：《随想录选集》，生活·读书·新知三联书店 2003 年版。
孙伏园：《鲁迅先生二三事》，河北教育出版社 2002 年版。
王晓明：《无法直面的人生——鲁迅传》，上海文艺出版社 2004 年版。
［捷］昆德拉：《小说的艺术》，董强译，上海译文出版社 2004 年版。
袁行霈：《陶渊明集笺注》，中华书局 2003 年版。
［德］海德格尔：《存在与时间》，陈嘉映、王庆节译，生活·读书·新知
　　三联书店 1987 年版。
［德］海格德尔：《荷尔德林诗的阐释》，孙周兴译，商务印书馆 2000 年版。
王国维：《人间词话》，人民文学出版社 1960 年版。
［德］恩斯特·卡西尔：《人论》，甘阳译，上海文艺出版社 1985 年版。
［德］海德格尔：《路标》，孙周兴译，商务印书馆 2000 年版。
［瑞士］荣格：《心理学与文学》，冯川、苏克译，生活·读书·新知三联
　　书店 1987 年版。
陈鼓应：《庄子今注今译》，中华书局 1983 年版。
［法］蒙田：《蒙田随笔》，杨帆译，华文出版社 2010 年版。
［法］柏格森：《时间与自由意志》，吴士栋译，商务印书馆 2010 年版。
林贤治：《沉思与反抗》，复旦大学出版社 2010 年版。

第 三 辑

［德］马克思、恩格斯：《马克思恩格斯选集》，中央编译局译，人民出版
　　社 1972 年版。
［德］黑格尔：《美学》，朱光潜译，商务印书馆 1981 年版。
李泽厚：《美学四讲》，安徽文艺出版社 1994 年版。
李泽厚：《批判哲学的批判》，人民出版社 1979 年版。
李泽厚：《我的哲学提纲》，安徽文艺出版社 1994 年版。
［美］海明威著，董衡巽编选：《海明威谈创作》，生活·读书·新知三联
　　书店 1985 年版。
郭绍虞主编：《中国历代文论选》，上海古籍出版社 1979 年版。
陈思和：《新时期文学简史》，广西师范大学出版社 2010 年版。
《楞伽经》，中华书局 2010 年版。
《法华经》，中华书局 2010 年版。
《维摩诘经》，中华书局 2010 年版。

《新旧约全书》，中国基督教协会 1994 年印发。

［法］帕斯卡尔：《思想录》，钱培鑫译，译林出版社 2010 年版。

［德］伽达默尔：《真理与方法》，洪汉鼎译，商务印书馆 2010 年版。

［英］维特根斯坦：《逻辑哲学论》，王平复译，中国社会科学出版社 2009 年版。

［古罗马］奥古斯丁：《忏悔录》，周士良译，商务印书馆 1963 年版。

陈鼓应：《老子注释及评介》，中华书局 1984 年版。

［法］卢梭：《社会契约论》，何兆武译，商务印书馆 2003 年版。

［英］洛克：《政府论》，叶启芳、瞿菊农译，商务印书馆 2010 年版。

［法］托克维尔：《论美国的民主》，董果良译，商务印书馆 2008 年版。

［奥］弗洛伊德：《精神分析学引论》，高觉敷译，商务印书馆 2009 年版。

李泽厚：《论语今读》，安徽文艺出版社 1998 年版。

李泽厚：《中国古代思想史论》，安徽文艺出版社 1994 年版。

李泽厚：《美的历程》，安徽文艺出版社 1994 年版。

［美］韦勒克、沃伦：《文学理论》，刘象愚译，生活·读书·新知三联书店 1984 年版。

王晓明：《二十世纪中国文学史论》，东方出版中心 1997 年版。

冯友兰：《中国哲学简史》，北京大学出版社 1985 年版。

［英］罗素：《西方哲学史》，马元德译，商务印书馆 2009 年版。

［法］孟德斯鸠：《论法的精神》，张雁深译，商务印书馆 2004 年版。

熊十力：《体用论》，中国人民大学出版社 2006 年版。

文学教学与人文精神的化育
（代后记）

中国当代文学浓缩、折射了当代国民几十年的心路、人生历程，凝聚了众多作家对世态人情的个性体察和自我生命的独特感悟，蕴含着丰富多彩的其他人文学科不可替代的人文资源，对当代大学生人文素质的培育和健全人格的建构有着重要的价值。

不过，在整个人文学科日益边缘化的大环境下，中国当代文学也与其他文学课一样，作为中文专业必修的一门"无用之用"的课程，面对影视、网络的冲击以及相应学生的冷遇，正在陷入日益加深的尴尬和危机的境地。不过，作为一名多年从事中国当代文学的教学与研究并一直关注当代国民尤其是当代大学生的生存、精神状态的大学文科教师，笔者在面对这场挑战时还是经受住了考验：不仅在课堂上坚守住了人文阵地，而且在教授《中国当代文学史》《中国当代文学作品选》《新时期小说研究》《当代文学专题》和《中国当代小说和人文精神》等系列课程的过程中，在课堂教学的具体情景中，就与大学生的生态和心态密切相关的话题进行了对话和讨论，在学生中引起了程度不同的反应，对大学生正确认识自我的生存处境、提升人生境界、净化心灵情感起到了一定作用。现将具体内容、方法、感受介绍如下。

一　坚守人文立场　守卫道德底线

在道德失范、人欲横流、竞争无序、潜规则风行的社会背景下，对一个涉世未深的大学生来说，因为就业、生存的巨大压力，很可能一进入社会就会随波逐流，甚至与社会的惰性势力同流合污。因而怎样培养和增强在校大学生抗恶拒腐的免疫力，就成了每个大学教师义不容辞的责任，也

文学教学与人文精神的化育（代后记）

是在新形势下必须面对和迎接的一个考验和挑战。在这里，我着重谈谈我在讲授北岛的《回答》、流沙河的《草木篇》等作品时是怎样引导学生既高扬人文精神、守卫道德底线，同时又与时俱进，培养自身的生存能力和人生智慧的。

讲授北岛的《回答》，我是从其篇首的"卑鄙是卑鄙者的通行证，高尚是高尚者的墓志铭"这两句流传甚广的警言格句入手的。我首先从文本出发，客观地讲述了它是对特定历史时期即"文革"中人的操守与结局悖反的荒谬、丑恶现象的哲理性概括，同时也是诗人愤怒情绪和批判意识的表现。但是，这种彼时昔人的人生慨叹怎样才能穿破时空的间隔而使对"文革"背景十分陌生的当代大学生产生共鸣并得到人生启示呢？就此我特意设置了一个师生对话互动、让学生积极参与讨论的环节：我首先提问："这种特定历史时期出现的操守与命运悖反的现象，是否还有超越时空的文化意义和现实意义？"这样自然就激发了学生反观现实社会、关注自身生存处境的兴趣和热情。在学生认同了现实生活中仍然存在着这种丑恶现象之后，笔者进一步追问："在生态环境恶化、生存处境艰难的背景下，作为一个大学生、一个人文知识分子，是准备选择做一个畅行无阻、飞黄腾达的卑鄙者呢？还是准备选择做一个四处碰壁、穷困潦倒的高尚者呢？"这样就引导学生由对社会现实问题的反思转向了对自身的道德伦理、人格理想、人生道路的究索。而学生回应的态度、得出的结论也是多元化的。此时，老师的引导、定调显得异常重要：既不能不置可否地任其自然，也不能定于一尊地强行坚持某一观点。笔者的处理是：将不同历史时期的人文知识分子在严峻的生存处境中做出的人生选择客观地介绍给学生，从而也把得出结论的自主权交给了学生。《草木篇》的作者流沙河以白杨自比："纵然死了吧，她的腰也不肯向谁弯一弯！"后来被打成"右派"、开除公职、发配农村、妻子离婚，但他没有向黑暗势力屈服低头。面对丑恶的现实，北岛在《回答》中做出了这样的回答：为了"让人类重新选择生存的峰顶"，甘愿"让所有的苦水都注入我心中"。张炜在《柏慧》中，面对善与恶、贫与富、强与弱的尖锐对立，毫不犹豫地选择了"站在穷人一边"、加入"善的家族"、支持弱者，而把"恶的家族"称为"敌人"，并对他们"绝不宽容"，"一个都不饶恕"。流沙河、北岛、张炜面对彼时彼地的严峻的人生处境，分别在20世纪50年代、70年代和90年代坚守了人文知识分子节操和良知，对时代交上了一份合格的人生答

文学教学与人文精神的化育（代后记）

卷。这样的一番勾连整合，就使作为个体的学生与自己同一属类的群体在品格操守、人生归属上有了心灵的呼应和血脉的连通。然后笔者进一步追问："在当前同样面对艰难时世而做出人生抉择时，我们究竟准备选择怎样的人生道路和人格理想？"这虽然不一定就会对每一个学生都产生决定性的影响，但因为设置了这样一个环环相扣的人格、人生参照系，自然会对学生未来的人生走向产生良性的影响。

对大学生进行道德伦理、人格操守的化育尽管十分必要，但仅仅停留、满足于这一步还不够，因为道德的提升有时在现实中还会弱化人的生存竞争能力。在北岛于《失败之书》中都否定了自己在《回答》中曾经的英雄情结的背景下，如果我们还毫无保留地把北岛当初的"回答"作为今天的大学生的行为标准，也许反而产生矫枉过正、适得其反的负面后果。因而笔者对学生特别强调：今天的社会环境与以往相比，已经发生了很大的变化，那种你死我活、鱼死网破的尖锐冲突已不再是社会的主流，因而在守住道德底线的前提下，树立双赢、共赢理念，从而在激烈的生存竞争的环境中培育自我生存能力和人生智慧。

二　正视矛盾冲突　体认和谐理念

当代国民面临的各种矛盾冲突日益尖锐：这里既有消费的超前、过度与环境的污染、恶化所带来的人与自然的矛盾，又有人口众多、资源匮乏、竞争无序、伦理失范等造成的人与人之间的冲突，还有生理欲望的膨胀与心灵情感的安宁相伴而至的灵与肉的矛盾。在正式融入社会生活之前，能够清醒地认识自身将必然面对的各种矛盾冲突，并积极地寻找解决的有效方法和途径，对每一个大学生而言，都具有极为重要的意义。笔者在教学实践中，以中国当代文学为资源，从不同的层面、角度阐释和谐理念，并引导学生联系各自的现实生活加以体察，从而对他们正确认识自身生存处境，拓展心灵和生存空间，化解现实矛盾等，都起到了一定的积极作用。具体内容和方法表现如下。

第一，人与自然的和谐。笔者有一节课是讲当代作家对人与自然关系的观照和思索的，其中笔者将两个观点截然不同的作家及其作品放置在一起进行比对：《这是一片神奇的土地》的作者梁晓声是"人定胜天"论者，其态度是笑傲自然；《大林莽》的作者孔捷生是"天人合一"论者，其观点是敬畏自然。并在此基础上组织学生结合自身实际就人与自然关系的议

文学教学与人文精神的化育（代后记）

题进行讨论、对话。因为有了文学的参照和教师的引导，学生自然会讲出各自或深或浅、见仁见智的看法。最后笔者阐述自己的观点：认同"天人合一"、敬畏自然，主张人与自然应该和谐相处。这具体体现在两个层面。其一，热爱大自然而不应对她过度索取、开采，矫正奢华浪费的消费观念，养成节俭的生活习惯，从节约一滴水、一粒粮、一寸布、一度电做起，善待我们人类共同的家园。其二，以无功利的眼光、审美的心灵，来欣赏、亲近和走进大自然，仰望日月星辰，倾听风声雨声，从而进入一种物我相悦、两忘的审美境界。这无疑对学生调整自身与自然的关系、提升自我的人生境界都是很有启迪裨益的。

第二，人与人的和谐。关于人与人和谐的理念阐释，笔者首先是从舒婷的《致橡树》的诗眼即"我必须是你近旁的一株木棉，作为树的形象和你站在一起"来切入展开的。这句诗眼以拟物的手法形象地表达了平等、独立的爱情理想和人际理想，笔者以此启示学生处理人际关系的前提是彼此平等和独立，切忌诗中所否定的"凌霄花"式的依附、"痴情鸟"式的自我丧失和"日光""春雨"式的居高临下。不过，由于历史传统、现行体制残存的等级观念的影响，对人际间的平等、独立状态的谋求、保持又显得异常艰难。笔者是通过两个途径来解决这一问题的：其一，通过史铁生的《命若琴弦》、北村的《施洗的河》等的讲解，高扬背依儒家大同思想、基督原罪意识的博爱理念，启示、引导学生进入一种以关爱、帮助他人为乐的大境界。其二，通过对钟道新的小说的分析介绍，让学生吸纳其以诚信、互惠、共赢为主要内涵的现代商业伦理，从而以全新的观念、思路来处理人际间的关系。

第三，灵与肉的和谐。在这方面，笔者是以这种方式进行的：将新时期小说中所描画的三种截然不同的人生样式、生命形态和价值观念呈示出来，并晓以利害，然后让学生自己做出评判和弃取。这三种分别是：以棉棉的《糖》中的那个"问题女孩儿"为代表的纵情声色、崇慕奢华、背离常伦的生活方式；以张炜的《古船》中的隋抱朴为代表的以扼抑生命律动、禁欲苦行来净化心灵的人生样式和以钟道新的《公司衍生物》中的浦耳为代表的既满足欲望又不违背职业原则，既追求金钱利润又节制自律，既对世俗享乐充满热情而又不放弃理想操守的生命形态。让学生在比较鉴别中既了解了活法的多样性，又可以在规划自我人生未来时得到合理的参照。

— 431 —

文学教学与人文精神的化育(代后记)

三 打破单向、定式的思维模式 培养多维、逆向的思维方式

打破定式、僵化的思维模式,培养创新、多维的思维方式,是人文素质培育的重要目标和内容,笔者在中国当代文学教学中是从以下三个方面来重塑大学生的思维方式的。

第一,逆向思维的训练。因为重群体轻个体和为贤者、尊者、长者讳的文化惯性的影响,即使大学生在思维活动中也少个性、乏创见,而更多的是认同、遵从别人尤其是名人、大家。故而笔者在中国当代文学的教学中,鼓励学生张扬个性、发表个人的独到见解,尤其注重训练他们的逆向思维。路遥的《平凡的世界》作为一部获茅盾文学奖的优秀长篇小说,深受读者欢迎,也颇得学者和官方好评,但笔者在对其进行研读的过程中却发现它存在着许多不足:比如人性的提纯、人物的扁平、历史的表面化观照和官本位情结等,并以《〈平凡的世界〉的艺术缺憾和路遥的巨著情结》为题发表了论文,在学术界产生了一定的反响。笔者将这一研读成果作为学术专题之一向学生讲解时,就同时以此研读、思索和写作的过程轨迹为例,鼓励学生要有敢于对名家挑战的意识和勇气,细读文本,寻找独特的角度,才能发前人所未发。以此为切入点,笔者又提出:比如柳青的《创业史》、梁斌的《红旗谱》等红色经典,别人大多都是从其政治性的内涵方面进行解读的,已经出现了研究的过度和饱和,没有拓展的空间了。但假如反其道而行之,绕开政治性内容,通过文本细读而发掘其政治话语背后的美学元素,一定会有全新的发现。同理,对陈染、林白、卫慧等的"私人写作",如果越过惯常的对她们的隐秘情感、私己的生命体验的阐释,却反过来关注钩沉出她们刻意过滤、回避掉的社会、政治内容,一定会有意外的收获。

第二,多元多维的思维方式的培育。历史上的战争文化、阶级斗争理念以及现行的应试教育体制的长期浸淫,使当代国民形成了黑白分明、是非两分、非敌即友的二元对立的思维模式。笔者在中国当代文学的教学中,就力图改变大学生的这种二元对立的简单化的思维模式,而培育其多元多维的思维方式。比如在分析路遥的《人生》中的高加林、于德才的《焦大轮子》中的焦炳和等这些半是魔鬼、半是天使的当代英雄形象时,笔者就提醒学生:这类形象无法用善与恶、美与丑、先进与落后的价值标准作简单的评判,而应该放置在具体的语境中进行多角度的客观、具体的

分析、评价，就如王安忆在其《小鲍庄》中所做的那样：既对积淀于小鲍庄人心理深层的儒文化中的厚道、仁义的一面发自内心地礼赞和称颂，同时又对它的虚伪、压抑人性的一面进行无情的审视和针砭。也就是说，一个作家、评论家，乃至一个普通人，对待一个艺术对象或生活对象，都完全可以持既爱又恨，既肯定又否定的矛盾、复杂的态度。一个大学生，也同样应该认同情感、认识和判断上的矛盾、对立、模糊、游移不定的合理性，要培养自己的发散式、圆形立体的思维方式，而不要仅仅停留在线式的思维状态。

　　第三，建设性思维理念的树立。创新思维不是否定一切，不是唯我独尊、自以为是。我们在鼓励逆向思维时切忌走向以破坏为前提、为代价的另一个极端，而应树立建设性思维理念。许多大学生在撰写毕业论文时，常常以否定前人的学术见解来突出自己的新奇和独特，对此我多次提醒他们：每个人的认识、见解都是建立在别人的探索、发现基础上的，一个人只有吸纳别人的思想营养，才能提升自己。我们在确立自己的观点、建立自己的思想架构时，应该与他人共存、互惠、共赢，万万不可通过打压他人来抬高自己。笔者在讲授孙犁的《铁木前传》、高行健的《车站》时，都是先客观介绍前人的评说，并肯定其合理性甚至指出其高妙之处，然后再从别人未发现的角度、缝隙中陈述己见，别出新意，并特别声明自己的看法也只是一孔之见，绝对不可以取代别人。通过这样的现场演示，使学生对建设性思维的理念有了一定的认同和体认。

　　人文素质教育尤其是大学生的人文素质教育关系着整个国民综合素质的改良和提高，意义重大。它是一个系统工程，不可能一蹴而就，也不是某一门课、某一个学科所能承担得了的。虽然如此，笔者仍愿以中国当代文学的教学为起点，向这样一个目标迈进，借用古人的话："虽不能至，然心向往之。"

　　本书是在淮北师范大学文学院学科带头人王政先生的鼓励和支持下得以出版的，在此对宅心仁厚的王政先生表示诚挚的感谢。愿仁者得天佑，好人一生平安。本书在策划、审稿和编辑过程中，责任编辑郭晓鸿老师付出了辛勤的劳动，给予了很大的帮助。她的一丝不苟、精益求精的敬业精神和深厚的学术功底都使我非常敬佩。在此表达对郭晓鸿老师的真诚敬意和感谢。